| 文 治 堂 |

当代学术名家文丛

学术之道

杨庆存 著

内容简介

本书是个体学术研究的经历回顾与思想感悟。全书以时为序分为四章，以学术为轴心、成果作支柱，讲述作者走过的学术“道路”与研究的体悟。第一章从转益多师与任教授业的角度，追忆孔子故乡的学术启蒙、山东大学的拓宽视野与复旦大学的研究提升；第二章讲述国家项目管理时期的学政一体与学以致用，侧重学术研究领域的开阔，回顾对学术本质、意义与规律的探讨；第三章叙述受聘上海交通大学后，学术研究与教书育人相互促进的实践探索和丰富成果；第四章总结学术研究总体成果的分布格局与个人学术研究的认识感悟。本书体现了如下学术之道：学术研究是人类文化活动的高级形态，是创造性传承与创新性发展文化的重要方式和引领途径；“致广大而尽精微”是学术研究的理想境界，“德、学、才、识、胆”是学者应当具备的内在素养，锲而不舍的执着追求与持之以恒的顽强毅力是有所收获的重要前提；问题导向、人类意识、国家观念、民族特色与规律探讨、理论升华、科学严谨是人文社会科学研究的重要原则；“有物、有序、有理、有用、有效”与“求真、求实、求新、求善、求美”是研究成果的基本遵循。

图书在版编目（CIP）数据

学术之道/杨庆存著. —上海：上海交通大学出版社，2024.9—ISBN 978-7-313-31272-3

Ⅰ. I206.44-53；K825.6

中国国家版本馆 CIP 数据核字第 2024JM4856 号

学术之道
XUESHU ZHI DAO

著　　者：杨庆存
出版发行：上海交通大学出版社　　　地　　址：上海市番禺路 951 号
邮政编码：200030　　　　　　　　　电　　话：021-64071208
印　　制：上海颛辉印刷厂有限公司　经　　销：全国新华书店
开　　本：710mm×1000mm　1/16　　印　　张：27.75
字　　数：396 千字
版　　次：2024 年 9 月第 1 版　　　印　　次：2024 年 9 月第 1 次印刷
书　　号：ISBN 978-7-313-31272-3
定　　价：98.00 元

序　言

“学术”与“学术之道”

何谓“学术”？“学术之道”谓何？这个看似朴实简单、人人明白的话题，却又很难用简洁凝练、准确严谨的一句话说清楚，何况不同时代的学术，其内涵与外延也都有发展变化。可以确定的是，学术因人类生存发展需要而诞生，学术植根于人类的日常生活和思想行为中，真正的学术是人类生存与文明发展的灵魂，充满积极向上的正能量。而学术之道既可以理解为学术研究的经历与经验，又包含着学术研究的方法与规律。由是，敬畏学术、探讨规律、创造理论和尊重知识，成为中华民族一以贯之的优秀文化传统，汗牛充栋的文化经典与多姿多彩的学术著作就是最好的证明。

一、“学术”性质与“致用”目标

学术文化是中华优秀传统文化的主流和精华，学术研究是有效提升个体综合素质与创新能力的重要方式，而国家学术研究的总体水平是衡量文化实力与发展潜力的基本指标。

学术研究，往往需要先对研究对象的性质、特点、范畴与内涵进行定位、定界或定限，讨论“学术之道”当然也不会例外。何谓“学术”？仅以妇孺皆知的《论语》为例，开篇《学而》首句即言“学而时习之”，朱熹认为这一句是“入‘道’之门”，可见这里的“学”并非少年儿童认知层次的学识字、学诵读、学章句，而是对追随孔子学“道”门生成年人对历史文化或社会现象深入思考、规律探讨与方法效仿等行为的概括。作为全书起笔第一字的“学”，与《论语·为政》篇“吾十有五而志于学”的学问之“学”乃是同一种用法。首句中的“习”也不是今人所说的自习、复习或温习，而是将学问运用于社会实践的“实习”“实操”训练，是“学以致用”的概括与凝练。“学而时习之”中无论是“学”还是“习”，我们都可以从甲骨文原字构件与内涵本义中看出这是属于学术研究层面的内容，而不属于浅层的简单认知。“学”与“习”不可分割的一体性以及目的皆在于“用”的统一性，正是中国学术文化一以贯之的突出特色。北宋著名思想家与教育家胡瑗执教湖州书院设“经义”“治事”两斋，提倡“以仁义礼乐为学”，讲求“明体达用”“经世致用”新学风，是对《论语》开篇首句的最好诠释。

再如，《论语·阳货》记载孔子指导儿子伯鱼读书说：“小子何莫学夫诗。诗可以兴，可以观，可以群，可以怨；迩之事父，远之事君；多识于鸟兽草木之名。”这段话引导伯鱼“学夫诗”，就是让儿子专心研究“六经”中的《诗》，并进一步指出“学”诗对社会交往、情感交流、事父事君和认识世界万物的重大作用与积极意义，表述了自己的观点看法与认识体会，成为日常生活中学术观点的自然交流，不仅成为论《诗》的经典名言，而且成为重要的诗歌经典理论。《论语·季氏》篇关于“不学诗，无以言”“不学礼，无以立”的格言警句，也都是旨在强调深入研究《诗》经与《周礼》的重要性。至于《论语》中大量讨论世界万物规律与做人做事原则的内容，省略了论据与论证，均以结论性语言呈现，学术探讨的意蕴尤其明显。

由此可以推知，所谓“学术”，乃是人类文明发展史上普遍存在且专指研究活动的文化现象，是以历史社会实践为基础展开理性思维探讨创新路径的表达方式，也是人类文化的高级表现形态与开放型发展的知识系统。伴随这种文化现象的发生，人们就开启了漫长的“学术”认识过程，也成为近代学人讨论且见仁见智的重要问题。诸如梁启超的《中国近三百年学术史》,[1] 张国刚、乔治忠的《中国学术史》,[2] 张立文主编的《中国学术通史》,[3] 等等,均有涉及“学术”认识与讨论的内容。就汉语言“学术”概念而言,学界或着眼于词素构成的字形以为始于汉代司马迁《史记》之《老子韩非列传》《张仪列传》,或立足于产生渊源从西方语系中寻找对应的表达,或在性质与内涵理解上认为“泛指高等教育和研究,是对存在物及其规律的学科化”,或从社会功能与作用发挥层面总结概括为“天下之公器”,不一而足。这些定性、定位与认知自然都有一定道理与依据,但也都存在商榷的空间,亟待从中华文化发展历史长河中进一步深入考察和研究。在这方面,梁启超、李学勤的思考研究具体而细密,既具备很高的专业化程度,又具备广泛的典型意义与深刻的启发性。

二、“学术”概念与历史渊源

20 世纪初,梁启超立足中华本土文化撰写了《学与术》一文,专门辨析“学术”概念的构成、渊源与内涵。文章以《礼记》“古之学术道者”为例,指出中国“以学术二字相连属为一名词”,“语其概要,则‘学’也者,观察事物而发明其真理者也;‘术’也者,取所发明之真理而致诸用者也”,认为“‘学’者‘术’之体,‘术’者‘学’之用,二者如辅车相依而不可离。‘学’而不足以应用于‘术’者,无益之‘学’也;‘术’而不以科学上之真理为基础者,欺世误人之‘术’也”。由此说明了“学”与“术”的区分及联系。梁启超还指出了“我国之敝,其一则‘学’与‘术’相混;其二则‘学’与‘术’相离”的错误状态。文章最后以“空谈学理者,犹饱读兵书而不临阵,死守医书而不临症”的生动比喻,说明治学而不能致用的危害,提出仕宦官

① 梁启超《中国近三百年学术史》,北京市中国书店 1985 年。
② 张国刚、乔治忠《中国学术史》,东方出版中心 2002 年。
③ 张立文主编《中国学术通史》,人民出版社 2004 年。

吏“担任各要职者，稍分其繁忙之晷刻，以从事乎与职务有关系之学科”的主张，避免“体用不备，而不学无术之讥”[①]，倡导学术研究与现实应用融为一体的正确思路。梁启超立足华夏文化的视角思路、名词定位的词素分析与落脚于用的基本观点，颇富科学性与启迪性。司马迁《史记·老子韩非列传》申不害“学术以干韩昭侯”、《张仪列传》“尝与苏秦俱事鬼谷先生学术”中的“学术”均是动宾结构的短语，并非专指研究活动的“学术”。梁启超的研究，让读者不但了解到“学术”的性质、特点与目的，而且明白了学术研究重在于“用”，在于“有补于世”。

与梁启超不同，李学勤着眼于“学术”文化现象的发生展开深入研究。他通过对中国古代文献与当代出土文物的考证，指出学术始于远古官吏、盛于学校教育、见诸经典教材而成于学者研究。李学勤在湖南岳麓书院作《中国学术的源起——兼谈孔子之“集大成”》讲座时指出，中国“学术”活动历史悠久，与知识学习、官吏身份、学校职责直接相关。“孔子以前有一个很长的学术传统”，《汉书·艺文志》说“诸子出于王官”，而诸子都是有学术成果传世的研究名家。中国自上古唐虞时期就建立了“学校制度”，《礼记·文王世子》记载的“成均”（韩国至今有“成均馆大学”）就是当时的学校。甲骨文里有“太学”，证明至少在商代晚期中国已经有了国家层面的官学。李学勤还以 2005 年考古发现的西周初年青铜器“荣仲方鼎”铭文为例，指出铭文中的“序”就是学校，“荣仲”是学校负责人，得到了国君“赏赐”的书写工具“笔”。李学勤指出，“在商代、西周初年的时候，有相当好的学校制度，这种学校培养‘国子’”，后世称“国子监”。“学校的教学内容为《诗》、《书》、礼、乐，必然包括学术的成分，所以我们中国的学术早在商周时代就已经形成了一个明显的传统，并且和教育结合起来。”李学勤的研究，让我们不仅了解到中国学术发展的渊源脉络，而且了解到“学术”是中华民族优秀文化传承创新的重要方式与主要途径。

---

① 汤志钧编《中国近代思想家文库·梁启超卷》，中国人民大学出版社 2014 年。

三、“学术之道”与规律探讨

“学术”概念与源起已如上述，而在“学术之道”这一偏正词组中，“学术”只是起着修饰“道”和限定方向范围的作用。对“道”的理解与诠释是一个远比说明“学术”性质更为复杂的问题，“道”字的理解诠释本身就是一件颇为艰难的事，这里虽然不可能充分展开，但也必须从“道”字本义说起。

中华文化的汉字“道”是一个具有丰富内涵指向的概念，有数十种诠释与用法，在不同语境中会有不同含义，甚至在同一语境中也有可能包含多重意蕴。汉字“道”的本义就是“路”，是现实物质世界中人们通行的“路”，后世发展为双音节称为“道路”。道路是前人逐渐开辟而后人继续沿用且相对固定的交通路线，为人们的出行交往提供方便，这是人们看得见、用得着、说得清的现实存在与物质空间。同时，道路又是一个开放型的概念，其中暗含可以引申使用的合理性、规律性与遵循性等诸多元素，由此衍生出众多引申义，诸如人们经常用“道”来表达意识形态方面事物发展的内在规律、道理、技能、方法、学说、主张等含义。从文字学角度看，甲骨文中的“道”是一个兼有象形、指事与会意的汉字，字形呈现为在十字路口站立着一个人的状态（见图 1），暗含此“人”正在考虑和选择朝着哪个方向行走，蕴藏着大脑理性思维的意识与过程，体现着行为和意识的一体与统一，而不再仅仅指物理空间可见的事物。这种文化内涵在金文字形中体现得更充分、更明白，不仅十字路口的“人”形被人头“首”字所替代，有的字形还在“首”的下面增加了“止”字形（见图 2），表示停止了脚步并用“首”的眼睛、大脑在观察和思考，进一步强调了人之意识与行为契合的自然性与必然性。由上可知，“学术之道”的“道”，既用其本义比喻走过的学术研究之路，又用引申义表达对学术研究的理性认识与实践体会，具有双层内涵，突出了学术研究文化现象的内在规律性。由学术的性质与作用，也可推知“学术之道”既有理性思维的“形而上学”性质，又有实际应用的“形而下学”功能。

图 1　“道”的甲骨文字形

图 2　“道”的金文字形

《易经·系辞》“形而上者谓之道，形而下者谓之器，化而裁之谓之变；推而行之谓之通，举而措之天下之民，谓之事业。”这是对学术研究与成果转化的最好说明。“道”与“器”、“变”与“通”的最终目的，都是“举而措之天下之民”的“事业”，学术研究的重要目标就在于探讨规律、发现规律与运用规律来促进人类文明的健康发展，而学术研究的对象和最终成果的价值意义，与其发挥的作用成正比。

学术研究的主体是学者，而不同的学者有着不同的文化素养与学术经历、不同的专业领域和研究方向，尤其有着不同的研究兴趣与学术风格。这本小书《学术之道》，仅是笔者个人学术经历的回顾与研究体验的记述，其撰写原则一是力求以学术为轴心、成果为支柱，描述走过的学术“道路”与体悟的学术“道理”；二是力求着眼于文化、着力于研究、落脚于感悟且以时为序、记事为主、重在讲述；三是力求突出重点、详略有度、语言朴实并力避重复。

目　录

第一章　齐鲁起步与转益多师

任何一位学者的学术成长与研究发现，都与自身经历、阅历和毅力有着密不可分的关联。尽管专业领域与研究方向各不相同，但浓厚执着的专业兴趣、持之以恒的艰苦努力与丰厚广博的知识积累，以及缜密精到的深刻思考，则是有所发现、有所收获的共同前提。回顾以往走过的学术道路，虽然留下许多学术遗憾，但在庆幸时代机遇之余，更多的是对培养引导笔者走向学术道路之前辈师长的无限感激，对支持帮助与相互切磋之学界友朋的由衷感谢。受业曲阜、起步齐鲁、读博复旦，都是学术生涯中铭刻在心且时时浮现眼帘的永久怀念。

第一节　受业曲阜与留校任教

启蒙于曲阜，起步于齐鲁，是笔者学术经历的早期阶段，也是奠定以后学术研究专业基础和确定古代文学研究方向的关键期。

中国古代文学是中华传统文化的重要载体，齐鲁大地是中国传统文化的重镇，而齐鲁文化的重心在曲阜。曲阜是“大成至圣先师”孔子的家乡，闻名遐迩，成为创建儒家文化体系的发祥地和朝圣点。位于圣人之家“孔府”之西不足两公里的地方，坐落着新中国20世纪50年代在农村创建的第一所高等学府——曲阜师范学院（今曲阜师范大学）。记得20世纪70年代，这里是一片错落有致的中式起脊低层建筑群，青砖素瓦，典雅优美，浑厚朴实，办公楼与连排大教室廊檐相接，温馨和谐，清新淡雅。雄伟粗壮的白杨与法桐树，耸立蓬起，装点着校园大道，护卫着宽阔的操场，而教室楼群间点缀着花园与果园。学校四周是开阔肥沃的庄稼地，浓郁的田野气息与草香土香时常飘进课堂。在不堪回首的特殊时期，山东大学的文科院系也被迁移到这里，与曲阜师范学院合并为新的山东大学，[①] 一批蜚声海内外的学术大师如陆侃如、萧涤非、冯沅君、关德栋、殷孟伦、王仲荦等，都曾驻足此地，而盖有“山东大学图书馆藏书”印章的大批珍贵典籍也在这里落户扎根，至今依然是曲阜师范大学图书馆中最受关注的图书文献。

这片具有深厚历史文化底蕴的平原大地，正是笔者萌生学术追求的发源地和酝酿学术梦想的发祥地。

一、曲阜受业与留校执教

1975年9月，曲阜师范学院迎来建校后的首届“社来社去”“定向生”，

---

① 山东大学《文史哲》编辑部于2020年11月16日发表了《山大一分为三的日子（曲阜篇）》，这篇文章原题是“忆与山大合校时”，由曲阜师范大学名家黄清源教授撰写，原载《曲阜师大报》2013年4月11日、25日第4版。

大学毕业后仍然回到户籍所在地工作。我即是中文系百名新生中的一员，从清代民族英雄左宝贵将军家乡、革命老区沂蒙山前的平邑县地方镇来到曲阜。

那时，中文系开设的每一门课程都让我感到新奇，充满魅力，特别是中国古代文学史、文艺理论、语言学、写作课等，深深吸引着我并激发起我的浓厚兴趣，整理课堂笔记和练习撰写读书体会，成为课余常态，而学校图书馆藏书的丰富和阅读的方便，更让我惊喜。在宽敞明亮的“西联一”大教室里，聂健军、谷汉民、刘乃昌、戴胜兰、范海风、牛学恕、王怀让、张忍让、黄清源、李志霄、李永庄、魏绍馨、谷辅林、邓成歧、刘押昌、施观芬等深入浅出的课堂讲授，一直留在我脑海中。曲阜师范学院虽然地处农村，却是一个安心读书的好地方，在大学学习中我不仅开阔了认知视野，而且开始触感中国文学与中华文化蕴含的美妙与神奇，由此萌生出探究的好奇心。

1977 年 7 月，完成大学学业，毕业典礼结束后，突然接到速去中文系主任办公室的通知。当时的中文系主任聂建军教授曾为我们讲授文艺理论课，以深入浅出、生动有趣见长，很受同学们欢迎，他还以“高老头死了”为题目，讲解法国著名作家巴尔扎克在创作长篇小说《高老头》过程中情感投入的悲痛情形，联合大教室里座无虚席、鸦雀无声的情景至今犹在眼前。聂主任全程指导和参与了我们这届学生的教学与实习活动，善良厚道，关心爱护学生，素有长者之风，深得大家爱戴。他慈祥和蔼地让我坐下来，亲切直率地告诉我三件事：一是留校意向。聂主任对我说，经全系各教研室讨论推荐和中文系党总支认真研究，并报学校批准，准备安排我留校担任教学工作。二是要暂时保密。明天照常带着行李与同学们一起离校，不要有异常表现。三是入职时间。8 月份暑假结束后，来中文系报到，办理入职手续，接受工作任务。

聂建军主任的谈话信息，对我无疑是天大的意外惊喜，我们这届国家政策规定的定向生，谁也不曾想到竟然还有留校的机会。这让我既惊喜又激动，从内心深处感谢学校的教育培养和老师们的关怀厚爱，感谢中文系给了我这样一个决定人生命运与发展前途的珍贵机会和成长平台，表示一定根据工作需要，继续认真学习，努力提高专业水平和综合能力，不负学校厚望。从那时起，原来对高校老师与丰厚学问的崇拜敬畏，开始变为努力奋斗的目标和潜心学习的榜样。

二、科研助手与课程讲授

暑假结束，回校报到，分配在古代文学教研室并参与教法教研室活动，承担中文系本科生宋元文学史讲授任务，同时担任刘乃昌教授的科研助手与实习助教。当时古代文学课程依据历史朝代分为先秦、两汉、魏晋南北朝、隋唐、宋元、明清六大阶段，每一阶段讲一学期。这是中文系课时最多的重点课程，也是师资力量强、学术氛围浓、学界影响大的重点学科，后来成为山东省重点建设的优秀学科。教研室主任刘乃昌教授是词学泰斗夏承焘的研究生，副主任戴胜兰教授是著名文学史家杨公骥的研究生。这种优越的学术生态，为青年教师的专业学习、科研训练与能力提升创造了良好环境，成为时刻敦促自己加倍努力的精神动力。

刘乃昌教授热情指导我制订读书计划和进修方案：一是让我认真研读游国恩主编的“五教授本”《中国文学史》，参阅中国社会科学院文学所三卷本《中国文学史》及其他重要文学史著作，重点围绕宋元文学的创新发展与文化影响深入思考，精心研读文学史教材提到的重要作品，为讲好课做充分准备，夯实基础，练好基本功。二是在做好助教工作的同时，修学本科课程，完成本科学历教育。三是要培养能讲会写的能力和习惯，多思考、勤动笔，多写文章。

入职不久，乃昌师就特意安排我参与到研究过程中，进行基本训练。当时他正在为齐鲁书社撰写《辛弃疾论丛》书稿，每当完成一篇，我即负责誊清。在誊抄过程中，细心阅读，认真琢磨题目拟定、内容结构、材料使用与语言组织等方面的方法和特点，耳濡目染，受益匪浅。其后乃昌师发表的大部分论文和书稿都有意交我誊清，让我获得最先学习、领会的机会。当然，有时我也会向先生提出一些自己读不懂的问题，诸如“人间世”与“人世间”区别之类，令先生哑然失笑，然后耐心解释。乃昌师为1977级授课，我即边当助教边听课，在完成课堂考勤、检查作业与汇总情况等事务外，还用心琢磨乃昌师的授课模式、风格特点与板书内容，作为自己撰写讲稿的仿效模板。后来第一次正式走上大学讲台为1978级本科生讲授“辛弃疾与南宋抗战词派”，正是模仿乃昌师突出重点、条理清晰与精练严谨的授课风格，并结合教材适当吸收乃昌师与学界最新研究成果，增加讲授的新内容，从而得到同学们的充分肯定与热情鼓励。给1979级讲授宋元文学史的过程中，又将学界研究的新见解与自己发现的新材料引入课堂，同样引起同学们的兴趣。这不仅引起了我对学术研究与课堂教学关系的思考，而且成为我学术起步的重要切入点。

三、学术研究与课堂教学

在刘乃昌教授的指导和引领下，学术敬畏心与研究崇高感不断提升，与课堂教学紧密结合的想法越来越明晰。我下定决心在学习吸收前辈教师教学经验的基础上，根据自己专业知识底子薄的实际情况，通过深入研读教材与认真撰写讲稿，努力提高学术素养和专业水平。

在学习研读教材的过程中，逐渐发现一些必须首先自己搞清楚才能课堂讲明白的问题。这些问题归纳起来主要表现在三方面：一是不同版本的文学史教材虽然各有特点，但讲述内容、基本观点和文献材料选择不尽相同，即便是游国恩主编的四卷本《中国文学史》与中国社会科学院文学所三卷本《中国文学史》也不例外，诸如对中国诗歌与散文发生的论述，都没有清晰明确的表述；二是文学史教材对作家作品的介绍同作家本集自述的实际情况多有不符甚至相互矛盾，诸如西昆派领袖杨亿的卒年标注不同版本相差十年，而对黄庭坚文学思想的评论介绍相比本集文章的自述表达，亦有悬殊；三是对具体作品的分析讲解往往含混模糊不到位，甚至有明显错误，比如晏殊

《蝶恋花·槛菊愁烟兰泣露》煞拍的经典金句“欲寄彩笺兼尺素，山长水阔知何处”，其中的“兼”字，实际上是繁体汉字“无”的讹误，文学史教材与《中国历代文学作品选》也没有发现，更不会纠正，导致对作品本义理解的错误。下功夫把类似的问题搞清楚，课堂讲授的内容才能准确严谨，避免以讹传讹，而学术研究与课堂教学也会有机地融为一体。按照这个想法，我开始从作品分析入手，将课堂讲授的作品反复琢磨，力求准确把握主旨、搞清作品本义、突出创新亮点，然后写成文字讲稿，不断推敲修改和完善，以此锻炼分析作品的思维能力与语言文字的表达能力，努力增强学术研究基本训练和夯实基本功底意识。

诸如王禹偁《村行》诗与《点绛唇·雨恨云愁》词的赏析，范仲淹《苏幕遮·碧云天》《渔家傲·塞下秋来风景异》赏析，柳永《雨淋铃·寒蝉凄切》《望海潮·东南形胜》《八声甘州·对潇潇暮雨洒江天》赏析，张先《天仙子·水调数声持酒听》词、林逋《山园小梅》诗的赏析，晏殊《蝶恋花·槛菊愁烟兰泣露》《踏莎行·一曲新词酒一杯》赏析，欧阳修《画眉鸟》诗与《踏莎行·侯馆梅残》词赏析，王安石《书湖阴先生壁》诗与《桂枝香·金陵怀古》词赏析，苏轼《念奴娇·赤壁怀古》《水龙吟·似花还似非花》《水调歌头·明月几时有》《江城子·十年生死两茫茫》词赏析，黄庭坚《寄黄几复》《登快阁》诗与《念奴娇·断虹霁雨》《木兰花令·黔中士女游晴昼》词赏析，晏几道《鹧鸪天·彩袖殷勤捧玉钟》《临江仙·梦后楼台高锁》赏析，秦观《鹊桥仙·纤云弄巧》《满庭芳·山抹微云》《踏莎行·雾失楼台》赏析，周邦彦《苏幕遮·燎沉香》《少年游·并刀如水》《蝶恋花·月皎惊乌栖不定》赏析，李清照《醉花阴·薄雾浓云愁永昼》《声声慢·寻寻觅觅》《渔家傲·天接云涛连晓雾》赏析，陆游《书愤》《示儿》《游山西村》《十一月四日风雨大作》赏析，辛弃疾《鹧鸪天·壮岁旌旗拥万夫》《破阵子·醉里挑灯看剑》《摸鱼儿·更能消几番风雨》《西江月·夜行黄沙道中》《青云案·东风夜放花千树》赏析，姜夔《踏莎行·燕燕轻盈》《扬州慢·淮左名都》赏析，吴文英《八声甘州·渺空烟四远》赏析，乃至元曲《龙虎风云会》《竹坞听琴》《陈州粜米》赏析，《〈西厢记〉艺术成就的多维审视》，等等，这些曾经公开发表或出版过的赏析文章，都是当时文学史课必讲的传统经典作品，也是备课时经过细心研究写成的讲稿。

正是在撰写这些讲稿的过程中，我渐渐摸索和锻炼着分析研究文学作品的方法与能力，培养着学术研究应当具备的素质，也渐渐增强了讲授课程的自信与勇气，成为浓厚学术兴趣的前行动力。发表在《齐鲁学刊》（1983年3月《古典文学专号》）上的短文《“小山重叠金明灭”释义》就是着眼于“小山”名词的理解与诠释，贯通了全词的基本主旨，纠正了以往偏离本义的讹误：

“小山重叠金明灭”释义

温庭筠有一首《菩萨蛮》：

> 小山重叠金明灭，鬓云欲度香腮雪。懒起画蛾眉，弄妆梳洗迟。
> 照花前后镜，花面交相映。新贴绣罗襦，双双金鹧鸪。

这是一首流传很广的“闺怨”词。作者别具匠心地摄取“梳洗”“弄妆”这样一个生活镜头，通过主人公形态举动的描写，表现其幽怨孤寂心情，把一位笃情善感的女性形象栩栩如生地展现给读者。

然而，对起拍句的解释，历来众说纷纭，莫衷一是。当代各家注本，多以为写“绣屏”“画屏”“枕屏”：“首句写绣屏掩映，可见环境之富丽。”（唐圭璋《唐宋词简释》）“小山句，谓画屏与初日的光辉照映成彩。”（朱东润《中国历代文学作品选》）“小山，枕屏上所画之景。金明灭：屏上之金碧出水，因日久剥落，故或明或灭。”（刘永济《唐五代两宋词简析》）这些解释，大都本于清代许昂霄《词综偶评》：“小山，盖指屏山而言。”许氏诠注，何以为据，我们不得而知。但观飞卿词作，确有不少“屏”“山”相连的诗句，如

“枕上屏山掩”“鸳枕映屏山”“晓屏山断续”“日映纱窗，金鸭小屏山碧”等。毫无疑问，这些“山”，皆为“屏上之山”，许氏注“小山”为“屏山”，或据以类推。然问题正在这里。许注，就字生发，难避牵强之嫌。句中“小山”看不出与“屏”字有何内在关联。立足一句，不顾全篇，不免失之孤义。全词笔墨集中人物身上，唯此一句写境，极不可解。以章法言，《菩萨蛮》起拍两句，多用对偶句，以表现一个独立境界。如相传为李白所作《菩萨蛮》，首二句便是“平林漠漠烟如织，寒山一带伤心碧”，和谐地构成了一体。其他如“水晶帘里玻璃枕，暖香惹梦鸳鸯锦”（温飞卿），“溪山掩映斜阳里，楼台影动鸳鸯起”（魏夫人），无不如此。若首句写环境“屏山”，与下句的“鬓云”“香腮”显然唐突难接，不能融成一体。诗虽可跳跃，亦不至如此。何况温庭筠向以工造语、精雕琢著称，怎会如此硬直？

理解此句关键是“山”字。在古典诗词中，“山”不一定是实指。诗人常借用“山”的形象来写其他事物。如辛弃疾曾用“山”分别写浪头之大、怨恨之重：“截江组练驱山去”（《摸鱼儿》）、“新恨云山千叠”（《念奴娇》），所以，不能拘泥于字面本身，而应从全词意境出发，探求“山”字真义。对此，夏承焘先生《唐宋词欣赏》指出，这里的“小山”是“指眉毛”。夏老还特加小注，说明所解之据：“唐明皇造出十种女子画眉的式样，有远山眉、三峰眉等等。小山眉是十种眉样之一。”此解使起拍两句内容相接，“眉毛”“鬓云”“香腮”均写面容，显得和谐统一。然细加玩味，夏老所释，“‘小山重叠’即指眉晕褪色、‘金明灭’是说褪色的额黄有明有暗。”前者尚有可商榷之处。

唐宋诗词中不少用妇女的发髻来写“山”的形象。刘禹锡《望洞庭》：“遥望洞庭山水翠，白银盘里一青螺”，把平静的湖水比作“银盘”，而把坐落在湖水之中的君山比作一个发髻；雍陶的《题君山》：“应是水仙梳洗处，一螺青黛镜中心”，他也以妇女发髻描写君山的形象；皮日休描写月夜中的群山形象更妙：“似将青螺髻，撒在明月中”（《缥缈峰》）。宋代黄庭坚脍炙人口的《雨中登岳阳群望君山》，用更加细致的笔触直接以妇人之螺髻来写山影重叠的形象："满川风雨独凭栏，绾结湘娥十二鬟。可惜不当湖水面，银山堆里看青山"。任渊注："君山状如十二螺髻。"宋词中把山比作螺髻的现象更多。苏东坡不仅用"螺髻"写静态中的山峰："北固山前三面水，碧琼梳拥青螺髻"（《蝶恋花》），而且还用"云鬟倾倒"（《减字木兰花》）写船行时看到的山态。周邦彦《西河·金陵怀古》描写建康城外，青山环绕、隔江对峙的情景说："山围故国绕青江，髻鬟对起。"辛弃疾也写了"遥岑远目，献愁供恨，玉簪螺髻"（《水龙吟·登建康赏心亭》），把江水比作玉簪，远山喻为发髻。

笔者以为，温词起拍句中的"山"也是利用与"发髻"轮廓上的相似点，巧妙地比喻为"发髻"。他以"小"饰"山"，更突出了"发髻"的特点。"重叠"即描述其盘缠隆起之状。这一点我们还可从《菩萨蛮》创调特点来加以佐证。据唐苏鹗《杜阳杂编》载："大中初，女蛮国入贡，危髻金冠，瓔珞被体。号'菩萨蛮队'。当时倡优遂制《菩萨蛮曲》，文士亦往往声其词。"五代孙光宪《北梦锁言》载："宣宗爱唱菩萨蛮词，令狐相国（绹）假其（温庭筠）新撰密进之。"温庭筠这首《菩萨蛮》写于大中年间，其内容自然与词牌相关，苏鹗所说"危髻金冠"正是指此调起因。再则，《菩萨蛮》又名《重叠金》。"重叠金"系指金属首饰，也与人物装束有关。温词中"金明灭"也是着笔首饰，"明灭"者，首饰光泽以晨起尚未佩戴而不存之意。

综上所述，"小山重叠金明灭"乃是写妇女初醒发状，以示其惺忪懒散神态，与下句"鬓云欲度香腮雪"正相协调吻合。故则全词写妇女晨起梳洗打扮、表现"红香翠软"之情趣。

文章不足两千字，着眼于这首词作中"小山"一词的理解与诠释，围绕全词内容主旨的理解，对学界诸多名家的注释展开深入讨论，充分利用文学作品中的历史事实与科学严谨的逻辑推理，广征博引，不仅以丰富翔实的文献资料为依据，提出令人信服的独到见解和结论，而且通过深度考察，寻找出现问题的原因与以讹传讹的来龙去脉，呈现出学术思考的严密论证与科学辨析性。编辑部以“小问题、硬功夫，新见解、立得住”给予热情鼓励。有了自己的依据与见解，讲课时就可以胸有成竹地采用自己的结论，来讲述作品全篇的思想内容、结构逻辑与艺术特征，实现了学术研究提升教学质量、课堂教学与学术研究融合一体的目标。

苏轼《念奴娇·赤壁怀古》是宋代文学史上必讲的传统经典名篇，当时以“豪放于外与婉约其内”为题撰写讲稿，重点突出作品本义的理解与艺术境界的创新。讲稿指出：“这首词一直被视为文人‘豪放词’的开山之作，但以往学人不无曲解或误读处，苏轼以传统的‘婉约’手法为基础，创造了‘豪放于外’‘婉约其内’的艺术新境界，成为文学艺术创造性传承与创新性发展的经典案例。”对作品进行逐字逐句逐段细致讲解后，指出“词的上阕写景议论，即景抒怀，层层深入，通过描写和凭吊赤壁古战场，表达对古代英雄人物的敬佩和缅怀；下阕以凭吊古人，抒发心志，反映作者报国理想难以实现的惆怅”，“以往学界的‘羽扇纶巾’乃‘诸葛亮’说、‘多情应笑我’乃‘应笑我多情’的‘倒装句’说之类，显然属于误读或曲解”。在分析和总结这首词的境界创新时认为：

> 苏轼《念奴娇·赤壁怀古》被称为振聋发聩的千古绝唱。这首作品，在宋代词史、中国古代词史，乃至中国古代文学发展史上，都有重要的创新典型意义。作品从多个方面呈现出艺术境界的创新，成为创造性转化与创新性发展的典范。
>
> 一是题材内容的创新。词为“艳科”，苏轼之前，词的表现内容，大都是“月下花前”的儿女情长、“红香翠软”的闺阁心绪、“羁旅行役”的悲伤愁苦之类。《赤壁怀古》将重大的历史事件、雄奇的壮丽景观、杰出的英雄人物和崇高的报国情怀，作为词的表现内容，不仅极大地开拓了词的表现题材，令人耳目一新，而且大大提高了词的社会功能和文学品位。因此，宋人胡寅在《酒边词序》里说，苏轼的这首词“一洗绮罗香泽之态，摆脱绸缪婉转之度，使人登高望远，举首高歌，而逸怀浩气，

超然乎尘垢之外”。

二是构思谋篇奇特。作者既创造性遵循上片写景、下片抒情的传统规范，又创新性发展“言志”功能，将时间“千古”与空间“赤壁”密切配合，而以周瑜作为结构全篇的中心线索。上片重在写景，情在景中，下片重在抒情，情中有景。全词以主要人物周瑜为核心，形成“人物、空间、时间”融为一体的逻辑格局，起于实“大江东去”，接于虚“遥想公瑾”，收于虚实兼备的“酹江月”。全篇目标明确，中心突出，层次分明。

三是语言生动精警。以“乱”状写江岸参差错落的奇“石”，用“崩云”渲染山峰高耸入云的状态，以“惊”写波“涛”，突出声音的惊心动魄，用“裂岸”描述巨大声响和气势，用“卷起千堆雪”描绘水面景象，无不让人有如临其境、如闻其声、如见其景的感觉。而以“雄姿英发，羽扇纶巾，谈笑间，樯橹灰飞烟灭”，描述周瑜英俊潇洒、气定神闲的大将风度，人物形象栩栩如生，呼之欲出。

四是意境雄奇深沉阔大。全词情、景、事、理、趣、味、韵，综合汇聚，熔写景、议论、抒情于一炉，上下连接数千年，天、地、人浑融一体，视野开阔远大，意境雄奇壮丽，情感深沉浓厚，形成感染人心、惊心动魄的突出特色。

五是创造了“豪放于外、婉约其内”的独特风格。苏轼一改前人婉约缠绵而为豪放雄奇，开豪放词之先声，有力推动了词的艺术风格多样化。但这仅仅表现在语言、意象、场景等表层，而深层的表现方法与总体风格，依然保持并发扬了委婉含蓄的“婉约”传统，不是直抒胸臆，而是通过对周瑜的艳羡，委婉表达报效国家矢志不渝的坚定，由此创造了“豪放于外、婉约其内”独特风格，体现着巨大的创造性传承和创新性发展。这是词人经历了“乌台诗案”以后，惊魂未定的艺术体现。

六是文化底蕴深厚。《赤壁怀古》含纳的丰富文化信息量和作者表现出来的崇高思想境界，极大地增强了作品的思想文化底蕴，特别是浓厚的人文内涵，令人深思。其中涉及历史、军事、政治、哲学、道德等诸多方面，充分体现了中华文化的博大精深。所以宋人王灼在《碧鸡漫志》中，赞叹苏轼“偶尔作歌，指出向上一路，新天下耳目，弄笔者始知自振”。

最后在讲述文化影响时还特别指出：这首词“开南宋抗战词派之先声。苏轼创作《赤壁怀古》，正是‘乌台诗案’之后的激烈党争时期，作者遭受残酷打击被贬黄州，加上这首词的艺术境界，突破了词的柔美传统，呈现着‘横放杰出’的姿态，所以当时并未广泛流传，直到金人大规模南侵，灭亡北宋的‘靖康之难’发生，‘大江’词风突然盛行，涌现出岳飞《满江红·怒发冲冠》、张元幹《贺新郎·梦绕神州路》、张孝祥《六州歌头·长淮望断》等一批意境深沉阔大、反映宋金矛盾空前尖锐的豪放之作。尤其是，以辛弃疾为代表的南宋抗战爱国词派，将苏轼‘豪放于外、婉约其内’的艺术风格，发挥到极致，创作出诸如《摸鱼儿·更能消几番风雨》《破阵子·醉里挑灯看剑》等大批经典名篇”。由于讲稿从作品本义理解，到艺术风格创新以及文化影响，都有新见解，引发了同学们的兴趣、思考与讨论。

四、学术思考与论文发表

学术研究具有宏观、中观、微观的多层性特点，或从不同角度、不同侧面、不同领域展开针对性的专题研究。不论何种情况，理想完美的学术境界，都应“致广大而尽精微”，具有厚重的学术价值或深刻的文化意义，人文社会科学研究尤其如此。一般说来，研究短小的单篇文学作品，内容含纳量有限，只能是低层次、单向度的微观研究，即便视野较广、思考较深，也只可作为学术研究基本功的训练方式，上面谈到的诗、词、曲单篇作品赏析撰写的讲稿均属此类，并非具有重要学术价值的“论文”。回忆学术成长的经历，第一次发表真正的学术研究论文，是1981年刊载于《齐鲁学刊》第1期的《黄山谷的文艺思想和诗歌艺术》。

黄山谷即是与苏轼齐名的黄庭坚，字鲁直，自号山谷道人，学者多以“山谷”称之。《黄山谷的文艺思想和诗歌艺术》针对以往文学史教材与学界部分专家对黄庭坚诗歌创作与诗歌理论的否定性批评，依据黄庭坚本集与当时文人的评论等文献资料，提出不同于以往的肯定性见解。文章认为，张耒《读黄鲁直诗》以“不践前人旧行迹，独惊斯世擅风流”评价黄庭坚，指出黄庭坚诗的妙处在于不甘因袭前人，而独辟蹊径地创造了个性化的诗风，引起了世人的重视。张耒的意见是符合黄庭坚文艺观及其诗歌创作实际的。论文着眼于具体语言环境，深入分析了黄庭坚“点铁成金”“夺胎换骨”说的渊源与本义，并依据大量可信性极强的第一手文献史料，提出了富于建设性与积极性的新见解。

“山谷论文并不忽视社会作用和内容，他主张为文应有益于世”，赞成文章要“规摹远大，必有为而后作”；“山谷不主张斗奇竞巧，一味雕琢，他倒很赞赏自然天成的文风”，认为“好作奇语，自是文章病”；“山谷论文并不提倡因袭模仿，相反，他很强调出新和独创”，“很明确地反对模拟”，“强调创作要不傍他人门户而自铸伟辞”。认为黄庭坚“看重磨研诗文的形式和技巧，同时并不忽视它的社会作用和内容；他强调在语言技巧上下功力，但并不赞成雕琢丧天真；他致力于学习前人，但尤其提倡开辟新径”，“断定山谷表现了‘轻视思想内容、逃避现实、回避政治和漠视文学的社会作用’的观点”（《黄庭坚的诗论》），是抓住一点，以偏概全的结果。

黄庭坚的创作特别是他的诗歌是体现了他的文艺主张的，这也是山谷诗之所以形成独立的艺术个性，从而使他在诗坛上居然独树一帜的重要原因。黄庭坚是关心现实的诗人，并不像前人所说：山谷诗“与世味少缘”或“真有凭虚欲仙之意，此人似一生未尝食烟火食者”（《荆川先生集》卷一七《书黄山谷诗后》）。他早年就写过反映人民苦难的《流民叹》，做太和令时深入山区，察访民隐，写过描写山农困苦生活的诗篇。山谷在《虎号南山》中，把贪吏暴政比成猛虎，批评当时的苛政虐民。其《送顾子敦赴河东（其一）》嘱告友人："上党地寒应强饮，两河民病要分忧。犹闻昔在军兴日，一马人间费十牛。"贯注着诗人关心现实、体恤民隐的深情。洪炎《豫章黄先生退厅堂录序》说：山谷诗"极其致忧国爱民，忠义之气蔼然见于笔墨之外"，这种说法不是没有根据的。黄庭坚"主张诗要写性情、寓识见。所谓'文章本心术''矢诗写予心''论事极精核'"。山谷政治升沉同元祐旧僚联结一起，变法新政废止后，元祐一派对王安石攻击不遗余力，黄庭坚却对王安石人品和新学给予很高评价："荆公六艺学，妙处端不朽""玉石恐俱焚，公为区别不"。黄庭坚是继苏轼之后，能够"更出新意，一洗唐调"的杰出代表，"英笔奇气，杰句高境，自成一家"（《昭昧詹言》卷一）。其诗歌的艺术创新表现出四大特点：一是富有思致机趣，耐人寻绎回味；二是长于点化锻造，下语奇警，引人惊异；三是语言色泽洗净铅华，独标隽旨；四是诗风瘦硬峭拔，兼有老朴沉雄、浏亮芊绵的特色。

《黄山谷的文艺思想和诗歌艺术》是刘乃昌先生带着我共同合作完成的第一项成果。内容的选择与题目的确定，始于一次读书情况的汇报。当时，先生提出结合宋代文学史的学习，细读黄庭坚全集，以此作为重要作家的个案研究，思考宋代文学的发展与特点。在学习过程中，我发现当代部分文学史家对黄庭坚文学主张与创作成就的评论，与黄庭坚全集文章中强调创新、反映现实、追求艺术的自述记载文字相去甚远，明显呈现出不符合历史实际的矛盾现象。我摘录了文学史教材的相关评论与黄庭坚全集中的相关文字自述，向乃昌师汇报和请教。先生当即肯定这是一个值得深入思考和认真研究的学术问题，建议着眼于诗歌创作，围绕黄庭坚的文艺思想与艺术表现，继续搜集相关的文献资料，做进一步的思考、梳理和研究，形成论文撰写的大体思路与主要提纲。此后，又有多次汇报与请教，经过乃昌师耐心细致的具体指导，反复修改，形成初稿。然后，先生亲自动笔，确定题目、调整结构、增加内容、补充史料、提炼观点、润色文字，进行了全方位的提升与加工，得以发表。这一过程，不仅让我深刻感受到乃昌师治学态度的认真与严谨、指导学生的热情与耐心，深刻领略了学术研究从发现问题到搜集资料、从确定目标到酝酿思路、从写作提纲到形成初稿、从反复修改提高到最后形成定稿全过程每一个细节，而且让我深刻感受到刘乃昌先生温文尔雅的人格魅力、慈祥亲切的宽阔胸襟和深厚扎实的学术功底。

五、问题意识与专题研究

学术研究实际上就是一个发现问题、分析问题与解决问题的认知过程，而研究成果的价值与意义往往与学者的知识结构、文化积累、思想智慧成正比，知识越渊博、视野越开阔、思维越敏锐，发现问题的概率就越高，分析问题的能力就越强，解决问题的方法就越多。增强问题意识，具备深厚学养和敏锐眼光，才能发现有研究价值的目标，所以古代先贤一直倡导多读书、多思考。刘乃昌先生带我共同完成《黄山谷的文艺思想和诗歌艺术》的经历，更加坚定了我开阔学术视野，加强知识储备，增强问题意识，提高学术研究水平的信心与决心。

恰在此时，曲阜师范学院于 1981 年成为全国首批招收研究生的重点高校，刘乃昌教授分配到两个招生名额，但全国竟有 18 位报考。作为先生助手，我获准免试旁听，得到珍贵的深造机会。乃昌师为首届研究生授课，自然高度重视，不但精心编制培养计划，而且精心准备授课内容。他从中华文化发展史的高度，以中国古代文化经典“五经”原著和历代研究经典注疏为重心，既讲授内容理解与源流演进，又讨论历史文献与方法创新，体现出专业化、系统性、跨领域的鲜明特点。这让我大开眼界，对学术的流变创新产生浓厚兴趣，并开始由以往单篇作品分析为主转向尝试专题研究。初次尝试的成果，就是发表在 1981 年第 1 期《语文函授》上的《〈论语〉的语言艺术》。

《〈论语〉的语言艺术》实际上是研究生课程的期末作业，文章着眼于《论语》的语言艺术，认为“《论语》这部书不论在中国思想史还是在世界艺术史上，都有着重大的影响。它虽然是成于众人之手的语录体著作，但是，依然有着不可忽视的艺术成就。语言特点尤为突出”。然后从“洗练质朴，流畅自然”“生动形象，饶有趣味”“富有哲理，含意深邃”三个方面进行分析论证。文章指出，《论语》之前的散文，如《易经》《尚书》等，其语言朴拙，大都古奥难懂，所谓“周诰殷盘，佶屈聱牙”（韩愈《进学解》）。《论语》扬长避短，一变而为“句之易道，义之易晓”（王禹偁《答张扶书》），达到了洗练质朴，自然流畅的境地。

首先是语言简洁凝练，往往用最经济的话，完美地阐明所要表达的内容，言简意赅，深刻明快，没有废语虚墨。《论语》不少近乎口语的语言，明白如话，似谈家常，通俗质朴，自然流畅。其次，《论语》人物语言个性化鲜明，诸如淳朴直率的子路、笃信好学的颜渊、颖慧善谈的子贡等，他们用各自的语言，塑造出自己的形象，无不各具神态，给读者留下了鲜明深刻的印象。《论语》善于设譬用喻，以新颖通俗见长，往往通过形象比喻使抽象事物具体鲜明，具体事物生动形象。最后，《论语》有许多含意深邃的语言，数千年来一直活在人们的口头上。比如“己所不欲，勿施于人”（《卫灵公》）、“敏而好学，不耻下问”、“三人行，必有我师焉”、“学而不厌，诲人不倦”（《述而》）等，无不蕴藏着丰富的哲学道理。《论语》语言警策含蓄，用意深远，耐人寻味。“岁寒，然后知松柏之后凋也”（《子罕》），不仅是对松柏的礼赞，也熔注了丰富的社会内容，成为赞颂英雄俊杰，誉美高风亮节的经典语言，成为高尚品格的象征。

《〈论语〉的语言艺术》是专书研究的试手之作，但学术视角又是当时学界专谈《论语》语言艺术特点的首篇。那时刘乃昌先生为研究生讲授历代研究《论语》的学术著作情况，当时受杨公骥《中国文学》（第一分册）相关内容启发，选定这一题目，做了简要分析与粗略概括，得到先生的肯定和鼓励。

代表成果之一：

黄山谷的文艺思想和诗歌艺术[①]

刘乃昌 杨庆存

张耒在《读黄鲁直诗》中说：“江南宿草一荒丘，试读遗编涕不收。不践前人旧行迹，独惊斯世擅风流。”这首悼友之作点出山谷诗的妙处在于不甘因袭前人，而独辟蹊径地创造了个性化的诗风，引起了世人的重视。张耒的意见是符合山谷文艺观及其诗歌创作实际的。然而，对山谷文艺观及其诗歌艺术应如何评价，人们的认识却向来并不一致。因而，对此就有必要进一步加以研讨。

黄庭坚的创作主张，影响最大的是被后来江西派奉为创作纲领的“点铁成金”“夺胎换骨”法。前者见于《答洪驹父书》：“自作语最难。老杜作诗，退之作文，无一字无来处。盖后人读书少，故谓韩杜自作此语耳。古之能为文章者，真能陶冶万物，虽取古人之陈言入于翰墨，如灵丹一粒，点铁成金也。”这封信写于崇宁二年。他外甥洪驹父寄呈诗文求教，因作此书，“极论诗与文章之善病”，其中自然饱含着山谷长期创作的甘苦。

这篇书札涉及文章写作的诸多问题，如主题思想、脉络重心、布局结构、修辞技巧，等等。书札在论及洪氏所寄《青琐祭文》的缺点时，针对其“用字时有未安处”，讲了“自作语最难”这段话，强调用字要有根据，要善于“陶冶万物”“点铁成金”。用字有根据并不算错，“点铁成金”是历来文人惯用的措辞技法。倘若孤立地片面地一味强调这一点，或者有意将它推向极端，自然会走向形式主义的歧路。但是，黄文并未如此，它是在谈过文章的宗趣、关键、开阖之后，才针对洪氏用字的缺点提出措辞技巧问题的。并且在书札末尾还特意叮嘱要使文章境高势壮，不可死守“绳墨”。如不加以割裂上纲，

① 参见曲阜师范学院学报《齐鲁学刊》1981年第1期。

这通书札似乎难以径判为形式主义文论的。“夺胎换骨”说与“点铁成金”不尽相同，它更多模拟之嫌。不过此说不见于山谷集，释惠洪转述未知是否全合原意，能否作为山谷文艺观的主干，似需另作探讨。假如就山谷集考察一下他的整个文艺观，则可以看到他绝不是只片面地强调文字技巧，鼓吹抄袭古人陈言的。

首先，山谷论文并不忽视社会作用和内容，他主张为文应有益于世。他赞成文章要“规摹远大，必有为而后作”（《王定国文集序》）。他有诗说：“文章不经世，风期南山雾”（《寄晁元忠十首》其十）。“文章功用不经世，何异丝窠缀露珠”（《戏呈孔毅父》）。这就是说为文要有目的性，文章不能济世就失去了生命力。注意文学的社会作用，必然重视诗文的内容和意义。以故山谷认为，诗歌应该“以理为主。理得而辞顺”（《与王观复书三首》其一）。他赞扬赵缜“作文皆道实事，要为有用之言”（《与王观复书二首》其二）。他肯定杜甫“善陈时事”（潘淳《潘子真诗话》引）的特点，并且指出杜诗的流传不朽，正在于他对于现实敢表示是非，有忠义之气：“老杜文章擅一家，国风纯正不倚斜。……千古是非存史笔，百年忠义寄江花”（《次韵伯氏……学老杜诗》）。这说明他并非只看到了杜诗的技巧。山谷主张诗文要写人的性情，他在《书王知载〈朐山杂咏〉后》中说：“诗者，人之性情也”他还有诗说：“生珠之水砂砾润，生玉之山草木荣，观君词章亦如此，谅知躬行有君子”（《走笔答明略适尧民来相约》）。可见作者看到了作家的人格修养是文章根底，作品是作家心志性情的表露。可是，在上述强调诗写性情的文章中，山谷却反对用诗“强谏争于廷，怨忿诟于道”，他还批评苏轼文章“好骂”，似乎反对诗文写怨愤之情，不赞成诗文有批评暴露的战斗作用。这种思想矛盾可能与山谷晚年所面临的政治形势有关。他曾经盛赞过欧阳修《与高司谏书》“可以折冲万里”，证明他并不一味维护温柔敦厚的诗教。也许晚年惩于文字狱之祸，不愿再被“讪谤侵凌”的罪名，而使自身陷于“承戈”“受矢”的境地，因而才发此违心之论罢！

其次，山谷不主张斗奇竞巧，一味雕琢，他倒很赞赏自然天成的文风。

他不满于刻意求奇，认为“好作奇语，自是文章病”。对于“建安以来好作奇语”，致使文章“气象衰苶”，表示不满。山谷也反对一味雕琢。以为文章“无斧凿痕，乃为佳作”（《与王观复书三首》）；有意雕琢，专事辞藻，只是低能文人的伎俩。他批评说；“后生玩华藻，照影终没世”（《奉和文潜赠无咎……为韵》），要求达到“不雕而常自然”（《苏李画枯木道士赋》）的化境。“流水鸣无意，白云出无心。水得平淡处，渺渺不厌深。”（《以同心之言……寄李子先》）这是他以白云、流水为喻，说明文贵平淡而自然。他赞叹陶潜“不烦绳削而自合”（《题意可诗后》），称赏“子美诗妙处，乃在无意为文”（《大雅堂记》）。正由于此，他反对“构空强作”（《论作诗文》），主张“待境而生”（吕本中《童蒙诗训》引），明确提出“非有为不发于笔端”（《与王立之四贴》）。

最后，山谷论文并不提倡因袭模仿，相反，他很强调出新和独创。黄庭坚在《论作诗文》中说：“作文字须摹古人，百工之技，亦无有不法而成者也。”这是就初学写作而言的。对于创作，山谷则很明确地反对模拟。他在《寄晁元忠》诗中说：“楚宫细腰死，长安眉半额。比来翰墨场，烂漫多此色。文章本心术，万古无辙迹，吾尝期斯人，隐若一敌国。”作者不满文坛上那种亦步亦趋、处处效颦的风气，他借用古代的俚谣进行了尖锐的讽刺。他认为诗文体现作者的思想和性格，没有什么固定不变的轨迹可循。由这种观点出发，山谷很强调创作要不傍他人门户而自铸伟辞。他曾有“文章最忌随人后”（《赠谢敞王博喻》）、“自成一家始逼真”（《题乐毅诗后》）的名言。他宣称“著鞭莫落人后”（《再用前韵赠子勉》）、“我不为牛后人”（《赠高子勉》），这表明他有独树一帜、另辟蹊径的壮志雄心。对于敢于创新的同道，他总是热情地支持鼓励，如他赞扬王定国“不守近世师儒绳尺，规摹远大……欲以长雄一世，虽未尽如意，要不随人后”（《王定国文集序》）。清代周煌指出，山谷不仅自己“独辟门户”“不向如来行处行”，而且“衣被天下，教人自为”（同治本《宋黄山谷先生全集序》），这是深得山谷诗论要义的。

综观山谷文艺观的全貌，他看重磨研诗文的形式和技巧，同时并不忽视它的社会作用和内容；他强调在语言技巧上下功力，但并不赞成雕琢丧天真；他致力于学习前人，但尤其提倡开辟新径。因此，断定山谷表现了“轻视思想内容、逃避现实、回避政治和漠视文学的社会作用的观点”（刘大杰《黄庭坚的诗论》），是抓住一点，以偏概全的结果。

山谷的创作特别是他的诗歌是体现了他的文艺主张的，这也是山谷诗所以形成独立的艺术个性，从而使山谷在诗坛上居然独树一帜的重要原因。

文章要经世，自然须干预现实。山谷是关心现实的诗人，并不像前人所说：黄豫章诗“与世味少缘”，“真有凭虚欲仙之意，此人似一生未尝食烟火食者”（《荆川先生集》卷一七《书黄山谷诗后》）。其实，细按其诗集，山谷何尝如此超然。他早年做叶县尉时，就写过反映人民苦难的《流民叹》。元丰中做太和令时，山谷深入山区，察访民隐，写过一组描写山农困苦生活的诗篇。诗人目睹下层百姓的疾苦，感同身受，懔懔内疚，发出了“民病我亦病”的感叹，表达了“年丰村落罢追胥”（《次韵寅庵》）、“要使鳏寡无颦呻”（《赠送张叔和》）的愿望。在《虎号南山》中，他把贪吏暴政比成猛虎，批评当时的苛政虐民说：“念昔先民，求民之瘼；今其病之，言置于壑。”山谷还一再向同僚和挚友宣传他怜贫恤苦的爱民思想，元祐初在《送刘士彦赴福建转运判官》中，提醒对方“惟闽七聚落，茕独困吏饕”，希望友人到任后体恤民情，改革邑政。他疾恶那些用百姓鲜血染红朱绂的官僚，在《寄李次翁》中，特意标举他“不以民为梯，俯仰无所怍”的良好风操。在《送顾子敦赴河东》中，诗人谆谆嘱告：“上党地寒应强饮，两河民病要分忧。犹闻昔在军兴日，一马人间费十牛。”这意味深长的诗句，贯注着诗人关心现实、体恤民隐的深情。北宋国力虚弱，西北面临辽夏威胁，御敌防边始终是许多进步作家关注的社会课题，黄庭坚也不例外。元祐二年，岷州知州种谊擒获勾结西夏、叛服无常的西蕃首领鬼章青宜结，苏轼等人有诗祝捷。山谷也写了《次韵游景叔闻洮河捷报寄诸将四首》《和游景叔月报三捷》等诗，热情地表彰边将的战功。在《送范德儒知庆州》《次韵奉答吉邻机宜》中，诗人还以昂奋的激情，勉励负有守边责任的友人为巩固疆防做出贡献。山谷的爱国诗是富有气势和热情的，如《和游景叔月报三捷》："汉家飞将用庙谋，复我匹夫匹妇仇。真成折棰禽胡月，不是黄榆牧马秋。幄中已断匈奴臂，军前可饮月氏头。愿见呼韩朝渭上，诸将不用万户侯。"全诗表示了对安定边塞、消弭战争的展望，贯注着压倒强敌的气势，字里行间洋溢着关怀国事的热情。洪炎《豫章黄先生退厅堂录序》说：山谷诗"极其致忧国爱民，忠义之气蔼然见于笔墨之外"这种说法不是没有根据的。

山谷主张诗要写性情、寓识见。所谓"文章本心术""矢诗写予心""读书饱工夫，论事极精核"。山谷诗正是体现了他的性情识见，因而个性化的色彩十分鲜明。山谷为人有抱负、有识见、讲操守。他有诗说："丈夫存远大，胸次要落落"（《次韵杨明叔见饯》）。为了实现远大的抱负，他主张积极用世。友人郭明甫于颍州筑西斋退隐，要山谷为他赋诗，山谷列举郭丹、郭颍、郭子仪、郭林宗等有所建树的历史人物，鼓励对方说："君家旧事皆青史，今日高材未白头，莫倚西斋好风月，长随三径古人游"（《郭明甫作西斋于颍尾请予赋诗》），诗人劝导友人振奋精神干一番事业，他不赞成青年士子在安闲生活中虚度有用的年华。元祐三年，友人徐景道初入仕途，他在《送徐景道尉武宁》诗中说："李苦少人摘，酒醇无巷深，当官莫避事，为吏要清心。"又说："风俗谙邻并，艰难试事初，官闲莫歌舞，教子诵诗书。"从对别人的期望中，也反映了作者自强不息、勇于任事的进取精神。山谷做官是为了济时行志，当这种理想遭受打击时，他坚持操守，安贫乐道，决不曲意迎合，"胸中已无少年事，骨气乃有老松格"（《送石长卿太学秋补》），可以作为他的自白。绍圣以后，一些腐朽官僚打起"绍述"的旗号蓄意整人，山谷一再远贬，备历艰辛，他却能泰然自处，怡然自乐。"鬼门关外莫言远，五十三驿是皇州"（《竹枝词》）；"藏书万卷可教子，遗金满籯常作灾"（《题胡逸老致虚堂》）；"心随物作宰，人谓我非夫"（《资韵杨明叔》）；这深含思致的诗句，充分表现了山谷不以升沉得失为喜悲的坦荡襟怀。北宋后期党争剧烈，官场倾陷成风，时局仓皇反复，一派得势，就要把另一派踩在脚下。山谷虽然也被卷进旋涡，吃了不少苦头，但他却能超脱门户之见，比较客观地看待问题。元祐初期旧派不顾一切地摈斥新党。山谷在《次韵子由绩溪病起》诗中，提出了“人材包新旧，王度济宽猛”的见解，奉劝执政者参考新政之长，“兼用熙丰人材”。元祐三年友人曹辅出任福建路运转判官，山谷临别赠言，也特别提醒对方到地方要重视发现人才：“百城阅人如阅马，泛驾亦要知才难，盐车之下有绝足，败群勿纵为民残”（《送曹子方福建路运判》）。作者告诉友人知人善任并不是一件易事，在那些不服驾驭、不被重用的人群中，常常有难得的人才，需要细心地识拔，只是对于个别残民以逞的害群之马，则决不要放纵姑息。这种见解是很有价值的。元符三年徽宗继位，山谷在《再作答徐无隐》诗中又说：“开纳倾万方，皇极运九畴，闭奸有要道，新旧随才收。”这种破除成见广开才路的好意见，在《病起荆江亭即事》中也有鲜明的表述。山谷政治上升沉，同元祐旧僚联结在一起，旧派在新政废止后，对王安石攻击不遗余力。山谷却在《次韵王荆公题西太一宫壁》《有怀半山老人再次韵》《奉和文潜赠无咎》等诗中，对王氏的人品和新学给予很高的评价。他说：“荆公六艺学，妙处端不朽！”“玉石恐俱焚，公为区别不？”这同那些不管是非，一味落井下石的人，形成了鲜明的对照。晁补之说：“鲁直于怡心养气，能为人所不为，故用于读书为文字，致思高远，亦似其为人。”（《鸡肋编》卷三十三）这段话对于理解山谷诗很有参考价值。确乎，他的诗很少凿空强作，向壁虚造，而是发乎性情，出自肺腑，因而从他的诗歌，我们可以看出他超迈的识见和磊落的胸怀。

山谷论文反对“随人作计”，主张“自成一家”，他的诗成功地达到了这一目标。诗至唐代，大家辈出，无体不备，形成了一个不易超越的艺术高峰。宋人要想在古近诗体的范围内驰骋才力，开拓一种新局面，必须勇于独创，痛下功力。山谷正是继苏轼之后，能够“更出新意，一洗唐调”的杰出代表。山谷诗在艺术上有鲜明的独创个性，被人誉为“英笔奇气，杰句高境，自成一家”（《昭昧詹言》卷一）。山谷诗的艺术独创性表现在哪些方面呢？

其一，富有思致机趣，耐人寻绎回味。前人已指出：“黄山谷、陈后山专寓深远趣味。”（谢尧臣《张于湖先生集序》）这些深远诗趣，不可能来自抽象说教，山谷善于即景宣情，托物寄意，借鲜明的形象，寓深邃的哲思，如："桃李无言一再风，黄鹂惟见绿葱葱。"（《寺斋睡起》）"春残已是风和雨，更著游人撼落花！"（《同元明过洪福寺戏题》）古有"桃李无言，下自成蹊"的成语，艳丽的桃李禁不住几场风雨就随同绿荫满地的阳春匆匆逝去，这使我们想到美好的事物常常会遭到无端的摧折。当暮春将近，风雨连天，花儿已濒临凋落命运，却有人乘机戕害，这使我们看到北宋晚期政治形势的岌岌可危。这里借助桃李、春花的形象，寄寓诗人对人生际遇和政治形势的痛苦思索。六言诗《次韵王荆公题西太一宫壁》："风急啼乌未了，雨来战蚁方酣，真是真非安在？人间北看成南！"则借急风、啼乌、战蚁，摹写北宋激烈的党争，说明在派别倾轧中，往往朝秦暮楚、南北颠倒，是没有什么真是真非和客观标准存在的。这些诗言近旨远，意在言外，发人深思，耐人寻绎，是富有机趣的。山谷有些诗直接抒写议论，阐扬哲理，思致深邃，有普遍的训诫意义，如："宴安衽席间，蛟鳄垂涎地，君子履微霜，即知坚冰至。"（《次韵答斌老又和》）"人生要当学，安宴不彻警，古来惟深地，相待汲修绠"（《送李德素归舒城》）。"利欲熏心，随人翕张，国好骏马，尽为王良。不有德人，俗无津梁，德人天游，秋月寒江"（《赠别李次翁》）。第一首告诉人不要溺于安乐，要防微杜渐，把享乐思想消灭在萌芽状态；第二首说人对于学习，任何时候也不能松懈，精深的造诣有待于长期的功力；第三首讽喻世态末俗常常随风俯仰，毫无操守，必须要有高风亮节的人砥柱中流。这里不管是切身经验、人生哲理或是真知灼见，都直接以议论出之，但绝不同于玄言诗或押韵论文，因为作者都是用精练的形象的语言，体现一种富有普遍启迪性的理趣和哲思，发乎此而归于彼，言有尽而意无穷。它比单纯写景体情的诗意境深邃，思路幽渺，是诗与哲理的统一。

其二，长于点化锻造，下语奇警，引人惊异。点石化金，本来是诗人用语上推陈出新的一种传统手法，诗史上继承前人经过翻新，构成名篇佳句的，不乏其例。山谷惯于点化，不少诗作借此构造了传颂人口的警句和名篇。如刘禹锡写洞庭山水："白银盘里一青螺"（《望洞庭》），山谷点化为"银山堆里看青山”（《雨中登岳阳楼望君山》）。朱昼写怀人：“一别一千日，一日十二忆，苦心无闲时，今夕见玉色”（《喜陈懿至》），山谷点化为“五更归梦三百里，一日思亲十二时”（《思亲汝州作》）。这些都是在继承的基础上创新，或同原诗各极其妙，或比原作更显精工。不过这种办法用得过粗过滥，自然易生流弊，如山谷《题睡鸭》用徐陵《鸳鸯赋》，只更易几字，未免有蹈袭之嫌。山谷最长于融化历史掌故，博采现成说法，锻造成新颖的诗家语言，如：“寻师访道鱼千里，盖世功名黍一炊”（《王稚川既得官都下，有所盼未归》）、“塞上金汤惟粟粒，胸中水镜是人材”（《送顾子敦赴河东》），这里除了“黍一炊”用《枕中记》的故事，“胸中水镜”用《世说新语》“人之水镜”的掌故外，“鱼千里”和“唯粟粒”，也化用前人之说。《关尹子》有“以盆为沼，以石为坞，鱼环游之，不知其几千万里”的说法，山谷把它概括为“鱼千里”，用以比喻往复不停地奔走，就把王稚川求师的辛勤作了充分描绘。晁错上疏有“带甲百万而无粟，弗能守也”的见解，山谷吸收他的意思，凝练成“塞上金汤惟粟粒”，借以说明粮食在防边中的重要作用，这就把劝告友人重视农业的思想表达得十分鲜明。山谷在用字上更加千锤百炼，一丝不苟，尤注意在律诗的关节处狠下功力。他下字切至深刻、力透纸背，色彩鲜明、对比强烈，笔锋奇妙、新警异常。如“心犹未死杯中物，春不能朱镜里颜”（《次韵柳通叟寄王文通》），一个“死”字，一个“朱”字，把酒兴不衰、华年已逝，镌刻得入木三分；“故人相见自青眼，新贵即今多黑头”（《次韵盖郎中率郭郎中休官》），“故人”同“新贵”对仗，“青眼”和“黑头”映衬，对比何其鲜明；“麒麟坠地思千里，虎豹憎人上九天”（《再次韵寄子由》），用“麒麟”比志在千里的贤者，以“虎豹”喻忌人向上的权臣，用语又是多么警策精妙。山谷有些字下得异乎寻常，出人意表，所谓“黄诗秘密，在隶事下字之妙，拈来不测”（《昭昧詹言》卷十）。如《过平舆怀李子先》尾联：“酒船渔网归来是，花落故溪深一篙”，作者先摆出“酒船渔网”，渲染隐居生涯的幽雅，然后提出“归来”，归来才享有饮酒打鱼的惬意生活，句尾突然下一个判断谓语“是”字，肯定归来正确。简洁有力，一字千钧，使人意想不到。

山谷写诗确乎做到了如他所说“用一事如军中之令，置一字如关门之键”（《跋高子勉诗》），只字半句不轻出。

其三，语言色泽洗净铅华，独标隽旨。山谷诗的语言与其词作不同。山谷词有一部分接近柳永，多写花月艳情、伤别狎妓，语言趋于艳冶。山谷诗则“洗尽铅华，独标隽旨，凡风云月露与夫体近香奁者，洗剥殆尽”（陈丰《辨疑》）。山谷诗偶尔涉及儿女情，也多半属于借用或加以净化、雅化。如“公诗如美色，未嫁已倾城”（《次韵刘景文登邺王台见思》），“刁之实录葬皇祖，斯文如女有正色”（《次韵子瞻送李豸》），都是借美女比喻文章的风格。《和陈君仪读太真外传》，虽是题咏杨贵妃的故事，但作者侧重总结历史教训，写得雅洁庄重。连理枝本来是爱情关系的象征，但山谷在《戏答陈季常寄黄州山中连理松枝》诗中，偏不从儿女情上发挥，而说：“老松连枝亦偶然，红紫事退独参天。金沙滩头锁子骨，不妨随俗暂婵娟。”这里化用佛典，说松枝长成连理不过是偶然的例外，正像金沙滩头偶现妇人身形的观音，本质上仍是菩萨骨骼。可见山谷写诗不喜作艳语、绮语、软语，而以雅洁劲峭胜，其用语，除博采经史诗赋外，还多取材于禅家、道家和小说。如“定是逃禅入少林”（《次韵盖郎中率郭郎中休官》），“有身犹缚律”（《次韵答王慎中》），“六凿忽通透”（《复庵》），“忘蹄出兔径”（《次韵盖郎中率郭郎中休官》），“管城子无肉食相，孔方兄有绝交书”（《戏呈孔毅父》），等等。语言的色泽和韵度与前人颇有不同。山谷有时还把含义丰富的典故凝缩成简短的词语，直接嵌入诗中，如“百年才一炊”（《留王郎》），“四壁不治第”（《次韵秦觏过陈无己》），“一炊”“四壁”两词都含有一定的故事。山谷在使用词语上，善于以故为新、避熟就生，如“向人怀抱绝关防”（《次韵奉酬刘景文河上见寄》），“阴壑虎豹雄牙须”（《次韵子瞻以红带寄王宣义》），作者把对人推心置腹说成“绝关防”，用“雄牙须”形容身居岩穴的隐者性格倔强傲岸，使人感到新颖警策，不落窠臼。

其四，诗风瘦硬峭拔，兼有老朴沉雄、浏亮芊绵的特色。山谷诗不但情思超迈，韵格高绝，而且造句奇崛，笔势雄健，且又发展杜甫的拗律拗句，以此来约晚唐的熟滑，矫西昆的丽靡，这就形成了独有的瘦硬峭拔的风格。正如方东树所说：“山谷所得于杜，专取其苦涩惨淡、律脉严峭一种，以易夫向来一切意浮功浅、皮傅无真意者耳。”（《昭昧詹言》卷一）如《次韵几复和答所寄》《题李亮功戴嵩牛图》，无论情思和笔力，都给人一种英特不凡的感受，确是山谷的创格。但山谷的五古七古，有些却写得老朴沉雄，如《留王郎》《送王郎》《送舅氏野夫之宣城》《赠陈师道》《老杜浣溪图引》等。李调元也说：“黄山谷七言古歌行，如歌马歌阮，雄深浑厚，自不可没”（《雨村诗话》）。山谷的不少七律七绝则笔势如风、一贯而下，饶有顿挫之致，并无饾饤之感。如“世上岂无千里马，人中难得九方皋”（《过平舆怀李子先》），“安得雍容一樽酒，女郎台下水如天”（《郭明甫作西斋于颍尾》），不管颔联对仗或尾联收煞，不论是否用典，都能做到顺势而下，流丽晓畅。再如七律《登快阁》，韵格尤显明快浏亮，读来爽利异常。陈丰曾说：“或谓山谷诗一以生硬为主，何所见之褊也！公诗祖陶宗杜，体无不备，而早年亦从事于玉溪生，故集中所登，慷慨沉雄者固多，而流丽芊绵者亦复不少。……世人未览全集，辄以‘生硬’二字蔽之，不知公时作硬语，而老朴中自饶丰致”（《辨疑》）。这种看法是较为全面的。

山谷于文章自期远大，有志立异创新，决不随人作计，其创作态度又极为严肃，惨淡经营，不惜功力，果然开辟了新境，树起了独立的艺术个性，卓然自成一家。自然，山谷文论和诗作也都有缺陷。主要在于向现实生活用力不够，“专以拗峭避俗，不肯作一寻常语，而无从容游泳之趣”（《瓯北诗话》卷十一）。江西末流又专意发展他的缺点，把本来可取的主张和经验推向极端，这就陷进了形式主义泥沼。然而，山谷在诗艺上崇尚独创，其用意和获取的实绩毕竟值得重视，不可忽略，而效颦者所带来的弊端，则是不能由他来负责的。

第二节　考入助教班与学术新视野

1984 年初，教育部为提升高校青年教师专业素养和满足学历要求，在全国选择了 12 所部属重点大学，举办助教进修班，开设硕士研究生课程，各门成绩合格后，即可提交论文，申请参加授予硕士学位的论文答辩。当时，山东大学“宋元明清文学助教进修班”是全国唯一的文科助教班。经过努力准备，我与来自 17 个省的 250 多名高校青年教师一起参加了全国统一考试，31 位被录取，很快收到了录取通知书。

一、助教班学习与小说戏剧思考

1984 年 9 月初，来到位于济南千佛山下的山东大学南校区报到。助教班的班主任是著名文学史家冯沅君先生的高足袁世硕教授。他在 1962 年就以学术专著《孔尚任年谱》享誉国内外，副主任是武润婷老师。袁先生为助教班讲授“元代杂剧”与“中国文学史研究方法论”两门课程，元代杂剧的宏观文化把握与具体作品的生动分析，尤其是古代文学研究的“问题意识引导”论，给我留下极为深刻的印象，而袁先生讲授的问题导向选题、文献资料辨析、学术价值判断、文化意义关联等学术研究切身体会，以及广阔深厚的知识积累乃至多种方法的生动讲解，给我的引导、启发最直接，为以后学术研究的深入展开提供了很大帮助。

助教班同时还开设了王绍曾“版本目录学”、朱德才“宋词研究”、孟广来“中国戏剧史”、邢业金“马列经典著作选读”、滕咸惠和于维璋“中国文学批评史专题”等课程，从不同学科、不同领域、不同角度做理论层面、历史发展与研究运用等层面深刻、生动的讲授，形成一个较为系统、科学的专业研究知识体系，多方面开拓学术视野，提升理论素养。根据课程讲授内容需要，助教班现场观摩名家演出吕剧《程咬金招亲》《画龙点睛》、京剧《野猪林》《龙凤呈祥》等，参加“李清照研究学术讨论会”“中国古代戏曲学术讨论会”，参观淄博蒲家庄“蒲松龄纪念馆”，实地考察古迹文物，以多种教学形式激发和提高同学们的学术思维能力。助教班两周一次学术沙龙讨论会、集体编写《元曲百科辞典》、共同校勘清代姚鼐《古文辞类纂》……所有这些，都让我眼界大开、思路顿阔，扩大了专业知识面，也有效增强了学术研究的理论思维能力。一年的全脱产进修学习，完成了助教班开设的所有课程，以优异成绩拿到“高等学校助教进修班结业证书”，为后来攻读博士奠定了基础。

小说与戏剧是宋元明清文学发展的亮点，也是助教班课程讲授的重点。我在助教班期间，除了参与《元曲百科辞典》编写、《古文辞类纂》校勘之类的集体项目外，考虑到高校本科教学的实际需要，我对以前很少涉及的宋元小说批评与元代戏剧名作也进行了针对性的思考，并写成文章，形成一批学术研究的初步成果，其中《论宋元小说批评的开拓与发展》《张寿卿及其杂剧〈红梨花〉》《〈西厢记〉艺术成就的多维审视》等，都是具有一定学术参考意义的代表性论文。

1.《论宋元小说批评的开拓与发展》

《论宋元小说批评的开拓与发展》从我国古代“小说”的概念说起，指出中国古代“小说之名虽同，而古今之别，则相去天渊”（清·刘廷玑《在园杂志》），中国古代小说“始乎周季，盛于唐，而寖淫于宋”（绿天馆主人《古今小说·序》），小说批评的含义也是这样，而宋代小说批评理论处于承上启下的过渡期，有其特殊地位。文章认为，先秦迄唐的小说批评属于草创时期，泛散芜杂，但涉及的方面已较广。宋元时期的小说批评正是在这个基础上发展起来的。不过，由于小说创作的新发展以及政治、经济、社会各方面的原因，这个时期的小说批评无论在内容上还是形式上都比前代有了突破性的发展，主要表现在几个方面。

首先，人们开始从人物形象来探讨小说的特点。艺术形象的塑造是后世小说的主要特征，是它区别于其他文体的重要标志之一。这个特征从唐传奇开始表现出来。但其时尚无理论的总结。

北宋的赵令畤是把目光投向人物形象的第一个人。他在评论元微之《莺莺传》时说："夫崔之才华宛美，词采艳丽，则于所载缄书诗章尽之矣；如其都愉淫冶之态，则不可得而见，及观其文，飘飘然仿佛出于人目前，虽丹青摹写其形状，未知能如是工且至否?"《莺莺传》产生的广泛影响主要是莺莺形象的塑造。赵令畤第一次分析了莺莺的形象。他认为，小说是从两方面进行塑造的：一是气质，即"才华宛美，词彩艳丽"，是通过"缄书诗章"来表现的；二是外貌，即"都愉淫冶之态"，主要是由"文"即小说的叙述、描写语言来传达的。二者的结合，使莺莺的形象活了起来，产生了"飘飘然仿佛出于人目前"的艺术效果。这种境界，当然是"丹青摹写其形状"所难达到的。赵氏的议论已经揭示了艺术形象的鲜明性和生动性特点。明代的思想家李卓吾在批评《莺莺传》时说："尝言吴道子、顾虎头只画得有形象的，至如相思情状，无形无象，微之画来，的的欲真，跃跃欲有，吴道子、顾虎头又退数十舍矣!"这是对赵氏观点的进一步阐述。

如果说赵令畤是立足于小说的整体来分析人物形象的话，那么，宋末的刘辰翁则已经着眼于人物的语言、行动等方面去具体分析人物形象了。这主要反映在他对《世说新语》的评点上。《世说新语》的体例与传奇有别，虽是志人，但缺乏完整的故事情节，大多通过片言只语或一两个动作与事件的描写来表现人物，然而却能收到生动传神的艺术效果。刘辰翁正是抓住了这个特点，多采点睛之法，指出小说塑造人物形象的特色与所达到的艺术效果。如"极得情态""甚得騃态""意态略似""写得郑庄可憎""想见其良，益叹其真""神情愈近，愈见其真"等皆是。如他在评论一则写何晏的故事时，认为何晏形象的塑造"字形、语势皆绘"，即故事的叙述、描写与何晏个性鲜明的语言都非常成功地突出了人物的形象。故事的表现方法及其艺术效果，使刘氏连连赞叹："奇事!

奇事!”

其次，人们开始注意从体裁内部来探讨小说的特点。前代对于小说的体裁形式早有认识，如桓谭之云“短书”，王充所言“短书小传”（《论衡》），刘知几称“短部小书”（《史通》）。这虽然是就小说的篇幅而言，但那时尚处襁褓之中，不可能有别的称呼。唐传奇出现以后，体裁形式发生了变化，人们的认识当然也要跟着变化。不过，这种新的探索和认识也是宋人开始的。

南宋赵彦卫《云麓漫钞》云：“唐之举人，先借当世显人，以姓名达之主司，然后以所业投献，逾数日又投，谓之‘温卷’，如《幽怪录》《传奇》等皆是也。盖此等文备众体，可见史才、诗笔、议论。”《幽怪录》为牛僧孺作，又名《玄怪录》，原书已佚，《太平广记》中尚存三十余篇；《传奇》为裴铏著，亦佚，今人周楞伽辑得三十一则。这段材料记载了唐代“温卷”的故实，并指出了当时用“传奇”来“温卷”的原因——“盖此等文备众体，可见史才、诗笔、议论”。它正确地概括了唐代传奇小说在形式和表现上的重要特点，反映了当时人们对它的要求和看法。唐代传奇往往诗词间用，骈散并取，亦采议论，使小说“摛词布景，有翻空造微之趣”（明·桃源居士《唐人小说·序》）。且“以锦绣之心，风雷之笔，涵天地于掌中，舒造化于指下……令阅者惊风云之变态”（清·黄越《第九才子书〈平鬼传〉序》）。所以赵彦卫能作出上述概括，确实难能可贵。当然，宋初赵令畤对此已有所意识，指出元稹《莺莺传》“自非大手笔孰能与于此!”罗烨《醉翁谈录》《舌耕叙引》也说：“也题流水高山句，也赋阳春白雪吟”，“曰得词，念得诗，说得话”，“论才词有欧、苏、黄、陈佳句，说古诗是李、杜、韩、柳篇章”，等等。所有这些见解，虽然多就传奇、话本而发，但对后世的小说批评都有很大的启发。因为它们都点出了融诗、文、词多种因素的体裁特征。所以，明代凌云翰、胡应麟、王圻就曾分别指出过唐宋传奇与话本“制作之体”“亦工”（《剪灯新话·序》）、“诗词亦大率可喜”（《少室山房笔丛》）、

“非绝世轶材自不妄作”（《稗史汇编》）的特点。明末袁无涯甚至专门探讨过小说中诗词的重要作用，以为能“形容人态，顿挫文情”，“不乏咏叹深长之致”（《忠义水浒全书发凡》）。清代何彤文以为“《聊斋》胎息《史》《汉》，浸淫晋魏六朝，下及唐宋，无不薰其香而摘其艳。其运笔可谓古峭矣，序事可谓简洁矣，铸语可谓典赡矣”（《注〈聊斋志异〉序》），指出了《聊斋》博采众体而成一家的特点，可以说是对赵彦卫“文备众体”说的具体发挥。

最后，宋人对小说在艺术表现方面的特点的挖掘也较前人可观。如《汉书·艺文志》虽然指出了当时小说在语言上的特点，却分明是在贬斥；葛洪、肖绮有过“殊甚简略”“纪事存朴”议论，但只是就整体风格的泛论；刘知几看到了小说的“全构虚词”，沈既济也提出过“著文章之美，传要妙之情”的主张，然均未展开讨论，而宋人则与此不同。《东坡志林》卷六记载了这样一个有趣的故事：“途巷中小儿薄劣，其家所厌苦，辄与钱，令聚坐听说古话。至说三国事，闻刘玄德败，频蹙眉，有出涕者；闻曹操败，即喜唱快。”“古话”的底本即是白话小说。苏轼录此事，是出于对小说艺术感染力的惊叹，因为它竟能使“薄劣”小儿的感情随着故事情节的变化而变化！洪迈在《容斋随笔》中分析唐代小说时亦指出：“唐人小说，小小情事，凄惋欲绝，洵有神遇而不自知者。”“唐人……小说戏剧，鬼物假托，莫不宛转有思致，不必颛门名家而后可称也。”洪氏不只看到了唐代小说浓厚的感情色彩——“凄惋欲绝”，也看到了表达这种感情的方法——“鬼物假托”，而尤其注意到了它的艺术效果——“洵有神遇而不自知”。罗烨在《醉翁谈录》中谈到小说的艺术感染力更为具体深入。他说：“说国贼怀奸从佞，遣愚夫等辈生嗔；说忠臣负屈衔冤，铁心肠也须下泪。讲鬼怪令羽士心寒胆战；论闺怨遣佳人绿惨红愁。说人头厮挺，令羽士快心；言两阵对圆，使雄夫壮志。谈吕相青云得路，遣才人着意群书；演霜林白日升天，教隐士如初学道。噇发迹话，使寒门发愤；讲负心底，令奸汉包羞。”这段评述和后来金圣叹等人对《水浒》人物刻画力量的高度评价已十分接近。

“小说艺术感染力的形成，具有多方面的因素，情节、结构和语言是重要的方面。宋元小说批评者对此也有不同的发掘”，“宋元时期对于小说题材与内容的认识也比前代深入了一步”，“宋元对小说的社会作用的认识也深化而多样”，“宋元小说批评本身在形式上也有新变化”。宋元小说批评在前代的基础上做了多方面的开拓，把我国古代的小说批评推进到一个新的高度，从而为明清小说批评高潮的到来拉开了序幕。

中国古代小说发展的辉煌时期在明清，而明清两代也是小说批评高潮迭起的黄金期，对宋元小说批评发展态势的专题研究，揭示了明清小说创作高潮与批评理念的思想酝酿及文化底蕴，《论宋元小说的批评与发展》成为开辟这一话题研究较早的学术成果，发表在《齐鲁学刊》1986 年第 1 期，得到张忍让教授的充分肯定与鼓励。

2.《张寿卿及其杂剧〈红梨花〉》

元代杂剧《红梨花》曾赢得当时人们的广泛称赞并流传至今，成为元代杂剧的重要代表作品。然而，对于《红梨花》的作者与杂剧文本，当时并无专文研究的论文，一般课堂讲授大都采取稍触即离或直接回避的处理方式。选择这一问题展开探讨，是试图争取把问题搞明白、说清楚。

检索历史文献可知，张寿卿是山东东平府（今东平县）人。他同绝大多数元杂剧作家一样，姓名不见于正史，行实亦无可稽考，生平资料几乎没有什么文字记载，以至连他的名、号都无法查到，生卒年月更无从谈起。在古代典籍中，首次将张寿卿载入卷册留下痕迹的是元人钟嗣成，他的《录鬼簿》“前辈已死名公才人有所编传奇行于世者”栏下有“张寿卿，东平人，浙江省掾吏。谢金莲诗酒红梨花”的文字记述（据曹楝亭刊本），成为古代典籍文献中关于张寿卿本人信息的重要资料。其后，贾仲明在补写《凌波仙》悼词时又透露了一些新的内容：“浙江省掾祖东平，蕴藉风流张寿卿。《红梨花》一段文笔盛。花三婆，独自胜。论才情压倒群英。敲金句，击玉声，振动神京。”对剧本的语言文采与故事梗概给予高度评价。张寿卿何时出任掾吏？如果解决了这个问题，就可以相应地推知其大体的生活年代，从而有益于作品的理解。于是从“浙江省”入手深入考察。

元代的“浙江省”与今天的“浙江省”内涵不同。前者是官署之称，后者为行政区域。“省”在元代又有两种情况，一是“中书省”的简称，二是“行中书省”的简称。元以中书省为中央政府，直辖腹里二十八路，又在诸路之上置“行中书省”、即中书省派出的办事处或行署，简称“行省”。“浙江省”即是这一类行省。张寿卿出任的自然是行省掾吏。据《元史·志》，“知元代行省亦有不同。”《元史》卷九十一载：“国初，有征战之役，分任军民之事，皆称行省。”那么，张寿卿出任掾吏，是“国初”的“行省”还是“中统、至元间”的“行中书省”呢？经过详细考察而知，元代初期，疆域尚未统一，处于南方的江浙一带不会有什么行省。南宋的最后灭亡是在1279年，元统治者在这以后才有可能设江浙行省。《元史》载：“江浙等处行中书省。至元十三年，初置江淮行省，治扬州。二十一年，以地理民事非便，迁于杭州。二十二年，割江北诸郡隶河南，改曰江浙行省，统有三十路、一府。”这段文字不但说明了江浙行省的沿革，更重要的是记载了设立江浙行省的确切时间——至元二十二年，即公元1285年。由此推断张寿卿出任掾吏的时间必在此年或者其后，而张寿卿出任掾吏的时间又足以说明他在至元二十二年前后是在世的。进一步对张寿卿出任掾吏的年龄做出较为合理的估计，并大致推导出他的生年乃至卒年，推断出其生活的大致年代。

根据当时中原南北对峙、社会动荡不定的情况，张寿卿在弱冠之年游宦江浙的可能性不大。而中年以后，也不会远离山东老家，跑到江浙去充当一名掾吏，虽然这是当时晋身的一条门径。依照古人远游的习惯，张寿卿在壮年时出任江浙掾吏的可能性最大。假定张寿卿1285年在三十岁左右，则他的生年大约在公元1255年；设若他活到六十岁左右，其卒年当在公元1315年前后。简言之，张寿卿大约生活在公元1255年至1315年之间。由这个并非严谨的推论可知，张寿卿的生活年代包括了至元、大德时期，这是元杂剧发展的兴盛期，其后杂剧南移并逐渐衰落。这与张寿卿是前期作家的传统观点相一致。此其一。其二，钟嗣成的《录鬼簿·序》撰写于至顺元年，即公元1330年，这代表着成书时间。此距推断的张寿卿卒年晚了十五载，作者钟嗣成视张寿卿为“前辈已死名公才人”，与推论结果相符。

对杂剧文本进行深入分析后可知，《红梨花》这个才子佳人风情剧，本事出自小说《赵汝舟传》，南宋初即有流传，金院本已有《红梨花》杂剧，陶宗仪《辍耕录》有记载。张寿卿的剧本《红梨花》，不但使故事有了新的表现形式，而且也赋予了新的内容和生命。作品通过谢金莲之口，一方面说出了“秀才们受辛苦十载寒窗下，久后他显才能一举登科甲”的愿望，指出“文官把笔平天下”的不可忽视的重要作用，另一方面又发出了“秀才无路上云霄”的怨愤。全剧结局虽然是“有情人终成眷属”，但由于谢金莲“上厅行首”的特定身份而终于做了“头名状元”的原配夫人，这对壁垒森严的封建婚姻等级制度和传统的爱情观念无疑是一个强烈的冲击和挑衅，具有一定思想新潮进步的时代意义。

《红梨花》的戏剧艺术成就首先表现在塑造了“上厅行首”谢金莲官妓形象，反映了当时的社会。作为官伎，她受着官府的拘制，没有人身的自由；作为现实生活中鲜活的个体之“人”，她又有强烈的自我意识，追求幸福，渴望自由。张寿卿通过谢金莲在应差和爱情上的矛盾，真实地反映了这一社会问题，具有典型意义。在全剧结构设计和戏剧冲突组织方面，剧本围绕谢、赵爱情精心结构，一方面把赵汝舟作为贯穿全剧的线索人物，使故事的起因、发展、变化、结局有了依附，线条清晰；另一方面又以“红梨花”作为全剧的“戏胆”，组织冲突，形成波澜。“红梨花”既是谢金莲形象的象征，又是谢、赵聚欢离合的见证；既是推动剧情发展的基础，又是缩和故事的线索。在组织戏剧冲突时，通过计谋、误会、突转、意外等手法的交替使用，使故事愈加富有传奇色彩，曲折生动，引人入胜，呈现出强烈的喜剧性效果。在语言方面以文笔与声律称胜，曲白洗练、通俗、生动，富有表现力，充满诗情画意。

《张寿卿及其杂剧〈红梨花〉》后来刊载于《齐鲁学刊》1989 年第 4 期，《高等学校文科学报文摘》1989 年第 6 期摘要转载。

3.《〈西厢记〉艺术成就的多维审视》

《〈西厢记〉艺术成就的多维审视》着眼于王实甫《西厢记》文本的艺术成就，以中外历代名家的评论开头，然后就《西厢记》的孕育问世、境界旨趣、关目处理和戏剧中心人物塑造等方面展开细致分析。

《西厢记》文本经过漫长历史衍化与群体参与创造，其卓越艺术成就乃是中华民族集体智慧的结晶，凝聚着华夏文化的精华。剧本中崔莺莺与张生曲折的爱情故事，源于中唐诗人元稹的传奇小说《莺莺传》。入宋后，被收入宫廷编辑的《太平广记》，并成为民间说唱的题材，家传户诵，妇孺皆知。苏轼门人秦观、毛滂创作了《转踏》调笑令咏其事，赵令畤写了“句句言情，篇篇见意”（《侯鲭录》）的《商调蝶恋花》“会真记”鼓子词，使崔张的爱情故事有了新的发展和提高。宋金对峙时期，中国北方的董解元又把崔张故事改编为诸宫调《西厢记搊弹词》（俗称董西厢），拓展为八卷约六万字的长篇讲唱文学，增加了郑恒、法聪等人物，并赋予反抗封建礼教的意义，表现了“从今至古，自是佳人，合配才子”的主题。作品描写了崔张爱情的发生、发展、波折与结局，表现了崔张对爱情的追求和执着，并通过他们的美满结合，给予了热情的肯定和赞颂，提出了婚姻自由的主张和“愿普天下有情的都成了眷属”这样一个崇高理想。王实甫《西厢记》的崔张爱情排除了世俗、庸俗的观念而得到了净化，升华到一个纯洁的境界。王实甫通过对崔张爱情的歌颂和赞扬，彻底否定了封建礼教。他写崔、张的月下私期，是那么美满欢畅、有情有义；写他们的长亭分手，是那么的缠绵婉转，难解难分；这就使处在封建统治下的无数青年男女为他们这种美满的恋爱生活所歆动，所陶醉，使《西厢记》既能在当时受到广大市民阶层的欢迎，又能于后世受到无数青年读者的喜爱，成为中国古典戏剧中最富生命力的代表性作品之一。

情节的跌宕与结构的缜密是《西厢记》关目处理的突出特点。全剧情节生动曲折，波澜横生，错落跌宕，扣人心弦，而结构宏伟严谨，伏应接转，开阖变化，缜密多变，从而使情节和结构达到了臻于完善的艺术境地。王实甫深刻把握事件发展和人物性格发展的内在逻辑，安排了两条相关联的情节线索，一是崔、张、红对老夫人的矛盾斗争，二是崔、张、红三人之间的误会性冲突。崔、张爱情的产生不能不冲击封建礼教，随着崔张爱情的发展，使崔、张、红对老夫人的矛盾逐渐尖锐，同时也引起了三人间的误会性冲突。全剧紧紧围绕这两条线索，在一波未平、一波又起的曲折过程中展开一个个戏剧冲突，表现了作者在关目处理上的高超艺术。

《西厢记》成功地塑造了一系列生动鲜明的艺术形象，作者通过刻画人物的外貌和展示人物的心态心境，表现人物的不同性格，创造了一个五彩缤纷的艺术群体，并以此展开错综复杂的戏剧冲突，使全剧充满了喜剧色彩。首先，莺莺是作品着力塑造的第一个艺术形象，剧中所有的故事情节、戏剧冲突都是由她引起并逐步展开。尤其根据莺莺的家庭出身、生活环境等条件，着重刻画其娇丽多情、聪颖灵慧，感情深沉而炽烈、做事果断而又谨慎的性格，表现了她蔑视门第观念和功名利禄，大胆地追求爱情幸福，勇敢地向封建礼教冲击的斗争精神。其次，剧本也着力刻画了张生的痴情与志诚，通过描述其大胆追求莺莺的过程，精心刻画了他直率而又鲁莽、痴情而又懦弱、聪明机敏而又幼稚单纯、风流博学而又志诚忠贞等多方面的性格。自见了莺莺，他夜里“睡不着如翻掌，少可有一万声长吁短叹，五千遍捣枕捶床”。“隔墙酬韵”后，对莺莺的感情进一步发展，更是“怨不能，恨不成，坐不安，睡不宁”，发誓说“我得时节手掌儿里寄擎，心坎儿里温存，眼皮上供养”。张生不顾自己穷落拓书生的身份与处境，开始了对莺莺的大胆追求，想尽一切办法尽可能地接近莺莺，甚至决定“不往京师应举也罢”。最后，剧本通过表现心灵与情操，精心塑造了爱情天使和善良化身的红娘形象。所谓“没有红娘就没有《西厢记》。”红娘形象最突出特点就是聪明机智、泼辣俏皮，热心助人，富有正义感。在崔张恋爱的最初阶段，红娘并不热心，而只是出于观望，采取了既不破坏也不成全的态度。她时常提醒或警告莺莺，执行着“行监坐守”的职责。佛殿邂逅，月夜烧香，她并没有告诉老夫人。“寺警”之后，由原来的观望换成了同情和支持，认为“张君瑞合当钦敬”，不仅指责老夫人“忘恩”“失信”，还亲手安排“月夜听琴”，从此为崔张爱情递书传简。“放简”“闹简”更表现出了红娘的机灵。“拷红”，她煞了老夫人的威风，脱清了自己的干系，说明了现实情况，指出了“好休”的路子，由被动坚守转为主动出击，直到老夫人投降。威严的老夫人成了被指控、被审问、被指责的对象，而红娘却成了神气十足的法官与裁判。红娘不怕自己辛苦，助人为乐而又一无所求的品格，使得红娘形象光彩照人。

明人何良俊《四友斋丛说》说“王实甫才情富丽，真辞家之雄”，都穆、王世贞谓王西厢为北曲“压卷”，李贽则誉西厢记为“化工”，清代戏曲家李渔说“自有西厢而迄于今四百余载，推西厢为填词第一者，不知几千万人”（《闲情偶寄》）。可以说，王实甫《西厢记》是对前代爱情文学的大总结、大提高，同时又为后世的爱情文学开辟了新天地、新境界。在中国古代文化史上，《西厢记》与《牡丹亭》《红楼梦》形成了爱情文学的三座艺术峰巅。

代表成果之二：

《西厢记》艺术成就的多维审视①

王实甫《西厢记》被前人视为“千古绝技”（明·王骥德《曲律》）、“古今绝唱”（明·李梗《西厢记考据》）、“千古第一神物”（明·陈继儒《鼎镌陈眉公先生批评西厢记》）；当代著名学者郭沫若亦称《西厢记》“是超过时空的艺术品，有永恒而且普遍的生命”（《西厢记艺术上之批判与其作者之性

① 参见《中国文化研究》2000年3期（总第29期）。

格》）；日本研究中国古代戏剧的权威波多野太郎则指出《西厢记》“已成为世界戏剧史上的伟大文学作品”（蒋星煜《明刊本西厢记研究·波多野太郎序》，中国戏剧出版社 1982 年版）。本文拟就《西厢记》的孕育问世、境界旨趣、关目处理和戏剧中心人物塑造诸方面，略作研讨绎述。

一、历史的衍化与群体的参与：《西厢记》的创造轨辙

《西厢记》卓越的艺术成就是在相当漫长的一段历史时期内逐渐孕育形成的，它是中华民族集体智慧的结晶，凝聚着华夏文化的精华，而并不属于王实甫一人，故清人金圣叹说“《西厢记》不是姓王字实父此一人所造”（《读第六才子书〈西厢记〉法》）。

《西厢记》主要演述崔莺莺与张生曲折的爱情故事，故事的源头便是中唐诗人元稹的传奇小说《莺莺传》。《莺莺传》又称《会真记》《会仙记》，讲述唐代贞观年间，张生游于蒲州，住在普救寺，恰巧姨母崔夫人携女儿莺莺和儿子欢郎住在这里。时逢乱军“大掠蒲人”，崔氏母女“旅寓惶骇，不知所托”，由于张生“与蒲将之党有善，请吏护之，遂不及于难”。事后，崔张得以相见，引出了一段曲折缠绵的爱情故事，如情诗挑逗，待月西厢，幽会私合，长安寄书等。故事的结局是“始乱之，终弃之”，“崔已委身于人，张亦有所娶。”作者称“时人多许张为善补过者”。《莺莺传》问世后，因为故事本身就很富有戏剧性，又很适合当时文人的思想情趣和意识，因此受到士大夫们的喜爱，广为传播。元稹还写了《会真诗三十韵》，他的友人李绅为此写了《莺莺歌》，白居易等人也都有诗唱和。故鲁迅说“其事之振撼文林，为力甚大”（《唐宋传奇·稗边小缀》），在《中国小说史略》中，又谓“元稹以张生自寓，述其亲历之境，虽文章尚非上乘，而时有情致，固亦可观，惟篇末文过饰非，遂堕恶趣”，指出了作品的生活基础及艺术特点。

入宋之后，元稹的这篇传奇被收入宫廷编辑的《太平广记》，并成为民间说唱的题材。人们以各种不同的体裁、形式传颂这个故事，以至于家传户诵，

妇孺皆知。据赵令畤《商调蝶恋花》鼓子词叙说，“至今士大夫极谈幽玄，访奇述异，无不举此以为美谈；至于倡优女子，皆能调说大略”。可见传播广泛。苏轼的门人秦观、毛滂就分别用当时盛行的《转踏》调笑令或“调笑”的歌舞曲形式叙其事。但因体裁短小，容纳量小，不能写出完整的故事。赵令畤深憾于此，便采用当时流行的另一种民间的说唱形式鼓子词，写了“句句言情，篇篇见意”（《侯鲭录》）的《商调蝶恋花》“会真记”，以十二支曲子和各曲前后的散文道白，连说带唱，使内容和形式都充实、扩大了，并且否定了《莺莺传》所谓“始乱终弃”“善补过”的落后部分，使崔张的爱情故事有了新的发展和提高。

宋金对峙时期，金章宗时，在中国北方，董解元又把崔张故事改编为诸宫调《西厢记㮀弹词》，俗称“董西厢”，将不足两千字的传奇，拓展为八卷约六万字的长篇讲唱文学。除演述崔张故事外，又加进了郑恒、法聪等人物，使故事更为曲折，并且改变了《莺莺传》宣扬封建意识的主题，赋予了崔张故事以明显的反抗封建礼教的意义，在人物和情节上也有了较大的丰富和提高。特别值得提出的是，董西厢是现在流传下来的所有崔张故事的文学作品里第一部打破悲剧性结局的著作。作者改变了张生轻薄少年的形象，也不再把崔莺莺看成是“不妖其身，必妖于人”的“妖孽”，最后让崔张双双出奔，表现了“从今至古，自是佳人，合配才子”的主题。《莺莺传》的矛盾冲突主要在崔张之间，而在董西厢里，则形成了崔、张、红与老夫人、郑恒两方的矛盾冲突，这就使主题思想上升到反封建制度、背叛封建礼教的高度。崔莺莺成了“相国小姐”，她经过了曲折的斗争，突破了封建礼教的束缚，勇敢地与张生结合，什么“父母之命，媒妁之言”“门当户对”“自献之羞”都不能阻挡她为追求幸福而斗争，终于成为胜利者。张生也由“始乱终弃”变为对爱情坚贞不渝，把功名置于第二位的具有反封建思想的人物。红娘和法聪既出谋又出力，对崔张的结合起了决定性的作用。崔老夫人在传奇中几乎是一个没有性格、没有行动的人物，到董西厢里，却成了矛盾冲突一方的代表。在艺术表现手法上，董西厢也取得了多方面的成就。

与董西厢同时流行的有关崔张爱情故事的还有话本《莺莺传》（南宋罗烨《醉翁谈录》）、宋官本杂剧段数《莺莺六么》（周密《武林旧事》）、金院本《红娘子》、南戏《崔莺莺西厢记》等。这些作品都没有流传下来，虽然不知其思想内容与艺术的创造如何，却说明了人们参与创作的广泛。

元代统一全国之后，这些在南北流行的有关崔张爱情故事的各种戏曲、讲唱形式，又重新在大都、杭州等戏曲中心汇合起来，得到了交流。王实甫正是在前人创作的基础上，运用自己的戏剧天才，重新进行了艺术的再加工、再创造，写成了一部思想和艺术都臻于完美的《西厢记》。

西厢故事经过了近五百年的流传，其不断流传的过程，实际上就是不断加工、不断创造的过程，也是不断融进人们的审美情趣和意识理想的过程。

二、爱情的升华与理想的追求：《西厢记》的境界旨趣

明代统治者曾指斥“《西厢记》诲淫”，是“淫媟之戏”，且“禁书坊不得鬻，禁优人不得学，违则痛惩之”（陶爽龄《喃喃录》），清统治者亦称《西厢记》“引诱聪俊之人，是淫书之尤者也，安可不毁”（见《元明清三代禁毁小说戏曲史料》增订本，上海古籍 1981 年版），乾隆皇帝弘历甚至亲下“圣训”禁斥。对此，金圣叹曾严加驳斥：“《西厢记》断断不是淫书！断断是妙文”，“说《西厢记》是淫书，此人后日定堕拔舌地狱”（《读第六才子书〈西厢记〉法》）。《西厢记》之是否诲淫，乃是读者自身的理解，指斥与驳斥，皆为接受主体产生的意识，就其文本而言，《西厢记》表现的却是纯真的爱情和对理想的追求。其故事的原型经过了长期的流传和众多艺术家的不断加工，基本情节和主要人物都已初具规模，王实甫以杂剧的形式演述，作者在进行艺术再创造的过程中，又予以高度的提炼、升华、丰富、发展，其间既融入了自己的思想和愿望，又深化了故事的主题和旨趣，提高了艺术境界。

《西厢记》全剧五本，共有二十折，外加五个楔子（有的本子把第二本中“惠明送书”视为一折，成五本二十一折，另有四个楔子），演述了崔莺莺和

张生曲折复杂的自由恋爱故事。作品描写了崔张爱情的发生、发展、波折与结局，表现了崔张对爱情的追求和执着，并通过他们的美满结合，给予了热情的肯定和赞颂。同时，作品还通过以老夫人为代表的封建势力对崔张爱情的破坏与阻挠，揭露了封建礼教对青年追求自由幸福的摧残，从而提出了婚姻自由的主张和“愿普天下有情的都成了眷属”这样一个崇高理想。

自由婚姻的严重障碍是封建的门阀制度。在元稹笔下，是门阀战胜了爱情，这是唐代现实的反映。到了董解元手中，由于时代的变化，改变了故事的结局，一变而为爱情战胜了门阀制度。王实甫则更深刻、更细致地揭示了其社会的尖锐性、复杂性，以及最后成功的必然性。在王西厢里，莺莺成为相国千金，张生虽为尚书之后，而实是“白衣饿夫穷士”，这就把崔张的恋爱变成了落拓书生与相国小姐的恋爱，使故事本身就具有了深刻的叛逆精神和理想色彩。一位落拓的穷书生，敢于大胆地追求相国的千金小姐，而相国的千金小姐也敢于热恋落拓的书生。莺莺以身相许，绝无门阀观念，张生也丝毫没有因为自己地位的低下而怯懦自卑，相反，他坚信相国小姐与自己是理所当然的“美夫妻”。不仅如此，他们都把爱情看得高于功名利禄，认为“但得一个并头莲，煞强如状元及第”，他们诅咒“蜗角虚名，蝇头微利，拆鸳鸯在两下里。”这些就构成了他们共同的思想基础，使他们的爱情经受住了那样曲折的严重考验。如果说他们的相遇是偶然性的机缘，那么，他们共同的思想基础，倒是促使他们相爱至深的必然性因素。这样，崔张的爱情就排除了世俗、庸俗的观念而得到了净化，升华到一个纯洁的境界。

“父母之命，媒妁之言”是门阀制度的保证。在私有社会，特别是封建社会，“决定这个问题的绝对不是他个人的意愿，而是家庭的利益”（《马恩选集第四卷》），所以，在封建社会里，青年男女不仅没有婚姻自由，而且平时还受着种种封建礼教的约束和桎梏。王实甫通过对崔张爱情的歌颂和赞扬，就彻底否定了封建礼教。他写崔张的月下私期，是那么美满欢畅、有情有义；写他们的长亭分手，是那么的缠绵婉转，难解难分；这就使处在封建统治下的无数青年男女为他们这种美满的恋爱生活所歆动，所陶醉，引起了他们对于“父母之命，媒妁之言”婚姻的不满和反抗，使《西厢记》既能在当时受到广大市民阶层的欢迎，又能于后世受到无数青年读者的喜爱，成为中国古典戏剧中最富有生命力的作品之一。

王实甫在剧末还提出了“愿普天下有情的都成了眷属”这一著名的思想。由《西厢记》可以看出，作者对生活中恋爱婚姻的悲喜剧有着明确的态度；他赞美以爱情为基础的婚姻，而反对以“父母之命，媒妁之言”为基础的婚姻。王氏认为，“有情的”结成婚姻才是美好的，值得赞美的。然而在封建社会，这只能是一种理想，特别是对于有一定地位的人来说，婚姻一般是不可能以“有情”为基础的。正如恩格斯在《家庭·私有制和国家的起源》中所指出的，对于统治阶级来说，“婚姻乃是一种政治的行为，乃是一种借新的联姻以加强自己势力的机会，起决定作用的是家世的利益，而绝不是个人的感情。在这种条件下，关于婚姻问题的最后决定权怎能属于爱情呢?”王实甫提出的理想，不仅在当时不能实现，即使在《西厢记》产生多少个世纪后也还不能实现。正因如此，《西厢记》写出了真实可信感人肺腑的爱情，但却无法令人信服地解决崔张的婚姻，只好采取妥协，让张生中了状元，然后团圆。尽管如此，王实甫毕竟提出了“愿普天下有情的都成了眷属”这样一种理想，一种符合人们愿望的美好理想，一种对青年男女来说颇具吸引力的理想，成为人们在婚姻问题上向往的目标，因而具有积极的力量。

三、情节的跌宕与结构的缜密:《西厢记》的关目处理

明代著名的戏剧大师汤显祖曾指出，《西厢记》“叙其所以遇合，甚有奇致焉”（《汤海若先生批评西厢记·序》），陈继儒亦言《西厢记》“总结处精密工致”（《鼎锲陈眉公先生批评西厢记》），都指出了《西厢记》关目处理方面的突出特点。纵观全剧，情节生动曲折，波澜横生，错落跌宕，扣人心弦，而结构宏伟严谨，伏应接转，开阖变化，缜密多变，从而使情节和结构达到了臻于完善的艺术境地。

《西厢记》演述的故事所发生的时间、地点、人物都很集中，这对于展开故事的曲折和复杂，都有相当的难度。王实甫在深刻把握事件发展和人物性格发展的内在逻辑的前提下，巧妙地安排关目，取得了很大成功。整个崔张故事，作者安排了两条相关联的情节线索，一是崔、张、红对老夫人的矛盾斗争，二是崔、张、红三人之间的误会性冲突。崔、张爱情的产生不能不冲击封建礼教，随着崔张爱情的发展，一方面使崔、张、红对老夫人的矛盾逐渐尖锐，另一方面也引起了三人间的误会性冲突。全剧就紧紧围绕这两条线索展开。第一本写崔张爱情的发生。作者安排了“惊艳”（一折）、“借居”（二折）、“隔墙酬韵”（三折）、“搭斋”（四折）四场戏，着重表现了崔张的相互倾慕，特别是莺莺的艳丽含情与张生的倾心爱慕。剧中充满了爱情的喜悦。然而开头的楔子已经讲明，莺莺早就许给了崔夫人的侄子郑恒。这就使观众和读者在为崔张爱情顺利发生并有进展的情况下，一方面为他们高兴，另一方面又为他们担心。事态将如何发展？在第二本里，作者安排了“寺警”（一折）一场戏，使崔张的爱情故事突然出现了新的情况，贼人孙飞虎要抢莺莺做压寨夫人，崔张爱情面临严重的威胁，使观众与读者全身为之紧张。然而，“围寺”迫使崔夫人宣布“但有退兵之策的，倒赔房奁，断送莺莺与他为妻”，张生由是写书退兵解围，因祸得福。至此，崔张的爱情故事又发生了重大变化，似乎可以公开化、合法化了。所以“请宴”（二折）一场戏，极写张生兴高采烈、手舞足蹈之情状，使之在放下“兵围”时那颗提起来的紧张的心的同时，又为崔张爱情的即将成功而庆幸。不料，在“赴宴”（三折）中，老夫人变卦“赖婚”，令崔张以兄妹相称，眼看崔张的爱情又化为泡影，使观众由“白马解围”的庆幸坠入惋惜遗憾，在同情崔、张的同时，又怨恨崔老夫人。故事至此又是出乎意料的巨大变化。既然夫人已把话讲明了，崔张的爱情故事到此似乎可以结束而没有什么戏可写了。但作者又安排了“月夜听琴”（第四折）一场戏，使故事断而复续，崔张互诉衷肠，夫人的“赖婚”反倒使二人的感情向前发展了一步，相互了解更深了一层。第三本则写了“寄诗”（一折）、“闹简”（二折）两场戏，崔张的爱情进一步发展，特别是莺莺主动以诗相约："待月西厢下，迎风户半开，隔墙花影动，疑是玉人来"，给人以"好事可成"的感觉。但到张生赴约，意外的事情又发生了，莺莺变卦"赖简"（三折），斥责了张生，致使张生相思之病日笃，性命难保。读者至此，既惑于崔之变卦，又担心张之性命，真有"山重水复疑无路"之感，因为同老夫人的变卦不一样，莺莺的变卦则可能使二人的爱情彻底毁灭。恰值至关紧要之时，红娘又送来了莺莺的诗简：

休将闲事苦萦怀，取次摧残天赋才。
不意当时完妾命，岂防今日作君灾？
仰图厚德难从礼，谨奉新诗可当媒。
寄语高唐休咏赋，今宵端的雨云来。（四折）

此诗简不但立时医好了张生的相思之病，而且也让观众再次放下了一颗紧悬着的心。崔张的爱情故事进入新的阶段。第四本极写崔张私合欢爱（一折），正当读者也像崔张一样沉浸在爱情的欢乐之中，作者又安排了"拷红"（二折）一场戏，崔张私合之事被老夫人发觉了，这不由不使观众刚轻松了一下的心又立时紧提起来。然而，经过红娘机智的斗争，迫使崔夫人承认了现实，答应将莺莺许配张生，读者的心才又重新放下来（二折）。由于老夫人"不招白衣女婿"，让张生"明日便上朝取应"，崔张二人"美爱幽欢恰动头"，而又开始品尝别离之苦。"长亭送别"（三折）、"草桥惊梦"（四折）着重刻画了崔张难舍难分的绸缪。张生进京应举结果如何？崔张能否最后团聚成婚？这是每一位读者或观众所共同关心的问题。在第五本里，作者回答了这些问题。张生中了头名状元，这下可以满足了崔夫人的要求而能与莺莺完婚了，偏是好事多磨，张生被留任京师又加之染病，拖延了回蒲州的时间，而老夫人的侄子郑恒却接信来到蒲州，使观众又为之紧张担心起来，经过"争艳"之后，崔张终于得以成婚。崔张的爱情故事得到了令人满意的结局。全剧就是在这样一波未平、一波又起的曲折过程中展开了一个个戏剧冲突，表现了作者在关目处理上的高度艺术。

《西厢记》以五本二十折加五个楔子的宏伟篇幅连演一个故事，但其结构却极其严密紧凑，每本之间，每折之间，都有密切的联系。如每本最后一折的《络丝娘煞尾》曲子，都预示了下一本戏的内容：第一本“只为你闭月羞花相貌，少不得剪草除根大小”预示了第二本“兵围普救寺”的内容；第三本“因今宵传言送语，看明日携云握雨”预示了第四本崔张的私合幽欢之戏。就具体事件而言，亦是如此。例如剧本第一本开头的《楔子》交代了莺莺已许给崔夫人的侄子——郑尚书之长子——郑恒为妻，因“父丧未满，未得成合”，现写信“唤郑恒来相扶回博陵”。这就为第二本三折的“赖婚”，第五本三、四两折的“争艳”作了伏笔和交代，“赖婚”中崔夫人曰：

……奈小姐先相国在日，曾许下老身侄儿郑恒。即日有书赴京唤去了，未见来。……

至五本三折郑恒首次出场，上场时云：

……先人在时，曾定下俺姑娘的女孩儿莺莺为妻，不想姑夫亡化，莺莺孝服未满，不曾成亲，……数月前写书来唤我同去扶柩去。

由是演出了“争艳”的喜剧。

再如第四本写了莺莺主动前往张生处私合欢会一场戏，而在此之前，作者已多次作了预示和交代：二本四折，崔夫人“赖婚”之后，张生害相思病，莺莺让红娘去给张生传话云：“只说道……好共歹不着你落空……”已透露出私荐枕席之意；至三本四折，红娘送去莺莺私约云雨的情诗，又对张生说：“虽然是老夫人晓夜将门禁，好共歹须教你称心”；这就使得幽欢一节既不突然，而故事前后关联又极为严谨密切。所有这些，都可以见出作者在关目处理方面的匠心。

四、心灵的外化和扭曲的表象：莺莺的娇美与假处

《西厢记》成功地塑造了一系列生动鲜明的艺术形象，作者通过刻画人物的外貌和展示人物的心态心境，表现人物的不同性格，创造了一个五彩缤纷的艺术群体，并以此展开错综复杂的戏剧冲突，使全剧充满了喜剧色彩。《西厢记》描写了十数个人物，而以莺莺、张生、红娘为轴心，故金圣叹说："《西厢记》只写得三个人：一个是双文，一个是张生，一个是红娘。其余如夫人，如法本，如白马将军，如欢郎，如法聪，如孙飞虎，如琴童，如店小二，……俱是写三人时所忽然应用之家火耳"（《读第六才子书〈西厢记〉法》）。

莺莺是剧中的圆心人物，也是作品着力塑造的第一个艺术形象，剧中所有的故事情节、戏剧冲突都是由她引起并逐步展开的，故金圣叹说《西厢记》只为写一个人，"一个人者，双文是也"，"写红娘止为写双文，写张生亦止为写双文"（《读第六才子书〈西厢记〉法》）。王实甫根据莺莺的家庭出身、生活环境等条件，着重刻画了其娇丽多情、聪颖灵慧，感情深沉而炽烈、做事果断而又谨慎的性格，表现了她蔑视门第观念和功名利禄，大胆地追求爱情幸福，勇敢地向封建礼教冲击的斗争精神。

莺莺是一位出身于相国之门的娇丽多情的千金小姐。剧本一开始就对她的美貌作了多方面的渲染。如一本一折"惊艳"，通过张生之口，极写莺莺勾魂摄魄的美丽：

> ［莺莺引红娘拈花枝上云］红娘，俺去佛殿上耍去来。［末做见科］呀！正撞着五百年前风流业冤。
>
> ［元和令］颠不剌的见了万千，似这般可喜娘的庞儿罕曾见。只教人眼花缭乱口难言，魂灵儿飞在半天。他那里尽人调戏亸着香肩，只将花笑捻。

[上马娇] 这的是兜率宫，休猜作了离恨天。呀，谁想着寺里遇神仙！我见他宜嗔宜喜春风面，偏、宜贴翠花钿。

[胜葫芦] 只见他宫样眉儿新月偃，斜侵入鬓云边。

[旦云] 红娘，你觑“寂寂僧房人不到，满阶台衬落花红。”[末云] 我死也！

未语人前先腼腆，樱桃红绽，玉粳白露，半晌恰方言。[幺篇] 恰便似呖呖莺声花外啭，行一步可人怜。解舞腰肢娇又软，千般袅娜，万般旖旎，似垂柳晚风前。

这几支曲子，通过张生初次见到莺莺时的印象、感觉、视觉和听觉，写尽了莺莺迷人的容貌、声音和体态，纯洁可爱，端庄娇丽，如在目前。一本四折“闹斋”一场戏又通过张生之口描写了莺莺的美貌竟引动得众僧魂不守舍：

[得胜令] 恰便似檀口点樱桃，粉鼻儿倚琼瑶，淡白梨花面，轻盈杨柳腰。娇娆，满面儿扑堆着俏；苗条，一团儿真是娇。

[众僧见旦发科] [末唱] [乔牌儿] 大师年纪老，法座上也凝眺；举名的班首真呆劳，觑着法聪头做金磬敲。

[甜水令] 老的小的，村的俏的，没颠没倒，胜似闹元宵。稔色人儿，可意冤家，怕人知道，看时节泪眼偷瞧。

[折桂令] 着小生迷留没乱，心痒难挠。哭声儿似莺啭乔林，泪珠儿似露滴花梢。大师也难学，把一个发慈悲的脸儿来朦着。击磬的头陀懊恼，添香的行者心焦。烛影风摇，香霭云飘；贪看莺莺，烛灭香消。

[得胜令] 里正面描述莺莺的娇美；[乔牌儿]、[甜水令] 用衬托、渲染的手法写其貌美（包括 [折桂令]），连莺莺的哭声、泪珠也是那么优美

动人。

莺莺不仅外形美丽，而且还具有炽烈而又深沉的感情。她向往自由，追求爱情的幸福。然而，生活环境却严重地限制着莺莺的这种向往和追求，处处受着封建礼教的束缚和桎梏。对于这种束缚，莺莺并没有屈服，而是勇敢地向封建礼教挑战、冲击和斗争，表现出其叛逆者的性格。莺莺出场所唱的第一支曲子中“花落水流红，闲愁万种，无语怨东风”（一本楔子），就表现了其少女怀春的感情。佛殿游玩，碰见张生，红娘唤她回家，莺莺不是回避急退，而是“回顾觑末下”，以目传情，引动了张生，“且休题眼角儿留情处，只这脚踪儿将心事传。慢俄延，投至到栊门儿前面，刚那了一步远，刚刚的打个照面，风魔了张解元。……小姐啊，只被你兀的不引了人意马心猿！”即刻张生罢赴京师应举之念，“饿眼望将穿，馋口涎空咽，空着我透骨髓相思病染，怎当她临去秋波那一转！休道是小生，便是铁石人也意惹情牵。”（一本一折）。张生听说夫人节操之严后还埋怨“小姐呵，你不合临去也回头儿望。……赤紧的情沾了肺腑，意惹了肝肠。”（一本二折）。莺莺深知自己已被许人，但是她的婚姻是由父母包办的，其对张生的爱慕因此也就具有了冲击封建礼教，追求自由幸福的意义。当红娘告知张生那幕富有喜剧性的自我介绍时，她已深知张生之意，而叮嘱红娘“休对夫人说”（一本三折），这就避免了引起夫人的极早警觉。在听了张生那富有挑逗性的吟诗之后，她不仅称赏“好清新之诗”，而且依韵和了一首：

> 兰闺久寂寞，无事度芳春。
> 料得行吟者，应怜长叹人。（同上）

以此说明她不只理解了张生的诗意，而且还借此诉说了自己的“寂寞”，使这场“隔墙酬韵”成为二人爱情的开始。“闹斋”（一本四折）一场，莺莺用“泪眼偷瞧”，说张生“外像风流，青春年少，内性儿聪明，冠世才学”（同上）已经袒露了爱慕顾盼之情。至二本一折的“寺警”，作者让莺莺自己诉说了对张生的倾慕与相思：

自见了张生，神魂荡漾，情思不快，茶饭少进。……

这些时坐又不安，睡又不稳，我欲待登临又不快，闲行又闷。每日价情思睡昏昏。

想着文章士，旖旎人；他脸儿清秀身儿俊，性儿温克情儿顺，不由人口儿里作念心儿里印。

表现出莺莺内心燃烧着的炽烈的爱情之火。“长亭送别”（四本三折）、“草桥惊梦”（四本四折）两场戏，更是淋漓尽致地刻画了莺莺真挚灼烈、深沉缠绵的感情。

莺莺这种炽烈深沉的感情同她生活的环境形成了突出的矛盾。“小梅香伏待得勤，老夫人拘系得紧”（二本一折），使她对爱情的表达，不得不异常谨慎。“闹简”（三本二折）、“赖简”（三本三折）、“寄方”（三本四折）三场戏，精心描绘了莺莺心灵深处的奥秘。

老夫人赖婚之后，张生染上了相思，病体日笃，莺莺请求红娘代为探望，捎回了张生的信简悄悄放在了妆台上。莺莺故意以理妆作掩饰：

晚妆残，乌云亸，轻匀了粉脸，乱挽起云鬟。将简帖儿拈，把妆盒儿按，开拆封皮孜孜看，颠来倒去不害心烦。

红娘所唱的这段曲词，表现了莺莺看简时的情形，“轻、乱”言其理妆之假，“拈、按”说明了莺莺当时复杂的心理及考虑将如何处理的情态，一旦拆开，她就反反复复孜孜不厌地看个不够。当其从深情中警觉，又马上换了一副面孔，怒责红娘：

小贱人，这东西哪里将来的？我是相国的小姐，谁敢将这简帖来戏弄我，我几曾惯看这等东西？告过夫人，打下你个小贱人下截来。

拿出了相国小姐的身份，打出了老夫人的牌子，企图将红娘唬住，一旦红娘看破，故意要自行出首，她又“揪住”红娘说：“我逗你耍来！”“闹简”之后，莺莺给张生写了“待月西厢下”的情诗让红娘转交，却说“着他下次休是这般”（三本二折），声明“相待兄妹之礼如此，非有他意”，并且“掷书”于地，装出生气的样子，企图瞒过红娘。张生见帖如期赴约，但因红娘在侧，莺莺又不得不变卦，怒责张生，似乎并不曾有过约贴：

张生，你是何等之人！我在这里烧香，你无故至此；若夫人闻知，有何理说！

“无故”一词，竟把干系推得一干二净，而“闻知”又暗示给张生，红娘可能会泄露真情。其实，红娘知道得比她还清楚，只不过不点破，偏看莺莺如何演戏罢了！在三本四折里，莺莺给张生写了月夜私合幽欢的简帖，“只说道药方，着红娘将去与她”。莺莺的所有这些“假处”，都表现了她在处理与张生爱情关系上的小心与谨慎，也反映了她的聪颖灵慧和识见，更是客观环境迫使她扭曲的表象。

莺莺最值得颂扬的当然还是她那反对门第观念、蔑视功名、对爱情坚贞不渝的斗争精神。在“长亭送别”中，她认为“但得一个并头莲，煞强如状元及第”，她痛恨“蜗角虚名，蝇头微利，拆鸳鸯在两下里。”因此临行叮嘱张生“此一行得官不得官，疾便回来”（四本三折），自己声称“不恋豪杰，不羡骄奢，自愿的生则同衾，死则同穴”（四本四折）。这种超脱世俗观念羁绊的纯真爱情，对于出身于相门的千金小姐来说，的确难能可贵。

五、执着的追求和多重的性格：张生的痴情与志诚

张生是《西厢记》中的又一主要人物，清代的戏剧理论家李渔甚至认为“一部《西厢》止为张君瑞一人”（《闲情偶寄》）。作品通过描述其大胆追求莺莺的过程，精心刻画了他直率而又鲁莽、痴情而又懦弱、聪明机敏而又幼稚单纯、风流博学而又志诚忠贞等多方面的性格。

张生本为尚书之子，父母双亡，成为落拓书生，书剑飘零，赴京师博取功名。路经普救寺遇见莺莺，为其非凡的美丽和多情所倾倒，产生了深厚至诚的爱慕之情。自见了莺莺，他夜里“睡不着如翻掌，少可有一万声长吁短叹，五千遍捣枕捶床”（一本二折）。“隔墙酬韵”之后，对莺莺的感情进一步发展，更是“怨不能，恨不成，坐不安，睡不宁”（一本三折）。自己发誓说“我得时节手掌儿里寄擎，心坎儿里温存，眼皮上供养”（一本二折）。由此，张生不顾自己穷落拓书生的身份与处境，开始了对莺莺的大胆追求。首先，他想尽一切办法尽可能地接近莺莺，而决定“不往京师应举也罢”（一本一折）。“借居”是他采取的第一个措施：

> 今日去问长老借一间僧房，早晚温习经史；倘遇那小姐出来，必当饱看一会。（一本一折）

这样“虽不能够窃玉偷香，且将这盼行云眼睛打当”（同上）。听说崔家做道场，莺莺拈香，他又请求“搭斋”（一本二折），借此机会“看个十分饱”（一本四折）。为了达到目的，张生还留心了解莺莺周围的情况。如他见红娘来方丈问事，故意取笑法聪说：“崔家女艳妆，莫不是演撒（勾搭）你个老洁郎？”“偌大一个宅堂，可怎生没个儿郎，使得梅香来说勾当？”由此了解到“老夫人治家严肃，内外并无一个男子出入”（一本二折）的情况，并决定在红娘身上用心，所以他以“更衣”为名，提前走出方丈，而在路口等待红娘。

红娘一到，他就“拜揖”不迭，并以那奇特的方式作了可笑的自我介绍：

小生姓张名珙字君瑞，本贯西洛人也，年方二十三岁，正月十七日子时建生，并不曾娶妻。

向一位素不相识的女子作这样的自我介绍，看来多么滑稽可笑，然而，这正是张生的用心处。因为唯其如此，才能引起对方的注意，红娘把它作为笑话讲给莺莺听，实际上已经在不知不觉当中，成了张生的传情人。而红娘的抢白之词，又使张生进一步了解到夫人的“冰霜之操”、莺莺的约束之紧等情况。虽然如此，张生仍不甘心，继续寻找机会。搬至寺中后，他听和尚们说，“小姐每夜花园内烧香”，于是就“先在太湖石畔角儿边等待”，准备“饱看一会”（一本三折）。莺莺烧香后，张生又机敏地以诗探试，“高吟一绝，看她则甚”：“月色溶溶夜，花荫寂寂春；如何临皓魄，不见月中人？”莺莺的和韵，更坚定了他追求的信心。做道场时，他又在面前“扭捏着身子儿百般做作，来往向人前卖弄俊俏”（一本四折），大献殷勤，以博得莺莺的好感。“寺警”中，张生又巧施计谋，“笔尖儿横扫了五千人”，退了贼兵，使他对莺莺的追求更加合法化。“听琴”中，张生不仅表露出自己的才能，并歌之以“凤求凰”，赢得了莺莺的赞叹和“知重”（二本四折）。张生染病，莺莺派红娘看望，他又借此机会写了呈露才华的信简，所谓“染箱毫不构思”（三本一折）。所有这些，都表现了张生的聪明机敏和对爱情的大胆追求。

张生对莺莺的倾心和痴情，又使得他时常表现出直率、鲁莽，甚至于滑稽、呆气。例如他常常狂热地遐想：

若是回廊下没揣的见俺可憎，将他来紧紧搂定，只问你那会少离多，有影无形。——（一本三折）

此是“隔墙酬韵”前的遐想。二本二折的“请宴”，红娘刚走，他就自己遐想起来了：

> 我比及到的夫人那里，夫人道："张生，你来了也，饮几杯酒，去卧房内和莺莺做亲去！"小生到得卧房内，和姐姐解带脱衣，颠鸾倒凤，同谐鱼水之欢，共效于飞之愿。
>
> ——二本二折

这些遐想，正是他对莺莺爱慕之情的畸形体现。有时又化为鲁莽的行动。如"隔墙联吟"时，他听了莺莺的和诗，便突然"撞出去"（一本三折）；他接到莺莺"待月西厢"的约简，如期赴约，见有人来，不加分辨，误将红娘"搂住"（三本三折），莺莺来到花园，他又毫无顾忌地"跳墙搂旦"（同上），在红娘面前将莺莺抱住，致使莺莺变卦，二人都陷入了难堪的境地。而在更多的时候表现出滑稽可笑的呆气。为了多看一会莺莺，他希望做道场的时间再长一些：

> 再做一会也好，那里发付小生也。——一本四折

"听琴"一节，他盼望夜幕早些降临，以哀求的口气招呼月亮：

> 月儿，你早些出来么！——二本四折

为了夜晚赴约，他又与天争理，希望太阳赶快落下去，天快黑下来：

> 天，你有万物于人，何故多此一日，疾下去波！——三本二折

"白马解围"之后，张生听说夫人要请他赴宴，以为好事将成，于是高兴地在书房着力打扮，眼巴巴地等着红娘来请：

夜来老夫人说，着红娘来请我，却怎么不见来？我打扮着等她。皂角也使过两个也，水也换了两桶也，乌纱帽擦得光挣挣的。怎么不见红娘来啊？

红娘来了，又请红娘帮他看看打扮得怎么样，红娘讥笑他说：

来回顾影，文魔秀士，风欠酸丁。下功夫将额卢十分挣，迟和疾擦倒苍蝇。

然而，正是在这些直率、鲁莽乃至于滑稽的行动中，见出了张生对莺莺的一片痴情，所以鲁莽得可气而不可厌，痴呆得可笑而又可爱，被红娘称之为“傻角”。

张生热烈地追求着莺莺，每当遇到挫折，又表现得那么懦弱。他兴高采烈地去赴宴，夫人令莺莺“近前拜了哥哥”，张生一听“声息不好”，夫人要赖婚，便立时“眼倦开软瘫作一垛”（二本三折），夫人的变卦，甚至使他起了自寻短见的念头，要“解下腰间之带，寻个自尽”（同上）。为了求得红娘的帮助，他常常双膝跪倒，甚至哭求，如三本二折：

［末跪下揪住红科］
［末跪哭云］小生这一个性命，都在小娘子身上。

给人一种软弱可怜的感觉。张生接到莺莺的情诗并如期赴约，由于自己的莽撞行为遭到了莺莺的一顿指责，此时他是“叉手躬身，装聋做哑”（三本三折），连暗中观看事态发展的红娘也替他着急：“张生背地嘴哪里去了？向前搂住丢翻，告到官司，怕羞了你！”当着莺莺的面，红娘两次为张生提起辩白的话头：

谁着你夤夜入人家？……

谁教你夤夜辄入人家花园？

但他好像是根本没有听见似的，既不辩白，也不提莺莺相约之事。莺莺红娘走了以后，他才敢朝着莺莺的背影自己嘟哝：“你着我来，却怎么有偌多说话！”（三本三折）故红娘讽刺张生“是个银样镴枪头”（四本二折）。这些表面上的懦弱，实际上正透露出了他对爱情的至诚。正是由于这种志诚，才使得他终于获得了最后成功，与莺莺结为夫妻。金圣叹推称“《西厢记》写张生，便真是相府子弟，便真是孔门子弟，异样高才，又异样苦学，异样豪迈，又异样淳厚。相其通体，自内至外，并无半点轻狂，一毫奸诈”（《读第六才子书〈西厢记〉法》），大体是符合实际的。

六、爱情的天使和善良的化身：红娘的心灵与情操

红娘是《西厢记》中光彩动人的奴婢形象，在崔张的恋爱中，起了关键性的作用，故有人说，“没有红娘就没有《西厢记》。”红娘形象最突出特点就是聪明机智、泼辣俏皮，热心助人，富有正义感。

在崔张恋爱的最初阶段，红娘并不热心，而只是处于观望，采取了既不破坏也不成全的态度。崔张第一次在佛殿邂逅，她就告诉莺莺：“那壁有人，咱家去来。”（一本一折）当张生向她“拜揖”，问及“小娘子莫非莺莺小姐的侍妾么？”并主动作了自我介绍时，聪明的红娘已经知道了张生的用意，故抢白张生：“今后得问的问，不得问的休胡说。”而在抢白的同时，又告诉了张生老夫人治家之严，意在提醒张生莫作妄想。回去之后，她把张生“不曾娶妻”的自我介绍当作笑话讲给莺莺听，实际上是一种试探，当莺莺嘱咐她“休对夫人说”（一本三折）时，红娘已经了解到了崔张互相爱慕的真情。故在月夜烧香时替莺莺祝告“愿俺姐早寻一个姐夫，拖带红娘咱！”（一本三

折）。崔张联吟后，张生莽撞地“拽起罗衫欲行”，向莺莺走去，而莺莺也“陪着笑脸儿相迎”，恰在此时，红娘赶忙阻止：

> 姐姐，有人，咱家去来，怕夫人嗔着。——一本三折

张生埋怨道“不做美的红娘太浅情”（同上）。在“闹斋”一场里，红娘甚至悄悄地与莺莺议论张生：

> [红云] 我猜那生。[么篇] 黄昏这一回，白日那一觉，窗儿外那会镬铎。到晚来向书帏里比及睡着，千万声长吁捱不到晓。
> ——一本四折

尽管红娘对崔张二人的心事了解得如此真切，但她并没有去告诉老夫人，虽然她时常提醒或警告莺莺，执行着“行监坐守”的职责。

“寺警”之后，红娘对崔张恋爱的态度大为改变，由原来的观望换成了同情和支持，并为之出谋划策。张生一封书信退了贼兵，使莺莺一家乃至全寺得保平安，因此得到红娘的好感：

> [红云] 我想若非张生妙计呵，俺一家儿性命难保也呵。——二本二折
> [红云] 我想咱们一家。若非张生，怎存俺一家儿性命也？——二本二折。

她认为“张君瑞合当钦敬”（二本二折），对于夫人的“赖婚”红娘愤愤不平。她指责老夫人“忘恩”（二本四折），言而无信，“悔却前言”（四本二折）。“夫人失信，推托别词，将婚姻打灭，以兄妹为之”。（三本一折）由此，红娘开始卷入了崔张的恋爱之中。“月夜听琴”是她亲手安排下的第一件事。

老夫人的“赖婚”，使张生手足无措，要寻短见，这时红娘对张生说：

> 你休慌，妾当与君谋之。……妾见先生有囊琴之张，必善于此。俺小姐深慕于琴。今夕妾与小姐同至花园内烧夜香，但听咳嗽为令，先生动操，看小姐听得时，说什么言语，却将先生之言达知。若有话说，明日妾来回报。——二本三折

“听琴”使莺莺更加情思绵绵，而恰在此时，红娘又用智相激：

> 姐姐只管听琴怎么？张生着我对姐姐说，他回去也。
> ——二本四折

急得莺莺赶紧央求红娘：“好姐姐呵，是必再着住一程儿!”（同上）从此以后，红娘就为崔张的爱情来回奔走，递书传简。张生请她捎回简帖，红娘表示“我愿为之，并不推辞”（三本一折），“我须教有发落归着这张纸，凭着我舌尖上说词，更和这简帖儿里心事，管教那人儿（莺莺）来探你一遭儿。”（同上）。“放简”“闹简”更表现出红娘的机灵。她知道“小姐有许多假处”，因此把信简悄悄放在妆台上。果然不出其所料，莺莺看完之后开始“作假”，严厉责怪红娘，而红娘却理直气壮地回敬道：

> [红云] 小姐使将我去，他着我将来。我不识字，知他写着什么？
>
> [快活三] 分明是你过犯，没来由把我摧残；使别人颠倒恶心烦，你不惯，谁曾惯？（白）姐姐休闹，比及你对夫人说呵，我将这简帖儿去夫人行出首去来。（三本二折）

立时使莺莺丢掉了“假处”，急忙“揪住”红娘作解释。

红娘对莺莺的“假处”是不满的。她批评莺莺“你性儿太惯得娇了”；“你用心儿拨雨撩云，我好意儿传书寄简。不肯搜自己狂为，只待要觅别人破绽”；“对人前巧语花言，没人处便想张生，背地里愁眉泪眼”（三本二折）。莺莺以诗相约张生，但却瞒着红娘，红娘知道了莺莺信中的内容后说：

你看我姐姐，在我行也使这般道儿。——三本二折

对于莺莺出于谨慎而出现的不信任，红娘虽有怨言，甚至因此而开了个小小的玩笑，她趁崔张相会的时候故意待在莺莺身边，似乎要给他们难堪，但是，最后还是由她来收场，让张生“跪下”，借数落张生，暗暗地揭穿了小姐“作假”的秘密，而最后又为张生求情，给崔张一个下台的机会。在实际行动上，红娘则仍然是毫无怨意，热情帮助崔张爱情的发展。她捎给张生一封莺莺二次相约的信简之后，又帮助莺莺出主意：“有什的羞，到那里只合着眼着”（四本楔子），并且亲自抱着被子枕头陪莺莺前往张生处，还告诫张生“放轻者，休唬了她（莺莺）”（四本一折）。自己“在门儿外等着”，“提心在口”，替他们担心害怕，连咳嗽也不敢，“我在窗儿外几曾轻咳嗽，立苍苔将绣鞋儿冰透”（四本二折）。崔张的结合，标志着爱情的成熟，这同红娘的热情帮助和大力支持是分不开的。

“拷红”一场，可以说是红娘性格发展的高潮。她的聪明机智在这里得到了最好的体现。崔夫人发现莺莺近来“语言恍惚，神思加倍，腰肢体态，比向日不同”（四本二折），便断定莺莺“做下来了”，便立即唤红娘拷问。红娘确信莺莺张生的爱情是合理的，自己是无罪的，即使在老夫人的淫威面前，她也要为莺莺张生力争一个较好的结果。临行前，她对莺莺说：

姐姐在这里等着，我过去。说过啊，休欢喜；说不过休烦恼。

到了夫人处，首先夫人来了个下马威：

［夫人云］小贱人，为什么不跪下？你知罪吗？

［红跪云］红娘不知罪。

对于老夫人为何发怒，红娘是十分明白的，在来之前，她已经和莺莺说过了，但是，既然夫人不直问，红娘也就避而不答。夫人无可奈何，只好再换一招，单刀直入：

［夫人云］你故自口强哩！若实说啊，饶你；若不实说呵，我直打死你这个贱人！谁着你和小姐花园里去来？

［红云］不曾去。谁见来？

红娘显然是在试探老夫人有没有真凭实据，如果没有，她就可以完全推掉了。当老夫人指出“欢郎见你去来”之后，她知道已无法回避了。于是，就编了个合乎情理而又是现实的话头：

［鬼三台］夜坐时停了针绣，共姐姐闲穷究，说张生哥哥病久。咱两个背着夫人，向书房问候。［夫人云］问候呵，他说什么？［红云］他说来，道“老夫人事已休，将恩变为仇，着小生半途喜变作忧。”他道：“红娘你且先行，教小姐权时落后。”［夫人云］他是个女孩儿家，着他落后怎么！［红唱］我只道神针法灸，谁承望燕侣莺俦？他两个经今月余只是一处宿，何须你一一问缘由？他们不识忧，不识愁，一双心意两相投。夫人得好休，便好休，这其间何必苦追求？常言道“女大不中留”。

书房探望有救命之恩的病人张生，顺乎情理，无可指责；而借病人、恩人张生之口指责老夫人，且是事实，这就使老夫人陷于难堪，自觉理亏，顿时煞去了威风。然后又说张生先打发走了红娘而留下了小姐，做下了儿女情事，说明这与红娘无关。而现在小姐与张生情投意合，“经今月余只是一处宿”，指出生米已成熟饭。在这个基础上，她又劝夫人“得好休，便好休，这其间何必苦追求?”这样，红娘不仅成了局外人，而且还是个和事佬，因为，老夫人毕竟与她的女儿亲，设如红娘承担了全部干系，事情就不会出现喜剧性的场面了。同时，红娘的一番回答，又为下面的主动出击，迫使老夫人接受她的建议作了舆论准备。归结起来，红娘这段回话有如下几个要点：一是煞了老夫人的威风；二是脱清了自己的干系；三是说明了现实情况；四是指出了“好休”的路子。从而使开始的被动、坚守转为主动出击。夫人听后，虽然仍怪罪红娘“这端事都是你个贱人”，但是口气已经是软了三分。尽管如此，红娘也不轻易放过，又乘胜追击，直欲摧垮老夫人，迫使受降：

> ［红云］非是张生小姐红娘之罪，乃夫人之过也。［夫人云］这小贱人倒指下我来，怎么是我之过?［红云］信者人之根本，“人而无信，不知其可也。大车无輗，小车无軏，其何以行之哉?”当日军围普救，夫人所许退军者，以女妻之。张生非慕小姐颜色，岂肯区区建退军之策?兵退身安，夫人悔却前言，岂得不为失信乎?既然不肯成其事，只合酬之以金帛，令张生舍此而去。却不当留张生于书院，使怨女旷夫，各相早晚窥视，所以夫人有此一端，目下老夫人若不息其事，辱没相国家谱，张生日后名重天下，施恩于人，忍令反受其辱哉?使至官司，夫人亦得治家不严之罪。官司若推其详，亦知老夫人背义而忘恩，岂得为贤哉?红娘不敢自专，乞望夫人台鉴：莫若恕其小过，成就大事，撋之以去其污，岂不为长便乎?

在这里，原来的审问者与被审者颠倒了位置，威严的老夫人成了被指控、被审问、被指责的对象，而红娘却成了神气十足的法官与裁判。红娘的说辞首先指出了老夫人的两大罪过：一是失信于张生，二是“不当留张生于书院。”这两大罪过才造成了张生莺莺现在的情况，因此过在夫人，而不在张生、莺莺、红娘身上。其次，红娘“以子之矛攻子之盾”，指出了“不息其事”的三大害处：一是辱没相国家谱，二是日后受辱，三是夫人获罪。这就使夫人听后不觉汗下，产生了畏惧感，甚至于束手无策。最后，红娘又给夫人指出了“恕其小过，成其大事”的出路。红娘步步逼紧，使老夫人不得不接受了她的建议，称“这小贱人也道得是”。终于下了决心，把莺莺“与了这厮吧”。“拷红”是崔张爱情取得决定性胜利的时候，也是使红娘形象更加鲜明突出、更加惹人喜爱的时候。

红娘对于崔张爱情的帮助，是无私的，这是红娘形象产生光辉的一个不可忽视的原因。三本一折张生请求红娘捎简给莺莺，并声称“小生久后多以金帛拜酬小娘子。”红娘的回答是：

> 哎，你个馋穷酸来没意儿，卖弄你有家私，莫不图谋你的东西来到此？先生的钱物，与红娘作赏赐，是我爱你的金赀？……我虽是个婆娘有志气。——三本一折

三本四折中，红娘捎去了莺莺约张生幽欢的简帖，张生高兴地对红娘说：“今夜成了事，小生不敢有忘。”红娘则当即表示：

> 不图你白璧黄金，只要你满头花，拖地锦。

这种不怕自己辛苦，助人为乐而又一无所求，为别人的欢乐而高兴的高尚品格，使得红娘形象光彩照人。金圣叹说王实甫“写红娘，凡三用加意之笔。其一，于‘借厢’篇中，峻拒张生；其二，于‘琴心’篇中，过尊双文；其三，于‘拷艳’篇中，切责夫人。一时便似周公制度乃尽在红娘一片心地中，凛凛然，侃侃然，曾不可得而少假借者”（《读第六才子书〈西厢记〉法》），可谓知言。

明人何良俊在《四友斋丛说》中称“王实甫才情富丽，真辞家之雄”，都穆、王世贞都把王西厢推为北曲的“压卷”，李贽则誉《西厢记》为“化工”，称“其工巧自不可思议”（《焚书·杂说》），故清代戏曲家李渔说：“自有西厢而迄于今，四百余载，推西厢为填词第一者，不知几千万人”（《闲情偶寄》）。可以说，王实甫《西厢记》是对前代爱情文学的大总结、大提高，同时又为后世的爱情文学开辟了新天地、新境界。在中国古代文化史上，《西厢记》与《牡丹亭》《红楼梦》形成了爱情文学的三座艺术巅峰。

二、《宋词研究》与专题探讨

1985 年 7 月，助教班结业返回曲阜师范学院，在继续担任科研助手并讲授宋元文学史的同时，又为本科高年级新开“宋词研究”与“中国古代散文史”课程，学术研究依然以宋代为重心继续推进。

宋词是宋代文学创造性发展的新亮点，不仅体裁形式新颖，作品大都篇幅简短，文字凝练，易读易懂易记，而且表现内容大都以抓取具体细节刻画人物心理见长，情深意浓，耐人品味，充分展示出高度的艺术性和强烈的感染力，深受同学们喜爱。然而，由于课时限制，无法展开，不能满足大学生深入了解的渴望，于是中文系决定以选修课形式作为补充，解决这一问题。

“宋词研究”是山东大学助教班开设的重点课程之一，朱德才教授将时代文化背景与作品内容分析相结合、新见迭出的系统讲授与深入浅出的归纳总结，对我启发很大，有了讲好选修课的底气与自信，况且承担这项教学任务，也是敦促深入学习和研究宋词发展的动力与机会。接受任务后，便把词学专题研究与撰写课堂教案有机结合起来，从词的发生开始，系统梳理词的体裁形式演变、表现内容扩展、艺术手法呈现以及经典作品、作家流派的案例分析，努力发掘其文学现象背后的规律性，努力在新发现、新材料、新见解、新观点上下功夫。后来陆续发表的《论燕乐的滋兴与词体的诞生》《敦煌歌词新论》《“易安体”新论》《宋词作品鉴赏的宏观把握》等论文，都是“宋词研究”选修课的重要内容。

1.《论燕乐的滋兴与词体的诞生》

经过相关典籍的大量检索、认真梳理和分析总结，撰写成《论燕乐的滋兴与词体的诞生》。论文指出，燕乐是我国隋唐时期逐渐形成的一种新型民族音乐系统，是对外来音乐和边疆民族音乐广泛吸收和融合而形成的宴饮娱宾助兴音乐，“宴”与“燕”通用，故称“燕乐”。宋人沈括《梦溪笔谈》有“自天宝十三载（公元754），始诏法曲与胡部合奏”“以先王之乐为雅乐，前世新声为清乐，合胡部者为宴乐”的文字记载。燕乐作为新型民族音乐流播中原，受到普遍欢迎。由于很多人不满足于只欣赏乐曲，而希望佐以歌喉，以增情趣。于是便出现了将流行燕乐乐曲填上歌词演唱的文化现象，白居易说“乐童翻怨调，才子与妍词”（《杨柳枝二十韵》），正是当时创制新曲、填写歌词的凝练概括。这是继《诗经》《乐府》之后，又一次音乐与文学的大融合，词开始展示旺盛的艺术生命力和强大的独立性，以至于后来乐虽失而词犹存，发展成既能与诗文抗衡、又可同戏剧小说比肩的文体。

以词配曲，主要有三种渠道：一是“乐工采诗以合曲”（《律吕臆说》），二是诗加和声、泛声及散声以合乐曲，三是“倚声制辞”。第三种是探讨词体诞生的关键问题之一，宋代学人沈括《梦溪笔谈》卷五、胡仔《苕溪渔隐丛话》后集等多持始于唐代说，王灼《碧鸡漫志》称“盖隋以来，今之所谓曲子者渐兴。至唐稍盛”，张炎称“隋唐以来，声诗兼为长短句”，二子皆将词体的诞生提前到隋代。王灼与张炎都是精通音乐且较早开始深入研究词学的专家，其说具有较强的可信性，故对后世影响很大。

论文认为，随着六朝时期音乐的变革和燕乐的滋兴，词至少在隋初即已开始萌芽。宋人朱弁《曲洧旧闻》称“词始于唐人，而六代已滥觞矣”，其说大体接近史实。

2.《敦煌歌词新论》

《敦煌歌词新论》（下称《新论》）是当时《宋词研究》课讲稿的又一篇成果。敦煌歌词是中国古代词史上的早期作品，大都属于民间创作。《新论》主要以王重民《敦煌曲子词集》、任二北《敦煌曲校录》为考察对象，并适当参酌饶宗颐《敦煌词》、张璋与黄畬合编《全唐五代词》等，从五个方面进行分类研究，提出系列新看法。

一是敦煌词内容丰富，风格多样。隋唐时期，燕乐分别在民间与宫廷同时流行，一方面民间产生了大量通俗质朴的“里巷歌谣”，沿着口语化、通俗化的路子走，一方面伴随燕乐进入宫廷而文人染指填词，不断向着文采、雅化的方向演进。两条不同的创作道路，构成了词史上两条鲜明的发展线索而贯穿始终。敦煌词属于词史上的早期产品，当时几乎没有什么约束限制，创作自由，表现内容丰富，或反映社会，或表现人生，或歌咏自然，大到政治军事，小至人情事理，无不涉及。任二北《敦煌曲初探》认为“宏开境域，凡百涵容，无所不至”。《新论》认为，呈现这种状态的直接原因是“音乐”，即人们的自由歌唱，达到了无事不可入的自由境界。

二是恋情成为敦煌词表现的主体。在中国古代文学发展史上，词因多表现月下花前、依红偎翠的男女恋情而被称为“艳科”，而渊源有自。敦煌词中数量多、分量重而又最为出色的作品即是恋情词。这种倾向，奠定了词向表现爱情发展的基础，使词表现爱情、艳情成为主流。考察可以发现，敦煌词已经较为全面地表现了人生爱河中不同阶段情感生活的各个方面。从青春的觉醒和爱情意识的萌动，到因倾慕而求婚的情形，从初恋时的微妙心态，到定情时男女双方的海誓山盟，而更多的则是婚后夫妻生活历程的展现和各种心态情绪的描述。诸如新婚的缠绵与甜蜜，离别的眷恋与伤悲，思念的沉挚与悲苦，孤眠的寂寞与感伤，盼夫归来的焦急与期望，乃至夫妻危机的忧伤、情感破裂的苦闷、女子被遗弃的愤怒与痛苦……真可谓爱情的甜酸苦辣样样有，人物的心态性格各有别。无论是成功者的欣喜，还是失败者的痛苦，也无论是情感危机中的忧伤，还是深情缠绵的相思、闺怨、送别，反映的生活情景和表现的感情基调千差万别，却没有格调低下、语言鄙俚的猥亵描述。这与后世出现与发展起来的狎妓词、调侃词、游戏词决然不同。

三是敦煌词中咏史的篇章风格豪放。歌咏史实、反映现实，这在宋词研究中被作为创新的重点而备受关注。敦煌词已有不少反映社会现实或社会矛盾乃至描写历史事实的作品，气魄甚大，意境雄浑，开后世用词写史、咏史和反映重大社会现实问题之先河。其中反映军队将士与边塞军民保卫国家疆土的决心和希冀版图一统愿望的作品，成为后世爱国词的滥觞。

四是敦煌词中的歌唱群体形成五彩缤纷的人物画卷。敦煌词中部分表现武生、番将、学子、旅人、隐士等人物生活心态和情感的作品，构成庞大的演唱群体，展示了长长的人物画卷。武生、番将往往勇猛自信，气魄非凡；学子往往是勤奋苦学而怀才不遇，虽经挫折却又自信自负：旅人多是求官无成，羁绊外地，思念家乡；隐逸词更多的是通过描绘清幽雅洁的自然环境和放浪山水的自适，表现隐逸生活的情趣和超世脱俗的品格，意境幽雅俊美，静谧清新。写景记游在敦煌民间词中已初露端倪，往往写景与记游紧密结合，意境动人。

五是咏物成为敦煌词中的隽章。敦煌词中已有不少咏物之作，或咏海棠、松柏，或咏宝剑、骏马，或咏飞燕、孤鸿，各具神态，各有性格，有的则含意深远，耐人咀嚼。咏海棠突出香、艳，咏松柏突出挺拔倔强、傲然脱俗，咏马咏剑之篇，突出马的勇猛与雄风、剑的锋利与威武，等等。敦煌词中还有很多说佛、传道、教孝劝学、反映人生乃至医生歌诀等方面的作品，虽然未必合乎后世人们的评词标准，但的确是当时民间传唱的歌词。

《新论》认为，敦煌歌词是由全社会各个阶层的不同人物共同参与创作的艺术整体，贴近现实和生活，表达了真实的感情，内容丰富，题材宽广，风格多样，为以后词的健康发展奠定了基础，后世词的发展几乎都可以从这里找到根源，歌词通俗生动、易记易懂、朗朗上口，不但体现出很强的配乐性和抒情性，而且体现出民族传统文化的丰富内涵，为当今歌词创作提供了重要借鉴。

3.《“易安体”新论》

李清照的词自成一家，被人们称为“易安体”。她的词受到历代读者的喜爱和称扬，但人们对“易安体”个性特征的认识并不充分。古人往往着眼于全貌做直观的肯定，或立足于语句做简单的叹颂，鲜见系统明确的评析。《“易安体”新论》从五个方面对“易安体”的基本特征做了分析和概括，提出了较为系统的新见解。

“易安体”最突出的个性特征是自我形象的艺术化。李清照只抒写属于她个人的独特性情和真实感受，不同时期的作品，反映着李清照不同时期的情绪和生活。李清照童年的天真活泼，婚后的绵绵情思，显示了李清照一生性格和情感发展变化的轨迹。李清照的全部词作，构成了一部描述个人性情变化、展示心灵历程的完整艺术系统。由于李清照将个人的情感艺术化，使这个艺术整体再现了一位性格鲜明而有发展变化、形象生动而又丰富多彩的抒情主人公形象。这在宋代乃至整个词史上，都是绝无仅有的。

“易安体”的又一突出特征是感情模式的独特化。李清照深于情、专于情、笃于情，比同时代任何一位词人都更集中、更深入、更艺术地表现着爱情，爱情模式与前人大异其趣。她写的是伉俪情、夫妻情，是人类最普遍、最诚笃、最深挚、最美好、最纯洁的感情，却很少有人给予艺术的表现。李清照直接向丈夫倾吐爱情，实属罕见。易安词表现的是自身体验的女子真情，以一位女子特有的柔肠和细腻，以自己亲身体验和独特感受来写爱情，展示了一个鲜为人知的神秘而又奇妙的内心世界。易安词表现的是纯洁高尚的爱情，词中的爱情描写境界高雅，对自己炽烈的感情进行了理性的提炼和净化，已经将爱情的追求，升华为爱情的审美，以特有的敏感纤细，表达了对爱情独特、深刻的审美体验，显得格外纯洁、格外高尚、格外美好，艺术感染力也格外强烈，易安词中的爱情已被罩上浪漫化和理想化的光环而变得崇高。

“易安体”的第三个突出特征是艺术风韵的个性化。易安词风格多样，婉约只是基本风格、主导风格，她也有豪放之篇，如《渔家傲·天接云涛连晓雾》以记梦仙游为线索，描写与天帝的对话，瑰丽神奇，豪迈奔放，充满浪漫主义色彩，前人以为此篇“绝似苏（轼）辛（弃疾）”。易安婉约风格的作品也有不同风调，表现少女生活的篇章格调欢快活泼，富有生趣；表现夫妻生活，笔调轻松，风趣横生；抒写离别相思的作品，大都委婉含蓄，热烈执着；后期词作格调凄苦沉郁。同其他婉约派作家相比，易安词的个性化色彩更为明显和突出，她把女性的柔情美、诗人的理想美和性格的阳刚美融为一体，形成了自己独特的艺术个性：婉中见直，柔中有刚。

“易安体”第四个突出特征是表现手法新颖巧妙。李清照“能曲折尽人意，轻巧尖新，姿态百出”的艺术境界，得力于表现手法的出新。她善于移情于物，喜欢将个人的主观感受糅合于客观景象之中，使景物成为感情的载体，既增强了词的含蓄性，又丰厚了词的意蕴。李清照善于化抽象为形象，这是前人常用的手法，但她善于变化以出奇，给人生新奇妙之感。李清照善于运用对比，或运用于全篇的艺术构思中，或将虚实融为一体，使时空高度浓缩化，完美表达作者的心境和情绪，在有限的篇幅中加大了内容的涵纳量。

“易安体”第五个突出特征是语言锤炼的精美化。李清照词语言精美，主要得力于精心锤炼和着意淘洗，侔色揣称，锻字炼句，达到了自然准确、清新流畅、精练优美、炉火纯青的境界，形成雅俗共赏的语言风格。易安词语言清新自然，极富表现力，“绿肥红瘦”拈用平易通俗、普通寻常的字眼，形象逼真地写出了风雨之后，海棠绿叶肥茂、红花凋残的景象，传神地表达了寂寞深闺中抒情主人公惜春怜花、无比惆怅的细腻感情，“委曲精工，含蓄无穷之意焉”，用“肥”“瘦”写海棠，令人耳目一新，极富情趣。“宠柳娇花”创造性地将“宠”“娇”两个形容人的平常字眼，移用来写柳写花，“宠”字活现了新柳的婀娜多姿、轻摇慢舞的景象，“娇”字突出了鲜花的艳丽得意情态。而花、柳的得意与得宠，又反衬了词人的孤独和寂寞，新丽奇俊，耐人寻味。其他如以“雪清玉瘦”写白菊，“拥红堆雪”写落花，“暗淡轻黄体性柔，清疏迹远只香留”写桂花，无不准确地抓住了事物的特点，给人以自然清新、入木三分的感觉。易安善锻化和提炼口语入词，“用浅俗之语，发清新之思”。易安词语言的精美化还表现在具有优美的音乐感。《声声慢》起拍“寻寻觅觅，冷冷清清，凄凄惨惨戚戚”，选用十四个叠字，充分利用其双声叠韵、唇音齿音相互交错的发音效果，形成顿挫有致、沉重抑郁的节奏旋律，有层次、有深浅、自然贴切地表达了孤独、寂寞、凄凉、忧愁、感伤等复杂细腻的情感和心境，读来令人荡气回肠，被前人推许为“千古创格，亦绝世奇文”。论文认为，“易安体”的五大突出特征，奠定了李清照在古代词史和文学史上的重要地位，使她的作品盛传不衰，具有永久的艺术生命力。

三、研究江西诗派与参撰《宋代文学史》

前曾述及，留校任教，刘乃昌师指导我从精读黄庭坚全集入手，研究宋代文学。其中一个重要原因，就是因为黄庭坚除了个人创造的多方面文化成就之外，他还是宋代影响深广、规模空前的诗歌流派“江西诗派”的宗主，研究宋代文学特别是研究宋代诗歌的发展，必须首先深入研究黄庭坚，然后深入研究江西诗派，这样就抓住了宋诗发展的主要线索和重要链条。

1. 江西诗派研究

关于江西诗派研究，20 世纪 80 年代初期唯一的著作就是中华书局 1978 年出版的傅璇琮《黄庭坚和江西诗派卷》（上、下）。这部《古典文学研究资料汇编》成为我不离手边的案头书，也一直是搜集和查阅相关资料线索最重要的工具书。研究江西诗派，自然先要搞清“一祖三宗”杜甫、黄庭坚、陈师道、陈与义等诗歌创作重要特征的相通处与共同点，尤其要搞明白“一祖”杜甫的诗歌创造与最大亮点，搞清“三宗”是怎么样学习杜甫诗歌创作精神并创造性弘扬其特点。阅读本集、分析作品、深入了解诗人境界与准确把握艺术特点成为重中之重。《黄庭坚“点铁成金”“夺胎换骨”说新论》《论黄庭坚词的创作及特征》《山谷始婚考辨》《陈师道的艺术风格》《爱国诗人陈与义》等，都是这个时期陆续撰写的文稿。

《黄庭坚“点铁成金”“夺胎换骨”说新论》认为，黄庭坚的“点铁成金”“夺胎换骨”说的价值和意义绝不止于诗歌创作的求新，更重要的是揭橥了古代文学创作的一条艺术规律，即强调在学习借鉴和继承基础上进行超越前人的艺术创造。文章从中国古代文学创作实际和理论发展的六个方面，对其成说的渊源、基础与影响做了系统考察和研究。

一是先秦两汉时期的作品沿袭与理论滥觞。论文指出，学习、借鉴、继承、创新是每一位作家都必须经历而无法回避的问题，故刘勰《文心雕龙》说“古来辞人，异代接武，莫不参伍以相变，因革以为功”。周秦时期“唐歌、虞咏、商颂、周雅，叙事缘情，纷纶相袭。”“汉家文章，周、秦并法”。司马迁《史记》胎息于前代史书，而“究天人之际，通古今之变，成一家之言”。班固《汉书》体制沿袭《史记》，却“赡而不秽，详而有体”。刘向《新序》《说苑》《列女传》诸书，内容大多采诸先秦典籍。文辞的创新性沿袭，方可“名佳好，称工巧”已经成为文坛共识。

二是魏晋六朝时期创作因革理论得到学界认可。“建安风骨”的主要构建者曹操今存诗篇全仿汉代乐府，《蒿里行》开文人拟古之先河，《观沧海》本于司马相如《上林》赋。曹植《美女篇》仿《陌上桑》而细致华丽又迥异其趣，《洛神赋》胎息于宋玉《神女赋》而又度越前人。西晋陆机模仿《古诗十九首》创作出《拟古诗》十二首，名重一时。左思祖述汉魏，“摹《二京》而赋《三都》”，名声大噪。东晋陶渊明“法汉人而体稍近”，《拟古》受曹操影响而富有文采，《饮酒》与阮籍《咏怀》相近而更富情趣。南北朝谢灵运《拟魏太子邺中集诗八首》被称为“诗中之日月”，晋代葛洪赞同承袭创新的合理性和必要性，陆机也指出了“袭故而弥新，沿浊而更清”的继承创新关系。刘勰《文心雕龙》总结了“孚甲新意，雕画奇辞”的创新方法，提出了“望今制奇，参古定法”的文学发展规律，发展了滥觞于汉代的文学因革理论。

三是隋唐时期诗文的熔铸与理论系统化。刘知几《史通·模拟》篇，已开始将文学因革理论系统化，在承认因袭合理的同时，强调了更铸新境。释皎然反对词语、立意的因袭而倡导艺术形式模仿。韩愈主张“师其意，不师其辞”。李德裕《文章论》认为因革是文学创作的重要特点。承认因袭的合理，要求艺术的创新，已成为唐代文学思潮的重要方面。韩愈《进学解》拟东方朔《答客难》，柳宗元《捕蛇者说》夺胎于《苛政猛于虎》，王勃“海内存知己，天涯若比邻”本于曹植《赠白马王彪》，陈子昂《登幽州台歌》脱胎于《楚辞·远游》，王若虚《春江花月夜》受曹植《七哀》启发而衍化。李白“举酒邀明月，对影成三人”由陶潜“挥杯劝孤影”衍化而意趣更丰厚。杜甫“朱门酒肉臭，路有冻死骨”源自《孟子》“途有饿莩而不知发”。与前代相比，唐人更精于点化、锻化和熔铸。

四是宋代前期的创作与黄庭坚“点铁成金”“夺胎换骨”说的问世。宋代是封建文化的高涨期，胎息于前人的优秀作品受到普遍关注和认可。柳永《凤栖梧》“衣带渐宽终不悔，为伊消得人憔悴”源于《古诗十九首》“相去日已远，衣带日已缓”。欧阳修《蝶恋花·庭院深深深几许》“泪眼问花花不语，乱红飞过秋千去”胎息于温飞卿《惜春词》“百舌问花花不语”，苏轼《水调歌头·明月几时有》融化李白《把酒问月》“青天有月来几时，我今停杯一问之”等，“顿成奇逸之笔”。黄庭坚《题竹石牧牛》仿李白《独漉篇》，《别杨明叔》“皮毛剥落尽，惟有真实在”全用《正法眼藏》乐山禅语。黄庭坚认为“文章最忌随人后”“自成一家始逼真”，他把学习模仿和借鉴作为创新必不可少的重要手段，明确提出“作文字须摹古人”，充分肯定学习模仿的合理性和重要性，同时要求“领略古法生新奇”，必须以创新为目的。黄庭坚正是在综合历代创作经验的基础上，融入了自己的深切体验，用佛道妙语揭示了诗歌创新的门径。

五是黄庭坚之后的创作实践与理论演化。江西诗派把“点铁成金”“夺胎换骨”作为创作的不二法门。陈师道压卷《妾薄命二首》构思远祖《诗经》《楚辞》，近师张籍《节妇吟》，熔裁李白、白居易、刘禹锡诸家隽句，浑化为一。陈与义成名作《墨梅五绝》三首融化《新序》丑女无盐、《杂五行书》寿阳公主、《列子》九方皋相马诸故实，“使事而得活法”。陆游《金错刀行》化用“楚虽三户，亡秦必楚”民谣、杨万里《月下传觞》夺胎于李白《月下独酌》诗。词人秦观《满庭芳·山抹微云》点化隋炀帝“寒鸦千万点，流水绕孤村”之句；周邦彦《满庭芳·风老莺雏》化用杜甫、李白、白居易、刘禹锡、杜牧诸家诗句而更铸新境；李清照《如梦令·昨夜雨疏风骤》夺胎于韩偓《懒起》诗；稼轩《南乡子·何处望神州》袭用杜诗全句以写景；全都水到渠成，倍加精彩。

六是元明清戏剧小说创作的印证。元明清戏剧与小说的经典作品几乎都夺胎于前人，在思想和艺术两方面达到很高造诣。王实甫的《西厢记》就是以唐代元稹传奇小说《莺莺传》故事为基础，广泛吸收前代各种艺术形式的表现成果，创造性地丰富和发展了崔张爱情故事，并将深刻思想和时代意识寓于其中，取得很高艺术成就而“天下夺魁”，成为北曲“压卷”。《三国演义》《水浒传》故事早在民间以各种艺术形式广为流传，罗贯中、施耐庵在群众集体创作的基础上，进行了创造性的艺术加工，写成了雅俗共赏的不朽名著。曹雪芹《红楼梦》更是以《石头记》为基础，“披阅十载，增删五次”，创造出古代小说的巅峰之作。

《陈师道的艺术风格》指出陈师道为文师曾巩、作诗宗黄庭坚、填词颇受苏轼影响的特点，而以诗歌成就最高。陈师道的诗歌理论大都与黄庭坚相近，提倡创新、讲究技巧，明确提出学诗当以杜甫为师，“有规矩，故可学”。陈师道传世诗歌六百九十首，多为结识黄庭坚以后的作品，内容题材擅长抒写亲子家人的骨肉分离之情、文人独处闾巷的清贫生涯、志士怀才不售的愤慨与傲骨、故旧交游间同病相怜或以沫相濡的友谊，等等。《送内》《别三子》《示三子》《寄外舅郭大夫》等，都是写骨肉亲情的名篇。文章认为，陈师道的诗歌艺术是沿着黄庭坚开辟的路子走的，黄庭坚曾以“闭门觅句陈无己”评说陈师道的创作风格，足见惨淡经营的“苦吟”情形。陈师道刻意于句法锻造，远承杜甫，近师黄庭坚，是“点铁成金、夺胎换骨”理论的实践与弘扬者。文章认为，在江西诗派中，陈师道诗自有足以名世的独立个性，感情真醇浑厚，语言朴拙隽永，风韵清劲雅洁。

《爱国诗人陈与义》重点分析了其前期诗歌与后期创作在内容风格方面的突出特点。文章指出，陈与义前期身居京洛，交游士林，经太学步入仕途，一度以诗名见知于徽宗皇帝。在诗歌艺术上深受黄庭坚和陈师道影响。抒写仕宦的落寞和志不得申的情愫，或鞭笞浇薄庸俗的世态，或咏物、题画，是前期诗歌的重要内容，往往寄寓着个人的品格情操和审美理想，乃至熔铸着对社会现实的感受。成名作《和张规臣水墨梅五绝》三首传诵极广，突出“墨梅”特点，贯注着反尘俗、厌污浊、轻形迹的诗情，“有神无迹”，“语意皆绝妙”，笔法、格调乃至遗貌取神、追求清幽的审美境界，都颇近黄庭坚。靖康事变使陈与义流离颠沛，备尝兵荒马乱之苦，目睹山河破碎之状，民族浩劫与个人苦难，激起诗人无限忧伤和深沉感慨。后期诗歌创作视野空前扩大，艺术风格趋向沉雄悲壮。感叹流亡、忧愤时政、颂扬抗敌、怀念乡国，成为他后期诗歌的主流，大批诗章贯注着忧国伤时的爱国主义精神。陈与义用诗歌记述了其逃难情景，也用诗歌抨击赵宋王朝的腐朽，用诗歌颂扬抗敌御侮的志士，表达对故国家园的深切思念，写景咏物诗大都融入了家国身世之感，往往雄浑苍茫，悲壮深沉。陈与义后期创作一变前期风调，努力学习杜甫的现实主义精神，创作了大量感时抚事、慷慨激越、寄托遥深的爱国思想优秀诗篇。纪昀在《四库全书总目提要》中说：“与义之生，视元祐诸人稍晚，故吕本中《江西宗派图》中不列其名。然靖康以后，北宋诗人凋零殆尽，惟与义为文章宿老，岿然独存。其诗虽源出豫章，而天分绝高，工于变化，风格遒上，思力沈挚，能卓然自辟蹊径。”指出陈与义在宋代诗歌发展史上结束北宋并开启南宋的重要地位及其诗歌创作的艺术特点。

2. 参撰《宋代文学史》

1987 年，刘乃昌先生接受了主编《宋代文学史》上册即北宋文学史的任务，作为先生的助手，我有幸参与其中，承担第十九章“黄庭坚与江西诗派（上）”、第二十章“黄庭坚与江西诗派（下）”、第二十一章“北宋后期其他诗人”等三章的撰写任务。

《宋代文学史》（上、下）是国家哲学社会科学“七·五”（1986—1990）规划重大项目《中国文学通史》（十四卷）系列中的两本。《中国文学通史》由中国社会科学院文学研究所负责总纂，北京大学、南京师范大学协作编纂，是新中国成立后组织全国相关专家撰写的首部文学通史著作，规模空前宏大。《宋代文学史》上下两册，由南京师范大学孙望、常国武主编，刘乃昌负责主编上册。在乃昌师指导下，我反复学习琢磨通史的撰写体例与内容要求，遵循编委会规定的基本原则，即阐述文学基本面貌、材料丰富翔实、叙述准确充分、力求科学、全面评价作家作品，阐明文学现象形成的历史过程及其继承和发展关系。由此，按照总纂设计的章节与篇幅要求，参考吸收已有研究成果，反复斟酌，草拟初稿，最后由刘乃昌师修改定稿。

我负责起草撰写的三章内容，实际上是围绕江西诗派来展开的，核心是将“三宗”的创作特点与文学贡献写清楚、写到位。第十九章“黄庭坚与江西诗派（上）”分为“黄庭坚的生平”“黄庭坚的著述和诗论”“黄庭坚的诗”“黄庭坚的词”四节，介绍黄庭坚成长的文化环境、仕宦经历与思想品格，论述江西诗派创始人黄庭坚的文学成就、传世作品与创新思想，突出其诗歌创作的独特性以及创构宋诗风格的标志特点与典型意义，突出黄庭坚词“随俗”与“反俗”的创造性，突出黄庭坚的文学贡献与深广影响。第二十章“黄庭坚与江西诗派（下）”聚焦于江西诗派“三宗”中的陈师道和陈与义。第一节在叙述陈师道的生平经历后，重点论述其诗歌创作主张与创作实践的独特表现，指出其与黄庭坚诗歌创作理论相近相似乃至相同处，以及“远祖杜甫、近师山谷”而又风格独具的特点。第二节以叙述陈与义生活时代的巨大变化与仕宦经历特殊背景为前提，论述前期诗歌创作与后期诗歌创作表现内容和艺术风格虽有不同，而理论主张都源自黄庭坚，尤其对杜甫诗歌爱国忧民精神的创造性发扬表现鲜明。

第二十一章“北宋后期其他诗人”实际上是对吕本中《江西诗社宗派图》作家有作品传世的北宋其他诗人做简要概述。诸如承绍江西诗风、有《陵阳集》传世的韩驹，其《赠赵伯鱼》“学诗当如初学禅，未悟且遍参诸方。一朝悟罢正法眼，信手拈出皆成章”；黄庭坚外甥徐俯有《东湖居士集》传世，主张“作诗自立意，不可蹈袭前人”；被黄庭坚称为“天下奇才”的潘大临，今存《潘邠老小集》一卷；师从黄庭坚学习诗法的洪明、洪刍、洪炎，“皆能独秀于林”；“风格隽拔，时露清新”的谢逸，步趋黄、陈且著有《竹友集》的谢薖，学诗于陈师道且著有《晁具茨集》的晁冲之，与黄庭坚有过唱酬且著有《日涉园集》的李彭，以及著有《倚松老人诗集》的饶节、著有《真隐集》的祖可和诗歌成就“与祖可上下”的善权三位僧人等，都被认为属于江西诗派中人，而以往的文学史很少言及。总之，列入宗派图的江西派诗人，其艺术成就不一，作品流传多寡不等，但一般在诗法上亲炙或承传黄、陈，与江西派作家有交游唱酬，有刻苦锤炼的写作习尚，程度不同地表现出江西诗派的主要风格。

1996 年 9 月，《宋代文学史》（上、下）由人民文学出版社出版。1998 年 6 月，由中国社会科学院《文学遗产》编辑部等联合主办的宋代文学研讨会在武汉召开，集中讨论了新出版的《宋代文学史》。常国武教授说：“该书篇幅大，资料丰富，撰稿人多是某一领域的专家，他们对自己所论述的作家有深入的研究，不仅能够提供可信的第一手资料，而且能够提供新的材料、新的观点和新的发现。”① 与会专家认为，这部《宋代文学史》是目前最全面、最细致、最系统的断代的宋代文学史，其材料比较丰富翔实，叙述比较准确充分，评价作家作品比较科学全面，总结性地探讨了宋代文学现象和文学发展的历史过程。该书充分吸收近二十年来有关宋代文学研究的成果，纠正了以往文学史著作的一些失误。此书研究、涉及的作家较以前任何一部宋代文学史或文学通史都要多，比较有特色的作家都有所反映，江西诗派的韩驹、徐俯、潘大临、三洪、二谢、夏倪、晁冲之等人的文学成就，以前的文学史未曾提及，此书给以评述，拓宽了宋代文学研究的领域。对作家作品的分析精

---

① 曾广开《宋代文学与〈宋代文学史〉研讨会综述》，《宋代文学研究年鉴》，武汉出版社 2001 年。

辟，概括准确，发现了许多有价值、有特色的东西。

代表成果之三：

“易安体”新论[①]

李清照的词自成一家，被人们称为“易安体”。她的词虽然受到历代读者的喜爱和称扬，但人们对“易安体”个性特征的认识却并不充分。古人往往着眼于全貌做直观的肯定，或立足于语句做简单的叹颂，鲜见系统明确的评析和透点，偶有涉及，亦语焉不详。近人的研究使人们的认识日趋深化，然仍见仁见智，莫衷一是。本文试图对“易安体”的基本特征做些研讨，以就教于方家。

自我形象的艺术化

自我形象的艺术化是“易安体”最突出的个性特征。与前代那些“应歌”填词的作家不一样，李清照只抒写属于他个人的独特性情和真实感受，这是漱玉词最显著、最重要的特征。因此，不同时期的作品，就反映着李清照不同时期的情绪和生活。李清照童年的天真活泼，婚后的绵绵情思，显示了李清照一生性格和情感发展变化的轨迹。

李清照出生于一个富有文学修养的家庭里，父亲李格非是散文家，“以文章受知于苏轼”（王称《东都事略》），母亲也能诗会文。良好的教育，优越的环境，加上她本人资质聪明，酷爱读书，博闻强记，形成了词人少年时期的开朗性格和深厚学养。《点绛唇・蹴罢秋千》《如梦令・常记溪亭日暮》都留下了词人少女生活的倩影。前者写其荡完秋千回避客人的情景：“见客入

① 参见《理论学刊》1990年第6期。

来，袜刬金钗溜。和羞走，倚门回首，却把青梅嗅”，天真烂漫、羞涩好奇的情态和不甘约束、含而有露的性格，全都跃然纸上。后者写其游赏荷花的情景：“溪亭日暮，沉醉不知归路。兴尽晚回舟，误入藕花深处。争渡，争渡，惊起一滩鸥鹭”，醉心自然的神情、急躁活泼的形态，如在目前。李清照十八岁时适嫁赵明诚。赵氏自幼爱好金石书画，才华横溢，诗文俱佳。夫妻二人在艺术志趣与文学修养诸方面颇多一致，经常一块唱和诗词，一起整理古籍，共同搜集和研赏金石书画，陶醉在艺术的世界里，生活得十分幸福。明代赵世杰称其“佳人才子，千古绝唱”（《古今女史》）。这种既是夫妻，又是诗友、学友、知音的甜蜜生活，更增进了二人的文学修养与夫妇间的感情，也使得每一次的夫妻别离都给李清照的感情带来强烈的冲击。她把这种感情上的体验，融进了词篇，写出了一首首脍炙人口的佳作，诸如《一剪梅·红藕香残玉簟秋》《醉花阴·薄雾浓云愁永昼》《凤凰台上忆吹箫·香冷金猊》等，都是反映这一时期伉俪生活的名作。李清照四十四岁以后，随着国家的破亡，沉重的打击接踵而至。先是金兵入侵，汴京陷落，李清照也加入了逃难流亡的人群中。两年后，丈夫又突然病故。战乱中，夫妻从前苦心搜集和整理的金石书画等大批艺术珍品也丧失殆尽。李清照失去了依靠和寄托，膝下又无子女，从此过着孤苦伶仃、无依无靠、颠沛流离的生活，在乱离和贫困中，度过了凄凉悲惨的晚年之后，悄然离世。《声声慢·寻寻觅觅》《永遇乐·落日熔金》《武陵春·风住尘香》等，都是她晚年心绪的展现和生活的缩影。

总之，李清照的全部词作，构成了一部描述个人性情变化、展示心灵历史的宏著，形成了一个完整的艺术系统。由于词人将个人的情感艺术化，使这个艺术整体再现了一位性格鲜明而有发展变化、形象生动而又丰富多彩的抒情主人公。换言之，李清照的词是自我形象的艺术化，词人用词描述了她丰富曲折的一生。这在宋代乃至整个词史上，都是绝无仅有的。因此，我们可以说，李清照是以高超的艺术腕力，用词写自传，从而形成“易安体”的显著特色。

宋代以前的文学，以反映社会为主，随着社会的发展和人的主观意识的加强，认识人本身已成为必然的趋势，宋代的文学也开始向表现个性发展。在诗歌领域内，江西诗派把这种倾向理论化、实践化，发展到一个高峰，而李清照在词的领域又推进到空前的高度。这对于研究文学表现人，研究文学发展的走势和规律，都具有典型意义。实际上，李清照的词，代表着当时文学发展的新潮流、新阶段，这在李清照研究中，认识是很不够的。

作为艺术化了的女性形象，在李清照之前，词中已比比皆是。如温庭筠《梦江南》中“梳洗罢，独倚望江楼”的商人之妇；皇甫松《采莲子》中“贪看少年信船流，无端隔水抛莲子，遥被人知半日羞”的荷乡少女；晏殊《蝶恋花》中“独上高楼，望尽天涯路”的闺阁思妇；“月上柳梢头，人约黄昏后”的热恋女郎；“琵琶弦上说相思”的多情艺妓；等等。但这些形象，大都出自须眉男性笔下，且都不过是生活中的一鳞半爪，零乱而不集中，形象没有系统性，更很难说有什么发展变化的个性，因此，根本不能与李清照词中的抒情主人公相比。

感情模式的独特化

感情模式的独特化是“易安体”的又一突出特征。法国的罗丹指出：“艺术就是感情”（《论艺术》）。作为“纯情”文学的词，尤其如此。由于人的感情是复杂多样的，从而使作品呈现着多姿多彩的景观。词向以“艳科”著称，表现爱情是它的传统题材。李清照在这方面没有冲破旧的樊篱，仍然以表现爱情作为基本的题材。她深于情，专于情，笃于情，比任何一位词人都更集中、更深入、更艺术地表现着爱情。但是，李清照词中的爱情模式却与前人大异其趣。

首先，易安词写的是伉俪情、夫妻情。这种感情是人类最普遍、最诚笃、最深挚、最美好、最纯洁的感情，但是却很少有人加以艺术的表现。前代的爱情词，绝大多数都是当时“畸形爱情”的产物，表现的是文人士大夫同歌妓舞女之间的爱情，反映的是“婚外情”。苏轼虽然也有《江城子·十年生死两茫茫》那样杰出的优秀作品，但毕竟是少而又少，且仅仅是悼亡而已。李清照的作品，特别是前期的词作，则是直接向自己的丈夫倾吐爱情。

其次，易安词表现的是自身体验的女子真情。前代的爱情词，大都是代言体，作者以男性为主，模拟女子言情，即所谓“男子作闺音”（田同之《西圃词说》），纵是“逼真”其实质不过为文造情而已。李清照则是以一位女子特有的柔肠和细腻，以自己亲身的体验和独特的感受来写爱情，为读者展示了一个鲜为人知的神秘而又奇妙的内心世界。她用天才的生花妙笔，把夫妻间人人都有，却未必人人敢言、人人能言的情感，生动形象地昭示出来，而且诚挚感人。

最后，易安词表现的是纯洁高尚的爱情。前代的艳情词具有较强的写实性，甚至不乏自然主义的描写，像柳永《慢卷紬》“恁偎香依暖，抱着日高犹睡”，黄庭坚《鼓笛令》“你但那些一处睡”，《千秋岁》“欢极娇无力，玉软花绮坠”之类，不能给读者以美感，所谓“词语尘下”，缺乏审美的提炼和艺术的概括，“风期未上”（《艺概》），格调不高。与此相反，李清照词中的爱情描写则境界高雅。作者对自己炽烈的感情，进行了理性的高纯度的提炼和净化，已经把对爱情的追求，升华为对爱情的审美，以自己特有的敏感纤细，表达了对爱情独特又深刻的审美体验。因此，她的词显得格外纯洁、格外高尚、格外美好，艺术感染力也格外强烈，易安词中的爱情已被罩上浪漫化和理想化的光环而变得崇高，这是大异于前人的地方。

劳承万在《审美中介论》中指出：“一个艺术家用自己的艺术手段，表现了某种新颖、独特的情感模式，那将是一种伟大的贡献。”李清照在文学史上的最大贡献之一，就是用词表达了一种独特的感情模式，这种感情模式是前代词人所没有表现过的。高尔基说：“真正的诗，永远是心底的诗，永远是灵魂的歌”。李清照的词，正是这种“灵魂的歌”，“心底的诗”。

另外，李清照表现爱情的模式，也为后人提供了可资借鉴的成功经验，这与当代小说和电影中那些淫秽的色情描写形成了鲜明的对比。

艺术风韵的个性化

艺术风韵的个性化是“易安体”的第三个突出特征。清代文坛盟主王士祯曾云：“婉约以易安为宗，豪放唯幼安称首”（《花草蒙拾》），把李清照推为婉约派的杰出代表。《四库全书总目提要》也说易安“抗轶周（邦彦）、柳（永）”，沈曾植说她“气调极类少游”（《菌阁琐谈》），都指出了李清照词风格婉约的特点。但是，他们只是看到了易安词的风貌，并未指出其独特的个性。

首先，易安词的风格是多样的。婉约只是她的基本风格、主导风格。同时，她也有著名的豪放之篇，如《渔家傲·天接云涛连晓雾》，全词以记梦仙游为线索，突出描写了与天帝的对话，抒情述志，瑰丽神奇，豪迈奔放，充满了浪漫主义的色彩，前人以为此篇“绝似苏（轼）辛（弃疾）”（《艺衡馆词选》）。尽管在李清照传世的词作中，这类篇章并不多见，但已足以说明李氏亦有豪放之笔。

其次，易安婉约风格的作品，也有不同的风调。如前期表现少女生活的篇章，格调欢快活泼，富有生趣，表现了少女的天然情态，上面言及的《点绛唇·蹴罢秋千》《如梦令·常记溪亭日暮》等，都很典型。表现夫妻生活的则笔调轻松，风趣横生，《减字木兰花·卖花担上》通过买花心理的描述，在表现新婚甜蜜的同时，也透露了俏皮的性格，令人回味不绝。其抒写离别相思的作品，则大都委婉含蓄，热烈执着。后期词作格调则变为凄苦沉郁。

最后，同其他婉约派作家相比，易安词的个性化色彩更为明显和突出。柔美是婉约派的共同特点。但不同的作家，有不同的表现。柳永多发露浅俚，市民意识十足；周邦彦浑厚典雅，文人色彩浓厚；秦观细腻婉丽，而“格力失之弱”（《苕溪渔隐丛话》）。李清照则扬长避短，把女性的柔情美、诗人的理想美和性格的阳刚美融为一体，形成了自己独特的艺术个性：婉中见直，柔中有刚。同样是写送别：

“执手相看泪眼，竟无语凝咽。”

——柳永《雨霖铃》

“此去何时见也？襟袖上空惹啼痕。”

——秦观《满庭芳》

“云中谁寄锦书来？雁字回时，月满西楼。”

——李清照《一剪梅》

柳词婉中带露，秦词婉中有柔，李词则婉中见直。柳永词和易安词都有“直”而坦率的特点，但柳词直而浅俚，李词直而文雅。比如同是写相思，柳永说：“为伊消得人憔悴，衣带渐宽终不悔”（《凤栖梧》）；易安云“此情无计可消除，才下眉头，却上心头”（《一剪梅》）。两者的差异是很明显的。

被前人誉为“幽细凄清，声情双绝”（《自怡轩词选》）的《醉花阴》，是词人向丈夫倾吐重阳佳节深切思念之情的名篇，上片写白昼、夜间的孤独难熬，下片追忆从前夫妻同赏秋菊，而以“人比黄花瘦”作结，传达了自己因刻骨镂心思念而面容憔悴的情形。全词无一字一句言及思念，而思念之深切又充溢字里行间。可谓语言委婉含蓄，“无一字不秀雅”（《云韶集》），而意思却真率明白，“令人再三吟咀而有余味”（吴景旭《历代诗话》卷三十八）。

李清照这种情感直率，表达含蓄，婉中有直，柔中有刚的艺术风韵，与她本人那种豪爽开朗的个性气质有着密切联系。故《菌阁琐谈》谓“易安倜傥，有丈夫气，乃闺阁中之苏、辛。”

表现手法的新巧化

表现手法的新颖和巧妙，是“易安体”的第四个突出特征。宋人王灼《碧鸡漫志》说李清照“作长短句能曲折尽人意，轻巧尖新，姿态百出”，这种艺术境界的形成，主要得力于表现手法的出新。易安词手法之新巧，突出的表现如下。

其一，善于移情于物。李清照喜欢将个人的主观感受糅合于客观景象之中，使景物成为感情的载体，既增强了词的含蓄性，又丰厚了词的意韵。如《醉花阴》起拍“薄雾浓云愁永昼，瑞脑销金兽”：室内香烟缭绕，扑鼻而来，沁人肺腑，而主人闻而不觉，视为“薄雾浓云”；重阳佳节本是欢快易过的日子，而主人却觉得度日如年，视为“永昼”；这样，作者就把自己的主观感受“愁”与“难熬”，分别揉进了客观的空间景物与时间之中，巧妙地表现了自己的孤独寂寞，传达出对丈夫的深切思念。《声声慢·寻寻觅觅》过片“满地黄花堆积，憔悴损，如今有谁堪摘?”满地盛开如云的菊花，本来是赏心悦目，十分美丽的，但作者孤身一人，丈夫早已离世，回想当年一起赏菊的情形，怎能不触景伤情！故在主人公眼里，盛开的菊花仅是“堆积”而已，毫无美感可言。这里，李清照巧妙地将思念亡夫的悲伤和心情的郁闷烦躁，融在客观景物的描写中，既深沉含蓄，又合情合理。诸如此类的例子，在易安词中随处可见。这种移情于物的手法，实际上是对传统的“借景抒情”手法的改造与翻新。

其二，善于化抽象为形象。这也是前人常用的手法，但李清照在此基础上又善于变化以出奇。例如，表现“愁”这种只能意会的内心感情，前人已有许多形象的描绘，李煜“问君能有几多愁？恰似一江春水向东流”；贺铸“试问闲愁都几许？一川烟草，满城风絮，梅子黄时雨”；都是为人称颂的名句。在李清照笔下，“愁”字则具备了更多的形态，它可以有长度、有浓度、有形体、有重量、有行动：

“从今更添一段新愁。”（《凤凰台上忆吹箫》）
“更谁家横笛，吹动浓愁。”（《满庭芳》）
“独抱浓愁无好梦。”（《蝶恋花》）
“只恐双溪舴艋舟，载不动许多愁。”（《武陵春》）
“此情无计可消除，才下眉头，却上心头。”（《一剪梅》）

这些形象的比喻、形容和描绘，无不给人以生新出奇的妙感。

其三，善于运用对比。对比是诗词中最常见的艺术手法之一，李清照对这种传统手法的翻新使用，主要表现在两方面：一是将其运用于全篇的艺术构思中；二是将虚实融为一体，进行对比，使时空高度浓缩化。前者如《如梦令·昨夜雨疏风骤》天真单纯的侍女（卷帘人）与“浓睡不消残酒”的主人形成对比，突出了主人的多愁善感和细腻多情；《永遇乐·落日熔金》通过良辰佳节个人处境和情绪前后截然相反的对比，传达出作者回慕昔日家国与忧愤目前局势的心情。后者如《南歌子·天上星河转》“旧时天气旧时衣，只有情怀，不似旧家时”。李清照将“天气”“衣”“情怀”与往昔比较，目下为实，从前为虚，虚实参照，形成对比。《醉花阴》中“玉枕纱厨，半夜凉初透”是实景、实感，是眼下的景象，但其中又包含着过去夫妻相伴幸福生活的情景，这样，就将从前和现在进行了暗暗的对比，从而传达了对丈夫的思念。《声声慢》的过片同样将从前和当时进行了对比，从前是虚，现在是实，以实写虚，实中有虚，虚实结合，完美地表达了作者的心境和情绪。其他如《清平乐·年年雪里》通过早年与丈夫“常插梅花醉”同现在独自赏梅“赢得满衣清泪”的对比，表现国破家亡、沦落天涯的痛苦；《孤雁儿》“吹箫人去玉楼空，肠断谁与同倚”写孤身漂泊的凄惨处境，表现对丈夫的深切思念等，都十分巧妙地运用了虚实结合、融为一体的对比方法，从而在有限的篇幅中加大了内容的涵纳量。

另外，在比兴、烘托、渲染诸方面，李清照同样有创造性的运用，既新颖，又巧妙，增强了艺术感染力，此不再阐述。

语言锤炼的精美化

语言锤炼的精美化是“易安体”的第五个突出特征。宋人谓易安词“文采第一”（王灼《碧鸡漫志》）；明人云其：“驾秦（观）轶黄（庭坚），陵苏（轼）轹柳（永）”（《崇祯历城县志》）；清人说“其炼处可夺梦窗（吴文英）之席，其丽处直参片玉（周邦彦）之班”（李调元《雨村词话》）、“直欲与白石老仙相鼓吹”（陈世焜《云韶集》），都对漱玉词的语言精美做了高度评价。

李清照词的语言精美，主要得力于词人的精心锤炼和着意陶洗，侔色揣称，锻字炼句，从而达到了自然准确、清新流畅、精练优美、炉火纯青的境界，形成了一种雅俗共赏的语言风格，被人们称为“易安体”，受到了普遍赞誉。

易安词语言清新自然，极富表现力。《如梦令·昨夜雨疏风骤》前人以为“语新意隽，更有丰情”（《草堂诗余隽》）。蒋一葵《尧山堂外纪》说：“当时文士，莫不击节称赏，未有能道之者。”其结句“绿肥红瘦”，拈用平易通俗、普通寻常的字眼，不仅形象逼真地写出了风雨之后，海棠绿叶肥茂、红花凋残的景象，而且十分传神地表达了寂寞深闺中抒情主人公惜春怜花、无比惆怅的细腻感情，所谓“委曲精工，含蓄无穷之意焉”（《草堂诗余别录》），特别是用“肥、瘦”写海棠，令人耳目一新，极富情趣，王士祯认为“人工天巧，可称绝唱”（《花草蒙拾》）。

《凤凰台上忆吹箫》茅暎谓“出于自然，无一字不佳”（《词的》），其前结“新来瘦，非干病酒，不是悲秋”三句，“婉转曲折，煞是妙绝。笔致绝佳，余韵尤胜”（《云韶集》）。《念奴娇·萧条庭院》以自然流畅的语言，描写春天的景物及其孤独寂寞的感受，情景兼至，媚中带忧，其“宠柳娇花寒食近，种种恼人天气”尤为人称颂。宋代黄升说：“前辈尝称易安‘绿肥红瘦’为佳句，余谓此篇‘宠柳娇花’之语，亦甚奇俊，前此未有能道之者”（《唐宋诸贤绝妙词选》）。词人创造性地将“宠”“娇”两个形容人的平常字眼，移用来写柳写花，“宠”字活现了新柳的婀娜多姿、轻摇慢舞的景象，“娇”字突出了鲜花的艳丽得意情态。而花、柳的得意与得宠，又反衬了词人的冷落和寂寞，新丽奇俊，耐人寻味，明代徐士俊谓此四字“不效颦于汉魏，不学步于盛唐，应情而发，自标位置”（《古今词统》），正指出了其清新而有表现力的特点。其他如以“雪清玉瘦”写白菊；“拥红堆雪”写落花；“暗淡轻黄体性柔，清疏迹远只香留”（《鹧鸪天》）写桂花；“香脸半开娇旖旎。当庭际。玉人浴出新妆洗”（《渔家傲》）写梅花。无不准确地抓住了事物的特点，给人以自然清新、入木三分的感觉。

易安善锻化和提炼口语入词，即所谓“用浅俗之语，发清新之思”（彭孙適《金粟词话》)。《转调满庭芳》煞拍“如今也,不成怀抱,得似旧时那”表现怀旧恶今的悲苦烦闷之情;《凤凰台上忆吹箫》过片“休休。这回去也,千万遍阳关,也则难留”,表现丈夫离别而无法挽留的痛惜依恋之情;《行香子》结句“甚霎儿晴,霎儿雨,霎儿风”,以天气的变化多端表现词人对牛郎织女相会和离别的关注与担心;都完全是口语化。《念奴娇》“被冷香消新梦觉,不许愁人不起”,《声声慢》“守着窗儿,独自怎生得黑”,《永遇乐》“如今憔悴,风鬟霜鬓,怕见夜间出去”——“皆用浅俗之语,发清新之思,词意并工,闺情绝调”(《金粟词话》),都是“以寻常语度入音律”(张端义《贵耳集》)炼俗为雅的典范。

易安词语言的精美化还表现在具有优美的音乐感。《声声慢》起拍“寻寻觅觅,冷冷清清,凄凄惨惨戚戚”,词人选用14个叠字,充分利用其双声叠韵、唇音齿音相互交错的发音效果,形成顿挫有致、沉重抑郁的节奏旋律,有层次、有深浅、自然贴切地表达了孤独、寂寞、凄凉、忧愁、感伤等复杂细腻的情感和心境,读来令人荡气回肠,被前人推许为“千古创格,亦绝世奇文”(《冷庐杂识》)。《诉衷情》下片“人悄悄,月依依,翠帘垂。更挼残蕊,更撚余香,更得些时”,借助于描写和修辞,构成了优美的节奏和旋律,表达了词人在清冷的月夜深切思念故土家园的情形。《行香子》前结“渐一番风,一番雨,一番凉”,后结“闻砧声捣;蛩声细,漏声长”;都以鲜明的节奏和韵律,渲染了悲凉凄苦的气氛,烘托了深夜难眠的寂寞烦愁。易安词语言优美的音律节奏,富有鲜明的音乐感,其声情配合,增强了抒情效果和作品的艺术魅力。

李清照词语言的精美化,代表了北宋文人词语言的新高度。柳永曾在语言的出新上获得一定成功,但他在引用俚言俗语入词的过程中,未能着意淘洗,摒除芜杂庸俗的成分,使得李清照批评他“词语尘下”(《词论》)。秦观从书面语言中提炼出一种优美而精练的文学语言,但又缺乏民间口语的生动活泼。当北宋末年大晟词人们注重格律和典雅的时候,李清照却能扬长避短,从书面语言和时人口语中吸收有生命力、有表现力的成分,锤炼入词,创立了清新自然、生动活泼、富有音乐感的精美语言，这对发扬民间词的优良传统，坚持词向健康的方向发展，具有积极的意义。无怪乎清人沈谦说易安词的语言“极是当行本色”（《填词杂说》）了。

总之，“易安体”的突出个性和成就，奠定了李清照在古代词史和文学史上的重要地位，使她的作品盛传不衰，具有了永久的艺术生命，流风余韵，绵延千载，影响和沾溉着历代无数的作家和读者。

四、校注《晁氏琴趣外篇　晁叔用词》

1985年秋，刘乃昌师承担山东省教委古籍整理规划项目《晁氏琴趣外篇　晁叔用词》校注。古籍整理是中国古代文学研究的重要方面，也是古代文化研究者的基本功，乃昌师特意安排我全程参与。

记得曲师留校任教之初，常陪王仲荦先生一起散步，曾请教读书与治学的方法，王先生给我讲了他跟随章太炎先生读书时，太炎先生让他校注杨亿《西昆酬唱集》这部典故多、难度大的诗集，既可以敦促多读书，又可以训练基本功，还可以出成果。这给我留下深刻印象，让我联想到古代治学的注书传统，宋代也多有注书为学者，甚至出现了“千家注杜（甫）”“五百家注韩（愈）”“百家注苏（轼）”的奇观，于是暗下决心也以校注宋人著作方式开阔自己知识视野，夯实基本功。1978年4月与5月，程千帆先生在山东大学讲授《校雠学》，我全程听讲学习，且恰好与程先生同住山东大学招待所，得以聆听教诲。受程先生嘱托，每天负责授课的全程录音，并与罗青老师一起整理成文字稿，这是我首次系统学习校雠学知识的珍贵记忆。山东大学助教班学习期间，王绍曾先生讲授“版本目录校雠学”课程，让我进一步拓展了这方面的知识。在刘乃昌师带领下共同校注《晁氏琴趣外篇　晁叔用词》，既是学术研究素质的培养，又获得了以注书方式提升学养、锻炼能力的机会。

《晁氏琴趣外篇》是“苏门四学士”之一晁补之的词集，《晁叔用词》是晁补之从弟晁叔用的作品。苏轼《答李昭玘书》称："黄庭坚鲁直、晁补之无咎、秦观太虚、张耒文潜之流，皆世未之知，而轼独先知。"这是"四学士"的权威出处。位于黄庭坚之后而排在秦观、张耒之前的晁补之，不仅是苏轼的得意门生之一，而且也是北宋后期文坛诗词散文俱佳的重要作手，有诗文集《鸡肋集》、词集《晁氏琴趣外篇》传世，且是宋代最早的词评家之一。《四库全书总目提要》称晁补之词"神姿高秀，与轼实可肩随"，可见影响之大。其从弟晁叔用也是才华横溢，诗文"悉有法度"，吕本中将其列入《江西宗派图》，著有《晁具茨集》，而词集不存，仅有近人赵万里辑录本一卷。《晁氏琴趣外篇》《晁叔用词》都颇受前人称许，但自宋以来向无注本，故合为一集，并作校注，遂将书名定为《晁氏琴趣外篇　晁叔用词》。

在乃昌师指导下，我负责文献版本和相关资料搜集整理、作品原文校对与字词句注释等方面的基础工作。关于校注，当时走访并详细考察了国家图书馆、南京图书馆和北京大学、清华大学、山东大学、南京师大、曲阜师范大学等图书馆的藏本，最后确定以较为完善的吴昌绶双照楼《影宋金元明本词》之《晁氏琴趣外篇》六卷本为底本，同时，采用明代毛晋刻汲古阁《六十名家词》本、四库全书本《晁无咎词》、丁丙八千卷楼藏《晁无咎词》、吴氏石莲庵刻《山左人词》之《晁氏琴趣外篇》、清末林大椿校辑《晁氏琴趣外篇》等对校。又以清乾隆翰林院抄本《晁无咎词》（北京大学图书馆藏），以及宋代黄升《唐宋诸贤绝妙词选》、曾慥《乐府雅词》、何士信《草堂诗余》，明代陈耀文《花草粹编》、清代朱彝尊《词综》、万树《词律》、王奕清等《词谱》、沈辰垣等《历代诗余》等参校。这样，反复比勘，精心校对，详加笺注，并分类编排附录材料。完成初稿后，由乃昌师严格审阅、细加斟酌与反复修改，并撰写序言、编制年谱，联系和协商出版各项事宜。在前人传播成果的基础上，形成宋代以来第一个比较完备的精校笺注本，也是刘乃昌先生带领我合作完成的第一部学术著作。《晁氏琴趣外篇　晁叔用词》校注稿于1987年提交上海古籍出版社，被纳入《宋词别集丛刊》，经过统一体例的修改加工，于1991年2月出版面世。全国古籍整理出版规划领导小组办公室《古籍整理出版情况简报》1992 年 11 月第 264 期刊载了崔海正《评“二晁词校注”》，给予高度评价。1992 年荣获第七次山东省社会科学优秀成果二等奖。

在校注过程中，我还根据看到的文献资料撰写了《晁补之词集名称考辨》。晁补之是北宋词坛上颇有影响的作家，黄庭坚曾推许晁词“于今第一”，后世甚至把晁氏与晏殊、苏轼、周邦彦、秦观并称“北宋五子”。但历代以来对晁补之词集欠缺整理和研究，致使词集名称混乱，多有舛误。晁补之词集名称在古代典籍中至少有《冠柳》《逃禅词》《琴趣外篇》《晁氏琴趣》《晁氏琴趣外篇》《无咎琴趣》《晁无咎词》《鸡肋集词》八种。

宋代张炎《词源·杂论》篇称“晁无咎词名‘冠柳’”。《冠柳集》实有其书，南宋嘉定间长沙刘氏书坊梓行的巨型词集丛刊《百家词》就有此书。虽已失传，宋代不少著述如陈振孙的《直斋书录解题》、黄升《花庵词选》等都有记载，作者为“王观”。这两种书均早于《词源》，且前者是专门的目录学著作，著录审慎，其著录《百家词》全目中就有“晁补之《晁无咎词》一卷”“王观（通叟）《冠柳集》一卷”的文字，可知《冠柳集》是王观的词集，不是晁补之的词集，张炎称“晁无咎词名《冠柳》”，实属讹传。宋代《柳塘词话》，清代《四库全书总目提要》《岁寒居词话》《御选历代诗余》《词苑萃编》等，均称晁补之词集为《逃禅词》。《柳塘词话》成书年代较早，但已失传，无法考察，但《四库全书总目提要》转引此书时，已经发现“杨补之亦字无咎，其词集名《逃禅》”的问题。其后，胡薇之《岁寒居词话》也提出“晁无咎补之《逃禅词》”“宋杨补之亦字无咎，其词亦曰《逃禅》，令人怪诧”的疑问。《御选历代诗余》《词苑萃编》都属转抄讹传。称晁补之词为《逃禅词》，始作俑者乃《柳塘词话》，后人不加究察，遂谬误流传。

称晁补之词为《琴趣外篇》者，南宋中叶刊行的晁补之词集即是。《四库全书总目提要》云：“《琴趣外篇》，宋人中如欧阳修、黄庭坚、晁端礼、叶梦得四家词皆有此名，并补之此集而五，殊为混淆。”明代毛子晋刊行《六十名家词·跋》云：“《琴趣外篇》六卷，宋左朝奉秘书省著作郎充秘阁校理国史编修官济北晁补之无咎长短句也。其所为诗文七十卷，自名《鸡肋集》，唯诗余不入集中，故云‘外篇’。”明代赵用贤著录晁补之词，首开冠以“晁氏”之例，遂有《晁氏琴趣》之称，清初影宋抄本（现藏北京图书馆）又以《晁氏琴趣外篇》名。近人吴昌绶在影印宋代刊行的晁补之词集时，正式以《晁氏琴趣外篇》定名，其后林大椿校辑、龙榆生整理均取其名。清代曹寅著录晁补之词为《无咎琴趣》，意与赵用贤同。要之，称晁补之词集为《琴趣外篇》渊源有自，而《晁氏琴趣》《晁氏琴趣外篇》《无咎琴趣》等，均由《琴趣外篇》衍生，形成一个名称系列，虽小有区别，其实乃一。

称晁补之词为《鸡肋集词》，最早的当数《柳塘词话》，但在清代之前并未流传开来。清初朱彝尊编选《词综》，始正式称晁补之“有《鸡肋集词》一卷”。由于《词综》传播甚广，遂使《鸡肋集词》之名广布学林。冯金伯《花草萃编》、王奕清《御选历代诗余》、陈廷焯《词则》、赵执信《吴氏石莲庵刻山左人词·序》等，均沿用此称。与《鸡肋集词》相伴随的便是《晁无咎词》。以《晁无咎词》称晁补之诗余，最早见于目录学著作《直斋书录解题》。此书著录晁补之词凡两次，一是单独著录，二是《百家词》全目，两处均以《晁无咎词》称。由于这个名称的确指性和合理性，而为后世重要著述所接受，如《钦定四库全书》、清乾隆翰林院抄本、《山东通志·艺文志》、《世善堂书目》、张德瀛《词征》、《善本书室藏书志》等，均取此名。

总之，刘乃昌师通过“以干代教”的方式，带着我完成《晁氏琴趣外篇晁叔用词》校注并付梓出版，无疑是一次学术研究真正的实战训练。

五、讲授《中国古代散文史》的思考

自 1988 年始，我为函授本科讲授《中国古代散文史》，当时没有固定教材，可资参考的著作也很少。唯一可以看到的学术专著就是 20 世纪 30 年代出版的陈柱《中国散文史》，另外就是散见于现当代学人各种文学史著述的相关片段论述。

鉴于当时的实际情况，撰写讲稿前，首先确定了以历史朝代为顺序、以经典作品为重心、以代表作家为支点的基本原则，拟出系统性、专业化较强的逻辑框架和讲授提纲，然后参考各家文学史相关内容，边搜集资料边撰写教案，随时做必要的补充与调整，随时将发现的新问题、新思考、新材料或新见解、新观点、新结论纳入课堂讲授，提供参考。在自撰教案时，注意从古代典籍中精心搜集和梳理相关文献资料，认真考察古代散文发生、发展和演变轨迹，努力探讨其规律性特征，同时留意不同时期的散文理论主张与艺术表现特点，尤其注意学界研究的状态与进展。古代散文的发生、概念、范畴、分期等，这些急需解决且必须讲清楚的学术问题，都是备课过程中发现的颇具学术价值与文化意义且亟待深入研究的新课题。“中国古代散文史”的课程讲授，成为促进学术研究的重要动力，并形成一批研究成果如《论辛稼轩散文》《易安散文的多维审视》等，相继在《文学评论》《文学遗产》等期刊发表。

《稼轩散文艺术论》指出，辛弃疾这位杰出的民族英雄和抗战实践家，在文学上创造的成就同他在功业上的建树一样轰动，其雄视百代的词作固然是“别开天地，横绝古今”，备受世人称誉，他在继承和发扬北宋古文运动优良传统基础上创作的散文，同样开辟了迥异于人的新境界，而历代学人都未进行过系统地深入研究。论文从稼轩散文的立意与境界、针对性现实性与社会性、结构与层次、语言与节奏等四个层面提出了个人的新见解。

稼轩散文有四大艺术特征：一是立意宏伟，气势雄壮，高节操，高境界，高格调，实现了人格与文格的统一。强烈的爱国主义精神与高度的历史责任感，崇高的民族气节与不屈的斗争精神，气贯长虹的高风亮节与高瞻远瞩的宏伟气魄，卓越的军事才能与惊人的政治胆略，构成了稼轩散文立意上的宏伟奇绝，使作品不仅充满了激动人心的鼓舞力量，而且闪烁着不可磨灭的思想光辉。二是鲜明的针对性、强烈性的现实性和广泛的社会性。稼轩散文都是作者呼吁抗战、谋划收复中原、亲身参加实践的产物，都是当时抗战复国斗争经历的艺术结晶。三是法度谨严，节制有序，变化出奇，不主故常。辛弃疾散文结构的布局安排，叙事论理的层次方法，深得兵家布兵行阵秘诀之助，融兵法于文法，使得文章结构严整，富于变化。稼轩散文的第四个特征是雅健雄厚，凝练精警，生动形象，文采斐然，具有优美的节奏和旋律。辛弃疾十分注重文采，他本人才高学富，茹古涵今，思力果锐，大笔如椽，纵横驰骋，左书右书，无不如意，所作散文长篇短章，皆能妙语连珠，新人耳目，即便书启、祭文也篇篇可观，语语可味。

辛弃疾散文深受韩柳欧苏诸家影响，韩愈的雄直与笔力，柳宗元的凝练与形象，欧阳修的辞采与结构，苏轼的气魄与奔放等，在稼轩散文中都有充分的表现。稼轩散文也形成了雅健雄厚、豪壮奔放、遒丽优美的自家特色和风格。辛弃疾散文是南宋散文的杰出代表，无论内容还是艺术，都足以代表他那个时代的水平，的确是一位“散文高手”。论文在1990年江西上饶召开的纪念辛弃疾诞辰850周年学术讨论会上，得到邓广铭、叶嘉莹、袁行霈、王水照等著名学者的关注、肯定和鼓励，《文学遗产》1992年第4期刊出。

1989年，刘乃昌师被调入山东大学，与萧涤非先生一起指导唐宋文学博士研究生。自从在曲阜师范学院留校任教，乃昌师即对我关怀备至，悉心指导，不仅循循善诱、言传身教、提携扶植，而且带我一起写论文、做课题，扶我走上学术路，温润如玉，十二年如一日。乃昌师令人敬佩的思想品格与精神境界、深厚扎实的学术功底与细致缜密、科学严谨的治学态度，深深影响着我，成为带我走进学术殿堂的领路人。当时，刘乃昌先生还经常邀请中国社科院、北京大学、华东师范大学等单位的著名学者如胡念贻、吴庚舜、刘世德、邓绍基、谭家健、陈怡焮、钱谷融、施蛰存、马兴荣等先生到曲阜讲学，创造当面指导与请教的机会。1982年仲夏，乃昌师还亲自带领我和研究生杨树增、刘银光赴南京访学，得到南京大学钱南扬与吴新雷、南京师范大学唐圭璋与曹济平诸先生的热情指导。恩师刘乃昌到山东大学执教后，依然关心支持曲阜师范大学的发展，关心我的成长与进步。我也决心不辜负乃昌师的精心培养，努力走好学术研究与人生道路的每一步。此后，带着草拟的论文相继参加辛弃疾国际学术研讨会、全国第七届苏轼学术研讨会、北京元代文学研究会等，向学界前辈请教。1988年金秋，将《黄山谷年谱辨误》

寄给中华书局《文史》编辑部，很快收到了采用通知和修改意见。1990 年以《黄庭坚研究》为题申报山东省教委重点课题并获得批准立项。1992 年获山东省第七次社会科学优秀成果二等奖、山东省教委哲学社会科学优秀成果二等奖与山东省古典文学学会 1990—1991 年度优秀成果奖，并获得副教授任职资格、曲阜师范大学青年拔尖人才，被推荐为山东省青年拔尖人才候选人。

曲阜师范大学与山东大学，成为我学术研究经历的重要起步点，乃昌师倾注了大量心血，而聂建军、谷汉民、戴胜兰、黄清源、王怀让、张忍让等诸多老师，都曾给予很多指导和帮助，为后来的学术进步奠定了良好基础。

代表成果之四：

论辛稼轩散文[①]

辛弃疾是中国古代颇为卓特的作家。这位杰出的民族英雄和抗战实践家，在文学上创造的成就同他在功业上的建树一样轰动，时人以“卓荦奇材，疏通远识，经纶事业，有股肱王室之心，游戏文章，亦脍炙士林之口”评骘，其雄视百代的词作固然是“别开天地，横绝古今”，备受世人称誉，他在继承和发扬北宋古文运动优良传统的基础上撰写的散文，同样开辟了迥异于人的新境界。前人或云“辞情慷慨，义形于色”，或称“持论劲直，不为迎和”，或言“笔势浩荡，智略辐凑，有《权书》《衡论》之风”，都从不同的角度和侧面，给予了高度评价。南宋士大夫甚至把稼轩散文作为教授少年后代的范本，谢枋得曾言“年十六，先人以稼轩奏议教之”，足见前人的重视和推崇。

然而，历代以来对稼轩散文都未予深入研究，至为词名所掩。形成这种局面的原因是多方面的，其中作品的严重佚失也给研究工作的开展带来困难。

① 参见《文学遗产》1992 年第 4 期。

清代法式者，辛启泰的辑佚，可视为稼轩散文研究的起步。近人邓广铭先生继续搜轶补阙，且辨别真伪，考订作年，成《辛稼轩诗文钞存》，为学界所注目。嗣后，始有学者撰文，成果虽屈指可数，亦多真知灼见，只是着眼点大都在政论文，且集中于《美芹十论》《九议》等极为有限的几篇作品上，其他则论及很少，对稼轩散文艺术特征，艺术成就方面的探讨，就更为鲜见了。实际上，现存的稼轩散文并不止政论文，除八篇奏议外，尚有启札四篇，祭文两篇，题跋两篇，上梁文一篇。此与宋代其他散文名家相比，数量虽不为多，体裁亦不为富，但仍不难看出其在艺术方面的突出特点和不容忽视的成就。

一、人格与文格的统一：稼轩散文的立意与境界

立意宏伟，气势雄壮，高节操，高境界，高格调，这是稼轩散文最突出的艺术特征。宋人田锡云："文以立意为主，主明则气胜，气胜则铿洋精彩从之而生"，明代陈洪谟亦谓："意者，文之帅也"，近人林纾则称"文章唯能立意，方能造境"（《春觉斋论文》）；可见立意乃散文成败的关键。它不仅决定着作品境界、格调的高下，而且也是衡鉴文章优劣的重要尺度。稼轩散文正是在这一点上，充分显示出了迥异于人的自家特色。强烈的爱国主义精神与高度的历史责任感，崇高的民族气节与不屈的斗争精神，气贯长虹的高风亮节与高瞻远瞩的宏伟气魄，卓越的军事才能与惊人的政治胆略，构成了稼轩散文立意上的宏伟奇绝，使作品不仅充满了激动人心的鼓舞力量，而且闪烁着不可磨灭的思想光辉。辛弃疾现存的十七篇散文，竟有十五篇是表现"雪耻报国""恤民爱民"。全面论述和筹划恢复大计的鸿篇巨制《美芹十论》《九论》，已为人们所熟知，姑且不论，即便是那些应用文字，应酬文字乃至游笔戏墨，也都表现出作者忧国忧民的赤诚之心。

南宋著名的抗战派人士陈亮逝世，辛弃疾为祭奠这位志同道合的至友，写了《祭陈同甫》，文章一反歌功颂德、发抒友情之常式，通篇以慨叹其才、

其志为纲，感叹其雄才未展，壮志未酬。由于作者突出了亡友之志是“拟将十万，登封狼胥”，即志在抗金复国，所以文章就不再是单纯从个人角度祭奠亡友，也不仅仅是发抒对至友的哀思、怀念、同情与惋惜，而是站在时代的高度，立足于国家和民族统一大业的需要，为国惜才，痛惜“天下之伟人”的逝世，祭文因此也就具有了丰富而深刻的时代意义和社会意义，表现出崇高的思想境界。

嘉泰二年（1202）八月，袁说友自吏部尚书除同知枢密院事；四年四月，钱象祖由吏部尚书除同知枢密院事；其时，辛弃疾均有贺启。宋制，枢密院主兵，自然与恢复中原之大业有着极为密切的联系。面对友人的升迁，作者首先想到的是“事关国体”，是国家有望，恢复有期。他相信友人“能决胜于千里”“当为宪于万邦”，希冀“复郓、灌、龟阴之田”“致唐、虞、成周之治”（《贺钱同知启》），并以“怅望神州，共当戮力，分北顾之忧”（《贺钱同知启》），而与友人共勉。贺者这种国事萦怀、恢复为念的爱国思想，使得这些应酬文字一洗流俗之态而变得格调高雅，境界全新。

大约作于淳熙八年（1181）的《新居上梁文》是辛氏蹈循习俗，为带湖住宅中一栋即将落成的建筑而写的一篇文字。此作实际上是作者借题发挥，写成了一篇韵、散结合，境界颇高的抒情散文，文中“直使便为江湖客，也应忧国愿年丰”的表白，固然是直接坦露其爱国之心，而那“家本秦人真将种，不妨卖剑买锄犁”“人生直合在长沙，欲击单于老无力”的悲愤感慨，更可以令人想见其壮志难酬的痛苦心情。至于其“倦游”“静退”之说，其“东阡西陌，混渔樵以交欢，稚子佳人，共团栾而一笑”之言，不过是无可奈何的反语和聊以自慰的谐笔而已。不难看出，全文的宗旨和立意，在于表达自己的一腔爱国之情、忧国之愤，这与通常庸俗不堪的上梁文是截然不同的。

辛弃疾的应用文字、应酬文字的立意与境界尚且如此，其他议论文字可想而知，诸如《论阻江为险须籍两淮疏》讲两淮战略位置的重要性及其开发的必要性；《议练民兵守淮疏》谈如何运用两淮人民的力量加强边界防守，抵御金兵入侵；《论荆襄上流为东南重地》从荆襄的战略地位及军事部署说起，建议朝廷“居安思危，任贤使能，修车马，备器械，使国家有屹立金汤万里之固”；《淳熙己亥论盗贼札子》严正指出人民为“贪浊之吏迫使为盗”的事实，建议朝廷“惠养元元”；无不把国家的安危、民族的存亡、人民的生活作为立论的根本，充分显示出立意的宏伟和较高的境界与格调，显示出作者超人的韬略、巨大的气魄、非凡的识度和开阔的视野。

稼轩散文的立意、气势、境界与格调，同作者的经历、思想、性格、抱负、学识和气度都有着密切的联系。辛弃疾出身宦门，祖辈多仕于北宋，靖康之难家乡沦陷，祖父辛赞“以族众拙于脱身，被污虏官”（《美芹十论》），但其素怀复国之志，并以此影响和教育着辛弃疾，“每退食，辄旨臣辈登高望远，指画山河，思投衅而起，以纾君父所不共戴天之愤”（《美芹十论》）。先辈爱国思想的熏陶，使辛弃疾从少年时代就立下了杀敌复国的雄心壮志，把抗金复国作为他终生奋斗的目标。二十二岁时的聚众起义，成为他酬志的第一次实践。南归以后，辛弃疾一方面不折不挠地致力于收复中原的大业，另一方面也因地制宜地做了很多便民、利民、恤民的事情。诸如在滁州任上“宽征薄赋，招流散，教民兵，议屯田”（《宋史本传》），于湖南任上创建飞虎军，江西任上救灾赈民，福建任上设置备安库，镇江任上再建新军的计划，等等。自然，作为北方的“反正”之人，他在朝廷内部和战斗争激烈的旋涡中，也经受了许多打击和挫折，所谓“言未脱口祸不旋踵”（《论盗贼札子》）。

独特的经历和坚定的志向，造就了辛弃疾不屈的性格。辛弃疾以豪爽慷慨、英伟磊落著称，“以气节自负，以功业自许”，人谓“有英雄之才，忠义之心，刚大之气”“果毅之资”，加之“谙晓兵事”（《朱子语类》），“谋猷经远，智略无前”，文韬武略，集于一身，精忠大义，摩空贯日，陈亮说他“足以荷载四国之重”（《辛稼轩画像赞》）。这种调度、气质和素养，无疑成为他散文创作立意的决定因素，而作品就自然反映出其境界与格调。辛弃疾在《美芹十论》中谓“思酬国耻，……未尝一日忘”“徒以忠愤所激，不能自已”，“故罄竭精恳，不自忖量，撰成御戎十论”，此言正道出了其散文创作真实的思想基础和不可遏止的巨大动力。言为心声，文如其人。稼轩散文的立意，正表现出作者人格与文格的高度统一。

二、抗战实践的艺术结晶：稼轩散文的针对性现实性与社会性

鲜明的针对性、强烈性的现实性和广泛的社会性，是稼轩散文的又一突出特征。毛晋跋稼轩词称“率多抚时感事之作”，稼轩散文亦可作如是观。辛弃疾与那些倾全力进行创作的专业性作家不同，他首先是一位民族英雄和抗战实践家，其散文也不是有意识地进行文学创作的结果，这与他填词的情形是不同的。同时，与那种为文而文的作品或应科制举的策论也不一样。稼轩散文都是作者呼吁抗战、谋划收复中原、亲身参加实践的产物，都是抗金斗争经历的艺术结晶。文章的结撰，都是根据当时抗战复国斗争形势的需要写成的，因此，既具有鲜明的针对性，又具有强烈的现实性。

孝宗隆兴元年（1163），张浚主持的北伐受挫，宋师溃于符离，一时，主降派气焰嚣张，抗战派迭遭打击，朝廷束手无策，公卿讳忌言兵。孝宗动摇了抗战的决心，频频遣使议和，次年张浚也被撤职。抗金复国的斗争面临绝境。在这种严峻的形势下，辛弃疾撰写了著名的《美芹十论》，反对因一败而议和。文章从对符离之役的看法入手，分别论述了“审势”“察情”“观衅”“自治”“守淮”“屯田”“致勇”“防微”“久任”“详战”等十个方面的问题，详细地分析了宋金双方的情况，系统地谋划了宋廷应该采取的方略对策。其开头部分云：

> 张浚符离之师粗有生气，虽胜不虑败，事非十全，然计其所丧，方诸既和之后，投闲蹂躏，犹未若是之酷。而不识兵者，徒见胜不可保之为害，而不悟夫和而不可恃为膏肓之大病，亟遂咋舌以为深戒。臣窃谓恢复自有定谋，非符离小胜负之可惩，而朝廷公卿过虑，不言兵之可惜也。古人言，不以小挫而沮吾大计，正以此耳。

这样，辛弃疾针对当时的局势，开宗明义，不仅摆出了自己对符离之役的看法，批判了主降派、主和派的错误观点，而且也指出了应有的正确态度。文章分别论述的十大问题，亦各有其针对性。如《审势》针对当时朝廷“沮于形，眩于势”，畏惧金兵，自丧其志的情况，指出“用兵之道，形与势二”，并重点分析了金虏“地广而易分”“才多而难恃”“兵多难调而易溃”，说明“我有三不足虑，彼有三无能为”，得出了金兵可胜而不可怕的结论。《自治》篇针对当时主和派“南北有定势，吴楚之脆弱不足以争衡于中原”的错误论调，详细分析了历史与现实的不同，有力地批驳了主降派、主和派的错误观点，希望孝宗“以光复旧物而自期，不以六朝之势而自卑，精心强力，日与二三大臣讲求古今南北之势，知其不侔而不为之惑”，断言“恢复之功可必其有成”。《美芹十论》的结撰，对于打击主降派的气焰，鼓舞抗战派的斗志，坚定人们抗战复国的信念，树立必胜的信心，无疑具有重大的现实意义和广泛的社会意义。

大约写于乾道六年（1170）的《九议》书，写于淳熙二年（1175）的《论行用会子疏》以及淳熙六年（1179）写成的《淳熙己亥论盗贼札子》，也都是有的放矢之作。宋金“隆兴和议”成立后的第五年，孝宗任用曾反对议和、主张抗战的虞允文为相，于是“‘为国生事’之说起焉，‘孤注一掷’之喻出焉”（《九议》）。辛弃疾针对这种情况，撰成《九议》，上书虞氏，陈述恢复大计，指出“恢复之道甚简且易，不为则已，为则必成”，只要“上之人持之坚，下之人应之同”，“而恢复之功立矣”。这对排除主降派的干扰和阻挠，帮助当轴者树立抗战的决心和信心，起了积极的作用。

《论行用会子疏》就当时货币流通领域的弊端而发，作为“卷藏提携，不劳而运”的纸币“会子”，比起搬运沉重的金银铜币来，自然方便得多。但由于朝廷发行和使用的政策不当，致使“民间争言物货不通，军伍亦谓请给损减，民怨沸腾，军心不稳。”作者建言朝廷调整政策，兴利除弊，这对保证社会的安定和人民的生活，对于稳定军队的情绪，避免战斗力的涣散，同样有着不可低估的意义。

《淳熙己亥论盗贼札子》则针对当时农民起义接连不断的社会现象，究察“贪浊之吏迫使为盗”的事实，建言朝廷申敕州县，“自今以始，洗心革面”，皆以惠养元元为意，这对缓和当时的阶级矛盾，防止农民起义的继续发生和蔓延，维护南宋的统治，以至改善统治者与人民对立的关系，都不无益处。

关心现实，正视现实，干预现实，反映现实，是一切进步作家的共同特点，也是古代文学的优良传统，所谓“文章合为时而著”“不为文而作”。古代散文史上的许多名家无不强调文章同现实的联系。北宋古文运动更是把密切联系现实作为创作的准则之一。诸如孙复主张文章须“正一时之得失”“写下民之愤叹”“述国家之安危”（《答张尚书》）；欧阳修反对作家“弃百事不关于心”（《答吴充秀才书》）；王安石提出“务为有补于世”（《上人书》）；苏轼强调“有意于济世之用”（《凫绎先生诗集序》）；无一不是强调文章的现实性。辛弃疾正是继承、发扬和光大了这一优秀传统，并把它推向了新的高度，在现实斗争的实践中写作散文，使自己的作品具有了鲜明的针对性和强烈的现实性。这些作品由于深深地植根于现实斗争的社会土壤中，反映了广大人民群众的爱国要求，代表着那个特定时代的最高呼声，因而又有着广泛的社会性。

三、兵法与文法的融合：稼轩散文的结构与层次

法度谨严，节制有序，变化出奇，不主故常，是稼轩散文的第三大特征。辛弃疾是“谙晓兵事”（《朱子语类》）的军事家，他精通兵家之书，熟知用兵之道、运兵之术，这在他现存的文字中有着充分体现，无须赘言。细绎其散文结构布局的安排，叙事论理的层次和方法，亦深得兵家布兵行阵秘诀之助，融兵法于文法，使得文章结构严整，节制有序，布局合理，主客分明，层次清晰，富于变化。

《美芹十论》篇幅恢宏，最有代表性。全文十章，另有引论，共十一部

分。其整体结构，布局安排，内容详略，先后次序，表达方式等方面的设计，均匠心独运。引论部分点明本文的立意与基础，实乃号令全文的旗帜与统帅。起笔“臣闻事未至而预图，则处之常有余；事既至而后计，则应之常不足”，为本文立论的基石与着眼点，也是驾驭全篇的总纲。作者不叙事而言理，避免了就事论事而立身高处，视野开阔，眼界宽广，便于全文的调度安排，千变万化，不离其纲，使之成为文章整体结构的中心与肯綮。同时，还表达了作者的意图，强调了本文的意义，成为统篇摄意的主线和全篇文字的导源。刘熙载说：“雄者善用直捷，故发端便见出奇”（《艺概·文概》），本文正是如此。发端之后，其下言人们“思酬国耻”的普遍与迫切，叙自家爱国抗战的经历与忠心，议今日“和战之权常出于敌”的被动局面，谈“不以小挫而沮吾大计”的观点，说“忠愤所激，不能自已”的创作冲动等等，又为打动读者，增强文章的说服力和影响力作铺垫和渲染，同时也交代了本文结撰的思想基础和现实基础，加强了内容的可信性与方略的可行性。至其释题言目，则使读者未睹全篇，纲目已在胸中。故引论虽在“十论”之外，而“十论”皆由此生，成为提携“十论”的总纲。

引论之后的十章，其布局结构与次序安排，亦运思精严，主次分明：“其三言虏人之弊，其七言朝廷之所当行。先审其势，次察其情，复观其衅，则敌人之虚实吾既详之矣；然后以其七说次第而用之，虏固在吾目中。”——这就是作者的框架设计和整体规划。在层次安排上，则先敌后我，由虚到实，敌我结合，虚实相间。前三章言敌则务虚，侧重于理论分析；谈敌方弊端为主，说我方优势为辅；知有弊可乘，则畏敌之虑消，明我所长，则胜敌之念增。后七章言我则务实，侧重于具体方略；讲我方营度为主，揣之以情，揆之以理，衬之以敌；方略既定，上下一心，同仇敌忾，则恢复大业可成。言敌先审其势，言我首云自治，则由大到小，由高到低，由重及轻，先急后缓，层层深入，步步为营。其间明断而暗续，似断而实连，斡旋驱遣，节制有序，繁简奇正，各极其度，不可尽言。在论述方式上，前三章的开头都是从理论角度提出问题，但《审势》用直入法，开门见山，正面立论；《察情》取切入法，从反面入手；《观衅》则以归纳肇笔于比兴，可谓篇篇变化，不主故常。古人认为“文章贵于精能变化”（《艺概》），《美芹十论》正可见出作者驾笔驭篇、变幻莫测的腕力。自然，像《十论》这样的鸿篇巨制在现存的稼轩散文中并不多，但也不是绝无仅有，像与《十论》并称的《九议》，即有异曲同工之妙，限于篇幅，不再细论。

稼轩散文长篇如是，短章亦然。其《跋绍兴辛巳亲征诏草》云：

> 使此诏出于绍兴之初，可以无事仇之大耻。使此诏行于隆兴之后，可以卒不世之大功。今此诏与此虏犹俱存也。悲夫！嘉泰四年三月。门生弃疾拜手谨书。

《亲征诏草》拟于北宋灭亡三十四年之后，即高宗绍兴三十一年（1161），又三十三年（1204）辛氏作跋，此距北宋灭亡已达七十七年，金人依然占据着中原，而南宋朝廷仍旧统治着半壁河山，不谋恢复，偏安江南。国人愤慨，志士扼腕。跋语表现的正是强烈而深沉的爱国情感，悲诏、悲国、悲时、悲己！作者紧扣“此诏”，以时为序，先虚（假设）后实（现实），虽止数语，而行文变化，法度精严，依稀可见。其他如《谢免上供钱启》《祭吕东莱先生文》《贺袁同知启》等篇，在构思运意、谋篇布局上的特点也十分突出。范开序《稼轩词》谓“其词之为体”，“不主故常，又如春云浮空，卷舒起灭，随所变态”，品其为文，当亦如是。

四、学养与笔力的造型：稼轩散文的语言与节奏

雅健雄厚，凝练精警，生动形象，文采斐然，具有优美的节奏和旋律，是稼轩散文的第四大特征。

辛弃疾虽志在建功，无意为文，但却十分注重文采，故其称扬陈亮文章“俊丽雄伟，珠明玉坚”（《祭陈同甫》）。而他本人又才高学富，茹古涵今，

思力果锐，大笔如椽，纵横驰骋，左书右书，无不如意，所作长篇短章，皆能妙语连珠，新人耳目，堪称出色的语言艺术大师。《十论》《九议》之类的力作自不必言，即便是书启、祭文也篇篇可观，语语可味。如写于江南西路提点刑狱任上的《启札》：

> 弃疾自秋初去国，倏忽见冬，詹咏之诚，朝夕不替。第缘驰驱到官，即专意督捕，日从事兵车羽檄间，坐是倥偬，略亡少暇。起居之问缺然不讲，非敢懈怠，当蒙情亮也。指吴会云间，未龟合并，心旌所向，坐以神驰。右谨具呈。

此札表述思慰之情与疏问歉意，开头四句叙别后之思。首言离朝三月，时如过隙，“秋初”“见冬”分指离朝之时、作书之日，“去国”“倏忽”各代离都之事与光阴之感；次说天天赞颂祈祝，未尝一日有废，所谓“詹咏之诚，朝夕不替”。“第缘”以下讲赴任勤职，公务繁忙，疏于问候。“驰驱到官”“专意督捕”“兵车羽檄”“倥偬”“少暇”，皆遒笔劲语，气宇轩昂。结尾叙向往之切。“指吴会云间”化用王勃《滕王阁序》中“望长安于日下，目吴会于云间”之句，言相隔遥远；“未龟合并”，以龟印兵符未合，代言尚未完成任务，不能还朝面晤，故只有“心旌所向，坐以神驰”。全文起处自然平实，中间气势雄壮，结穴典雅奇伟，起于实，结于虚，笔势奔放。措辞置句，深厚峻雅，文采飞扬，笔力遒劲，字句凝练，行文变化，极见学养深厚与驭笔吐辞之功力。

他如以“兵寝刑措”（《盗贼札子》）写承平景象；以“受廛济南，代膺阃寄，荷国厚恩”（《十论》）叙家世；以“耕而食，蚕而衣，富者安，贫者济，赋轻役寡，求得而欲遂”（《十论》）写北宋生活；以“虏吾民，墟吾城，食尽而去”（《九议》）述金兵侵扰；无不雅健而凝练，峻峭而遒丽。至如“谋贵众，断贵独”（《自治》）、“患生所忽，渐不可长”（《防微》）、“顺乎耳者伤乎计，利于事者忤于听”（《九议》），其警策，则又近乎格言。

辛弃疾还雅善设譬用喻。其论观察分析敌国，谓“如良医之切脉，知其受病之处而逆其必殒之期，初不为肥瘠而易其智”（《十论》）；其言不能正确运用自己的力量而向敌方屈服投降和媾和，是“犹怀千金之璧，不能斡营低昂，而俯首于贩夫，惩蝮蛇之毒，不能详核真伪，而褫魄于雕弓”（《九论》）；无不生动深刻，浅显易懂。

有时，作者也运用比喻使文辞变得委婉，减少其强烈的刺激性。比如在批评朝廷时战时和的政策与用人不专的情况时说：

> 虏人为朝廷患，如病疽焉，病根不去，终不可以身安。然其决之也，必加炷刃，则痛亟而无后悔；而其销之也，止于傅饵，则痛迟而终为大患。病而用医，不一而言，至炷刃方施而傅饵移之，傅饵未几而炷刃夺之，病不已而乃咎医，吁，亦自惑也。（《十论》）

从而使对方易于接受，予以纠正。

辛氏还用比喻将抽象的事物或深奥的道理变得通俗易懂：

> 何谓形？小大是也。何谓势？虚实是也。土地之广，财赋之多，士马之众，此形也，非势也。形可举以示威，不可用以必胜。譬如转嵌岩于千仞之山，轰然其声，巍然其形，非不大可畏也，然而堑留木柜，未于容于直，遂有能迂回而避御之，至力杀形禁，则人得跨而逾之矣。若夫势则不然。有器必可用，有用必可济。譬如注矢石于高墉之上，操纵自我，不系于人，有轶而过者，抨击中射惟意所向，此实之可虑也。自今论之：虏人虽有嵌岩可畏之形，而无矢石必可用之势。举以示吾者，特以威而疑我也，谓欲以求胜者，固知其未必能也。（《美芹十论·审势第一》）

“形”与“势”本来是一对非常抽象的概念，作者运用譬喻作了生动的解释，既深入浅出，又通俗形象。

稼轩散文的语言节奏性极强，富有优美的旋律感和音乐感。辛弃疾继承和发扬了古文运动在语言形式方面创造的传统，化骈为散，骈散兼用，以散行单句为多，时杂骈语，这种亦骈亦散、骈散兼用的形式，构成了文章语言节奏富于变化性和音乐感的突出特点。前面所引诸篇及段落，已可概见。再如《美芹十论·致勇第七》谈及军队中的不平等现象时说："营幕之间饱暖有不充，而主将歌舞无休时；锋镝之下肝脑不敢保，而主将雍容于帐中。"其思想内容的深刻且不说，在形式上则吸收了骈偶对仗的美感性，而走笔行墨却取散行单句之便利，在语言章节和旋律上构成了既与骈四俪六之文不同，又与散体单行之篇有别的特点，显示出语言节奏丰富的变化性。像"一人醒而九人醉，则醉者为醒而醒者为醉矣；十人愚而一人智，则智者为愚而愚者为智矣"（《九议·其九》）亦然。至于辛氏用骈语式节奏写成的散文作品或段落，如《新居上梁文》中"青山屋上，古木千章，白水田头，新荷十顷"之类，其语言的自然节奏性、语感的优美音乐性就更不待言了。前人谓"文章最要节奏"，稼轩散文语言节奏方面的突出特点，正是其精于此道的具体表现。

南宋散文向有文采派、事功派、道学派之分。辛弃疾作为抗战派的杰出代表。自然位列事功派之中。就其内容而言，诚为不错，观其语言，则兼有文采派之长。前人谓"道德之言不专主乎文，而亦未始不有其文……而况其人与文之光明俊伟若是者乎!"信然。韩愈"文起八代之衰"、欧阳修人称"今之韩愈"，二人俱为散文大师，一代宗匠，沾溉来人，影响后世，既深且广。辛弃疾生活在北宋之后而去唐未远，韩柳欧苏诸家馨烈所扇，得之匪浅。其《周氏敬荣堂诗》自言"长歌谪仙李，茂记文公韩"。他的散文作品不论从丰厚的思想内容方面，还是从密切联系现实方面，也不论是从结构布局方面，还是从语言锤炼方面，都可以明显地看到前人的影响，诸如韩文的雄直与笔力，柳文的凝练与形象，欧文的辞采与结构，苏文的气魄与奔放，等等，在稼轩散文中都有充分的表现。同时，稼轩散文也形成了雅健雄厚、豪壮奔放、遒丽优美的自家特色和风格。笔者认为，稼轩散文是南宋散文的杰出代表，在当时文坛上具有十分重要的典型性，其成就固不能与韩柳欧苏比并，但亦不在八家之亚。他的散文无论内容还是艺术，都足以代表他那个时代的水平。虽然存篇不多，却足以使我们窥见其的确是一位“散文高手”。长期以来，文学史家只述其词，鲜论其文，这种局面应有改观，给稼轩散文以相应的评介。

第三节　复旦读博与能力提升

1993年5月，我参加了复旦大学中国古代文学专业博士研究生的招生考试。7月接到录取通知，9月初赴沪报到，师从心仪久之的王水照先生攻读博士学位，开始了三年紧张而愉悦的学习生活。在王水照先生悉心指导下，顺利完成各门必修课程学习任务与博士学位论文写作，相继在《中国社会科学》《文学评论》《文学遗产》《中华文史论丛》等期刊发表十多篇论文，并参与王水照主编《历代文话》编纂、《全唐文》校点与《宋代文学通论》撰写，三年读博成为学术生涯重要的提升期。

一、学位论文的选题与撰写

我与王水照先生的师生缘始于恩师刘乃昌先生。早在20世纪80年代初，刘乃昌师就指导我认真学习王水照先生研究苏轼、研究宋代散文的文章。后来在1990年11月江西上饶《纪念爱国词人辛弃疾诞辰850周年学术讨论会》、1992年9月山东烟台《中国第七届苏轼学术讨论会》上，又先后两次当面聆听教诲，王水照先生还对我的参会论文给予肯定和鼓励。王水照先生的人品与学问，给我留下深刻印象而让我敬仰。入校后的重要事情就是制订博士学习计划和确定学位论文选题。

1. 着眼于学术前沿确定选题

学术论文选题过程是培养学术能力的重要方面，既能反映思想敏锐程度与学术研究眼光，又可体现学术观念与知识功底。博士学位论文研究方向的选择与研究选题的确定，直接关系学位论文的学术价值与文化意义，成为指导教师与博士生共同重视的关键问题。

王水照先生以人格魅力与学术建树享誉海内外，既温润如玉，德高望重，又成果累累，造诣精深。先生素有长者风范，令人高山仰止。水照师在北京人学读书时就参与撰写《中国文学史》，毕业后又在中国社会科学院长期作钱锺书先生的助手，学术功底深厚，研究视野开阔，是著名的唐宋文学专家、苏轼研究名家，尤其是新中国最早发表宋代散文系列研究成果的学者。早在曲阜师范学院讲授宋元文学史与《中国古代散文史》时，王水照《宋代散文选注》以及学术论文《宋代散文的风格》《宋代散文的技巧和样式的发展》《欧阳修散文创作的发展道路》《苏轼散文的艺术美》《论散文家王安石》等，都是我反复学习阅读的重要参考，不仅成为课堂讲授的重要补充，而且在学术研究方法方面给我以丰富启迪。师从先生读博，对我而言，研究宋代散文无疑是最好的选择。

宋代散文，名家群星灿烂，名作如海如林，作品意境优美，思想深邃，辞采斐然。宋代的散文作品对当时乃至后世的文学、文化、社会文明进步产生着重大影响，这种文学的奇特景观，诱人深思、发人深省、耐人寻味。尤其是宋人"以文为诗""以文为词"，不仅使诗词的发展横放杰出，别开生面，而且给文学创作带来勃勃生机。所有这些，都让我产生了浓厚兴趣，在关注诸多散文流派、名家、名作的同时，开始考察宋代诗词巨擘如黄庭坚、李清照、辛弃疾的散文创作。讲授《中国古代散文史》时，开始较为系统地梳理、考察中国古代散文发生、发展和演变的轨迹，同时开始留意和思考中国古代散文发展的相关理论、规律以及学术界研究的进展情况。如前所述，当时即发现学界有关古代散文的发生发展、概念范畴诸问题以及中国古代散文发展分期问题的研究，见仁见智、莫衷一是，没有人能说清楚，急需进一步深入研究。20世纪后期，中国学界关于宋代文学研究的热点基本停留在诗词层面，散文研究明显薄弱，成为学术研究的前沿领域。综合考虑各方面因素，初步决定选择宋代散文研究作为博士学位论文的题目。向先生汇报了这一大体想法后，先生欣然同意，并提出具体指导意见，让我根据目前掌握的相关材料和已有的思路为基础，遵循学术论文写作的逻辑结构，草拟论文的基本框架与写作大纲。由此开始进入边搜集整理材料、边写作论文初稿、边调整修改结构的艰难历程。

2. 立足于扎实严谨精心结撰

学术观念往往是研究风格形成的内在引导而成为成功与否的关键。在学位论文撰写过程中，我努力遵照王水照先生求真求实求是的教诲与扎实科学严谨的原则，不囿成说，依据史实，有证必引，无征不信，在对中国古代散文的发生、发展、概念、范畴、分期与特点进行梳理探讨的同时，重点对宋代散文的创作模式、发展轨迹、创新成就、艺术规律等进行考察、梳理、分析、归纳和概括，提出了系列原创性观点。

关于学位论文的基本内容，专家评语多有表述，此处仅从内容逻辑结构和论证材料运用略作补充。第一是明确论文研究目标。题目为“宋代散文研究”，其中“宋代”是历史阶段的时间限定，“散文”是研究目标即文学体裁的限定，由此明确了论文具体的研究对象。关于宋代王朝建立与灭亡的起止时间，史书有精准记载，上限与下限都没有什么问题。但是“散文”的识别与界定，则是一个颇为棘手的难题。由于中国古代散文体裁样式复杂多样，学界一直没有形成共识，缺乏统一的标准，散文作品的具体认定成为难以解决的历史问题。必须建立既符合中国散文发展历史实际又相对合情合理，且具有可操作性的散文识别标准，才能显示其科学性与严谨性。这是本篇学位论文无法回避且必须解决的根本性问题，换而言之，对“散文”概念内涵与外延作出科学界定，形成界定散文的基本原则，成为首要问题。

第二是明确古代散文标准。通过考察中国古代散文的发生发展与“散文”概念的出现，总结概括古代散文的文体特征与内在规律，据此提炼出古代散文概念的内涵与外延，指出散文与诗歌本质区别的焦点在于音乐属性，由此提出中国古代散文的研究范围与音乐标界的分野模式，解决散文识别标准问题。第三是明确宋代散文定位。把宋代散文放在中国古代散文发展的历史长河中来审视，才能看清其发展变化的创新特点与内在规律，中国古代散文发展的历史分期就成为不可或缺、不能回避的基础性、前提性内容。以此为基础，提出古代散文发展“九期”说，而视宋代为“鼎盛”期。第四是明确宋代散文鼎盛表象与深层底蕴。立足于宏观层面，审视宋代散文发展全貌，探讨宋代散文多元并存与整合驱动的创作机制、群体式创作与流派型衍传的发展模式、崇文重文的社会环境以及创作主体的知识结构与群体意识等重要特征，揭示宋代散文繁荣的必然性。第五是明确宋代散文发展脉络。从“北宋前期散文的流派与发展”，到“宋代散文的终结与爱国派的绝响”，以时为序，点、线、面结合，论析不同体派，品评重要作家，提出系列新材料、新发现和新观点。第六是明确宋代散文繁荣鼎盛的深层原因。宋人体裁创新意识与群体流派观念是推动散文发展的重要因素。

总之，学位论文整体框架采用横向结构与纵向深入相结合的方式，逐层展开，逐步延伸，努力呈现层次清晰、逻辑谨严的效果。在具体论述过程中，努力采用作家文集中的第一手材料，增强客观性、科学性与严谨性。如“北宋前期散文的流派与发展”，重点分析宋初骈、散两派的并峙态势，将五代派的“沿溯燕许”与华实并重，复古派的“宗经尊韩”与垂教尚散，西昆派的“崇尚骈丽”与盛世风采等作为重点，深入发掘其相近相同处与区别差异点。

3. 论文外审与专家评价

在水照师的耳提面命、悉心指导下，如期完成学位论文写作，经过水照师审定后，呈寄全国十二位著名专家评审，且于 1996 年 5 月顺利通过了论文答辩。水照师与著名学者葛晓音、顾易生、陈尚君、陈谦豫、吴熊和、徐培均等先生及答辩委员会均给予充分肯定（详见第三章第二节）。以下是蒋哲伦、刘乃昌、朱德才、马兴荣、严迪昌、蒋凡诸位先生写出的评语：

上海师大中文系蒋哲伦教授：宋代散文数量众多，流派纷呈，成绩辉煌；但研究宋文的论文不多，专著更付阙如。杨庆存同志的博士论文以“宋代散文研究”立题，显然有填补学术空白的意图，值得鼓励。论文共三篇十五章，上篇论散文的发生和概念的界定，中篇论宋文的体派和流变，下篇论宋文体裁的拓新及对地域文化的承传，宋代文论及影响等等，从目录章节可以看出这是一部体大思精、内容充实的专著。从已打印的四章四节看，作者提出了许多独特的见解，都是有根有据，经过深思熟虑后发表的，逻辑性和说服力都较强。例如，从发生学的原理提出了“散文的产生并不晚于诗”的观点，从音乐标界模式确定骈文和赋的体裁归属。关于北宋散文前期和中期的分界、前期散文的体派划分也很清晰，对各派的批评能实事求是，恰如其分，作者认为“北宋前期七十年是骈体散文与古体散文同步发展且文风新变的时期，散文发展以不同流派的形式反映出嬗变轨迹和各种矛盾”，对“沿溯燕许”的五代派作者没有以“形式主义”一笔抹杀，而能指出他们“贵理致用、华实并重”的特点以及与宗经尊韩、重教尚散的复古派相济互补的关系。柳开文章，历来以“奇僻”“艰涩”评之，杨庆存同志则认为“内容质实而文风流畅”，并举出《河东先生集》中的大量作品作为例证，又提出二个可能，解释了前人的误解。此外，对西昆派、古文派等的批评也都深中肯綮，令人信服。相比之下，“体派共生的多元复合体：欧苏古文派”一节似乎展开不够，有些术语，诸如“开放性”“广谱性”等过于简单化和现代化，不易捉摸，而这个“多元复合群体”恰恰是本文的重点，应该写出特色，令人叫绝。

文章共十五章，现能读到的只有四章加四节，不及三分之一，很难对全文作出公正的评断。就这四章四节而言，已达到博士论文的水平。(1996 年 5 月 23 日)

山东大学中文系刘乃昌教授：宋代散文具有空前绝后的辉煌成就，然学术界研究较之诗词相对薄弱。本文选宋文为研究课题，将它置于中华文化历史长河和广阔的时代土壤之上，进行全面而系统深入的研究，有重要的学术价值和理论意义。论文开篇，针对长期流行的“散文晚于诗歌”“散文概念来自外域”说，深入考辨，驳议旧解，提出散文产生并不晚于诗歌，散文概念在南宋业已出现并流行的新结论。言之有理，使人耳目一新。接着引述大量数据，讨论古代散文之外延，在缤纷复杂的见解中，探源辨流，层层剖析，提出以音乐界标区分文学部类，并论证了赋体与骈文的归属问题，进而论定非音乐性文学部类除小说之外单篇文章均可视为散文。这就澄清了往日理解的混淆与交叉，对论文所研讨的对象作了明晰的限定。在进入研讨评述宋文本体部分，更有不少精湛论断。如论证北宋前期，厘为“五代派”“复古派”“西昆派”“古文派”四派，综论其抑诋骈体文的偏狭窠臼，指出骈散双轨并进，探索新路，酝酿丕变之特点，颇富新意。论文认为北宋中期是散文发展峰巅期，作者依据其辉煌实绩，概括十大特征，鲜明精要。并进而指出其时流派纷呈，派中分体，体互有异，各标旌帜的文坛态势，深刻揭示出欧苏古文派多元浑融，个性共性统一的总貌。凡此都符合实际，极有见地。

综观本文，广收博采，在大量原始资料排比分析的基础上，提出观点，言之有据，视野宏阔，能在广阔的文化背景和历史演进的流程中观察问题，立足点高；不拘囿成说，能依据研究对象实际状况提出见解做出论断，勇于创新；全文架构完整，逻辑严密，文笔精细，具有理论深度。可说是一篇优秀的博士论文。个别地方仍有补充阐明的必要，如音乐性、合乐性是诗、文分野的标志，需对前人习称的“乐诗”“徒诗”加以说明。个别断语不必说得过绝，要留有余地，如“散文与韵文对举，至少是一种逻辑混乱”等。（1996 年 5 月 16 日）

山东大学中文系朱德才教授：一、论题有学术意义。就宋代文学而言，研究诗、词诸问题者众，研究散文者稀，且常囿于苏欧诸大家作个体研究。今本文作者对宋代散文作全面、系统、整体之研究，在学术上实有补白、开拓之功。二、论文总体架构及思路严谨而开阔，富有内在的逻辑关联。如上篇着眼理论探讨和宏观审视，旨在为宋代散文作科学的历史定位。中篇则继之以纵向立论，中心在于考察宋代散文的发展历程。下篇则横向观照，深入研究宋代散文的艺术特征和艺术风格。最后宏观、微观，纵向、横向，探索、争鸣，多层次，多侧面，又紧扣中心论题，浑然一体。三、论文内容充实，论点鲜明，论述细密。如中篇较合理地将宋代散文的发展厘为五个时期，而在具体论述中，则既突出大家个体，又顾及一般群体，更兼涉文体、文派的生衍，在宏观观照和微观审视中，较完美地勾勒出了宋代散文演进的历史轨迹。又如第十章论宋代散文体裁样式的开拓与创新，每每置于散文发展的历史长河中去审视，尤重在与唐代散文的对比中做透析，从而使论点更鲜明，论证更具说服力。四、论文不落窠臼，时见新意。如对散文问题起源形态的辨析，对“散文”概念与渊源的考辨，对古代散文研究范围与音乐界标的分野模式的研讨，都能在不同的学术见解和争论中，提出作者的一得之见。这些见解虽非定论，但言之成理，表现出可贵的学术探索和学术争鸣精神，具有很好的学术参考价值。这是一篇优秀的博士学位论文。（1996年5月17日）

苏州大学文学院严迪昌教授评语称：“《宋代散文研究》探源溯流，架构恢宏，对宋代散文以至中国散文通史上某些重要论题均做出其富有新见的论述与辨析，是一篇论、辨俱佳，于学科建设、于古代散文研究领域的拓展与推进，都具有积极贡献和参考价值的博士学位论文。从已打印的部分看，既有散文发生论的宏观辨析，有散文特质的重新探讨，又有北宋前、中期散文衍流更变及代表作家的综论或分论，脉承清晰，定位有据。而下篇的对宋代散文体裁样式的条辨梳理亦甚明细，时有新解。综合全篇所见，表明杨庆存于文献把握与运用既宽广丰富，又酌取有识；其思辨力精审，并有相当理论深度。文字亦清畅老到，不空枵、不琐碎。所以，在独立展开研究工作的能力方面已具备坚实功底。我同意该同志参加论文答辩，并认为其论文已达到攻读学位的应有水平。”

华东师范大学马兴荣教授评语谓：“宋代散文在中国散文史上是继唐代散文之后的又一辉煌时期，但长期以来，还没有人对它作过专门深入的研究，故此，本文具有填补空白的性质，很值得肯定。本文试图从文化史角度审视宋代散文发展情况，探讨其艺术规律与时代特征。观点正确，视野广阔。上篇论证‘散文’概念诞生于公元十二世纪的中国，是周必大、朱熹、吕祖谦诸人率先提出的，而非源于西方，亦不始于罗大经。同时，还提出了音乐标界的诗文分野模式，认为中国古代散文与诗歌的本质区别就在于有无音乐属性，诗歌为音乐文学，散文为非音乐文学，骈文与非歌之赋因无原生配乐属性而当属散文。都是言人之所未言，且言之成理的。中篇论述宋代散文发展状况，下篇论述宋代散文创作的特征和影响，亦颇有见地。全文虽尚有可斟酌之处，但仍不失为是一篇好的博士论文。”

复旦大学中文系蒋凡教授评语认为：“《宋代散文研究》是一部比较全面深入地研究宋文历史发展及其艺术本质的优秀之作。散文是中国古代文学的正宗文体之一，宋代又是散文非常繁荣发展的时代。这是一个不可否认的历史事实。但与古代诗歌研究相比较，散文研究相对薄弱，注意不够。有鉴于此，杨庆存同学有针对性地撰写了《宋代散文研究》，力图弥补前人之不足，还宋文的历史真面目，以资后世文学发展之龟鉴。从这一角度看，该论文是有必要和有意义的。该论文虽属散文的断代史研究，但作者的研究方法和研究态度，不是静止地就事论事，拘泥于一时一地，而是打破了时空界限，把宋文安放在一个宏伟的历史坐标上去做动态发展的观察思考，因而更符合文学史的实际情况。作者从文化史的角度审视并考察了宋文发展的实际，探索其发展的艺术规律与时代特征，应说是在前人研究的基础上前进了一步。作者思维活跃，视野开阔，所论大多能在细密而谨严的实证基础上展开，因而大多言之有理，持之有故。有力地支援了论题论旨的深入，愈增其说服力。从这一方面看，作者具有一定的理论创新精神，论题有一定的开拓意义。论文语言平实流畅，利于论文的铺展。结撰则是大纲细目，罗罗清疏，逻辑谨严。”

论文答辩委员会结论认为：“两宋散文是我国散文史上的一个发展高峰，而至今尚缺专论，所以《宋代散文研究》一文，在学术界具有填补空白、拓展领域的意义。它建立在全面研究和总结把握的基础上，辅以深入的思考和细心的考辨，组织了一系列卓有价值的研究课题，使论文具有体大精深的风貌，体现了较高的学术品位”。“答辩委员会一致认为，这是一篇优秀的博士论文，建议授予博士学位”。

代表成果之五：

古代散文的研究范围与音乐标界的分野模式[①]

一、散文范畴与文本确定之讨论

任何研究工作都必须首先确定自己的研究对象，古代散文的研究自然不能例外。目前的古代散文研究，主要是依据传世文本进行的。因此，确定散文的文本，便成为首要的工作。美国学者M·H阿伯拉姆曾从概念的角度划界散文范围说：“散文是一个没有范围限制的术语，一切口语化或书写式的、不具有韵文那种有规律性的格律单位的文章，都是散文”。这种圈定法或许适合于西语系，却不完全符合中国汉语语言文学的具体情况。

中国古代的文章、诗歌、戏剧、小说之外，尚有数以百计的文体，哪些可以列入古代散文研究的对象，便成为十分复杂的问题。为此，学界曾于20世纪60年代初举行过讨论，不少专家学者提出了许多富有启发性和建设性的意见、构想乃至具体方案或基本原则。有学者指出：“散文的范畴是一个复杂的问题”，“散文这种文体，包含的范围很广，一些学术著作、政论文章，以及应用文都可以归入散文之列”；也有学者指出：“散文有狭义的散文（文学散文）和广义的散文（非文学散文，包括政论文等）”，二者“都很值得我们下功夫去进行研究”；有的学者则主张“文学史上的散文，应指那些具有文学

① 参见《文学遗产》1997年第6期。获中国社会科学院1997年度广东中华文化王季思古代文学研究基金《文学遗产》优秀论文奖。

价值或者在文学史上有影响的作品而言，并非泛指一般文字，也不能局限于狭义散文”，“文学史上的散文，必须有一定的界限，它只能包括本身具有文学价值或在文学发展历史上有影响的作品。它既不是和骈文对立的名称，也不是和韵文对立的名称”；可见标准和尺度是见仁见智的。有的专家学者还进一步提出了判定散文作品的具体方法和标准，如有人将“形象”“感情”“艺术结构和语言修辞”作为“从古人文字中辨别文学散文的三个标准”；有人主张“具有形象或抒情意味”，而“对较古的作品把尺度放得宽些，对后来的则严一些”；也有人主张“应该把散文和韵文分开”，“在非韵文即广义散文中，又可分为纯文学散文、具有文学性的散文和一般文章三类”，且“随着时代的先后，散文范围应有所不同”；还有学者指出，“散文中如何区分文学与非文学是一个复杂问题”，“认清对象的性质（文学或非文学），可以使我们知道如何去研究它。但如果对象的性质一时认不清，那也无妨，关键在于实事求是，不从概念出发，而从对象的具体实际出发去加以研究”……这些意见，或侧重于艺术，或着眼于时代变化，或立足语言声韵，或强调“实事求是”的科学态度，各具慧心，对散文研究范围的圈定发表了可资参考的见解。

六十年代关于散文研究范围的讨论，代表着当时的认识水平，其中不少观点，至今在学界仍有相当影响，一些好的思路，如“实事求是”、从“具体实际出发”，已经为散文史家所接受，并运用到实践中，出了一批可喜的成果。但从整体上看，这次讨论“务虚”的特点较突出，学人们试图首先建立起确定散文研究范围的理论，然后付诸实践，故可行性研究相对薄弱，有些提法似应再加斟酌，有些理论的操作性不强，一旦接触到具体作品则容易显露其矛盾的方面。即如以用韵与否来区分古代散文研究对象就不具备实际操作的可行性。用韵与否只能作为区分文学大类的方法之一，如用韵者：诗、词、赋、骈文等，不用韵者：古文、小说、史书、书信、随笔、杂记等，这种将所有作品划为两类的方法，显然不能作为区分散文的标准。韵文是侧重于语言的声音美（押韵），而散文则是侧重于语言的形态（外形），二者并无对等的统一性。将散文与韵文对举，至少需要细化，用此界划古代散文，也是行不通的。文之有韵，自六经始，诗歌而外，《周易》《太玄》，韵语亦多，而赋与骈文多为韵文，这些实应属于广义散文的研究范围（对此，下面将作详述）。

自然，将古代的文章区分为韵文和散文、韵文之外即是散文，这种理论亦自有其依据渊源，在我国，魏晋南北朝时期即有“文”“笔”之分，所谓“无韵者笔也，有韵者文也”，而于西方，用韵与否更是甚为流行的一种圈定一类文学作品的标准。然而，“文”“笔”之分在当时即有争论，西方的文学类分标准亦不适合于我国古代文学作品的分类。至于以有无文学性来体认古代文章是否是散文，甚至在非韵文范围内再区分纯文学散文、具有文学性的散文和一般文章的方法，显然完全受西方和现代文学理论的影响而产生，近年来亦有学者提出将古典散文“分为文学性的、非文学性的和两可性的三大类”，大同小异而已。

散文属文学范畴，自然要有文学性。然而，中国古代除诗歌、戏剧、小说之外的所有文章，可以有文学性强、弱之分，而不存在有无文学性的问题，正如有的学者指出的，“我国古代，文学与非文学的界限是没有严格区分的”，何况“文学性”乃是一个模糊、含混的概念，其内涵与外延亦无明确界定。且以文学性体分古代散文，由于没有硬性的客观依据和统一的标准，最容易出现随意性，势必将大量古代的文章排斥于散文大门之外，或者出现大量有争议的文本。

可喜的是，近年来随着散文研究的不断推进和深入，人们对散文研究的范围和文本的认定也日益深化，朝着明朗化、科学化和实事求是的方向发展。有学者指出，“在中国古代，什么样的文章算是散文？人们的看法是不同的”，而“从汉语文章的实际考察，中国古代的散文，曾是包括了各体文章的。不但包括诸子、史传，而且包括碑文、墓志”，“总之，中国古代的散文和今天之所谓散文的概念，有所不同，古代散文的范围是相当广泛的”。

笔者以为，从中国古代文章的具体实际出发，兼顾文章的时代特点和变化性，是确定古代散文研究范围和文本的基本原则，将中国古代除诗歌、戏剧、小说之外的一切可以单独成篇的文章（“文章”并非“文字”）都视为古典散文研究的对象，文学性强者，自是古代散文的精品，而弱者亦可指出其不足。唯其如此，方能既不受现代散文概念的制约和限定，又可面对古代写作的实际，范围虽广却不违史实。也唯其如此，方能较为客观地描述古代散文发展的轨迹，科学地探寻其艺术规律，为当代散文的发展提供借鉴。

二、学人对赋与骈文的直观认识

确定中国古代散文研究的范围与文本，怎样处理赋与骈文这两种文体，一直是学界颇有争议的难点问题，也是极易引起分歧和触发论辩的热点、焦点问题。因此反对将二者纳入散文研究范围者固有之，而积极主张纳入散文者亦夥。

有学者在六十年代初即曾撰文指出：“骈文，是我国一种独特的文体，它讲求对仗、辞藻、音律，但不叶韵，和古文同属于广义的散文范围。古典散文的研究应该包括骈文在内”。九十年代初又有专家指出：“中国古代的散文，一般来说，即是前人之所谓‘古文’，但也包括与古文相对的‘骈文’。中国的骈文，乃是汉语文章一种特殊的结构形式，骈词骊句，却不同于诗词，曰‘骈’曰‘古’，都是散文”；“中国古代的散文，不但包括骈体，而且包括赋体”。

中国三十年代出版的陈柱撰写的《中国散文史》以散体散文和骈体散文的双轨并向发展演变作为全书的结构线索，设“骈散未分”“骈文渐成”“骈文极盛”诸编，将骈文作为本书的主要考察对象之一；而九十年代初出版的郭预衡教授的皇皇巨著《中国散文史》，不仅将骈文作为重点考察和研究的对象，而且还视赋为文，对赋体散文进行了颇为详细的论述。然而，学界无论从理论上还是从实践中承认骈文和赋都属于古代散文研究范围，却均未能详细申述充分的理由和依据，持相反观点者，对此也缺乏深入的稽考与研讨。

笔者以为，是否能将骈文与赋作为古代散文的研究对象，应该首先从中国散文、中国文学乃至中国文化发展的历史长河中去考察其发生、发展的情形，进而深入研讨文体自身的特质及其与其他文体的联系，方有可能得出能令人信服的结论。

钱锺书先生曾指出过中国古代许多文体“平行而不平等”的现象，按照现代的文学四分法，诗歌、散文、戏剧、小说属同等的概念，而赋与骈文则只能隶属于某一文学大类中。其与戏剧、小说是没有什么直接瓜葛的，故可置而不论，唯与诗歌、散文有着直接的多方面的立体交叉的联系，至有人称“辞赋和骈文是介于诗歌和散文之间的两种文体，从文学性上分，它们可归入散文，从散体性上说，它们也可归入韵文”，也有人说“赋……是由最原始的诗歌、散文等文体混融而衍生的。因此，它具有中介性、边缘性的特点”，有学者认为“赋这种体制是较为特殊的。由外表看去，是非诗非文，而其内容却又有诗有文，可以说是一种半诗半文的混合体”；日本学者儿岛献吉郎谓骈文乃“既非纯粹之散文，又非完全之韵文，乃似文非文，似诗非诗，介于韵文散文之间，有不即不离之关系者”。

赋与骈文本身的复杂性，使我们不得不采取由外入内的方法，首先搞清与其有直接关联的诗歌、散文这两种文体的根本区别。

三、诗、文的原生属性与音乐标界的分野模式

一般说来，人们总是习惯于从语言外在形态的差别上（诸如用韵、句式等）去区分和认定各种不同的文体。

美国学者盖勒（C. M. Gayley）教授在他的《英诗选·绪论》里说：

> 诗和散文不同的地方，就是散文的言语系日常交换意见的器具，而诗的实质，系一种高尚集中的想象和情感表现，诗系表现在微妙的、有音节的如脉动的韵语里的。

即所谓“体制辞语不同耳”。

苏联著名文学艺术理论家莫·卡冈在论述诗歌与散文的区别时指出：

> 纯粹的散文和诗歌，只不过是由诗歌“极点”向散文“极点”运动和作反向运动的文学形成广阔领域的对立的两极。我们极其概略地就可以划分出这样一些过渡环节，如自由诗——无韵诗——散文诗——有韵律的散文。

这种在动态中区分文体的方法虽然新颖，而仍未脱离注重外在形式的路数。

中国古代亦有不少学人试图从其他方面区分诗、文之不同，诸如金人元好问说“诗与文，特言语之别称耳，有所记述之谓文，吟咏情性之为诗，其为言语则一也”、明代胡应麟谓“诗与文体迥不类：文尚典实，诗贵清空；诗主风神，文先理道”、许学夷称“诗与文章不同，文显而直，诗曲而隐”、清人吴乔认为诗、文“意同而所以用之者不同，是以诗文体制有异耳”……论者分别从内容、风格、体貌和功用等方面多角度、多侧面地予以区分，均言之有理却又失之一隅，似有隔靴搔痒之感。

尽管人们可以从语言的外在形态或诗歌、散文的基本内容、总体风格、社会功能诸方面去探讨诗、文的差别，但在具体的研究中总难避免麻烦，往往会遇到许多矛盾。宋人陈骙曾指出过先秦典籍“容无异体”的特点：

> 六经之道既曰同归，六经之文容无异体，故《易》文似《诗》，《诗》文似《书》，《书》文似《礼》。《中孚·九二》曰：“鸣鹤在荫，其子和之。我人好爵，吾与尔靡之”，使入《诗·雅》，孰别爻辞？《柳》二章曰：“其在于今，兴迷乱于政，颠覆厥德，荒湛于酒。汝虽湛乐从，弗念厥绍，罔敷求先王克共明刑”，使入《书·诰》，孰别《雅》语？《顾命》曰：“牖间南向，复重黼席，黼纯华玉仍几。西序东向，敷重底席，缀纯文贝仍几。东序西向，敷重半席，画纯

> 雕玉仍几。西序南向，敷重荀席，玄纷纯漆仍几”，使入《春官侍几筵》，孰别《命》语？
>
> ——《文则》上

这就是说，从语言的外在形态上是不能区分和辨认文体类别的，故渥兹渥斯（WordsWorth）说诗与散文的文辞没有重要的区别。至于用韵，也有学人指出，“最好的散文，也有著显的韵律，几乎比平常的诗更高尚；而所谓散诗（BlankVerse）便是无韵的，仍不失其为高尚的诗”，可见韵律亦不能用以界划诗文，诸如此类的问题，我们还可以胪列许多，但上述事实已足可说明表面的外部现象是难以抓住诗歌、散文之最根本的区别点。

那么，诗歌、散文最根本的区别点在哪里呢？美国的两位文学理论家雷·韦勒克和奥·沃伦“认为文学类型应视为一种对文学作品的分类编组，在理论上，这种编组是建立在两个根据之上的：一个是外在形式（如特殊的格律或结构等），一是内在形式（如态度、情调、目的等以及较为粗糙的题材和读者、观念范围等）。外表上的根据可以是这一个，也可以是另一个（比如内在形式是‘田园诗的’和‘讽刺的’，外在形式是二音步的和平达体颂歌式的）；但关键性的问题是接着去找寻‘另外一个’根据，以便从外在与内在两个方面确定文学类型”。根据这一理论，我们不妨放弃单独的静态研究方式，而从诗歌，散文发生、发展和演变的历史动态中去进行考察探寻。

如前所述，诗歌、散文均属文学的范畴，而“文学是人类的言语”，未有文字之前的“前艺术”时期，文学处于始源形态，而在语言上只有两种表达类型：一是讲述性语言，一是歌唱性语言。前者的特点是以表意为旨归，语言较为简单、直接、朴实、明了，而发音平缓，声音振幅波动较小，声调变化幅度不大；后者则以抒情为目的，由于这种语言主要依靠借助于声音的高下抑扬、轻重缓急、顿挫起伏等倾泻内心的情感从而形成音调的大幅度变化和强烈鲜明的振幅以及规则性的旋律，与音乐融为一体，因此，这种歌唱性的语言自诞生之日起，即具有音乐的属性，成为音乐的附属物。

讲述性语言和歌唱性语言是“前艺术”时期的两大基本语言形式，它们分别形成了这一时期仅有的两种文学形态——散文与诗，而后世千变万化的各种文学形式，也都是这两种基本的语言类型发展变化和组合复生的结果。即如中国古代的戏剧脚本和含有诗词的小说话本，就是由诗、文杂交生成的新样式；戏剧保持和发扬了诗的音乐属性，表演时付诸唱，连剧本中的讲述性文字自白、对白之类，也向音乐靠近；而小说则保持和发扬了讲述性的特点，其中的诗词也脱离了音乐的属性呈现出诵讲的色彩。在各种艺术异常发达的当代，出现了“配乐散文”，似乎音乐也和散文结合在一起了，但二者乃是“合而不并”，各自保持着相对的独立性，互不相融，音乐自是音乐，散文依旧是散文，仍然保持着它原有的讲述性本色而以朗诵的形式出现。

从文学的始源形态到当代的文学世界，我们可以从中获得一直为学人所忽略的重大启示：音乐对于区分文学类式具有举足轻重的作用，音乐性是鉴定文体归属的试剂和媒介。在“前艺术”时期，音乐性是区分诗、文的唯一尺度；而于后世，依然具有不容忽视的参考价值。如果我们将“前艺术”时期的文学予以分类的话，那么，自然就会有音乐文学与非音乐文学之分，前者即是由歌唱性语言构成的诗歌，后者即是由讲述性语言构成的散文，从美学角度讲，前者属阴柔型文学，后者属阳刚型文学，如图所示：

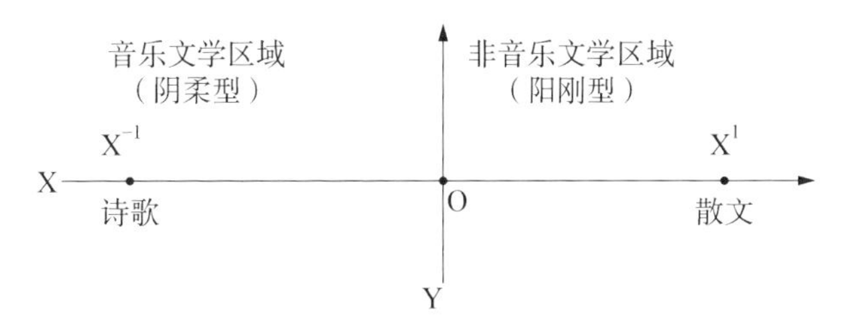

“前艺术”时期文学分野坐标示意图

该坐标系中的纵向标线 y 界分有无音乐属性，区划文学的两大领域；横向标线 x 为文体发展运动的轨道，x^1、x^{-1} 分别是诗歌、散文的对应点，后世所有文体都是在这两点之间进行运动和反向运动；纵标与横标的交叉点 O 是文体有无音乐属性的界分点。由此，我们完全可以将“音乐性”的有无，作为区分文学类型的“另外一个”根据，作为界划诗、文分疆的唯一标准。

其实，古今中外的不少学人都已注意到文学模式之于音乐的联系。苏联的莫·卡冈在其《艺术形态学》一书中就曾指出：

> 我们所考察的文学形式的系谱，分布在语言艺术和音乐相毗邻和相对峙的方向上……语言创作形式从散文向诗歌的运动，正是面向音乐的运动。

美国学者弗朗兹·博危斯在他的《原始艺术》里也指出：

> “诗歌是逐渐脱离音乐而独立的”“自从诗歌和音乐分开以后，音乐和口头语言也割断了联系”。

值得专门一提的是1763年问世的勃朗的有趣的专论《论诗和音乐，它们的产生、联结、作用、发展、划分和衰落》“……发现了诗歌因素、音乐因素和舞蹈因素的混合性统一”。

在中国古代，从各种不同的视角观察音乐与文体的联系者，举不胜举。南朝宋之颜延之曾引荀爽语“诗者，古之歌章”强调诗的配乐性；刘勰谓“凡乐辞曰诗，诗声曰歌”，从释名的角度指出了诗的音乐性。欧阳修有“诗者，乐之苗裔”说；郑樵则指出“自后夔以来，乐以诗为本，诗以声为用，八音六律为之羽翼耳”；王灼进一步指出：“古人初不定声律，因所感发为歌，而声律从之，唐、虞禅代以来未足也，余波至西汉未始绝”。明代李东阳谓“文之成声音者则为诗”，“古之六经《易》《书》《春秋》《礼》《乐》皆文也，惟《风》《雅》《颂》则谓之诗，今其为体固在也”；清人之“古诗皆乐”“诗乃乐之辞”“诗乃乐之根本”诸说屡见于著述，黄宗羲也曾指出：“原诗之起，皆因于乐，是故《三百篇》即乐经也……《三百篇》而降，诗与乐遂判为二”。

当代学者亦多有高论，如钱锺书《谈艺录》云：“诗、词、曲三者，始皆与乐一体，而由浑之划，初合终离”；郭沫若甚至将“原始人之言语”与“原始人之音乐”合而而一；闻一多则从原始人“孕而未化的语言”与“音乐的萌芽”之结合，探讨诗歌的起源。游国恩等五教授编著的《中国文学史》也曾“从音乐的关系”区别“楚辞”与“汉赋”，指出汉赋同音乐的距离“楚辞”更远些……这些古贤宿学与当代大师们的视角或有不同，但他们都看到了一个不容忽视的基本的历史事实：诗与音乐有共生性的特点，二者的联系密不可分，就其本质而言，相互依存，共为一体。换言之，诗的本质是音乐，音乐性、合乐性、配乐性是诗歌的根本属性、原生属性。这种属性正是有别于散文的关键点、肯綮和根本区别点，而且诗的这种原生型特质，就像人类种族的基因代代相传不会泯灭一样，始终保持在中国古代千变万化、千姿百态的诗歌家族中，不管它是文人的案头之作还是真的付诸歌唱。

由此，我们就完全可以利用诗歌所独有的原生型特质，去鉴别中国古代作品中的诗歌、散文两大系列，鉴别赋与骈文两种文体家族基因，定其归属。

四、骈文属性

自从人类创造发明了文字之后，文学的发展进入了一个全新时期，文学开始有了口头与文本的分别，而后者则是我们文学研究的主要依据。考察中国古代现存的传世文本可以发现，先秦以前的文学样式依然只有两类：非诗即文。诗依旧保持着它的原生属性——音乐性，可以配乐歌唱，所谓“弦歌之”；而诗以外的所有文章，不管是神话传说，历史故事，还是政论演说、钟鼎铭文，不管是应用性的文章还是记载性的文章，它们都表现出讲述性的特点而统统属于“先秦散文”的行列。而赋与骈文就是胎息于先秦散文而后逐渐发展为独立的文体，兹分述如下。

先谈骈文。“骈文”乃“骈语文”“骈体文”的省称，其与“散语文”“散体文”的省称“散文”是对等的概念。“骈文”之称，概括了这种文体在语言形态上最直观，最鲜明、最基本的特征——句式上的两两相对，即偶对现象，可谓名实相符。

骈文是中国汉语言文学所特有的文体，它萌芽于先秦，发展于两汉，魏晋南北朝时期进入繁盛阶段，隋唐以后直到清末，虽有峦谷之变化，而奇峰秀壑，绵延不绝，呈现出一条明晰的发生、发展和衍变线索，且在其发展的历史进程中也逐渐形成了自身的庞大体系。以故，向有学人把骈文作为一种独立的文体予以研究，这自然不失为一种较好的研究途径。然而，对骈文本身进行独立的研究，并不意味着骈文不能纳入古代散文研究的范围。

以往学界对能否将骈文纳入古代散文研究的范围有不同意见，笔者以为主要由如下原因所致。一是概念内涵、外延模糊不清，如将广义“散文”与“散语文”之“散文”等同，不予区分层次，而后者与骈文本来就是平等对应的概念，将骈语文隶属于散语文自然是不能成立的。二是骈文本身有有韵之骈文和无韵之骈文两种，旧的文学类分法将所有作品都划为韵文与散文两阵营，其不科学性十分明显，韵文只能与“非韵文”对应，而“散文”并不等于“非韵文”，散文中亦有韵文，韵文中亦可有散文，如此则韵文与散文实际上不存在可比性的共同点，而只有交叉性的重复点。

由于骈文有用韵与无韵两种情形，则使两分法处于两难境地，归入韵文则无韵骈文名实不符，归入散文则有韵之骈文难以处理。两分法与骈文间的矛盾性，导致了学人们的不同观点，甚至出现了迫不得已只好“令骈文独立”的主张。日本学者儿岛献吉郎的一番言论堪为典型：

> 骈文云者，句子对偶之谓。然则四六文者（“四六文”乃“骈文”之别称，此处为行文变化，故用之），乃文学两性两属之中间性，比之散文，则多韵文之价值，比之韵文，则又有散文之形式。故于韵文、散文之外，令骈文独立……亦出于不得已耳。

中国学界在实际操作中对于骈文的处理，基本上也是走的这条路子，不少文学史著述和有关论述古代散文发展情形的文章，总爱将骈文置于章末而单立一节，这或许是为了论述的方便，然而给人的印象却依然是“出于不得已耳”。相比之下，陈柱的《中国散文史》对于骈文地位的认定和处理，令人钦佩！

其实，骈文无论有韵与否，就性质说，均属讲述性语言，而不是歌唱性语言，故均属“文”的范畴，其无韵者自是广义散文之一种，而有韵者如箴铭、颂赞、哀祭之类，亦无音乐属性，不供配乐歌唱，依然是广义散文之一种。由是，骈文理所当然地可以纳入古代散文研究的范围。

清人刘开认为“文辞一术，体虽百变，道本同源。经纬错以成文，玄黄合而为采。故骈之与散，并派而争流，殊途而合辙”，“骈散之分，非理有参差，实言殊浓淡，或为绘绣之饰，或为布帛之温，究其要归，终无异致”，“是则文有骈、散，如树之有枝干，草之有花萼，初无彼此之别。所可言者，一以理为宗，一以词为主耳。夫理未尝不藉乎辞，辞亦未尝外乎理，而偏胜之弊遂至两歧”，所见甚是。

五、赋之归隶

赋较之于骈文，情形就更为复杂了。

如果说骈文尚能使相当部分的人可以明断其为文而非诗的话，那么，赋的根本体性使部分专家学者也感到无能为力了，前面引述的学界对赋的认识，足以说明这一点。除此之外，也有人指出：

> 赋是中国所独有的中间性的文学体制；诗人之赋近于诗，辞人之赋近于散文；赋的修辞技巧近于诗，其布局谋篇又近于散文。它是文学中的袋鼠。

论者只就创作主体和艺术特征谈赋之于诗、于散文的相近处，而于赋到底是诗是文，还是非诗非文，抑或亦诗亦文，均未置可否。另有学人指出：

> 尽管赋是由散文与诗（包括骚）交融而诞生的，并且在它的流变中始终受到诗和散文因素的渗透与影响，或者接近诗（如俳赋、律赋），或者接近散文（如宋文赋），但总的说来，它是一种独立的文体，以铺陈的手法状物写情，讲究押韵、对仗，是介于诗与散文之间的一种文体

虽然论者对赋的观察是基本符实的，而仍然处于赋之表面现象的迷宫中，始终未能准确把握赋的性质与归属。

毫无疑问，对于任何一种文体，都可作为独立的文体而从不同角度予以研究，但由于这种研究着眼点偏窄，基本上属于单层面的、孤立的个体性研究，往往很难在文学多层次的大范围内确定其相应的位置，且易为其表面现象所迷惑，难以把握文体潜在的隐晦性的根本属性，学界对于赋与骈文的研究，即属此种情形，故只能让其独立于诗、文之外，另辟一片天地，却又难以与诗歌、散文并列为同一个层次。

那么，赋究竟姓诗还是姓文？其实，古圣先贤早已作出了认定。在迄今检阅到的文献资料中，班固是较早注意研究赋之体性者，其《两都赋·序》虽非专论赋体，而字里行间已透出作者的基本观点，惜后世学人论赋多征引片言只句，鲜有精审全篇、明其旨意而定其属性者，为论述方便，兹将序文抄录如下：

> 或曰："赋者，古诗之流也。"昔成康没而颂声寝，王泽竭而诗不作。大汉初定，日不暇给。至于武宣之世，乃崇礼官，考文章，内设金马石渠之署，外兴乐府协律之事，以兴废继绝，润色鸿业。是以众庶悦豫，福应尤盛。《白麟》《赤雁》《芝房》《宝鼎》之歌，

荐于效庙；神雀、五凤、甘露、黄龙之瑞，以为年纪。故言语侍从之臣，若司马相如、虞丘寿王、东方朔、枚皋、王褒、刘向之属，朝夕论思，日月献纳。而公卿大臣御史大夫倪宽、太常孔臧、太中大夫董仲舒、宗正刘德、太子太傅肖望之等，时时间作。或以抒下情而通讽喻，或以宣上德而尽忠孝，雍容揄扬，著于后嗣，抑亦雅颂之亚也。故孝成之世，论而录之，盖奏御者千有余篇，而后大汉之文章，炳焉与三代同风。且夫道有夷隆，学有粗密，因时而建德者，不以远近易则。故皋陶歌虞，奚斯颂鲁，同见采于孔氏，列于《诗》《书》，其义一也。稽之上古则如彼，考之汉室又如此，斯事虽细，然先臣之旧式，国家之遗美，不可阙也。

——《后汉书》卷四十《班彪列传第三十》附

序文从赋之渊源谈起（所谓“古诗之流”，意即由古诗发展变化而来，“流”者，流变也，“古诗之流”非“古诗之类”，则赋非诗也。赋是受古诗影响的产物，学人多有论述，此不赘言），继言汉赋的创作盛况（从成康颂诗不作起笔，谈到宣武的润色鸿业和创作的繁荣景象，描述了西周至西汉文学自低谷向波峰发展的变化状态，揭示了汉赋产生的大的历史环境，并进而概述了当时赋作的内容、数量及总体评价），然后指出了创作的重要性，俨然一篇汉赋发展小史。尤为值得注意的是，序中诗、文对举者多达六处：“颂”（此处非诗体概念，乃讲述性褒美之言辞，故属文）与“诗”；“崇礼乐”（诗、乐一体，礼乐者，诗也）与“考文章”（“文章”之概念序中两用之，下面“大汉之文章，炳焉与三代同风”，则专指汉赋）；“内设金马石渠之府”（朝廷撰文之所）与“外兴乐府协律之事”（采诗配乐之所）；“荐于郊庙”诸歌与“以为年纪”之瑞（纪瑞之文）；“歌虞”与“颂鲁”；《诗》与《书》。这一现象足以说明，著者对于诗、文之概念有着明晰的界分，对诗、文两种文体有着明确的认识，更为重要的是，班氏是将汉赋列之于文一类，是视赋为文而非诗的，这最重要的一点，却为学人所忽略，不能不说是一大遗憾。

班固在他的《汉书·艺文志》里更为明确地指出了赋的特质："不歌而颂谓之赋"（"颂"，诵也，此处指讲述，与"歌"相对。），从而将赋与具备音乐属性的诗歌，进行了明确的区分和界划，规定了赋属于文的范畴。

班固是历代学人公认的赋学权威，其论赋之语被视为经典而为后世治赋者征引不绝，屡见诸著述中，且班氏生处赋之兴盛之后，对赋之体性的认识自然是最可信、最具权威性。其实，班固之前，赋之作手名家扬雄在谈论写赋方法时，已经道出了赋无音乐属性的特点："大抵能读千赋，则能为之"。赋之曰"读"而不曰"歌"，不曰"唱"，正说明赋不能入乐、合乐，而这正是文的根本属性。

班固之后，刘勰对赋进行了系统而深入的专门研究，于《文心雕龙》专设《诠赋》篇。刘承班说，谓"赋自诗出，分歧异派"，且云：

> 及灵均唱骚，始广声貌。然赋也者，受命于诗人，而拓宇于楚辞也。于是荀况《礼》《智》，宋玉《风》《钓》，爰名赐号，与诗画境，六义附庸，蔚成大国。述客主以首引，极声貌以穷文。斯益别诗之原始，命赋之厥初也。

这段文字极其简洁扼要地概述了赋的酝酿、生成、发展、兴盛和相对定型，揭示了"别诗之原始，命赋之厥初"的情形。刘勰认为，赋自诗出，而屈原《离骚》是由诗而赋的关键性作品。由于《离骚》创造性地运用和极大地发挥了古诗的铺叙手法，在保持诗歌抒情言志本色的同时，将叙事纳入其中，尽铺张渲染之能事，从而启发了赋由"六义附庸"向独立文体的发展，所谓"始广声貌"，正是对铺张渲染的概括。

屈骚问世之后，赋从诗人那里获取了生命的基因而孕育成独立的文体，首先在楚辞里展现风姿。自荀况、宋玉诸作以赋名篇，赋由诗的一种表现手法脱颖而为独立昌盛的文体，俨然与诗对垒。不仅如此，而且还逐渐形成了主客问答的模式，由《离骚》的"始广声貌"变而为"极声貌以穷文"。尤其值得注意的是，刘氏指明了赋的发祥地、指明了赋有别于诗。在先秦两汉文人创作非诗即文的情况下，赋既然不属于诗，则自然当属于文。另外，此处提及的“诗”“骚”“赋”“楚辞”诸概念亦值得注意，著者使用得甚有分寸，指示出它们之间的关系。古代“诗、骚”并称，二者均有音乐属性，刘氏以“唱”饰“骚”，正点出了其音乐性。

至于“楚辞”，宋人黄伯思《新校楚辞序》云：

> 《楚辞》虽肇于楚，而其目盖始于汉世。然屈、宋之文与后世依仿者，通有此目，而陈说之以为唯屈原所著则谓之“离骚”，后人效而继之，则曰“楚辞”，非也。自汉以还，文师词宗，慕其轨躅，摛华竞秀，而识其体要者亦寡。盖屈、宋诸骚，皆书楚语，作楚声，纪楚地，名楚物，故可谓之“楚辞”。
>
> ——《宋文鉴》卷九二

黄氏由地域文化解释楚辞得名，甚得其要。赋“兴楚而盛汉”，“拓宇于《楚辞》”，其始自然为楚辞之一种。

汉代刘向屈原、宋玉、景差之作及后世追慕模拟之篇，如贾谊《惜哲》、东方朔《七谏》、王褒《九怀》等合为一集，统称“楚辞”。今揣其意，“楚辞”者，乃楚地之文章也，其隶有骚、赋二体，前者为诗而后者为文明甚，骚、赋并称，实际上就是诗、文对举。徐师曾指出：“《楚辞》《卜居》《渔父》二篇，已肇文体；而《子虚》《上林》《两都》等作，则首尾是文。后人仿之，纯用此体，盖议论有韵之文也”，可证赋即《楚辞》中的散文；章学诚则将赋视为诸子散文中的一家：“古之赋家之流，原本诗骚，出入战国诸子。假设问对，庄、列寓言之遗也；恢郭声势，苏、张纵横之体也；排比谐隐，韩非储说之属也；征材聚事，《吕览》类务之义也。虽其文逐声韵，旨存比兴，而深探本原，实能自成一子之学，与夫专门之书，初无差别也”；日本学人铃木虎雄也说“骚赋者，有韵之骈文”……皆视赋为文。

总之，赋与骈文的根本体性均属于文，这是不容怀疑的，我们理应将其纳入古代散文研究的范围。如果使用图示法，那么，就更为明显。

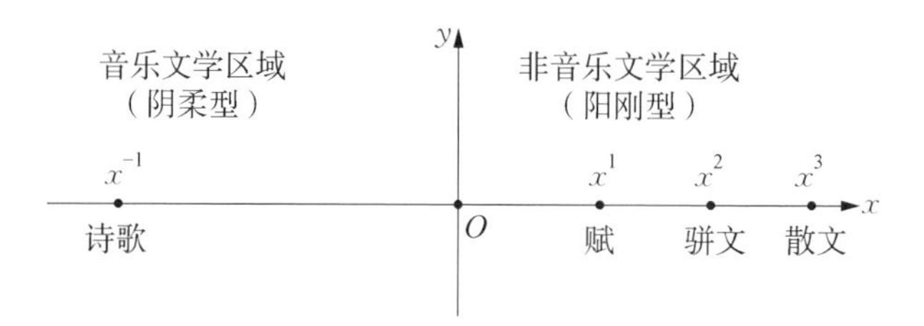

赋与骈文归属示意图

赋与骈文这两种文体，一是由诗歌向散文运动，一是由散文向诗歌运动。“赋自诗出”，而赋只是从诗的一种表现手法发展为独立的文体，却并无诗的原生属性——音乐性，故属非音乐文学区域，靠近了散文；骈文，特别是押韵的骈文，它们从散文的母体中分裂出来向诗的方向运动，吸收诗的部分因素，然而并未跨越 O 点，仍无音乐属性，依然是散文家族的成员。这种情形正如词、曲朝散文方向运动一样，尽管它们在句式形态、韵脚变化或章法结构诸方面已经吸收了散文的不少因素，但音乐性依然是其根本属性，它们在文学运动轨道上的对应点还是只能在音乐文学的区域内，如图所示。

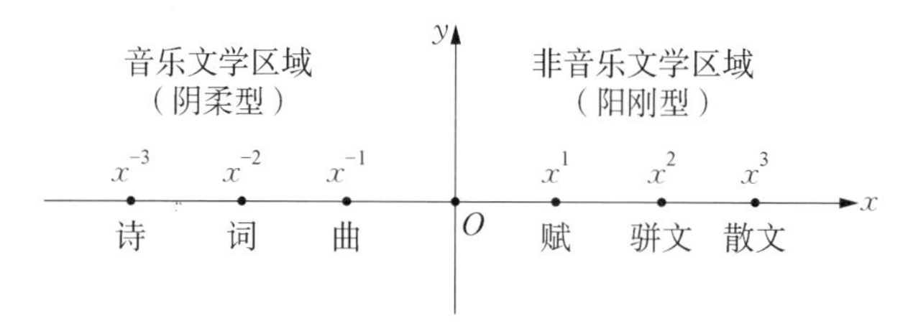

词、曲对应位置示意图

如果我们将中国古代文学中几种主要的基本文学体式或用坐标示意法标出其相应的位置，那么，各种文体的根本属性及其相互间的渗透关系就比较明显了。

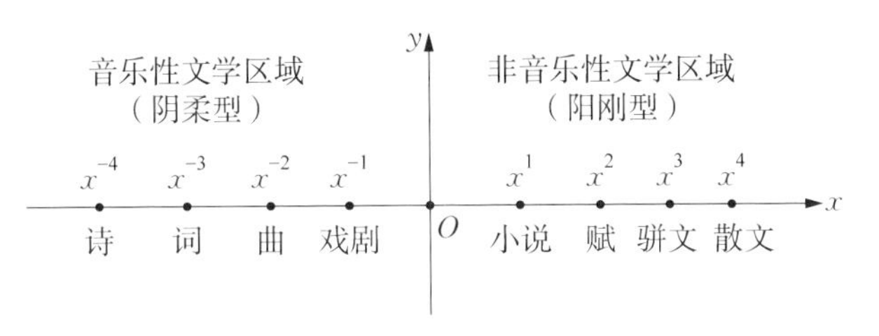

基本文体对应位置坐标示意图

坐标系 x 轴上标列的八种文体，实际上可分为两个层次：出现最早的散文、诗歌这一对文体由于涵盖面大体相当而属平等的对应关系，戏剧和小说在中国古代的出现是唐代以后的事情，然而都具有汇纳众体的兼容性和复合性特点，亦属平等的对应关系，故可与诗、散文同属一个层次（这与现代的文学四分法是不谋而暗合的）；词与曲、赋与骈文都是分别从诗歌和散文中分化独立而衍生的新文体，乃是诗歌、散文各自的分支，单向性和单纯性的特点较明显，虽具有相对的独立性，而涵纳面偏窄，故可列为第二层次。

另外，由图可知，包含对立文体（指音乐性或非音乐性）因素的多寡决定着距离轴心的位置点，这正说明了对立文体的相向运动规律，同时也大体显示了各种文体出现的时序，数轴数字的绝对值越大，出现的时间越早，越小则越晚。应当指出的是，中国古代的戏剧以唱为主，实际上是诗剧、歌剧，本质依然为诗；中国古代的小说，除唐传奇、宋元话本和明清时期的文言小说、章回小说之外，隋唐之前的小说及其以后的笔记小说，实际上依然属散文的行列。

美国著名的文学理论家韦勒克指出："文学类型的理论是一个关于秩序的原理"；法国的列维-斯特劳斯也曾指出："科学家们对于怀疑和挫折是能容忍的，因为他们不得不如此。他们唯一不能而且也不应该容忍的就是无秩序"。中国学界对文学分类所取的标准不一，实际上长期以来就处于一种"无秩序"的状态，这在古代散文研究上表现得更为突出和典型，以致难以明确其研究范围。有鉴于此，故于上面，我们在讨论古代散文研究范围的同时，提出了以有无音乐性为标界区分文学类别的方法。这种模式避免了拘于语言形态区分文体时所出现的那种交叉重叠的矛盾现象，并从根本上解决了争议颇大的赋与骈文的归属问题。明确诗、文的原生属性和本质区别，为进一步具体地确定古代散文所包括的细目打下了基础。

总而言之，古代散文的研究范围是十分宽泛的，非音乐性文学区域内的所有可以独立成篇的文章（具有现代意义的小说除外），均可视为散文。在研究过程中，我们还必须顾及散文的历史性、衍化性、多样性、多层性等特点，采取灵活和实事求是的态度，从中国古代汉语文章的实际出发予以考察研讨。

二、“文献学”课程与《全唐文》点校

复旦大学是以人文学科见长的世界名校，学术名家辈出，当时学校十分重视博士生的综合学术素质培养。中文系为各专业方向的博士生共同开设“文献学”课程。读博三年，既是提升综合学术素养的三年，也是集中精力撰写论文的三年。

博士课程除了导师讲授专业课程外，与学术研究直接相关、提升学术素养效果最明显的，就是陈尚君先生开设的“文献学”。陈尚君是唐宋文学权威名家朱东润先生的高足，当时他独自完成的《全唐诗补编》已经出版，《全唐文补编》业将杀青，其深厚的文献学理论修养和丰富的实践经验积累，让这门课变得鲜活生动，兴趣盎然。而授课方式也是亲切平易的“宽松式”，没有什么古板枯燥的感觉，深受大家欢迎。那时，恰巧王水照先生承担了国家“八五”重点图书出版工程《传世藏书》（季羡林任总编）的《全唐文》校点项目，我被分配点校第九册，理论学习与实际操作结合在一起，感觉既解渴又管用。此前虽然有过校注《晁氏琴趣外篇　晁叔用词》的经历，但这次又有新感觉、新体验和新认识，不仅顺利完成《全唐文》第九册的点校任务，

而且还撰写了论文《古籍辑佚与史料考镜——辑校本〈杨文公谈苑〉补甄》（下称《补甄》，发表于1995年12月23日《作家报》）。

《补甄》指出，辑佚是古籍整理工作中十分艰辛而又颇具学术意义的事情，辨别真伪则是至关紧要的环节。上海古籍出版社辑校本《杨文公谈苑》在原书失传数百年之后，钩沉成集，去伪存真，再广流传，实乃一大功德。惜辑自《类苑》卷七十四的《穆修》条未及精审，致成疏漏。文章指出，史料的真实可信并不能代替佚作的真实可信，二者不能等同。细味《谈苑·穆修》文字内容，可以断言应是评述者在读过穆修文集之后所发的议论。《秋浦会遇》诗见存《穆参军集》卷一，而穆修文集付梓于宋仁宗庆历三年（1043）以后，由此可以推知《谈苑·穆修》资料最早不应早于庆历三年。其次，从评述者与被评述者的关系看，评述的内容应是评述者熟知的事情。杨亿长穆修五岁，且曾主盟词苑，为文坛宿老；穆修于真宗大中祥符二年（1009）及第释褐后，力倡古文；时杨亿尚在世，言谈中或论及穆修是极可能的。然而，杨亿于真宗天禧四年（1020）人归道山，二十三年以后穆修文集方得付梓，自然不会见到穆修文集。《谈苑·穆修》言穆修刻印和出售柳宗元文集事，今据穆修自撰《唐柳先生文集后序》，知印行柳集当在宋仁宗“天圣九年（1031）秋七月”以后。此时，杨亿已谢世十余载，何能论及穆修刊行柳集、设肆鬻书之情形？总之，穆修刻印柳宗元文集和穆修文集的刊布均属杨亿身后事，杨亿既无法知悉，更不会成为他谈论的话题。

文章还考证了《谈苑·穆修》造成讹误的来龙去脉，认为是江少虞的《事实类苑》转录了魏泰《东轩笔录》卷三的文字，并误注出处，将《东轩笔录》误为《杨文公谈苑》，致成罅漏，作俑传讹，遂使《东轩笔录》中评述穆修的一段文字在江氏的疏忽下而暗度陈仓，被塞进了《杨文公谈苑》，《谈苑》的辑校者则未及辨别，铸成小疵。其实这篇文章的学术分量并不重，但是文章从发现问题到分析来龙去脉直到得出结论，无不涉及文献学、校勘学、版本学等多方面的综合性知识，体现着求真求是的治学方法。

三、学术提升与论文发表

20世纪末期，中国学界的人文环境呈现着尊重知识、崇尚学术、求真求是的态势，学术论文的采用发表，由于编辑队伍较高的学术素养与研究队伍的相对稳定而大都只看水平不看人，公平公正与积极健康的正常程度比较高。这对于有志于学术的青年学者来说，无疑是助益健康成长的好事情。受益于那个特定时代，读博之前曾有幸在《文学遗产》与中华书局《文史》等名刊发表论文。师从王水照先生读博，有了先生的指导，顿增底气，决心继续努力向高层次名刊挺进。读博期间发表论文十多篇，专业大刊居多。1993底将《易安散文的多维审视》投寄《文学评论》编辑部，1994年1期刊出；1994年底将《北宋前期散文的流派与发展》投寄《文学遗产》编辑部，1995年2期刊出；1995年初夏将《宋代散文体裁样式的开拓与创新》投寄《中国社会科学》杂志社，当年第6期刊出；1996年又将《散文发生与散文概念新论》投寄《中国社会科学》杂志，不仅再次采用（1997年1期刊出），而且被译为英文在*Social Sciences in China* 1998年第4期刊出；1996年初夏又将《古代散文的研究范围与音乐标界的分野模式》投寄《文学遗产》，编辑部作为1997年第6期的首篇刊出。另外，《苏黄友谊与宋代文化建设》（中华书局《传统文化与现代化》1995年1期）、《苏轼与黄庭坚交游考述》（《齐鲁学刊》1995年4期）、《黄庭坚宗族世系新考》（上海古籍出版社《中华文史论丛》第56辑）等，都是在复旦大学读博时期完成和发表的阶段性成果。

《宋代散文体裁样式的开拓与创新》是在《中国社会科学》杂志上发表的第一篇论文。论文指出，宋代散文"抗汉唐而出其上"的卓异成就，与体裁样式的开拓创新密不可分。论文从"记"体散文的勃兴与新领域的开拓、书序的美学变化与长足发展、题跋的创制及其趣韵风神、文赋的脱颖与文艺散文的诞生、诗话随笔的创造与日记范式的确立、体式创新的时代基因与宋代文人的体裁意识等六方面展开深入讨论，通过多种数据统计和大量例证分析，论述了宋代散文中具有重要开拓性体式的发展创新、渊源流变，并分别揭示了其美学特征和文化意蕴。文章认为，诗话、随笔和日记的创制，开启了文学大众化的新路子。体裁创新乃宋文繁荣的重要因素，且与时代精神、人文环境、作家体裁意识密切关联。

文章认为，记体散文至宋代而勃兴，数量庞大。亭台堂阁记是宋人最擅长的题式，苏轼寓事、理、情、识于其中，最具代表性。山水游记增加了理性思辨色彩并提高了信息涵纳量和社会教化功能，书画记既以书画作品为重心又兼及关联的人或事，往往借题发挥，纵横议论，灵活自由，表现出强烈的写意性和抒情性。学记与藏书记是宋人的新创，王禹偁《潭州岳麓山书院记》、欧阳修《吉州学记》、苏轼《李氏山房藏书记》最有代表性。论文指出，书序入宋始得长足发展，宋代书序形象性、可读性、理论性明显加强，抒情性与描写性骤增，表现重心也由“书”转向著书之人，不仅视野开阔，注重宏观审视和发展规律的探寻，而且向议论化、理论化延伸。宋代题跋数量惊人，形式灵活变化，内容丰富多彩。宋人题跋体裁由唐代单纯议论著述文字扩展到绘画书法等艺术、文化领域，且扩大并提高了题跋的功能，由单一议论发展到说理、抒情、记事、写人和学术研讨等，增强了题跋文字的文学性、知识性和趣味性。

论文认为，文赋与文艺散文是宋人参酌旧体裁创造出的两种新体式。文赋乃古文运动影响的新产物。宋代古文大盛，文赋出现大批经典之作，成为独立的一体而与古赋、律赋、俳赋并列。欧阳修、苏轼对文赋的创制贡献最大，既程度不同地保留并采用了古赋的部分形式与手法，又吸收古文笔法与气势，将事、理、情、景融为一体，增加了叙事与抒情的成分，而以言理为旨归，纵横议论。柳开《代王昭君谢汉帝疏》、王禹偁《录海人书》体现着唤醒古代文化资源的超现实虚拟性，文学色彩空前加强，艺术趣味骤增，成为经过改造创新的散文新品种，将读者由现实带回千年前的历史空间中，利用历史与现实的叠合，借古讽今，造成深沉委婉的艺术效果，获得了更为广泛、更为深刻的社会功能与持久强大的艺术生命力。

论文指出，诗话、随笔和日记都是宋人创制的新文体，它们的共同特征是采用随笔散记的形式，自由灵活，内容广博。诗话词话是诗歌理论批评的重要形式。诗话产生于宋代古文运动极盛之时，欧阳修《六一诗话》肇其端。随笔是随笔杂录式的散文，以记载或议论当代事、物为主，或谈道说艺、考辨学术，内容博杂，往往以形式自由灵活、篇幅短小精悍的单篇文字集合为一书。宋代笔记大都辑录当代作者亲历、亲见、亲闻的事物，既有一定史料价值，又有相当文学价值。宋人笔记兴盛于北宋中叶，南渡初期朱弁《曲洧旧闻》、邵伯温《邵氏闻见录》、孟元老《东京梦华录》等都以追述北宋旧闻为特色；南宋中后期，耐得翁《都城纪胜》、吴自牧《梦粱录》、周密《武林旧事》等又都以记述都市生活与风情习俗著称；王明清《挥麈录》、叶绍翁《四朝闻见录》、岳珂《桯史》等则以记述南宋朝政得失和士人言行而闻名；洪迈《容斋随笔》、王应麟《困学纪闻》、王观国《学林》等尤以学术考辨见长。

文章认为，“日记”一体，源远流长。汉代刘向已有“司君之过而书之，日有记也”的说法，历代官府“日有所记”乃是史官、掾吏的职事之一，但均不具备文体意义。东汉马笃伯《封禅仪记》、唐代元和三年李翱《来南录》已稍有演进，日记体式因而萌芽；逮宋始有真正的日记文体。北宋赵抃《御试备官日记》记本年进士考试事，虽有官方事务性质，而体式粗备。周辉《清波杂志》称“元祐诸公皆有日记”，可惜已大都失传，唯有黄庭坚晚年撰写的《宜州乙酉家乘》是我国古代流传下来的第一部成熟、定型的私人日记，成为日记文体成熟、定型的重要标志。南宋陆游《入蜀记》、范成大《吴船录》都是为人艳称的日记体游记。

文章认为，“文变染乎世情，兴废系乎时序”，一切艺术样式都是随着时代的发展而变化。中国古代散文的体裁样式经历了五大发展阶段。先秦是散文的滥觞期，各种体式依附于经史百家著述中。秦汉为散文形成期，开始出现多种体式。魏晋南北朝进入文体定型期，有了自觉认识并开始理论化。隋唐两宋成为文体的开拓期，元明清是继承多而创新少的承袭期。近代以来，散文体式跃入又一个开创期。宋代处于散文体裁的开拓期，上承唐代古文运动的优良传统，而宋代政治、经济、文化等各方面的人文环境，为散文体裁的开拓创造提供了适宜的社会条件和历史基础，散文家们积极创造新式样，促进了宋代散文的繁荣。宋文体裁的开拓创新，与宋人鲜明的体裁意识相联系。宋初古文家柳开倡导“应变作制”，王安石主张评论文章要“先体制而后文之工拙”，倪正父提出“文章以体制为先，精工次之”，都体现着宋人对文章体制的重视。

《易安散文的多维审视》也是首次试投《文学评论》而被采用的第一篇论文。文章指出，李清照是一位诗、词、散文俱有精深造诣的优秀女作家，历代学者研究重其词而略其文，尽管被推为南宋文采派的代表作家，但其散文向无专门、系统的深入研究。论文首先介绍了易安传世散文作品及研究现状，指出易安散文在宋代即饮誉士林，颇受推重。由于文集失传，近代以来虽有作品搜集整理或单篇散文研究的成果出现但鲜见全面考察和艺术个性的深入探讨。论文从易安散文的立意、储存信息与潜在意识、结构方法与布局安排、语言文采与艺术风格四方面展开深入讨论。

论文认为，易安散文有四大特征。一是抒写性情，广寓识见。李清照才高学赡，情感细腻丰富，为文多是自我性情和个人识见的自然流泻。《打马图序》叙述打马图经的问世，抒写平生喜好博戏的性情，对博戏众多种类的熟知与了解，对各种博戏精当简洁、爽直犀利的品议与评骘，足可看出识见广博。《金石录后序》倾吐对丈夫刻骨铭心的深切怀念和国破家亡的悲愤沉痛，归来堂赌茶的精彩描绘，流露着夫妻甜蜜生活的深刻怀恋；靖康之难的流离颠沛，丈夫病逝，金石书画散佚殆尽，国难家仇，忧国悲己，句句悲慨，字字沉痛。《词论》表达独到见解和超人识度，最能体现豪爽耿直性情。易安以事见情，寓情于事，因事而明理，事、情、理融为一体，表现的多是个人性情，引发的多是思维哲理，与生活更接近，通俗亲切，更富感染力。二是含纳丰富，意蕴深厚。李清照散文往往具有“尺幅千里”之势，令人眼界开阔，耳目一新。《词论》仅五百多字，介绍了词在唐代的兴盛、发展及流行曲牌、演唱情形、艺术效果；词在南唐的衍化；北宋文化环境、填词名家及创作得失；歌词与诗文的区别及音律要求……俨然一部词学史。《打马图序》才一百多字，却包括了对“慧、通、达”“专、精、妙”辩证关系的阐述与论证；对“后世之人”浅尝辄止的评论和个人“喜博”的介绍以及写作此序的具体背景。丰富的内容和大量的信息，使序文具有极强的可读性和美学意义，也具有相当的学术性和史料价值。三是结构布局灵活变化、跌宕多姿。李清照根据内容和体裁的不同，采取不同的结构方法。《投翰林学士綦崇礼启》采用单纯的自然纵向结构法，按事情发生、发展的自然情态，安排内容的表达次序：先写家庭教养；次述病中受骗，致遭凌辱，被迫告官；然后感谢綦公斡旋了结，并表达了个人的心愿。全文顺理成章，结构紧凑，自然平易而亲切感人。《打马赋》用横向结构法，先写打马时兴，次写游戏景状，再写个中情趣，最后殿以感慨。《词论》采用金线穿珠法，纵向结构为主，以时为序，又以词的发展变化为暗线相辅。全文紧紧抓住“声、诗”两个方面，评述流变，提出见解，线索分明，层次清晰，论题集中，结构严谨，浑然一体。《金石录后序》采用纵向与横向结合、明针与暗线相辅的结构方法，紧紧围绕《金石录》的编撰，回忆伉俪幸福生活、追叙靖康之难悲苦；既以时为序，又融叙事、抒情、议论于一炉，形成明线暗线平行交错、表里相辅的态势，加强了文章的整体性和结构的严密性。四是典赡博雅，精秀清婉。易安散文以典赡博雅见长，以精秀清婉著称，善于用典、妥帖自然，瑰丽精秀、文采焕然。《投翰林学士綦崇礼启》全文四十五句，典实近五十；《打马赋》通篇不足五十句，掌故过半百。由于精于选择、语意甚明，毫无艰涩之感。易安散文语言凝练简洁、生动形象。论文认为，易安不仅继承了唐宋古文运动的优秀传统，而且发扬光大了魏晋优良文风，将鲜明个性、广博学识和时代气息融会其中，为南宋文苑增添了新光彩，也为古代散文发展作出了新贡献。

《论北宋前期散文的流派与发展》（《文学遗产》1995 年 2 期）以时为序，从流派与群体的角度，分为“宋初骈散两派的并峙”“时文古文的对垒相埒”“文风新变与‘有愧于古’”三个阶段考察绎理北宋前期散文发展的状况和态势，探寻演进轨迹，重新认识这一时期散文发展的特征及重要意义。

论文指出，宋初七十年为北宋前期，前四十年为第一阶段，后三十年为第二阶段，都处于骈、散两派并峙的状态。“沿溯燕许”与华实并重的“五代派”大都是由晚唐五代入宋的散文家，精于骈体，他们与其培养的一批追随者共同形成宋代散文发展史上的第一个散文流派——五代派。五代派强调“时务政理”，既讲功用，又重文采；主张先有充实的内容，辞采与艺术应是作家才力学养的自然流露；提出“词赡而理胜”的为文原则，追求自然流畅的文风。作家大都学养深厚、贯通百家，文气雄壮俊伟。五代派代表作家徐铉博识宏才，被视为“后进宗师”“文章之伯”，散文博雅雄赡，自然流畅。五代派将唐代古文运动“文以载道”等优良传统的因子移植于骈体创作中，给骈体散文注入了新活力，已非单纯追求形式华美而以贵理致用为要，影响深远，风行文坛四十年的西昆体散文、南渡前后的文采派、南宋后期的辞章派，皆导源于五代派。

论文指出，几乎与五代派同时出现了“宗经尊韩与垂教尚散”的复古派。该派受唐代古文运动直接影响，以“宗经尊韩”相号召，积极倡言复古，并以柳开、王禹偁为核心，相继形成两大作家群体，柳开以舆论声势著于时，王禹偁以创作实绩称于世。二人先后相望，共同推动文风复古。复古派从社会学的角度倡言文风复古，旨在以文兴儒传道，垂教于民，借以提高全民族全社会的道德文明素质，达到社会的安定与发展。这是迭经五代战乱之后人们的普遍要求和美好愿望。复古派提出文章“传道而明心”，强调文道并重，倡导平易自然、朴实流畅的文风。复古派以散体古文为主要体式，内容表现出鲜明的社会性、现实性和强烈的抒情性，弘扬并发展了韩愈散文平易的一面，以自然流畅、浅近通俗为主。王禹偁为文主张“远师六经、近师吏部，使句之易道，义之易晓，又辅之以学，助之以气”，反对“模其语而谓之古”。其散文大都体现出鲜明的弘扬儒道和垂教致化倾向。

论文认为，宋初两派尽管在语言形态、美学观念、创作习尚、宗法渊源诸方面有很大差异，但同时也有很多共同点，如兴儒传道、宗经树教、联系现实、文道并重、文风自然等，因此两派基本上呈现着并行发展相济互补的态势。五代派作家创作骈文但不排斥古文；复古派批评的也只是骈体轻浮文风，依然赞同有内容的骈文。这种风气，对后来散文的健康发展乃至宋文独立风格的形成，有着积极影响。

论文认为，王禹偁谢世标志着宋初第一阶段的结束，而杨亿崭露文坛开启了第二阶段，散文沿着宋初的路子继续延展深化，骈体时文和散体古文都获得了进一步的发展，于是遂有西昆派的崛起与古文派的抗衡。西昆派得名于杨亿所编《西昆酬唱集》，此派作家能诗善文，散文更能体现其特点。西昆派宗法李商隐，文取骈体，雕章丽句，尤尚藻绘，博雅富赡，辞采飞扬。核心作家杨亿自称"励精为学，抗心希古"，为文挥洒自如，珠璧交辉。其《武夷新集》四分之三是散文，全取骈体，大都气势雄伟，博雅典赡，瑰丽自然。杨亿主张"文章随时"，他也精于古文，今存《殇子述》全用散句古文，情深意切，生动感人，简练形象，其于爱子夭亡之痛惜，溢于言表。该文述独子夭亡而痛断肝肠，感情冲破了形式的束缚，出手不凡，无愧大家手笔。文章认为，曾被认为"与西昆无涉"的晏殊也是西昆派重要作家，受杨亿影响颇深。晏殊被目为词坛名家，其学养才力实在于文，故欧阳修说他"以文章为天下所宗"。晏殊中年始读韩、柳集，文风大变，今存中年后所作家书均用古体散句，融会韩柳，平易自然，细腻亲切，简洁质朴。

论文指出，与西昆派同时而"力涤排偶与独高古文"的古文派，沿着柳开、王禹偁文风复古的路子，继续倡导宗经尊韩、贵实向道、反骈尚散，强调文章经世致用、联系现实、传道明心，要求文风自然朴实。古文派创作以反映社会、内容质实见长，其核心代表作家穆修倾尽全力倡导文风复古。他"专以古文相高，而不为骈丽之语"，"沿溯于韩柳而自得之"，语言自然简古，格调凄苦为多。《唐柳先生集后序》议论叙述，朴实无华，凝练自然。李慈铭称穆修"生昆体极盛之世，独矫割裂排比之习，以文从字顺为文而说理明确"，颇为中肯。古文派的重要成员苏舜钦，少习古文，工为文章，宗法韩柳，不用骈体，主张"原于古、致于用"，强调反映现实。他的作品以论议时政、建言治国者为多，《沧浪亭记》将优美的景色与悲愤的心情统一在一起，形成了深沉悲壮、雄奇瑰丽的意境，表达对朝政的不满和对现实的抗争，写景颇近柳宗元山水游记笔法，议论又有韩退之韵味。古文派在舆论声势与创作实绩方面，已形成了抗衡西昆的局面，为古文的进一步发展兴盛并超越时文，作了充分铺垫。

论文认为，北宋前期是骈体散文与古体散文同步发展且文风新变的时期，骈、散呈现着双轨并辙平行发展而骈体略占优势的状态，散文发展以不同流派的形式反映出嬗变的轨迹与出现的矛盾。历代以来对于宋文称颂古文者多，推誉骈体者少，往往将骈文作为古文的对立面予以指责。其实，骈、散是古代散文一个枝头上的两朵鲜花，未可抑此扬彼。我们不必囿于前人成见，陷入传道框架模式内，而应予客观审视。文章认为，北宋前期是宋文丕变的发轫期、酝酿期，各派作家共同探索着宋文发展的新路子，且在不少方面达成了共识，如宗经树教、济世致用、寓理尚实、自然平易等。尤其值得注意的是，各派作家都表现出较强的历史意识和群体意识，重要代表作家几乎无一不是以斯文自任，从而使北宋前期散文的发展充满了开创新局面的活力和积极因素，显示出文体、文风和气象的新变化。

文章指出，北宋前期的散文发展气象虽不同于前代，但终觉骈、散各自囿于一体，格局受限，欠缺文体融合改造意识，各派均处于“因陋守旧”的状态，整体艺术境界偏低而艺术活力偏弱，且没有出现一批脍炙人口、广为传播的经典作品，尤其没有出现类似韩愈那样起衰济溺、领袖群彦、雄踞一代的散文大家，各派的代表作家都不具备开创并树立一代风气的素质和气魄。总之，文风大变而超越前人的条件尚不成熟，其后欧阳修出，苏轼、王安石、曾巩起而和之，宋文遂脱颖而独立，“乃复无愧于古”。

总之，复旦大学三年的博士学习，成为我学术成长的催熟期，尤其是王水照先生的学术境界、学术气魄和高瞻远瞩的精神风格，给了我潜移默化的深刻影响。这不仅将我的专业学术研究推进到新层次，而且为后来工作开展奠定了坚实基础。

代表成果之六：

宋代散文体裁样式的开拓与创新①

内容提要：宋代散文所以能取得空前成就，与体裁样式的开拓与创新密不可分。作者通过多种数据统计和大量例证分析，论述了宋代散文中具有重要开拓性体式的发展创新、渊源流变，并分别揭示了其美学特征和文化意蕴。文章认为“记”体散文至宋而勃兴，书序入宋始得长足发展；宋人题跋蔚成景观；文赋是古文运动影响的结晶；文艺散文的虚拟性具有委婉深沉的美学效果；诗话、随笔和日记的创制，开启了文学大众化的新路子。体裁创新乃宋文繁荣的重要因素，且与时代精神、人文环境、作家的体裁意识密切关联。

宋代散文“抗汉唐而出其上”，取得了空前的卓异成就，其体裁样式的开拓与创新，是一个不容轻视的直接而重要的原因。但长期以来，学界未予深入探讨，迄今未见专论。本文拟就记体散文、书序、题跋、文赋、诗话、随笔、日记和文艺散文等几种具有重要开拓性的体裁样式的发展创新、渊源流变、美学特征和文化意蕴，以及与此相关联的时代精神、人文环境、作家的体裁意识，试作绎述，以为引玉。

一、“记”体散文的勃兴与新领域的开拓

在宋代散文的诸多体裁样式中，宋人对于“记”体的发展、改造和创新

① 本文发表于《中国社会科学》1995年第6期。

最为引人注目。南宋叶适说"'记'虽（韩）愈及（柳）宗元犹未能擅所长也；至欧、曾、王、苏始尽其变态"，正指出了此体入宋后发展变化的特点。

"记"始于记事，本属应用文字，所谓"叙事识物"（李耆卿《文章缘起》）、"记事之文也"（潘昂霄《金石例》）。《禹贡》《顾命》被视为记体之祖，"而记之名，则仿于《戴记》《学记》诸篇"（徐师曾《文体明辨序说》）。汉扬雄《蜀记》，影响不广；晋陶潜《桃花源记》实乃诗序，非独立成篇；《昭明文选》"奏记"、《文心雕龙》"书记"都不具备后世所称记体的文体意义；故魏晋之前记体尚未独成一式。至唐，韩愈、柳宗元创作记体散文，遂成一式；入宋则更加盛丽多姿，蔚成大国。兹据部分唐宋名家本集，统计记体散文数量如下：

作家	韩愈	柳宗元	欧阳修	苏轼	王安石	曾巩	叶适	朱熹	陆游
作品数量	9	33	45	63	24	34	53	81	56

由表可知：宋代诸家创作记体散文的数量大都远过韩、柳，发展态势趋向繁荣。就内容题材看，唐代记体散文约有四端：一是亭台堂阁记，二是山水游记，三是书画记，四是杂记。此就韩、柳所作统计如下：

作家	类别/篇			
	亭台堂阁	山水游记	书　画	杂　记
韩愈	6	0	2	1
柳宗元	18	11	0	4

其中第一类包括厅壁记，如韩愈《蓝田县丞厅壁记》；第四类主要是记事记物，如柳宗元《铁炉步志》。据表，知记体散文在唐代是以亭堂记与山水记为主，兼有记述书、画艺术和杂事杂物者，作品数量和题材内容都不丰富，呈方兴初起之势。入宋后记体散文得到长足发展，宋人不仅在题材方面开辟出不少新领域，而且在立意、格局、视角、语言诸方面也有所创变。从

总体上讲，宋代记体散文有四大特点：一是立意高远，所谓“必有一段万世不可磨灭之理”；二是题材丰富；三是格局善变；四是兼取骈语。下面据类分述。

亭台堂阁记是记体散文最习见的题式，也是宋人最擅长的题式。唐人此类作品一般以“物”为主，多作客观、静态的记述，着眼点和着力点重在“物”之本身，如建构过程、地理位置、自然景色等，或稍予议论，以写实胜，韩愈《燕喜亭记》即是典型。宋代一变而为以“人”为主，将强烈的主观意识纳入其中，或释放自我意识，或表露心态情绪，故虚实参错，且以动态叙述避开正面描绘，做到了“物为我用”而“不为物役”。

王禹偁《黄州新建小竹楼记》开篇以省洁的语言写黄冈以竹代瓦的习俗与选址作竹楼的经过，继用大量笔墨铺写渲染楼中生活情趣，末段通过议论昭示心态情绪。显然，文章的重点不是竹楼自身，而是生活在楼中的“人”，以及由此生发的随缘自适、游于物外的思想。范仲淹《岳阳楼记》先交代作记缘由，继而描绘楼外景色，而用“前人之述备矣”掠过，转用浓笔泼墨铺写登楼“人”临景时的情感变化，最后提出了饱含强烈社会意识的忧乐观“先天下之忧而忧，后天下之乐而乐”。与上述两篇分别表现个体意识与社会意识有所不同，欧阳修《醉翁亭记》表现的是“人”回归自然的情趣，是社会的“人”与大自然和谐统一的情形。文章不仅运用骈偶句式描绘出优美的自然景色和形形色色的劳作、游玩的人，而且传达了作者既能与人“同其乐”，又能“乐其乐”的意趣，全文形成一种雅俗共赏的艺术境界。苏舜钦的《沧浪亭记》则比王、范、欧更为直接地揭示出“人”与社会、自然的关系，“人”与情、物的关系。上述诸记就整体格局而言，尚未脱离先叙事、次写景、后议论这种“三段论式”的唐人模式，但由于表现主体的转移和骈散参用的句式以及思想意识的升华，其艺术境界已与唐人大不相同。

对亭轩记的发展做出重要贡献的当推苏轼。《苏轼文集》中此类作品有26篇，数量空前。苏轼不仅继续突出人的主观意识，寓理、情、识于文中，而且彻底打破了“三段论式”格局，叙述、描写、议论穿插运用，灵活变化，甚至吸收其他体裁的表现方式（如赋体、问答、赞颂之类），从而使体式为之一变。《超然台记》发端于议论，讲“人”与“物”的关系，且由物及人、由人及情、由情入理，提出了“游于物之内”与“游与物之外”两种情形的巨大差别；其后叙述自钱塘移守胶西而治园葺台，“相与登览，放意肆志”；篇末仅用两句点题归结，说明作者“无所往而不乐者，盖游于物之外也”的内在原因。全文以理为主，议论过半，由理入事，由事而及景，又以理收束，照应开头，虚实相生，收纵自如。《喜雨亭记》破题开端，征古明意，接着叙述建亭与命名的经过；再用主客问答形式，阐明以雨名亭的涵义；而后用歌诀结尾。全文体式灵动圆活，语言流走如珠，表达了作者关心民瘼、与民同乐的主体意识。苏轼之后，此类体式基本上沿着欧苏创变的路数走，南宋亦未越此规范。如汪藻《翠微堂记》以议论“山林之乐”为主旨；朱熹《通鉴室记》《拙斋记》以介绍室、斋主人为主；杨万里《景延楼记》将幽美的画面与深邃的哲理巧妙地融为一体；陆游的《筹边楼记》用主客问答介绍和评论建楼人范成大出色的才能与忧国忧民的思想境界；叶适《烟霏楼记》着意于自然环境与人文状况；魏了翁《徂徕石先生祠堂记》评议石介一生遭遇及对宋代文化发展的贡献；刘辰翁《安远亭记》盛赞郭彦高报国壮志……整体格局大都与欧苏同一机杼。

山水游记也是记体散文中的重镇，宋人对这一体裁的发展同样做出了积极的贡献。山水游记始于李唐。元结《右溪记》已初具规模；至柳宗元创成一体，《永州八记》一直被视为山水游记的奠基之作，其体式亦由此确立。唐人游记重趣、尚实而含情，往往在对自然景物的客观细致而凝练简洁的精心描写中，传达出游人对大自然的欣赏与沟通。宋人在此基础上努力开拓创新，如在内容方面由单纯的自然审美型转向兼重议论说理的复合型，既增加了理性思辨色彩，又在一定程度上提高了游记散文的信息涵纳量和社会教化功能。王安石《游褒禅山记》、苏轼《石钟山记》最为典型。前者以议论为主，起笔即从释名考证入手，接着顺次记叙与山名有关的慧空禅院、华山洞、仆碑等，其后重点记述游洞情形，并由此生发出颇富启迪性的议论。后者为学术考证式的记游散文。全文以实地考察石钟山命名缘由为主体，而以驳论前人发端，中间记游，复以议论收尾，记游部分实际上成为考察论证的过程，体制变化不可谓不大。另外，北宋晁补之《新城游北山记》、南宋朱熹《百丈山记》、王质《游东林山水记》、邓牧《雪窦游志》等，虽体宗韩、柳，注重景物的客观描绘，而在取材、造境、结构、手法诸方面又各呈新意。

伴随着宋代书法绘画的繁荣，宋代书画记也有新的发展。书画记始于唐而盛于宋，大约首创于韩愈。韩有《画记》《科斗书后记》。前者详细描述了一卷古今人物小画的全部画面内容，并交代了作记因由，所谓"记其人物之形状与数而时观之以自释焉"。此为画记正体。后者先叙与此有关的人事，然后言得科斗书始末与作记缘由，遂为书记常式。可见唐代书画记是以书画作品为重心，兼及与作品有直接关联的人或事，体现出鲜明的记事性和客观性。宋人则不墨守此式而多变化，往往借题发挥，纵横议论，灵活自由，贯穿己意，表现出强烈的写意性和抒情性。王禹偁《画记》乃为其父画像而作，起笔于古代家庙祭祀风俗和近代"图其神影以事之"的变化，次谓父像"神采尽妙"，"宛然如生"，由此推评画家技艺，最后交代作记原因。欧阳修有两篇书记：《御书阁记》与《仁宗御飞白记》。前篇叙述宋太祖为醴陵县登真宫"赐御书飞白字"，其字历劫犹存。在交代记由后，笔锋忽然转向释、老之于儒家的关系，诧异儒排释、老，而释、老不协力抗衡，反自相攻讦。后篇首言于友人处得观此字，次借友人之口叙述得字始末，兼及求记，然后议论作字之人。两文虽未对书法墨宝作正面评论，但紧紧围绕墨宝叙事、议论，视野开阔而生动有趣。苏轼的书画记与其书画一样，亦自成一体。《文与可画筼筜谷偃竹记》实乃长歌当哭、悼念画者的祭文，充满了浓厚的抒情意味。作者追忆与画者平素知音期许、诗书往来、相教相戏、笃厚无间的情形，一改前人撰写书画记只作为局外人记叙、议论的格局，变为艺术实践的积极参与者。《净因院画记》《传神记》《画水记》等则着意于画论。苏轼之后，书画记体式几乎没有大的变化，而此类题材大量涌入题跋中。

学记与藏书记属宋人新创。学记现存较早的是王禹偁《潭州岳麓山书院记》。该文首述古之重学，指出学校乃“政之本”，次叙始建兴衰，复写重修与作记，是以记叙为主体。欧阳修《吉州学记》先述朝廷诏令立学，次叙吉州学校兴办经过与规模，而以议论教学方法、想象教育效果作结；记实之外，议论成分转多。其后，曾巩《宜黄县学记》与《筠州学记》，王安石《虔州学记》《太平州新学记》《繁昌县学记》等，大都循王、欧体式。至苏轼《南安军学记》始以议论为主，叙事为辅。南宋学记叙议结合，构思多变，数量也几可抗衡亭堂记，如朱熹多达十几篇，叶适也有九篇，均超过其亭堂记。

藏书记以苏轼《李氏山房藏书记》最为著名。该记先议书籍的巨大社会作用，继言“学必始于观书”，复讲书籍发展与学人态度；在这样广阔的背景下介绍李氏山房始末，表彰藏书者“以遗来者”的仁人之心；末尾交代作记缘由与目的。文章不局限于记叙藏书本身，而是始终将书与人的关系作为表现中心，议论纵横，谈古说今，正反对比，劝诫启迪，强调认真读书的必要性，视野开阔，立意高远。苏辙《藏书室记》叙苏洵当年“有书数千卷，手缉而校之以遗子孙”，文章广征博引，反复谈论读书的重要性，意在劝读。二苏之作遂为常式。南宋朱熹《徽州婺源县学藏书记》《建阳县学藏书记》皆夹叙夹议，体类二苏。陆游《婺州稽古阁记》围绕阁名先叙述来历、始末、规模与作记，然后议论“稽古必以书”；《吴氏书楼记》肇于议理，继述吴氏兄弟“以钱百万创为大楼，储书数千卷”，兼及书楼格局，殿以议论；《万卷楼记》首言“学必本于书”，继从校勘、通经、博学诸方面强调了藏书的重要性，最后申述近代藏书之盛，视野、格局均略有变化。叶适《栎斋藏书记》首叙斋主，次论学术流变，再述藏书内容之富，略呈现出新态势，而终未脱北宋范式。

二、书序的美学变化与长足发展

向来记、序并称，二者在叙事方面虽有相近处而体例迥异。序作为一种文体，滥觞于两汉，发展于魏晋，兴盛于李唐而变化于赵宋。传孔安国《尚书序》称“序所以为作者之意”，大体昭示了序的功能。约成于汉代的《毛诗序》、《史记·太史公自序》、《汉书·叙传》、扬雄《法言序》等，大都立足全书，进行宏观的阐释申述，或者兼及作者自身，是为常式。其后又有文集序、赠送序、燕集序、字序（解释人的名字）、杂序（事、物序）等相继问世。唐宋是序体散文的昌盛期，作品繁富，名篇迭出。兹选唐宋八家文集分别统计并列表如下：

作家	类别/篇					
	赠序	书序	字序	燕集序	杂序	总计
韩愈	34	0	0	1	0	35
柳宗元	46	4	0	2	2	54
欧阳修	16	25	5	0	0	46
曾巩	10	24	2	0	2	38
苏轼	7	11	2	1	3	24
陆游	3	28	2	1	0	34
朱熹	12	47	9	0	1	69
叶适	5	29	0	0	1	35

由表可知：赠序与书序最繁盛；唐代赠序兴盛而宋代书序发达。书序本为序体正宗，汉以后不绝如缕，惜无大的发展，名家如韩愈，集中竟无一篇书序，这就为宋人留下了开拓的空间。

宋代书序的形象性、可读性、理论性较之前代明显加强。其一是表现主体和表现重心的转移——由“书”到“人”。序的正体是申述作者之意，故表现的主体和重心是书。宋代书序情形大变。曾巩《先大夫集后序》以五分之四的篇幅叙述著者事迹；黄庭坚《小山集序》几乎通篇介绍晏几道的为人与性格；魏伯恭《朱淑真诗集序》由朱氏作品的广泛传播与强烈的艺术感染力开端，讲述了作者不幸的身世。这些都将“人”作为表现的主体。陆游《师伯浑文集序》、陈亮《中兴遗传序》、叶适《龙川集序》更为典型。陆《序》首述“识隐士师伯浑于眉山”的情景，继而边叙边议师氏生平境遇，以其行事和性情突出了人物的形象。陈《序》实为龙伯康与赵次张二人的小传，从龙、赵京师初遇下笔，续以比射情形，进而详述次张有志难申，最后略谈书的内容体例。龙氏豪放的性格与精湛的射技，赵氏的聪明机智和善于应变，给人留下了深刻印象。叶《序》则以凝练简洁的文笔，叙述了陈亮由际遇天子到遭诋入狱几死大起大落的一生和学术上的成就。此外，文天祥《指南录后序》叙述抗元斗争中的亲身经历，因事而见人。诸如此类的书序，无不以表现著书之人为重心，充分体现了我国古代“知人论世”的优良传统。

其二是文学色彩的强化——抒情性与描写性骤增。仅以欧阳修《归田录序》、秦观《精骑集序》、宴几道《小山词自序》、李清照《金石录后序》、孟元老《梦华录序》、陆游《吕居仁集序》诸篇便可窥其一斑。欧以主客问答的方式（这是对书序体制样式的一种革新），既生动地描绘了官场那种“惊涛骇浪，卒然起于不测之渊，而蛟鳄鼋龟之怪，方骈首而闯伺，乃措身其间”的险恶情景，又抒发了“不能因时奋身，遇事发愤，有所建明”而被迫“乞身于朝”“优游田亩”的矛盾心情。秦以短小精悍的篇幅抒发了“少而不勤”“长而善忘”的追悔莫及的心情。晏则叙其所怀，追忆往事，“记悲欢离合之事，如幻如电，如昨梦前尘”，“感光阴之易迁，叹境缘之无实”，所抒发的凄伤之情不亚于其词作。李序脍炙人口而历代艳称不绝，首先就在于序文浓重的抒情性和生动的描绘。孟以浅易骈语成文，用精彩生动的语言描绘了北宋汴京太平时节的繁华景象：

举目则青楼画阁，绣户朱帘，雕车竞驻于天衢，宝马争驰于御路，金翠耀目，罗绮飘香。新声巧笑于柳陌花街，按管调弦于茶坊酒肆。八荒争凑，万国咸通。集四海之珍奇，皆归市易。会寰区之异味，悉在庖厨。花光满路，何限春游。箫鼓喧空，几家夜宴。

陆序描述江河源流情状以喻学者，表达对吕氏家学深厚、造诣精深的钦佩，颇富文采。

其三是视野开阔，注重宏观审视和发展规律的探寻。如徐铉《重修说文解字序》历述华夏文字自“八卦即画”至“皇宋膺运”长达数千年间的发展演变，融知识性、趣味性、学术性于一体。苏轼《六一居士集叙》更以雄视百代、省察万古的气魄，从人类生存和文明发展的角度，将欧阳修与禹抑洪水、孔子作《春秋》、孟子距杨墨、韩愈作古文相提并论，高度评价欧阳修对于培育人才、发展宋学所作的巨大贡献。孙觌为汪藻《浮溪集》作序，不仅从“由汉迄唐，千有余岁”这样悠久的历史角度审视，而且还从作者性格、嗜好、学养、构思特点、时代背景诸方面深入考察其艺术个性形成的多层原因。陆游《陈长翁文集序》先谈两汉文章的发展变化，次及两宋，而以北宋盛时为参照，阐述南渡以后的文章利弊，最后突出陈氏“居今行古，卓然杰立于颓波之外”的创作特点。周必大序《宋文鉴》则论析了北宋散文由“文博”到“辞古”再到“辞达”的发展变化轨迹。刘辰翁《简斋诗集序》肇端于作诗常理“忌矜持”，次由《诗经》到晚唐，再到当代江湖诗派，大笔勾勒诗歌的发展，进而溯源于李白、杜甫、王安石、黄庭坚、陈师道，在对比中突出陈与义诗歌的特征。

其四是向议论化、理论化延伸。宋人好议论，宋文好言理，这在书序中同样表现得很突出。欧阳修《伶官传序》发端与收尾均取议论，其“忧劳可以兴国，逸豫可以亡身”“祸患常积于忽微，而智勇多困于所溺”已被视为至理名言。至其《梅圣俞诗集序》则重点讨论“诗穷而后工”的问题，从诗的创作、流传诸方面探讨这种说法的真实含义，指出“非诗之能穷人，殆穷者而后工也”，且以此为基础评价梅氏其人其诗。曾巩《战国策目录序》《新序目录序》，无不以议论为主。赵昚《苏轼文集序》从论述“成一代之文章”与“立天下之大节”的关系入手，探讨“节”“气”与“道”“文”的联系，然后议论苏轼其人其文。朱熹《诗集传序》则完全以问答的方式阐发有关《诗经》

的诸多理论：《诗经》产生的渊源与基础、诗的教化功能与作用、不同诗体的区分与原因、学诗读诗的方法等。叶适《播芳集序》、姜夔《白石道人诗集自序》，也都分别从不同角度议论作文之难。可以说，宋代书序几乎无一篇不议论，无一篇不说理。这显然与宋代文人惯于理性思考有密切关系。

三、题跋的创制及其趣韵风神

前人常将序、跋并论，仅就其客体对象而言（如为一书写的序、跋），实有共同点，然其体制殊别，各成一式。明代徐师曾指出："题跋者，简编之后语也。凡经传子史、诗文图书（字也）之类，前有序引，后有后序。可谓尽矣。其后览者，或因人之请求，或因感而有得，则复撰词以缀于末简，而总谓之题跋。……其词考古证今，释疑订谬，褒善贬恶，立法垂戒，各有所为，而专以简劲为主，故与序引不同"（《文体明辨序说》），正看到了跋与序的区别。

题跋兴于唐而成于宋。唐不以"跋"名篇，多作"读×××"，且仅限于文字著述。检韩愈、柳宗元本集，韩有《读荀子》等四篇，柳有《读韩愈所著〈毛颖传〉后题》一篇，皆就作品本身议论生发，类近后世题跋。但数量甚少，形式和内容亦颇局促。宋代题跋不仅数量惊人，而且形式灵活变化，内容丰富多彩。如欧阳修集有题跋 454 篇，苏轼集题跋达 721 篇，黄庭坚《山谷题跋》收 400 余篇，陆游《渭南文集》存 270 篇。宋人对题跋体裁的发展革新，首先反映在题材的开拓上，如由唐代单纯议论著述文字扩展到绘画书法等艺术、文化领域；其次反映在体式要求上无常格定式，灵活多样；其三是扩大并提高了题跋的功能，由单一议论发展到说理、抒情、记事、写人和学术研讨等；其四是增强了题跋文字的文学性和可读性、趣味性。总之，题材广泛，体式多样，内容丰富，立意新颖，理、识、情并举，挥洒自如，构成了宋代题跋的突出特点。

欧阳修《题薛公期画》对绘画以"形似为难""鬼神易为工"的说法表示异议，由作品本身引发开来，重在表达个人的见解。其《跋永康县学记》立足于古代书法史，由魏晋书法谈到唐五代的发展变化，再述入宋情形，最后才落笔于该记的书写者蔡襄身上，予以高度评价。至《集古录》中“跋尾”如《隋太平寺碑跋》《范文度模本兰亭序》等，或论字书笔画，或议赵宋文化与字学，都富有见解。

苏轼与黄庭坚“最妙于题跋”，“凡人物书画一经二老题跋，非雷非霆而千载震惊”。苏轼题跋尤以理趣、情趣胜，使人既心悦诚服又难禁失笑。《书孟德传后》议论老虎畏人，讲述了“婴儿、醉人与其未及知之时”三种人遇虎不惧的故事，认为“虎畏之，无足怪者”，据事推理，生动有趣。《书南史卢度传》首写跋者“不喜杀生”，“自去年得罪下狱，始意不免，既而得脱，遂自此不复杀一物”，次言“亲经患难，不异鸡鸭之在庖厨，不忍复以口腹之故，使有生之类受无量怖苦尔”，最后点出“偶读此书，与余事粗相类”而写此跋语，重在表达个人的心态感受，既见其仁慈本性，又有别于释之戒杀，情浓而切理。《跋王晋卿所藏莲花经》论“世人所贵，必贵其难”的常理；《题张乖崖书后》讲宽、爱、严、威辩证关系之人情；《跋欧阳文忠公书》议外放与致仕的心态感受……无不生动有趣。苏轼画跋更是别具匠心：

> 智者创物，能者述焉，非一人而成也。君子之于学，百工之于技，自三代历汉至唐而备矣。故诗至于杜子美，文至于韩退之，书至于颜鲁公，画至于吴道子，而古今之变，天下之能事毕矣。道子画人物如以灯取影，逆来顺往，旁见侧出，横斜平正，各相乘除，得自然之数，不差毫末，出新意于法度之中，寄妙理于豪放之外，所谓游刃余地，运斤成风……
>
> ——《书吴道子画后》

> 画以人物为神，花竹禽鸟为妙，宫室器用为巧，山水为胜。而山水以清雄奇富变态无穷为难。燕公之笔，浑然天成，灿然日新，已离画工之度数而得诗人之清丽。
>
> ——《跋蒲传正燕公山水》

前者从物质创造与文化发展的角度审视立论，渐及吴氏之画；后者由各类绘画而渐及山水，再及蒲氏技艺，均视野开阔，境界高远，体现了一位通才大家的眼光与识见。其他如《书陈怀立传神》征古论今，纵论传神，最后点明“助发”陈氏之意；《跋南唐挑耳图》因画而记其为王诜用心理疗法治耳聋；《书南海风土》谈人与自然环境的适应，等等，无不充满理趣与情趣。

与欧、苏不同，黄庭坚题跋带有浓郁的抒情色彩，间有叙事，形象鲜明生动，篇幅渐长。如《题东坡字后》：

> 东坡居士极不惜书，然不可乞。有乞书者，正色诘责之，或终不与一字。元祐中锁试礼部，每来见过，案上纸不择精粗书遍乃已。性喜酒，然不能四五龠已烂醉。不辞谢而就卧。鼻鼾如雷。少焉苏醒，落笔如风雨，虽谑弄皆有意味，真神仙中人！此岂与今世翰墨之士争衡哉！

跋者不是就书法作品推评议论，而是借此回忆和叙述了有关苏轼作书的几件小事，从而将苏轼豪放飘逸的个性风采展现在读者面前，由衷地抒发了跋者钦仰敬佩的心情。又如《书家弟幼安作草后》自谓其书无法，“但观世间万缘如蚊蚋聚散，未尝一事横于胸中，故不择笔墨，遇纸则书，纸尽则已，亦不计校工拙与人之品藻讥弹，譬如木人舞中节拍，人叹其工，舞罢则又萧然矣”，寄情于名利之外习字作书的境界，形象而深刻。

黄庭坚题跋除了具有叙事抒情的特点外，还明理寓识，因而境界阔大，思致深邃，常妙语连珠，趣味丰饶。《跋秦氏所置法帖》着眼于地域文化发展演变的历史，指出两汉至宋“不闻蜀人有善书者”，然后突出眉山苏轼“震辉中州，蔚为翰林之冠”，视野十分开阔。《书绘卷后》指出“学书要须胸中有道义，又广之以圣哲之学，书乃可贵”“世大夫处世可以百为，唯不可俗”，都是深有所得的名言。至如《书草老杜诗后与黄斌老》自称“今来年老懒作此书，如老病人扶杖，随意倾倒，不复能工”；《跋湘帖群公书》谓“李西台出群拔翠，肥而不剩肉，如世间美女，丰肌而神气清秀”；《李致尧乞书书卷后》说：“凡书要拙多于巧，近世少年作字，如新归子妆梳，百种点缀，终无烈妇态也”，等等，无不妙喻横出，令人回味。

宋室南渡后，题跋基本上沿着欧、苏、黄开拓的路子走，体式虽无新创，而多抚时感事，忧国伤怀。辛弃疾《跋绍兴辛巳亲征诏草》凝练警精，深沉感人，字字句句都熔铸着强烈执着的爱国赤诚和尖锐而含蓄的批判精神，悲愤、感慨、惋惜、遗憾等种种复杂的心态情绪与丰厚深广的潜在内容共同构成了深邃的意境，耐人咀嚼回味。陆游《跋周侍郎奏稿》《跋傅给事帖》《跋李庄简公家书》等都是为人熟知的名篇；黄震《跋宗忠简公行实后》对宗泽抗金救国给予高度评价，谴责黄潜善之流投降误国，悲惋北宋倾覆和南宋偏安，格调深沉。

四、文赋的脱颖与文艺散文的诞生

文赋与文艺散文是宋人参酌旧体裁创造出的两种新体式。

赋滥觞于周末，荀卿草创其体，宋玉推扬发展，至汉大盛，魏晋六朝“变而为俳，唐人又再变为律，宋人又再变而为文”（《文体明辨序说》）。文赋乃古文运动影响的产物。早在唐代已有古文向赋渗透的迹象，韩愈《进学解》即取古赋答问式，只是未以赋题篇。其后古文呈中落之势，文赋亦未能脱颖。宋代古文大盛，文赋才有了新的发展，出现了大批的成功之作，因而成为独立的一体而与古赋、律赋、俳赋并列。

欧阳修、苏轼对文赋的创制贡献最大；黄庭坚、苏辙、张耒等也有数量可观的文赋作品。他们的作品有两大特点：其一是程度不同地保留并采用了古赋的部分形式与手法，如设问、铺张等，同时大量吸收古文笔法与气势，多虚字，少对偶，句式长短错落；其二是将事、景、情、理融为一体，增加了叙事与抒情的成分，而以言理为旨归，纵横议论。欧阳修《秋声赋》以主客问答方式叙事、写景和议论，描摹秋声情状，训释物象物理，再由自然界推及人类社会，探讨自然与人生的联系。苏轼《前赤壁赋》起笔于叙事写景，继以答问，由事及景、及情、及理，将叙事、写景、议论、抒情、说理熔于一炉，驰骋于自然、宇宙、历史、现实，纵论时空的无限与人生的有限，既传达了作者贬谪时期的内心矛盾与解脱过程，又蕴含着深邃的哲理。苏辙《黄楼赋》对苏轼《前赤壁赋》有直接影响，起笔云“子瞻与客游于黄楼之上”，继叙黄楼构筑始末，描述洪水情状，再议论宇宙人生，结尾曰“于是众客释然而笑，颓然而就醉，河倾月坠，携扶而出”。其起结、格局，《前赤壁赋》近之。苏辙的《缸砚赋》《服茯苓赋》《墨竹赋》均属叙议结合的成功作品。黄庭坚《刘明仲墨竹赋》先述画者其人，次描绘画面，末评技艺高下，全用古文方法结构布局，层次清晰分明。张耒《斋居赋》释说自然界阴阳变化与人体相应的反应以及“养生而善身”的方法，议论“推此以尽道，考此以察物”；《卯饮赋》写晨饮之趣，《秋风赋》描摹和议论秋风，也全取答问式而用古文句法。

北宋末党争殃及文坛，古文受抑，文赋中落。南渡后文赋再起，王十朋《双瀑赋》描绘金溪双瀑壮丽景象；张孝祥《金沙堆赋》叙写金沙堆“壁立千仞，衡亘百步”的形势状态；范成大《望海亭赋》，杨万里《浯溪赋》《海鳅赋》，陆游《焚香赋》等，皆以古文为赋。明人徐师曾《文体明辨序说》称“文赋尚理而失于辞”，正道出了宋代文赋的一个突出特征。

文艺散文是宋人的创造。宋以前的散文，从文章功能看，大略可类分为应用散文、记事散文、抒情散文、议论散文四大类，实用性是它们最突出的特点。这同散文体裁直接源于社会实践、源于社会生活的需要有关，从表奏书启到记序论策无不如是。中国传统的思维方式是典型的直觉经验型，因而前代散文多以写实著称而绝少虚拟成分；即使有少量寓言性作品，也大都囿于自然界题材。柳宗元《设渔者对智伯》虽有一定虚拟，而实是对史事的演义，且作者不参与其事。宋代则出现了为世瞩目的新景象。柳开创作了《代王昭君谢汉帝疏》，王禹偁写了《录海人书》。此二文向被视作名篇而为人乐道，历代读者都似乎感觉到了其中饱含着浓烈的艺术气息，但又往往只着眼于题材内容，充分肯定作品的现实意义和深刻的思想性，而忽略了文章体式方面的创新。其实，二文之所以具有持久的艺术生命力，还在于自身的形式。二文均承袭前代应用文体，但关键是两文皆不是真正的应用文，不具实际“上疏”“上书”的功能。柳乃替王昭君给皇帝写《疏》，王则为秦末海岛夷人作《书》给秦始皇。这种超现实的虚拟性，造成了与传统实际应用型的“奏疏”“上书”的巨大差别，文学属性空前加强，艺术色彩骤增。于是，在前代体裁基础上经过改造创新，又一散文品种——文艺散文诞生了。柳、王之作除虚拟性外，还将读者由现实带回千年前的历史空间中，而历史与现实又有着惊人的相似之处，作者正是利用这种历史与现实的叠合，借古讽今，造成深沉委婉的艺术效果。这样，文章虽然失去了体裁原有的应用功能，却获得了更为广泛、更为深刻和有益的社会功能，获得了持久而强大的艺术生命力。

从现存资料看，柳开是较早创作文艺散文的作家之一。他于宋初首倡古文，强调“古其理，高其意，随言短长，应变作制，同古人之行事”（《河东先生集·应责》），注重体裁变化而不拘常格。《代王昭君谢汉帝疏》也许并非有意识创为文艺散文，却获得了成功。其后，王禹偁创作了数量可观的此类作品，除《录海人书》外，尚有《乌先生传》《代伯益上夏启书》《拟留侯与四皓书》等十几篇。欧阳修、苏轼等又推波助澜，欧作《代曾参答弟子书》，苏作《代侯公说项羽辞》《拟孙权答曹操书》，王令也有《代韩退之答柳子厚示浩初序书》，可见此体风行一时（不过应当指出，宋人文集中尚有大量具有实际应用功能的代拟之作，不属于文艺散文的范围）。

五、诗话、随笔的创造与日记范式的确立

诗话、随笔和日记均是宋人创制的新文体，其共同特征是均用随笔散记的形式，自由灵活，内容广博。

诗话（包括词话）乃是古代诗歌理论批评形式的一种。汉魏时期即有萌芽，《西京杂记》《世说新语》都有论赋说诗的片段；唐人以诗论诗，且有《诗式》《诗格》之类著述；宋则以文论诗，于是有了诗话。诗话产生于宋代古文运动极盛之时，是古文运动影响下的产物。欧阳修《六一诗话》是古代第一部以“诗话”命名的著述，计有二十八则，内容涉及本事考辨、诗歌理论、创作方法、作品鉴赏、流派群体、作家个性、风格区别、字句锤炼、诗作流传、诗病、记疑等十多个方面。该书为欧阳修晚年退居汝阴时所作，虽自称“集以资闲谈”（《六一诗话·自序》），然去取谨严，文笔简洁洗练，尤多风趣、谐趣、情趣和理趣。二十八则诗话仅限于唐宋时期，更侧重于当代，论唐诗才五则。每则集中谈论一点，短小精悍，往往在轻松愉悦的气氛中，将读者带入诗歌艺术的境界，使人深受感染和启发。如第二则“白乐天体”与“肥妻”之谈，第六则安鸿渐与赞宁之嘲咏，八则陈从易与属客对“身轻一鸟过”之“过”字的补脱，第十二则梅尧臣“意新语工”之论，二十一则评述“西昆体”等，都极有见地。

欧阳修开创了“诗话”这一形式，适应了好议的时风，给宋代文人提供了谈诗的新天地，用以交流诗歌技艺和心得，传播理论与信息，故响应风从，作者继踵，蔚成大观：司马光《温公续诗话》、刘攽《中山诗话》、释惠洪《冷斋夜话》、陈师道《后山诗话》……不胜枚举。据郭绍虞《宋诗话考》，宋诗话可考者多达一百三十余种，流传到现在的完整诗话著作尚有四十多部，可见当时诗话时兴的状况。南宋诗话呈广博化、系统化、理论化趋势，内容兼及词、赋、散文，又往往据类分章，自成体系。如严羽《沧浪诗话》分为诗辨、诗体、诗法、诗评、考证五章，内容广泛，体系严密，成为一部较为系统的诗歌理论和诗歌批评著作；宋末张炎《词源》、沈义父《乐府指迷》的分类更为细密全面。

随笔又称笔记文，是一种随笔杂录式的散文，以记载或议论当代事、物为主，或者谈道说艺、考辨学术，内容博杂，故又有杂记、散记、琐记之称，往往由许多形式自由灵活、篇幅短小精悍而又互不连属的单篇文字集合为一书。这种文体滥觞于魏晋，发展于隋唐，而大盛于两宋。宋代之前，笔记文与笔记小说往往混而为一，且不以“笔记”名书，至宋方独成一体，宋祁首以“笔记”名书，则宋人创制可知。

宋代笔记流传于世的多达几十部，大都辑录当时作者亲历、亲见、亲闻的事物，既有一定的史料价值，又有相当的文学价值。其学术考辨、论艺心得也多有发明，予人启迪；文笔多简洁淳朴，质实生动，且趣味丰饶。如欧阳修《归田录》多记朝廷轶事及士大夫谈谐之语，内容涉及宋前期的人物事迹、职官制度和官场轶闻，很多片段精彩动人。王闢之《渑水燕谈录》乃“闲接贤大夫谈议，有可取者辄记之”（《渑水燕谈录·自序》），久而成书。其卷四《才识》云：“子瞻文章议论，独出当世，风格高迈，真谪仙人也；至于书画，亦皆精绝。故其简笔才落手，即为人藏去。有得真迹者，重于珠玉。子瞻虽才行高世而遇人温厚，有片善可取者，辄与之倾尽城府，论辩唱酬，间以谈谑，以是尤为士大夫所爱”。以简洁朴实的语言介绍了苏轼的学养、人品和声望。范镇《东斋记事》“追忆馆阁中乃在侍从时交游语言与夫里俗传说”（《东斋记事·自序》），宋敏求《春明退朝录》“多述宋代典制，而杂说杂事亦错出其间”（《四库全书总目提要》），都是史料性极强的时事见闻笔记。其他如司马光《涑水纪闻》杂录宋前期朝政故事、李廌《师友谈记》记苏门交游言论、范公偁《过庭录》辑北宋士大夫轶闻趣事，均为人称道。

宋人笔记兴盛于北宋中叶，其后持续不衰。南渡初期朱弁《曲洧旧闻》、邵伯温《邵氏闻见录》、孟元老《东京梦华录》等都以追述北宋旧闻为特色；南宋中后期，耐得翁《都城纪胜》、吴自牧《梦粱录》、周密《武林旧事》等又都以记述都市生活与风情习俗著称；王明清《挥麈录》、叶绍翁《四朝闻见录》、岳珂《桯史》等则以记述南宋朝政得失和士人言行而闻名；洪迈《容斋随笔》、王应麟《困学纪闻》、王观国《学林》等尤以学术考辨见长。陆游《老学庵笔记》更是久负盛名。由此可见南宋笔记的繁荣状况。

“日记”一体，源远流长。前代史籍多系时日，当为后世日记所祖。汉代刘向已有“司君之过而书之，日有记也”（《新序·杂事一》）的说法，历代官府“日有所记”乃是史官、掾吏的职事之一，但这些均不具备文体意义。东汉马笃伯《封禅仪记》、唐代元和三年李翱《来南录》已稍有演进，日记体式因而萌芽；逮宋始有真正的日记文体。

现存较早的日记是北宋赵抃《御试备官日记》，写于宋仁宗嘉祐六年（1061年），时间起自二月二十六日，止于三月九日，共历时二十四天，其中间断十四日，故仅立目十篇，内容是记本年进士考试事，诸如仁宗旨谕行端、各科考官姓名、工作程序等，虽仍带有官方事务性质，而体式粗备。周辉《清波杂志》称“元祐诸公皆有日记”；《宋史·艺文志》也著录了赵概《日记》一卷、司马光《日录》三卷、王安石《舒王日录》十二卷，惜已大都失传，难见原书面貌。唯有黄庭坚晚年撰写的《宜州乙酉家乘》至今流传，这是我国古代流传下来的第一部成熟、定型的私人日记（参见拙作《中国古代传世的第一部私人日记》，《理论学刊》1991年第6期），是日记文体成熟、定型的重要标志。这部日记实录了作者“乙酉”之年，即徽宗崇宁四年（1105年）在宜州的私人交游，是研究黄庭坚晚年行实、思想及著述的珍贵资料，也是研究日记文体的重要依据。该书记事从崇宁正月一日开始，到八月二十九日终止，共计九月（本年闰二月）。其中除六月未记，五月所记文字在流传中脱落三十六行而短缺六天外，余皆每天立目，日有所记，且所书均为当日事，确有“日记”之实。全书二百二十九篇，通观其文字，篇幅不等，短至一字，长者逾百，充分体现了“有话则长，无话则短”的特点，尤其值得注意的是其日记的格式：先书时日，次记阴晴，后写事实，始终如一，固定不变。这种体式规格，成为后世日记的通式。其语言省净优美，生动形象，如正月十二日记游：

> 借马从元明游南山，及沙子岭，要叔时同行。入集真洞，蛇行一里余，秉烛上下，处处钟乳蟠结，皆成物象，时有润壑，行步差危耳。出洞。

从出游方式到陪同人物，乃至到达的地方、中途的邀请、游洞的情形、所见景象等，均记述明晰，依次写来，娓娓而谈，运思措字，精确凝练。南宋日记盛行，陆游《入蜀记》、范成大《吴船录》都是为人艳称的日记体游记。

六、体式创新的时代基因与宋代文人的体裁意识

别林斯基认为，艺术的样式、种类和体裁的优越性，只能是历史的——与时代精神相适应；卡冈指出："社会存在和社会意识的不断改变不仅引起了对艺术掌握世界的新方式的需求，而且使过去曾经很重要的某些艺术形式、品种、种类和体裁失去了社会价值"。这就是说，一切艺术样式都是随着时代的发展变化而变化发展，我国古代贤哲说"文变染乎世情，兴废系乎时序""若无新变，不能代雄"，也都看到了文体变化与社会存在的密切关系及其革新创造的重要性。

就中国古代散文而言，"其为体也屡迁"，体裁样式大略经历了五个发展阶段。先秦是散文的滥觞期，尚无自觉的文体意识，散文属纪实文字，但各种体式已在萌芽和孕育中，依附于经史百家著述的整体系统中。秦汉时期为散文的形成期，多种体式开始出现。逮至魏晋南北朝，曹丕《典论·论文》、陆机《文赋》、刘勰《文心雕龙》等大批文章理论著述的出现，说明当时人们对体裁有了自觉认识并使之理论化、系统化，标志着文体进入了定型期。隋唐两宋在前代的基础上努力发展创造，成为文体的开拓期。元明清继承多而创新少，成为文体的承袭期。近代以后，散文体式开始跃入又一个开创期，宋代处于散文体裁的开拓期，上承唐代古文运动的优良传统，加之宋代政治、经济、文化等各方面的人文环境，为散文体裁的开拓创造提供了适宜的社会条件和历史基础，散文家们在努力利用前代已有体裁的同时，积极创造新式样，以适应社会实践的需要，从而促进了宋代散文的繁荣。而宋代散文各种新体式的创造，又都与当时的社会发展相联系：亭台堂阁记的盛行，正是经济上升，建筑业发达的直接表现；书序的兴盛，不但显示了著述的繁荣，而

且标志着印刷出版业的发达兴旺；学记、藏书记的涌现，说明了对教育和知识的重视；山水记、书画记的发展则反映了审美意识的提高；文赋固然是古文运动的直接产物，而题跋、诗话、随笔、日记等，也都从不同角度反映了文人士子的审美情趣和社会心理，反映了文化的相对普及和朝通俗化发展的态势。

宋文体裁的开拓创新，也与宋人鲜明的体裁意识相联系。宋初古文家柳开即有“应变作制”（《河东先生集·应责》）之说，王安石评论文章“常先体制而后文之工拙”，倪正父更明确指出：“文章以体制为先，精工次之，失其体制，虽浮声切响，抽黄对白，极其精工，不可谓之文矣”（《经鉏堂杂志》引），可见宋人对文章体制的重视。宋人编选文集亦甚重体式。姚铉《唐文粹》虽弃骈就散而“鉴裁精审，去取谨严”；吕祖谦撰《文章关键》“于体格源流具有心解”；真德秀《文章正宗》、谢枋得《文章规范》皆重体式，其“格制法律，或详其体，或举其要，可为学者准则”（《古文关键·序》）。宋人这种重视体裁的观念，也是体式创新的重要因素。

第二章　学政一体与学以致用

1996年6月完成博士学业后，离沪进京，7月入职国家哲学社会科学规划办公室（下称“国家社科规划办”），进入一个十分生疏的全新环境，开始了全新的工作、学习与研究。

国家社科规划办是全国哲学社会科学规划领导小组的办事机构，主要负责督促落实中央关于哲学社会科学工作的决策部署，分析研判全国哲学社会科学发展状况并提出工作建议，组织制定国家哲学社会科学发展战略和中长期规划，联系协调全国哲学社会科学队伍和研究力量，组织实施哲学社会科学创新工程、人才工程等相关工作，同时负责管理国家社会科学基金，组织基金项目评审和成果转化应用等工作。这是一个汇集全国文科头部精英的学术大平台，也是为国家建设提供决策咨询的庞大智囊团，更是国家同专家思想交流的桥梁与纽带。这一工作平台，不仅有机会深入了解国家文化建设的大政方针与具体政策，深刻认识学术研究的国家意义，而且有机会向全国著名专家请教学术研究的诸多问题，费孝通、任继愈、季羡林、袁行霈、汤一介、黄枬森、陈先达、裘锡圭、李学勤、傅璇琮、厉以宁、魏礼群、张岂之、王家福、黄长著等诸多名家，都曾给予我具体指导、支持与帮助。我一方面发挥专业优势，结合岗位职责和国家需求开展学术研究，从遵循学术发展规律角度提出系列制度建设的新建议，一方面围绕实施国家发展战略进行深入的文化思考，形成一批学术新成果。

第一节　树立国家观念与拓展专业领域

入职国家社科规划办以前，我的学术研究几乎全部是围绕中国古代文学来展开，不仅学术研究领域呈现明显局限性，视野与范围偏窄，而且学术研究的思想站位也局限于专业层面思考问题，大都落脚于求真求实与求是。入职社科规划办之后，围绕职责岗位展开的思考与实际工作任务的锻炼熏陶，思考问题的角度与学术研究的视野开始发生变化，国家观念逐渐增强，学术视野逐渐开阔。

一、编纂《各学科研究状况与发展趋势》

编纂《哲学社会科学各学科研究状况与发展趋势》是我入职社科规划办之后接受的第一项具体工作任务。这本书的产生，源于中央制订《国家哲学社会科学研究“九五”（1996—2000）规划要点》的调查报告。按照中央全国哲学社会科学规划领导小组的工作安排，社科规划办组织全国二十六个学科的上百位著名专家，分别对马克思主义、党史党建、哲学、理论经济学、应用经济学、政治学、社会学、法学、国际问题研究、中国历史、世界历史、考古学、民族问题研究、宗教学、中国文学、外国文学、语言学、新闻学、图书馆情报与文献学、统计学、教育学、艺术学、军事学等二十三个一级学科研究状况与发展趋势展开广泛深入调研，并写出调查报告，提出今后五年乃至更长时期的研究建议。这是新中国成立以来哲学社会科学研究首次全面大规模的学术调研活动，二十三个学科提交的调研报告总字数有一百四十多万字。这些报告，既是当时国家哲学社会科学研究基本情况的摸底和梳理，又是各学科学术研究状态的综述与指南，不仅具有重要史料价值与学术意义，而且为国家文化发展与政策制定提供学术性理论支撑。

编纂工作由室主任李长征同志牵头挂帅，各处业务骨干参与。由于个人专业知识结构的局限与国家层面文献的高标准要求，虽然大家齐心合力地积极协作配合，编纂依然十分艰难。然而，编纂的过程成为我扩展知识结构与开阔学术视野的好机会，学科虽然不同，而研究的方法路径却相近相通。于是一边认真学习各学科的调研报告内容，一边从报告主题结构、内在逻辑与语言表达等方面细致推敲调整，努力避免重复与讹误，竭力提高科学性与准确性，凡有不明白、不清楚或疑惑的地方，就直接电话请教撰写调研报告的专家。由于这些报告都是高站位、大视野、新角度，从国家发展需要的高度来考察和分析研判本学科的学术研究，思想性与学术性很强，国家观念鲜明，这对重新认识和深刻理解人文社会科学学术研究的价值与意义启发很大，由此建立起学术研究的国家观念。经过近半年的努力拼搏，终于完成了编纂任务，形成七十三万字的定稿，呈报领导审批后，提交学习出版社付梓印行，并于 1997 年 3 月出版。

《哲学社会科学各学科研究状况与发展趋势》出版后，《人民日报》1997 年 7 月 16 日第五版发表了书评“社会科学首次全面调研的智慧结晶”。书评指出，《哲学社会科学各学科研究状况与发展趋势》这部由全国上百位著名专家学者在广泛调查、深入研究的基础上精心结撰的巨著，不仅对广大哲学社会科学工作者全面了解和准确掌握相关学科的研究状况与发展趋势，对开阔视野、启迪思路、选择确定具体研究方向与研究课题，会提供快速简捷而有效的参考与便利，而且将在我国两个文明建设的进程中发挥积极作用。

书评指出，立足于实际，服务于大局，放眼于未来，是该书的重要特色。该书酝酿于国家哲学社会科学“九五”规划的制订和实际工作的需要。党的十四届五中全会与八届全国人大四次会议提出制定国民经济和社会发展“九五”规划及 2010 年远景规划目标后，全国哲学社会科学规划办公室策划组织了哲学社会科学各学科研究状况与发展趋势的全面调查，并于 1994 年 10 月开始组织实施。这次规模空前的调查，是社会科学界的一件大事，也是 1949 年以来的第一次。其直接目的是为编制国家哲学社会科学“九五”研究规划打基础、做准备，提供科学依据，以增强规划的科学性和针对性。而这部书就是调查研究报告的结集与汇编。

书评指出，该书以当代中国社会主义改革开放和现代化建设实际问题为中心，着眼于马克思主义的运用，着眼于新的实践和新的发展。由全国哲学社会科学规划领导小组研究批准的调查方案明确规定：调查要以马克思列宁主义、毛泽东思想和邓小平理论为指导，坚持党的基本路线，贯彻理论联系实际的方针，力求准确地把握应当研究的建设中国特色社会主义实践提出的重大理论问题和重大实际问题，着重反映哲学社会科学研究为建设中国特色社会主义、为经济发展和社会全面进步服务所取得的成绩，提出进一步发展哲学社会科学所必须解决的问题。这些指导思想全部反映在书中，呈现出鲜明的政治意识、大局意识、战略意识和前瞻意识。

书评指出，该书以研究状况与发展趋势为基本内容，前者是现实的总结，后者是方向的把握，二者都是为促进哲学社会科学研究的发展与繁荣，以便更好地服务于建设中国特色社会主义现代化事业的大局。如“马克思主义·科学社会主义”学科回顾了毛泽东思想研究全方位深入开展并在十九个方面取得重大理论成果之后，指出今后将在执政党的思想建设等七个方面展开深层研究，以促进现实问题的解决；“应用经济学”的二级学科商业经济学在回顾了十一届三中全会以来取得的八大进展后，指出今后将重在探讨市场经济条件下商业发展的规律，为我国商业实践提供理论指导。“政治学”关于政治体制改革、政治稳定与政治发展、党风及廉政问题的总结、分析，也都十分典型。

书评认为，内容广博深厚，资料丰富翔实，既全面系统又重点突出，是该书的又一重要特色。此书一是规模大，涵盖广。全书将“哲学”“政治学”“社会学”“法学”等二十三个一级学科的调查研究总报告汇为一帙，囊括了我国目前哲学社会科学研究的所有学科，而在每个一级学科中，又包含了众多的二级、三级学科，如“应用经济学”有二十四个二级学科，“中国文学”“艺术学”也都有十几个分支学科。这些不同层次的学科形成了该书庞大的内容体系涵纳丰富而覆盖甚广。

书评指出，该书大视角，多层次，系统全面。从历史发展的纵向角度和世界范围内的横向角度，多侧面地审视学科发展和把握未来趋势，是各学科普遍使用的方法。“考古学”从中国在世界文明史上的地位起笔，回顾本学科发展的历史并从十个方面总结了取得的成就；“民族问题研究”则由远古到近代，追溯学科的产生、形成与发展，并分别总结了民族史六个分支学科的研究状况；“宗教学”从世界三大宗教的传播谈到“宗教研究我国古已有之”，继而介绍了该学科的发展与七个分支学科的研究成就，都堪为典型。研究报告还注意到本学科同相关学科、边缘交叉学科乃至自然科学之间的联系与区别，注意到介绍、比较、分析本学科在国际学术界的研究态势。如“经济理论”学科的分支比较经济学，即是以19世纪初叶在国外的滥觞到当代的发展状况为对比；“统计学”也是以国外统计学发展情况为参照，把握本学科今后的研究方向。所有这些都充分显示了开阔的视野和很强的系统性特点。

书评指出，该书信息密集、资料丰富。调查获得的大量信息和极为丰富的资料，使每个学科都足以形成一部厚厚的专著。但是，收入这本书的总报告，每个学科限制在三万字左右，于是只能在高度归纳概括、压缩提炼的过程中，取精用宏，突出重点，在有限的文字中存贮了大量的信息和珍贵的资料，诸如学科建设始末、重要研究成果、热点问题中的不同观点与流派等等。至如“马克思主义·科学社会主义”学科关于毛泽东思想和邓小平理论研究、关于科学社会主义等方面研究情况的绎理；“法学”学科为读者展示的各分支学科的主要成果；“教育学”大量的珍贵资料；等等。这不但极大地提高了本书的参考价值和实用性，而且也增强了该书的文献性与保存价值。

书评认为，集现实状况与科学预测于一体，熔知识传播与学术研究于一炉，力求客观、准确、严谨和科学，这是该书的第三个重要特征。全面总结我国哲学社会科学研究状况并预测未来的发展趋势，是本书的主要任务。这种内容的规定性，使该书具备了知识传播与学术研究的双重功能，呈现出很强的实用性。一方面，可以使读者开拓视野，从宏观的角度较为系统地了解和掌握关注学科乃至整个哲学社会科学研究的状况，并在接受大量信息的同时，实现知识的更新、积累和优化；另一方面，又可以为社科研究者把握方向和选择课题提供直接的参考，省去许多翻检、绎理之劳。“党史·党建”对本学科性质、任务、作用的介绍；“中国历史”关于文明起源时间、地域的论述；“新闻学”概念的阐释与区分等，都很有代表性。另外，在形成文字的过程中，认真严肃的反复核实、修改、推敲、锤炼，无疑又大大加强了内容的严谨性和科学性。有些学科甚至专门组织专家会议进行逐字逐句推敲（如世界历史学科），部分思想性、敏感性较强的内容，付梓前还进行了严格的把关和慎重的处理，从而保证了该书的质量。

书评认为，《哲学社会科学各学科研究状况与发展趋势》比较全面、准确地回顾了党的十一届三中全会以来我国哲学社会科学各学科发展情况和取得的成就，介绍、评析了各研究领域的热点、难点、重点问题以及不同的学术观点与流派，比较、分析了国内外各学科发展的特点和趋势，指明了各学科今后中、长期发展方向和重要研究领域，具有重要的学术价值和现实指导意义。这部书的出版，对促进哲学社会科学研究的发展繁荣将起到积极作用，更好地为党和政府决策服务，为两个文明建设服务。

二、策划评奖与编纂《首届国家社会科学基金项目优秀成果评奖获奖成果简介》

1998 年春初，社科规划办讨论全年工作安排，其中一项议题是国庆五十周年献礼，分管规划办工作的中宣部领导主持会议，提出方案，经过认真讨论，最终确定开展全国哲学社会科学优秀成果评奖活动，以颁奖方式向国庆献礼，宣传新中国在哲学社会科学学术研究方面取得的重要成就，以及在国家发展建设中发挥的重大作用，既可以用文化建设成就向国庆献礼，又可以用优秀成果引导学界学风，还可以弥补哲学社会科学没有国家级奖项的遗憾。方案纳入工作计划，并进行了专题讨论，按工作程序报批后立即启动。

经过广泛调研、反复讨论与文件准备，全国哲学社会科学规划领导小组于 1998 年 11 月 25 日发布了《关于国家社会科学基金项目优秀成果评奖的实施意见》（下称《实施意见》）。《实施意见》指出，为进一步调动广大哲学社会科学工作者的积极性和创造性，提高科研水平，推动学科建设，多出高质量的研究成果，向中华人民共和国成立五十周年献礼，根据《国家资助哲学社会科学研究课题管理暂行办法》的有关规定，全国哲学社会科学规划领导小组决定1999年组织国家社会科学基金项目优秀成果评奖。《实施意见》明确了申报资格与条件，规定了坚持政治标准与学术标准的统一，坚持质量第一、宁缺毋滥，坚持公开、公正、公平的三原则。《实施意见》一发布，即开始受理成果申报，1999年3月25日结束，申请参评成果九百六十多项。经过资格审查，符合规定条件的成果进入评审，全国一千一百多位著名学者参与评审。5月下旬完成评审后，6月在京西宾馆进行会议集中评审。8月5日，全国社科规划办公示了《国家社科基金项目优秀成果奖拟奖励成果名单》一百五十一项（军事学三项不出现名称）。

1999年9月23日，中共中央宣传部、全国哲学社会科学规划领导小组在人民大会堂隆重召开颁奖大会，拉开了举国上下喜庆新中国成立五十周年的大幕。胡锦涛代表党中央、国务院在会上发表重要讲话，高度评价社会科学工作者为改革开放和社会主义现代化建设所作出的重要贡献，深刻阐述了社会科学的重要地位，明确提出了面向21世纪我国社会科学事业发展的战略任务，以及必须遵循的方针政策和基本要求。胡锦涛强调指出，面对国际国内形势的发展变化，需要我们从时代特点和当代中国的实际出发，深入探讨、准确把握和正确回答我国及世界发展所面临的重大问题。进一步拓展哲学社会科学的视野和领域，形成新思想、新观点、新方法、新学科，把哲学社会科学的研究推上新的水平和新的境界，使面向21世纪的中国哲学社会科学事业有一个大发展，这是中国哲学社会科学工作者的崇高历史使命。哲学社会科学的一切学科和领域，都必须坚持以马克思主义为指导，要深刻领会精神实质，善于运用它的立场、观点、方法去指导具体的社会科学研究及其学科建设。要深入改革和建设第一线，从亿万人民群众的伟大创造中汲取营养，认真总结实践中的新经验和新创造，积极探索中国特色社会主义经济、政治、文化的发展规律。要充分发扬学术民主，鼓励自由讨论，鼓励不同学派、不同学术观点的相互切磋和争鸣，提倡同志式的、充分说理的批评和反批评。这是探索真理、发展科学的必要条件。解放思想，实事求是，大胆探索，勇于创新，是发展哲学社会科学的内在要求和必由之路。要密切联系中国和世界的发展提出的重大问题，吸收借鉴中华民族的优秀文化成果和人类所创造的一切文明成果。哲学社会科学的发展水平和繁荣程度，是一个民族的综合素质和文化力量的重要体现和标志。积极发展哲学社会科学是全党和全社会的重要任务。

国务院副总理李岚清、中国社会科学院院长李铁映、全国人大常委会副委员长彭珮云、全国政协副主席毛致用出席会议。中宣部部长丁关根主持颁奖大会，指出举行国家社会科学基金项目优秀成果颁奖大会，是我国社会科学界的一件盛事。评出的优秀成果是众多社会科学专家学者多年辛勤耕耘的结晶，反映了改革开放以来国家社科基金项目研究工作所取得的重要成就，也是广大理论工作者在国庆大喜之日向伟大祖国的献礼。回顾以往，社会科学界为党、为人民作出了重要贡献；面对未来，理论工作者肩负历史重任。中共中央宣传部常务副部长、全国社科规划领导小组组长刘云山在会上宣读了奖励决定，指出这些获奖成果，努力运用马克思主义的立场、观点和方法，研究建设中国特色社会主义和发展哲学社会科学的有关问题，具有较强的政治意义和较高的学术价值，不少成果富有开拓性和创造性，得到学术界和社会的较高评价。这些成果，在推进改革开放和社会主义现代化建设，促进物质文明和精神文明协调发展方面，在加强学科建设和培养人才、繁荣哲学社会科学方面都发挥了重要作用。

胡锦涛、李岚清等党和国家领导人向费孝通、雷洁琼和荣获一等奖的代表颁奖，并向他们表示热烈祝贺。北京大学教授黄楠森代表获奖者发言。全国哲学社会科学规划领导小组成员，获奖成果作者代表，首都社会科学界部分专家学者等，共五百多人与会。

颁奖大会之后，规划办即组织编纂《首届国家社会科学基金项目优秀成果评奖获奖成果简介》（下称《成果简介》）。《成果简介》以获奖成果申报时的内容简介为基础，统一体例，进行修改加工与润色。同时，正文之前配发多幅颁奖大会彩色照片，而将评奖过程中的重要相关文件附录于后。全书共九十七万字，由中国社会科学出版社于2000年出版发行。

参与策划和组织实施首届国家社会科学基金项目优秀成果评奖活动的全过程，既是学术研究管理方面的实践与培训，又是进一步学习掌握哲学社会科学各学科基本情况和拓展学术视野的具体途径，更是深入认识哲学社会科学研究本质与重大文化意义的重要过程。

第二节 提高学术站位与拓宽研究视野

一、探讨岗位职责本质的学术思考

社科规划办工作职责的本质，实际上就是紧紧围绕学术研究展开有序有效的服务与管理，落实国家的战略意志与相关政策，引导哲学社会科学界为国家发展贡献智慧，促进人类社会的文明进步与健康发展，体现着鲜明的国家观念与人类意识。入职规划办之前，我也与学界大多数同仁一样，一般仅从专业层面思考学术问题，关注和研究的内容也仅限于个人感兴趣的专业领域，很少自觉从国家需要的角度去思考。规划办的工作训练彻底改变了以往的思维定式，提高学术站位与拓宽研究视野逐渐成为自觉意识，并形成专著《社会科学论稿》及一批有关学术思考的论文。

始于研究，成于创新，这是开展工作的普遍规律。做好本职工作，就要对工作目标与重要意义有清醒乃至深刻的理性认识，而不能停留在完成具体事务性任务上。《社会科学概念的性质与特点》《社会科学是人类生存和文明发展的内在灵魂》《社会科学乃立国治国之根本》《关于繁荣哲学社会科学的几个问题》等，都是对工作目标性质与重要意义学术思考的成果。

《社会科学概念的性质与特点》从“名正而言顺”的角度讨论科学、正确、规范地使用概念，指出社会科学是一个巨大而复杂的知识系统，内容丰富，涵纳深广，学界从不同角度、不同层面理解、认识和概括，称谓多种多样，诸如“人文科学”“人文社会科学”“哲学社会科学”之类，给人们的理解和使用带来不便。文章认为，“哲学社会科学”是一个使用较为广泛且较为普遍的概念，但“哲学”一词源于古希腊，本义为“爱好智慧之学”，后来成为社会科学的一个重要方面。“哲学社会科学”这一概念旨在突出和强调“哲学”的地位与作用，而将其冠诸“社会科学”之前，在语法结构上形成并列态势。但“哲学”概念与“社会科学”概念在内容和形式上均不对等亦不对称，容易产生歧义，理解为哲学中的社会科学，正如不会有人因数学在自然科学中的重要地位而没有创造“数学自然科学”概念一样。“社会科学”概念，虽然有广义、狭义之分，但明确简洁，通俗朴实，具有更多的科学、合理性因素。文章认为，任何概念都是一个历史抽象的认知范畴，都是一个开放的知识系统，其内涵是随着历史的发展而演变、而丰富。社会科学的表现形态具有多方面、多角度和多样化的特点，反映在社会领域的各个层面，而在不同历史时期有着不同表现，随着时代的发展而发展，随着人类的进步而丰富，具有突出而鲜明的与时俱进品格。

《社会科学是人类生存和文明发展的内在灵魂》指出，社会科学根源于生活、形成于研究、应用于实践，具有深刻的思想性、强烈的现实性和鲜明的针对性。中华民族有着悠久、优良的社会科学传统，历代先贤对于人类生存和如何发展的思考，不但深刻敏锐、全方位、多视角，而且智行交融，重实际、讲效果，相继涌现出大批社会科学思想家和经典著述，先哲们的思考至广大而尽精微，既立足现实，又着眼长远，具有很强的理论性、前瞻性和指导性。宋代张载“为天地立心，为生民立命，为往圣继绝学，为万世开太平”的归纳概括，深刻而精警，冯友兰称之为“横渠四句”。苏轼为欧阳修文集作序，认为孔子修《春秋》、孟子距杨墨、韩愈为古文、欧阳修著文章，与大禹治水一样，“功与天地并”，说明社会科学思想对于人类生存发展的重要性。至如古代“天人合一”“天下为公”“以人为本”“尊道贵德”“公平正义”“厚德载物”“大济苍生”之类的社会科学思想理念，更是盛传千载而历久弥新，彰显着社会科学思想理论的强大生命力。联合国教科文组织也积极倡导“将社会科学作为促进实现国际普遍认同的发展目标的宝贵工具”，正是看到了社会科学在人类文明发展进程中无可替代的重大作用。

《社会科学乃立国治国之根本》指出，社会科学与人们的生活、国家的发展和人类的生存息息相关，古往今来，有所作为的执政者无不重视社会科学、发展社会科学，无不运用社会科学巩固统治，发展经济，推进文明，无不把社会科学作为立国治国的根本。文章从“社会科学在中国改革开放后的发展机遇”“社会科学是推动社会进步和文明发展的重要力量”“社会科学是保证人类生存与发展的科学”“社会科学的核心是社会科学理论”“社会科学与时俱进乃时代要求和历史必然”等方面展开论述。认为重视和发展社会科学是历史变革和发展文明的必然要求，是经济发展、社会进步、文明提高的重要标志。从国家发展与人类文明的高度，注重研究全局性、前瞻性、战略性的重大课题，促进理论创新，指导新的实践，是学界义不容辞的历史责任。社会科学的发展，关系人们的思想意识和社会道德风尚，关系经济建设与社会稳定，关系中华民族的兴衰和社会主义的命运。从这个意义上说，社会科学是立国治国的根本。文章认为，生存与发展是人类社会最核心、最基本的问题。人是社会的主体，社会科学首先是关于“人”的生存科学，是关于人自身、人与人、人与物、人与自然、人与社会乃至人自身等诸种复杂关系的科学。社会科学为人类健康发展提供着思想指导和制度保障，促进了社会进步和文明发展，如何发展和繁荣社会科学，既是一个值得深入研究的理论问题，也是一个具有重要政治意义和现实意义的实践问题。社会结构和社会形态由自然到自觉的变化，实质上是人类生存模式和生存环境由低级到高级的变化，是人类发展、社会进步与文明提高的重要体现和必然结果。人类的生存和发展，将是社会科学关注和作用的永恒主题，社会科学的基本任务，就是不断地认识和总结人类生存和发展的历史经验，不断地把人类的生存和发展有效、有序地推向新阶段、新境界。社会科学最基本的形态是实践形态和理论形态。人类文明史上不同历史阶段的社会科学精华，都以社会科学的理论形态出现和存在，深刻总结了人类历史的实践经验，同时又全面指导了人们的现实实践。勤于思考、善于总结、敢于创新、勇于探索是中华民族发展社会科学的优秀传统；重视社会科学是开创新局面的智慧选择；社会科学与时俱进是内在的品格、时代的要求和历史的必然。

《关于繁荣哲学社会科学的几个问题》指出，哲学社会科学与文化发展繁荣密切关联，相辅相成。哲学社会科学是文化核心层面的基本内容而又引领文化的发展繁荣；文化是哲学社会科学的研究对象同时又是哲学社会科学发展的动力源泉。加强哲学社会科学研究，以科学、务实、管用、有效的优秀成果为文化发展繁荣提供思想保证与理论支撑，是推动文化大发展大繁荣的必然要求，也是哲学社会科学工作者义不容辞的历史责任。文章认为，哲学社会科学的繁荣是文化发展的重要表现。中央相继提出“建设哲学社会科学理论创新体系”，颁布新中国成立以来的第一个《关于进一步繁荣发展哲学社会科学的意见》以及明确提出“繁荣发展哲学社会科学，推进学科体系、学术观点、科研方法创新，鼓励哲学社会科学界为党和人民事业发挥思想库作用，推动我国哲学社会科学优秀成果和优秀人才走向世界”的新要求新任务，为哲学社会科学推动文化繁荣提供了历史机遇。

文章认为，繁荣哲学社会科学首先是创新学科体系。根据时代发展要求和文化发展实际，要开辟新领域、反映新进展、完善新体系，遵循巩固发展传统学科、大力扶持新兴学科、鼓励开辟边缘学科的原则，不断提高学科体系的科学化、系统化与合理化水平。要重点建设一批强化原创能力、推动理论发展的基础学科，一批具有强大对策研究能力、有效引导经济社会健康发展的应用学科，一批立足学术前沿、注重前瞻研究的新兴学科和交叉学科。要推进哲学社会科学与自然科学、哲学社会科学不同学科之间的交叉渗透，逐步形成特色鲜明、结构合理、科学系统的学科体系。其次是创新学术观点。学术研究要体现新视野、新角度、新思想和新高度，要有新材料、新见解与新表述；专家学者要有强烈的社会责任心和历史使命感，深切关注社会现实、时代发展与学术前沿，深刻思考国家发展、社会和谐与人类文明，深入研究全局性、战略性、前瞻性的重大理论和重大现实问题；既要敢于创新又要科学严谨，既要注重事实、思路与对策，又要讲究义理、考据与辞章；要强化问题意识、国家观念、世界视野和前瞻眼光。最后是创新科研方法。要坚持理论密切联系实际，科学设计既适用又高效的技术路线，善于在弘扬本学科传统研究模式的基础上，借鉴和吸收其他学科以及国外一些被实践证明了的科学、有益、管用的研究模式，充分运用先进的信息技术和现代化手段，积极探索和勇于创造新方法新模式。

文章认为，哲学社会科学研究应充分发挥思想库和智能库作用。紧紧围绕推动文化大发展大繁荣，创造性继承中华学人“以天下为己任”“入世淑世”“经世治世”的优良传统，善于从历史和现实的信息中捕捉富有重大思想意义与重大学术价值的课题，善于从人类文明发展的高度选择重大理论问题与重大现实问题展开深入研究，出思想、出思路、出对策，为党和国家科学决策提供理论依据，为中华民族复兴提供智力支持。哲学社会科学优秀成果和优秀人才走向世界也是推动文化发展繁荣的应有之义。中华民族为人类文明发展做出过杰出贡献，加强与世界各国的文化交流，实施文化战略，让世界人民深入了解中国，增进学术友谊、提升研究水平，这既是增强文化影响力、树立国家文化形象的有效方法，也是适应目前我国国际地位迅速提升与积极推动构建和谐世界的必然要求。要充分利用现代传媒和高新科技手段，创造新形式，开辟新渠道，既营造声势又注重效果，让世界及时了解我国优秀的思想文化成果。

另如《社会科学研究与人类文明发展》《社会科学研究植根现实并重在创新》《关切民生是社会科学研究的内在灵魂》《着力提高全民族的思想道德素质》等，也都是从国家层面切入，讨论学术研究的思想站位与着眼点、着力点乃至落脚点。

二、拓宽研究视野与突破专业局限

如果说提高学术站位体现思想境界的话，那么拓宽学术视野则是延伸思考与深化研究的有效路径。《文化研究与文化创新》《国学与传播》《社会科学思想与华夏文明传统》《创新古典文献研究的思考》《书法艺术发展与国家文化建设》《中国文化“走出去”的起步与探索》《中国社会管理创新研究的新思考》等，都是突破原来宋代文学专业研究樊篱而延伸思考形成的学术成果。

《文化研究与文化创新》指出，文化是人类社会实践和思想智慧的结晶，是时代精华的体现和历史长河的缩影，也是民族精神的灵魂与立国治国的根本。文化学习、文化研究与文化创新有着紧密的关联，学习是研究的前提和基础，研究为创新提供经验借鉴与理论指导。文化研究不仅是文化形态的重要方面，而且也是促进和推动文化创新的重要因素。文化创新是思维创新、理论创新和实践创新的重要表现，更是民族自主创新能力和国家综合创新实力的集中反映。文章认为，作为文化研究的重要方面，文学研究上升到文化层面，已是重要趋势，且具有开放性、多角度、多维度、多层次的特点。文学自身层面的研究固然十分重要，而从更开阔的文化层面审视，则更有利于探索、接近和发现文学发展的规律。

《国学与传播》认为，“国学”应是中华优秀传统文化的统称。中国传统文化历史悠久、博大精深，是中华民族五千年文明发展历史实践的智慧结晶，也是世界人民共有的精神财富和宝贵的思想资源，积极开发利用，对于推进社会进步，促进人类文明健康发展，具有重要意义。古代文化只有在传播阅读和深入研究中才能激活内在的强大生命力，让“藏书”活起来，让书中的思想内容活起来，充分发挥国学启迪心灵智慧、提高文化素养、增强创造活力的巨大作用。将传播作为切入点、着眼点，充分运用高新科技手段提高国学传播的效率与效果，开拓了推进国学研究的新领域、新途径。国学传播着力于传播手段和传播方法的创新，将教学、科研和实践结合一体，推进学术发展、人才培养和文化建设，立足现实，着眼长远，对于建设中华民族优秀文化传承体系，提高文化开放水平，扩大对外文化交流，提高全民族的文化修养与文明素质，对于推动中华文化走向世界，让世界深入了解中国，都具有重大的现实意义和深远的历史意义。

《创新古典文献研究的思考》从中国古典文献的内涵和性质入手，论述古典文献研究的文化活力和时代发展的创新要求。文章认为，中国古典文献是中华民族五千年文明发展的智慧结晶，是华夏各族人民历史实践和思想创造的珍贵纪录，更是中国传统文化的主要载体和人类思想文化的知识宝库。其蕴含的巨大文化活力和强大的民族凝聚力，使中华民族生生不息、团结奋进、绵延数千载，使中国成为目前世界上唯一文化连续发展、文明不曾中断的国家。创新古典文献研究，以鲜明的时代意识、国家意识和世界意识，推进学科体系、学术观点和科研方法创新，更加积极有效地保护、研究、开发、利用古典文献这笔巨大而丰厚的文化遗产和思想资源，更加自觉主动地推动社会主义文化大发展大繁荣，已成为文献研究和文化工作者义不容辞的历史责任。创新古典文献研究，推动社会主义文化大发展大繁荣，是一种历史责任。文章提出，创新古典文献研究一要体现时代精神，弘扬传统文化精华；二要服务国家建设，增强民族凝聚力；三要开阔世界视野，提高国际影响力；四要加强规律探索，树立“大文献”理念，推进学科体系建设；五要开拓新领域，不断推出精品力作。

《书法艺术发展与国家文化建设》指出，中国汉字书法文化是传统文化极富生命活力的艺术精华，充满着历久弥新的艺术魅力和薪火相传的文化活力，成为最具民族特色的艺术表现形式与人类文化宝库中深受喜爱的艺苑奇葩。当代著名书法家欧阳中石说“书法”是“关于书写的学问”，定位在学科层面上。由于汉字与书法自身蕴含的浓厚艺术因子被不断开发、不断丰富，逐渐形成了特色鲜明的艺术门类，与绘画、诗文等众多艺术形式相通相融、相辅相成，“书如诗，字如画”“书画一体”“诗文书画一理”，都是揭示了这方面的特质，形成中国独创的“书法文化”。文章认为，书法艺术的学科建设亟待加强。早在20世纪80年代，书法学界部分德高望重的老前辈就积极呼吁、不懈努力并取得了突破性进展，创办了书法专科、本科到研究生的教育序列，但在理论的系统化、体系化以及研究的深度和广度乃至书法的大众普及化等方面，则有待进一步加强。

文章认为，书法艺术学科建设要适应时代发展与国家需要，科学梳理书法艺术在中国文化发展中的演变轨迹，深刻认识其承载的历史责任和发挥的重要作用，深入探索学科自身发展的客观规律，特别是要紧密结合国家文化发展战略深入研究现实问题，发掘书法艺术的自身优势，在传播和弘扬民族精神与传统文化精华，增强民族自信心和凝聚力，提高全民族文化素养和审美情趣，促进社会主义文化大发展大繁荣等方面作出贡献。文章提出，要精心实施书法文化“走出去、请进来”战略，积极开展国际交流与合作，把握书法文化交流的主动权和话语权，把书法艺术的优秀作品“推出去”，让世界人民欣赏和分享中国书法艺术的优秀成果，传播中国文化精华。广泛建立书法文化交流和学术对话的国际平台，把中国的书法艺术和博大精深的中国文化介绍给世界人民，充分运用书法自身的艺术魅力和内在的文化活力，发挥其吸引力和影响力，让更多的外国朋友在自觉接受书法艺术的同时，接受中国文化的思想精华。

代表成果之七：

关于繁荣哲学社会科学的几个问题[①]

哲学社会科学与文化发展繁荣密切关联，相辅相成。哲学社会科学是文化核心层面的基本内容而又引领文化的发展繁荣；文化是哲学社会科学的研究对象同时又是哲学社会科学发展的动力源泉。加强哲学社会科学研究，以科学、务实、管用、有效的优秀成果为文化发展繁荣提供思想保证与理论支撑，这是深入实践科学发展观，推动社会主义文化大发展大繁荣的必然要求，也是哲学社会科学工作者义不容辞的历史责任。

哲学社会科学的繁荣是文化发展的重要表现。改革开放特别是十六大以来，党中央高度重视哲学社会科学事业，强调一定要把繁荣发展哲学社会科学作为一项重大而紧迫的战略任务切实抓紧抓好。中央一方面采取有力措施，制定政策，积极引导，并大幅度增加财政投入，一方面充分发挥哲学社会科学的引导作用，推进国家经济、政治、文化、社会全面协调可持续发展，推进生态文明建设和党的建设。继十六届三中全会提出“建设哲学社会科学理

① 参见《求是》2009 年 11 期。

论创新体系”、中央颁布新中国成立以来第一个《关于进一步繁荣发展哲学社会科学的意见》之后，十七大又明确提出了“繁荣发展哲学社会科学，推进学科体系、学术观点、科研方法创新，鼓励哲学社会科学界为党和人民事业发挥思想库作用，推动我国哲学社会科学优秀成果和优秀人才走向世界”的新要求新任务。这既为哲学社会科学的发展指明了努力方向，又为哲学社会科学推动文化繁荣提供了历史新机遇。

哲学社会科学推动文化发展繁荣，要坚定地以马克思主义为指导，深入贯彻和充分体现科学发展观，立足于时代发展和国家建设实际，围绕大局、明确目标，理清思路、把握方向，以自身繁荣促进文化发展。首先，要创新学科体系。学科体系是学术创造发展和民族文化积累的结晶，是开放、变化、动态的知识系统，体现着一个国家的文化建设水平。创新学科体系就是要根据时代发展要求和文化发展实际，开辟新领域、反映新进展、完善新体系。为此，应着力做好三件事。一是遵循巩固发展传统学科、大力扶持新兴学科、鼓励开辟边缘学科的原则，根据文化发展和学科发展实际，实施有效引导，及时调整、补充和完善学科各层面的科目设置，不断提高学科体系的科学化、系统化、合理化水平。二是重点建设一批强化原创能力、推动理论发展的基础学科，一批具有强大对策研究能力、有效引导经济社会健康发展的应用学科，一批立足学术前沿、注重前瞻研究的新兴学科和交叉学科。三是推进哲学社会科学与自然科学、哲学社会科学不同学科之间的交叉渗透，逐步形成特色鲜明、结构合理、科学系统的学科体系。

其次，要创新学术观点。学术观点是深入思考和科学分析的结论性认识，也是特定时代、社会环境、文化基础、思维方式、价值取向、学术实力和研究深度的综合反映。观点创新需要新视野新角度、新思想和新高度，也需要新的材料和新的表述，创新成果将会在不同层面上直接反映学科体系建设的新水平，也直接产生社会效益和文化效应。因此，创新学术观点研究者须“德、学、才、识、胆”兼备，具有良好的思想素质和深厚的学术积累。具体来说，一是要有强烈的社会责任心和历史使命感，深切关注社会现实、时代发展与学术前沿，深刻思考国家发展、社会和谐与人类文明，深入研究全局性、战略性、前瞻性的重大理论和重大现实问题。二是既要敢于创新又要科学严谨，既要注重事实、思路与对策，又要讲究义理、考据与辞章，求真务实，探讨规律。三是要深厚学养、开阔心胸，善于借鉴、精于发明，还要强化问题意识、国家观念、世界视野和前瞻眼光。

最后，要创新科研方法。科研方法是开展有效研究、实现设计目标的重要手段，直接关系学术研究的效率、质量和水平，关系优良学风的培育和弘扬，关系研究成果的科学性和可信性。科研方法既是经验的总结又是智慧的创造，方法科学，事半功倍。方法创新是观点创新和体系创新的关键环节，是提高学术力、实现新突破的重要条件。创新科研方法，一要坚持历史唯物主义和辩证唯物主义、坚持理论密切联系实际，根据具体研究内容敢于创造和科学设计既适用又高效的技术路线。二要开阔学术视野，善于在弘扬本学科传统研究模式的基础上，借鉴和吸收其他学科以及国外一些被实践证明了的科学、有益、管用的研究模式。三要充分运用先进的信息技术和现代化手段，积极探索和勇于创造新方法新模式，将科学研究与提高全民族文化素质和全社会文明程度紧密结合起来。

总之，创新是国家经济社会科学发展的关键，更是提升国家学术力、文化力和影响力的有效手段。哲学社会科学只有创新学科体系、学术观点和科研方法，才能为推动文化发展繁荣做出更大贡献。

哲学社会科学研究还应充分发挥思想库和智能库作用。要紧紧围绕推动社会主义文化大发展大繁荣，创造性地继承中华学人“以天下为己任”“入世淑世”“经世治世”的优良传统，善于从历史和现实的信息中捕捉富有重大思想意义与重大学术价值的课题，善于从人类文明发展的高度选择重大理论问题与重大现实问题展开深入研究。要立足于我国社会主义初级阶段和改革开放关键时期的现实，立足于实现十七大提出的新任务新要求，深入研究当今世界特点和未来发展趋势，深入研究国家发展和民族振兴的重大问题，出思想、出思路、出对策，为党和国家科学决策提供理论依据，为开创中国特色社会主义事业新局面提供智力支持。当前，特别要深入研究和深刻阐释十七大提出的重大战略思想、重大理论观点和重大工作部署，以及一系列新概念、新概括和新论断，不断丰富和发展马克思主义中国化的最新理论成果。要紧紧围绕实现十七大提出的新目标、新任务与新要求，深入研究事关中国特色社会主义事业发展全局的重大理论与重大实际问题，深入研究中国特色社会主义道路和中国特色社会主义理论体系，深入研究科学发展观以及社会主义核心价值体系建设等重大问题，提出符合马克思主义的有思想高度的学术观点、有学术深度的思想见解，提出科学管用、及时有效、切实可行的对策思路。要注重基础理论研究与应用对策研究相结合，尤其是应用对策研究要体现深厚扎实的理论功底，既突出原创性、科学性和针对性，又突出全局性、战略性和前瞻性。

哲学社会科学优秀成果和优秀人才走向世界也是推动文化发展繁荣的应有之义。伴随21世纪经济全球一体化和文化信息网络化进程，全世界两千多个民族、数百个国家的文化相互交流、相互融合，尽管社会制度、价值取向各有不同，而促进人类文明发展的优秀文化成果则为大家所共享。中华民族为人类文明发展做出过杰出贡献，先秦经典《周易》《道德经》《论语》《孙子兵法》等至今享誉海外，鉴真东渡、玄奘西行、郑和南下的故事也广为传播，近代以来的文化大师如鲁迅、郭沫若、钱锺书等也都以厚重的文化成果赢得世界尊重。加强与世界各国的文化交流，让世界人民深入了解中国，增进学术友谊、提升研究水平，这既是增强文化影响力、树立国家文化形象的有效方法，也是适应目前我国国际地位迅速提升与积极推动构建和谐世界的必然要求。让优秀成果和优秀人才走向世界，一是应加强学术交流、成果交流和人才交流，采取各种切实可行的有效措施，创造条件，出台政策，畅通渠道，形成机制。二是可推荐和选拔思想素质好、学术造诣深的专家出国讲学、考察、访问，以多种形式开展学术交流，向海外推介我国的优秀学者，提升他们的国际声望，鼓励优秀学者开展国际学术合作，锻炼能力、提高水平、扩大影响。三是积极稳妥、适时适度、有计划有针对性地组织高层国际学术论坛，在搭建学术交流平台的同时，创造推介我国优秀人才的机会，增强我国的学术影响力和引导力，发展以我国为主导的国际学术合作，逐步建立国际学术交流、友好合作的研究机制，树立我国文明古国、文化大国、人才强国的良好形象。四是可组织不同规模的优秀成果新闻发布会、国际高层论坛研讨会等，并充分利用世界各地的孔子文化学院，扩大优秀成果的影响。五是制定切实可行的优秀成果外译推介规划，组织著名学者精心遴选确能代表我国相关学术领域最高研究水平的优秀成果以及传统文化中的经典著作，精心遴选民族特色鲜明、学术思想深厚的高水平研究成果，特别是要精心遴选马克思主义中国化的最新理论成果和反映我国改革开放与社会主义现代化建设基本经验的优秀成果，在充分运用图书出版市场机制运作的同时，组织优秀成果的外译工作，包括与国外汉学家的合作。六是可充分利用现代传媒和高新科技手段，创造新形式，开辟新渠道，形成系列，形成规模，既营造声势又注重效果，让世界及时了解我国优秀的思想文化成果。

加强哲学社会科学研究，国家社会科学基金肩负重要的引导和示范作用。国家社会科学基金自 1986 年设立以来，在中央直接领导和关怀下，始终坚持正确的政治方向和学术方向，推出了大批优秀成果，也培养了大批优秀人才，为党和政府科学决策、为繁荣发展哲学社会科学和建设社会主义新文化发挥了重要作用。当前，我国正处于发展改革的关键时期，基金工作更要进一步强化国家意识、责任意识和历史意识，以资助项目研究为抓手，继续实施积极引导，把握正确方向，坚持公平公正，科学有效管理，进一步完善出精品、出人才、出效益的科学机制，更加自觉、更加主动地推进社会主义文化大发展大繁荣。

第三节　出版学术专著与加强学界交流

进入 21 世纪，国家多方面加大了发展哲学社会科学事业的支持力度。仅 2001 年 7 月至 2002 年 7 月一年之内，中央主要领导人从国家发展和人类文明高度连续四次发表重要讲话，推进哲学社会科学发展繁荣。在 2001 年 7 月 1 日建党八十周年庆祝大会上科学系统、全面深入阐述“三个代表”重要思想；8 月 7 日北戴河讲话充分肯定社会科学工作者为党和政府决策、为两个文明建设做出积极贡献，特别强调社会科学研究对党和人民事业发展的重要性，提出社会科学与自然科学“四个同样重要”；2002 年 4 月 28 日考察中国人民大学又提出“五个高度重视”，要求全社会共同努力促进社会科学事业发展繁荣；7 月 16 日考察中国社会科学院提出“两个不可替代”，发挥“四个作用”和“五种职能”，并对加强社会科学建设提出具体要求。四次讲话切入角度不一样而主要内容都是突出强调重视社会科学和发展社会科学。

国家高度重视社会科学发展的文化环境和氛围，增强了笔者坚持学术研究的决心与信心，于是利用节假日整理原来的文稿，相继出版了《黄庭坚与宋代文化》《宋代散文研究》《传承与创新》《诗词品鉴》《宋词经典品读》《社会科学论稿》等多部著作，并主编了《中国历代文选》。

一、《黄庭坚与宋代文化》《宋代散文研究》出版

自从 1991 年 2 月在上海古籍出版社出版了与刘乃昌师合作的《晁氏琴趣外篇　晁叔用词》校注之后，虽然又相继发表了一批学术文章，但是一直无暇顾及整理出版个人的学术专著，基本成型的博士学位论文书稿、山东省教委重点项目的科研成果等，都一直静静地躺在书橱中。国家发展哲学社会科学的环境氛围，提升了我的勇气与信心，于是挤出时间开始着手整理、修改和补充，准备付梓出版。

2002 年 8 月，河南大学出版社出版了《黄庭坚与宋代文化》，这是我学术

生涯中出版的第一部个人专著。这本书将黄庭坚作为剖析宋代文化的典型，同时着眼于人才成长、文化建设和规律探索，立足于时代发展和社会进步，从家学、生平、交游、思想、创作等方面分为九章，考察和分析了黄庭坚多方面的文化实绩和创造历程。这是黄庭坚研究史上第一部将黄庭坚放在宋代文化发展大背景中进行较为全面系统研究的学术专著，既与潘伯鹰《黄庭坚诗选》、陈永正《黄庭坚诗选》与黄宝华《黄庭坚选集》的作品注解诠释决然不同，又与后来黄宝华《黄庭坚评传》的性质体例区别明显。河南大学出版社将拙著收入"宋代研究丛书"中，成为丛书的第十一本。带领我走上学术之路的业师刘乃昌教授亲自撰写书序，鼓励有加，而享誉世界的著名学者傅璇琮先生作序并撰写长篇书评，奖掖提携后进的学术胸怀让人感动。专著中不少创新性观点和提供的新材料、新结论引起学界广泛关注，成为了解和研究黄庭坚的重要参考。

2002 年 9 月，博士学位论文《宋代散文研究》由人民文学出版社出版。这本书虽然是我学术生涯中的第二部个人专著，却是我学术研究的重要代表性成果。人民文学出版社审阅书稿后，将其纳入《中国古典文学研究丛书》付梓印行。这套开放型丛书自 1990 年开始陆续挑选符合要求的著作编辑出版，入选标准是"举凡在中国文学发展史某一时期、某一方面或某一专题的研究上有所创获而能成一家之言并经专家评定认为合格者即可列入本丛书"，编选目标是"本着精益求精的原则""把真正的学术精品奉献给广大读者"。林庚《西游记漫话》、聂石樵《屈原论稿》、牟世金《文心雕龙研究》、冯其庸《石头记脂本研究》等均在其列，而拙著有幸成为丛书编辑十二年以来的第十五本。王水照先生亲自撰写了长篇序言，给予热情鼓励，希望我"今后在完成本职工作的同时，仍能在专业研究领域内坚守初衷，并更上层楼"。尽管著作没有实现博士学位论文最初设计的目标，存在未能完成的很多遗憾处，出版后依然受到学界关注，得到前辈师长与同侪学友的积极鼓励。关于该书的基本内容与学术价值，上面第一章第三节已经在学位论文介绍与外审专家意见中有了较多反映，此处不再重复。

二、《传承与创新》《宋代文学论稿》付梓

2003 年 6 月，第一部论文集《传承与创新》由复旦大学出版社印行，书法家欧阳中石题写书名。文集收入 1981 年至 2001 年间公开发表的论文 45 篇，分为“综论·考证”“散文·诗歌”“戏剧·小说·词曲”三编，覆盖曲阜师院执教、山东大学受业与复旦大学读博以及北京从政期间的重要研究成果。其中既有作家作品的微观研究，也有文学现象和文学流派的宏观审视，既有文学理论层面的深入探讨，也有历史事实的考证分析。《李白〈梦游天姥吟久别〉的构思与创新》《华夏民族的人格基石》《苏轼与黄庭坚交游考述》《宋代散文体裁样式的开拓与创新》《〈西厢记〉艺术成就的多维审视》等，都曾得到学界的关注。

2006 年，复旦大学出版社策划设计出版“复旦博学论丛”，第一辑十本，笔者应约将已经发表的宋代文学研究单篇论文汇为一帙，以“宋代文学论稿”为书名，于 2007 年 3 月出版。本书共有二十五个专题性研究成果，涉及宋代的散文流变、诗词创新、小说批评和文化建设诸方面。著作试图通过运用新方法、新视角来拓展新领域，获得新见解，努力从文学发展、文化发展和文明发展的角度，侧重于文学流派、文化思潮和文化现象，探讨宋代文学研究中部分不被关注的问题或普遍熟悉的热点问题，努力探讨宋代文学创新求变、繁荣发展的特点与规律，探讨时代精神、文学发展与社会实践的紧密关系。

代表成果之八：

黄庭坚宗族世系新考[①]

宗谱研究在当代已成为文化研究的重要方面而愈来愈受到学界的关注和

① 参见《中华文史论丛》56 辑，上海古籍出版社 1998 年。

重视。研究黄庭坚，倘若忽略其家族的影响，则显然是一件令人感到十分遗憾的事。黄庭坚作为有宋一代的文化巨子之一，诗词文赋及书法绘画均造诣精深，卓然名家，向与苏轼并称。对于这样一位通才艺术家的宗族世系，不会不引起学人的关注。然而，自古迄今，对黄氏世系众说纷纭，莫衷一是。其间讹误杂出，真伪并存。台湾学者刘维崇先生曾作《黄庭坚的家世考》、四川大学周裕锴同志亦有《黄庭坚家世考》，都对黄氏家世作了有益的探究。这里，笔者并不打算进行宗谱文化研究，但准确地了解、掌握和清晰黄氏宗系，澄清有关的疑窦和讹误，以推动黄庭坚研究的深入及宋代文化研究的开展，则是十分必要的。诸如，现在流行的黄庭坚宗族世系的说法是否正确？分宁黄氏始祖究竟为谁？黄庭坚实属分宁黄氏第几代？黄玘究系何人？其与黄赡是怎样的关系？有学人以为，分宁黄氏始祖为黄赡，“黄赡当为五世祖”，黄庭坚为分宁第六代；也有人认为，黄玘为黄氏五世祖，他是黄赡的儿子；这些说法虽然均持之有据，但同时又存在着很多难以圆通的矛盾，故很有必要对黄氏宗系再作考察梳理和订正。

一代宗师欧阳修曾谓“黄氏世为江南大族”，黄庭坚亦称，“凡分宁仕家，学问之原，盖皆出于黄氏”。今见较早的黄氏家世记载，是族人黄注（字梦升，997—1039）写给远房别支族侄黄晦甫的一封叙论宗谱的书信（以下简称“注《书》”），中云：

> 注在江陵与吾侄相见，未得叙宗派，今日之会，幸露底里。始吾高祖本东阳人，与吾侄五代祖实亲昆仲也。唐季畔涣，思避兵难，乃携持书室，来分宁卜遗种之地。伯仲非不睦也，终以占田稍艰，势阻饥，遂一族贾于长沙。时移世变，宗盟遂寒。

此书全文见存《山谷别集》卷十《跋七叔祖主簿与族伯侍御书》中，庭坚跋曰：“此书乃七叔祖作南阳主簿时，族伯父晦甫侍御叙宗盟书也。叔祖梦升是时年四十，文章妙一世，欧阳永叔爱叹其才，称之不容口。不幸明年遂捐馆舍于南阳耳”。黄注卒于宋仁宗宝元二年（1039），享年四十二岁（见欧阳修《黄梦升墓志铭》），《跋》谓作书“时年四十”，合而推知，论宗书作于辞世前两年，即仁宗景祐四年（公元1037）。梦升论宗书于黄氏家世的叙述，值得珍视的主要有三点。其一，祖籍为“东阳”。东阳为三国时期吴·天玺元年（276）分会稽郡而建置，治所在长山（今浙江金华市），至南朝陈·天嘉三年（562）改名金华，隋大业及唐天宝时又曾改婺州为东阳郡。故知东阳、金华、婺州实为一地。其二，“高祖”于唐季携室徙居分宁。“高祖”之称，在古代有实指与虚指之分，实则指祖父的祖父，虚则指始祖，远祖，无确指性。实指称谓序列一般为：高祖、曾祖、祖、父、子，此处言其“高祖”与晦甫“五代祖实亲昆仲”，则取始来分宁之祖意，非实指。其三，黄注“高祖”（实为曾祖）与晦甫五代祖为亲兄弟，则分宁、长沙两支而同宗。《跋》语则清楚地表达了庭坚与梦升、晦甫的辈分关系。如果将黄庭坚视为最低一辈的话，那么由注《书》和《跋》语可推如下表：

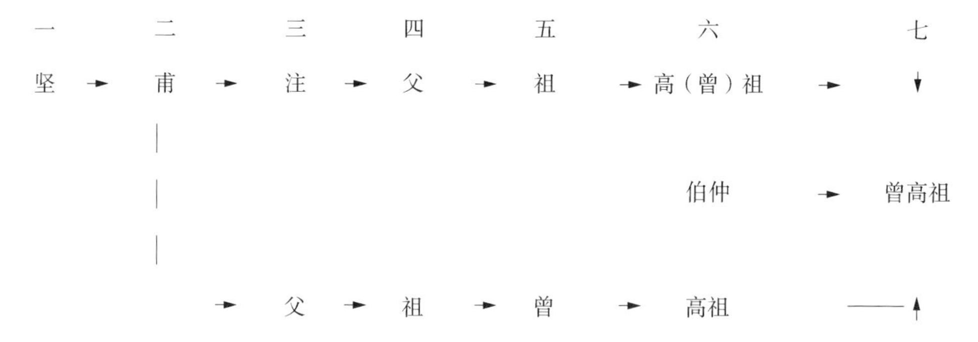

由表可知，黄氏徙居分宁至黄庭坚辈已是六世。可惜此书未能言明先人字讳名号。

除黄注论宗书外，较早描述黄氏家世的当数欧阳修撰写的《黄梦升墓志铭》（以下简称“欧《铭》”），文见《欧阳修全集·居士集》卷二十八，其开篇部分云：

予友黄梦升，其先婺州金华人，后徙洪州分宁。其曾祖讳元吉，祖讳某，父讳中雅，皆不仕。黄氏世为江南大族，自其祖父以来，乐以家赀赈乡里，多聚书以招四方之士。梦升兄弟皆好学，尤以文章意气自豪。予少家随州，梦升从其兄茂宗官于随。予为童子，立诸兄侧，见梦升年十七八，眉目明秀，善饮酒谈笑，予虽幼，心已独奇梦升。

这篇墓志铭作于梦升去世四年后的庆历三年（1043）。欧阳修与黄梦升既同年进士，又终生为友，故志行谊颇细。墓志既说明了黄氏的原籍与徙居分宁，也记述了其先人的名讳与家族的特点。据志文所示，其世系则为：梦升—父仲雅—祖某—曾祖元吉。较之黄注论宗书，除了原籍、徙居分宁、黄注为分宁四世相同之外，墓志文还提到了黄注其父与曾祖的名讳。由于志文并非石刻，且撰志者又非族人，所志家世乃据述而书，或有遗忘颠倒（对此，后文再作辩证），很难完全准确无误，故祖讳阙如，但其墓主世系年辈与父讳则毋庸置疑。

注《书》、欧《铭》之外，便是黄庭坚亲自撰写的有关文字。其中尤以元祐八年（1093）五月为叔父黄廉（字夷仲）撰写的《叔父给事行状》（下称《行状》）、十二月为叔父黄育（字和叔）结撰的《和叔墓碣》（下称《墓碣》）以及崇宁三年（1104）正月写于衡阳的《赠益阳成之主簿》诗引（下称《诗引》）等最为集中，此将有关部分摘录如下：

黄氏本婺州金华人，公高祖讳赡，当李氏时来游江南，以策干中主，不能用，授著作佐郎知分宁县。解官去游湘中。久之，念藏器以待时，无兵革之忧，莫如分宁，遂以安舆奉二亲，来居分宁。公曾太父及光禄府君皆深沉有策谋而隐约田间，不求闻达。光禄聚书万卷，山中开两书堂，以教子孙，养四方游学者，常数十百。……

——《山谷别集》卷八

> 黄氏自婺州来者讳赡，以策干江南李氏，不用，用为著作佐郎知分宁县。……其后吴楚政益衰，著作乃去官游湖湘间。久之，念山川深重，可以避世，无若分宁者，遂将家居焉。……著作生元吉，豪杰士也，买田聚书，长雄一县，始宅于修溪之上，而葬于马鞍山。马鞍君生中理，赠光禄卿，光禄始筑书馆于樱桃洞、芝台。两馆游士来学者，常数十百人，故诸子多以学问文章知名。黄氏于斯为盛，而葬于双井。光禄生茂宗，字昌裔，……登科授崇信军节度判官……崇信生育是为和叔。……
>
> ——《山谷全书》正集卷三十二
>
> 予之窜岭南，道出衡阳，见主簿君益阳黄成之，问宗派，乃同四世祖兄也。于是出嫂氏子妇，相见喟然。念高祖父之兄弟未远也，而殊乡异井，六十岁然后相识，亦可悲也。益阳兄之叔父晦甫侍御，在家著孝友之誉，立朝有忠鲠之名。……
>
> ——《山谷别集》卷一

显而易见，较之注《书》、欧《铭》，庭坚所叙尤以为详。《行状》不仅交代了黄氏原籍和徙居分宁的因由始末，而且明示了卜居分宁的始祖名讳及高祖赡、曾祖父、光禄府君、给事黄廉的承传关系。《墓碣》则进一步昭示了黄氏家族的谱系和历代的善迹行实、名讳官职、墓葬茔址，成为迄今见到的宋代较为详赡完整的黄氏家族谱系资料。《诗引》虽不如《行状》《墓碣》系统详密，但同样明晰地记述了部分家世谱系关系，可与注《书》互参。另外，黄庭坚尚有《宋故南阳黄府君夫人温氏墓志铭》（见《山谷别集》卷 9，下称《温志》）叙述了黄注一支的世谱，其曰："夫人太原温氏，南阳主簿梦升之配也……子男四人：齐、敦、庾、燮……孙男十人：公器，宣德郎知衡州常宁县……梦升讳注"，可补欧《铭》之阙而全黄注一支谱系。

黄庭坚之后，南宋周必大在嘉泰元年（1201）所撰《分宁县学山谷祀堂记》（下称《周记》）里描述黄氏家世说："黄氏本金华人，先生六世祖赡

（赡）尝为邑宰，厥后奉亲卜居，没则就葬，历三世，家修水上，宦学有声，而先生出焉。此世家之可考者也。”显然，此处所言是经过一番稽考方形诸文字的，虽未列依据和历代族人名讳，而大体明确清晰，其所本则可推知即黄庭坚所撰《行状》《墓碣》等。袁燮为黄荦撰《秘阁修撰黄公行状》（下称《荦状》）亦追述其家世云：“其先婺州金华人，有仕江南者，以著作郎宰分宁。乐其土俗，因徙居焉。分宁之四世孙朝散大夫讳湜，以儒学奋……朝散之长子曰康州太守庶，有诗名，实生太史氏庭坚，朝散之次子，公之曾大父也，讳廉……官至朝散大夫给事中赠太师……大父讳叔敖……绍兴中为户部尚书……”（《洁斋集》卷14，上海古籍缩印四库全书本）。此处“分宁”代指分宁县宰黄赡，至黄湜恰是四世，黄庶、黄廉昆仲为五世，庭坚与叔敖从兄弟则是六世，所述与庭坚无异。

宁宗嘉定元年（1208），黄庭坚的裔孙黄铢重刊《豫章先生遗文》，书识于编末，云“铢龆龀时，先祖训之曰：吾七世祖仕南唐为著作郎，知分宁县，因家焉。传三叶，有孙十人，登第者七名，旁皆从水，从是者第四左，朝散大夫位也，子四人，长从广从共，中庆历二年进士，经大理寺丞，盖太史之父也。次从广从兼，中嘉祐六年进士第，终给事中，太史之叔父也。族广而散，不可缕述，姑自兹列为二派，钩牵绳联，其名从木从火从土从金”。（以下简称“铢识”）黄铢所言“先祖”无确指性，既无字讳，则祖父之上皆可称之，然训语叙述家世宗系却颇为清晰，对照庭坚所述，亦完全吻合无异。

嗣后，系统描述黄氏宗谱的尚有《山谷全书》首卷一所附黄庭坚《宋史本传》（下称《本传》）和黄子耕《黄山谷先生年谱》（明嘉靖刊本，适园丛书七集）卷首所附元代马端临撰写的《豫章先生传》（下称《马传》）。《本传》云：“豫章黄庭坚字鲁直，其先婺之金华人，六世祖赡，以策干江南用为著作佐郎，知洪州分宁县。赡生元吉，元吉始卜筑修水上，葬两世于山中，遂占数焉。元吉生中理，赠光禄卿。中理生湜，赠朝散大夫。湜生庶，尝摄康州，赠中大夫，坚之考也”。《马传》曰：“豫章先生讳庭坚，字鲁直，姓黄氏。其先婺之金华人。六世祖瞻（赡）以策干江南，用为著作佐郎，知洪州分宁县。瞻（赡）生玘，玘生元吉，元吉始卜筑修水上。葬两世于山中，遂占数焉。元吉生中理，赠光禄卿。中理生湜，赠朝散大夫。湜生庶，尝摄康州，赠中大夫，公之皇考也。”《本传》文字亦本于黄庭坚撰写的《行状》和《墓碣》，几乎没有新的变动，但《本传》第一次正面而系统地描述黄庭坚一系，实为可贵。应当指出，此传与现传世的《宋史》文字出入颇大，今本《宋史》无家世描述，抑或《宋史》原稿本，抑或收编者篡入，俟考。《马传》乃刊黄嵤《黄山谷先生年谱》时自《文献通考》采录（查今本《通考》亦未有庭坚世系），其文字基本与《本传》仿佛，唯“赡生玘，玘生元吉”说，大异于前代，首次出现“黄玘”一代，疑其有所本，必非妄拟。然其既言赡为“六世祖”，则玘，元吉、中理、湜、庶，至庭坚已是七世矣，分明自相抵牾。考《行状》言赡“遂以安舆奉二亲来居分宁”，《墓碣》谓“著作（赡）生元吉，……始宅于修溪之上”，由此而知黄赡父母亦随其一起来分宁，至元吉时又建宅修溪，故《周记》说“先生六世祖赡尝为邑宰，厥后奉亲卜居，没则就葬，历三世，家修水上。”由黄赡父母至元吉恰为三代。《本传》说“赡生元吉，元吉卜筑修水上，葬两世于山中，遂占数焉”，所“葬两世”无疑为其父赡与其祖父。黄赡父讳字号，遍查《山谷全书》，未见记载，疑“玘”乃黄赡父讳，《马传》失察疏忽，而将父子易位，至成罅漏。查《黄氏金字谱牒》（锡类堂版）中世序为玘生赡，赡生元吉，而黄赡为庭坚六世祖，恰与黄庭坚所撰宗系吻合，则玘为赡父甚明，可正《马传》之误。

明代周季凤（字来轩）综合前代有关黄氏家世资料，撰成《山谷黄先生别传》（下称《别传》），其叙黄庭坚家世说：

> 山谷黄先生，宋洪州分宁县高城乡双井人也。六世祖赡，世家金华，以策干江南李氏，用为著作佐郎，知分宁县。念山川幽邃，可以避世，无如分宁，遂家焉。则生玘（原作“玘”，据别本改），玘生元吉，元吉生中理。尝筑书馆于樱桃、芝台洞，两馆游学士，常溢百人，故黄氏诸子，多以文学知名，称江南望族。中理生湜，

湜生庶，并举进士。庶有诗名……尝摄康州，实生先生。

——明嘉靖刊本《黄山谷年谱》卷首附

此传除承袭《马传》“赡生玘，玘生元吉”的错误之外，其他皆无异于前代，唯对黄庭坚故里的名称，又详于诸家。

值得一提的还有《山谷全书》卷首所附《黄文节公世系图》，较为详明地图示了黄氏自赡而后的宗谱，据图知赡生元吉、元绩，别为两支，而元吉为长；元吉生中雅、中理，中理为次支；中雅生黄注等，中理生黄湜，湜生庶，庶有庭坚。是图未署作者，疑为全书编辑者采自他书，或有意始自黄赡，而不言其父黄玘。此图亦与黄庭坚所叙吻合。

根据以上介绍的诸种资料，我们可以列成简表，清晰黄氏家世宗系（表截止于庭坚一代而始于来分宁卜居者，无字讳则以称谓代之）：

黄庭坚宗族世系表

出处	字讳							备注
	七	六	五	四	三	二	一	
注《书》		曾（高）祖 亲伯仲 高祖	祖 曾祖	父祖	注 父	晦甫	庭坚	辅以庭坚跋语
欧《铭》		元吉	祖某	中雅	茂宗注			叙次有误 表后有辩
温《志》					注	齐	公器	
《行状》		赡	曾大夫	光禄	父	廉		
《墓碣》		赡	元吉	中理	茂宗	和叔		
《诗引》				四世祖	祖	晦甫	庭坚 成之	
《周记》		赡	高祖	曾祖	祖	父	庭坚	
《荦状》		赡				庶廉	庭坚	

续　表

出处	字讳							备注
	七	六	五	四	三	二	一	
《铢识》		赡				庶廉	叔敖 庭坚	
《本传》		赡	元吉	中理		庶	庭坚	
《马传》	玘	赡	元吉	中理		庶	庭坚	已驳正叙次
《别传》	玘	赡	元吉	中理		庶	庭坚	已驳正叙次
《系图》		赡	元绩 元吉	中雅 中理	注	庶	庭坚	只采摘有关部分
《谱牒》	玘	赡	元吉	中理		庶	庭坚	采摘有关部分

由表格并结合前面引述资料可知：一、黄氏自婺州金华来居分宁，至黄庭坚一辈已是七代，而非六世；二、黄赡为黄庭坚之六世祖，而非五世祖；三、黄氏分宁一支的始祖应该是黄玘，而非黄赡；四、黄玘为黄赡之父，而非黄赡之子；五、欧阳修《黄梦升墓志铭》中元吉应为黄注之祖父而非曾祖，撰者由于多种原因致使序次颠倒；六、黄庭坚一支的宗系应为：玘—赡—元吉—中理—湜—庶—庭坚。

三、《社会科学论稿》结集

2013 年 9 月，人民出版社出版拙著《社会科学论稿》。对于社会科学的思考与研究，无疑是在原来古代文学研究专业之外拓展开来的新领域。这本原创性著作，是我在全国哲学社会科学规划办公室工作、学习和思考的真实记录。全书收入文章 68 篇，分为“理论与规划”“管理与实践”“学习与思考”三编。

著作以国家社科基金项目的研究规划和过程管理为轴心，探讨社会科学的概念、性质、内涵和作用，梳理揭橥华夏文明民族特色与优良学术传统，提出当今社会科学发展繁荣的部分建议，思考改进完善国家社会科学研究规划制定、课题指南发布、学科专家评审、项目研究管理、成果鉴定验收和推广宣传转化等工作环节的方法。尤其是对国家社科基金项目的宗旨、目标和要求进行了全面系统、深入细致的具体阐释，以大量的生动案例和深切的工作体会，说明了组织申报国家社科基金项目在选题、论证和开展研究等方面必须注意的诸多问题。著作努力融学术性、应用性、针对性与实践性、知识性、普及性于一体，旨在为热爱社会科学研究的年轻学者和从事文科科研工作管理者提供有益、有用、有效参考。前面第一章第三节曾讲过，20 世纪 80 年代，我在曲阜师范大学从事教学和研究，有幸参与国家“七·五”规划重大项目十四卷本《中国文学通史》的撰写工作，并承担《宋代文学史》（上卷）北宋部分关于黄庭坚、江西诗派、后期诗坛等章的撰写任务。该项目由中国社会科学院文学研究所负责总纂，北京大学、南京师范大学协作编纂。主编孙望、常国武及分册主编、副主编唐圭璋、刘乃昌、于北山、金启华、吴调公诸先生，都是受人仰慕的著名学者。由是，向学有建树的前辈学习，做出优秀成果，成为激励发愤的潜在动力。

就在重大项目成果《宋代文学史》（上下）于 1996 年出版面世之时，笔者入职全国哲学社会科学规划办公室工作，这让我既感到幸运，又面临挑战。所谓幸运，是因为离原来的个人学术梦想太近了，所做的工作就是国家社会科学的研究规划制定与国家项目管理，这是自己从来都没有想过的事情；所谓挑战，是因为新的工作岗位要求我必须彻底放下个人的学术梦想，转换角色、重新定位，调整努力方向和个人心态，调整思想角度与思维方式，尽快适应新环境新工作，这无疑是一种素质与心力的考验。管理工作与个体研究不同，看起来简单、具体、琐碎，但政治性、政策性和专业性都很强，要求严、标准高，涉及方方面面，每一件小事都可能牵动全国学术界的神经，必须严细深实、开拓视野、提高境界。作为一名多年从事高校教学科研而开始转入服务专家学者的从政新兵，只有边学边干、认真琢磨，大量阅读相关文件与著述，而此前学术研究训练形成的素养发挥了积极作用，将治学方法与思维模式运用于开展工作中，甚有成效。

记得当时学习阅读刘云山《琐思与随想——一个青年干部的手记》（上海人民出版社 1990 年版）、《沉思录》（内蒙古人民出版社 1991 年版）、《心路迢迢》（北京十月文艺出版社 1996 年版）等几本著作。书中生动的事例、深邃的思想和丰富的智慧，科学严谨的思维方式、为国为民的思想境界和高瞻远瞩的宽阔视野，尤其是坚定的使命担当、勤奋的务实精神和深厚的政治素养，以及鲜明的国家观念与强烈的人类意识，发人深思，令人省悟，颇富启迪性。这对于刚刚步入政界的新人，无疑是生动具体的入门教育和深刻丰富的思想引领。《人各有路》说“从自己的实际出发，发挥自己的长处，用自己特有的方法去处理事情，去解决问题”，《心思用在哪儿》提出“把精力、心思和功夫用在务事、务实、务效上”，《做与说》认为“多做少说是成功的秘诀，也是做人的准则”，《公正》指出“公正最重要的还是心正，心正方能事正、理正”……诸如此类的见解与体会，在如何做人、怎样干事方面让人头脑清醒、目标明晰。《〈巴特尔．默川杂话集〉序》提出“我觉得行政官员写点东西，对做好本职工作是大有好处的，有些文字可能就是工作的一部分。世界上的许多事情是相通的，是可以互补的。退一步说，就是以写作来锻炼思维也是有益的。因此，我提倡做行政领导的都写点文章”。这当然也是一种培养能力的方法指导。以上信手拈出的几个例子，都曾在工作开展和实际生活中，受益匪浅，而《社会科学论稿》就是其思想方法、责任意识和思考精神直接影响的文字结晶。

本章第二节“提高学术站位与拓宽研究视野”中谈到的《社会科学概念的性质与特点》《社会科学是人类生存和文明发展的内在灵魂》《社会科学乃立国治国之根本》《关于繁荣哲学社会科学的几个问题》等文章，都被收入在这本文集中。除此之外，另如《社会科学研究与文化发展繁荣》《营造学术研究的良好氛围》《社会科学研究植根现实并重在创新》《国家社会科学研究的八项原则》《社会科学繁荣发展的历史机遇》《关切民生是社会科学研究的内在灵魂》《加强制度建设与内部建设》等等，都是围绕全国社科规划办本职工作与社会科学研究展开思考的成果。

总之，入职国家社科规划办，我开阔了眼界、锻炼了能力，深化了对世情、国情、党情、民情和人情的了解，既丰富了人生阅历，又留下了珍贵记忆。特别是分管全国哲学社会科学规划办工作的高层领导，鼓励大家“多学习、多思考、多写文章，把工作同学习结合起来，不断提高理论素质”，鼓励大家想大事、谋全局，增加“书卷气”、涵养“儒雅气”，不断丰厚文化积累，鼓励大家与专家学者主动交流、热情服务，努力提高工作能力与工作效率。这些都是凝聚正能量、涵养好风气和培养高素质干部队伍的好办法、好传统。正是这种环境和氛围，培养了勤学勤思勤写的动力与勇气。《社会科学论稿》的结集出版，保存了这段珍贵的工作记忆与学术思考。

代表成果之九：

社会科学乃立国治国之根本[①]

内容提要：社会科学是立国治国的根本。江泽民同志从国家发展和人类文明的高度连续三次发表讲话，开启了社会科学发展繁荣的新契机。文章认为，社会科学是推动社会进步和文明发展的重要力量，中央高度重视社会科学，正是抓住了立国治国的关键；社会科学的本质是保证人类的生存与发展，社会形态的发展变化，是人类生存条件与生存质量、社会发展模式与发展速度的反映和表现；社会科学形态多种多样，主体是社会科学研究成果，核心是社会科

① 参见《社会科学战线》2003年第1期。

学理论；勤于思考、善于总结、敢于创新、勇于探索是中华民族发展社会科学的优秀传统；重视社会科学是开创新局面的智慧选择；社会科学与时俱进是内在的品格、时代的要求和历史的必然。

社会科学与人们的生活、国家的发展和人类的生存息息相关，古往今来，有所作为的执政者无不重视社会科学、发展社会科学，无不运用社会科学巩固统治，发展经济，推进文明，无不把社会科学作为立国治国的根本。一年来，江泽民从国家发展和人类文明的高度，连续三次就发展社会科学问题发表重要讲话，笔者在学习过程中，引发了诸多思考，现将部分认识形诸文字，就教于方家。

一、社会科学在中国改革开放后的发展机遇

1977 年 8 月 8 日，邓小平同志在全国科学和教育工作座谈会上指出，我们国家要赶上世界先进水平，要从科学和教育入手，“科学当然包括社会科学。”由此，国家将社会科学的发展，排上改革开放和现代化建设的重要日程。自 1980 年起，国家开始拨专项经费用于资助社会科学研究。1982 年，全国社会科学规划座谈会召开，中央转发《纪要》，指出我国社会科学事业，今后必须有一个大的发展，没有社会科学的发展，要开创社会主义现代化事业的新局面，是不可能的。1983 年，国家成立全国社会科学规划领导小组；1986 年，国家社会科学基金会与国家自然科学基金会同时诞生。

1988 年，江泽民同志提出，领导者首先要具有社会科学意识，要关心社会科学研究。次年，又强调指出，“社会科学研究方向正确与否，社会科学发展状况如何，对人们的思想意识和社会道德风尚，对经济建设，对社会的稳定和发展，都会产生巨大而深远的影响，甚至关系到中华民族的兴衰和社会主义的命运。”十四届六中全会《决议》，提出了认真做好社会科学研究规划的要求；十五大又特别强调，积极发展社会科学。

2001年7月1日，江泽民同志在中国共产党成立八十周年庆祝大会上，科学、系统、全面、深入地阐述了“三个代表”重要思想。其后，于8月7日在北戴河发表重要讲话，2002年4月28日考察中国人民大学、7月16日考察中国社会科学院时又分别发表重要讲话。这三次讲话虽然因受众对象不同而切入角度有别，却有一个共同的核心和突出的特点，即主要内容都是紧紧围绕社会科学，突出强调重视社会科学和发展社会科学。

“八·七”讲话从国家发展与人才战略的高度，充分肯定社会科学工作者为党和政府决策、为两个文明建设做出积极贡献，同时指出加强社会科学研究，对党和人民事业的发展极为重要，提出社会科学与自然科学“四个同样重要”，意在扭转和改变长期以来形成的“重理轻文”倾向，扭转和改变人们重视自然科学、忽视社会科学的偏颇。重在改变观念。“四·二八”讲话不仅特别强调了“四个同样重要”“关键在于落实”，而且进一步提出“五个高度重视”，要求各级党委和政府以及全社会共同努力，大力促进我国社会科学事业的发展繁荣，同时对社会科学工作者提出了“五点希望”，重在营造环境。“七·一六”讲话从建设中国特色社会主义的角度，提出“两个不可替代”，要求社会科学发挥“四个作用”和“五种职能”，并对加强社会科学建设提出具体要求。

这三次讲话，既各自独立又互为一体，侧重点和切入点各有不同，但核心都是重视社会科学、发展社会科学。从“同样重要”到“高度重视”，再到“不可替代”，程度越来越深入，内容越来越具体。这三次讲话，是“三个代表”重要思想的深化和细化，是落实“三个代表”重要思想的要求和体现，也是实践“三个代表”重要思想的实际措施和具体内容。

重视社会科学、发展社会科学，这是历史变革和发展文明的必然要求，是经济发展、社会进步、文明提高的重要标志。这三次讲话，都从国家发展与人类文明的高度，强调社会科学的地位和作用，强调坚持以马列主义为指导，坚持科学的世界观和方法论，强调理论联系实际，立足国情，面向世界，注重研究全局性、前瞻性、战略性的重大课题，强调促进理论创新，从而为社会科学的发展，营造了良好的社会氛围，创造了空前的机遇。

自改革开放以来，社会科学成为国家和中央高层领导密切关注的焦点，并一直支持和推动着它的繁荣和发展。这是为什么？党和国家最高领导人在不到一年时间内，围绕发展社会科学，连续三次发表重要讲话，这是前所未有的。这不仅充分体现了中央对社会科学的高度重视，而且表明了中央推动社会科学发展的决心和信心。作为国家最高领导人，江泽民如此重视社会科学，这又是为什么？

二、社会科学是推动社会进步和文明发展的重要力量

众所周知，党的十一届三中全会以来，在中国大地上奇迹般地发生了举世瞩目、令人震惊的巨大变化，是什么原因如此迅速地改变着中国的面貌？是什么样的力量竟然如此巨大，如此神奇？有人说，是邓小平理论，是改革开放的国策，是举国上下的齐心协力。然而，这理论、国策、齐心协力的实质又是什么呢？深而思之，在人类文明发展的历史长河中，推动社会进步的关键因素是什么？是人？是物？是思想？是路线？是自然？是社会？是科学？还是其他？

毋庸置疑，人民创造历史，人的因素固然是推动社会进步、促进文明发展的第一因素和决定因素，但除此之外，还有一个直接关系社会进步程度和文明发展水平的关键性因素——科学！尤其是社会科学！这是人类认识世界、改变世界的科学，是人类求生存、求发展的科学。遵循它，掌握它，运用它，就发展，就强大，就所向披靡，战无不胜，就可以推动社会的发展和人类的进步；反之，漠视它，违背它，破坏它，就走弯路，受挫折，受惩罚，付出代价，就失败，就灭亡，就可能给人类发展造成永久的遗憾或无法弥补的历史性灾难。正如江泽民同志强调的那样，社会科学的发展，关系人们的思想意识和社会道德风尚，关系经济建设与社会稳定，关系中华民族的兴衰和社会主义的命运。从这个意义上说，社会科学是立国治国的根本。中央如此高

度重视社会科学的发展，把社会科学同赶上世界先进水平，同开创社会主义现代化事业的新局面，同中华民族的兴衰和社会主义的命运紧密联系起来，正见出其深谋远虑的胆识和高瞻远瞩的气魄。

每当看到“三个代表”重要思想在中国大地上引起人们特别是党员干部精神面貌发生重大变化，并由此改变旧观念、树立新风尚、创造新文明的事实时；每当回想改革开放以来，中国的社会主义现代化建设日新月异、突飞猛进，经济持续高速增长，人们物质文化生活空前丰富，全社会各个领域都发生了翻天覆地的巨大变化时；每当脑际浮现毛泽东在天安门城楼上，向全世界庄严宣布“中华人民共和国成立了”的激动人心的场面时；每当回忆一个半世纪以来，世界范围内发生的许多惊天动地的风云变幻情景时；都会情不自禁地引起笔者深深的思考，在这些震撼人心巨大变化现象的背后，有一种看不见的推动社会进步的强大力量。那么，这是一种什么性质的力量？这种力量的根源又是什么呢？是伟人？是政策？是科学技术？是千千万万的普通劳动者还是历史发展之必然？

毫无疑问，在一个半世纪的历史发展进程中，无论是伟人还是普通劳动者，无论是主义还是政策，也无论是思想路线还是科学技术，任何一个单纯因素，都很难孤立地实现社会巨变。只有诸种因素的相互配合和社会诸方面协调有序地呼应联动，使社会形成巨大而有序的运行网络——科学而严密的社会组织系统，才有可能推动社会的进步和文明的发展。这种有序、有效、科学、严密的社会运行系统的形成，就涵纳着一门科学，一门关于人类社会发展的科学，一门关于如何推动社会进步的科学——社会科学。正是这门科学，为人类的发展提供着思想指导和制度保障，加速了社会进步和文明发展，使一个半世纪以来的世界，发生了如此巨大的变化！

随着历史的演进和人类实践的发展，社会科学在认识世界和改造世界方面发挥的巨大作用越来越明显，人类发展对社会科学的需求也越来越强烈。如何深入认识社会科学的性质特点，如何发展和繁荣社会科学，如何充分利用社会科学推进社会进步和文明发展，这既是一个值得认真思考和深入研究的理论问题，也是一个具有重要政治意义和现实意义的实践问题。从宏观层面上看，社会科学是认识世界和改造世界的有力武器，在具体层次上则体现为对全社会的管理，并由此推动社会发展进步、促进人类文明提高。中央如此重视社会科学，正是抓住了立国治国的根本，抓住了立国治国的关键，抓在了立国治国的点子上。

三、社会科学的核心是社会科学理论

社会科学有多种存在形态，而最基本的，是实践形态和理论形态。其实践形态体现在所有人类社会活动的过程中，体现为人类社会多层次、多层面、全方位的社会改造、社会管理和社会变化的过程，从人类社会的整体——全世界，到人类社会的个体——人、事、物，无不如是。而理论形态则表现为对人类社会现象和社会实践多层次、多侧面的理性认识与思想升华，表现为一个巨大而复杂的知识系统。这个知识系统的主体是社会科学研究成果，核心是社会科学理论。

中国古代的儒家思想，支持和维系了封建王朝两千多年的统治；欧洲文艺复兴的人文主义思想，为近代资本主义制度的胜利开辟了道路；马克思主义揭开了人类历史发展的新篇章，将空想社会主义变为科学社会主义；孙中山的“三民主义”结束了清王朝的封建统治；毛泽东思想使中华人民共和国巍然屹立在世界的东方，邓小平理论打造了一个经济腾飞、民族崛起、生机勃勃的中国特色社会主义新中国……儒家思想、人文主义、马克思主义、三民主义、毛泽东思想、邓小平理论，这些人类文明史上不同历史阶段的社会科学精华，在推进社会进步和文明发展方面所发挥的巨大作用不言而喻。这种作用，既是社会科学本质的体现和反映，又是人类历史发展之必然。尤其应该指出的是，这些精华都以社会科学的理论形态出现和存在，深刻总结了人类历史的实践经验，而同时又全面指导了人们的现实实践。

就国家层面而言，社会科学理论直接关系如何创立国家和创立什么样的国家，直接关系执政后国家的发展目标和如何管理国家，正确运用社会科学理论指导立国治国的实践，国家才能立得住，才能有发展，才能兴旺发达，繁荣昌盛。

在人类发展的不同历史时期，任何一个国家的建立，当轴者都必须首先考虑国家的生存和发展问题，从原始的部落酋长到当代的国家元首，概莫能外。他们对外要取得国际上的支持，争取国家之间的承认，尤其是要处理好同周边国家的睦邻关系，要有相应的外交思想、外交政策、外交策略等等；对内要保证社会的安定，推动经济的发展，提高人民的生活水平，必须要有相应的治国方略和治国思路，建立自己的政治制度和制定相应的政策，形成严密的社会组织系统，保证国家机器有序、有效地发展运行；国家发展首先要有一个和平安定的环境，于是建立强大的军队以防御外敌入侵和镇压国内的暴力反抗，形成了一定的军事思想；为加快国家发展，必须提高国民素质，于是兴办教育，普及文化……所有这些，都属于社会科学的范畴，都是社会科学必须研究的重大现实问题和重大理论问题。一方面，社会科学应立国治国之需要而被提升到重要位置，发挥着巨大作用，另一方面，在立国治国过程中，社会科学理论得到丰富和发展，给立国治国实践以指导，从而使社会科学成为真正的立国治国之根本。

就目前人类发展的状态看，人类社会整体生存发展的规划和协调能力，虽然呈不断加强趋势，联合国组织的管理协调姑且不说，区域性的国家联合体组织不断产生，经济全球化、一体化势头不断增强，但这些毕竟范围有限，世界多极化、文化多样化的格局，将不会有大的改变，而人类社会的生存与发展，最主要的还是靠各个国家来实现。人类社会的管理和改造，也主要是在国家这个层面上进行，国与国之间的协调合作，保障着人类社会整体的生存与发展。与此同时，国家又对其辖区社会进行具体的管理和规范，以保证国家的生存与发展。由是，国家成为目前人类社会最基本和最重要的核心层面。

从宏观层面上讲，国家创立和发展过程中遇到的问题，都是实践中的重大现实问题和重大理论问题，解决重大现实问题形成社会科学的应用研究，解决重大理论问题形成社会科学的基础研究。同时，立国治国需要社会科学各个学科、不同层次的知识和理论来保证国家的正常发展，而尤其是首先需要那些具有全局性、战略性、前瞻性的研究，为国家决策提供科学依据和智力支持。社会的进步和历史的发展，一方面为社会科学理论的创新提供着充分的条件，一方面要求必须用创新的社会科学理论指导新的社会实践。由此使社会科学理论乃至社会科学充满着与时俱进的强大生命力。

四、社会科学与时俱进乃时代要求和历史必然

社会科学的发展必须与时俱进，这是时代的要求，是历史的必然，也是其自身的性质使然。唯物辩证法和历史唯物论告诉我们，世界上的一切事物都是相互联系的，都是发展的、变化的。因此，与时俱进乃是理论发展的普遍规律。社会科学不但不能超越这个规律，而且体现得更为充分，更为明显，更为典型。

第一，从社会科学的性质看，社会科学是人类认识和改造社会、促进社会进步的科学。一方面，人类的社会实践为社会科学的发展提供着宽阔的舞台和广大的空间；一方面，社会科学在认识世界、传承文明、创新理论、资政育人、服务社会方面发挥着巨大作用，促进着人类的社会发展和文明进步。因此，社会科学必须保持与时俱进的品格，才能发挥其作用，体现其价值。

第二，社会发展需要新理论。新时代呼唤新理论，新理论指导新实践，新实践创造新理论。历史唯物主义的发展观告诉我们，历史在发展，社会在进步，世界在变化。随着社会的发展，环境和条件在改变，新的社会实践必然向社会科学提出新的问题，要求社会科学给予解决和回答；与此同时，社会科学也必须根据时代的发展和条件的变化，研究新问题，提出新对策，创造新理论，指导新实践，促进新发展，创造新境界。否则就会落伍于时代，失去其意义。

第三，社会科学的发展需要新理念。新时代催生新理念，新理念创造新实践。社会科学与时俱进，必须要有科学、正确的理念。对社会科学的理解和认识，直接关系着人们的思想观念，关系着人们对待社会科学的态度，甚至直接影响国家发展与社会进步的速度，不容忽视，不容漠视，不容轻视。继承和发扬中华民族重视社会科学和发展社会科学的优良传统，充分认识社会科学的本质特点和巨大作用，坚持以马克思列宁主义、毛泽东思想、邓小平理论和“三个代表”重要思想为指导，改变以往在社会科学认识方面存在的偏见，是保证社会科学与时俱进的必要条件。在这方面，党的三代领导人已经率先垂范，为我们做出了榜样。毛泽东在中国新民主主义革命过程中，结合中国实际，充分运用、丰富和发展马克思主义，以革命实践证明了社会科学改造世界的巨大力量。邓小平关于“科学当然包括社会科学”的论断，实际上就是对那些不重视社会科学、不承认社会科学是科学等错误思想和糊涂认识的批评，因为科学包括社会科学，这是常识，连起码的常识都不懂，怎么会重视和发展社会科学！小平同志使用“当然”一词，是解释，是批评，更是在扭转长期以来“重理轻文”的观念。而江泽民的三次讲话，更是高瞻远瞩，振聋发聩。

第四，社会科学要发展，必须方向正确，方法科学。把握正确的发展方向，坚持理论联系实际，紧密关注现实，紧密联系现实，广泛了解社会，深入调查研究，科学分析，准确判断，立足于长远，放眼于世界，把握当今世界发展的大趋势，注重研究全局性、前瞻性、战略性的重大课题，把改革开放和社会主义现代化建设的重大理论和实践问题的研究作为主攻方向，积极探索中国特色社会主义经济、政治、文化的发展规律，为推进社会的进步和文明的发展发挥效益，这是发展繁荣社会科学的前提。当前，必须紧密围绕和密切配合国家的战略部署，强化大局观念和全局意识，为党和政府决策服务，为两个文明建设服务，理论研究和应用研究并举、并重。

第五，加强社会科学队伍建设，提高全民族的社会科学意识和社会科学素质，在全社会营造有利于社会科学发展的环境和氛围。这是发展社会科学的基础。国家要有具体、实在、操作性很强的政策和措施，加强规划，加强领导，完善体制，快速转化成果，发挥最佳社会效益，实现有序和高效发展。社会科学工作者要有强烈的事业责任心和历史使命感，开阔视野，开阔思路，开拓境界，强化创新意识，树立精品观念，坚持科学的世界观和方法论，解放思想，严谨学风，出精品，出人才，出名家，出大家，创建中国特色社会科学理论体系，形成与国际接轨和交流的平台，努力实现领先社会科学理论前沿，为人类的社会进步和文明发展，做出新贡献。

宋朝第一位现实主义大诗人王禹偁认为，社会科学对于国家来说，是生死攸关的大事情，在他“两入翰林”“三知制诰”之后，以其深切的观察和体验，饱含强烈的社会责任心和历史使命感，写下“主管风骚胜要津”的著名诗句，强调了当时的社会科学“风骚”，在保证社会安定和经济发展方面的重要性。一千年后的今天，江泽民同志谆谆告诫我们，要始终高度重视社会科学在治党治国和建设中国特色社会主义事业中的巨大作用，同时提出建设有“中国特色、中国风格、中国气派”的社会科学。这语重心长的教导，饱含殷切的希望。这是时代的要求，历史的重托，实现这个目标，自然要靠全党和全国人民的共同努力，更要靠社会科学研究者持之以恒的艰苦奋斗，对此，我们充满信心。中国社会科学的发展和繁荣充满生机，充满希望，中国社会科学繁荣发展的春天已经来临。

第四节　《诗词品鉴》与《中国历代文选》

由于实际工作职责与自身专业的紧密联系，在规划办工作期间，我对古代文学专业方面的学术思考一直没有间断，虽然不会有相对集中的时间展开深入研究，却也可以利用空闲时间断断续续地整理旧稿，《诗词品鉴》《宋词经典品读》《唐诗经典品读》《中国历代文选》等著作，就是以这样的方式缓慢推进完成并付梓出版的。

一、出版《诗词品鉴》与《宋词经典品读》

2010年4月，承蒙中国人民大学出版社厚爱，《诗词品鉴》出版了。这本普及性著作是我研究中国古代诗词作品成果的第一本结集，其基础就是在曲阜师范大学授课时的讲稿。那时，作为一名年轻教师，既感受着大学讲台的荣耀，又意识到面对学子的责任，尤其是深深感觉到知识积累欠缺和学术功底单薄的压力。为尽快适应和胜任教学，当时一方面“恶补”知识，一方面把备课作为学习提高的重要途径，而以古代诗词为重点，反复学习和钻研教材，反复修改和斟酌讲稿，希望尽力做到严谨、扎实，希望能有新意、有深度，希望能引发同学们的学习兴趣。

诗词作品分析，是讲授文学发展史必不可少的重要内容，也是评判艺术风格、文学思潮和发展脉络的重要依据。除了讲清作品产生的历史背景和具体环境外，尤其要讲清作品本义、表现手法、艺术效果、创新之处、传播影响等。对于大家都很熟悉的经典名篇，要讲出新意，就得花气力。当时高校文科通用教材是复旦大学中文系朱东润主编的《中国历代文学作品选》，凡是课堂讲授的诗词，我都努力搜集参考资料，细加阅研、斟酌和推敲，然后写成讲稿。为加强教学内容的丰富性和深刻性，我还注意从古代文学总集和作家本集中发掘具有典型意义的代表作品，注意征引相关的诗词理论和前人的精粹评点，努力提高作品分析的学术层次和理论品位。正是在这个教学实践的过程中，我不断探索着诗词品鉴的方法与规律，也充分享受着教学相长的幸福和快乐，客观上为这本小书的诞生做了一定积累。

与此同时，我文学研究特别是诗词研究的经历也为这本小书的诞生奠定了基础。参与古籍整理项目《晁氏琴趣外篇　晁叔用词》校注、参与《宋代文学史》关于黄庭坚、江西诗派、北宋后期诗词的撰写、承担山东省教委项目《黄庭坚研究》等，都是以诗词研究为重心，在完成任务的过程中，使笔者对中国古代诗词有了较深入的了解和认识，从而产生了难以割舍的浓厚兴趣。我在20世纪八九十年代发表的一批研究成果，也大都与古代诗词密切相关，除参加朱德才与杨燕主编的《唐宋诗词》（山东文艺出版社1992年出版）外，对欧阳修、王安石、苏轼、李清照、杨万里、陆游、辛弃疾等宋代著名作家及代表作品的研究，发表的论文诸如《论燕乐的滋兴与词体的诞生》《黄山谷的文艺思想和诗歌艺术》《“易安体”新论》《黄庭坚“点铁成金”“夺胎换骨”说新论》《唐宋词修辞模式论析》《“随俗”与“反俗”》《‘小山重叠金明灭’释义》《敦煌歌词新论》等，都是围绕古代诗词来展开。研究诗词的过程，成为不断增强知识积累和深厚诗词兴趣的过程。

诗词品鉴是增强文学艺术修养和丰富精神文化生活的有效途径，也是弘扬优秀传统文化与提高综合文明素质的重要方式。随着国家文化建设高潮的不断深入和建设学习型社会的不断推进，国学热再度兴起，诵读经典，蔚成风气，传统诗词，备受青睐，这使我萌生了积极参与其间和相互切磋交流的念头。遂翻检旧作，得稿逾百篇，细加整理，粗成一帙，厘为上、下两篇编，上编全是宋代的诗词作品，非宋代的作品以时为序编入下编，出版社将其纳入“大众阅读系列”丛书中印行。时任国家图书馆馆长的詹福瑞教授与首都师范大学中国诗歌研究中心主任赵敏俐教授分别作序。“细品”与“精鉴”是这本书的突出特色，其中中国古代诗词理论的融合运用与前人精警评点的适度采纳，旨在提升审美品位和艺术层次。总之，《诗词品鉴》对具体感受中国古代诗词的深厚文化积淀和浓厚人文情趣，对领略诗词佳作名篇的思想境界与艺术创新，乃至探索诗词艺术规律、把握鉴赏方法，都不无启迪。

《诗词品鉴》面世后即受到关注，中华书局《文史知识》2010年第5期刊发了这本书的绪论《中国古代诗词的境界与品鉴》，《新华文摘》2010年17期全文转载，书中的不少内容与观点被吸收到教材参考书或纳入题库。正在策划组织中国古代文化经典作品鉴赏系列丛书的蓝天出版社刘春燕同志，看到此书立即联系，热情邀请承担《唐诗经典品读》与《宋词经典品读》两本书的撰写。

其实，撰写一本具有鲜明特色的宋词经典作品鉴赏，是20世纪80年代在高校任教时的计划，而且确实有过付诸实施的行动。这既是出于当时教学工作的实际需要，又是学习和研究诗词的重要方式。那时，陈匪石《宋词举》、刘永济《唐五代两宋词简析》、唐圭璋《宋词三百首笺注》、龙榆生《唐宋名家词选》、詹安泰《宋词散论》、胡云翼《宋词选》、叶嘉莹《嘉陵词论稿》等，都是我手边的案头书。尤其是沈祖棻《宋词赏析》，给笔者的启迪与影响尤为直接。沈祖棻先生对作品内容的分析清晰细腻，艺术特点的把握准确到位，其方法、思路和语言，都给人以循循善诱的感觉。笔者模仿和运用沈祖棻先生的方法模式，把重点讲解的宋词经典作品，写成详细分析鉴赏的文字，对作品的内容理解与艺术的继承创新，也力求准确，力求细致，力求还原当时语境，在文学、文化和理论层面进行审视与把握，逐渐积累了几十篇文稿。后来因为参与国家重大项目《宋代文学史》的撰写，宋词品鉴计划暂时搁置，已经写出的文稿置诸箧中，成为《诗词品鉴》一书的基本内容。词较之于诗，民族特色更鲜明、更突出，词把汉语言文字自身特点的艺术运用，几乎发挥到无以复加的极致；而产生于公元10世纪末至13世纪初叶的宋词，更是多姿多彩，灿烂辉煌。尤其是宋代众多大家圣手精心创制的经典名篇，脍炙人口，盛传不衰，以深厚的文化底蕴和强烈的艺术魅力，吸引并滋润着历代读者。

词至赵宋，由于社会环境与文化氛围的重大变化，使词的创作进入鼎盛时期，名篇俊章，丛出叠见，与乐并行。这些经典作品，在广泛传唱于茶坊酒肆、青楼文苑、宫廷里巷的同时，亦有学人精心选择，裒集梓行，如黄升

《绝妙词选》、曾慥《乐府雅词》、赵闻礼《阳春白雪》等，从而为词的文本欣赏提供了诸多便利。自宋而后，凡习学文墨，必染指此道，赏词、学词、写词，蔚成风气，词学成显学，宋词为规范，各种专集和选集，丛出而并茂，清代戈载《宋七家词选》、周济《宋四家词选》、冯煦《宋六十一家词选》等，均以习尚名家为特色，而清末朱祖谋《宋词三百首》，更是成为流传极广的普及性选本。近代以来，虽迭经战乱，而词学不辍，名家辈出，无须赘述。

宋词名篇以文本形式广泛传播的过程，也是人们学习品鉴和文化传承的过程。然而，自宋代始，人们欣赏品鉴词作的文字，基本停留在局部的字句、意境或表现手法上评点上，绝少全篇的系统分析，即便是在词学理论开始系统化，出现了诸如张炎《词源》、沈义父《乐府指迷》这样词学理论专著的南宋时期，也没有打破此种格局。这种情形延续近千年，以至在词学兴盛的清代，也没有实质性突破。近代以来，特别是新中国成立后，伴随新文化建设的不断强化，人们对宋词的喜爱也出现新热潮，词学大盛，如胡云翼《宋词选》发行至数百万册，沈祖棻《宋词赏析》多次再版重印，总数几近百万册。毫无疑问，各种宋词选本的梓行，对于弘扬光大优秀传统文化和提高民族文化素质，发挥了不容低估的重要作用。不仅如此，人们越来越注意全面系统地分析发掘单篇词作的文学内容、文化意义和艺术创造，越来越注意深入探索词的发生发展与演变规律，专门的著述也不胜枚举。进入 21 世纪，随着物质生活的极大丰富，人们对文化生活的需求和艺术审美的品位大幅提高，宋词自然成为人们普遍关注的对象。作为宋词的爱好者和研究者，我除将原来写成的文稿细加整理外，陆续增写了近五十篇，粗成一帙，蓝天出版社于 2013 年 1 月出版，实现了我三十年前的夙愿。

宋词研究著名专家、中国社会科学院文学研究所刘扬忠研究员以“抓住宋词最重要的特点和最主要的亮点”为题作序，称此书“借鉴现代文学和美学理论，提出了自己的词学与诗学相通的品鉴宋词的六条艺术标准：一是性情浓，二是语言精，三是形式美，四是内涵深，五是意境新，六是境界高。这六条标准的提出，是有充分的理论思考和诗学依据的”，著作“在运用这六条诗词相通的标准去解析和评论此书所选的每一首词时，大都得心应手，精彩纷呈，确实做到了事先提出的写作要求：抓住宋词‘最重要的特点和最主要的亮点’”，“此书，不单详细解读和正确鉴赏宋词名篇，而且还贯穿着编选者作为一个内行的诗词专家鲜明的文学史意识。这样做，有助于一般读者通过此书就能大致地、生动地了解宋词发展演变的因由及其完整面貌”。

与《宋词经典品读》同时出版的《唐诗经典品读》，是与曲阜师范大学唐雪凝教授合作完成的姊妹篇，以时为序，选入作品一百二十六篇。唐雪凝教授向以认真、严谨称，不仅功底扎实、思维敏捷，而且求真求实、求善求美，往往见解独到，文采斐然。这次合作，唐雪凝教授负责百篇新增作品鉴赏文字的草拟与修改，而全书作品篇目选定、体例要求制订、鉴赏样稿撰写，以及前言、附录和全书内容的通审编定，由我来完成。我们共同制定了十项原则：一是篇目选定务必注重作品的历史影响度和文化影响力。思想内容与艺术创新须兼优并胜，大家不限数量，名篇不论作者，体式不拘一格。二是各篇体例务必保持统一模式。采用作者简介、作品原文、鉴赏文字三大板块组合的结构模式；作者简介不能超过三百字，一人多篇者，首篇之外皆从略。三是鉴赏文字篇幅务必根据实际情况确定。律诗、绝句一般控制在千字左右，长篇古体可以适当增长。四是对作品内容的理解阐释务必契合作者原意。要突出作品意脉，紧扣中心主题，抓住重点字句，尤其要讲清作品本义、讲清字句上下之间的内在联系，不偏不离、不枝不蔓，不任意发挥。五是语言表述务必准确到位。要洗练简洁、自然流畅。艺术特色概括须着力揭示创新点和感染力。题材开拓、手法运用、风格创新、意境创造等，可选择最突出者，不必面面俱到。六是谋篇布局务必讲究逻辑性。既要思路清晰、层次分明，又要结构严谨、前后照应。同时，充分考虑品鉴文字部分的整体性和完整性。七是务必注意将发掘作品思想内容的深刻性与充分揭示艺术审美的趣味性紧密结合。力求出新见、有新意。八是务必注意开阔文化视野。要提高层次和品位，如贴切引用前人精警评论、理论主张，突出强调作品的成就、特点，或在诗歌史、文学史甚至文化史上的影响，但文字宜简不宜繁。

九是务必注意揭示独创性与规律性。十是务必注意审慎参考别人公开发表的已有成果。要严格遵守国家知识产权的有关规定，确保不抄袭、不轻信、不传讹。上述十项原则，既是结撰本书的基本遵循，也是反映本书特点的重要方面。

唐代是中国古代诗歌的全盛期，唐诗经典作品自唐代开始，即已成为人们文化启蒙和提高文学修养的重要教材，成为人们丰富和满足日常精神文化生活的重要方面。唐诗经典作品雅俗共赏，得到历代人们由衷喜爱而盛传不衰，这种现象有其历史发展的必然性，也体现着文学传播的规律性。其形成无疑是由多方面因素决定的，而作品具有的“大众化”特点与“化大众”力能，则是最基本、最重要和最关键的因素。“大众化”就是易读、易懂、易记，不艰深、不晦涩，自然平易，通俗明白，形象鲜明，意蕴优美，拥有最广大的读者群，普通百姓都理解、都喜欢，具有很强的普及性。在内容上“为事而作”，情寓其中，写世事、国事和家事，写身边发生的事、生活常有的事和人们关注的事、大家熟悉的事，写亲力亲为、切身感受的事或耳闻目睹、深入思考的事……这些实事实景、常情常理，无一不是贴近生活、表现社会，使读者既熟悉，又亲切，体现出浓厚的人性化、生活化特征。艺术表现上往往大量运用比喻、夸张、拟人或白描、渲染、铺衬等方法，使作品生动形象、意境优美，或委婉含蓄、意蕴深厚，给人以如临其境、如闻其声、如见其人、如睹其形的感觉。唐诗经典的“大众化”赋予了作品巨大的“化大众”力能。经典作品含纳着强烈的艺术吸引力、意象冲击力和思想影响力，对读者具有很强的艺术感染力和思想教化力。李唐一代，观念开放，国势强盛，思想活跃，社会环境与文化氛围自由宽松。诗人们“以天下为己任”，关注社会、关切现实、关心民生，表现出强烈的历史使命感和社会责任心，作品不仅具有鲜明的思想性、民族性和时代性，而且具有深厚的文化性、趣味性与艺术性，呈现出积极奋发、昂扬向上、通达乐观、正气凛然的精神风貌。

二、主编《中国历代文选》与《宋代散文选》

《中国历代文选》是中央文史研究馆馆员、中华书局原总编辑、清华大学文献研究中心主任傅璇琮精心策划设计的一套丛书，初名“中国古代散文基础文库”。傅璇琮先生一直特别关注学界关于唐宋方面的学术研究成果，曾亲自审阅《黄庭坚与宋代文化》书稿并撰写长篇序文，看到人民文学出版社修订版《宋代散文研究》后，力邀我与他共同主编《中国历代文选》。这套丛书以历史朝代为序，分为先秦卷、两汉卷、魏晋南北朝卷、唐代卷、北宋卷、南宋卷、元明卷、清代卷八卷，依次由上海大学林建福教授、清华大学马庆洲编审、北京大学傅刚教授、西北大学李浩教授、我、中国社会科学院毛双民研究员、中华书局骈宇骞编审分别任各卷主编。丛书讨论确定了编写应遵循的基本原则和体例要求：一是选取的作品要有典型性和代表性，思想性和艺术性兼具。二是适合中等文化水平的现代一般读者阅读，同时可供部分普通教学研究者参考。三是要有作者简介、题解（说明写作的时间、背景、简要介绍作品的思想艺术价值，也可以引用前人的评语）、注释（不必详尽，简要即可）、现代译文（赋体可不译）。四是每卷字数控制在二十五万至二十八万间。五是崇贤馆藏书出版社负责配图，配图要紧紧围绕内容，与文字相得益彰。经过丛书撰写团队的奋力拼搏与出版单位的紧密配合，于2013年8月面世，丛书以线装八函共二十八册的形式，由北京联合出版公司出版发行。

中国古代散文历史悠久，源远流长。仅据《尚书·虞书》推断，至少经过了五千多年的发展。其内容广博，思想深刻，以人为本，既立足实际，贴近生活，又反映社会，体现时代，记言记人、叙事说理、传道明心，大到宇宙空间、社会人生、安邦治国的哲学思考和理论探讨，小至丘园华屋、山水草木的启发联想和细腻缠绵，无不包容涵纳。同时，又以“经世致用”“泄导人情”“务为有补于世”为基本遵循，重立意、重学养、重识见，探索学术，创新理论，化育社会，传承文明，赋予作品深刻的思想性和很强的文献性。

其体式繁多，艺术精美，因事而成文，篇成而体定，与时变化，适用为本，自由灵活，文无定式、体无衡规，注重艺术境界和美感效果。古代散文对于创新思想、治国理政和文化传播，对于精神塑造、道德培养和情操陶冶，对于提高民族素质、促进社会文明，都发挥了巨大作用，赢得了“经国之大业，不朽之盛事”的美誉，成为传统文化和主流文化的代表而雄踞文坛，对中华文明的发展作出了巨大贡献，成为人类思想文化的珍贵资源。《中国历代文选》，承接《昭明文选》《古文观止》的编选思路，以散文为主，间有骈文辞赋，遴选历代传诵名篇，辅以精注今译和全新校勘，是奉献给当代的一部古文新经典。

《北宋散文选》（套装 3 册）与《南宋散文选》（套装 3 册）两个分卷，由我担任主编，分别与杨静博士、张玉璞教授合作编选、共同完成。主编《中国历代文选》与北宋、南宋散文选，得益于傅璇琮先生的信任，先生嘱托务必承担《宋代散文选》上、下卷的编撰。傅先生德高望重，享誉海内外，不仅博学多识，治学严谨，著述等身，而且奖掖后进，唯恐不及，是学界敬仰的前辈之一。21 世纪初，先生总编《中国文学通论》，即邀我撰写《宋代文学史》散文、骈文两部分（骈文部分由王友胜教授执笔）。这次嘱托编选《宋代散文选》，是又一次信任、提携与呵护，而策划《中国历代文选》无疑是对中国文章选编优秀文化传统的继承和弘扬。

赵宋时期既是中国古代文化发展的兴盛期，又是中国散文创作的鼎盛期。宋代散文或记事、或说理、或抒情，无不重事实、讲艺术，不仅意境新，辞采美，而且哲思灼见，议论英发，表现出浓厚的时代气息和强烈的民族精神。其关切社会民生、谋略国家发展，“忧以天下、乐以天下”的思想境界，其精于结构、善于创新，奇思妙语、深情幽趣的艺术腕力，无不令人赞叹，耐人咀嚼。我一直将宋代散文作为学术思考的重点，故欣然接受邀约，遂请杨静（北京师范大学文学博士）同志负责北宋部分、曲阜师范大学张玉璞教授负责南宋部分，各为一册，分别进行选编与撰写初稿，分册主编统一修改审定，并撰写前言和后记。根据丛书规定的要求和体例，我们本着对著者负责、对读者负责、对历史负责的精神，既注重思想性与艺术性兼胜，又注重科学性与知识性双优，既注意选择经过历史检验、影响深广、脍炙人口的名家名篇，也不放弃新发现、新发掘的俊章佳构。特别是解题力求准确、凝练概括出作品的主要特色与创新之处，注释力求简明、科学、谨严。北宋部分选二十五家一百一十二篇，南宋部分选三十三家五十八篇，共计五十八家一百七十篇。由于篇幅所限，一些优秀作品如徐铉《重修说文序》、柳开《代王昭君谢汉帝疏》、杨亿《殇子述》、晏殊《答赞善兄家书》、穆修《唐柳先生集后序》、黄庭坚《小山词序》、李清照《词论》、辛弃疾《跋绍兴辛巳亲征诏草》等，均未纳入书中，不无遗珠之憾。2019 年 10 月，台湾崇贤馆文创有限公司又单独出版了线装本全三册《北宋文选》的台湾版。

代表成果之十：

宋代散文的发展轨迹[①]

中国古代文化历经数千年发展演进，造极于两宋（960—1279）。由此拔萃而出的宋代散文，“抗汉唐而出其上”，“轶周秦”而“冠前古”，成就卓越辉煌，为世艳称，大量名篇，盛传不衰。综观宋文发展，历经北宋前期、北宋中叶、南渡前后、南宋中期、南宋末期五大阶段，其间散体、骈体、语体多元共存、并向发展、相互促进与融合，而众多流派，异彩纷呈，繁荣生衍，至于作家作品、名家名篇，更是数量空前。

一

宋初七十年为前期阶段，散体与骈体同步发展，且文风新变。前四十年

① 参见《宋代散文选·前言》，北京联合出版公司 2013 年。

相继产生了骈体擅场的“五代派”与力倡古文的“复古派”，后三十年有西昆派的崛起和古文派的抗衡。

宋朝开国以文礼兴邦，前朝硕学鸿儒和文学侍臣成为宋文的首批作家。这些作家受五代文风熏染和辞臣职责修炼，均精于骈体，其显赫的政治地位、深厚的学养和奖掖后进的品德，吸引凝聚并培养了一批追随者，形成了宋代散文发展史上的第一个流派——五代派。该派注重“时务政理”，讲功用，重文采，要求自然流畅。核心作家徐铉（917—992）既重视文章的社会功用又不忽视艺术性，批评着意追求词藻华丽而无实际内容，充分肯定音韵、华采的自然合理性。五代派作品大都气势雄伟，博雅富赡，富有文采。

几与五代派同时出现的复古派活跃于太宗朝，柳开以舆论声势著于时，王禹偁以创作实绩称于世。该派一是从社会学角度倡言文风复古，旨在兴儒垂教，提高全社会道德文明素质，达到社会安定与发展。二是主张社会意识与自我意识并重，既强调反映社会，又重视表现自我，体现了文学发展的新趋势。三是倡导文道并重，崇尚平易自然、朴实流畅的文风。复古派以散体古文为主要体式，内容表现出鲜明的社会性、现实性和强烈的抒情性。柳开（947—1000）明确界定“古文”“非在辞涩言苦，使人难读诵之，在于古其理，高其意，随言短长，应变作制，同古人之行事”（《应责》）。王禹偁提出“远师六经、近师吏部，使句之易道，义之易晓”（《答张扶书》）。名篇《待漏院记》描摹贤、奸、庸三类宰相上朝前心态思绪，褒贬规讽，理正言明，脍炙人口；《黄州新建小竹楼记》意境清隽而思致幽邃，情韵优美。

宋初两派尽管在语言形态、美学观念、创作习尚、宗法渊源诸方面有很大差异，但也有很多共同点，如提倡兴儒传道、宗经树教、联系现实、文道并重、文风自然等，呈并行发展相济互补态势。

宋初前四十年，骈体时文和散体古文都获得发展，后三十年遂有西昆派的崛起与古文派的抗衡之景象。西昆派宗法李商隐，贵骈尚丽。杨亿（974—1020）主张“文采焕发”“理道贯通”，《武夷新集》四分之三是散文。晏殊（991—1055）则“文章赡丽，应用无穷”，《答中丞兄家书》谈家中细事，娓娓而言，亲切有味，讲子女教育一段尤生动感人。与西昆派同时的古文派，强调文章经世致用，要求文风自然朴实，并试图建立理论体系以增强影响力。穆修（979—1032）“专以古文相高，而不为骈丽之语”，与门生李之才校订、整理并募金刻印韩柳文集，广其流传。苏舜钦论议时政、建言治国，如《论西事状》《上执政启》等，皆直言警劝当轴者。总之，古文派在舆论声势与创作实绩方面，抗衡西昆，为古文发展兴盛并超越时文，作了充分准备。

二

北宋中叶是宋代散文发展的鼎盛期，也是中国古代散文的辉煌期。欧阳修“以古文倡，临川王安石、眉山苏轼、南丰曾巩起而和之，宋文日趋于古”，文风再变，直到苏轼仙逝（1101），历时八十年，乃宋文发展第二阶段。该期散文发展呈现十大特点。

一是群体鹊起，流派丛集，体派交融，而又各自名家，出现了欧苏古文派、文章派、经术派、议论派、苏门派、道学派等。二是散体古文进入极盛期，骈体散文经过古文大家的改造和提高，骈、散融合，以新的姿容跻身文苑，纳入古文家族中，形成多种流派认同的创作思潮。三是名家迭出，珠璧交辉，“周、程以理学显，欧、苏以古文倡，韩、范以相业著，其他文人才士，后先相望”，各以其文擅名一世。四是宋代脍炙人口的名篇如《岳阳楼记》《醉翁亭记》《前赤壁赋》等，都产生在这一时期。五是宋文平易自然的主导风格也在这一时期形成，“以文从字顺为至”，成为作家追求的目标。

六是解决了自南北朝即已肇端的骈、散之争问题，确认了骈体散文应有的地位，所谓“偶丽之文苟合于理，未必为非”，尤其是欧阳修与苏轼均“以博学富文，为大篇长句，叙事达意，无牵强之态，而王荆公尤深厚尔雅”，骈文与古文并传。七是理顺了实用与审美、“文”与“道”的关系。实用是散文的原生属性，决定作品现实意义大小，而审美为第二属性，决定作品艺术生命强弱。审美后于实用，散文美学因素随着散文发展和人类进步而逐渐自觉化和理性化。实用和审美的完美结合，成为散文创作最高艺术境界的表现之一。北宋中叶，散文正是在这一点上表现出超越前人的巨大进步。八是散文艺术表现理论开始细密化、具体化、系统化，文章的繁简丰约、虚实关系、立意措辞等都有不同于前代的新见解。九是该期散文创作与时代思潮如疑古惑经、儒学重造等同步运行，相互激发和促进。十是该期散文创作还与当时爆发型的文化创造精神相一致，哲学、艺术等领域呈现全面创新景象，如新儒学的兴起和理学名家的出现；诗词书法绘画的开派创新和代表宋代最高水平名家巨匠的出现等等，这些无疑都是推动和促进宋文发展的积极因素。

欧苏古文派兴于明道（1032—1032）而盛于嘉祐（1056—1063）年间，绵延于元符（1098—1100）之末。该派以欧阳修为领袖，前期古文家尹洙、苏舜钦等鼓行其中，范仲淹、石介、孙复等积极呼应；又有曾巩、王安石、苏洵、苏轼、苏辙胥起，声威大振；后有苏门弟子倡明斯道；遂能持续发展八十年。此派主要作家学殖厚、素质高，创新能力强，影响深广。该派在为文宗旨、文道关系、文辞关系以及对待骈文态度方面拓展推进。如欧、苏以“百事”“万物”为道，以“理”、以“事实”为道，涵延深广，提出“文必与道俱”“表里相济”“有道有艺”。对于骈文，则从文章社会功能方面予以充分肯定，进行积极革新改造。

欧阳修（1007—1072）“以文章道德，为一世学者宗师”，领导了声势浩大的文风复古运动。首先，他团结志欲复古者，并识拔培养了众多文坛新秀，形成一支前后踵武、阵容强大严整而又各自相对自由发展的散文创作队伍，为宋文的长期繁荣奠定了坚实基础。其次，他领导了文风革新复古运动，并取得巨大成功，《宋史》谓其“挽百川之颓波，息千古之邪说，使斯文之正气，可以羽翼大道扶持人心”。第三，欧阳修在文、道关系，文、辞关系，个人修养与为文关系，道的涵延等方面，都较前人大大推进而趋于合理化、深刻化和系统化，将文、道放在平等位置，互为依存，反对只在文字上面花功夫，强调“期于有用”（《荐布衣苏洵状》），“不假浮文而冶情”，显示出其理论的进步性。第四，确立了宋文平易自然、婉转流畅的主体风格和骈散兼行的语言模式。时人谓欧文“得之自然”，“自极其工，于是文风一变，时人竞为模范”。第五，创作了大批“超然独骛，众莫能及”的优秀散文，所谓“文备众体，变化开阖，因物命意，各极其工”。第六，树立了刻苦严谨、追求完美的创作风范。宋人陈善《扪虱新话》载欧公“平昔为文章，每草就，纸上净讫，即粘挂斋壁，卧兴看之，屡思屡改，至有终篇不留一字者”。可见着意淘洗、精心锤炼之精勤。总之，欧阳修为宋文健康发展和繁荣鼎盛，做出了巨大贡献。

三

欧苏古文派在发展过程中还形成了多元分化而又整体统一的特点，出现了文章派、经术派和议论派。文章派以欧阳修、曾巩为主要代表，创作态度认真严肃，注重反复修改和精心锤炼，从而达到委婉条畅、简洁凝练、自然精妙的境界，努力提高文章的艺术性和美学价值。如曾巩（1019—1083）以儒学为本，经世务实，体道扶教，写作古文，斟酌于司马迁、韩愈，纪事言理，自成一家，《战国策目录序》从容和缓、《墨池记》委婉自然。经术派以王安石为代表，为文强调“通经致用”，言事明理。《上仁宗皇帝书》分析朝廷困境，提出陶冶人才以更革法度，见解深刻而立论精警。《游褒禅山记》即事以明理，穷工而极妙，委婉丰厚，启迪心扉。议论派以苏洵、苏轼、苏辙为代表。三苏论文强调“有为而作”，其文章“皆以古今成败得失为议论之要”（《历代论引》）。苏洵“以雄迈之气，坚老之笔，而发为汪洋恣肆之文，上之究际天人，次之修明经术，而其于国家盛衰之故，尤往往淋漓感慨”。苏辙擅长政论与史论，名作《黄州快哉亭记》议论眼前景与古时事，提出“不以物伤性”，逍逸疏宕。

苏轼是与欧阳修并称的文坛领袖，他的创作对促进宋文平易自然、流畅婉转主体风格的成熟与定型，起了决定性作用。苏文如行云流水，文理自然，姿态横生，既视野雄阔，哲思深邃，又议论英发，纵横驰骋。中年后作品，涵纳儒、释、道诸家精华，将事、理、情、景、意、趣融为一体，既博大精深、新警绝人，又境界高远，豁达通脱。《前赤壁赋》以言理为旨归，探讨时空与人生，而熔叙事、抒情、写景、议论于一炉，纵横六合，通达古今，出入仙佛，充满诗情画意和至理奇趣，意境美妙幽邃。至如《潮州韩文公庙碑》在议论中评述韩愈对儒学和文学的贡献、《日喻》借议论“盲人识日”和“北人学没”指导务学求道，无不精深博洽，纵横挥洒。苏文广备众体，姿态横生，雄健奔放，挥洒自如，圆熟流美，新意无穷。

苏轼先后识拔和培养了一批古文作手，其中尤以黄庭坚、秦观、晁补之、张耒、陈师道、李廌最为著名，世称“苏门六君子”，这里故称“苏门派”。此派一是都十分注意领悟、体验和总结苏轼为文妙谛，并运用于创作中，形成自己的特色；二是都保持并弘扬了苏轼为文自然平易的特点，尤善题跋和书札；三是兼擅古文与骈文。黄庭坚精于文赋而妙于题跋，秦观长于议论而文丽思深，晁补之博辩俊伟而文字优美，张耒议论多鸿篇巨制，题跋书序，挥洒自如。

四

道学派以周敦颐、张载、程颢、程颐为代表。他们都是北宋著名的思想家，为新儒学的创立和宋学的形成做出了积极贡献。道学派强调“文以载道”，重道而轻文，至有“文能害道”说。但学养与艺术功力深厚，说理论事，质实自然，文辞古朴简洁，逻辑严密，思想博大精深。周敦颐《太极图·易说》从宇宙本源讲到人性善恶，论述了一个完整的思想体系；《爱莲说》援佛入儒，文字生动优美，脍炙人口。张载《西铭》将“天道”与“人道”联系起来，论证封建社会秩序的合理性，意旨精深。程颢《论王霸札子》《论十事札子》密切联系现实，骈散并用，笔势流畅。程颐《易传序》《春秋传序》讲“开物成务之道”与“经世之大法”，文字雅洁，语如贯珠。

总之，北宋是中国古代散文发展的巅峰时期，大家璀璨，名作如林，题材之丰富、体式之创新、立意之高远、境界之阔大、构思之精妙、语言之优美，皆可在本书选篇中仔细品味。

五

南宋散文与北宋散文脉络息息相通而又特色鲜明。伴随赵宋王朝政治、经济和文化重心南移，南宋虽偏安江左，地域版图较小，但由于大批中原仕宦文人南迁，文化教育兴盛，文学艺术繁荣，学术思想活跃，散文创作呈现出时代变幻的新风貌。

南北宋之交，自苏轼仙逝（1101）至李清照谢世（1155?），此五十五年为宋文发展的第三阶段，文采派和抗战派成就突出。

文采派发扬欧苏改造骈文的传统，精于四六骈文，杂以古体散句，属对精切，文采斐然，语言自然流畅。其代表作家有王安中、汪藻、孙觌、綦崇礼、李清照等。王安中早年师事苏轼，为文丰润敏捷，典雅凝重，人称徽宗时擅制诰第一人。孙觌善为赋，制诰表奏，名章俊语，人争传颂。綦崇礼覃心辞章，议论风生，文简意明，精于辞采，气格浑成。汪藻擅长骈语，时称大手笔。其文熔铸经史以成对偶，推原天地道德之旨、古今理乱兴废得失之迹，宏丽精深而又文从字顺。李清照将鲜明的个性、广博的学识和强烈的时代气息融会在作品中，抒写情性，广寓识见，含纳深厚，意蕴丰富，语言典赡博雅、精秀清婉。《金石录后序》回忆成书经过，倾吐对丈夫的深切怀念和国破家亡的沉痛之情，展示了极其丰富的文化、政治、历史、社会、家庭及其个人生活、思想的各个方面。《打马图序》写平生喜博性情，阐述“慧、通、达”与“专、精、妙”的辩证关系，《词论》讲述词的发展变化、诸家创作得失、词与诗文区别及音律要求，均深刻优美。与北宋诸名家借景抒情、寓情于景、因情而言理有所不同，易安多以事见情，寓情于事，因事而明理，贴近生活，通俗亲切，更富感染力和吸引力。

抗战派以慷慨激昂的文字表达坚决主张抗战、反对妥协投降的主张，忠义激愤，疾恶如仇，直言无畏，正气凛然，表现出强烈的爱国主义和民族精神。宗泽《乞毋割地与金人书》指责朝廷“惟敌言是听，惟敌求是应”，表示欲捐躯报国，文字感愤激切。李纲之文雄深雅健，磊落光明，又非寻常文士所及。《十议》认为“和、战、守三者一理也”，“以守则国，以战则胜，然后其和可保。不务战守之计，唯信讲和之说，则国势益卑，制命于敌，无以自立矣”，析理精微辩证，深刻婉转。民族英雄岳飞忠愤激烈，议论持正，《出师奏札》《谢赦表》天下传颂。《五岳祠盟记》叙述抗金“历二百余战”与“北逾沙漠，喋血虏廷”的雄心，气吞山河，笔势雄劲。

六

李清照去世后，南宋长育成就的人才蔚然兴起，宋文发展进入又一繁荣期。事功派、理学派、永嘉派、道学辞章派，或联辉并峙，或鼎立其间，或前后相继，一直持续到真德秀（1178—1235）谢世，历经八十年，是为南宋中叶。

事功派主张抗金复国，关心国计民生，正视社会现实，务实事而切世用。该派主要作家都是诗词巨擘，才情奔放雄赡，文学修养精深，文章深受三苏影响，长于议论，辞采灿烂。陈亮“修皇帝王霸之学而以事功为可为”，主张“义利双行，王霸并用”，倡导实事实功，反对空谈性理而以应用为本，认为“道在事中”。散文智略横生，议论驰骋，俊丽雄伟，兼有兵家与纵横家气韵。辛弃疾以气节自负，以功业自诩，二十二岁即组织抗金义军，事迹轰动朝野，成为一位民族英雄和抗战实践家。其散文立意宏伟，气势浩荡，具有鲜明的针对性、强烈性的现实性和广泛的社会性，且议论英伟磊落，雅健精美，辞采焕发。陆游既工骈体又精古文，语言风格类近欧、曾，简洁凝练，而章法承继元祐诸公，善于变化，巧于安排。范成大散文简朴尔雅，赋辞深刻幽婉，记叙山水类近柳宗元，碑传多用司马迁笔法，题跋尤其简峭可爱。杨万里也是骈、散兼胜，其议政论事，析陈利弊，精辟周详，记、序、碑、状，圆活灵动，自然条畅，思致幽邃。周必大散文骈散兼融，明白浅易，多近口语。名作《皇朝文鉴序》视野雄阔，立论中肯切实，语言典雅优美。

理学派作家均以理学名世，学养深厚，作品气势、章法、语言诸方面，明显接受欧、苏、曾、王诸家影响而呈现着强烈的艺术性。该派致力哲学理论研究，同时强调其实践性，故有务实精神，主张“文以载道”“文道统一”“华实相符”，并不忽视文章的艺术性。朱熹是理学大师，也是散文圣手。他认为“作文字须是靠实说得有条理乃好，不可架空细巧”，其各体散文皆有精造，意实而艺精。朱子散文，辞章近乎欧、曾，笔势类于苏、王。或明净晓畅，文从字顺，有从容自适之致，或“如长江大河，滔滔汩汩”，而思绎之熟，改定之精，令人叹服。记、序、状、跋诸体，尤见艺术涵养。吕祖谦散文“衔华佩实”最擅议论，宏肆博辩，凌厉壮阔。他还开文章评点学先河，《古文关键》从方法论角度总结散文创作与鉴赏理论，简洁切实；所选诸家散文，标举命意布局，昭示精旨奥妙，“于体格源流，俱有心解”（《四库总目提要》）。

永嘉派始自薛季宣及其弟子陈傅良，而大振于叶适。该派为文，薛氏渊雅、陈氏醇粹而叶氏宏博，虽各有特点，要之皆能博通古今，以求实用，崇尚意趣高远，辞藻佳丽，主张“不为奇险而瑰富精切，自然新美”。薛季宣以“实学实理”称，其文“精确趣实，可以济世”，持论明晰，考古详核，立说严谨，精深闳肆。叶适为南宋散文大家，为文强调独创，“片辞半简必独出肺腑”，其文备众体，熔铸古今，构思精妙，千变万化，文辞宏丽，语势流畅。议论文“忠君爱国之诚，蔼然溢于言表”。碑志文独以峻洁称胜，往往数百字即成一篇，而重点突出，事迹生动，光彩照人。叶适记、序最见大家腕力，思致、意趣与辞采，更是令人称绝。

道学辞章派以“程、张之问学而发于欧、苏之体法”（吴渊《鹤山先生文集序》），取道学家与文章家两派之长，强调穷理致用，华实相副，并注意探究散文理论。真德秀为文力倡“明义理、切世用”。其《文章正宗》着意文体流变，精选《左传》至唐末作品，以简驭繁，影响甚大。魏了翁覃思经术，造诣益深，散文醇正有法，纡徐曲折，出乎自然，大都立意高远，思想深刻，语言流畅。魏氏序跋以议论平允、富有文采见长，人谓有周秦诸子遗风。魏了翁还着眼辞章、性情、志气、学识、道理等方面相互关系，试图用道学家哲理论文，开辟了新视角。

七

自真德秀谢世（1235）至文天祥就义（1283），为宋文发展末期。民族爱国派把宋文的发展推向了最后一个高潮，以慷慨激昂，悲壮雄劲的旋律结束了宋文发展的历程。

南宋后期，崛起于北方的蒙元与南宋联合灭金（1234）后，毁约南侵，攻陷临安，灭亡南宋。当其时，宋末具有爱国精神和民族气节的文人士大夫，积极参与抗元救亡斗争，创作了大量优秀散文，反映历史巨变，描述悲壮激烈的反民族侵略斗争和轰轰烈烈的救国救亡运动，或表现严酷现实强烈冲击下的失衡心态与民族情绪，以血与泪谱写雄壮的时代悲歌，从而形成一派，文天祥、谢枋得、刘辰翁、郑思肖、林景熙、邓牧、谢翱、王炎午等等，都是该派重要作家。他们身历巨变，作品或反映强烈爱国精神和崇高民族气节，记叙艰苦卓绝的抗元历程，歌颂不屈的民族英雄，或称扬忠义贞操之士，笔伐投降误国行为，痛惜宋朝倾覆，对故国表示深沉的眷恋与哀思，风格慷慨悲壮，深沉凄婉，雄劲苍凉，沉痛感人。

文天祥散文法韩宗苏，雄赡遒劲，《四库全书总目提要》谓其“如长江大河，浩瀚无际”。他长于议论，廷试对策及上理宗诸书，皆持论剀直，忠肝义胆，志如铁石，涵养深厚，气魄雄伟。谢枋得于元军攻破临安后，在弋阳组织军民抗元。宋亡后，坚持民族气节，拒绝仕元，绝食而亡。其《叠山集》人称“一字一语悉忠者之所发”，而文章瑰丽，高迈奇绝。脍炙人口的《却聘书》凛然正气，典赡雄壮。

刘辰翁曾入文天祥幕府抗元，宋亡不仕，撰《古心文山赞》《文文山先生像赞》，颂扬文天祥忠义爱国。他推崇欧阳修、苏轼，主张自然流畅，专学其气势章法，直溯庄子。《须溪集》散文多奇诡纵横，深入庄子化境，寄托遥深。郑思肖忠义孤愤，散文“热血时抛，忠肝欲碎”。谢翱散文风格与韩愈、柳宗元相近，尤善叙事作记。王炎午“孤忠劲节，悲壮激烈之气”悉发于文，奇气横溢，高古超迈，醇粹精练，《生祭文丞相》激昂奋发，忠烈豪气，溢于笔端，尤为世人称道。

总之，南宋散文是宋代散文辉煌成就的重要组成部分，其题材之丰富、体式之创新、立意之高远、境界之阔大、构思之精妙、语言之优美，皆可在本书选篇中仔细品味。

第三章　重执教鞭与学术支撑

进入 21 世纪，上海交通大学向着建设世界一流大学的目标挺进，为此强化学科建设意识，率先引进高层人才，并发力建设文科补短板，专门成立文科建设处。2010 年初，文科建设处将笔者发表在《求是》杂志 2009 年第 11 期的《关于繁荣社会科学的几个问题》，以独立成篇的文字文件形式，编发给校内相关院系参考。这篇文章对当时哲学社会科学的学术研究提出了一些看法与建议（文见第二章二节）。文章的转发引起校内关注，上海交通大学向我热情发出招聘邀请。

2014 年春天，文科建设处与人文学院主要领导共同赴京，盛情邀请笔者退休后到交大工作，发挥余热。那时，国家鼓励和支持有高级技术职称的退休人员到高校发挥专业特长，而我当时正高资格已近二十年，且在《中国社会科学》《文学评论》等期刊与国家级出版社发表过一批学术成果。经过慎重考虑，同意届时到上海交通大学做一名普通教师，发挥古代文学研究的专业优势，从事教学与科研。2014 年底，提交了应聘所需要的一系列材料后，学校组织了考核评估、专家面试答辩以及投票表决等一系列规定程序，很快接到学校的聘用通知。

第一节　科研教学与相互促进

2015年春季学期伊始，正式报到入职。受聘上海交通大学，重执教鞭，校园的一切，都是那么亲切熟悉、充满活力。我很快转变角色并进入状态，以讲授课程与学术研究为重心，努力做着授课与科研的各项准备工作。记得当时手头同时做着三件事：一是为研究生讲授“经典研究”与“宋代散文研究”两门课程，二是编辑专著《中国文化论稿》，三是按照科研办布置的任务，填写教育部第七届高等学校科学研究优秀成果奖（人文社会科学）申请书。紧张而有序，充实而愉悦，每天往来于教师公寓、图书馆与食堂之间，天天都有新收获。

一、开设“经典研究”与“宋代散文研究”课

如何将学术研究与课程讲授有机结合，如何将高端学术研究与大众文化普及融为一体，既能提升高校教学的人文学术含金量，又能充分发挥研究成果的文化影响正能量，一直是我长期思考的重要问题。入职交大后，获得了实验平台与实践机会，增强了实现的可能性与坚定的自信心。

人文方面的经典文化著述或经典文学作品，是高校学术研究与课堂讲授的重点内容。何为经典？经典的本质是什么？经典的特征有哪些？经典有没有科学标准？经典的生成与定形有没有规律性？文化经典或文学经典除了提供知识认知与创新启示外，有没有更为深层的思想内容或方法论启迪？诸如此类的问题，既是文化或文学的认知与体验，又是急需探索讨论的思想理论与面临的现实实践。

由此，我一方面将“经典研究”作为开展学术研究的着眼点与切入点，将中国传统文化的经典作品与作家作为考察和研究的重点对象，围绕经典内涵、评价指标、形成特点、基本规律、创新启示等，提出一批可以深刻思考的学术新论题，做系统、全面、深入的讨论和研究，一方面将考察内容、研

究过程与基本观点写成文字讲稿，作为课堂讲授基本内容同研究生们一起交流讨论。在讲授过程中不断修改、调整和补充新内容、新材料、新见解与新观点，向着形成学术专著的目标迈进。

“经典研究”是专为研究生开设的课程，每学期32课时。讲授内容分为十章，诸如：“经典”实质：“真、善、美”的深刻揭示与“正能量”的汇聚蕴藏；“经典”作品本义的稳定与解读的张力；群体创作与精英写定；“经典”基因与“雪球”效应；“经典”的“梯层”与“类群”；经典的正确理解与科学阐释；经典作家与基本特征；经典流派与传承效应；经典研究的基本原则；等等。这些内容引起了大家的兴趣，为论文选题扩展了思考的范围。

学术研究，特别是人文学科的学术研究，乃是一个不断认识、不断拓展与不断深化的历史过程，一蹴而就的可能性不太大，“经典研究”课程的开设，只是问题思考的开始，真正推出立得住、叫得响、传得开、信得过的“一家言”，形成出得了手、经得起推敲的书稿，尚需时日。

在讲授“经典研究”的同时，也为人文学研究生们开设了“宋代散文研究”课，以已经出版的《宋代散文研究》修订本为基本教材，补充学界研究的新成果，并结合自己研究宋代散文的切身经历，与同学们讨论交流，引起大家研究散文的兴趣和热情，纷纷选择散文研究作为论文题目。

二、讲授“诗国与诗魂”

入职上海交通大学不久，学校提出人文学科高层人才要上讲台，给全校本科学生讲授通识课，提高本科生的人文素养与综合创新能力。于是便以“经典研究”课程中的诗歌内容为基础，集中到中国传统诗歌与中华文明发展层面，将专业内容与思政教育融为一体，并有意识增强和扩展诗歌理论的内容，形成讲授提纲与简要内容，按学校规定程序提交学校组织聘请的专家委员会讨论，得到充分肯定，顺利通过答辩，遂将通识课程名称修定为“诗国与诗魂”。

“诗国与诗魂”立足于中国古代诗歌发展的历史实际，从诗歌理论、创作实践、文化底蕴、美学特征、艺术境界、创新亮点与深刻影响等不同角度或层面，研究诗歌“以人为本”的文化本质与“言志”抒情的基本规律，研究经典作家作品或经典艺术流派爱国爱民的思想内涵与“厚德载物”的民族精神，发掘其令人耳目一新的艺术创造。课程以最终形成特色鲜明的学术专著为目标，以专题形式展开，循序渐进，逐步深入，形成布局合理、逻辑严密的总体构架。

课程指出，“人性人心与人情”是诗歌表现的重点，中国古代的诗歌文化是人类历史实践和思想智慧的精神创造，是人类智慧资源、思想资源和文化资源的巨大宝藏，其风骨灵魂是家国情怀与民族精神。苏轼《念奴娇·大江东去》将改变历史发展格局的重大事件纳入词中，空前地提高了词的社会功能，创造了“豪放于外、婉约其内”的独创风格。毛泽东《沁园春·北国风光》的本质是抒发宏伟深沉的家国情怀，作品首次从文化发展战略高度审视与评论中华民族历史发展的经验与教训，表达民族自豪和振兴国家的豪情壮志，充满自信，给人深切期待和精神鼓舞。李白《梦游天姥吟留别》的结构与逻辑冲破了时空局限，用“拟梦”形式抒写“别绪”，构造雄奇迷离意境，令人叹为观止。杜牧《清明》以素描形式描绘自然凄迷、清淡素雅、灵动秀丽而又情感深沉的画面，创造发人深思、耐人寻味的凄美意境。

王国维《人间词话》提出的“三境界”是“诗无达诂”与“从变从义”说的经典案例；敦煌曲子词题材内容丰富、艺术风格多样，为后世词的发展提供了仿效的榜样；黄庭坚“点铁成金”“夺胎换骨”说揭示了诗歌文化传承与艺术创新的必然性与规律性；李清照寓亲情爱情家国情于词中，创造了雅俗共赏的至情与至境。课程还从经典艺术风格层面，分析代表作家与经典作品的规律性；从流派层面研究南宋抗战词派，且以辛弃疾为案例，分析思想主张与艺术创造。课程还以中国古代田园诗词的发展为线索，揭示人与自然的关系，揭示田园诗的思想内涵与境界创造，指出田园诗的本质是人类追求自然之美、自由之美、精神之美的情感表达，核心是生活在其中的人群之心态情绪、精神面貌与创造能力；宋代尚香文化的诗词歌咏，内含着宋代文人的群体认同、人文关怀、德性修养与宋代文人的精神境界。课程最后还总结了学习研究中国古代诗词“宏观与微观相结合”的方法。

“诗国与诗魂”总体上呈现出三大特点。一是采用“致广大而尽精微”的研究方法，从中华文明与人类文化层面，考察和探讨中国古代诗歌的文化本质、人文内涵、基本规律与深刻影响。二是尝试建构中国古代诗歌研究的新视角与新途径，突破以往作品分析重意象而轻逻辑的局限，从方法论层面着力发掘作品的结构肌理、内在逻辑与外在意象糅合一体的隐性特点，深入探讨诗歌创作过程中形象思维与逻辑思维相辅相成的艺术规律。三是立足于中国诗歌话语体系、理论体系的创建，着力于民族特色与内在规律的发掘，突出中国汉语诗词的民族特色与中华文化的博大精深。

“诗国与诗魂”经过七轮课堂讲授与文字打磨，形成较为成熟的书稿。2022 年 5 月被评为上海交通大学优质教材，由中华书局出版；2022 年 7 月被评为上海交通大学在线课程建设慕课项目，于 2023 年完成拍摄。首都师范大学资深教授、中国乐府学会会长赵敏俐认为，“诗国与诗魂”不同于一般的文学史介绍，也不同于通行的诗歌鉴赏，而是别开新境，让读者了解为什么中国可以称之为“诗国”，“诗魂”又有哪些丰富内涵。中国是世界上保存诗歌作品最多的国家，也是诗的传统最为悠久的国家。著作将中国诗歌何以长盛不衰的内在奥秘做了充分揭示，指出诗歌在几千年中国的宗教、政治、教育、伦理、审美、抒情等各个领域都发挥着重要的作用，构成中国诗歌的人文精神和民族特色。著作采用专题形式，将宏观理论分析与具体作品鉴赏相结合，多角度、全方位地阐释“诗国”“诗魂”的奥秘。其间涉及到作品的题材、诗歌的结构、写作的技巧、意境的创造、作品的风格、诗人的情怀、鉴赏的方法等各个方面，将史的描述、理的探寻与艺的鉴赏融为一体。整部著作充满强烈的思想感情和浓郁的人文关怀，是一部阐发和诠释“诗国”与“诗魂”的优秀学术著作，更是一部继承“诗教”传统的优秀教材。

另外，每年在“教授大讲堂”上为人文学院本科新生讲授“中国诗歌经典与文化诠释”，在“学术思想与研究方法”课程中为人文学院新入校的硕士生与博士生讲授“致广大而尽精微”，都是从文学研究的角度，与同学们讨论交流最有效的学习方法。

代表成果之十一：

宋代尚香文化与人文内涵[①]

郑倩茹　杨庆存

概要：宋代尚香文化蔚为大观，不仅涌现出大量香为主题的优秀文学作品，而且奉香成为文人雅士日常生活的重要部分，蕴含着丰富且深刻的人文内涵。尚香是宋代文人出于对群体身份的认同而形成的共同趣味和文化品位。文学作品中对香气氤氲的反复书写和读书焚香的执着要求，是因为文人对香气养护性命的功能有着理性的认识，表现出重视生命价值的人文关怀。宋代士大夫以尚香正心慎独、濡养德性，其实质是对儒家“修身养性”理想人格的躬行实践。通过尚香可让人潜消世虑，回归清静本性，借感应天地之香气沟通宇宙万物，体现出宋代文人对“天人合一”哲学境界的精神追求。

一、唐宋文学研究角度转换的新尝试

文学既是人类发展的智慧创造和历史实践的形象表达，又是人类文化的

① 参见《东北师大学报》（哲学社会科学版）2019 年第 4 期，获 2016—2020 年度“优秀论文”奖。郑倩茹执笔撰写。

重要载体和传播、传承、创新的基本方式；文学作品、文学现象、文学理论与文学发展轨迹等等，无不含纳丰富鲜活的生活气息、时代信息和思想观念，无不充满深切的人文关怀和浓厚的人文精神，甚至蕴藏着人类文明发展的普遍规律与深刻启示。这是一个真正跨学科、跨领域、包罗万象的巨大知识库、资源库、数据库，是充满张力、容量无限的信息场、智力源和正能量激活器。

文学研究既要着眼于文学、立足于艺术，以扎实严谨的文本、文献研究为前提，又不能停留在欣赏品位、审美把玩、精神消费层面，更为重要的是，务必在此基础上冲破文学藩篱，站在更高层面、展开更宽视野，正确理解、科学解读和深入发掘其中的文化信息与人文内涵，把文学作为研究文化的基本切入点和重要突破口，探讨规律，传承文明，为新时期创造新文学、新文化提供借鉴。

唐宋时期是中华民族发展的兴盛期、中华文化发展的繁荣期，更是文学创作的高峰期，汗牛充栋的文学作品与文化典籍，既为后人的学习研究和深入了解唐宋历史发展，提供了丰富深厚的资源，又为促进人类文化交流和文明发展作出了积极贡献。近代以来取得的研究成果举世瞩目，令人鼓舞。本文试图尝试通过考察宋代文学中的尚香书写与内涵分析，探讨宋代文学发展与文化发展的内在联系。

众所周知，宋代是文学繁荣、文化发达、思想活跃的时代。士大夫群体的志趣出现多姿多彩的创新境界，其中“崇香”“尚香”“奉香”“品香”“听香”和“焚香”就是当时的时尚与新潮，他们将这些观念和行为反映在大量的诗词、散文、随笔、札记，甚至小说、戏曲等各种文学作品中，为后世留下了一批具有深刻思想内涵和深厚人文底蕴的文学遗产。文人在奉香中融注了独特的审美品位、价值观念、理性哲思，主导并推动了宋代香文化的发展。学界已经关注到了文人尚香这一突出的文化现象，并作出了积极的研究和探索，一些学者撰写了相关的普及性著作，也有学人从社会、经济、宗教的角度对此进行分析，以上成果有助于我们充分认识宋代的香文化，但是对文人奉香的根本动因及深层内涵分析还较为缺乏。基于此，下面拟从尚香与士大夫的群体趣味、人文关怀、德性修养、精神追求等角度予以探讨，试图揭示出宋代尚香文化的人文内涵与精神价值。

二、宋代尚香文化的创新境界

中华民族的尚香文化源远流长，距今5000多年的辽西牛河梁红山文化晚期遗址出土了一件“之”字纹灰陶薰炉炉盖，由此开启了绵延千年的薰香之风。周代专设“庶氏”“翦氏”等负责薰香事务的官职。至汉薰香成为流行于皇宫贵族、王公权臣阶层的一种祛秽养生的生活习惯。魏晋南北朝时期薰香开始进入文人的日常生活和精神生活，并且在文学作品中书写焚香所带来的独特审美体验，如萧统在《铜博山香炉赋》中刻画出松柏、兰麝一同焚烧时“荧荧内曜，芬芬外扬”的绚烂盛况。唐代的用香之风更盛，文人对香的推崇成为当时的一大风尚，许多名家都有咏香、颂香之作，如刘禹锡在《更衣曲》中说“博山炯炯吐香雾，红烛引至更衣处”，描摹出芳香四溢的漫延之感。

宋代的用香之广、之盛、之精达到了空前的高度，并且出现了许多创新境界。香之用从王公贵族扩大到平民百姓，并且几乎涉及日常生活的方方面面，如晏几道在《浣溪沙》中展示出“鸭炉香细琐窗寒”的居室焚香场景；毛滂在《清平乐》中描绘出“绣被薰兰麝”的生活画面；秦观《满庭芳》中“香囊暗解，罗带轻分”一句，书写恋人伤感别离时互赠香囊的依依不舍之情，说明佩香是当时一种常见的礼仪与风尚。陆游在《老学庵笔记》中记载妇女随身携带薰炉，“车驰过，香烟如云，数里不绝，尘土皆香”，虽然不无夸张的文学色彩，却令人有身临其境之感，辛弃疾在《青玉案·元夕》中也描绘过同样的情形，“宝马雕车香满路……笑语盈盈暗香去”。用香不仅局限于个体的日常生活中，还是一种重要的社会交往方式，“今人燕集，往往焚香以娱客”，此时焚香就起到了营造交际氛围的特殊作用。另外，宋代香药行业的管理、经营和销售均实现了商业化、市场化和专业化，临安专设“香药局”

为市民提供香药服务；街市上如《清明上河图》中“刘家上色沉檀拣香”之类的专营商铺随处可见；还出现了职业化的销售人员，“及有老妪，以小炉炷香为供者，谓之‘香婆’”。由上可见，宋人用香的形式丰富、方法多样、用途广泛，尚香更是一种普遍流行的生活方式和盛行一时的社会风习。其中尤为引人注目的是士大夫群体的尚香活动。香不仅是文人墨客无数佳词美句的灵感来源，更是让不少人魂牵梦绕、恋恋不舍的心头喜好之事，呈现出日常化、普遍化、深入化的特点。

首先，尚香成为文人生活中不可或缺的一部分，他们无论是写诗填词、抚琴赏花、书画会友，还是独居默坐、案头枕边、灯前月下都要焚香，可以说香是如影相随、无处不在的。其次，宋代的尚香文学十分繁荣，文人以香为主题创作的诗、词、散文等文学作品数量之多、品质之高令人惊叹。诸如周邦彦《苏幕遮》中“燎沉香，消溽暑”之句，描绘出燃烧沉香驱除炎热潮湿暑气的情形，词人得以此度过羁旅烦闷的煎熬岁月。欧阳修《越溪春·三月三日寒食节》中广为流传的“沉麝不烧金鸭冷，笼月照梨花”一句，描述因寒食节禁火无法燃香导致屋内香炉冰冷，而此刻恰与窗外月光映照下的白色梨花相互呼应，构成一幅冰冷凄清的画面。李清照《醉花阴》中的名句“薄雾浓云愁永昼，瑞脑消金兽”，表达出重阳佳节独自一人在家，虽然金兽香炉中燃烧着名贵的“瑞脑”香，但缺少丈夫的陪伴，依然倍感孤独的凄凉心境。张元幹《花心动·七夕》中“绮罗人散金猊冷，醉魂到，华胥深处”一句，描绘出牛郎织女七夕分别后仅剩冰冷香炉在侧的悲凉境遇，此时恐怕只有醉酒才能与恋人在梦中再次相见，浸透出词人浓郁的孤独与落寞，如上所列都是脍炙人口的不朽经典之作。

宋代文人不仅爱香、写香、咏香，还对香进行了体系化、专业化的研究，如丁谓的《天香传》、陈敬的《陈氏香谱》、叶庭圭的《名香谱》、洪刍的《香谱》、范成大的《桂海香志》等等，不仅是具有较高艺术品质的散文佳作，更是香文化史上重要的研究著作。许多文人还亲自参与香品的创造与制作过程，以发明独家香方为乐趣，如精通香事的苏轼自制“闻思香”，自称“有香癖”

的黄庭坚自制“知见香”等等，不一而足。第四，一些文人爱香至痴至狂，比较极端的如幕客谢平子“癖于焚香，至忘形废事”，书生刘垂甚至希望“死且为香鬼”，真可谓嗜香如命。

以上现象是十分值得深思的，宋型文化的本质力量是理性精神，可以说理性精神既是宋代哲学和文学的内在灵魂，更是宋代士人立身行事的原则，那么文人对香的狂热是否与他们克制内敛的气质自相矛盾？尚香的背后又隐藏着怎样丰富的人文内涵和深刻的文化意义？

三、尚香与宋代文人的群体认同

宋代文人尚香，不仅是一种个体行为，而且象征着文人群体对文化身份的普遍认同。宋代实行君主“与士大夫治天下”的治国政策，以及“取士不问家世”“一切考诸试篇”的科举制度，为普通人提供了相对公平的竞争环境，使三百年间“海内文士，彬彬辈出焉”。读书人经由科举入仕，跻身文人士大夫阶层，就获得了一定的政治地位和社会地位，具备了一定的经济实力和消费能力。正因如此，为文人士大夫所钟爱的香品都价格不菲，白笃耨香“每两值钱二十万”，龙涎香“每两与金等”，“婆律一铢能敌国”，可见香料价格之高昂，足以令普通人望而却步。杨万里在《烧香》诗中细致地描绘出焚烧混合了龙涎香、麝香、沉香和檀香等名贵香料所制成香饼的全过程，最后以略带诙谐调谑的口吻笑称“平生饱识山林味，不奈此香殊妩媚。呼儿急取烝木犀，却作书生真富贵”，表达出对薰香非同寻常的喜爱之情，也说明对于像杨万里这样的名儒雅士来说焚香俨然也是一种花费巨大的奢侈享受，更何况一般的文人士大夫。但是即使如此，他们仍然不惜重金、趋之若鹜。其中最重要的原因是文人群体需要选择一种与众不同的生活方式、消费行为和审美趣味，塑造着区别于其他群体的身份象征和文化品位，以树立自身独特的美学风范，展现出他们所占据社会空间的位置，表现出自己与他者之间的区别关系和社会距离。这正如布迪厄所说，品位能够“发挥一种社会导向作用，引导社会空间中特定位置的占有者走向适合其特性的社会地位。”于是宋代文人将“烧香点茶、挂画插花”作为代表高雅文化和精致生活的“四般闲事”，而焚香所象征的简明清静和韵高致雅与当时文人追求克制自持、清新内敛的审美观念相符，成为文人群体一致认同的生活情趣与文化品位。

诸如欧阳修、苏轼、陆游、辛弃疾等文坛领袖均以焚香为雅事。欧阳修在《渔家傲》词中透露出“日炉风炭薰兰麝”的融融暖意，陆游《移花遇小雨喜甚为赋二十字》诗中说自己十分享受“独坐闲无事，烧香赋小诗”的悠然自得，辛弃疾在《朝中措·为人寿》中表达出“焚香度日尽从容”的舒展与闲适，他们对香的喜爱，都蕴含着文人独有的情趣和意境。士大夫间以香中雅趣题诗互答更成为文坛佳话，黄庭坚在得到友人赠送的帐中香后，连续作数首新诗与诸友人分享其乐趣，其《有惠江南帐中香者戏答六言二首》中“百炼香螺沉水，宝薰近出江南”一句历来为人称赞，苏轼读此诗后和作《和黄鲁直韵》，称“四句烧香偈子，随香遍满东南”，描绘出二人因香传诗的情形，咏香成为文人间相互唱和、彼此交往的重要方式。再如李公麟的《西园雅集图》记录了王诜与苏轼、苏辙、米芾、秦观、晁补之等十六位名士在府邸聚会的情形，他们写诗作画、说经讲法，案头上有几缕淡淡的炉烟萦绕其间。以上事例均说明尚香是文人群体真实的生活方式，不仅仅是附庸风雅的装饰与点缀，而是必不可少的一部分，更是表现他们文化趣味和审美风格的一种重要方式。

尚香对普通读书人而言，是一种获得社会认同和情感归属的重要方式。文人群体的尚香品位，对很大一部分学而不得仕的中下层文人产生了示范性和导向性作用。尚香看似是个人的生活情趣和审美体验，但实际上却属于支配社会的少数权力精英，如翰林学士梅询“每晨起将视事，必焚香两炉”；南宋宰相赵鼎“每坐堂中，则四炉焚香，烟气氤氲”。焚香成为具有辨识度的、特定的精英文人群体的独有享受，是一种象征身份地位与品位格调的标志，因为焚香作为一种文化消费，具有区分社会地位差异的功能，正如欧阳修诗云：“焚香答进士，撤幕待经生”，原意本是说科举登第之难，但也道出只有成为像进士这样的精英文人，才能得到焚香礼遇的事实。神童宰相晏殊在《浣溪沙》中记录了自己“水沉香冷懒薰衣”的慵懒时光；身为仁宗天圣二年（1024）进士第一名的宋庠，在《正月望夜闻影灯之盛斋中孤坐因写所怀》诗中书写出“挟册焚香坐虚牖”的萧瑟凄冷之感；神宗元丰二年（1079）的进士第一名时彦，在《青门饮》词中描摹出“雾浓香鸭，冰凝泪烛”般清冷雅致的意境；葛胜仲为绍圣四年（1097年）进士，在其《点绛唇·县斋愁坐作》词中说“秋晚寒斋，藜床香篆横轻雾”，词人借萦绕不绝的香雾表达出自己徘徊不去的郁郁愁思。

以上知识分子精英群体成为社会尚香风习的引领者，他们尽情地享受清淡闲适、婉转柔美、高雅精致的生活趣味，体现出文人群体共同的美学追求。虽然科举制度为普通人走上仕途提供了一条捷径，但是在少数的辉煌登第者背后还有大量默默无闻的举子，他们大都是处于社会中下层位置并积极向上攀升的普通读书人，对为上层文人推崇的精英文化情有独钟，于是他们努力向表现精英文人精神气质的文化活动看齐，以此表现出对士大夫群体身份的认可和审美风格的趋同，由此焚香就成为他们获得社会认同感和情感归属感的重要方式。精英士大夫将焚香作为生活雅趣，彰显他们的文化权力与价值取向；普通文人以香为媒介，构建自身在文学场域和社会空间的归属感和依附感。因此可以说尚香文化代表了为宋代文人群体所广泛认同的生活情趣与文化品位。

四、尚香与宋代文人的人文关怀

宋代文人大都精通医学，懂得焚香的医药价值。宋代流行义理之学，强调探究事物本原的重要性，程颐认为“求之性情，固是切于身，然一草一木皆有理，须是察”，提倡对人本身和自然界的观察。格物致知的理学精神使文人注重对客观事物和一般规律的探寻，并且特别重视对自身生命规律与养生方法的把握。北宋医学家林亿说：“通天地人曰儒，通天地不通人曰技。斯医者虽曰方技，其实儒者之事乎”，是说一个真正的儒者必须通天、通地、通人，于是“医易相通，儒医相通”思想盛行一时。文人士大夫习医蔚然成风，苏轼、欧阳修、王安石、范仲淹、陆游等名家巨擘都懂医术、善养生。范仲淹“不为良相，便为良医”的著名言论，便是对文人知医风尚的最好写照，苏轼编纂医药学著作《良方》一卷，司马光编《医问》一书，文彦博撰《药准》一书，陆游“少时喜方药，晚亦学黄老”，王安石自称“至于《难经》《素问》《本草》……无所不读”，均体现出士大夫普遍通晓医学的现象。所以文人尚香，绝非仅仅是一种优渥享乐的生活习惯，而是以理性科学的角度重新审视并充分运用焚香的养生价值。

宋代文人特别欣赏香气的氤氲缭绕之态，是由于他们认识到了香气具有养鼻益脾、防护阳明经、保养健康的重要功效。以香为主题的文学作品中总是对香气格外强调并反复描摹，苏轼《子由生日以檀香观音像及新合印香、银篆盘为寿》诗中有“缭绕无穷合复分，绵绵浮空散氤氲”一句，描绘出香气的缥缈绵延之感；葛立方《满庭芳·和催梅》词中说“冰麝香浓”；吴文英在《拜星月慢·林钟羽》中说“荡兰烟、麝馥浓侵醉”，香气浓郁到令人沉醉的地步；陆游更是专门作《焚香赋》一文，形容香气“既卷舒而缥缈，复骤散而轮囷”，展示出其舒缓悠长之态。以上事例均可看出文人对香气的喜爱之情溢于言表，他们总是想尽各种办法令香气长延不绝。如范成大就发现冬季用来保暖的纸阁、纸帐具有吸附香气的作用，其《雪寒围炉小集》中说：“席帘纸阁护香浓”，用此方法便可在焚香时让香味留贮更久；一些文人甚至担心香气中断而不停地用宝钗翻香，如蔡伸在《满庭芳》中就写道“玉鼎翻香”的情形，李清照在《浪淘沙·帘外五更风》中也描述过与之相似的“玉钗斜拨火”场景，苏轼在《翻香令》中说“惜香更把宝钗翻。重闻处，余薰在……且图得，氤氲久，为情深、嫌怕断头烟”，为了让香气更加持久而不断翻香，就连余香也格外令人沉迷。关于这一点，颜博文在《颜氏香史序》中就明确指出宋人用香“不徒为薰洁也，五脏惟脾喜香，以养鼻观、通神明而去尤疾焉”，意思是说薰香不只是为清洁，其根本目的在于以香养鼻护脾，实现祛疾除病的积极治疗作用。鼻在人体中被视为主导生命最重要的力量，“神庐者，鼻也，乃神气出入之门也”，因鼻属脾，无形无相的香气由鼻呼入到达人的脾部，而脾所对应的五嗅恰恰是香气，《黄帝内经》中《素问·六节藏象论》一篇就指出：“天食人以五气”，对此张景岳注：“臊气入肝，焦气入心，腥气入肺，香气入脾，腐气入肾”，也就是说只有香气才能与脾相通，会对脾产生一定的治疗作用，正是因为“脾胃喜芳香，芳香可以养鼻是也。”脾在人体中具有非常重要的地位，宋代医学家严用和就在《脾胃虚实论》中明确指出脾能“运化精微，灌溉诸经”，将水谷精微物质转化为精、气、血、律液，并把这些营养物质传输到身体的各个部位，而气血为人身的动力源泉，气血调和则人身自安，所以说“后天之本在脾，脾应中宫之土，为万物母”，以香气养脾是扶助后天之本、养身护体之根，对保障人体健康有着极其重要的意义。此外，由鼻入体的香气除了运行于脾外，还会对阳明经产生积极的养护作用，《神农百草经疏》中说“口鼻为阳明之窍，阳明虚则恶气易入”，阳明经为阳气的生化之海和运行通衢，是保障人体健康的重要经脉，故而又被称为人体的“龙脉”。香气可以养护阳明经，防止病邪之气进入人体，从而实现“治未病”的效果。因此可以说香气是养鼻护脾、养护阳明经、养生保健的良药。

宋代文人在读书或创作时必定伴有焚香行为，除去对优雅情致和静谧氛围的向往外，更为重要的是读书重思，而思易伤脾，香气恰恰可以醒脾通窍，使文人才思敏捷、文如泉涌。曾巩将其书斋命名为“凝香斋”，并题诗曰“沉烟细细临黄卷，疑在香炉最上头”，足见其对焚香伴读的喜爱。葛次仲在《幽居客至集句》中表达出自己尤为喜爱“无事焚香坐，逍遥一卷经”的逍遥生活；欧阳修被贬青州时闲来无事便“饮酒横琴销永日，焚香读《易》过残春”；王禹偁在《黄冈竹楼记》中描述自己的读书状态是“手执《周易》一卷，焚香默坐，消遣世虑”。陆游在《假中闭户终日偶得绝句》中说自己“禄米不供沽酒资”，连温饱都成问题的时候，却依旧坚持“焚香闲看《玉溪诗》”，以上事例均体现出文人读书必焚香的生活常态。宋人绘画中也展示出相同的场景，如刘松年《秋窗读〈易〉图》描绘主人书案上有展卷之册，旁有香炉并置一香盒，读书之人望向窗边，似乎在思考着《易》之哲思。又如张激《白莲社图》绘白莲池畔环石而坐笺校经义的五个人，石台上除了列着笔墨纸砚，中间还有一具正散发着徐徐香气的香炉。由上可见文人无论是书斋苦读还是研经讲义必定以香炉为伴。焚香固然具有营造氛围、保暖驱虫等功效，但更关键、更深层的原因在于香气是使思维活动顺利进行的重要保障。古人读书明义尤贵于思，孔子说："学而不思则罔，思而不学则殆"，就强调了学与思的辩证统一，程颐也认为"学源于思"，只读书而不加思考，是无法从中发现疑问、学到知识的，所以当文人在读书或创作时就容易产生思考过度的问题。《黄帝内经》中说脾"在志为思，思伤脾"，思考过度就会干扰脾运化水谷、化生营气的生理机制，而脾伤则气血亏少，进而又会影响人的思维活动，严重者甚至会造成注意力不集中、思维不敏捷及智力下降的后果。宋代外科大家陈自明就认为"气血闻香则行，闻臭则逆"，此时如果能够焚香伴读，定能通畅血气、醒脾益气、调息凝神，保障"脾藏营，营舍意"功能的正常运作，便可实现思考敏捷、文思泉涌。朱熹在《香界》中就描述过这种状态，其诗曰："花气无边薰欲醉，灵芬一点静还通"（《香乘》），芬芳之气足以使人敛心安神、启迪神思。陆游的《即事》诗也描绘过同样的情形，"语君白日飞升法，正在焚香听雨中"，在舒心香气的熏陶下凝神静气，在空灵阻隔、静谧自足的心境中飞扬思绪，更容易触发创作的灵感和妙思。大画家郭熙"凡落笔之日，必窗明几净，焚香左右……然后为之"，沁人心脾的香气在有形和无形间通鼻、调息、开窍，调动人的性命、心智与灵性，继而使思维意念驰骋于万里云霄间。以上事例均揭示出香气对维持思维运转、启迪智慧创造所具有的重要意义。

五、尚香与宋代文人的德性修养

宋代文人尚香，其实质是对儒家"养德尽性"思想的践行，象征着文人对性、德、礼的极致追求。《尚书·君陈》中说："黍稷非馨，明德唯馨"，强调只有美德才能芳香四溢。《荀子·礼论》中也提出“椒兰芬苾，所以养鼻也。……故礼者，养也”的观点，首倡君子以香养性修礼。宋人继承了以香修身的理念，将香视为涵养性灵之物，以香净心契道、濡养德性的观念深入人心。被远贬海南、一贫如洗的苏轼为祝胞弟苏辙甲子生辰，特意制作沉香山为贺礼，并作《沉香山子赋》一文赠之，其中说沉香“矧儋崖之异产，实超然而不群。既金坚而玉润，亦鹤骨而龙筋”，便是由香品推及人品，借沉香隐喻坚贞超迈的君子，激励正身陷逆境的子由要坚定地持守人生信念。可以说尚香是宋代文人在日常生活中正心修为的一种重要方式。

宋代文人多在夜间焚香，因为尚香可以“正心”。描写夜间焚香的文学作品十分丰富，邵雍《香》诗曰：“安乐窝中一炷香，凌晨焚意岂寻常”，苏轼《四时词》诗中说“夜香烧罢掩重扃，香雾空蒙月满庭”。陆游《烧香（其二）》诗中也有“宝薰清夜起氤氲，寂寂中庭伴月痕”之句，所描绘的都是清幽月夜的焚香画面：弥散的香雾与朦胧的月影交相辉映，形成肃穆寂静、洁净清冷的氛围。徐铉“每遇月夜，露坐中庭，但爇佳香一炷”，甚至还将自己钟爱的香品命名为“伴月香”，足见其对月夜焚香的喜爱。但是需要指出，文人多在夜间焚香并非仅仅是为了享受轻柔静谧、朦胧缥缈的诗意境界，更重要的是他们认为夜间阳气减弱、阴气加强，阳气“失其所则折寿而不彰”（《黄帝内经》），病邪之气更容易侵入人体，此时就需要固护阳气、培补元气、扶正祛邪。古人认为香集天地之灵气、草木之精华，“香者气之正，正气盛，则自能除邪辟秽也”，香能以其清正之格，祛除污秽、清净身心。故而宋代文人所钟爱的香品皆有积聚正气之效，焚安息香“通神明而辟诸邪”，龙涎香可“辟精魅鬼邪”，沉香使“鬼疰堪辟”，乳香“焚之祛邪”，麝香能“辟恶气，杀鬼精物”（《本草纲目》）。夜间焚香能发散出人体的污浊之邪，摆脱一切身心羁绊和世俗束缚，保持心性的端正与平静，从而进入清心恬淡、顺遂自然之境，体现出宋代文人对自我内在精神的修炼与升华。陆游在《太平时》中说“铜炉袅袅海南沉，洗尘襟”，在不绝如缕香气的萦绕下，诗人得以洗刷掉内心不洁的世俗杂念。陈与义在《焚香》诗中也描绘过这样的心性转变过程："聊将无穷意，寓此一炷烟。……世事有过现，薰性无变迁"（《陈氏香谱》），夜晚焚香静坐、驱除私欲、烬灭烦恼、绝虑凝神，诗人内心平静自若，便能将全部情感和意念都凝注在一缕馨香之中。夜间焚香可以消除负面情绪的束缚，摆脱私心杂念的缠累，由此便可心静神清、正心诚意。

宋代文人认为尚香可以"慎独"，这是修炼坦荡胸怀、安逸本性、律己自持品格的重要方式。《礼记·中庸》中说"莫见乎隐，莫显乎微，故君子慎其独也"，指出人性的弱点最容易在隐匿细微之处暴露出来，故君子在独处时要格外谨慎警惕。香具有"清净和寂"的内在精神，焚香则可使人慎独自省，对此宋代文人多有体悟。苏轼在《黄州安国寺记》中说："焚香默坐，深自省察，则物我相忘，身心皆空，求罪垢所从生而不可得"，通过焚香静坐的方式，洗净心灵的尘垢、排除外界的纷扰，进而思虑空明、直视己心、反躬自省，表现出苏轼自律克己的修身追求。陆游在《烧香》诗云："一寸丹心幸无愧，庭空月白夜烧香"，诗人在对月焚香时反思自己的所作所为，只求无愧于心。陈敬的《香谱》中有"焚香告天"条，记载贤相赵抃"平生所为事，夜必衣冠露香，九拜手，告于天，应不敢告者则不敢为也"（《陈氏香谱》），赵抃每夜焚香，自省所言所行，如果不敢心安理得地告知神明，就一定不敢去做。文人通过焚香审己反思，从而使自己的心灵和精神得到深层净化。与此类似的还有宋代话本小说《王魁负心》中王魁、桂英二人焚香设誓各不负心，以及南戏《崔莺莺西厢记》中莺莺拜月焚香的场景，都是在焚香中剖析自我、袒露心声，所流露出的都是最真挚、最敬虔的情感与信念，因为这时更易使人产生敬畏、恭谦之感，更能令人反思自我、坦荡襟怀、清净心灵。因此可以说尚香是宋代文人修炼性灵、濡养德性的重要方式，是士大夫对修身养性、明理见性主张的内化与践行，更是他们锤炼"正心""诚意""慎独""内省"道德品质的一次心灵洗礼和精神升华。

六、尚香与宋代文人的精神境界

宋代文人强调焚香唯要静谧，由此才能摆脱尘世干扰、恢复心神宁静、升华自我性命，这也是“究天人之际”的重要前提。《礼记·乐记》曰：“人生而静，天之性也”，清静恬和是人的天性，所以只有此身处在静的状态时才更利于调节其道德性命。同样万物的元初状态也归于虚静，“夫虚静恬淡寂寞无为者，万物之本矣”，因此当人与物均处于万念归一、宁静虚空的状态下，才能进入“天人以合”的本原境界。焚香正是宋代文人将此过程的日常化和生活化，文学作品中对焚香所具有的净化自我、安静己心之功已多有描述。陈敬的《香谱》中有“焚香静坐”条，记载“人在家及外行，卒遇飘风、暴雨、震电、昏暗、大雾，皆诸神龙经过，宜入室闭户，焚香静坐避之，不尔损人”（《陈氏香谱》）。古人对天地宇宙万物怀都有敬畏之心，他们认为通过焚香能够使人气定神闲、静心澄虑，从而排除外在干扰、保持清静本性，实现保全自我性命的目的。黄庭坚在被贬宜州时写下《题自书卷后》一文，其中说“既设卧榻，焚香而坐”，恶劣简陋、喧嚣杂陈环境中的一炷清香，足以让他始终保持泰然自若，依旧气定神闲地坦然安居，这是何等的彻悟自得与灵魂通达。陈与义的《焚香》诗中有“明窗延静昼，默坐消诸缘”（《香乘》）一句，呈现出韵味无穷的诗意空间，诗人在焚香静坐中消解世间的纷繁和干扰，阻断内心的不安与杂念，体悟宇宙的瞬息万变，从而回归到纯净忘我的本真状态，进入神人以和、天人合一的至高境界。

宋代文人认为香气是人与天地万物交流通衢的重要媒介，是实现物我为一、“人天整体”的基础和关键。张载在《正蒙·乾称篇第十七》中提出“气本论”，认为天人一物、万物本一的基础就是气，气充塞宇宙之间，是构成万物生存的基础，也是维持人体生命活动最基本的物质，因此可以说气是人与天地相互沟通、相互感应的重要成分。而香气则是人与神明沟通的关键，《礼记·郊特牲》中说“至敬不飨味，而贵气臭也”意思是说最好的奉敬不是享味而是重气，对此宋人丁谓也说“孰歆至荐？孰享芳烟？上圣之圣，高天之天”，只有馨香之气才能感于神明，才会蒙上天悦纳。陆游《义方训》诗中有“空庭一炷，上达神明”（《香乘》）一句，便是将香气视为敬奉神明、沟通天地的重要手段。黄庭坚在《香十德》中第一条就指出香具有“感格鬼神”之功，所谓“鬼神”即气之本能，“鬼神，阴阳之名也。阴气逆物而归，故谓之鬼。阳气导物而生，故谓之神”，是说鬼和神是流动于宇宙中不同状态的气体：阳气曰神、阴气曰鬼，因此“感格鬼神”之意即香能感应天地之精气，故而香气作为人物契合无间的介质，自然能够实现人与天地万物相互亲近、交流与融合，从而达到“物我合一”“天人合一”的本原境界。南宋画家马远在《竹涧焚香图》中也展示出这种状态，在细弱疏竹和潺潺流水的悠远意境中一人焚香默坐，香炉中缥缈的香气与天地间蒙蒙的雾气融为一体，又与人体内的无形之气合二为一，这正是苏辙在《龙川略志》中所描绘的状态：“今诚忘物我之异，使此身与天地相通，如五行之气中外流注不竭”，天地之气与五行之气畅通无阻，就实现了天人合一的精神境界。关于这种神秘性的思维模式，王水照先生指出：“宋代文人则更多地趋于内省沉思，力求探索天道、人道与天人关系之道的奥秘。”于是他们将天人感应、物我相融作为观照万物的准则，而宋代的尚香文化正反映出士大夫对“天人合一”中所蕴藉无穷的人格精神、生命创价和崇高理想的不懈追求。

总之，宋代文人“尚香”“爱香”“奉香”“听香”和“焚香”，以及从反映和表现这些行为观念的诗词、散文、随笔等大量文学作品中，所展现出来的文化品位、美学观念、价值取向、精神气质和思想境界，蕴含了深厚的人文底蕴和丰富的文化内涵。宋代的尚香文化以文人群体的趣味认同为基础，以重视生命的人文关怀为重点，以濡养德性的人格完善为核心，以“天人合一”的哲学理念为目标。充溢着深刻的人文精神和积极的文化价值，体现了中华民族传统文化的源远流长与博大精深，表现出中华民族最高层次的精神追求。

三、申报教育部优秀成果奖

入职上海交通大学一周后，接到人文学院科研办《关于做好教育部第七届高等学校科学研究优秀成果奖（人文社会科学）申报工作的通知》，要求根据文件精神，认真填写相关材料，做好学术专著《宋代散文研究（修订版）》的报奖工作，科研办介绍了学院目前科研状态与奖项窘境，希望把报奖当作重要任务来完成。

《宋代散文研究（修订版）》是应聘上海交通大学时提供的代表性学术成果之一，人民文学出版社2011年出版，恰属这届评奖规定的范围。

该书遵循学术内在理路建构全书框架，先从厘清“散文”概念、明确学科定位入手，探讨“散文”概念的发生、内涵与性质，提出“散文”概念产生于中国12世纪中叶而非“源于西方”等重要观点。其后立足于宏观层面，审视前代散文发展的历史轨辙，探讨宋代散文多元并存与整合驱动的创作机制、群体式创作与流派型衍传的发展模式、崇文重文的社会环境以及创作主体的知识结构与群体意识等重要特征，给宋代散文以历史定位。接着又从不同时段梳理出宋代散文演变的脉理轨迹，论析其不同体派，品评重要散文作家的写作特点与成就，点、线、面结合，提出一系列新观点和新发现。北宋前期散文的流派与发展，重点分析宋初骈、散两派的并峙态势；北宋中叶的散文演进与体派鹊起，讨论欧阳修时期的散文成就，指出欧、苏古文派是一个“体派共生”的多元复合群体，并深入总结了欧阳修的历史贡献。同时分别论述了文章派、经术派、太学派、道学派，还深入研究了黄庭坚散文的人文精神。南渡前后，重点讨论“穷极华丽”的文采派，细致考察了李清照散文，指出其立意与旨趣、储存信息与潜在意识、结构方法与布局安排、语言文采与艺术风格等方面的特点。

南宋中兴时期，重点论述了“事功派”与“文中之虎”陈亮，并深入考察辛弃疾的散文成就，指出其散文高手的地位。同时分析了“理学派”与朱熹的散文创作、“永嘉派”与叶适的创作实践、“道学辞章派”与真德秀的历史贡献等。南宋末期，重点论述民族爱国派与文天祥的慷慨悲歌。最后以“宋代散文体裁样式的开拓与创新”收束，分别从“记”体散文的勃兴与新领域的开拓、书序的美学变化与长足发展、题跋的创制及其趣韵风神、文赋的脱颖与文艺散文的诞生、诗话与随笔的创造及日记范式的确立等五个方面展开考察与论述，指出了宋代散文家强烈的文体创新意识、突出的综合创新能力与鲜明的群体观念。

对于该书选题价值、总体架构、研究内容、学术意义、观点创新、文献使用、研究方法、语言表达、文风学风诸方面的特点与评价，论文答辩时的评审意见，既原汁原味、鲜活具体，又具权威性与说服力，王水照、葛晓音、顾易生、陈尚君、陈谦豫、吴熊和、徐培均等先生，都是辞不轻措、享誉学界的著名学者，具有很强的学术影响力：

（一）

本文上、中、下篇三大部分，以综论性的开篇为学科定位入手，继而纵横交叉、论述结合以展开全文论旨；又各以专题研究组织全篇。这些专题均涉及宋代散文的诸多重大实践和理论问题。纲目的设计超越了一般性的评述，体现了作者对宋代散文的全局性把握，也把自己的论文安置在一个较高的学术层面上。这对于目前研究基础不算深厚的宋代散文领域而言，尤具重大的学术推进意义，难能可贵。

作者的整个论证显示出学术的厚重感。这不仅因为搜集了大量经过细心收集、整理、别择的各类原始材料，文献信息量密集（有的还采用统计学方法作量性分析），更重要的是论证思维的缜密、审慎。一题在手，注意到历代演化的脉络，又着重于共时性的比较对勘。对宋代散文体派的厘定归纳，对其体裁样式的剖析，均因此而多有胜义精见。

论文还体现作者开拓创新的勇气。如上篇关于“散文的产生不晚于诗”“散文”概念由周必大、朱熹、吕祖谦等人提出，而非“源于西方”或“始于罗大经”，又以音乐作为划分诗文的标准，并确认赋与骈文属于散文等，都是富有启发性的独立见解。作者立足于传统学术的基础上，吸取和融化西方的文学概念，对我国散文的起源、特点和范围作了通盘的思考，其结论固然尚可讨论，但表现的求真精神仍值得称道。要之，这是一篇颇为成功的博士学位论文。

从已印出的三部分而言，似后出转佳：后一章均比前一章更胜。

（复旦大学中文系　王水照　教授　1996 年 6 月 2 日）

（二）

在我国文学史研究中，散文研究一直是较薄弱的一个领域。虽然近年来已有一些高质量的论文出现，对问题的探讨也愈益深入。但专著大多停留在材料的串联和一般性评述上。宋代散文更无专书讨论。《宋代散文研究》从散文的文体界定、宋文演进的阶段性、文体流派的分布组合及散文体裁样式、宋文的艺术追求、与地域文化的关系，及散文理论等方面，系统地探讨了宋代散文的特质和嬗变轨迹，可说是国内第一部集中于宋代散文文本研究的力作。

本书作者努力融会古今中外有关理论，开辟多种研究视角，力图在总结当前散文研究成果的基础上，从更高的理论层面把握宋文的发展史，同时又善于运用传统的治学方法，从坚实可靠的第一手数据的整理中提炼结论。从已经打印出来的部分看，已有不少值得重视的创见。较大者如考证散文概念诞生于南宋前期，由周必大、朱熹、吕祖谦等人提出，否定了历来以为“源于西方”或“始于罗大经”的看法。又如论证中国散文和诗歌的本质区别主要在于音乐属性，将骈文和赋划归散文等等，这些均为散文研究中迫切需要深入辨析而又很难说清楚的问题。其中个别结论或许容有可商之处，但作者知难而上的精神和所下的功夫，都是值得称许的。

此外，本文对宋代散文各时期文风、流派、风格所作的梳理和总体把握，使宋文纵向发展的阶段性清晰地显现出来。关于宋代散文体裁的开拓和创新，以前虽散见于前人论著，但经本文分类归纳总结，使宋文有别于唐文的特征得到全面的展示，这些都使宋代散文研究在前人基础上大大前进了一步。

总之，本文思路开阔、材料丰富、功力扎实、多有新见，已达到博士毕业论文水平，同意举行答辩。

（北京大学中文系　葛晓音　教授　1996 年 5 月 13 日）

（三）

宋代是我国古代散文发展史上的一个重要而辉煌的时期，不仅作者众多，名作如林，且影响及于其后数代。但因种种原因，至今尚无专书对此加以研究，不能不说是学界的一件憾事。仅就此来说，本文在学术上具有填补空白的意义。

从论文目录看，全篇结构恢宏，论述涉及面较广，对宋代散文既有宏观的理论审视，也有纵向的演进历程和横向的层面构成的具体解析。其中如上篇的《宋文繁盛的表象景观与深层底蕴》，中篇对南宋各派散文的详尽论述，下篇对宋文艺术追求、地域文化传统、理论发展，都已提出很好的研究视角，提出了一系列的有意义的研究课题。可惜这些部分未能印出，无以评价。

论文已印出的各部分，在学术上均达到较高的造诣，提出了许多精彩的见解。其中上篇二章，从中西文艺观和文体比较的角度指出散文的产生并不晚于诗，并对散文之称外来说和后起说作了必要的澄清，其中从宋人较早的论述中找了七处对“散文”的称述，从而对“散文”概念作了新的辨析和溯源。这一问题的澄清，对准确理解“散文”的文体范围意义十分重大。第二章从音乐标界的分析入手，以配乐与否作为界定诗与散文的标尺，将赋与骈文均划定为散文，而不取古人以区分骈散来判体的局限。这一区分不仅对研究宋代散文，且对整个中国文学的分体研究均十分重要。

第六章“北宋中叶的散文演进与体派鹊起”，虽是前人论述已多的题目，作者视野开阔，论述角度新颖，亦颇多发明。如概括这时期散文具备的七大特点，即很具眼光。讲欧阳修散文成就，重点论述其处理文章实用与审美的关系，并指出欧文内容充实和风格平易的文风，正是在达成两者适度结合的前提下形成的，所见颇中肯綮。对欧阳修散文理论的贡献的论述，着重指出其对韩愈的纠正，在比较中揭示其成就，论述较为精当。

第十章从体裁样式的开拓和创新，论述宋代散文的新面貌。文中从记、序、题跋、日记等文体的演进轨迹中，比较唐宋散文的不同，作了大量的量化分析，指出宋代散文体裁创新的具体表现，揭示创新之作的丰富内涵，颇多新见。

从论文各部分看，作者对宋代散文已作了全面、深入而细致的研究，以其所作之理论审视和纵横各方面考察，均提出了大量经过归纳梳理和深入思考的独到见解。全文很注意论述的理论周密和行文的严谨准确，足见作者对西方现代文论和中国古代典籍均有十分广博而细微的掌握，具备较强学术研究能力。

本论文已达到博士论文的学术水平，可予答辩。

（复旦大学中文系　陈尚君　教授　1996年6月8日）

（四）

我国古代散文，历周、秦、汉、唐之演发，至宋代而极盛。作者用宏观与微观结合的方法，纵观古今，考辨源流，从宋文发展脉络、体派衍传模式、作家主体意识、作品艺术风格等方面，论述了宋代散文演进的艺术规律与时代特征。从论文的“提要”与“目录”看，全面而系统，是一本颇有学术价值的专著（因提供的论文非全文）。

论文引证丰富，善于从比较中辨析问题。如散文与诗歌产生的先后问题，作者引经据典，举中外有关论述，指出衡鉴诗歌、散文产生的标准应统一，不能混淆“口头”与“书面”的界限，认为“散文的产生并不晚于诗”，很有说服力。

散文研究的范围，历来众说纷纭。作者条分缕析，提出了以有无音乐性为标界区分文学类别的方法，进而列出基本文体对应位置示意图。水到渠成，言之有据，富有新意。

文体的承传变化，是要在对个别作家、作品和群体、流派的阐释中发现其联系及规律。作者遵循这一思路，在论述北宋中叶散文鼎盛局面的形成时，先详论了宋代前期七十年代表作家、各流派的文学主张、创作特色、彼此间的对峙与影响。但尽管流派、群体纷繁，而终成为宋中叶的骈、散合流，互济互补的古文一统时代。这样写，既烘托了宋中叶散文的辉煌成就，又突出了欧、苏历史贡献的巨大意义，反映了作者善于综合、分析的科研能力。

论文还对比了欧阳修与韩愈关于文、道的主张，认为韩愈理论上的“重道轻文”和实践中的“重文轻道”不利于散文的发展，而盛赞欧阳修的“我所谓文，必与道俱”是将文、道放在平等的位置、互为依存的共生体，比韩愈更合理、深刻，是颇有识见的。

综观论文整体，构架全面、系统，内容丰富；阐述问题，层层推进，善于在充分运用史料的基础上论断是非，褒贬明晰，不囿于成见，有新意和自己见解，达到了攻读博士学位的学术水平。

（华东师范大学中文系　陈谦豫　教授）

（五）

所阅几章，当是精华部分，但从中可以看出作者对中国古代散文独创而系统的深刻见解，本文可视为近年来古代散文研究方面一项突出的可贵成果。取得这些成果无疑有导师督教之功，但同时也有赖于作者历时两年的沉潜求索。本文资料丰富，运思缜密，长于推断，又勇于立论，其识力与思力都有过人之处。

古代散文的研究长期来处于困惑之中，以西方的和现代的散文概念作为研究框架，是造成这种困惑的原因之一。这是不符合中国古代散文的传统的。本文的第一章即由此入手，可谓正本清源。作者根据中国散文史的实际论述散文研究的范围和对象，可以使散文研究从长期困惑中解脱出来。本文把赋与骈文归属于散文范围，并从骈、散两条线论述古代散文的发展，对研究中国古代散文来说，在理论上实践上都有重要意义。

论述宋代散文的几章倍见精彩，例如北宋散文的分期，北宋散文的流派，欧阳修散文的历史贡献和宋代各体散文的艺术成就，论述公允，而且多独识。西昆派散文的成就，晏殊是西昆派散文的重要作家之类，一般论述不予提及。本文尊重历史事实，作了中肯的评价，就是本文的独识之处。

本文论述诗文与音乐的关系，认为散文与音乐无缘。其实古代散文重诵读，重音节，写作古文风水宫商迭代，朗朗上口，从韩柳至清代桐城派，在论文时都重视音节问题，古文如此，赋与骈文则尤为必要。当然散文的音节问题与诗词的音乐性有所不同，但不能说两者截然无缘。这点请予考虑。

总之，本文是一篇优秀的有学术价值的博士论文。希望通过答辩后吸收导师与专家们的意见修改补充，早日出版问世。

（杭州大学　吴熊和　教授　1996 年 5 月）

（六）

在中国文学史研究中，人们多侧重诗歌，而忽略散文，致使中国古代散文研究造成很大的空白。本文试图从文化史角度考察宋代散文的实绩，并探索宋代散文发展的艺术规律，其意图实堪嘉许。论文中不少章节富有新见，也可以说某些方面填补了宋代散文研究的空白。

全文分为三大部分，第一部分考源辨流，纵览古今，展示了宋文繁荣的景观；第二部分着眼于宋文体派的发生、发展及各时期、各体派的创作特征，勾勒了宋文演进的轮廓；第三部分立足于横向层面的审视，从多种艺术交融等方面，分析宋文的创作特点及其对后世的影响。全文结构严谨，条理清晰，具有一定的逻辑性。在理论意义和实践价值方面，均有较高的成就。

从各章节来看，作者主要采用了分析归纳法。例如在分析了北宋中期散文以后，归纳了自欧阳修领导古文革新运动至元符末年苏轼逝世这一阶段的散文共有十个特点；对于欧阳修的散文方面的成就与贡献，又理出了四条；后来在论述“书记”这一文体时，又指出有四个特点。有的虽未以数位计，在行文中也可看出序数的痕迹，如末篇总结散文的几个阶段，分为先秦、秦汉、魏晋南北朝、隋唐两宋、元明和近代，也都程序井然，眉目清晰，说明作者在理论思维方面思路清楚，逻辑明晰。有些地方列表说明，也是一种可以一试的方法。

关于中国散文概念的提出时期，作者首先列举了中外诸说加以比较，最后得出结论说：“散文提出的时间则大约是在公元十二世纪中叶”，这是在综合了许多资料以后得出的结论，看来是可信的。

关于散文与韵文的区分，作者已作了论析，似可再深入一步，从实际到理论上进行阐述和界定。

此文资料翔实，文末在介绍宋人笔记时，均详列书目，并作提要，足见作者对各类笔记作了仔细阅读，又继承了陈振孙《直斋书录解题》、晁公武《郡斋读书记》等宋人的研究方法。

总之，此文具有创见，言之有理，持之有故，不少地方发前人之未发，有些地方填补了研究空白，具有一定的学术价值，已达到所攻读的博士学位水平。

（上海社会科学院文学研究所　徐培均　研究员　1996 年 6 月 7 日）

顾易生教授评语说："宋代是吾国散文发展史上一个辉煌时期，而迄今学术界尚无有关专书问世。本文从文化史的角度全面、系统地考察宋文发展的实际情形，探索宋文发展的艺术规律与时代特征，做出可喜的成绩。本文论说散文发生与散文概念等部分，旁征博引，考辨精确，提出自己独到见解，如指出散文的产生并不晚于诗，'散文'概念诞生于公元12世纪中叶的中国等，都信而有征，有力改正了长期以来有关研究中一些糊涂看法。文中关于北宋前、中期散文流派与发展的分析评价，既细致入微，又高瞻远瞩，对五代派、柳开、杨亿以至欧阳修散文成就及历史地位的评说，较一般文学史上的介绍均有所发展，有新见，并言之成理，持之有故。纵观全文，在材料发掘、搜集与理论探讨方面都有不少创获，逻辑谨严而行文流畅，不仅对文学史研究有所开拓，也为我国新时期文学理论建设与散文创作提供借鉴，有其现实意义，达到博士学位论文水平。"另外，刘乃昌、朱德才、马兴荣、蒋哲伦、严迪昌、蒋凡诸先生也都给予充分肯定与积极鼓励（详见第一章三节）。

1996年6月10日，博士学位论文答辩在复旦大学中文系举行。答辩委员会综合专家意见与现场答辩情况，形成以下共识与结论：

> 两宋散文是我国散文史上的一个发展高峰，而至今尚缺专论，《宋代散文研究》一文，在学术界具有填补空白、拓展领域的意义。它建立在全面研究和总结把握的基础上，辅以深入的思考和细心的考辨，组织了一系列卓有价值的研究课题，使论文具有体大精深的风貌，体现了较高的学术品位。
>
> 论文引证丰富，密而不乱，善于从比较中辨析问题，作出不囿成见的论断。作者具有综观古今，横视中外的开阔视野，能做到宏观和微观研究相结合，理论的阐释和史料的归纳梳理相结合，前人成果的总结与独立新见相结合。行文流畅而富逻辑性，论、述俱佳。这些都表明作者

在理论基础、专业功底、研究方法和写作技巧上均趋于成熟。

论文对中国古代散文的创作和概念的起源所作的考辨，以音乐性为标界确立散文研究的范围，以体派衍传为宋代散文的演进模式，以及对宋代散文诸文体的拓进与创新所做的总结，都具有较高的学术参考价值，有些虽未遂为定论，仍表现出独特的思考与创新开拓的勇气。尤为难得的是，整部论文显得后出转佳，这或许意味着作者及其论题皆具甚大的研究潜力。

答辩委员会一致认为，这是一篇优秀的博士论文，建议授予博士学位。

当然，专家与答辩委员会的充分肯定与高度评价，均以积极鼓励与精心培养年轻学者为前提。以上胪列的专家评语之外，还有不少学界前辈给予热情鼓励，诸如傅璇琮说这部“原创性著作，使相关领域的研究取得突破性进展，得到海内外学术界高度评价”；袁行霈称“以历史的眼光把握史料通过细密的考证与阐述，在解决具体问题的同时，也丰富了我们对宋代散文成就的整体认识”；陈洪认为此书在“宋代散文方面的研究已臻一流境地”。所有这些，不仅成为填写申报表的重要内容，而且是当时学术风气的珍贵记录与真实反映，体现着上一代学人热心指导后学、鼓励守正创新的学术品格与思想境界，给人以学术方法论的具体引导与思想理论的深刻启迪。

除上述材料外，当时还搜集到部分学界的反响。诸如，颜翔林《思理绵密　叩问文心——评杨庆存先生〈宋代散文研究〉》（《中国文化研究》2013年第2期）、肖鹰《文风革新与文德之治》（人民日报2013年1月19日）、韩伟《至宋始是真文字——评杨庆存〈宋代散文研究〉》（《文学评论丛刊》2012年01期）等长篇书评，李雪涛还以此书申请到2014年度国家社科基金中华学术外译项目（日文版，立项号为14WZW012）。经过努力，终于按时提交了报奖材料，完成了入职后学院交办的第一项临时任务。

2015年12月上旬，收到科研办祝贺获奖的短信，教育部在网上公布了获奖名单，《宋代散文研究（修订版）》有幸荣获中国文学学科一等奖。这是始料未及的意外惊喜，不仅是我学术生涯中第一次独立获得的最高奖项，而且也是人文学院获得的第一个国家级学术专著一等奖，实现了“零的突破”。这既能为将要开展的学科评估和正在进行的学科建设增添信心，又能为普遍开展学术研究增添勇气和自信。学校还对本届获奖的所有成果组织了包括视频短片在内的多种方式的宣传与鼓励。这次获奖，可以说是科研办耐心动员、精心指导的结果，如果没有科研办的帮助，根本就不会知道申报信息。2017年，《宋代散文研究（修订版）》又被评为上海交通大学“科研成果奖”一等奖。

代表成果之十二：

散文发生与散文概念新考[①]

内容提要：本文针对学界长期流行的“散文晚于诗歌”论、“散文概念源于西方”或“始于南宋罗大经”说，以逻辑推理与历史实证的方法，重作考论，提出了一反旧说的新观点、新结论。文章首先根据黑格尔“前艺术”说与文学发生学原理探讨散文的发生，论述散文的始源形态，在指出旧说不科学的同时，论证了散文的产生并不晚于诗；其次从语法学、辞源学、历史文献学等多种角度，考绎辨析并立体描述了散文概念的生成轨迹，进而指出，散文概念诞生于公元12世纪中叶的中国，是由南宋前期的著名学者和文章家周必大、朱熹、吕祖谦诸人率先提出的。新结论对于散文发展史、文学史、文学理论以及文学批评史诸领域的研究，均有一定的参考价值。

① 参见《中国社会科学》1997年第1期（总第103期）。

散文的发生与散文的概念是散文研究领域内亟待深入探讨的两大学术问题。长期以来，“散文晚于诗歌”论、“散文概念源于西方”或“始于南宋罗大经”说，一直流播于学界，影响甚广。然而，深入思索则不能不生疑窦，难免令人有迷惘、困惑感。笔者就此重作考论，冀能探寻较为客观、公正、符合实际的结论，以促进相关问题的深入研究。

一、散文的产生并不晚于诗

在世界范围内的文学史研究中，长期以来，许多文学史家都认为：散文的产生晚于诗歌；诗歌是文学中最早出现的样式。这种观点在中国不仅极为流行，而且向无异议。中国近代以来的文学史著述，凡谈及这一问题，几乎无一例外地遵守着这条法则式的成说，它似乎成为一条不可移易的定规和难以逾越的怪圈。1949 年后出版的影响甚大、流传颇广的中国文学史著述，也都笃信不疑地贯彻着这种观点。例如，北京大学五教授编著的《中国文学史》说：

> 散文的产生较晚于诗歌，它是语言和逻辑思维进一步发展的结果，而以文字为其必要的条件。未有文字，早有诗歌，而散文则产生于既有文字之后。

该书在三章一节谈及殷商至春秋时代的散文时，还重申了“散文是在文字发明以后才产生的”。由南京大学等十三所高等院校联合编写的《中国文学史》称：“原始社会的诗歌是人类文学最早的样式”；宁大年主编的高等师范专科学校教材《中国文学史》谓“劳动歌谣是最早出现的文学样式”；“散文是实用性最强的文学样式，产生于文字发明之后”；王文生主编的高等教育自学考试汉语言文学专业用书《中国文学史》则反复强调“在原始社会里最早产生的文学样式是诗歌”“在诸多文学样式起源的历史中，诗歌产生最早”；“文学艺术的起源以诗歌为先，而散文的产生较诗歌为晚”；“未有文字，早有诗歌，而散文的产生则必是在既有文字之后”；刘大杰《中国文学发展史》亦云：“在文学部门里，歌谣产生最早，文字产生之前就有了歌谣”……诸如此类，递相祖述，不胜枚举。在这些著述中，不仅观点相同，而且连语言亦极相似。

中国社会科学院文学研究所编写的《中国文学史》在诗、文发生先后问题上，着笔十分谨慎，抑或有意避开，故无明确说明诗歌早于散文的字样。但在章节安排和行文中依然体现了这种观点。其封建社会以前文学的首章首节《中国原始社会的文化和文学艺术的起源》突出了“口头歌谣”，而在第二章《书写文学的萌芽和散文的开端》将《尚书》作为第一部散文集，给读者留下的整体印象依然是诗歌早于散文，诗的始源形态是口头创作，而散文则必须是在有了文字之后方能出现。

另外，诗歌早于散文，或者说散文晚于诗歌，这种观点在一些普及性的著述中亦颇为流行。诸如吴调公教授《文学分类的基本常识》说“诗歌是最早出现的文体”、赵润峰《文学知识大观》说诗歌“在各种文学体裁中出现最早”、台湾黎明文化事业公司印行的《中华文化百科全书》第十册说“最初之文学为诗歌”等等，无一不立足于散文的产生晚于诗。散文的产生晚于诗歌说，如此普遍地见之于众多的著述中，为许多文学史家和学者所接受、沿袭并广为传播，其科学性，正确性似乎不容置疑，然而，当我们不囿于成说而重新从文学发生学的角度予以冷静、客观、历史、逻辑地深入思索，并返视这一观点时，则又不能不产生疑问。苏联著名的文学理论家莫·卡冈在其《艺术形态学》一书中即曾指出：

诗歌早于散文是一件确凿不移的历史事实。不过这好像是奇怪的和不足信的，因为原始人像我和您一样，在日常生活中用散文讲话；他怎么会为了艺术认识的目的，舍弃对这种散文语言的简单的、

> 似乎是如此自然的运用，而开始编制比散文语言结构复杂得多的诗歌语言结构呢？

可惜卡冈只是提出了怀疑而未能进一步深究并展开论述，但这已经足可引起学人的反思！

“散文的产生晚于诗歌”论者称“未有文字，早有诗歌，而散文则产生于既有文字之后”，这种粗看似乎有理而细想并非科学的论断，实际上是既不符合客观事实又违反逻辑常识，欠缺客观、公正、严密和准确。约而言之，其误有三：一是混淆了口头创作与书面创作的界限；二是忽略了散文口头创作的始源形态；三是衡鉴诗歌、散文发生的标准不统一，谈诗以口头创作为据，说文则转以文字创作为准。

散文和诗歌均隶属于文学。文学“就是人类的言语”，是人类语言的艺术。它伴随着语言的产生而发生，随着人类文明的进步而发展，自从人类有了语言，也就开始有了文学，所谓“文学艺术并非起于有了文字之后，远在文字发明创造以前，文学艺术早已产生”的观点，早已成为学界的共识。因此，文学的产生并不以文字的出现为前提。正如世界上其他国家的文学一样，“中国文学在其文字诞生以前就已经产生了”。未有文字之前的文学，当然只能是口头创作的文学、口耳相传的文学。黑格尔称未有文字之前的文学为“前艺术”，我们姑且称之为文学的“始源形态”。人类自有文字之后，便有了书面语言。伴随着语言之口头与书面的区分，文学则有了口头与文本的分别。探讨文学的发生，探讨文学各类文体的始源，必然使用统一的标准和统一的前提条件，时代的统一性与表现形态（口头或文字）的统一性尤其重要。或用逻辑的方法追溯“前艺术”时期的情形，或用历史的方法依据传世之文本考辨其先后。而“散文的产生晚于诗歌”说，正是违背了这一原则，探讨诗歌的产生是从口头创作时期寻找源头，研究散文的产生则转而依据文字产生之后的文本资料，故其结论必然错误。苏联文学理论家格·尼·波斯彼洛夫在他的《文学原理》第十章《文学的体裁》中，曾批评亚历山大·维谢洛夫斯基《历史诗学》首章《远古诗歌的混合性和文学各类分化的开始》，“只把有韵律的口头歌谣作品作为自己的观察对象和作结论的根据，故意不提所有古代的口头散文作品（神话、民间故事、民间传说等）”，“散文的产生晚于诗歌”论者与亚历山大·维谢洛夫斯基使用的方法正是同一套路数。

毫无疑问，研究文学样式的起源，必须追溯到文学艺术发展的原始时期，必须从人类先民的口头创作起步，从人类语言的诞生开始，而不应以文字的出现为依据。鲁迅指出：“人类是在未有文字之前，就有了创作的，可惜没有人记下，也没有法子记下。我们的祖先的原始人，原是连话也不会说的，为了共同劳作，必需发表意见，才渐渐地练出复杂的声音来。假如那时大家抬木头，都觉得吃力了，却想不到发表，其中有一个叫道‘杭育杭育’，那么，这就是创作，大家也要佩服、应用的，这就等于出版。倘若用什么记号留存了下来，这就是文学”。这段众所周知的文字，常常被用来阐述诗歌的产生。其实，鲁迅在这里谈的乃是口头创作，是文学的产生，而并非单指诗歌。值得注意的是，鲁迅在这里灵活运用《吕氏春秋·谣词》（“今举大木者，前呼舆邪，后亦应之”）与《淮南子·道应训》（“今举大木者，前呼邪许，后亦应之，此举重劝力之歌也。”）里的材料，将人类语言的产生与文学的发生紧密地联系在一起，并不以文字的产生为限。其基本观点，我们可称之为“口头发表”说。马克思在谈到人类语言的产生时曾指出：“语言是一种实践的、既为别人存在并仅仅因此也为我自己存在的、现实的意识。语言也和意识一样，只是由于需要，由于和他人交往的迫切需要才产生的”。这就是说，人类语言的产生是基于人类交往、意识交流的需要。由于任何事物的发生、发展都是由简单渐趋复杂，语言也不能例外，则知最初的语言是极其简单的、质直的、自然的、实用的，这些因素，大都为后来的文字散文所保留。按照鲁迅先生的“口头发表”说，人类初祖在相互交流意识时所使用的语言也是一种创作，也是一种文学的发表，那么，这些语言便可视作散文的始源形态。美国学者弗朗兹·博厄斯指出：“原始散文是口头表达的艺术”，是亦将散文的产生追溯到文字出现以前的远古时期。弗朗兹还进而指出：“原始的散文有两种主要形式，一种是叙述的，另一种是宣讲性质的”。这种类分的科学性或可商榷，而大体接近事理，合于逻辑。

要之，没有文字之前，便有“口头文学”。而人类在社会实践的具体交际中，无论是协调动作、交流思想，还是讲说故事、描述事物，都是使用质朴、自然、简单、浅化、直接的表达方式，这便是“口头散文”，这便是散文的始源形态。可以断定，这种散文始源形态的出现，是绝不会晚于口头创作的诗歌。而“散文的产生晚于诗歌论”者，恰恰忽略了这种散文的始源形态，将散文的产生推至文字出现以后，故其结论必然难以令人信服。即便以文字的出现为前提，就今存传世文本而论，中国的第一部诗歌总集《诗经》所收入的作品“自西周初年至春秋中叶”，即最早的作品是大约公元前十一世纪时期的作品，而中国的第一部散文总集《尚书》记载虞、夏、商、周各代典、谟、训、诰、誓、命等上古文献，其最早的作品虞书大约出现于公元前二十一世纪，较《诗经》中最早的作品早了近千年。可见，“散文的产生晚于诗歌”说，在文本研究中也是难以成立的。有学者指出：“在美国文学中，散文作为语言传达信息的基本媒介，是最早亦最广泛使用的形式”。其实，这种情形又何止美国文学独然！

显然，由于文学发生初始阶段口头创作的特殊性，我们现在已无法通过历史实证的途径去研究文学始源形态各类文体的发生情形，但是，我们却可以用逻辑推理的方法予以探讨。我们无需将“散文的产生晚于诗歌”说变而为“诗歌的产生晚于散文”论，但我们必须指出“散文的产生晚于诗歌”说的不科学性，必须纠正直到目前为止仍在学界广为传播的讹误，至少让学人知道：散文的产生并不晚于诗歌，散文与诗歌一样，也是中国乃至世界文学中最早产生的文学样式之一。

至于“散文的产生晚于诗歌”论者为什么一定要把文字的出现作为散文发生的首要条件，也是一个必须搞清的问题。笔者以为，这大约与其对“散文”概念的字面理解不无关系。在中国古代，人们多将“散文”与“骈文”对举，作为两种文体形式的概念，主要概括并区分了两类语句结构表现形态，前者是散行单句的文字，后者是对偶成双的句子。于是，“散文”之“文”便被理解成“文字”之“文”，而“散文的产生则必定在既有文字之后”说的出现，便不足为奇。其实，“散文”作为一个文体概念，它具有多层性的特点，当与“骈文”相对应时，上面的理解并不为错，且学界向有释“文”为“文字”者，如清人章炳麟即云“文学者，以有文字著于竹帛，故谓之‘文’，……是故，榷论文学，以文字为准”。这种文本文学观自成一家言。然而，作为文体概念的“散文”与诗歌对举时，因其具有广义性，“散文”之“文”就不能单独理解成为“文字”之“文”了，口头文学中的散文就不存在有无文字的问题。

二、“散文”概念辨析与渊源新考

“散文”概念的内涵与出处，一直是散文研究中尚未理清且颇多争议的论题。由于学界的见仁见智而使散文概念的内涵与外延扑朔迷离，渊源出处亦似是实非，直接影响着散文研究范围与文本的明确界划。笔者以为，搞清散文概念的由来始末和渊源所自，对于正确理解概念的内涵与外延，把握其时代性、区域性和变化性诸特点，以便准确界定研究文本，是十分重要的。鉴于散文有古今之别、中外之分，笔者拟从现代学者创用的“中国古代散文”这一概念入手，由今溯古，旁及国外，逐层考察，描述散文概念的生成辙迹。

“中国古代散文”是现代人使用的概念。从语法学上讲，这是一个以“散文”为中心词的偏正词组。“中国”与“古代”分别修饰和限定了“散文”发生的空间地域、时代断限，从而区别于“外国古代散文”“中国现代散文”等概念。可见“中国古代散文”作为一个整体概念，体现了立足于世界文化并纵贯古今的审视特点。这是今人对古代作品进行返视而形成的新概念，它既有对古代散文作品的理性归纳，又涵载着现代人的意识，体现着近代学人的观念。简言之，“古代散文”实质上是在现代意义的“散文”概念基础上返视古代作品而出现的一个新概念。

作为现代的“散文”概念，它与诗歌、戏剧、小说并列为四，成为文学四分法中一个重要的文体门类。了解“中国古代散文”概念的内涵，必须从现代“散文”概念谈起，而现代的“散文”概念在中国也有一个逐渐形成的过程。现代“散文”又称“美文”“纯散文”“文学散文”等。近人刘半农于1917年5月号《新青年》上发表了《我之文学改良观》，首次提出“文学散文”的概念，指出“所谓散文，亦文学的散文，而非字的散文”，从而规定了近代散文的文学性。周作人于1921年6月8日的《晨报副刊》上发表了《美文》，指出了近代散文的审美性，且云“中国古文里的序、记与说等，也可以说是美文的一类”，从而点明了古代散文与近代散文在美的特质方面的共通性。其后，王统照于1923年6月21日的《晨报副刊》上又发表文章，提出了“纯散文”的概念，并指出此类文章“写景写事实，以及语句的构造，布局的清显，使人阅之自生美感”，从文章内容、语言、结构及接受者效应诸方面说明了近代散文的特点。这些不同的名称都突出地强调了散文的文学性和美感性。而较早将散文与诗歌、戏剧、小说并列相论的文献资料，当数傅斯年1918年12月所写成的《怎样写白话文》，其后，王统照的《散文的分类》、胡梦华《絮语散文》均承其说。二十世纪初叶，西方的文学理论、散文理论也被大量介绍到中国，加之二三十年代散文创作出现高潮，于是现代意义的“散文”概念得到广泛使用，梁实秋还专门撰写了《论散文》，对“散文”概念多角度地进行了认真分析，并指出了散文的性质、特点和要求。正如诗歌、戏剧、小说都有多种体式一样，现代散文则包括了记叙散文、抒情散文、报告文学、杂文等等。显然，现代意义的“散文”概念是不适宜于研究中国古代文学作品的。

然而，无论是古代的文章还是现代的散文，都有其共通或相近的地方，有其承传弘扬的连结点，于是，借用现代意义的“散文”概念而冠之以“古代”二字，以限定和说明研究的对象——古代散文，便成为现当代学者所常用的方法，“中国古代散文”之概念脱颖而出。黑格尔在其《小逻辑》一书中指出：“概念就是存在与本质的真理”，任何概念都是从实在、具体的事物中抽象出来的，并体现着此类事物最显明的本质特征。“散文”作为文学门类的一种，也必然是在这种艺术形式发展成熟并逐渐相对形定一定规则后，人们予以归纳总结和概括抽象出来的（这个过程也可能潜意识的，没有语言或文字表达，而只存在于思维甚至模糊的认识中）。现代的散文概念自然是在现代散文创作实践和创作理论的发展中逐渐确立起来的，但从辞源学的角度来说，“散文”概念又有其渊源和继承性。了解这一点，对于准确把握“散文”概念内涵的多层性是十分重要的。中国学界从辞源学角度考察“散文”概念的出现，大致有两种代表性的意见：一是源于西方说，一是始自南宋后期罗大经《鹤林玉露》说。前者以郁达夫《中国新文学大系·散文二集·导言》为代表，后者以商务印书馆《辞源》为代表。其实，这两种说法均欠准确，甚至是讹误。

郁达夫说：“中国古来的文章，一向就以散文为主要的文体，……正因为说到文章就指散文，所以中国向来没有‘散文’这一个名字。若我的臆断不错的话，则我们现在所用的‘散文’两字，还是西方文化东渐后的产品，或者简直是翻译也说不定”。其实，郁氏之“臆断”是根本错误的，而“简直是翻译”的推测亦无根据，这只要了解一下西语方面的有关情况，并考察一下中国有关的古代典籍，问题就十分清楚了。

在西语中，诗歌、戏剧、小说都有与汉语相对应的词汇，如英语中的“poetry”（诗歌）、“theatre”（戏剧）、“novel”（小说），而唯独没有与汉语“散文”对应的词语，以故，《大不列颠百科全书》中只有“prosepoem”（散文诗），没有“散文”词条。汉语的有关译著大都用“prose”或“essay”翻译“散文”，但这两个英语词的意义与涵盖范围大不相同。前者相对于“verse”（韵文）而言，包括诗歌以外的一切非韵文体裁，诸如小说、戏剧、文学批评、传记、政论、演说、日记、书信、游记等等，可见涵盖面过广。至于后者，英国学者W·E·威廉斯（W·E·Williams）认为，“英国的‘essay’花色繁多，但几乎没有规则”，“是一般比较短小的不以叙事为目的之非韵文”，一般多译成“随笔”或“小品文”。这显然其涵盖面十分有限。法语中的“prose”、西班牙语中的“prosd”、俄语中的“лрóза”等，也都是泛指与韵文相对的文体。

从世界各国文学发展的历史看，散文是各民族文学中普遍存在的一个重要门类，但由于地域和民族习俗诸方面的巨大差别，其发展的情形是大不相同的。在西方各国的文学发展中，与诗歌、戏剧、小说相比，散文的发展相当缓慢，尚属后起之秀。西方各国散文文体创作起步虽有不同，而大致是从文艺复兴才逐渐有了大的发展并相继出现繁荣。一般文学史家认为，法国是“essay”的发祥地，而蒙田（Montaigne）被誉为“essay”体裁的创始人。1580年，蒙田出版了自己的随笔集《Essais》，标志着法国散文开始有了较大发展。1597年，英国培根（FrancisBacon）借用蒙田的书名也出版了一本随笔集，成为英国散文的滥觞。其后，相继有罗伯特·伯尔顿（RobertBurton）《忧郁的剖析》和托马斯·勃朗（SirThomasBrowne）《虔诚的医生》两部被誉为十七世纪“奇书”的散文著述面世。十八世纪由于文人创办期刊蔚成风气，从而使英国散文的发展进入高潮。这与中国古代散文发展的情形相比，西方散文的繁荣可谓姗姗来迟。西语中没有出现或产生“散文”的概念，也是情理中事。

与西方各国相比，中国散文发展的情形则别是一番景象。如果仅就现存的散文文本而言，散文这种文学体裁是在华夏民族这块古老的土地上率先成熟的，中国古代散文所展示的辉煌成就，在世界范围内，可以当之无愧地说居于领先地位。中国于公元前五世纪前后的春秋战国时期，即出现了散文创作的第一个黄金季节，而西方散文的繁荣则是公元十六世纪以后的事情。不难想见，华夏民族对散文这一文学体裁的认识和创作实践，有着多么悠久的历史！而“散文”这一概念最早出现在中国古代的文献典籍中，便是十分自然的事情了。

稽考中国古代典籍，“散文”字样在公元三世纪中叶便已出现在文人们的创作中。西晋辞赋家木华《海赋》有“云锦散文于沙汭之际，绫罗被光于螺蚌之节”之句，此处的“散文”与“被光”对举，乃光彩焕发、显现之意。

至公元5世纪末，南朝梁代刘彦和《文心雕龙·明诗篇》亦有“观其结体散文，直而不野，婉转附物，怊怅切情，实五言之冠冕也”。这里的“结体散文”乃是指文字表达。木·刘二氏著述中的“散文”字样，乃是动宾结构的词组，尚非后世文体“散文”概念，故无文体意义。其后，至晚在公元12世纪中叶，人们就已经开始使用具有文体意义的“散文”概念了：

若散文，则山谷大不及后山。

周益公……谓杨伯子曰：“……四六特拘对耳，其立意措辞贵浑融有味，与散文同。”

杨东山尝谓余曰：“文章各有体……曾子固之古雅，苏老泉之雄健，固亦文章之杰，然皆不能作诗。山谷诗骚妙天下，而散文颇觉琐碎局促。”

东莱先生曰：“诏书或用散文，或用四六，皆得。唯四六者下语须浑全，不可如表求新奇之对而失大体。”

散文当以西汉诏为根本，次则王歧公、荆公、曾子开。

晋檄亦用散文，如袁豹《伐蜀檄》之类。

散文至宋始是真文字，诗则反是矣。

上引诸段资料，均出自12世纪的中国典籍中，而这个时期正是南宋散文发展的高峰期和散文理论蓬勃兴起的旺盛期。《朱子语类》《鹤林玉露》《辞学指南》《文辨》或称引、或自述，多处使用“散文”概念，可知当时这一概念已在士林中使用并流传。据《扪虱新话》载：“后山居士言：‘曾子固短于韵语，黄鲁直短于散语’。”此处之“韵语”“散语”即“韵文”“散文”之意，具有文体概念的意义。曾子固（巩）以文名家，不以诗称；黄鲁直（庭坚）反是；乃知此处“韵语”即诗、“散语”为文也。“以散语”称文，注重于语言的结构形态，此即“散文”概念的前身。由此可推知，至少在北宋中期，“散文”概念已在酝酿之中。《后山诗话》称“国初士大夫例能四六，然用散语与故事尔”，可为辅证。

那么，是谁较早地提出并首先使用具有文体意义的“散文”概念呢？仅据上面征引的资料，已有七人直接使用过“散文”概念：周益公、朱熹、东莱先生、杨东山、王应麟、罗大经、王若虚。七子中以周益公年辈最长。周益公即周必大（1126—1204），字子充，南宋孝宗朝历右丞相，拜少保，进封益国公，故称“周益公”。周氏在历史上以政事显，然其学术和文章于当时声望颇高。陆游云：“大丞相太师益公自少壮时以进士博学宏词叠二种起家，不数年，历太学三馆，予实交文于是时。时固多少年豪隽不群之士，然落笔立论，倾动一座，无敢撄其锋者，唯公一人。中或暂斥，而玉烟剑气三秀之芝，非穷山腐壤所能湮没。复出于时，极文章礼乐之用，绝世独立，遂登相辅。虽去视草之地，而大诏令典册，孝宗皇帝独特以属公”。又据罗大经云，朱熹“于当世之文独取周益公，于当世之诗，独取陆放翁”，亦可知其在文坛艺苑的地位、影响和成就。周氏有《文忠集》二百卷传世，四库馆臣谓“必大以文章受知孝宗，其制命温雅，文体昌博，为南渡后台阁之冠，考据亦极精审，岿然负一代重名。著作之富，自杨万里、陆游以外，未有能及之者”。为人熟知的《皇朝文鉴》（又名《宋文鉴》）也是在他的直接参与设计下才得以问世的。时孝宗令临安府开印江钿编类的《文海》，周必大以此书“殊无伦理”为由，请孝宗收回成命，并建议“委馆阁官铨择本朝文章，成一代之书”，“其后，遂付吕伯共祖谦。即成，上问何以为名，必大乞赐‘皇朝文鉴’，上曰‘善’。又降旨令必大作序，亦即进呈”。由此可知周必大实为《宋文鉴》的首席主编，从构想设计到实施方案，以至命名、作序，皆亲为之。上述史实足证周氏文章学术造诣精深，学问博洽，惜为政声所掩，近代以来，鲜有学人关注周氏文章学术方面的成就。尤其值得注意的是，周益公具有区分和精鉴文体的丰富经验与鲜明意识。其“两入翰苑，自权直院至学士承旨遍为之”。周氏渊博的学识、丰富的阅历以及大批量的创作实践，都使他对散文体式有着深刻的理性认识，使他有条件、有可能率先提出和使用“散文”之概念。

与学为政掩的周必大有所不同，齿少周氏四岁的朱熹（1130—1200，字元晦，号晦庵）则以学术和文章著称于世。他不仅是有宋一代的理学宗师，而且也是南宋时期的文章名家。李涂《文章精义》称颂其文章“如长江大河，滔滔汩汩”，黄震《日钞》亦赞叹其“天才卓绝，学才宏肆，落笔成章，殆于天造”，所谓“于书无所不通，于文无所不能”。尤其是朱熹一生主要从事讲学和学术研究，其于各体文章均精鉴细辨，熟能深知，故其拈出并使用“散文”这一文体概念，可谓顺理成章，乃势所必然。更值得注意的是，周必大使用的“散文”概念还只是就“四六”相对而言，与“骈文”对举，侧重于语句构成形态；而朱氏使用的“散文”概念则与诗歌对举，实际上其内涵又提高了一个层次。这是因为朱熹所评论的两位人物山谷（黄庭坚）和后山（陈师道）均为诗歌名家，乃是宋代最大的诗派——江西诗派的开山与宗祖。但他们二人又不独擅诗，兼以能文。由于后山曾辨香南丰，始受业于散文名家曾巩，为文“简严密粟”，连黄庭坚也叹服后山“作文深知古人之关键，其论事救首救尾，如常山之蛇，时辈未见其比”。而黄庭坚虽为苏门学士，亦有“瑰伟之文，妙绝当世”之誉，但其终生著力于诗，自称“绍圣以后，始知作文章”，尽管他于散文亦卓有成就，且对为文发表过许多很好的见解，而人们仍然以为山谷散文功底远不及后山，朱熹的该段评论是很有代表性的。然而，该段评论的重要价值并不在于对山谷、后山散文之评价是否得当，而在于朱氏提出并使用了与诗歌相对应的“散文”概念。

与朱熹、张栻并称为“东南三贤”的吕祖谦（1137—1181，字伯恭）也是以文章学术著称于世，人谓“东莱先生”（其伯祖吕本中人称“大东莱先生”，故祖谦又号“小东莱”）。吕氏家族显赫，十世为官，祖辈数登相位，且家风重学修文，累代相承不衰，家学渊源深厚。祖谦英年早逝，在官虽不显达，而学术文章卓有建树。他善于博采众长，不株守一家之说，故学问渊博宏富，朱熹称赞他“以一身而备四气之和，一心而涵千古之秘，推其有足以尊主而庇民，出其余足以范俗而垂世”。其文章“波流云涌，珠辉玉洁，为一时著作之冠”，人称“在南宋诸儒之中，可谓衔华佩实”。与朱熹相似，吕氏也多年从事讲学授徒，曾任南外宗学教授、太学博士、严州教授等，居家亦诲人不倦。其自谓于文章“研思微旨”，对各类文章体式都能精鉴熟知。吕氏“为诸生课试”而写的《东莱左氏博议》，取《左氏春秋》范文，研讨文章之学，示范作法，将“胸中所存、所操、所识、所习，毫衍发谬，随笔呈露，举无留藏”，不仅为当时学子所珍视，而且流播海外，在古代即成为日本学人研习汉学的必读书。所编《圣宋文鉴》汇集北宋各体文章精品，分类选篇，尤见其慧眼匠心。《古文关键》辑选韩、柳、欧、苏诸名家古文六十余篇，“名标举其命意布局之处，示学者以门径”，且“于体格源流俱有心解”。该书开卷首设《总论看文字法》，提出学文须“先见文字体式，然后遍考古人用意处”，可见吕氏极重文体。总之，吕祖谦的学识、造诣和对文章学的潜心研究所达到的高度，都可能使他对文章类式体格产生理性认识，从而提出或者接受“散文”这一文体概念。其将“散文”与“四六”对举，则与周必大同。

同周必大、朱熹、吕祖谦不一样，杨东山（1150？—1129?）、罗大经（1195？—1252?）、王应麟（1223—1279）都是“散文”这一文体概念的接受者、传播者、使用者或记载者。东山名长孺，字子伯，号东山潜夫，人称“杨东山”，乃南宋中兴四大诗人之一杨万里的长子。其父与周益公、吕祖谦俱为南宋名流，周、杨交谊尤厚。《宋史》称“万里为人刚而褊，孝宗始爱其才，以问周必大，必大无善语，由此不见用”，此说未可轻信。今检周氏《文忠集》、杨氏《诚斋集》，二人唱和酬赠、书翰往来甚多，相互敬慕之情溢于言表。诸如周必大《奉新宰杨廷秀携诗访别次韵送之》称“诚斋诗名牛斗寒，上规大雅非小山”、《题杨廷秀浩斋记》谓“友人杨廷秀，学问文章，独步斯世。至于立朝谔谔，知无不言，言无不尽，要当求之古人，真所谓浩然之气，至刚至大，以直养而无害，塞于天地之间者”、《回江东漕杨秘监万里启》云

“郡国虽分于两地，江湖实共于一天。湘水岸花，我正哦公之留泳”，又有《上巳访杨廷秀……》《乙卯冬杨廷秀访平园即事二首》《次韵杨廷秀》诸诗。故其《寄杨廷秀待制》诗说：“共作槐忙五十春，交情非复白头新”。罗大经《鹤林玉露》亦载：“庆元间，周益公以宰相退休，杨诚斋以秘书监退休，实为吾邦二大老。益公尝访诚斋于南溪之上，留诗云……，诚斋和云：相国来临处士家，山间草木也光华……”周必大《跋杨廷秀赠族人……》还以“家生执戟郎，又拔乎其萃者也”称誉长孺。由上种种，可知长孺接受世伯周必大的指导和影响是情理中事。《鹤林玉露》甲编卷二所记“杨伯子”实际上就是“杨子伯”之误，该条资料乃是周必大指导长孺作文方法的例证。由《鹤林玉露》所载杨长孺对文章的诸多评论可知，其对文章的研习造诣颇深，故发论多中肯榷实。而其父杨万里虽以诗名，亦自称“生好为文，而尤喜四六”，传世文章尤多散体，如《千虑策》为世艳称。前辈教诲、家学渊源和个人研讨、使杨长孺得以自觉地接受并使用“散文”概念，且不拘于同“四六”并提，而是与“诗骚”对举。

罗大经（字景纶）虽未直接使用“散文”概念，但其纪录、征引周、吕、杨诸家之说，实际上就是间接的承认和直接的宣传。且《鹤林玉露》议论称述欧阳修、苏轼、杨万里、叶适、真德秀、魏了翁等文章名家，可知著者亦深谙文章之学。王应麟辈分虽低，但其著述中对“散文”概念的使用频率最高。他不仅直接记述了吕祖谦的话，而且还多次直接运用“散文”概念论述和区分文体，明确地把“散文”作为文章规范的一种，其于“诏”“诺”二体均以“散文”“四六”标目示例。尤其难能可贵的是，他还承传吕氏说法，将“散文”与“散语”两个概念严加区别。如卷二说：“东莱先生曰……（表）其四句下散语须叙自旧官迁新官之意”，“制头首句四六一联，散语四句或六句……后面或四句散语，或只用两句散语结”。只要我们与上引“散文当以西汉诏为根本”“晋檄亦用散文”相参照，即知“散语”乃指文中不讲对称的散行文字，而“散文”则是完整的文章。王应麟出生于吕祖谦谢世四十二年之后，但却是吕氏学术的继承人。清代全祖望《谢山同谷三先生书院记》说：

"王尚书深宁独得吕学之大宗，深宁论学，独亦兼取诸家，然其综罗文献，实师说东莱"。且王氏"博极群书，谙练掌故，征引奥博"，其《辞学指南》即是直接受吕氏《古文关键》影响的产物，故于书中师承并弘扬吕氏之说，推广、使用"散文"概念。

周必大、朱熹、吕祖谦及其后学杨长孺、罗大经、王应麟均生活于南宋时期，就地域而言，南宋版图乃是华夏的半壁河山，位于江左。与南宋长期对峙并统治着北方中原地带的是女真金人。金亡北宋，奄有中原，而文烈继统，条教诏令，肃然丕振，金源作家，蔚然兴起，"其文章雄建，直继北宋诸贤"。金源作家既得北宋文化熏染，又受南宋名家影响，故于文学方面亦颇有建树。王若虚（1174—1243）即是较有代表性的作家。他"自应奉文字至为直学士，主文盟几三十年，出入经传，手未尝释卷"，"虽不善四六之文，而深于文章之学，故有《文辨》之作。"王氏谓"散文至宋始是真文字，诗则反是矣"，直接将"散文"与"诗"对举，同朱熹、杨长孺之用法暗合。其与朱熹虽为后学，而与长孺则属同代，可见至公元十二世纪，"散文"这一概念已经出现在中国不同的区域文化中。

由上面的考察绎理，我们大致可以知道：一，周必大、朱熹、吕祖谦、王若虚等著名学者是较早提出并开始使用"散文"文体概念者；杨长孺、罗大经、王应麟是"散文"概念的积极接受、使用、传播和记载者。二，由于现存有关较早提出"散文"概念的资料，均属他人间接记载，而非本人直接的专门著述，无法确考首次使用的准确时间；如果我们假定周、朱、吕诸人是在及第释褐后方有可能提出"散文"概念的话，周于绍兴二十一年（1151）及第、朱中绍兴十八年（1148）进士、吕乃隆兴元年（1163）释褐，那么，"散文"概念提出的时间则大约是在公元十二世纪中叶。三，由于"散文"概念或与"四六"对举，或与"诗歌"并称，故从问世之日起，其概念内涵就具有相对性、不确定性和多层性的特点；当与"四六"对举时，含义相对狭窄，特指那些散行单句、语句排列无一定准则和固定规律的文章，而与"诗歌"并称时涵盖面较广，四六骈文亦应囊括其内，至明代徐师曾《文体明辨序说·文》又将“散文”与“韵语”对举，则“散文”内涵至少已有三个层次，分别与骈文、诗歌、韵文对举。四，“散文”概念在宋代既无用韵与否的限制，又无文章体式（指具体的体裁样式）的规定范围。五，“散文”概念与四六骈文和诗歌相对举，则其名称的形成，主要还是依据文章（文本）语言文字排列的不规则性特点，现代的散文概念，依然保持了这一因素。

应当指出，在古代，“散文”概念又与人们经常使用的“文”“文章”“古文”等概念既相联系，又有区别，此不赘言。自然，上面的分析只是根据目前检索到的一点有限的文献资料进行的，但这已足可说明具有文体意义的“散文”概念，至少在12世纪的中国就已经形成并开始运用于文字著述。南宋以后直至近代，“散文”概念为历代的部分学人所沿用，元代刘壎《隐居通议》卷十八，明代徐师曾《文体明辨序说》，明崇祯末年国子监生张自烈所撰《正字通》，清朝孔广森《答朱沧湄书》、袁枚《胡稚威骈体文序》，清末罗矗《文学源流》，近代刘师培《南北文学异同论》……皆从不同角度使用了“散文”概念。毋庸讳言，由于种种原因，“散文”概念在中国古代的文人学子中，并没有得到普遍广泛的认同、推广和使用，许多著述依然习惯于使用“古文”“骈文”之类的旧说，这种现象虽然到“五四”以后大有改观，却一直延续到现在的学术界，形成了多种概念并存的局面。

言而总之，“中国向来没有‘散文’这一个名字”“‘散文’两字……简直是翻译”的说法，是缺乏根据的，是不足为信的。而“散文”概念始于罗大经的说法，也是不准确的。至于台湾学者吕武志以为“散文”一词“首见于王应麟《辞学指南》”（《唐末五代散文研究·绪论》）的说法，更是一个误会。

第二节　编撰文集与出版专著

入职上海交通大学后，还相继编辑撰写并出版了《中国文化论稿》《中国古代文学研究》《黄庭坚研究》《宋代散文研究（增订本）》《人文论稿》《中国古代散文探奥》和《神话九章》等著作。

一、编撰《中国文化论稿》

《中国文化论稿》是任职全国哲学社会科学规划办公室期间，结合工作实际深入思考而陆续撰写的部分学术研究成果，旨在着眼于文化、立足于中国，探讨中华传统文化在新世纪创造性继承与创新性发展。全书收入六十八篇文章，厘为三编。上编“研究篇·文献考察与文化思索”侧重典籍文本的解读和思想内容的分析，发掘可资当代镜鉴的思想资源与文化资源；中编“管窥篇·转益多师与创新方法”侧重分析前辈学者的治学境界与思想方法乃至当代学术研究的成功经验，探讨促进中国文化繁荣发展的方法途径；下编“感悟篇·深切感受与文化领悟”选编了部分个人撰写的著述序跋，意在交流学习与研究的切身体会和思想领悟。全书试图融知识性、学术性与普及性为一体，探索学术研究与文化普及有机结合的新路子。

上编《论文化研究与文化创新》认为，文化是人类社会实践和思想智慧的结晶，是时代精华的体现和历史长河的缩影。优秀文化是民族的灵魂与血脉，体现着民族的生命力、创造力和凝聚力。《论中国古代先贤对文化力量的深刻认识》以宋代张载“为天地立心，为生民立命，为往圣继绝学，为万世开太平”的“横渠四句”和苏轼《六一居士集叙》为例，从理论与史实上深刻分析文化和学术在人类发展中的地位与意义，指出探讨宇宙万物与社会发展、人类生存与文化学术，乃至研究如何保证人类社会永远和平发展，学术研究都具有无可替代的重大作用。《论社会科学思想与华夏文明传统》运用中华民族历史发展的丰富史实，指出人文社会科学思想是国家发展和社会进步的根基保障；中国成为人类文明史上唯一文化不曾中断的国家，就是得力于人文社会科学思想。《孔子“和”文化思想及现代启示》指出，孔子“和”文化思想是对人类文明发展的重大贡献，具有深刻而广泛的社会影响力。

中编《傅璇琮先生的思想境界与学术实践》从使命意识、国家意识、创新意识三方面考察分析其学术研究的思想境界与学术实践，指出傅璇琮“精思劬学，能发千古之覆”“一心为学，静观自得”，以及实事求是、科学严谨、善于创新的突出特点。《王水照先生的人格魅力与学术境界》认为王水照的人格魅力与学术境界是学界的典范。其德高望重，虚怀若谷，为人谦让，做事低调，大家风度、长者风范，让人肃然起敬。《学术精神与文化气魄》评论杨义《老子还原》《庄子还原》《墨子还原》《韩非子还原》四部学术新著的出版，对杨义深入探索三十八大未解之谜与精审细辨上的正本清源精神，给予高度评价。《书法艺术发展与国家文化建设》与书法家欧阳中石讨论汉字书法文化学术研究与学科建设问题，《“学术乃天下公器”》讨论厉以宁关于产权改革研究、创造性发展“非均衡经济理论”等对国家经济发展做出的重大贡献，以及求真求实、科学严谨的治学态度。

下编《宋代散文研究·后记》描述萌生学术兴趣、尝试思考研究与坚持写作成书的过程：

> 1981 年，笔者在曲阜师范大学执教时，发表了第一篇读书札记《论〈论语〉的语言艺术》，师辈的褒扬和鼓励，激发了我关注和研习古代散文的兴趣。这种兴趣，在其后为本科高年级讲授宋代文学发展史的过程中，得到进一步加强。宋代散文，名家群星灿烂，名作如海如林，流派如江如河，作品意境优美，思想深邃，辞采斐然，散文对文学、文化、社会文明和社会进步产生着巨大影响，这种种奇特景观，诱人深思、发人深省、耐人寻味。特别是宋人既“以诗为文”“以词为文”，又“以文为诗”“以文为词”，不仅使诗词的发展横放杰出，别开生面，而且给文学创作带来勃勃生机。要讲清这些问题，必须对散文创作本身和相关文

化背景有深入的了解和准确的把握。于是，我在关注诸多散文流派、名家、名作的同时，开始考察宋代诗词巨擘如黄庭坚、李清照、辛弃疾的散文创作，而《文学评论》《文学遗产》《文史哲》等学术刊物及时刊发了笔者当时的研究成果，对我进一步深入思考和研究，无疑是很大的鼓励。

1986 年为大学本科讲授中国古代散文发展史，当时尚无专门教材，在准备教案时，开始较为系统地梳理、考察古代散文发生、发展和演变的轨迹，同时开始留意和思考有关古代散文发展的理论、发展的规律以及当时学术界研究的进展情况。学术界有关古代散文的发生、概念、范畴诸问题以及中国古代散文发展分期问题的见仁见智、莫衷一是，这些有待进一步深入研究和急需解决的学术问题，都是在备课过程中发现的，并由此开始查阅有关典籍和积累相关资料。

及至负笈上海，就读复旦，方能沉潜思考，形诸文字。在撰写过程中，作者谨记先生求真求实之教诲与科学严谨之原则，不囿成说，依据史实，有征必引，无征不信，在对中国古代散文之概念、范畴、发生、发展、分期和特点作初步探讨的同时，对宋代散文的创作模式、发展轨迹、创新成就、艺术规律等进行了考察、梳理、分析、归纳和概括，提出了个人的粗浅看法。

《黄庭坚与宋代文化·后记》回忆了初读黄庭坚诗歌的感觉与对黄庭坚创新主张的印象，重点回忆了刘乃昌教授在指导我研究黄庭坚方面给予的学术引领和精心培养：

研究黄庭坚且有目前的成果，这首先应当感谢刘乃昌教授的启蒙、引导与鼓励，感谢众多前辈师长和同侪学友的指导、帮助与支持。记得在曲阜师范大学读书时，黄庭坚作为与苏轼并称的宋代大诗人进入我的知识视野。当时读惯了清新优美、自然流畅的唐诗和苏轼“爽如哀梨”

"流转如珠"的诗歌，乍读黄庭坚生新瘦硬、别具一格的诗，既不适应又无兴趣，总觉得黄庭坚诗歌大都深奥难懂，典故多、跳跃大，才学虽高，却不好读、不好记，即使是好诗，也是阳春白雪。但对他的"文章最忌随人后""自成一家始逼真"的说法，则觉得似乎颇有道理，尤其是"点铁成金""夺胎换骨"说，印象很深，尽管那时是被否定、被批评的靶子。

大学毕业，留校任教，在古代文学教研室主任刘乃昌教授指导下深造学业。时先生已是著名的宋代文学专家，尤以研究苏轼而享誉学界。乃昌师指导我以黄庭坚为切入点，系统学习宋代文学。从此，我开始努力研读黄庭坚原著，并搜集相关参考资料，中华书局傅璇琮先生的《黄庭坚和江西诗派卷》使我获益匪浅。通读缉香堂本《山谷全书》后，发现黄庭坚的创作、思想、文学成就和文化意义，并不完全如部分文学史家所介绍的那样简单，有很多问题值得重新思考和探讨，对黄庭坚作品的解读也逐渐产生兴趣。1981 年，与乃昌师合写了《黄山谷的文艺思想和诗歌艺术》，文章在《齐鲁学刊》发表后，引起学界关注，也增强了我继续深入研究黄庭坚的信心和勇气。

时隔不久，乃昌师承担了国家哲学社会科学"七五"规划重大科研攻关项目十四卷本《中国文学通史》之《宋代文学史》卷编撰任务。作为刘先生的助手，我有幸参与这项艰巨而光荣的文化工程，且在先生悉心指导下，起草《黄庭坚与江西诗派》（上、下）、《北宋后期其他诗人》等章。由是，笔者对黄庭坚的理解和认识进一步深化。嗣后，相继撰写并发表了黄庭坚年谱考辨、黄庭坚词的创作及特征、黄庭坚"点铁成金""夺胎换骨"说新论、论黄庭坚《宜州乙酉家乘》等一批文章，并开始酝酿撰写关于黄庭坚研究的专著。

另外如《传承与创新·前言》提出"社会科学乃立国治国之根本"、《社会科学论稿·前言》提出"社会科学是人类生存和文明发展的内在灵魂"

等等。

《中国文化论稿》由中国社会科学出版社于 2015 年 5 月出版，成为任职人文学院后出版的第一本书。杨义《序》称："作者对中国文学与文化的存在状态和发展趋势，具有圆照博观的大眼界。他深切地感受到，文学研究上升到文化研究层面，已经是近一个时期以来文学研究发展的重要趋势。""难能可贵的是，在作者的研究思路中，存在着文学与文化、古代与现代、中国与世界三根弦。三弦和鸣，意趣腾跃。这种腾跃有一个牢靠的根基，就是作者在唐宋文学上，精于专家之学。"

陶文鹏《迈向更高的学术境界》指出，"这部《中国文化论稿》，学术分量十分厚重"。"读完全书，我感到兴味盎然，收获颇丰。我不仅学到了过去知之甚少的许多知识，而且深深领悟到：当代学人治学如欲有大成就，必须具备高尚的思想境界、广阔的学术视野和深厚的文化品格，还要有敢于创新的精神和利于创新的方法。"陶文鹏认为"研究领域的广阔多样"是这部书的"显著特点"，"但每篇文章都是有为而作，言之有物，有真知灼见"，而"对孔子儒家思想的精深研究，是庆存这部新著的最大亮点"。"《孔子'和'文化思想及其现代启示》抓住孔子文化思想的精华'和'来做文章，从孔子时代的社会危机与'和'之重大价值的发现、孔子'和'文化思想体系的理论架构、倡'仁'以达'和'、崇'礼'以致'和'、'中庸'以成'和'、孔子'和'文化思想的人文基础等六个方面，宛如剥茧抽丝，层层深入地展开论述，从而有力地证明孔子在二十五个世纪以前创造的'和'文化思想，非但没有因为历史的久远而淡出人们的视野，反而愈加显示出孔子智慧的超前性、普适性和永恒性，继续为当今和谐社会、和谐世界的构建和人类文明的发展提供着深刻丰富的启示。"陶文鹏还指出，著者"善于从细读文本出发，在微观分析的基础上对研究对象作宏观把握和理论概括"，"在多篇文章中都强调社会科学研究要在学科体系、学术观点和科研方法三个方面大力创新"，"取得那么丰硕的学术成果，固然是他长期勤于攻读、敏于思考、潜心研究的收获，也是他一向尊师重道、转益多师的收获"。其中既有热情关爱与鼓励期待，又有序者虚怀若谷的品质与高屋建瓴的眼光。

代表成果之十三：

论中国古代诗词的艺术境界[①]

“诗”，是人类历史实践和文明发展的精神创造与艺术创举，也是雅俗共赏、生活气息浓、传播范围广、艺术生命力旺盛的文学样式。在人类文明发展的历史长河中，世界上众多的民族与国家，各以特有的本土语言和生活激情，创造着不同历史环境、不同艺术风格的辉煌诗篇，既自娱自乐又广为传播。作为人类五大文明发源地之一和世界唯一五千年文明连续发展不曾中断的中华民族，其诗歌成就，无论是历史族群创作、世界篇幅最长的英雄史诗《格萨尔王传》，还是文人个体结撰、至今脍炙人口的写景抒情短篇如孟浩然《春晓》、李白《静夜思》、杜甫《望岳》、王安石《泊船瓜州》等，都充分显示着诗歌创作达到的艺术高峰。

中华民族向以勤劳智慧、热爱生活、善于创造而著称，五千年的文明演进、文化发展、文学传统和诗词创作，铸造了一个巍然屹立于世界东方的诗词大国、诗歌王国。尤其是历朝历代以汉语言文字创作的古典诗词，更是中华文化的精华和文学艺术的精品。作为华夏各族人民生活实践、情感交流、思想表达和智慧创造的艺术结晶，这些古典诗词早已成为人类文化宝库中的艺术奇葩，至今在世界范围内产生着越来越广泛、越来越深刻的影响。

珍视中华古典诗词这笔极其宝贵的文化遗产和精神财富，阅读学习、开发运用和弘扬光大优秀的民族文化传统，是时代赋予我们的历史责任和光荣义务。诗词品鉴，作为文化传承、文学欣赏、艺术审美、规律探讨和素质培

① 参见《新华文摘》2010年第17期（总第461期）。

养的重要方式，无疑既是文化阅读与知识积累的有效方法，也是满足当代人们日益增长的精神文化生活需求的重要组成部分。“品”，就是品味、品评和体会精妙，正确理解为前提；“鉴”，本意是镜子，就是鉴别、明察和洞悉艺术水平的高下，学力胆识是基础。品者须细，鉴者要明。品鉴即通过诠释、理解和发明作品的思想内容与艺术表现，发掘、探索和总结文学创作与艺术表现的规律，细品韵味，领略奥妙。

诗词的阅读和品鉴，是一个激活原典、还原创作并进行艺术再创造的复杂文化思维活动过程，读者的生活阅历、知识积累、审美情趣和文化能力，都直接关系对作品的理解与认识。因此，深入了解和科学把握诗词创作的基本特征与具体作品的实际情况，抓住最重要的特点和最主要的亮点，才能品出味、品到位，才能认识意境美，享受艺术美。

古人认为，“诗者，根情，苗言，华声，实义”，即性情是诗歌的根本，语言是表达的载体，声律节奏体现形式优美，思想内容决定艺术价值。因为“感人心者，莫先乎情，莫始乎言，莫切乎声，莫深乎义”，所以，“情、言、声、义”成为诗歌创作最基本最重要的四大元素和品评作品的重要标准。作家正是运用这四大元素和各种表现方法与艺术手段，创造出丰富多彩、风姿各异、千变万化的诗篇。中国古代诗词特别是那些千古传诵、盛传不衰的经典名篇，也正是在性情、语言、形式、内涵、意境和境界诸方面体现着鲜明突出的民族特色。

一是性情浓。诗抒情、文记事，这是中国古代的文化传统。抒写性情是诗词最重要、最基本的功能，性情是诗词作品内在的灵魂、流动的血液和鲜活的生命，故陆机《文赋》称“诗缘情而绮靡”。诗词以情感人、以情动人、以情化人。激情酿佳句，义愤出诗人。真情、深情、痴情才能感动人、打动人、鼓舞人、教育人。中国古代诗词经典名篇无不饱含浓厚、深沉、真挚的感情。《诗经》中《伐檀》《硕鼠》对社会不公平现象一唱三叹的质问谴责，《离骚》报国理想难以实现和忧虑国事的悲愤缠绵，《国殇》追悼为国捐躯将士的沉痛悲壮，都很典型。《古诗十九首》融情入景，寓情于景，情景交融，被誉为“语短情长”。两汉乐府“皆感于哀乐，缘事而发”，而性情起于前，歌辞成于后；唐代新乐府打出“歌诗合为事而作”的旗帜，实质上则是采用即事抒情的手法来写诗，所谓“感于事而发乎情”，虽然旨在“补察时政”而终归“泄导人情”。诸如陶渊明《归园田居》的悠然闲适，李白《早发白帝城》的欣喜欢快，杜甫《春望》的爱国情怀，孟郊《游子吟》的感恩母爱；苏轼《江城子·十年生死两茫茫》对亡妻的刻骨思念，辛弃疾《破阵子·醉里挑灯看剑》对民族统一大业的强烈渴望和壮志难酬的沉痛义愤，陆游《示儿》对收复中原国家振兴的深切惦念……诸如此类的诗篇，无一不深含对国家、对民族、对社会、对亲人、对生活的执着热爱，无一不是以浓厚的情感震撼读者心灵。

二是语言精。如果说文学是语言的艺术，那么，诗词则要求更高，因为诗词语言是最精粹、最精美、最富表现力和最富智慧力的语言。纵观中国历代诗歌，虽然艺术风格千姿百态，而诗人创作尤其是文人创作，无一不是“情必极貌以写物，辞必穷力而追新”，在措辞炼字上下足了功夫，从而形成了丰富多彩、语言精美的诗歌艺术奇观。特别是中国古代诗词经典名篇，语言不仅生动鲜活，形象鲜明，而且凝练简洁，精警有力，让人回味无穷。唐诗“海内存知己，天涯若比邻”（王勃《送杜少府之任蜀川》）以议论抒写心灵相通、超越空间距离的友情、“桃花潭水深千尺，不及汪伦送我情”（李白《赠汪伦》）用夸张比喻的方法形容深厚的友谊，生动形象，耐人寻味；“大漠孤烟直，长河落日圆”（王维《使至塞上》）如同巨幅水墨画，境界宏大开阔，线条分明，轮廓清晰，用字凝重有力。诗仙李白“笔落惊风雨，诗成泣鬼神”（杜甫《寄李十二白二十韵》）、诗圣杜甫“为人性僻耽佳句，语不惊人死不休”（《江上值水如海势聊短述》），他们名篇俊章，佳句迭出：“飞流直下三千尺，疑是银河落九天”（李白《望庐山瀑布》），俨然一幅大气磅礴气势恢宏的巨型图画；“朱门酒肉臭，路有冻死骨”（杜甫《自京赴奉先咏怀五百字》）以强烈的对比揭露社会的贫富悬殊，惊心动魄，精警深刻，震撼人心。宋词“绿杨烟外晓寒轻，红杏枝头春意闹”（宋祁《玉楼春》）以客观景物和主观感受紧密配合的方法描绘春天景象，“着一‘闹’字而境界全出”（王国维《人间词话》）；“槛菊愁烟兰泣露”（晏殊《蝶恋花》）采用移情于物的手法抒写悲伤的情绪、“离愁渐远渐无穷，迢迢不断如春水”（欧阳修《踏莎行》）以空间距离的不断扩大抒写离愁别恨不断加重的心理感觉，既生动形象又鲜明深刻。至如李清照以“绿肥红瘦”（《如梦令》）描绘雨后海棠，用“人比黄花瘦”（《醉花阴》）将眼前菊花的形象与抒情主人公的消瘦进行对比，含蓄地传达思念亲人的深切和痛苦，既生动新颖又力透纸背。

三是形式美。内容决定形式，形式服务于内容；形式既是表现内容的载体，又是内容不可分割的重要组成部分。中国古典诗词之所以具有持久旺盛的艺术生命力和常读常新的巨大魅力，除了内容因素和音乐因素外，既灵活多样又相对固定的体裁形式，是不容忽视的重要原因。自由奔放的古体长篇，多以内容取胜，如《孔雀东南飞》《春江花月夜》《长恨歌》等等。格律精严的近体律绝与依谱成篇的词作，尤其彰显着诗词艺术的形式美。格律诗词充分利用和发挥了汉语言文字在发音、声调、协韵、对仗、会意等方面无可替代的特点，句式简短，格律稳定，使作品既富有浓厚的音乐元素和强烈的语言韵律，又富有鲜明生动的艺术形象和扣人心弦的充沛情感。如杜甫脍炙人口的七言《绝句》“两个黄鹂鸣翠柳，一行白鹭上青天。窗含西岭千秋雪，门泊东吴万里船。”正是以数词、量词、名词、动词及动物、静景、方位的对仗与工整，创造了层次分明、色彩亮丽、画面清新的优美意境。苏轼《饮湖上初晴后雨》“水光潋滟晴方好，山色空蒙雨亦奇。欲把西湖比西子，淡妆浓抹总相宜。”前二句切对工整，后二句节奏流畅，比喻新奇。再如李清照《声声慢》更是巧妙地利用汉字发音的特点和叠字的效果，抒发国破家亡与悼念亡夫的沉痛心情，受到历代人们的激赏。

四是内涵深。中国古代以“温柔敦厚”为诗教，这是诗词创作的艺术原则和基本要求，是一种将人格修养与艺术素养相融合、题材内容与社会效果相统一的重要原则。在这种理论主张的引导下，蕴藉含蓄、深厚委婉，避浅避直、避俗避露，经营意境、讲究感悟，成为中国古典诗词的主流。与此同时，中国古代诗词不仅内容丰富、题材广泛，艺术手法以“委宛含蓄”为正宗，而且将生活民俗、现实思考、历史典实、神话传说、成语典故等等运化入诗，咫尺千里、以少胜多，由此既显示出深厚的民族文化积淀和深刻的思想内涵，给读者创造了内容理解和艺术想象的广阔空间。诸如唐代王若虚《春江花月夜》通过描绘优美的自然景色抒发离别思念的深情，同时将时间永恒、空间无限和个体渺小的哲思寓于其中；陈子昂《登幽州台歌》“前不见古人，后不见来者，念天地之悠悠，独怆然而涕下！”虽然只有四句而涵纳着对宇宙时空和人生抱负的深邃思考；王之涣《登鹳雀楼》“欲穷千里目，更上一层楼”写景抒情而深寓激励哲理；杜甫“三吏”“三别”对黎民百姓的深切同情和对现实社会的深沉思考，《闻官军收河南河北》于惊喜奔放与热情洋溢中透出热爱家国之情的炽烈；无不引人深思，给人启悟。至如宋代苏轼“不识庐山真面目”（《题西林壁》）、“春江水暖鸭先知”（《惠崇春江晓景》），陆游“山重水复疑无路，柳暗花明又一村”（《游山西村》），朱熹“问渠哪得清如许，为有源头活水来”（《观书有感》）等著名诗句，更是意味隽永深长，被后世读者不断赋予更丰富更鲜活的思想内容。另外，古代诗词用典现象十分普遍。由于典故是长期流传且形成了固定的内容含义，因此，其本身就有丰厚的文化内涵，恰当运用，既节省文字减少了篇幅，又增强了含蓄性和信息量。如李商隐《无题》化用“灵犀”“兰台”“蓬山”“青鸟”等典实，范仲淹《渔家傲》“燕然未勒”运用《后汉书·窦宪传》故事，苏轼《念奴娇·赤壁怀古》借用《三国志·周瑜传》故事，秦观《鹊桥仙·纤云弄巧》化用牛郎织女的传说，辛弃疾《永遇乐·千古江山》融化《史记·廉颇蔺相如传》、三国孙权、南朝宋武帝刘裕等一系列典故，都是为人熟知的例子。典实的运用，使民族传统文化的历史积淀在作品中得以保存和流传，也极大地丰富了诗词的文化内涵。

五是意境新。诗主性情，更重意境。诗词意境是作品思想内容与艺术表现手法完美融合而创造出的艺术效果，创新出奇则是文学创作普遍追求的重要目标。诗写性情，情在画中，诗中有画才会形象鲜明生动，而创新出奇才会让作品具有艺术吸引力和思想冲击力。中国古代诗词以情、景、事、理、意、趣为主要创作元素，抒写情志、表现生活、反映社会、体现时代是创作的主要目标，作者往往灵活运用多种多样的艺术表现手法，将客观场景与主观感受紧密结合，熔抒情、写景、叙事、言理于一炉，创造出情感深厚充沛、形象鲜明生动的优美意境。诸如王维《山居秋暝》"明月松间照，清泉石上流"以优美的画面传达对山间静谧景色的喜爱、贺知章《咏柳》"碧玉妆成一树高，万条垂下绿丝绦"通过描述柳树婀娜多姿的形象表现对春天大自然的热爱，意境清新优美，形象鲜明生动；李白《梦游天姥吟留别》"半壁见海日，空中闻天鸡""熊咆龙吟""日月照耀"的雄奇壮丽；岑参《白雪歌送武判官归京》"忽如一夜春风来，千树万树梨花开"的奇特想象和生动比喻；无不让读者感受到强烈的新奇，如临其境，如闻其声。

六是境界高。诗词境界是作者思想高度与艺术腕力的综合体现，也是衡量诗词艺术成就的重要标志。如果说意境多是通过画面形象传达思想感情的话，那么，境界则更多体现在思想与艺术达到的高度上。中国古代诗歌创作的基本导向是"诗言志"。"志"者，意也，即个人心中的情感、想法和意愿。"诗言志"这一古老的理论主张，把诗词引向了富有积极意义的创作道路。由是，表达报效国家、建功立业的美好理想，赞美浩然正气与公平正义，发抒爱国爱民爱生活的情感，宣泄热爱自然、热爱自由的情怀，乃至抒写壮志难酬的愤慨，或抨击贬抑时弊，谴责批判暴行等等，成为诗词创作的主要内容和重要题材；而"以人为本""天人合一""大济苍生""安邦治国"一类的思想观念和价值取向，也提升了诗词作品的思想境界。纵观中国古代备受赞誉的诗歌国手、创作大家，如屈原、李白、杜甫、苏轼、陆游、辛弃疾等等，他们无不将自己对自然宇宙、人类生存、国家安危、社会发展、现实生活的思索，对人与自然、人与社会、人与人、人自身之矛盾的思索，对"以天下为己任"的人生道路、理想抱负、社会现实的思索等等，融入诗篇，形于词章，使作品呈现出气势磅礴、震撼心灵的大气魄和思想深邃、启悟智慧的大境界，也展示着作者高尚品格、深厚学养的博大胸怀与开阔视野。

总之，中国古代诗词特别是经典名篇，是华夏民族传统文化的精华，尽管近现代以来，传统文化不断接受着时代发展的严峻挑战，而古典诗词名篇由于情真意切、意境优美，合辙押韵、朗朗上口，易读易懂、易记易传，可吟可唱、可歌可诵，始终备受人们青睐，不仅一直是语文教材的重要内容，而且也一直是人们欣赏品鉴、丰富文化生活的重要部分。

品鉴是更加深入的阅读和更高层次的学习。品鉴的过程，是激活作品艺术生命并参与艺术再创造的过程，因此可以仁者见仁，智者见智，人们可以有不同的理解，甚至允许“作者未必然，读者何其不然”。但是必须把作者原意与读者延伸区分开来。品鉴是接受者与创作者跨越历史时空的思想交流和心灵沟通。正是在这个过程中，读者品味着作品的思想之美和意境之美，享受着情感的冲击和艺术的洗礼，感受着民族优秀传统文化的博大精深，与此同时，读者潜移默化地接受着文化艺术的熏陶和滋养，自觉或不自觉地培育着文学情趣、文化素养和文明气质，培育着形象思维力和艺术创造力，甚至为创造新作品酝酿着条件。尤其应当特别指出的是，诗词品鉴也是开展诗词研究的基本功，诗词风格、艺术流派、文学思潮的研究都必须从这里入手和起步。

二、编撰《中国古代文学研究》

如果说《中国文化论稿》是原定计划的落实，那么，《中国古代文学研究》则是任职上海交通大学不久根据工作岗位变化做出的新调整与新安排。

2015 年 3 月初报到，4 月下旬突然接到去校长办公室的通知。林忠钦校长亲切询问入职后的工作生活情况，重点介绍了学校拟成立新人文学院以强化文科建设的发展计划，并代表学校党委转达希望我出任新院长的方案，叮嘱暂时保密，可在一周内回复学校。经过慎重考虑，我选择了不辜负学校党委信任与期待，努力为上海交通大学文科建设与新人文学院发展略尽绵薄。学校完成所有必需的前期工作程序后，于5月12日在人文楼大礼堂隆重举行新人文学院成立大会，学校党委书记姜斯宪教授与校长林忠钦院士出席大会并讲话，介绍交大建设世界一流大学的目标与任务，原人文学院与国际教育学院全体教职员工到会，由此开启了人文学院发展的新篇章。由于学院事务繁多，暂时无法集中时间与精力撰写新专著，于是结合教学任务调整为整理编撰论文集《中国古代文学研究》。承蒙中华书局厚爱，于2016年6月出版了这部文集，成为受聘上海交通大学之后的第二本学术著作。

《中国古代文学研究》精选论文四十五篇，厘为三编。第一编“散文与小说”以研究中国古代散文发生发展的论文为重点，另有一篇关于宋元小说批评的论文，计十四篇；第二编“诗词与戏剧”选入《论中国古代诗词的艺术境界》《古代黄河吟咏及其民族精神》《黄庭坚“点铁成金”“夺胎换骨”说新论》等研究中国古代诗词的论文十五篇、《〈西厢记〉艺术成就的多维审视》《张寿卿及其杂剧〈红梨花〉》等宋元戏曲研究成果三篇，计十八篇；第三编“文献与考证”选入《古籍整理与古为今用》《论创新古典文献研究》《苏轼与黄庭坚行谊考》等十三篇。著名学者陈尚君先生撰写了长篇序文《与杨庆存述唐文治书》：“本书凡分三编，一曰《散文与小说》，得王（水照）先生倡文章学真传而有所创见者；二曰《诗词与小说》，得刘（乃昌）先生所授而潜心精研之所得；三曰《文献与考证》，则多近年读书得间、融通新作者。凡此数端，皆涉猎广阔，体会深切，举证详确，结论足征。”

清华大学人文学院院长刘石教授《中国古代文学研究·序》称：“从1991年与乃师刘乃昌先生合作出版《晁氏琴趣外编校注》迄今20余年间，杨庆存教授出版了《宋代散文研究》《黄庭坚与宋代文化》《传承与创新》《宋代文学论稿》《中国文化论稿》等多部专著。即使高校、社科院专职从事研究的人也算得上高产，何况他的本职工作是繁琐的人文社科管理。但更值得提及的是，庆存教授的治学适用于钱钟书先生说的‘know something of everything and everything of something’，从上述诸种著作中不难看出，无论是否有意，庆存教授是沿文献-文学-文化的路径一层层地拓展其学术工作的，他在这条路径上交替使用考、述、论三种方式，进行古籍校笺、文献稽考、文史辨析、文学论述和文化探讨，所涉甚广，但又贵能重点突出，在宋代文学，尤其是宋代散文研究方面多所建树，以自己的勤奋和建树，成为学界瞩目的著名学者。”

康亚萍教授《古今纵横　专博并重——评杨庆存教授的〈中国古代文学研究〉》认为这部著作“所收文章，或是针对少有人关注的领域，或是学界悬而未决的问题，大都能以独特的视角、丰赡的材料、缜密的思维展开研究，令人耳目一新”。康亚萍从三个方面概括此书特点：一是“视角独特，新见层出”，“书中所选散文领域的论文，有从宏观视角论述宋代散文整体特点，有从微观角度分析具体作家的散文特点，前后形成了一般与特殊的逻辑关系，每一部分自成体系。杨庆存在散文领域的研究视角独特，逻辑思辨力强，材料翔实，言他人之所未言或言他人之未尽言，解决了长期存疑的难题，在散文研究领域开辟新路方面做出了贡献”。二是“大题不泛，小题能深”，“论述总能言之有物，不落空言”。《论中国古代诗词的艺术境界》以白居易《与元九书》论“诗者，根情，苗言，华声，实义”为切入点，从性情、语言、形式、内涵、意境等方面论述中国古代诗词的艺术境界，结合具体作品，全面、准确地将诗词艺术魅力展现出来。《论宋代散文的繁盛与底蕴》将宋文与唐文相比较，用数理统计、图表分析的方法，展示宋代散文在作家、作品数量上的优势；接着从运行机制、发展模式、社会环境、创作主体透视四个方面分析宋代散文发展状况。对“唐宋文之比较”这样一个宏大的论题予以条分缕析，可见研究者学术视野之开阔与驾驭能力之高超。“书中所收的每一篇文章，大都能以宏阔的视野、翔实的史料、缜密的思辨来分析问题和解决问题。因此，不论是宏大视角，还是微观话题，文章总不落空谈，给人耳目一新的感觉。”三是“方法多样，考订精密”。“综合运用文献分析法、实证研究法、逻辑思辨法，将考、述、论三种方式相结合，以其深厚的学养、独立的思考、缜密的思维，纠正前人的诸多贻误，为学术研究做出了诸多贡献。该书中所收文章材料翔实，论证严密。《散文发生与散文概念新考》一文涉及的文献资料达三十余种，《古代散文的研究范围与音乐标界的分野模式》一文涉及著作近五十本，另外还有期刊报纸等资料，其资料征引之丰富令人叹为观止。”康亚萍认为“《中国古代文学研究》三编各有侧重，全书体系完整，思理绵密，方法多样，融知识性、学术性于一体，体现了作者敦朴、扎实的学风。在散文研究领域，杨庆存既精又通，不论是研究整个散文发展历史过程，还是具体到具体作家或文体研究，都能在深入思考的基础上，用翔实的材料、独到的方法做出完备的论述。在诗词小说领域，他同样以宏阔的视野、历史的眼光纵览全局，精到地发掘其中的文化价值”。

编辑学术论文集，既是对以往学术研究经历的回顾，也是学术认知的检阅，有益于个人学术反思和提升研究水平。《中国文化论稿》与《中国古代文学研究》这两本学术论文集编辑与出版的过程，引起我对学术研究活动的诸多思考。

代表成果之十四：

论社会科学思想与华夏文明传统[①]

内容提要：充分发挥社会科学在经济和社会发展中的重要作用，是开创国家建设新局面的迫切需要和智慧选择，也是中华民族文明发展的优秀传统。文章认为，凡是有所作为的民族和国家，凡是有所作为的执政者，无不高度重视社会科学、充分利用社会科学，无不将社会科学作为民族发展、国家发展和社会发展的根基和保障；中国成为目前人类文明发展史上唯一文化不曾中断、文明连续发展

① 参见《浙江学刊》2002 年 6 期。

的国家，重要原因之一就是得力于社会科学思想的力量；勤于思考、善于总结、敢于创新、勇于探索，是中华民族的突出特点；中华民族的文明发展史，从某种意义上说就是社会科学思想的发展演变史。文章概括了中国社会科学思想发展的六大特点：研究队伍强大、名家大家辈出、思想体系缜密、注重文献收集、理论联系实际、坚持与时俱进。

充分发挥哲学社会科学在经济和社会发展中的重要作用，是中华民族文明发展的优秀传统。纵观人类文明发展史，凡是有所作为的民族和国家，尤其是古今中外有所作为的执政者，无不高度重视社会科学，无不充分利用社会科学，无不将社会科学作为民族发展、国家发展和社会发展的根基和保障。

大约在公元前3500年，尼罗河流域出现以法老“政教合一”的专制主义统治为主要标志的古埃及文明，金字塔及其古埃及法老石板浮雕上精美绝伦的象形文字，说明当时社会发展达到了很高的水平。与此同时，在中东两河（幼发拉底河和底格里斯河）流域，出现了古巴比伦国的美索不达尼亚文明和古苏美尔文明，现藏法国卢浮宫博物馆的《汉谟拉比法典》石碑，是人类史上现存的第一部成文法典，它与伊拉克首都巴格达故宫博物馆里保存的楔形文字泥版书一样，都是两河流域社会文明发达的重要标志。约公元前2500年，古印度河流域进入文明时代，哈拉帕文化和印章文字代表着当时社会的进步水平。公元前2000年地中海兴起的爱琴文明，是古希腊文明的源头，克利特岛上的线形文字和米诺斯王宫体现了爱琴文明的发达。由上述的文化遗存不难看出，当时的统治者显然是依靠发达的思想文化，创造了属于那个时代的辉煌。

然而，古埃及、古巴比伦、古印度这些曾为国家的生存和发展创造了辉煌的文明古国，都早已经消失在历史的长河中，唯有在黄河流域创造辉煌灿烂华夏文明的中国，延续至今，成为目前人类文明发展史上唯一文化不曾中断、文明连续发展的国家。这种奇迹，自然是民族智慧的结晶和体现，而其中重要原因之一，就是得力于社会科学思想的力量，得力于中华民族重视社会科学、发展社会科学的优良传统，得力于独特的社会机制和思想体系。

中华民族是一个有着悠久历史并创造了辉煌文化的民族，是一个为人类文明发展做出了卓越贡献的民族。热爱社会科学、重视社会科学、发展社会科学，是中华民族的优良传统。中华民族在五千年乃至更长的文明发展的历史进程中，实践、总结和积累了极其丰富的发展社会科学和运用社会科学的宝贵经验，并留下了浩如烟海的文化典籍。勤于思考、善于总结、勇于创新、敢于探索，这是中华民族在发展社会科学方面表现出来的突出特点。

中国历朝历代有所作为的统治者，实际上大都是卓越的社会科学思想家。他们不仅善于观察社会，发现问题，审时度势，果断决策，而且善于独立思考，善于“并天下之谋、兼天下之智”。由于所处的地位和肩负的责任，他们必须对社会各个方面的重大问题进行了解、思考和处理，由此而成为社会科学的重要思想者和重要实践者。

上古结绳而治，伏羲氏教民以渔牧、神农氏示人以农耕、燧人氏钻木以取火，这些华夏民族的远古部落酋长思考和解决的问题，首先是部落个体生命和部落群体生存最基本的条件与出路问题，这是构成社会的前提，也是社会存在的基础。至黄帝轩辕氏，则进一步思考部落发展问题，面对部落无序、相互侵犯的局面，他“修德振兵，治五气，艺五种，抚万民，度四方”，征伐残暴，统一天下，不仅创造了一个相对和平安定的环境，而且致力于政治秩序建设和农牧经济建设，所谓“置左右大监，监于万国”，“披山通道”，“时播百谷草木”（《史记·五帝本纪》）。帝喾高辛“抚教万民”、帝尧放勋“合和万国”、虞舜重华则令“蛮夷率服”（同上）。这五位帝君在建立国家和治理社会方面取得的辉煌成就，证明他们都充分运用和发挥了社会科学因素的独特作用，各自形成了一套成熟的统治思想和统治机制。

夏代大禹文命，不仅以治理洪水而闻名于世，而且“声为律，身为度，”“为纲为纪”，使“九州攸同”，天下太平。其后，殷商以德治国，成汤“德及禽兽”；周代礼乐治国，遂有“成康之治”。秦并六国而一统天下，推行法治，强化皇权，车同轨，书同文，而嬴政为始皇；汉承秦制，海内为一，“文景之治”，传为美谈，至武帝采纳董仲舒之说，“罢黜百家，独尊儒术”，帝国强盛；有唐一代，弘扬儒学而兼尚佛老，科举取士以治国，乃有“贞观之治”与盛唐气象；赵宋“右文抑武”以防乱，收兵权而搞集权，文礼兴邦，广纳贤能，广开言路，通才涌现于两宋，宰相多出于寒门，经济发达，文化发达，正如陈寅恪所言，封建文化历经数千年之演变，造极于赵宋；蒙元入主中原，将“以汉治汉”作为立国治国之大策而儒道并用；明清两朝，视“理学”为国学，儒、释、道兼采并用，明有洪武、永乐之治，清有“康乾盛世”，均为世人称道。古代这些开创新局面、创造新气象的有为帝君，或立国，或治国，其发策决断，无不得力于社会科学，无不建立在对现实社会进行深入思考和充分研究的基础上，无不将社会科学作为立国治国之根本。

中华民族五千多年的文明发展史，从某种意义上说就是社会科学思想的发展演变史。在中华民族发展的历史长河中，形成了中国社会科学发展、发达的显著特点。

其一，历朝历代都有一支强大的社会科学思想研究队伍。这支队伍，从最高统治者到基层官吏，从上古的卜、史、巫、祝，到近代的诗人学者，他们都在用各自的方式思考着当时民族和国家的生存与发展，思考着社会的进步与人类文明的发展。远古的唐尧虞舜，先秦的诸子百家，汉代的司马班扬，唐代的李杜韩柳，宋代的范（仲淹）欧（欧阳修）王（安石）苏（轼）、周（敦颐）程（颐、颢）朱（熹）陆（游），明代之王阳明、王夫之、顾炎武，清代之龚自珍、黄遵宪、谭嗣同、康有为……“国家兴亡，匹夫有责”的民族意识和忧患意识浓厚而强烈。

其二，涌现了一批闻名世界、影响古今的社会科学家和政治思想家。诸如，提出“无为而治”“治大国如烹小鲜”等著名观点的李耼；被誉为“至圣先师”“万世师表”的孔丘；以兵法十三篇而闻名于世的孙武；善以寓言说理喻事的哲学思想家庄周；继承孔子学说而主张实行“王道”和“仁政”的孟轲；挑战孔孟“性善”说而提出“性恶论”的荀卿……而近代以来的思想伟人和社会革命家如孙中山、毛泽东、邓小平等，更是妇孺皆知。他们既是伟大的理论家又是杰出的革命家和实践家，在世界范围内发生着深远的影响，为人类文明的发展做出了卓越贡献。伏尔泰崇拜孔子而将书斋命名为“孔庙”，且以孔子主持人为名发表作品，列宁则称王安石为中国十一世纪的社会改革家。

其三，形成了一个庞大、系统、缜密、以人为核心的中国特色社会组织思想体系。这个思想体系不是由逻辑推衍而来，而是从人们的现实生活体验中、从社会发展的实践中总结概括出来。仅以古代为例，先民们在生活实践中发现，人的个体行为是受思想和意识支配的；众多具体的“人”构成了社会；社会的运行和变化则往往是人的思想行为影响的结果；个体的生存和发展必须依靠群体，而群体的生存与发展则必须依靠思想的一致和行为的和谐。由是，先贤圣哲一方面从宏观上提出了“天人合一”“天下为公”“大同社会”“小康社会”等思想，一方面又提出了“正心、诚意、修身、齐家、治国、平天下”的个体修养规范，以此协调人与人、人与社会、小社会与大社会之间的关系。同时，先哲们还根据个体生命的繁衍规律和家庭为社会构成基本单位的特点，提出了以“孝”为先、以“孝”为治的主张，提出了“三纲五常”的社会规范，等等。这个思想体系以人为核心，紧紧抓住人的思想意识性与社会的基本构成这一根本特点，考虑人类的生存与发展，因此在特定的历史时期内，具有明显的社会教化效果和长久的内在生命力。所有这些，均以儒家思想为典型代表，其终极目的则是创造一个和平安定的社会环境和井然有序的社会秩序，以利于经济的发展和文明的提高，以利于社会的进步，以至于当代西方发达国家的部分学者认为，21世纪的人类发展，需要从中国儒家文化中汲取营养，寻求出路。孔孟学说以及西汉学者编辑的四十九篇《礼记》（远古至秦汉时期的礼学文献）等，集中地代表和反映了这种社会思想。

其四，注重文献资料的收集、整理和保存。上古先民结绳而治（东汉武梁祠石室有“伏戏仓精初造王业，画卦结绳以理海内”之语），这是记录、整理和保存社会发展信息的滥觞。而当时的卜、史、巫、祝是从事占卜、祭祀和记录国家重大事件的专职人员。发明文字之后，有关社会的各种信息，以不同形式不断被整理记录和保存下来，形成了中国古代浩如烟海的文献资料。殷商甲骨文字、上古钟鼎铭文、帛书竹简，载体多种多样，内容更是丰富多彩。中华民族又有修史、修书、藏书的优秀文化传统，五千年文明一以贯之，得以不断，而传世典籍，汗牛充栋，世界上任何一个国家都无与伦比。二十四史，世界第一；五经四书，人所共知。"《诗》《书》《春秋》皆所以明乎得失之迹，存王道之正，垂鉴戒于后世"（《资治通鉴·序》）。先秦诸子之作，皆"务为治者"（《易传》）。孔子修《春秋》，司马迁作《史记》，萧统编《文选》，刘知几著《史通》。宋代司马光奉敕编《资治通鉴》，"所载明君、良臣，切摩治道，议论之精语，德刑之善制，天人相与之际，休咎庶证之原，威福盛衰之本，规模利害之效，良将之方略，循吏之条教，断之以邪正，要之以治忽，辞令渊厚之体，箴谏深切之义，良谓备焉"（《资治通鉴·序》）。其后，明代永乐年间编辑《永乐大典》，清朝康熙年间撰修《四库全书》。而丛书、丛刊、集成、备要之类，又不胜枚举。这些汗牛充栋的文献，不只是巨大的文化遗存、文化遗产和弥足珍贵的文化财富，不只是华夏民族的智慧结晶和历史经验的总结，而且也是华夏民族发展历程的真实记录，是华夏民族推动社会进步和人类文明发展的真实记录。

其五，尚理而致用，理论与实践紧密结合。立足于社会现实，着眼于长远发展，这是中国社会科学发展的优良传统。"经世致用""大济苍生""有补于世"等等，一直是古代贤哲和社会科学努力追求的目标，也是中国社会科学发展的突出特点。孔、孟时代，"世道衰微，邪说暴行有作"，诸侯征伐，社会动荡，人类残杀，道德沦丧，所谓"弑君三十六，亡国五十二，诸侯奔走不得保其社稷者，不可胜数"（《史记·太史公自序》），前代创造的文明惨遭破坏，人们生存受到严重威胁。孔子修《春秋》"惩恶而劝善"，借助历史和舆论力量，规范社会道德和社会行为；孟子则通过批评与抵制杨朱的"为己说"、墨翟泯灭是非的"兼爱论"，弘扬和发展孔子仁学思想并提出"王道"

学说。孔、孟称扬唐虞社会安定统一、文明有序，反映了人民对和平、稳定、有序发展的普遍愿望，反映了时代发展和社会进步的要求。“自《春秋》作而乱臣贼子惧，孟子之言行而杨、墨之道废”，其社会的积极影响不言而喻。孔子对春秋战国时期社会现实的思考和儒家学说的创立及其对后世的影响，非常典型地代表着中华民族在社会科学方面理论联系实际的好传统。另如，汉代昭帝于公元前81年召集天下贤良60多人到长安，讨论盐铁官营和酒类专卖问题，至宣帝时，桓宽根据会议文献，整理加工，成《盐铁论》60篇，内容涉及当时的经济、政治、军事、文化等各个方面，也是社会科学关注和密切联系现实的典型事例之一。至如唐太宗与诸大臣一起讨论和总结历代兴亡之经验教训，探求治道政术，治国以安民，吴兢分类编辑而成《贞观政要》，被视为治国理政的必读书，更是人所共知。西周时期的巨大铜盘“散氏盘”上铸刻着我国最早的邦国之间的诉讼赔偿文书；湖北云梦县睡虎地秦墓出土的竹简上，有秦律十八种、《法律答问》、汉代萧何制定的《九章律》；赵宋立国后，针对五代战乱和藩镇割据给社会发展造成的破坏而采取了“右文抑武”的对策；宋代宰相赵普“半部《论语》治天下”的故事，妇孺皆知……这些都是很具说服力的例证。总之，理论联系实际，注重理论指导实践、在实践中发展理论，是中华民族的好传统。

其六，坚持与时俱进的优秀传统。历史在发展，社会在发展，以社会现实和社会实践为主要动力源泉的社会科学，必须跟上时代的发展甚至超越时代的发展，才能发挥其功能。中国社会科学的发展，正是在这种情势下形成了与时俱进的优秀传统。如孔子对西周社会制度和政治文明的阐发、改造和创新；从先秦的诸子百家学说，到汉代经学的出现，再到宋代疑古惑经文化思潮的出现和程朱理学的形成，其间的发展变化脉络是十分清晰的。再如，从上古的以德治国、周代的以礼乐治国，到汉代的独尊儒术、魏晋玄学的盛行，再到唐宋时期的儒释道三家兼采并用，每个历史时期都是由于环境条件的变化而出现了新的理论。其中最为典型的就是儒学的发展。夏、商、周的历史实践以及当时创造的社会文明，为孔子创立儒学奠定了坚实的基础；孔子根据时代的发展和当时社会混乱无序的状况，构建起儒家的“仁学”与“礼学”思想体系；至孟子发扬光大孔子学说，又根据时代变化，提出“王道”与“仁政”学说；汉代儒学乃是在孔孟学说基础上发展完善起来的，以“修身、齐家、治国、平天下”（《礼记·大学》）为核心的入世思想，以“仁、义、礼、智、信”为标准的道德观念，以“天、地、君、亲、师”为次序的伦理观念等已经为人们普遍接受；至宋代的朱熹“致广大、尽精微，宗罗百代”，发挥《礼记·大学》“格物致知，正心诚意”之说，集儒学之大成，为“理学”之代表。儒学的发展脉络，非常典型地反映了中国古代社会科学思想与时俱进的特点。

总之，重视社会科学、发展社会科学、充分发挥社会科学在民族发展和国家建设中的巨大作用，坚持理论联系实际，坚持与时俱进，是中华民族文明发展的优良传统。国家根据新世纪新阶段的新任务，强调坚持社会科学和自然科学并重，强调充分发挥哲学社会科学在经济和社会发展中的重要作用，既是对中华民族重视社会科学优良传统的弘扬，又是在新形势下对社会科学提出的新要求。

三、出版《黄庭坚研究》

黄庭坚研究是我深入考察宋代文学与宋代文化的切入点，也是走向学术殿堂的起步点，曾发表过一批研究论文与专著《黄庭坚与宋代文化》。为庆祝中华人民共和国七十华诞，《光明日报》出版社精心策划《博士生导师学术文库》作为国庆献礼，编辑部多次约稿，遂承诺并签约以学术专著《黄庭坚研究》付梓。

黄庭坚是宋代文化发展史上颇具典型意义且影响深广的大家巨擘，不仅文学创作、书法艺术卓然名家，而且精于儒、深于禅、通于老庄，哲学、史学均有建树。于是，我以河南大学出版社 2002 年首版《黄庭坚与宋代文化》为基础，进行大幅度的内容正文修改、补充和完善，并严格学术规范，核校全部注释与引文，比原版增加了十万多字，将书名修定为“黄庭坚研究”，付梓印行。2019 年 7 月，《黄庭坚研究》出版面世，成为入职上海交通大学后的第三本学术著作。

《黄庭坚研究》从宋代文化与文学层面，比较全面、系统、深入研究黄庭坚及其文化贡献。著作认为，宋代文化是中国古代文化发展史上的又一巅峰，作为“不践前人旧行迹，独惊斯世擅风流”的一代文化巨匠黄庭坚，与“出新意于法度之中，寄妙理于豪放之外”的苏轼一样，同是宋代文化的创造巨匠和典型代表。时代培养和造就了黄庭坚这位文化巨擘，而黄庭坚的文化实绩也反映了他的特定时代。然而，人们对于黄庭坚的文化创造实践和文化理论建树之认同、认识、理解和评价，宋代以来即毁誉参半，所谓仁者见仁，智者见智，往往缺乏全面、系统、客观而辩证的评判。用历史唯物主义的方法对待和研究历史现象，探讨和发现其发展的规律，以为当今之龟镜，应是社会科学研究尤其是古代文化研究必须遵循的原则，而科学研究必须客观求实、科学严谨，不囿成见，解放思想，实事求是。正是在这种思想指导下，著作将黄庭坚作为剖析宋代文化的典型，并着眼于人才成长、文化建设和规律探索，从家学、生平、交游、思想、创作、影响等方面，系统考察和深入分析黄庭坚的文化实绩和创造历程。著作详细梳理和全面考察了相关文献资料，从而解决了六大问题：一是厘正了黄庭坚的家族世系，纠正了自宋代以来就存在的多种讹误；二是理清了黄庭坚“点铁成金”“夺胎换骨”的渊源流变与深广影响，提出其核心宗旨与最终目的是强调以继承为基础的文化创新；三是考察黄庭坚家学渊源及其对黄庭坚的影响，特别是其父亲黄庶的诗歌创作风格及其对黄庭坚的直接影响；四是搞清楚了黄庭坚与苏轼的友谊交往史实以及对推动宋代文化发展产生的巨大影响；五是分析了黄庭坚的散文创作与人文内涵；六是客观地讲述了黄庭坚词的创作风貌及其艺术贡献。

《黄庭坚研究》共十部分。引言“黄庭坚文化现象及其历史启示”，是对研究对象黄庭坚定位、定性、定界与研究角度及意义的总括介绍。第一章侧重研究黄氏家族的历史与迁徙；第二章着眼于黄庭坚生平仕宦经历的考察与梳理；第三、四章着力于梳理和研究黄庭坚同苏轼的友谊交往与创作切磋，重在研究黄庭坚与苏轼友谊对宋代文化发展产生的重大影响；第五章侧重黄庭坚诗歌创作的艺术追求与突出特色；第六章以“江西诗派”为典型案例，侧重研究黄庭坚诗歌艺术独创形成的深广影响；第七章着力研究黄庭坚“点铁成金”与“夺胎换骨”理论的本义、意义及其在中国传统文化中酝酿、发展与演化的文学基础；第八章研究黄庭坚词创作风格的多样化；第九章着力研究黄庭坚的散文及其人文精神。

著作认为，黄庭坚立足于文化以人为本、以人为核心的基本特征，以继承为前提、为基础，积极倡导和强调文化创新，并创造了优异的文化实绩。黄庭坚在为宋代文化、为中国古代文化乃至为人类文化提供丰富文化实绩的同时，更为重要的是创造了一种新文化模式，一种文化思维、文化创造、文化方法的新模式。从整体上讲，黄氏创造的文化是一种与通俗文化、平民文化有所不同的文人文化、士族文化，其突出特点就是文化信息含量大，创新程度高，历史积淀厚，品位高雅，蕴含丰富。可以说，黄庭坚的重要代表作品是宋代文化中的“象牙塔”，是宋代文化发达的必然产物。这方面最有创造性的典型代表除了书法成就之外，就是黄庭坚的诗歌创作、艺术理论和书信题跋。著作认为，黄庭坚现象告诉我们，社会实践的丰富多彩决定了文化创造的多种多样；艺术创作个体的特殊性决定了艺术创作的差异性；文化创新、文化建设必须依靠群体和社会的共同努力才能取得成功；作为社会进步和文明发展的文化成果与艺术创造的表现形式，应该是多样化、多层化的，雅俗共赏固然是人们向往的艺术佳境，而“阳春白雪”与“下里巴人”同样难能可贵。

著作认为，黄庭坚的文化实践和理论创造告诉世人至少六方面的经验体会：其一，创新是艺术生命的基础，创新是文化发展的前提，创新是传之久远的关键；有创新才能有艺术生命，有创新才能有文化发展，有创新才能传之于后世。其二，创新必先继承，发展必先接受，传之于后世必先立足于现实，反映时代新特点。其三，艺术创新与个体的文化素养、创新意识、生活阅历、审美情趣、时代精神、社会环境和文化氛围等多方面因素密切关联。其四，勤于学，敏于思，笃于行，虚怀若谷，刻苦奋发，广闻博识，善于借鉴，深厚学养，是个体艺术创新的必要条件。其五，艺术创新的整体水平和创新程度，决定着艺术生命的长短和影响的深广程度。其六，艺术创新成就的认可度，既受时代文化发展水平和接受个体学养的限制，又受创作主体道德品行与人格魅力的影响。在研究方法和学术规范方面，严格遵守实事求是、科学严谨与求真、求善、求美原则，努力践行"致广大而尽精微"，有征必审，无征不信，考镜源流，言必有据，注释内容格式，规范有序，信息丰富准确。著作一是从中华优秀传统文化弘扬与创新高度来重新认识黄庭坚做出的文化贡献，二是从宋代政治、经济、文化发展的层面来分析黄庭坚文化现象的必然性，三是从黄庭坚家族家学家风、成长经历与本人性格的视角深入研究其文化创新与文学创作的内在底蕴，四是从黄庭坚与文坛宿老及青年学子的文化交往活动中探究文化与文化的发展规律，五是从黄庭坚本集中发掘第一手材料增强论据的科学性、严谨性与可信性，六是从黄庭坚本人的作品中探讨其文化理论、文学主张的系统性与变化性，发掘其蕴藏的深厚文化内涵与独特的艺术美。

中华书局原总编、中央文史研究馆馆员傅璇琮审阅首版全稿，并撰写长篇书序，且以"黄庭坚文化现象的历史启示"为题目撰写书评，在《光明日报》刊发，指出书稿"一是从具体考证黄氏宗系与家学入手，展示山谷这一文学大家所承受的深潜文化渊源"，"二是全面论述山谷诗词创作，进而探索其文学思想，特别对多有误解的'点铁成金''夺胎换骨'加以深细的辨析"，"三是提出对山谷散文的重视，并从人文精神的角度探讨其散文的美学意义和文化内涵"。认为这项成果具有原创性，使相关领域的研究取得突破性进展，学术视野开阔，功底深厚。北京大学终身教授、国学院院长、中央文史研究馆馆长袁行霈认为成果具“有重要的学术创获”，著者“善于在充分掌握文献材料的基础上，深入挖掘其文学、文化的深层内涵”，“以历史的眼光把握史料，通过细密的考证与阐述，解决具体学术问题”。山东大学享誉海内外的著名宋代文学专家刘乃昌认为这是“卓有新创的一部专著”，“眼界宏阔，视角多样”，“将黄氏置于文化学的广阔疆域予以论析”，“各章于有关资料，撷采丰厚，引据翔实”，“全书论析精当，新见迭出”，“虽为学术专著，在行文上却能雅意润泽”“引述前人载记，注意精心剪裁、细密联缀。读来有娓娓动听、引人入胜之趣”。上海交通大学资深教授、国务院外国专家局“海外名师”高宣扬认为，《黄庭坚研究》“通过细致考察和深入发掘关于黄庭坚的第一手文献资料，发现了一系列未曾被人关注或使用的新资料，并由此提出一些新见解乃至具有重要意义的原创性、突破性成果。”中国社会科学院著名学者陶文鹏认为，专著是“兼具课题新、视野新、资料新、观点新、理论新的力作”（《迈向更高的学术境界》）。诸多名家大师都给予了充分肯定与热情鼓励。

在以往的科研经历中，我对黄庭坚与宋代文化的思考和探索起步早、用力勤、创获也相对较多。这主要得力于高校教学过程中的认真备课，针对当时普遍使用的中国文学史教材存在的疑问，通过细致考察和深入发掘黄庭坚全集中的第一手文献资料，获得诸多未曾被人关注或使用的新材料，并由此提出一系列新见解乃至具有重要意义的原创性、突破性成果。部分成果曾先后发表在诸如中华书局大《文史》与《传统文化与现代化》（张岱年主编）、上海古籍出版社《中华文史论丛》、曲阜师范大学《齐鲁学刊》等核心期刊上，而著作第五、六、七、八章的内容，已反映在国家“六五”重大项目《宋代文学史》（孙望、常国武主编，人民文学出版社 1996 年版）上册第十九、二十、二十一这三章中。结合研究生学术规范的培养与训练，杨宝珠、郑倩茹、侯捷飞、车易嬴、王元巾、李欣玮等都参与了《黄庭坚研究》注释格式调整与引用文献核对等工作。本书获得教育部第九届高等学校社会科学优秀成果三等奖。

代表成果之十五：

“随俗”与“反俗”[①]

——论黄庭坚词的创作及特征

黄庭坚以诗名世，号为宋诗代表而与苏轼并称。其词成就虽不如诗，但亦颇受世人推重。晁补之称许黄词“高妙”（吴曾《能改斋漫录》），陈师道谓：“今代词手，唯秦七（观）黄九（庭坚）耳（《后山诗话》）”，李清照推山谷为北宋知词四家之一，苏轼赞赏其“清新婉丽”（《能改斋漫录》）。后世词家和论者也多有褒扬：或云“精妙可思”（先著《词洁》），或曰“清迥独出，骨力不凡”（黄蓼园《蓼园词评》），或称“妙脱蹊径，迥出尘心”（《四库全书总目提要》），等等。今天，当我们多角度、多层次地重新审视、观照和研究黄氏流传下来的全部词作时，发现他的确向人们展示了一个新的艺术境界。受社会潮流的影响，山谷写出了部分内容艳冶的“随俗”之作，同时，他又以开创江西诗派的气魄和精神，创作了一批新人耳目的“反俗”之篇。二者一俚一雅，虽面貌迥异而造诣俱精，不仅从不同的侧面反映了作家的生活和情感，而且还使作家的品格与词格达到了统一。黄氏有《戏答陈季常寄黄州山中连理枝》诗云：“老松连枝亦偶然，红紫事退独参天。金沙滩头锁子骨，不妨随俗暂婵娟”。此言松树连理，如锁骨菩萨化美女下凡而与众少年狎昵一样，不过暂时随俗，本质仍是圣洁高雅，超世脱俗的。这里的“不妨随俗暂婵娟”和“红紫事退独参天”正是对黄词“随俗”与“反俗”两类词作的最好描绘。

不妨随俗暂婵娟——山谷俚词

宋代是一个思想比较开放的社会，文学的基本走势已由前代的反映社会

① 参见曲阜师范大学学报《齐鲁学刊》1990年第5期。

转而趋向表现自我。江西诗派力倡“性情”说，即是典型。以适于表现柔情而盛行于世的曲子词，更为突出。宋人严守诗庄词媚的戒律，用诗表现比较严肃的题材，而以词自由地抒写儿女柔情。北宋尤其如此。黄庭坚之前，不少政治家、思想家和文学家如范仲淹、欧阳修等人，都有表现柔情的著名词篇。作为江西诗派的创始人，山谷不受这种社会趋势、时代潮流的影响，而把当时以为不宜用诗文来表现却又是人皆有之的儿女柔情放在词里抒写。加之黄氏感情丰富而深笃，不仅笃于师友、人伦之情，而且对人类最普遍又最神秘的情感——爱情，也有深刻执着的体验。诗人一生三次婚配，十七岁时即已订婚，二十四岁的初室兰溪，婚后两年而亡；五年后续娶介休，六载又卒；其后复纳一妾，方有一子，山谷对妻子纯真笃厚的感情于诗文中屡有透露。在当时歌伎盛行的社会里，也并不排除其与歌伎舞女的交往。因此，尽管他于不惑之年曾发誓“不复淫欲”（《发愿文》），却早已饱尝了爱情的甜蜜与酸辛。于是诗人把自己对爱情的向往、追求、观察、体验和感受等等各种复杂的心态情绪，升华提炼，写出了部分表现儿女柔情的俚艳之作。这些作品或刻画人物心态，或摹写女性美貌，或描绘艳遇幽欢，或摅布离思别恨，都微妙地传达了作者的情绪。运思发露而巧妙，语言直率而浅俚，充满浓郁的民间恋词风味，构成表面内容和形式的“随俗”。

山谷俚词的特点之一是善以浅俚的语言刻画人物的心态。《阮郎归·退红衫子乱蜂儿》即是描写女主人公思念恋人的心理情态。上片写其疑虑：“为伊去得忒多时，教人直是疑”；下片言其欣喜：“夜来算得有归期。灯花则甚知。”《好女儿·粉泪一行行》展示了一位女子与情人分别后无法控制的凄惶思绪和娇憨淳朴的愿望：“拟待不思量，怎奈向、目下凄惶。假饶来后，教人见了，却去何妨!”这种心态的描述刻画，成功地表现了人物真挚、诚笃、深厚的感情，也真实地反映了爱情所产生的不可遏止的巨大魅力，既增强了人物形象的鲜明性，又加深了全词的意境和韵味。在这方面，《归田乐引》尤其典型：

暮雨蒙阶砌。漏渐移、转添寂寞，点点心如碎。怨你又恋你。恨你惜你。毕竟教人怎生是。　　前欢算未已。奈何如今愁无计。为伊聪俊，销得人憔悴。这里诮睡里。梦里心里。一向无言但垂泪。

作品采取主人公自述内心曲衷的方式，表现了其怨恋交织、名怨实恋、且恨且爱、陷入情网不能自拔的复杂心理和微妙的情感，突出了其幽怨痴情的形象。诸如《沁园春·把我身心》、《昼夜乐·夜深记得临歧语》、《卜算子·要见不得见》等等，均以通俗浅俚的语言代女性表白心曲，刻画了人物的内心世界，成功地表现了她们的钟情、深情、痴情，精妙而风趣，言有尽而意不绝，令人思味玩索。这些作品虽是“男子作闺音”，却体现了作者对女子情感的深切了解，故摹写细腻真切，堪谓“女子知音”。

山谷俚词的特点之二是善以浅俚的语言描摹女性的美貌。如“体娇娆，鬟婀娜”（《更漏子》）、“鸳鸯翡翠，小小思珍偶。眉黛剑秋波，尽湖南、山明水秀”（《蓦山溪》）、“巧笑眉颦，行步精神。隐隐似朝云行雨，弓弓样，罗袜生尘”（《两同心》）等等，或勾勒其体姿发态，或描绘其眉眼首饰，或摹写其移步精神，都突出了女性的柔媚可爱和动人魅力。《西江月》集中笔墨表现了舞女的优美风姿：

宋玉短墙东畔，桃源落日西斜。浓妆下著绣帘遮。鼓笛相催清夜。　　转眄惊翻长袖，低徊细踏红靴。舞余犹颤满头花。娇学男儿拜谢。

上片起拍便化用了宋玉《登徒子好色赋》中的“东家之子”典故，写舞女“增之一分则太长，减之一分则太短；著粉则太白，施朱则太赤；眉如翠羽，肌如白雪，腰如束素，齿如含贝”的美貌。下片则描绘其精彩的表演和舞后娇姿以及谢幕的情景，从不同的角度表现了舞妓动人的风姿美貌。另如《忆帝京·赠弹琵琶妓》勾勒其“薄妆小靥闲情素，抱着琵琶凝伫”的优美形象；《诉衷情·旋揎玉指著红靴》描绘其“天然自有殊态”，“分远岫，压横波，妙难过”的动人容貌；都是赞叹和欣赏女性美貌的篇什。山谷此类作品努力发掘和表现女性玉容花貌的人体美、神情美，极少轻薄之辞，艳而不淫，丰富了词的美感形象。

山谷俚词的第三个特点是善以浅俚的语言真率地描写艳遇幽欢。如《千秋岁》：

> 世间好事。恰恁厮当对。乍夜永，凉天气。雨稀帘外滴，香篆盘中字。长入梦，如今见也分明是。　　欢极娇无力，玉软花欹坠。钗罥袖，云堆臂。灯斜明媚眼，汗浃瞢腾醉。奴奴睡，奴奴睡也奴奴睡。

词写交欢情事。上片极力铺衬和渲染其时间、天气、环境的宜人与幽欢的欣喜；下片则描摹欢后情态与绵绵入睡。全篇构思新颖，直率而具含蓄之致，避去了直接的色情描写，措辞用语俚而不鄙。虽写情事而无狎媟淫邪之感。山谷另有《减字木兰花》和《忆帝京》两首题为《私情》的词作，前者写其分别之夜“终宵忘寐”的情景与“记取盟言，闻早回程却再圆”的叮嘱，后者写其“灭烛相就”、“冻肌香透”的幽欢经过与“恨啼鸟、辘轳声晓”的微妙心理，二词都直率地表达了艳遇私情的兴奋欣喜和低徊缠绵的情感，但都略去了对淫欲的直接描写。山谷这类表现幽欢情事的作品虽然为数不多，却一直影响着对黄词的总体评价。此类篇什涉嫌狎媟，不能盲目欣赏、推重和提倡，但在艺术处理方面不失借鉴意义。另外，在这部分作品中，有的对生活在社会最底层的妓女表示了深切同情，甚至要设法救其跳出风尘，像《撼庭竹·呜咽南楼》就表示了“买个宅儿住著伊”的想法，《步蟾宫·妓女》则吐露了“何妨随我归云际，共作个、住山活计。照清溪，匀粉面，插山花，也须胜、风尘气味”的由衷之言。这种同情关切、平等待之的思想显然有别于那些泄情取乐的狎客行径。

黄庭坚的“随俗”之作，实际上是对前代艳情词的一个新发展。词在胡夷里巷中诞生之后，就以浅俚、言情为世注目，而恋情一直是它传统的表现题材。我国早期的民间词“言闺情与花柳者”几近一半，大都语俚而情长，像《菩萨蛮·枕前发尽千般愿》、《南歌子·斜影朱帘立》、《抛球乐·珠泪纷纷》、《望江南·莫攀我》等，都是为人熟知的名篇。唐代文人染指此道，亦多欢恋之篇，唐季五代至出现了善言闺情的能手温庭筠、韦庄等。然而文人恋词已向典雅化发展，大部分作品已程度不同地失去了民间恋词的风味，或以宏深精美称胜，或以密丽浓艳见长。至宋代，第一位专业词人柳永始恢复和发扬民间恋词的风格，创作俚词，并广为流传，所谓“凡有井水处，即能歌柳词”（叶梦得《避暑录话》）。但柳永俚词也为世诟病，有人指斥其“多杂以鄙语”，缺乏审美提炼。“其后欧、苏诸公继出，文格一变，至为歌词，体制高雅，柳氏之作，不复称于文士之口”（徐度《却扫篇》），诗客创作俚词者亦极鲜见。山谷在继承前代词写艳情传统的基础上，努力创作富有情趣的俚艳之篇，不仅成为柳永之后又一位发扬光大民间词风格的重要作家，而且避去了前代部分艳词的庸俗邪秽，并吸收弘扬了前代艳词的浅俚，进入了以故为新、以俗为雅、雅俗共赏的境界。黄氏《小山集·序》曾谓“余少年作乐府，以使酒玩世，道人法秀独罪余‘以笔墨劝淫，于我法中当下犁舌之狱’”，对法秀的批评，山谷颇不服气，大不为然，他称小山艳情词为“狎邪之大雅，豪士之鼓吹，其合者《高唐》《洛神》之流，其下者岂减《桃叶》《团扇》哉!”这既表明了山谷对艳情词的独到的艺术见解，又可视作山谷对所写俚艳词的自评。另外，黄庭坚是素以创作态度严谨而著称的诗人，他的俚艳词同样凝聚着惨淡经营的匠心。

红紫事退独参天——山谷雅词

黄庭坚的“随俗”之作，大都写于早年。这些作品展示了词人生活情感的一个方面，并且在恢复和发扬民间恋词传统艺术风格的基础上创造了新境界，具有较高的美学价值。但却不是黄词成就的代表。倒是那些跳脱艳情窠白、表现个人志趣和品格的“反俗”之篇，更能体现作家的主体意识和艺术个性。山谷为人有抱负，有识见，讲操守，襟怀坦荡磊落，在思想上既恪守儒术又融通释老，尤其晚年，长期放逐草野，而对人情世事都有独立的见解。苏轼曾以“超佚绝世，独立万物之表，驭风骑气，以与造物者游”（《答黄鲁直书》）品评山谷，山谷亦自认为“士生于世，可以百为，唯不可俗”（《书嵇叔夜诗与侄木夏》）。这种超俗、脱俗与反俗、忌俗的气质、性格和意识，使黄庭坚在词的创作上不囿于柔婉艳冶，而勇于开辟新境，写出了一批异于流俗，清新明雅，“豪壮清丽，无一点尘俗气”（同上）的“反俗”雅篇。这些作品不但一扫“随俗”俚词的红紫情事和缠绵格调，而且在拓展题材、开阔词境、丰厚词趣诸方面，都有着突出的特色。

首先，山谷反俗之作内容广泛而多新创之意。我国早期民间词题材丰富，文人染指后日趋狭窄，至晚唐五代几成艳情独专，写景、抒怀之作屈指可数。宋承五代余绪，未见改观，其后虽有少量别开生面之作，仍是红香翠软弥漫词坛。苏轼出，始“一洗绮罗香泽之态，摆脱绸缪宛转之度”（胡寅《酒边词序》），打破艳情藩篱，将词引向了广阔的社会生活，空前扩大了词的表现领域。黄庭坚作为苏门学士，继以波澜，举凡摅布政治情怀、表现谪居生活、送别赠答、品诗咏物、思亲念友、议论人生等等，均成为山谷词中的内容。

山谷表现边事武功勋业的政治词最引人注目。如《水调歌头》，词借边将巡逻的英武形象及其心态意识，通过议论汉代和戎，委婉地批评了北宋屈辱求和的对外政策，历史与现实紧密结合，抒发了作者对国事疆防的忧念。《鼓笛慢·早秋明月新圆》是山谷晚年为黔州太守曹伯达写的寿词，上片称扬曹氏有“飞将”之才，曾“种德江南，宣武西夏”，“勋劳在诸公上”，下片激励对方矢志进取，立功边廷：“平坡驻马，虚弦落雁，思临虏帐”，“看朱颜绿鬓，封侯万里，写凌烟像”。全词格调刚健，充满了英气昂扬的意趣。其赠泸守王补之《洞仙歌》、送使君彭道微《采桑子》，或赞颂友人武功赫赫，或称扬友人威镇边陲，无不热情洋溢，豪气干霄，充满阳刚之美。词涉边事武功，首见于《敦煌曲子词》，如《菩萨蛮·敦煌自古出英雄》、《破阵子·年少征夫军帖》、《失调名·十四十五上战场》等篇即是，嗣后绝响；入宋后范仲淹“燕然未勒归无计”之咏叹与苏子瞻“西北望，射天狼”之高唱，堪谓凤毛麟角；山谷的边事武功词继敦煌遗响而光大范、苏之意，不仅为北宋词坛增添了令人耳目一新的篇章，而且亦开南宋抗战词派之先河。

山谷于知非之年被贬蛮荒，创作了一批贬谪词。《醉落魄·苍颜华发》、《定风波·万里黔中一线天》、《南乡子·诸将说封侯》等篇，或表现“旧交新贵音书绝”的冷漠与世态炎凉，或描写“屋居终日似乘船”的凄苦，或抒发“白发簪花不解愁”的悲愤，均沉郁顿挫，情景婉绝。《醉蓬莱》以黔南“去天尺五，望极神州，万里烟火”的奇特壮丽景象反衬自己“万里投荒，一身吊影，成何欢意”的孤寂悲戚与“虏酒千杯，夷歌百啭，迫人垂泪”的沉痛郁闷，感人至深。《采桑子》尤为悲愤沉痛。“投荒万里归无路，雪点鬓繁。度鬼门关。已拼儿童作楚蛮。黄云苦竹啼归去，绕荔枝山。蓬户身闲。歌板谁家教小鬟。”上片写年迈贬窜，投荒万里，已无生还之望；下片写子规啼叫，悲歌萦耳，更添愁绪。全词创造了凄楚苍凉的意境，读之潸然。另如《蓦山溪·稠花乱叶》、《青玉案·烟中一线来时路》、《点绛唇·浊酒黄花》、《画堂春·摩围小隐》等词都堪称贬谪佳制。以词反映谪居生涯肇始于宋人而山谷为最。黄氏受李煜抒发亡国之痛的启迪，用词写贬谪的生活境遇和复杂心情，在北宋词史上别开生面，对南宋辛弃疾的闲适词有着直接影响。

山谷还用词抒写家人亲情，如《减字木兰花》三首；用词品诗论文，如《西江月》、《南歌子》；用词议论人生，如《木兰花慢》、《醉落魄》；甚至以词入禅，如五首《渔家傲》。其他如《木兰花令·黔中士女》描写贵州风俗民情；《踏莎行·画鼓催春》描写采茶、制茶、煎茶、品茶；《木兰花令·黄金捍拨》描绘音乐意境；无不富有新意，有的甚至是首次在词里得到反映。苏轼以诗为词，刘熙载谓其“无意不可入，无事不可言”（《艺概·词曲概》），黄氏接武东坡，其雅词题材亦可作如是观。

其次，山谷反俗之作意境清旷而有瑰奇之姿。夏敬观《手批山谷词》曾谓：“‘超轶绝尘，独立万物之表；驭风骑气，以与造物者游’，东坡誉山谷之语也。吾于其词亦云。”夏氏借苏轼对山谷人品气质的评价来品鉴其词，若仅就山谷的反俗之篇而论，是十分确切的。黄氏晚年在戎州写了一首《念奴娇》：

> 断虹霁雨，净秋空、山染修眉新绿。桂影扶疏，谁便道、今夕清辉不足？万里青天，姮娥何处？驾此一轮玉。寒光零乱，为谁偏照醽醁？　　年少从我追游，晚凉幽径，绕张园森木。共倒金荷家万里，难得尊前相属。老子平生，江南江北，最爱临风曲。孙郎微笑，坐来声喷霜竹。

作品上片描绘彩虹碧空、山新绿秀、明月寒光等壮丽优美的动人景色，下片抒写同诸甥月下游饮、临风听笛的旷达情怀。全词景象瑰奇清逸，意境澄澈明净，充分表现了词人不以升沉萦怀、不以坎坷为意的倔强性格和宽阔胸襟。宋人“以为可继东坡赤壁之歌”（胡仔《苕溪渔隐丛话》）。《水调歌头·瑶草一何碧》以纯洁幽美的意境和飘逸绝尘、高蹈遗世的抒情主人公形象，体现了作者清旷超轶、介然脱俗的情怀，格调与苏轼的《水调歌头》中秋词颇为相近。《蓦山溪·山明水秀》则塑造了一位风操高洁、才华横溢、轶气轩昂的诗人形象，可谓词人生动的自身写照。其《鹊桥仙》以“清都绛阙，望河汉、溶溶漾漾”状写天宫浩渺与繁星闪烁之景；《木兰花令》以“峰排群玉森相就，中有摹围为领袖”描写雪后群山素裹玉峰森立相连之状；《诉衷情》以“水寒江静，满目青山，载月明归”表现月下垂钓寒江的恬淡自适之情；《虞美人》以“平生本爱江湖住。鸥鹭无人处。江南江北水云连”传达倾心自然与有意江湖的隐逸之趣；无不兴象恢宏瑰奇，意境清新壮丽，体现了作者高华超逸的博大胸襟和高雅玉洁的品格。黄庭坚在《跋东坡乐府》中曾称颂苏轼《卜算子·缺月挂疏桐》“语意高妙，似非吃烟火食人语，非胸中有万卷书，笔下无一点尘俗气，孰能至此”，正透露了黄氏以超轶绝俗为写词高标的审美观，也说明了他创作反俗雅词的理想与追求。山谷学习东坡词境，并进而寓人格、品格于词中，终于创造出独特的新境界，所谓“涪翁以惊创为奇，其神兀傲，其气崛奇，玄思瑰句，排斥冥筌，自得意表”（姚范《援鹑堂笔记》），正指出了山谷雅词的意韵风神。其后陈与义部分清旷沉雄之作、辛弃疾寓悲愤沉痛于潇洒飘逸之中的闲居之篇、姜白石清刚疏宕而俊逸娴雅之章，均与山谷此类作品一脉相承。

最后，山谷反俗之作调逸语隽而富骚雅之趣。词为应歌而生，始以质朴自然见长。文人染指，一方面自觉或不自觉地保持了民间词通俗自然的传统，一方面又逐渐把词推向了雅化的道路。这种双线发展的趋势如果说在晚唐五代尚不突出的话，那么入宋后则日见明显，而且雅词越来越盛行，雅化的色彩和程度愈来愈浓，愈来愈深。这种现象至苏轼而极显，苏门学士又推而广之。黄庭坚则把江西诗派句法运化入词，加速深化了词的雅化，使作品呈现出格调闲逸而语言隽拔的风貌，更多地体现出文人墨客的儒雅情趣。如《满庭芳》，这首咏茶词上片写茶叶形状、影响和精神品格以及消食、克睡、启思的功能；下片写司马相如觞咏酒醉，以茶析酲，文思愈壮，而晚归不倦。全词构思新颖，作者运用渲染比喻、美人衬托、点化故实等诸种手法，使作品格调浩逸，语言隽拔，字面典雅，意境形象生动，充满了浓厚的文人墨客的骚雅情趣。山谷有十余首咏茶词，艺术构思各异而情绪大率类此，有的甚至融入自己的身世之感或寓以个人的品格气质，如写制茶“凤舞团团饼。恨分破、教孤令”、写品茶“一种风流气味，如甘露、不染尘凡”，即分别寓有孤身贬窜蛮荒和脱世不俗之意。山谷部分词作在炼字、炼句、炼意、炼境诸方面体现出更浓的儒雅情趣，如《满庭芳·修水浓青》、《木兰花令·风开水面鱼纹皱》，前者以“浓青”、“淡绿”写碧水、新柳；用“锦”、“霜”状鸳鸯、鸥鹭羽色；借“渡”字描绘荷香飘过水面；选“练”、“鳞”表述雾霭、薄云之状；无不显示出字句研练的精深功力，并由此构造出一个清幽秀美的画境，使全词充满了优雅闲逸的色彩和意趣。后首着意描绘动人的初春景色，“风开水面”、“暖入草心”、“晴日弄柳”、“早梅献笑窥邻”、“小蜜窃香遗寿”，展现出一幅幅清新醉人的画面，形象而风趣地写出了初春的盎然生机，意境恬静优美。其“开”、“入”、“弄”、“献”、“窥”、“窃”、“遗”诸字，精警生动而富有情趣，笔力劲峭，极见炼字炼意的匠心与腕力。二词均为写景之篇，表现了作者徜徉山水、陶醉于自然景色的安闲淡泊心境，于清新优美的意境和精警贴切的字句研练中，显示出高雅闲逸的格调情趣与惊人的状述力。另如“林下猿垂窥涤砚，岩前鹿卧看收帆”（《浣溪沙》）写林泉归隐之趣、“醉送月衔西岭去”（《减字木兰花》）写月下饮酒之景、“蛛丝闲锁晴窗。水风山影上修廊”（《画堂春》）写居处幽静荒寂之状，无不笔力劲健，韵致骚雅。山谷此类作品下字运意、格调境界都加深了词的雅化程度，至南宋出现的风雅词派，在艺术表现方面无疑接受了山谷的影响。

总之，山谷的“反俗”雅词寄寓着作家的气质和品格，题材广泛，意境奇特，格调高雅，成为北宋词坛独具一格的璀璨明珠而对后世有着深广影响。

《四库全书总目提要》云：“词自晚唐五代以来，以清切婉丽为宗，至柳永而一变，如诗家之有白居易；至苏轼而又一变，如诗家之有韩愈，遂开南宋辛弃疾等一派。”柳永恢复了词的通俗性，使词返回民间，获得了充分发展的土壤；苏轼别开天地，扩大词体堂庑和艺术境界，创豪放一派；二家均为主宰词坛的一代巨子，于词发展影响颇巨。黄庭坚沿着柳、苏开创的艺术道路继续拓展，既“随俗”写作俚艳之词，又“反俗”创制高雅之篇，并形成了独特的风格个性。这不仅反映了黄氏创作路子的宽广和驾驭语言能力的高超，而且也与他“文章最忌随人后”的独创精神相一致。清人冯煦谓山谷词“若为比柳，差为得之”（《宋六十一家词选例言》），主要着眼于俚词的内容与语言；宋人王灼说山谷词“学东坡，韵制得七、八”（《碧鸡漫志》），则侧重于雅词的风貌；但都忽略了黄词的个性特征。其实，山谷俚词似柳而不同于柳，雅词近苏而有别于苏。黄氏学习柳永以俚语入词，甚至“多用俳语，杂以俗谚”（李调元《雨村词话》），意在以俗为雅，像描写恋人深情相望的情景，表现其爱慕之切：“见来两个宁宁地。眼厮打、过如拳踢”（《鼓笛令》），笔力之瘦硬尖颖，意境之生新奇绝，为柳词所无，故刘熙载称“黄山谷词用意至深，自非小才所能辨”（《艺概·词曲概》）。黄氏学苏，雅词确有苏之清旷风貌，笔力奇崛每过之，但苏词那种对社会人生、宇宙时空的哲理思考却极为鲜见。苏轼以诗为词，已遭訾议，黄氏扩而大之，用江西诗法作词，致有“著腔子唱好诗”（《能改斋漫录》）之讥。黄庭坚学柳师苏，创作了既对立又统一的两类词作，体现着求新求奇求雅的共同特点，其词亦如其诗，有着鲜明的艺术个性，在中国古代词史上的地位与影响，不容低估。

四、增订《宋代散文研究》

如前所述，《宋代散文研究》修订本于2015年获得教育部第七届高等学校科学研究优秀成果（人文社会科学）一等奖，其实这本书并没有完成论文最初设计的目标。有不少重要内容如欧阳修、苏轼及南宋散文大家都未能充分展开论述，有着结构不平衡、内容不完整的缺陷，成为我一直放不下的缺憾。修订版在恢复注释的同时也补充了内容，但并没有实现根本性改观。

2015年受聘上海交通大学后，修订本一直是人文学院硕士研究生选修课和博士生专业必修课的教材，在授课过程中，引发了同学们研究中国古代散文的兴趣与热情。研究生们不仅将宋代散文作为考虑学位论文题目的重要对象，而且从不同角度、不同层面撰写中国古代散文研究的论文，在核心期刊上发表。博士生郑倩茹同学表现最为突出，作为“宋代散文研究”课程助教，她将修订本《宋代散文研究》时刻放在手头，制作课件时反复阅读与琢磨，并且寻找书中没有展开论述却具有重要学术价值与文化意义的话题，选择角度，搜集文献，撰写了《论欧阳修文道观的生成创构与文化实践》《苏轼的人文史观：“功与天地并”》《论曾巩目录序的文体创造与文化意义》等论文。由此将课程教学与写作训练相互结合，不断提高学术素养，其他同学如杨宝珠、侯捷飞、车易嬴、王元巾、李欣玮等，或研究杨万里散文、宋代传记散文，或研究曾巩散文、王禹偁散文等，也都有专门的思考与撰写的文章。

2021年，《宋代散文研究》修订本迎来一个再次增订重印的机会，人民文学出版社安排重印时，发现尚需精心校对，消灭错讹文字，核对征引材料。文学室主任胡文骏编审建议借精校机会，可对重要内容作适当补写，出“增订本”，以新的面貌呈现给学界。这当然是极好的建设性意见，但当时时间紧迫，个人精力有限，很难达到理想目标。于是想到郑倩茹博士已经发表的论文中恰好是2011年修订本缺少和最需补充的内容。经过协商，请郑倩茹同志负责核对全书注释与引文，并根据已有相关研究成果，按照原书行文风格，执笔修改加工，补写了“宋代书序的创新繁荣与艺术境界”（上、下）“欧阳修文道观生成与散文创作实践”“苏轼人文史观与‘尊道贵德’散文理念”等四章内容，最后由我统稿审定后，提交出版社。

考虑到版面调整操作难度，新增补的四章没有插入前面相关章节中，而是集中置于第十二章之后，作为第十三、十四、十五、十六章。这四章每章都与前十二章相关内容密切关联。诸如，第十三、十四两章“宋代书序的创新繁荣与艺术境界”，是选择书序这种文体，作为第四章“宋文繁荣的表象景观与深层底蕴”进一步具体说明论证的典型案例，展示宋代散文繁荣的具体情形，揭示深层底蕴的丰富内涵。其中第十三章先从宋代书序作家作品的数量统计与类型分析、宋至清末经典文选中的宋代书序入选情况入手，展示宋代书序创作的宏观概览情况，又以时为序从北宋前期“师祖前人”与“以儒立教”、北宋中期“名家辈出”与“佳作如林”、南渡前后“兵火肆虐”与“无复故态”、南宋中期“中兴立国”与“至是为盛”、南宋末期“致思婉巧”与“哀痛激烈”等五个方面描述宋代书序历时发展的“双峰”状态。第十四章先从内容广博与人为轴心、形式灵活与文无定法、自由表达与风格各异、以人为本与抒发性情、叙议结合与探讨学术、视野开阔与理学色彩等六方面讨论宋代书序的境界创新与美学开拓，然后从“以文治国”与“儒学立国”、“以学为务”与典籍印售、“教化之本”与图书收藏、“文学为务”与文化生态等四方面研究宋代书序的社会环境与文化生态，体现着思考研究的深入与细密。

第十五章从欧阳修文道观的生成创构与文化语境、表述媒介与内涵创新、文化实践与革新策略等三大方面层层深入地展开讨论，深刻而具体地揭示欧阳修在宋代文学发展与文化繁荣中发挥的重大作用。由此，成为修订本第七章第四节“一代文章宗师欧阳修的历史贡献”的具体展开与史实补充。第十六章从苏轼人文史观的引出、苏轼人文史观的文化诠释、苏轼人文史观的生成基础、苏轼人文史观的文化实践、苏轼人文史观的思考启迪等六大方面，细致考察和深入分析苏轼的文化理念与文学主张，是对第八章第一节“议论派”代表作家与文坛盟主苏轼散文理念与创作实践的补写与具体展开。新增加的四章内容，无疑弥补了修订本在整体结构与内容分布方面的明显不足。

2022 年 6 月，《宋代散文研究》增订版，以内容更加充实和封面典雅优美为特色的精装本面世。

代表成果之十六：

论欧阳修文道观的生成创构与文化实践[①]

郑倩茹　杨庆存

摘　要：文道观是决定创作境界、引领学风建设的关键。欧阳修文与道俱、道胜文至、不为空言的文道观，引导了宋代文学创作与文化建设，推动了“古文运动”健康发展。这既与北宋前期文学环境与文化语境息息相关，又与个人文化资本与“斯文自任”使命意识紧密相连。欧阳修多以“回信”方式表达见解，“履之以身，施之于事，而又见于文章而发之，以信后世”的主张，得到士人群体广泛认同。欧阳修正本清源，复兴儒道古风，积极承担社会道义和现实使命，实现了从理论到实践的飞跃。在文化实践中，欧阳修突破

---

① 参见《清华大学学报》（哲学社会科学版）2021 年第 2 期。郑倩茹执笔撰写。

“文各有体”藩篱，破体为文，“以文体为四六”，创造了风神独具的“宋四六”，化解了骈散之争；又通过知贡举黜落僻涩险怪的太学体，使古文传统重获新生。欧阳修文道观理论与文化创新策略，使北宋诗文革新运动取得决定性胜利，创造性弘扬了中华文化的优秀传统。

文道观是决定作家创作风格与艺术境界、引领学风文风与文化建设的关键。对于“文”“道”关系的思考与认知，一直是中国古代文坛反复讨论的热点问题，不仅成为中国传统文化的重要内容，而且涌现出各具特色的学术流派。欧阳修对文章形式与思想内容关系的深入思考并逐渐生成构建的“文道观”，不但奠定了其文坛盟主的坚实基础，而且直接促进了宋代文化建设，既有力推动了“古文运动”的健康发展，又给后世以深刻启迪。以往研究大都侧重于文道观内容的理解与阐释，很少就欧阳修文道观生成的创构过程、文化环境和实践策略，进行多侧面、多层次的动态考察。本文拟就此略作探讨，力图在还原时代历史语境的过程中，揭橥其丰富深刻的文化内涵和广泛深远的历史影响。

一、欧阳修文道观的生成创构与文化语境

任何理论的产生与传播，都是特定历史环境下多种因素相互作用的产物。诸如首创者的综合素养、表述方式，接受者的层次范围、传播途径，乃至社会环境、文化思潮等。而首创者在建构话语体系时，也会受到文化资本、社会声誉、政治权力、士人群体、审美情趣等多种要素影响。中国古代文论的话语体系，并非纯粹认知性的知识形态，包含多重文化因素，是具有鲜明思想性、专业性、政治性、社会性与引导性的文化综合体。理论主张既与文人阶层在不同历史时期的社会角色紧密相联，也与士人群体的身份认同息息相关，其背后依托的乃是古代文人的精神追求与价值理想。如果将欧阳修的文道观仅仅理解为诗文风格或文学主张，就忽略了其文论话语产生的复杂性，

遮蔽了文道观在文化内涵上的丰富性与独特性，也忽视了其在特定历史语境中的文学价值与文化意义。我们尝试运用“把古文论的资料放回到它的文化、历史语境中去考察”的方法，探讨欧阳修文道观的生成与构建。

欧阳修文道观的重要论述，大都集中在写给学人的书信中，诸如《与张秀才棐第一书》(1033)、《与张秀才棐第二书》(1033)、《与乐秀才第一书》(1037)、《与荆南乐秀才书》(1037)、《答吴充秀才书》(1040)、《答祖泽之书》(1041) 等等。这些文章均写于景祐元年 (1034) 到庆历五年 (1045) 间，是“欧阳修政治道路和文学道路上又一重要时期”。在此期间的三段经历：西河幕府彰显文人身份；被贬夷陵赢得士人认同；任职馆阁成为文化精英，不仅促使欧阳修的文化资本迅速积累，而且获得了一定的文学话语权力，为文道观的生成奠定了坚实基础。

欧阳修于天圣八年 (1030) 进士及第，次年任西京留守推官，当时的文坛宿老与新秀，如钱惟演、梅尧臣、尹洙、苏舜钦、张先等都汇聚于此，欧阳修《寓随启》称“西河幕府，最盛于文章”，是宋初文坛极具号召力和影响力的文学团体。他们主导了文学的主流话语，引领了社会的文化风向，并在文化因革中发挥着重要作用。欧阳修深受熏陶，“专以古文相尚，天下竞为楷模，于是文风一变，遂跨于唐矣。”其好作古文的文学志趣与审美风格，得到了士人群体的广泛认同，不少学子慕名向他投师求学。明道二年 (1033)，来自河中的张棐秀才献上诗赋作品，但欧阳修不予认可，《答张秀才棐第一书》批评他“持宝而欲价者”的钻营行为，谦称自己“官位学行无动人也，是非可否不足取信也”，拒绝了张秀才的举荐要求。然而，从话语表述中可以发现，欧阳修对自己此时所拥有的文化资本有着清醒认识，因为决定文学话语的根本因素是政治权力与社会地位，显然这时他并不具备这样的条件。

景祐三年 (1036)，欧阳修因贻书责备高若讷被贬为夷陵县令，虽然在政治上遭受了打击与挫折，但他仗义执言、不畏强权的精神品格，反而赢得文人同气相求、正义相惜的心理认同，得到士人群体的广泛支持，使他在文学领域的声誉不降反升。石介、苏舜钦等大批雅士纷纷寄诗慰问，蔡襄作《四贤一不肖》诗，高度赞扬他嫉恶如仇、临难不避的文人气节。此诗一出，天下争相传颂，“布在都下，人争传写”，进一步扩大了欧阳修的社会影响。欧阳修《于役志》记载自己即将离京之时众多文人分批前来送行，被贬途中也有大量雅士结伴同游、赋诗赠答，行迹所至均有士人迎来送往，如行至楚州先后与田况、刘春卿等人饮酒赋诗；至南京有石介相邀小饮于河亭；不一而足。文人群体的种种文化行为，充分表达出对欧阳修文化地位、士人品格以及精神追求的全面认同，也说明他此时的文化影响力，突破了地理空间的局限，辐射范围之广前所未有。被贬期间的欧阳修要求自己“慎勿作戚戚之文”，不仅文章琢磨愈精，而且首倡疑经惑传，开经学研究新风。欧阳修还与尹洙商议合撰《五代史》，在史学领域有所建树。欧阳修此时广泛涉猎文学、经学、史学等领域，奠定了日后成为一代宗师的基础，正如庄有恭诗言“庐陵事业起夷陵，眼界原从阅历增。”这段贬谪经历让他对文化资本和话语权力有了更加深刻的认识与体悟，《与乐秀才第一书》说：“官仅得一县令，又为有罪之人。其德、爵、齿三者，皆不足以称足下之所待，此其所以为惭。”此话虽是自谦之语，却透露出只有在世俗社会政治权力的主导下，文化资本与文学话语才能得以彰显的事实。

康定元年（1040），范仲淹举荐欧阳修为陕西经略府掌书记，其《举欧阳修充经略掌书记状》说：“臣访于士大夫，皆言非欧阳修不可，文学才识，为众所伏”，足见当时欧阳修的文学声望日隆。欧阳修六月被召还京师，复任馆阁校勘，仍修《崇文总目》，重新回到政治文化权力中心，并与晏殊、宋祁等权贵显达、文章宿老宴集唱和。任职馆阁标志着精英士大夫身份的确立，馆阁是培养和储备治国精英的文化机构，位于宋代政治最高端，欧阳修在《又论馆阁取士札子》中说文臣均是“有文章，有学问，有材有行，或精于一艺，或长于一事者”，像晏殊、黄庭坚、秦观、苏轼、王安石等一流学者才能进入馆阁，他们代表着精英人才的最高文化品位，掌控着文坛的主流话语权，扮演着文化创造者、政策制定者和思想传播者的主要角色。更为重要的是，馆阁文臣在国家科举考试中负责具体考务，与翰林学士一起为国家选拔人才，是文化的实际“立法者”，更是社会价值取向的引领者。在此时期许多学人入京进谒，欧阳修自称“过吾门者百千人”，可见他的精英身份与文学趣尚，已经成为引领时代文化思潮与社会审美风尚的旗帜。而欧阳修对此始终保持着理性、谨慎的态度，在《答吴充秀才书》中说“修材不足用于时，仕不足荣于世，其毁誉不足轻重，气力不足动人。世之欲假誉以为重，借力而后进者，奚取于修焉?”谦称自己的天资、官职、荣誉、才能不足以奖掖后进，但此语恰恰说明他深知自己“由于占有文化资本而被授予某种特权”，后辈士子的拜谒行为，也是看重他所占据的政治地位和拥有的话语权力。对吴充秀才来说，一旦得到欧阳修的赏识或举荐，他的文学生涯和社会地位将会发生巨大转变；对欧阳修而言，超越文学意义的馆阁身份，促使他思考着如何引导文风、砥砺士风。以上所述，都为欧阳修酝酿文道观提供了有益的环境和气氛。

二、欧阳修文道观的表述媒介与内涵创新

宋代文学众体皆备，吕祖谦《宋文鉴》将文体分为五十八类，与人际交往相关的有问答、对、说、记、论、书等体裁。而欧阳修对文道观的理论建构与话语论述，几乎全部集中在与学人的交往书信中，这是他精心选择的一种表述形式。与普通学人相比，欧阳修显然在社会政治环境中占据优势地位，拥有较高的文化资本，而表述媒介不仅是一种交际工具，也是一种标志着更深层次权力关系的符号形式，其中不无文化权力运作的支配性力量。学人借助“来信”表达自己的文化意图，即渴望凭借欧阳修的文化权威获得文化地位的提升。而欧阳修则通过“回信”阐述文学思想，传递给后进士人，引导他们的文化实践，传播自己的文化思想与理论主张。作为一种话语权力由高到低的传递方式，回信在一定程度上更能满足求教者的心理期待，更益于自己的话语论述得到全面认可与接收，也更容易引导并改变学人的知识表述与心态结构。

欧阳修对回信这种传播媒介的认识是逐步明晰并加深的。《与张秀才棐第

二书》一改之前的嘲讽态度，对他多有肯定和赞美，如“言尤高而志极大”“甚有志”“多闻博学”等等，所述内容不仅包括自己对治学的理解，而且阐发了对文道关系的思考。欧阳修前后态度的显著变化，以及书写内容、言说方式的明显转变，可以看出他已经意识到自己与张秀才在文学话语上的不平等关系，可以利用“回信”这种表述形式将文学思想传递给广大士子，通过一个又一个学人的具体文化行为，让自己创构的理论主张获得更广泛的群体认同，并逐渐形成规模性的文化思潮。被贬夷陵期间，欧阳修对回信的传播力度之大和接受程度之高已然深有体悟。《与荆南乐秀才书》虽然对乐生所问“举子业之文”略有不屑论之的意思，但又担心误导和打击他，故而挈出“顺时”二字告之，将其为学困惑与文坛乱象结合起来，指出这不仅是个人问题而是普遍现象，并且说自己在创作中也存在这种状况，“其前所为既不足学，其后所为慎不可学”，鼓励他树立信心，还以“齐肩于两汉”期许乐秀才。清代文评家王元启说此文“措辞微婉，不作伉直语，较为可味”，正是看到了欧公一改往日直白晓畅，措辞变得委婉善诱，反映出他越来越重视回信这种话语传递形式，也更加注重言辞表达的谨慎性以及思想论述的启发性。

欧阳修任职馆阁时所作的《答吴充秀才书》与《答祖择之书》，无论是内容要义还是表达方式都更为朴实，因为此时他已经位于政治空间的较高位置上，并成为文坛风气的引领者，可以更加坚定、直接地表述自己的文道观理论，也更利于学人顺利接受并迅速掌握。如《答吴充秀才书》以自己的作文经历为例，“修学道而不至者，然幸不甘于所悦而溺于所止”，使吴充秀才更容易理解并接受启迪，话语表述体现出普适性、引导性与启发性。同时也更加注意回复内容的典型性和针对性，面对文士为求利禄而尽心于文字的现象，《答吴充秀才书》指出学人必须走出书斋，在社会现实中行道；针对当时士风堕落的现象，《答祖择之书》提出“师经”重道、重振儒学的主张。两封回信彰显出嘉惠后学、奖掖后进的领袖风姿，透露出精英文人的身份使命和责任担当，与此同时欧阳修也建构着自己的文道观话语系统。

首先，欧阳修将“圣人之道”作为文道观的灵魂。宋初，柳开、石介等人推尊韩愈，提倡“行古道作古文”，但只取其道统而忽视文。柳开认为“文章为道之筌也”，将文学视为道的工具与附庸，之后石介接过复古大旗，其《尊韩》提出只要将“布三纲之象，全五常之质”的传道内容贯彻到文章中，文采形式可以略而不计，表现出重道轻文思想，导致文坛出现偏离现实、轻视实用的怪诞文风。欧阳修结合当时文坛状况，梳理儒学本义与传承，强化儒家之“道”思想内涵，建构“圣人之道”话语体系，并针对当时文风险怪乱象，赋予“道”新的时代内涵，严厉批评“诞者之言”，遏止其蔓延，使复古行道的儒家精神重新得以弘扬。

《与张秀才棐第二书》是欧阳修文道观最为集中、最为充分的展现。这封书信以评论张棐文章为引子，从六个方面，层层深入地阐明了自己的“文道观”思想，如“圣人之道”与“诞者之言”，“知道”“明道”“为道”“务道”“王道”等等，构成一套相对完整的话语体系。全文突出六大重点：一是由评论张秀才的“古今杂文”提出问题。欧阳修认为大部分“言尤高而志极大”，意在“闵世病俗，究古明道，欲拔今以复之古”，作了基本肯定和鼓励。同时也严肃指出其“述三皇太古之道，舍近取远，务高言而鲜事实”的错误。由此引出“文”“道”关系的重要话题。二是分析“文”与“道”的关系，突出其重大意义。欧阳修先着眼于“道”，讲述“君子之于学”的目的在于“务为道”，进而指出“为道必求知古”的路径，再说“知古明道”的用途，在于“履之以身，施之于事，而又见于文章而发之，以信后世”，即躬身实践、应用于现实社会，然后体现于文章，流传于世，启迪后人，实现“行道”“传道”的目标，促进人类的文明发展，而最后落脚于“文”。作者在讲清读书学习、知古明道、履身施事、见于文章、以信后世这五者之间内在逻辑与密切关联的同时，突出了用古代儒家之“道”来指导现实实践并体现于“文”的核心思想，着眼点与落脚点始终围绕阐发“文道”关系，而以“好学”“知古”“明道”“务道”“为文”五大支点为轴心，思路清晰，重点突出。三是界定“道”与“文”的内涵特质，突出文化传承。欧阳修明确指出，“其道，周公、孔子、孟轲之徒常履而行之者是也”，“其文章，则六经所载，至今而取信者是也”。这不仅具体诠释了“道”与“文”的规定内涵，而且明确了儒家思想之“道”可“履而行之”与儒学经典之“文”能“至今取信”的根本性质。与此同时，欧阳修还总结了“其道易知而可法，其言易明而可行”的重要特征。这与“以混蒙虚无为道，洪荒广略为古；其道难法，其言难行”的“诞者之言”形成鲜明对比。四是强调“圣人之道”的“可得”“可行”“可学”。欧阳修以孔子“道不远人”的名言与《中庸》“率性之谓道”的观点，说明“人”与“道”的密切关系；以《春秋》为书“以成隐让”，“信道不信邪”等，说明“文”“道”本为一体；指出“圣人之道”能“履之于身，施之于事”，此非“诞者之言”所可比。又以《尚书》“稽古”、孔子“好古”，说明“其事乃君臣上下、礼乐刑法之事”，既具体实在又不虚不诞，“宜为君子之所学”。五是倡导为文“切于事实”而不务“高言”虚语。欧阳修以“孔子删《书》断自《尧典》”，其学则曰“祖述尧舜”为例，说明儒家明白“渐远而难彰，不可以信后世”的道理，故“弗道其前”，不说尧舜以前的事，体现着学风的扎实与文风的严谨。对于当时“舍近而取远”“务高言而鲜事实”的不良风气，欧阳修给予了严厉批评。此后，又举《书》为例，称“唐、虞之道为百王首”，而所书“其事不过于亲九族，平百姓，忧水患”，以此说明“道”在“事”中。欧公认为“孔子之后，惟孟轲最知道”“然其言不过于教人树桑麻，畜鸡豚”，而“孟轲之言道”“其事乃世人之甚易知而近者”，也是不务“高言”。六是批评“诞者之言”“无用之说”，以遏止与矫正不良文风。欧阳修批评“今之学者不深本之，乃乐诞者之言，思混沌于古初，以无形为至道”，指出“务高远之为胜，以广诞者无用之说”，这不是“学者之所尽心”的事。并针对张秀才文章“舍近取远，务高言而鲜事实”的弊病，劝其“宜少下其高而近其远。”由上述六点可知，欧阳修以正本清源的方式，重新举起复兴儒“道”与古朴文风的大旗，在建构文道观的话语体系时，不仅选择了广大士人最为熟知的“文”“道”概念，而且使用表达精准的“圣人之道”“诞者之言”一类不易产生歧义的词语，易为广大学人所接受。

其次，欧阳修文道观的生成是一个不断丰富和深化的建构过程。其《与乐秀才第一书》对广大学人最为关心的“文”作了深入阐释，进一步丰厚了文道观的理论内容。欧阳修指出往圣前贤“为道虽同”而“辞皆不同”“言语文章未尝相似”的现象，不仅揭示了“文如其人”的个性化规律，而且说明艺术风格多样化的必然性。他们的生活环境与内在修养有差异，却始终遵循儒家之“道”，尽管文章的形式风格与表述方式各具风貌，而在思想内容方面，都体现着关心社会、关注现实、关切民生的人文情怀，承载着重要的道德价值和文化意义。欧阳修视“文”为“道”的集中反映和表现载体，将儒学之“道”与科举考试的现实需求紧密结合在一起，引导学人追求“圣人之道”，进而带动“圣人之文”在知识论述和文学表达上的转变，为广大士人指出了一条既能实现政治功利性，又能达成文学审美性的努力方向。

再次，欧阳修在厘清“圣人之道”的文化定位以及“文道”关系的基础上，又为建构文道观话语体系赋予实践意义。《答吴充秀才书》提出“道胜文至”说，“圣人之文虽不可及，然大抵道胜者文不难而自至也。”由此进一步指出“终日不出于轩序，不能纵横高下皆如意者，道未足也。”欧阳修认为，孔子著述整理六经只花了数年时间就得以完成，是因为他周游列国并实际考察，对现实社会的思考与认识深刻，思想与文化积累深厚。当今学人要想写出“圣人之文”，就要走出书斋，深入社会，践行其“道”。圣人之“道”是具体的、实在的、充满人情人性的，既在于“君臣、上下、礼乐、刑法之事”的纲常伦理，更在于社会生活“百事”的方方面面。“务道、行道”就是要身体力行地在社会生活中不断实践，积极承担社会道义和现实使命。欧阳修将抽象的“道”创新为一种可知可行的话语体系，实现了从理论到实践的飞跃与质变，使其文道观话语体系不仅具有理论意义，更具有行为上的可操作性，对现实生活有实际的指导价值，因此获得了士人群体的广泛认同与普遍接受。

最后，欧阳修将“圣人之道”升华为士人阶层实现人生理想的坚定信念与践行准则。他在《答祖择之书》中指出，社会中存在着“今世无师”“忘本逐利”等败坏风气的现象，造成这种乱象的重要原因就是儒家文化的式微。于是他告诉学人，“学者当师经，师经必先求其意，意得则心定，心定则道纯，道纯则充于中者实，中充实则发为文者辉光，施于世者果毅”，要求士人向真正代表“圣人之文”的“六经”学习，以“格物致知修身齐家治国平天下”为核心价值，将“道”的精神实质内化在濡养德性的人格修养中，“君子多识前言往行，以畜其德”，注重对自身德性修养的锤炼，从而达到“道纯中实”的有德境界，体现在文章中自然会富有光彩。欧阳修将儒者终生追求的道德理想纳入“圣人之道”的评判维度，将“道”升华为士人阶层的核心文化价值和最高精神追求，体现出他文道观的社会良知与思想价值。

以上考述了欧阳修文道观及话语体系的建构与完善，其根本实质是欧阳修对儒家思想的殷服，是对修身养性圣贤品格的企慕，代表着士人阶层的文化品格与精神价值。欧阳修呼唤并创明“圣人之道”的话语论述，恢复儒学精神，回归圣人原旨，体现出强烈的古道意识以及“我注六经”的创新意识，有宋一代的精神风尚、价值观念、审美趣味与诗文风格都是在“圣人之道”中形成并充分发展起来的。

三、欧阳修文道观的文化实践与革新策略

宋初以杨亿、刘筠等为首的“西昆派”承袭晚唐五代文风，创作用事精巧、词藻华丽的四六文，重新煽起浮靡文风，随后晏殊、宋庠、宋祁、王珪等“后西昆派”又将骈文大量运用于制诰、奏议、碑册、谢表、笺启等应用文体中，四六“耸动天下”，盛极一时。宋仁宗自天圣三年至明道二年间，多次下诏申戒浮华，尹洙、王禹偁、穆修等文人也极力提倡古文，尽管朝廷遏制与古文派上下呼应，但似乎还是没有引起文坛的巨大响应。一方面是因为古文家对骈文、散文非此即彼的绝对态度，在四六文风头正劲之时，要“以散代骈”必定阻力重重；另一方面，古文家们并没有创作出超越前人的优秀作品，也没有出现能够折服文坛、号召与凝聚文人群体的领军人物，故不会得到广泛认同。

欧阳修走向文坛并逐渐崭露头角时，四六骈文早已是成熟的文体，具备

了自成系统的话语风格，要想革新，并非易事。否定四六文体的话语形式，改变士人长期以来僵化的思维模式与文化心态，尤其是四六在科举取士中颇受重视的情况下，正所谓“自词科之兴，其最贵者四六之文”，难度之大不言而喻！面对朝廷申戒浮华的现实政治压力，如何恢复上古文风，让散体古文成为主流，这是古文派面临的重大挑战，也是变革文风的重大机遇。对欧阳修而言，这一时期是他引领文坛并树立盟主形象的重要阶段，文体改革的成败会影响甚至改变他的话语权力与政治地位。采取什么样的文化策略才能确保文风改革成功，是他必须认真考虑的重大问题。欧阳修选择既有因循又有创造的策略，借鉴前人创新经验，选择“破体为文”的方式，在“尊体”与“破体”中突破了“文各有体”的藩篱，通过“以文体为四六”的话语创新方式，巧妙化解了骈体、散体看似完全对立的矛盾话语体系，创造出能够兼容古文而自成一格、独具风神的“宋四六”，探索到一种既维系时文功利性又含纳古文审美性的均衡模式，从而取得了宋代文风革新运动第一战役的巨大成功。

其一，欧阳修以开阔的学术视野与海纳百川的胸怀，用理性、包容、通达的态度看待四六。第一，宋代建国至欧阳修主盟文坛之前 70 年间，四六创作十分繁荣，有历史的必然性。宋初万象更新、文治武功、国威扬厉，自然需要典雅庄重、富丽堂皇的骈文来歌功颂德、润色宏业，属对精切、形式优美的骈体，契合安稳平和、雍容醇正的审美风尚与文化心理。“兴文教，抑武事”的治国方略，表现出统治者尊重知识、优渥文人的政策倾向，不少士子因献赋获誉，如开宝九年正月，扈蒙上《圣功颂》“述太祖受禅、平一天下之功，其词夸丽，遂有诏褒之”，又如太平兴国四年宋白献《平晋颂》而擢为中书舍人。此类例子，体现出政治权力对文学话语的规范要求，而文人通过创作四六迎合圣心，表达出自己的政治意愿与权力诉求。因此可以说四六是政治集权和文化专制状态下，文人选择的集体书写形式，受到特定时代的影响。第二，四六确有无可取代的文体价值。欧阳修《答陕西安抚使范龙图辞辟命书》说：“世人所谓四六者，非修所好，少为进士时不免作之，自及第，遂弃不复作”，透露出四六能为士子提供文学话语与政治权力之间转换的可能性，具有不可忽视的功利性；此外还具有“上至朝廷命令、诏册，下至缙绅之间笺书、祝疏”无所不用的广泛性。第三，四六具有独特的美学风格。欧阳修《谢知制诰表》称：“质而不文，则不足以行远而昭圣谟；丽而不典，则不足以示后而为世法”，充分肯定骈文端庄严肃的文体优势，以及用典精当、对仗工整等形式美。第四，欧阳修早年的创作经历以及他与四六大家的密切交往关系。欧公“早工偶丽之文，故试于国学、南省，皆为天下第一”，足见其四六创作的功力。欧阳修在文学上与“西昆派”有一定渊源，钱惟演是西河幕府的主人，洛阳的文学经历影响了欧公文学思想的形成，他在政治上又受到晏殊等人的提携举荐，欧公自己也赞赏西昆诸家“雄文博学，笔力有余”，更称杨亿为“真一代之文豪也”，故他并不全盘否定四六文。第五，欧阳修对文学发展规律有清醒认识。四六发展至杨、刘已达高峰，物极必反，后期似乎再无出路，而陷入隶事晦涩、堆砌典故、形式僵化的泥淖，导致“今世士子，习尚浅近，非章句声偶之辞不置耳目”，士人沉迷于内容空虚、浮艳纤弱的时文不可自拔。欧阳修于此时提出“以文体为四六”的主张，为骈文发展指出了一条新路，使四六的长短及节奏变化，服从于议论说理的需要；同时又借助古文的气势与笔调，使骈文自然流畅、情文并茂，从而提高了四六的实用功能与审美价值，“骈体亦一变其格，始以排奡古雅，争胜古人”，重新焕发了鲜活的生命力。

其二，欧阳修始终将“圣人之道”作为核心思想贯穿于文体改造中。四六文最大的弊病就是片面追求语言工整，容易造成说理不清和叙述不畅，限制思想的自由表达，内容空泛显然无力承担载“道”使命，与“圣人之文”标准相去甚远。“以文体为四六”的文化策略，改变了刻意追求对偶、堆砌辞藻的僵化形式，有利于自由灵活地表达儒家礼乐的政教内容，改变了士人群体文化资本趋于世俗化的局面。欧阳修甚至直接将“圣人之道”的儒学精神贯注于新四六中，《上执政谢馆职启》直接以六经入文，但又叙事明白、娓娓道来，堪称“变革为文”的经典，不仅从文体形式上恢复了叙事议论的先秦古文传统，而且从思想内容上突出了“六经之所载，皆人事之切于世者”的社会功能，从形式与内容两方面为四六注入了一股源头活水，体现出欧阳修复兴儒学的精神实质。这才是纠正浮靡文风、净化文化环境，最有力度的话语重塑与变革方式。

其三，欧阳修“众莫能及”的文章模范，以及文人的文化意愿与创作实践，促使“以文体为四六”获得普遍认同与广泛传播。首先，欧阳修的四六创作代表了“宋四六”的最高成就。他的文集中有七卷是四六骈文，大多为表、奏、书、启等，陈师道说“欧阳少师始以文体为对属，又善叙事，不用故事陈言，而文益高，次退之云”，指出欧阳修骈文以散行之气运对偶之文，艺术成就仅次韩愈。他本人的艺术才力超群，能将两种文体的章法、结构、风格有机地融为一体，其《谢襄州燕龙图肃惠诗启》“佳在不作长句”，《上随州钱相公启》“言情运事皆佳”，他的四六创作异于流俗的文学形式，为广大士人钦服，“修文一出，天下士皆向慕，为之唯恐不及，一时文字，大变从古”，对变革浮华文风具有重要示范作用。其次，欧阳修作为文坛盟主，其文学主张获得士人群体的积极响应，前有二苏、王安石、曾巩等人，稍后有苏门四学士、陈师道等人，交相呼应，创作出了许多出色的宋四六作品。其中苏轼与王安石的四六创作最具代表性，“本朝四六，以欧公为第一，苏、王次之”，苏轼四六独辟蹊径，杨囦道《云庄四六余话》说他的骈文“偶俪甚恶之气一除，而四六之法则亡矣”，其《量移汝州谢表》《孙觉可给事中制》等，笔调轻快雄健、句式自然妥帖。王安石的骈文自守法度，如《贺韩魏公启》《辞拜相启》等文章，笔力雄健、深厚典雅，展现着文风改革之后“宋四六”的新风貌。

其四，“以文体为四六”的改革策略其实是文学、政治与社会多方互动、彼此妥协的产物。欧阳修凭借长期积累的文化资本和话语权力，已经获得文人群体的广泛认可与普遍支持，士人承认、服从并认可他的文化权威与领导，团结了如梅尧臣、苏舜钦、范仲淹等同道，奖掖推荐了苏洵、苏轼、王安石等人。但当时的欧阳修，在国家政治领域的影响力并不足够大，无法直接抗衡具有根深蒂固社会基础和现实政治权力的四六文。何况骈文还是当时科举取士的重要内容，承载着一定的政治使命与服务功能，是文学形式与政治权力交织的产物。故欲变革文坛风气，只能通过“委婉”的文化创新策略来实现，在悄然渐变中完成。这里不妨与欧阳修排抑太学体作比较，更能突显“破体为文”的思想智慧。嘉祐二年前后，欧阳修接连被授予翰林学士权知礼部贡举、右谏大夫、判尚书礼部、判秘阁等八种官职，宋仁宗还亲赐“文儒”二字，标志着他获得了社会政治与文化领域的全面认可，掌握了实际话语权。欧阳修在这样的文化语境中知贡举，黜落僻涩险怪的太学体，“凡如是者辄黜”，象征的是政治许可与权力意愿对文学形式与知识论述的甄别、筛选，所以短时期内就获得显著成效，“时体为之一变”，沉重打击了太学体，让古文传统重获新生。欧阳修在改造骈文的第一次诗文革新运动时，并未得到最高统治者的亲自授权，更没有文学领域的绝对话语权力，所以面对变革四六文风的历史任务，他不具备彻底否定的资本，而只能通过矫正四六文的弊病，更新骈体的话语形式与论述方式，使之发生改变，“以优游坦夷之辞矫而变之，其功不可少，然亦未尝不有取于昆体也”，而这正是欧阳修在变革文风过程中受到较少阻力，并取得成功的关键因素。因此欧阳修采取“以文体为属对”的文化策略，领导了宋代第一阶段的古文运动并获得成功，是他对文坛风向、政治权力和士人群体三者复杂关系的准确把握，以及对文学话语的创新性表述，才取得了诗文革新运动的最终胜利。

欧阳修赋予“宋四六”新的生命与风骨，不仅古文家欣然接受，而且专精四六的骈俪名家如王畦，风格也为之一变。新式四六在南北宋之际及南宋进入了发展的鼎盛时期，清人彭元瑞在《宋四六选·自序》说：“洎乎渡江之衰，鸣者浮溪为盛，盘洲之言语妙天下，平园之制作高禁中，杨廷秀笺牍擅场，陆务观风骚余力。”南宋文人汪藻、洪适、周必大、杨万里、陆游等人将这种新文体发扬光大，创作出了耸动人心、传诵人口的名篇。欧阳修“破体为文”的文化创新策略，为文学发展开辟了崭新的道路，推动了北宋诗文革新运动健康发展并取得巨大成功，扭转了“论卑气弱”的文坛态势，营造了救时传道的文化环境，也创造性地弘扬和建构了中华文明发展的优秀文化传统。苏轼《六一居士集叙》称欧阳修为“今之韩愈”，“其学推韩愈、孟子以达于孔氏，著礼乐仁义之实，以合于大道，其言简而明，信而通，引物连类，折之于至理，以服人心”，正是对欧阳修亲身实践“圣人之道”与“圣人之文”文道观的最好评论。

五、编撰《人文论稿》

2019年4月，人文学院获批首个具有独立博士学位授予权的一级学科中国文学博士点，学科建设迈上新台阶。新人文学院院长也届满四年，学校党委批准了届满卸任申请，我再度进入专心教学科研的新阶段。在继续讲授中文本科专业课、人文学院研究生课与全校核心通识课的同时，着手编撰《人文论稿》。

《人文论稿》的书名确定，是因为书稿主要内容全部围绕“人文”来展开，“人文”是全书的论述宗旨与核心理念，也是书中所有文章讨论与关涉的重点，且收入的文章都是我在担任新人文学院院长时期的工作思考与学术探讨。上海交通大学最早曾以“人文”立校、又因“人文”著称，几经调整变化，成为理工为主的著名综合性大学。进入21世纪之后，“人文有什么用”，依然使不少人感到困惑，如果只用“铸魂、强基、赋能”之类的现代语言来解释，可能会得到更多的疑惑不解或调侃苦笑。因此，人文工作者必须自己先从思想理论与现实生活层面搞清楚“人文”概念的来龙去脉和思想内涵，搞清楚“人文”学科的重大意义与思想价值，才能有底气、有自信、有能力作出令人信服的回答。这是编撰文集的重要原因。

《人文论稿》收入文章六十篇，都是我2015年受聘上海交通大学以来结撰的文字，依类厘为上、中、下三编。全书围绕人文理论和人类文化展开思考，探讨人文与中华民族伟大复兴、与人类和平健康发展的密切关系。著作认为，“人文”以人为本，其根本性质是文化精神，具有鲜明的思想性、实践性和意识形态性。“人文”是民族精神的重要载体，也是塑造思想品格、培养创新人才、传承民族精神、引导人类健康发展的基石。著作还提出了“人文战略”新概念，指出人文战略是实现民族伟大复兴和引领世界和平发展的必然要求，也是中国参与全球竞争、实现和平崛起和实施大国外交战略的重要组成部分。人文战略是深入发掘和充分运用中华民族优秀文化资源以及人类文明成果，实施和实现国家发展重大战略目标，积极引领世界和平发展的思想设计与谋略策划。书中收入的文章都是教学科研与工作过程中孕育出的学术新成果，全都立足于学术，着眼于文化，以“人文”为核心，紧紧围绕人文内涵、人文思想、人文精神来思考，注重人类意识与规律探讨，注重中华文化的创造性传承与弘扬，注重创新人才人文素质的培养。编入书中的文章大都选择具体问题并根据实际情况，分别从不同角度切入、不同层面展开，研究或诠释“人文”内涵、学术价值和文化意义，提出系列学术新见解、新理念或新认识。除了“人文战略”概念外，还特别指出，人文思想是人类历史实践的智慧结晶和全世界共同拥有的战略资源，也是引导人类不断创新和文明发展的重要保障；“传说、表演、器物、图画、文字”是人类文化存在的五大基本形态，“以人为本、天人合一、尊道贵德”是中华文化的三大核心理念；理论是文化的最高形态，学术研究是文化创新的重要形式；研究能力是人才综合能力的第一要素；认为人文学院的专业学科建设要重点考虑文字、文献、文学、文化、文明五层次；等等。至于具体作品与文化现象的新诠释，大都正误补偏，强化科学严谨。成果以不同方式发表，或得到学界关注与肯定，或引发学生兴趣与思考。文章保存原貌，体例风格多样。

上编二十六篇均为公开发表的论文。《人文思想与人类生存》从深入研究苏轼《六一居士集叙》的人文内涵入手，提出人文思想密切关联和直接引导人类生存与发展的观点。《“经国之大业，不朽之盛事”》认为中国古代散文既是治国理政和价值实现的重要手段，又是实践“尊道贵德”“文以载道”“以文化人”“人文化成”诸多文化理念的重要方式。

中编二十三篇为学术报告、专题讲座或会议发言。《生命之歌》开创性地从唐宋文学桑蚕文化书写中，考察研究蕴含的人文内涵，指出桑蚕文化是农耕文明的典型标志与艺术表现的重要内容，集中体现着勤劳智慧的创造精神与博大精深的人文内涵。《人文思想引领人类创新》指出，人文是人类思想意识、精神行为和创造发明的重要体现。

下编十一篇均为学术专著的序言或后记。《学术成果与人类文明》指出，学术乃天下之公器，人类实生命共同体。《儒学与中国古代散文·序》认为杨树增教授的这部专著，极富原创性、开拓性，气势恢宏，架构严谨，文献翔实，见解深刻。

高宣扬《人文论稿·序》称《人文论稿》“架构宏伟，内容丰富精致，倾注了杨先生任职上海交通大学五年来的教学和创作的心血，也见证了他所一贯主张的人文精神”，认为“《人文论稿》立足于学术，着眼于文化，以‘人文’为核心，紧紧围绕人文内涵、人文思想、人文精神进行思考，注重人类意识与规律探讨，注重中华文化的创造性传承与弘扬，注重创新人才人文素质的培养。显然，《人文论稿》的出版具有重要时代意义”。

代表成果之十七：

人文思想与人类生存[①]

人文思想密切关联和直接引导人类的生存与发展。在中国古代文化发展史上，最早深刻认识到这一根本问题的巨大意义，并具体生动、系统明确地形之于笔端、著述于文章且传之于后世者，当推宋代文化巨擘苏轼，而他的《六一居士集叙》最为经典。

复旦大学资深教授王水照先生早在20世纪就曾指出，“苏轼是我国文化

① 该文是“第四届中国古代文章学学术研讨会”论文，参见《光明网·文艺评论频道》2019年5月7日。

史上一位罕见的全才，是人类知识和才华发展到某方面极限的化身”；南宋孝宗皇帝赵眘则称赞苏轼的文章“力斡造化，元气淋漓，穷理尽性，贯通天人”；每读苏轼《六一居士集叙》，常深以为然，感叹王水照先生的“识人之深”与孝宗皇帝的“识文之切”。众所周知，中国古代先贤曾把“立德、立功、立言”，视为实现人生最大价值的三种境界。苏轼《六一居士集叙》就是着眼于“立言”蕴含的人文精神，落脚于体现“功”与“德”的社会效果，来安排表达和结构全篇内容，同时又以“天地、大禹、孔子、孟子、韩愈、欧阳修”为轴心，展开论述，深刻阐明儒家思想推动社会文明进步的重大作用，突出欧阳修在传承弘扬中华优秀传统文化方面的重大贡献，揭示了人文思想与人类生存的紧密联系，反映了苏轼对人文思想与文明发展的深刻思考与独到见解。

一

苏轼《六一居士集叙》堪称古代散文经典中的奇葩、名篇中的极品。这篇文章不仅人文内涵深刻丰富，有着极强的思想引导性，而且全文构思立意、布局谋篇、思想境界、艺术效果都令人叹为观止。明代著名散文评论大家唐顺之以“体大而思精，议论如走盘之珠，文之绝佳者也”称颂，确为的评。为论述方便，兹将全文抄录标点如下：

夫言有大而非夸，达者信之，众人疑焉。孔子曰“天之将丧斯文也，后死者不得与于斯文也”；孟子曰“禹抑洪水，孔子作《春秋》，而予距杨、墨”，盖以是配禹也。文章之得丧，何与于天？而禹之功与天地并，孔子、孟子以空言配之，不已夸乎？

自《春秋》作，而乱臣贼子惧；孟子之言行，而杨、墨之道废。天下以为是固然而不知其功。孟子既没，有申、商、韩非之学，违道而趋利，残民以厚主，其说至陋也，而士以是罔其上。上之人侥幸一切之功，靡然从之，而世无大人先生如孔子、孟子者推其本末、权其祸福之轻重，以救其惑，故其学遂行。秦以是丧天下，陵夷至于胜、广、刘、项之祸，死者十八九，天下萧然，洪水之患，盖不至此也。方秦之未得志也，使复有一孟子，则申、韩为空言，作于其心，害于其事；作于其事，害于其政者，必不至若是烈也。使杨、墨得志于天下，其祸岂减于申、韩哉！由是言之，虽以孟子配禹可也。

太史公曰“盖公言黄、老，贾谊、晁错明申、韩”，错不足道也，而谊亦为之！予以是知邪说之移人，虽豪杰之士，有不免者，况众人乎？

自汉以来，道术不出于孔氏，而乱天下者多矣。晋以老庄亡，梁以佛亡，莫或正之。五百余年而后得韩愈，学者以愈配孟子，盖庶几焉。愈之后二百有余年，而后得欧阳子。其学推韩愈、孟子以达于孔氏，著礼乐仁义之实，以合于大道，其言简而明、信而通，引物连类，折之于至理，以服人心，故天下翕然师尊之。自欧阳子之存，世之不说者，哗而攻之，能折困其身，而不能屈其言，士无贤不肖，不谋而同曰：“欧阳子，今之韩愈也。”

宋兴七十余年，民不知兵，富而教之，至天圣、景祐极矣，而斯文终有愧于古，士亦因陋守旧，论卑气弱。自欧阳子出，天下争自濯磨，以通经学古为高，以救时行道为贤，以犯颜纳谏为忠，长育成就，至嘉祐末，号称多士，欧阳子之功为多。呜呼！此岂人力也哉？非天，其孰能使之！

欧阳子没，十有余年，士始为新学，以佛老之似，乱周孔之真，识者忧之。赖天子明圣，诏修取士法，风厉学者专治孔氏，黜异端然后风俗一变。考论师友渊源所自，复知诵习欧阳子之书。予得其诗文七百六十六篇于其子棐，乃次而论之曰：“欧阳子论大道似韩愈，论事似陆贽，记事似司马迁，诗赋似李白。此非余言也，天下之言也。”欧阳子讳修，字永叔。既老，自谓六一居士云。元祐六年六月十五日叙。

《六一居士集叙》全文由三部分构成，仅763字，而思想内容博大精深。第一部分从开头到“况众人乎”，主要论述了儒家人文思想对于人类生存的重要性，即儒家思想之“功与天地并”。第二部分从“自汉以来”至“孰能使之”，通过梳理自汉至宋的历史事实，突出欧阳修传承儒学思想的重大贡献。第三部分从“欧阳子没十有余年”至结尾，描述《六一居士集》的文化境界与编纂背景。

《六一居士集叙》以“言有大而非夸，达者信之，众人疑焉”开头，议论起笔，如高山坠石，气势恢宏，新奇精警。其中的“言”、“信”、“疑”三字，正是下面展开论述的根基。作者首先拈出孔子和孟子的两段著名言论论证“言有大而非夸”的观点。孔子受困于匡国之时，曾发出“天之将丧斯文也，后死者不得与于斯文也”的感慨。公元前496年，孔子从卫国到陈国去，路经匡国之地，匡国以前曾受到鲁国阳虎的掠夺和残杀，孔子的相貌与阳虎相像，匡人误以为孔子就是阳虎，所以将他围困。《论语·子罕》记此事“子畏于匡，曰：‘文王既没，文不在兹乎？天之将丧斯文也，后死者不得与于斯文也；天之未丧斯文也，匡人其如予何？’”表现出孔子“斯文自任”的历史使命感、文化责任心和不惧危险的充分自信。而孟子的表述更直接，即“禹抑洪水，孔子作《春秋》，而予距杨、墨”，不仅将自己批评杨朱、墨子学说与孔子作《春秋》这两件事，来和大禹治水相比，而且认为这三件事情的功德，与天地给予人类生存提供条件保障的功德一样大。大禹治水为人类生存创造了条件，正如李白《公无渡河》诗所言“大禹理百川，儿啼不窥家。杀湍湮洪水，九州始蚕麻。”这是属于物质、物理方面的贡献；而孔子作《春秋》和孟子距杨、墨，则是属于思想文化和人文精神方面的创造，那么二者如何能相提并论呢？作者用这两个“大言”之例，提出“文章之得丧，何与于天？而禹之功与天地并，孔子、孟子以空言配之，不已夸乎”的疑问，以此说明

“众人疑之”的合理性。

其后，作者以“自《春秋》作而乱臣贼子惧，孟子之言行而杨、墨之道废”的历史事实，说明了儒学思想的重要意义和社会作用，突出了舆论、道德、文化的社会影响力，凸显了儒家思想对于弘扬社会正气、推动人类文明健康发展所产生的巨大作用。然而，人们认为这是社会自然发展的结果，并不认为这是儒家思想影响所致，所以“不知其功”。

接着，苏轼又引用申不害、商鞅、韩非之学对社会发展产生危害的历史事实，说明由于偏废儒家思想而对人类社会发展造成的严重后果。申不害、商鞅、韩非之学各成一家之言，但相较于儒家学说关注社会、关注民生，推进社会有序发展的整体思维方式而言，又各有其偏颇之处。所以苏轼认为“申、商、韩非之学”是“违道而趋利，残民以厚主，其说至陋也”，官宦士人“以是罔其上”，而君主又“侥幸一切之功，靡然从之”，在这种情况下由于没有出现类似孔子、孟子这样的圣贤来“推其本末、权其祸福之轻重，以救其祸”，致令申不害、商鞅、韩非之学流行于世，导致社会动乱、生灵涂炭，“死者十八九，天下萧然”，即使是洪水之患也不会达到如此惨烈的破坏程度，由此说明了“以孟子配禹可也”的科学性。

此后苏轼引用司马迁关于“盖公言黄、老，贾谊、晁错明申、韩”的论述，说明和印证“邪说之移人，虽豪杰之士有不免者，况众人乎”的现象，回应开头“众人疑焉”的合理性。据班固《汉书·曹参传》载，盖公为汉代胶西的著名学者，擅长黄、老之学，认为“治道贵清静而民自定”，曾建言西汉宰相曹参用黄、老术治理齐地，成效显著。而与屈原并称“屈贾”、《过秦论》《论积贮疏》等影响深广的贾谊，倡导“重农抑商”、《论贵粟疏》《守边劝农疏》等为人称道的晁错，二人《史记》《汉书》皆为立传，都曾得到史家肯定。苏轼认为此二人都是非同常人的“豪杰之士”，但也难以避免为申不害、韩非之学所惑。由此可见，“众人”对“邪说”“疑焉”就更不足为怪了。

在第二部分里，作者缕述了自汉代以后，老庄思想或佛家思想成为治理国家的主流文化，导致社会动荡、家国灭亡的历史事实，所谓“晋以老庄亡，梁以佛亡”。汉代之后五百年，韩愈力倡儒学，认为“如古之无圣人，人之类灭久矣”，强调了人文思想对于人类生存的重要性，因此学者将韩愈与孟子相比。韩愈之后二百年，欧阳修出，其上承韩愈、孟子和孔子的儒家学说，通过“简而明，信而通，引物连类，折之于至理”的文章，来弘扬“礼乐仁义”思想，以合于儒家大道。欧阳修主张文章要“经世致用”、“切于事实”、“不为空言”，面对“世之不说者，哗而攻之”的困境，欧阳修不改其志，正是在他的大力倡导下，“场屋之习，从是遂变”。而“士无贤不肖，不谋而同曰：‘欧阳子，今之韩愈也。’”以传承儒家学说的韩柳古文传统在宋代得到了发扬光大，“自孔子至今，千数百年，文章废而复兴，惟得二人（韩愈、欧阳修）焉”，将宋代文化的发展推进到一个全新的境界，树立了一代士林新风，“天下争自濯磨，以通经学古为高，以救时行道为贤，以犯颜纳说为忠。”从而突出了欧阳修在弘扬儒家思想，引导社会良性发展，推进人类文明进步的历史贡献和巨大影响。

第三部分介绍编纂《六一居士集》的文化背景和作序缘由，交代了欧阳修去世十多年后，“士始为新学，以佛老之似，乱周孔之真，识者忧之”的态势，以及“诏修取士法，风厉学者专治孔氏，黜异端然后风俗一变。考论师友渊源所自，复知诵习欧阳子之书”的情形，说明欧阳修影响的深广。与此同时，借“天下之言”高度评价了欧阳修“论大道似韩愈，论事似陆贽，记事似司马迁，诗赋似李白”的文化造诣，并以欧阳修“六一居士”别号收束全文，说明以号名集。全文三部分紧紧围绕欧阳修文集的编纂，深入思考儒家思想与文明发展的关系，内容丰厚、层次分明，前后照应、逻辑严谨，浑然天成，既蕴含着深刻丰厚的人文内涵，又具有很强的思想性和说服力。

二

《六一居士集叙》以思想深刻、境界高远、勇于创新著称。

书序作为一种文体，滥觞于两汉，发展于魏晋，兴盛于李唐而变化于赵宋。传孔安国《尚书·序》称“序所以为作者之意”，大体昭示了序的功能。约成于汉代的《毛诗序》与《史记·太史公自序》、《汉书·叙传》、扬雄《法言序》等，大都立足全书，进行宏观的阐释、申述，或者兼及作者自身，是为常式。唐宋是序体散文的昌盛期，名篇迭出，尤其是宋代，书序的形象性、可读性、理论性比前代明显加强。黄庭坚的《小山集序》几乎通篇介绍晏几道的为人与性格；李清照的《金石录后序》更以抒情与描写兼胜、文学色彩浓厚见长；徐铉的《重修说文解字序》历述华夏文字自“八卦即画”至“皇宋膺运”长达数千年间的发展演变，注重宏观审视和发展规律的探寻，视野开阔；赵昚的《苏轼文集序》从论述“成一代之文章”与“立天下之大节”的关系入手，探讨“节”“气”与“道”“文”的联系，议论苏轼其人其文，整篇序文向议论化、理论化方向延伸；不同的作者往往会有许多不同的写法，从而呈现出多姿多彩的风貌。

由于“知人论世”的文化传统，为大家、名家作书序，难度甚大，尤其是像欧阳修这样的文坛巨擘，对其人其文的概括、定位就更难。《六一居士集叙》高屋建瓴、茹古涵今，立意高远、思考深刻，体现出苏轼“出新意于法度之中，寄妙理于豪放之外”的大家风范。其多方面的创新出奇，以下三点尤为突出。

其一，整篇文章着力强调儒家思想对于人类社会健康发展的极端重要性，蕴含着鲜明的“天人合一”宇宙观、“以人为本”价值观、“尊道贵德”发展观和“文以载道、人文化成”等一系列的中国古代哲学理念。全文运用丰富的历史事实，以时为序、由远而近，逐层展开论述，正如清代散文名家张伯行所言：“以孟子配禹，以韩文公配孟子，以欧阳子配韩文公，此是一篇血脉。”体现出鲜明的系统性和深刻的思想性，从而说明人文思想对人类社会发展的巨大影响。

其二，苏轼在前贤人文思想认识的基础上，紧密结合已经发生的历史事实，将孔子、孟子、韩愈、欧阳修等主张继承弘扬的儒家思想及其对社会的积极作用，与杨朱、墨子、申不害、韩非学说以及佛老思想对社会产生的负面影响作对比，表明积极的人文思想对社会文明发展的推动作用；又将采用儒家学说则社会安定，与不采用则“乱天下者多”的现象作对比，指出“邪说移人”，“洪水之患，盖不至此”的严重后果，突出儒家思想是人类社会健康发展的直接动因。唐宋时期都曾出现过儒释道三教并用的主张，但在社会历史的发展进程中，不恰当的运用都将给社会带来破坏性的灾难，通过正反对比，更具说服力。

其三，大视野、高境界。苏轼从中华民族文化发展史的高度来审视、考察、评论儒家思想对推动人类文明和社会发展的重大作用，同时又特别强调对中华优秀文化进行传承弘扬的重要性，突出了孔子、孟子、韩愈、欧阳修的文化创造与思想贡献，而不仅仅局限于文学本身，其格局与气度的确如明代茅坤所说“不负欧公”。

三

文化与人文思想对于人类发展的作用，始终是学人思考和关注的重要问题。诸如《周易·贲卦·彖传》提出“观乎人文，以化成天下”；《论语》指出“诗可以兴，可以观，可以群，可以怨”；刘勰《文心雕龙》认为“文之为德也大矣，与天地并生”；曹丕《典论·论文》称文章“经国之大业，不朽之盛事”；杜甫《偶题》也说“文章千古事”等等，都涉及文章的作用、意义和价值，但均稍显简单与模糊。入宋之后，人们对人文思想的思考渐趋深入和系统，关注到文化精神对人们心理意识的影响，王禹偁甚至提出了“主管风骚胜要津”的深刻见解，强调思想文化对社会与人心的重大影响。尤其是理学家张载明确提出“为天地立心，为生民立命，为往圣继绝学，为万世开太平”的主张，将文化的作用提升至空前高度。然而诸如此类的观点与见解，都没有展开深入、系统的论述。

与上述情形不同，《六一居士集叙》站在人类发展与文明发展的高度，阐发儒家思想对人类生存、社会发展的重要性。正如清代著名理学家蔡世远指出的那样，“非具千古只眼者不能，是何等识力、笔力！”尤其难能可贵的是，苏轼在《六一居士集叙》中首次将物质物理与精神文明并举，孔子、孟子、韩愈、欧阳修创造的思想文化全都属于意识形态属性，其对社会发展的影响并不像大禹治水那样直观可见，容易被人承认，但其潜移默化的作用，更持久、更稳定。由此突出了精神文化对人类健康发展的重要性、必要性和紧迫性，凸显了人的意识、精神、思想的重要性，强调了人文精神、人文修养对推动历史进步的重要意义，充分彰显出苏轼思想的深刻性和深邃性，正如宋代诗人范温所称扬的那样——“超然独立于众人之上”。

苏联著名学者瓦西里耶夫在他的《中国文明的起源问题》一书中指出，“中国的历史是伟大的，它根植于遥远的古代。在千百万年中，中国一再表现出非凡的稳定性和对于古代传统的忠诚。在这个古代，在中国的远古时代，确实有不少稀世的、独特的、只有中国才有的东西，因而似乎可以明显的证明对古代中国文明百分之百的土著性表示任何怀疑都是不对的”。苏轼《六一居士集叙》对于儒家思想的历史作用和人文精神的深刻思考，至今还有着重要的借鉴意义，启示我们一定要站在人类文明发展、健康发展、和平发展的高度，继承和弘扬中华优秀传统文化的思想精髓，创造新时代的新文化。

六、编撰《中国古代散文探奥》

《中国古代散文探奥》是“上海交大·全球人文学术前沿丛书”首辑五种

著作中的第二本。丛书于2021年由上海交通大学人文学院院长、欧洲科学院外籍院士王宁教授策划组织并任总主编，拙著有幸忝列其中。

《中国古代散文探奥》是对中国古代散文发展系列问题学习思考和探索研究阶段性成果的专题文集。著作立足于中国古代散文与中国文化的内在逻辑关系，以翔实的历史实证和文献材料，全面梳理了中国古代散文的发生、演进、传播和影响，形成古代散文研究独特的内容架构与学术体系。著作内容涉及散文渊源流变、基本理论、创作史实、经典作家、民族特色等方面，揭示了中国古代散文的博大精深与艺术创造，提出了一系列异于前人的新见解。

著作认为，散文是人类表达思想和情感的普遍方式，也是世界文学艺术的重要门类。在博大精深的中华传统文化中，散文更是蕴含思想智慧与艺术精髓的基本载体。而关于中国古代散文的认知，在中国古代文学史研究中一直是一个未能形成共识的遗留问题，是一个急需深入思考和有待解决的重要问题。著作全面梳理散文的渊源流变，指出散文的发生与散文的概念是散文研究领域内亟待深入探讨的两大学术问题。长期以来，“散文晚于诗歌”论、“散文概念源于西方”或“始于南宋罗大经”说，一直流播于学界，影响甚广。著作详细专论了散文的概念内涵、古代散文经典与儒学思想精髓的关系、先秦散文体裁样式的开拓，通过溯源中国文献典籍中的“散文”和12世纪“散文”概念的流行，探索儒学思想的意义、阐释《尚书·尧典》《论语》《中国历代文选》的特点，指出散文的产生并不晚于诗，其概念在南宋典籍中已经广为使用，并非西方的“舶来品”，中国古代散文有其独特的思想精髓与文化特点。

著作提出以音乐性为标界确立散文研究范围的新观点，指出中国古代的文章、诗歌、戏剧、小说之外，尚有数以百计的文体，哪些可以列入古代散文研究的对象，便成为十分复杂的问题。美国学者 M. H. 阿伯拉姆曾从概念的角度划界散文范围：“散文是一个没有范围限制的术语，一切口语化或书写式的、不具有韵文那种有规律性的格律单位的文章，都是散文。”但这不完全符合中国汉语语言文学的具体情况。进而通过阐述学人研究，论述诗、文的原生属性与音乐标界的分野模式，从文学的始源形态到当代的文学世界，从中获得了一个一直为大家所忽略的重大启示：音乐对于区分文学类式具有举足轻重的作用，是鉴定文本归属的试剂。由此提出以音乐性为标界确立散文研究的范围，利用诗歌所独有的原生型特质去鉴别中国古代作品中的诗歌、散文，并论证了赋与骈文均属散文范畴。

著作重点考察了宋代散文的演进模式与开拓创新。宋代散文在整个中国古代散文发展的历史长河中处于一个什么样的位置，起着什么样的作用，宋代的散文作家又是如何对待前人的创作，怎样开拓其新的疆域，对后世散文的发展有何影响？著者从中国古代散文发展的全景审视出发，重点考察了宋代散文以体派衍传为演进模式的繁荣景观与“以人为本”的深厚人文底蕴，深入分析宋代散文体裁样式的开拓与创新，并详细评析宋代散文大家的创作实践和历史地位。认为宋代是中国古代散文发展史上的又一个辉煌时期，不仅大手笔云集，名作如林，而且艺术流派层见迭出，散文家们丰赡广博的学识和深厚坚实的学术功底，为散文的大批量产出奠定了雄厚的基础，而众多作家鲜明的群体意识，使他们自觉地组合成各种各样的创作团体，从而形成了宋文的繁荣景观。

与此同时，从中国古代散文的递嬗规律出发，历时性地深入讨论了欧阳修文道观生成与“众莫能及”的创作实践、苏轼关于儒学思想“功与天地并”观念与“万斛泉源”的散文奇观，详细考察黄庭坚“以诗为文”将诗情诗趣运化于散文创作之中、李清照以写词的深情细腻与结构的谨严细密创造散文的深邃意境、辛弃疾“以兵法为文法”创造出气势磅礴视野阔大的散文新境界，揭示了他们开创的散文奇观，并提出系列新理论、新观点、新思考。著作还探索了古代散文研究新路径，通过整理相关史料的发掘成果与运用，更以苏轼的《六一居士集叙》为中心，探讨人文思想与人类生存的紧密联系，同时对散文研究的价值、拓展趋势、名家作品启示等方面展开深度讨论。

20世纪末，时任中央党校文史部主任的李书磊教授在评审正高专业技术职称任职资格材料时写道：

> 杨庆存同志的研究领域是以宋代散文为中心，进而扩展及整个宋代文学与散文文体研究，呈现出一种比较合理的格局。他的《论辛稼轩散文》从立意、现实感、结构、语言诸角度剖析了辛弃疾的文章，思路清晰，论证充分，并表现出了细腻的艺术感受力。他的《宋代散文体裁样式的开拓与创新》详细地评述了"记"、"书序"、"题跋"、"文赋"、"诗话"、"随笔"等散文体裁在宋代的发展形态，既有别具一格的量化统计，又有文学研究必需的审美分析，材料搜罗很广，见解也颇有独到之处。他的《苏黄友谊与宋代文化建设》从两位作家的友谊研究入手，对宋代的作家群体及诗、词、书法创作进行了全面的概观，这种以小见大的分析角度新颖而有力，通篇论文显得很扎实也很丰富。他的《散文发生与散文概念新论》一文对散文的起源提出了大胆的新见，可成一家之言。综观杨庆存同志的论著，我认为他学术基本功较为深厚，研究能力也比较强，对人文学科的学科规范有熟练的掌握。

不曾谋面、未曾相识的李书磊教授给予充分肯定与鼓励，一度成为我坚持学术研究并不断敦促自己继续前行的精神动力。

《中国古代散文探奥》由商务印书馆2022年12月出版，出版社在微信公众平台作了重点推荐，并荣登"人文社科中文原创好书榜"2023年第3期第一本。

代表成果之十八：

中国经学的守正创新与人文精神[1]

郑倩茹　杨庆存

摘要：儒学传承在经学。中国经学是中华民族历史实践和文化创造的智慧结晶，是实现民族复兴的重要思想资源和人类共有的文化财富。经学这一最具民族特色的学术文化表现形式，实际上是一个开放性很强的动态知识系统和综合性很强的古代文化信息库，保存了大量珍贵文化史料，蕴含着丰富深刻的人文思想。经学以人才培养、人文化成、安邦治国为宗旨，与时俱进，始终坚持守正创新，在文化传承、理论创新和推进社会文明等方面发挥了重大作用。经学发展历程是中华民族思想意识和价值观念不断创新的学术演变史、文化发展史和人文教育史。经学成为中国古代的主流文化，关键在于经世致用、人文传承，呈现出创造性转化与创新性发展的特点，体现着中华民族以人为本的文化精神。

中国经学是中国古代儒家文化的思想精髓，是中华民族历史实践和文化创造的智慧结晶。在中华民族发展的历史长河中，经学对民族精神的铸造形成和传统文化的传承弘扬，发挥了重要作用。由此，经学不仅走过了数千年的辉煌历程，为中国古代的文化发展、文明发展和社会进步做出了重要贡献，而且馨香远播海外，对促进人类文明健康发展产生了积极影响。近代以来，中国经学在时代变革与世界动荡的大背景中经受了强烈冲击，特别是上世纪20年代“五四”运动和70年代“文革”浩劫，使中国经学在其发祥地一蹶不振，似乎再无复兴之望！

[1] 参见《国际儒学》（中文版、英文版）2021年第4期。

然而，正如老子所言“反者道之动”，物极则必返。中国“文革”之后的“改革开放”国策，让知识匮乏的年轻国人燃起了学习传统文化的强烈欲望。于是，“经学”之元典与中国古代诸多名著一起，迅速成为人们学习阅读和开展研究的热点，文化学术界也逐渐透出经学复兴的气息与生机。人类进入21世纪，众多远见卓识的有志之士，更是深刻认识到包括经学在内的中华优秀传统文化蕴含的深刻人类意义与巨大当代价值。“经学”与中国古代众多优秀文化成果，被视为中华民族珍贵的精神财富和重要的思想资源。在“文化强国”成为实现民族复兴之梦的重大战略举措之时，继承和弘扬民族优秀传统文化也成为国人的普遍共识。

智力资源是一个国家、一个民族最珍贵的资源。建设中华民族优秀文化传承体系，建设社会主义核心价值体系，建设中国特色社会主义新文化，让中国优秀文化走向世界，让世界人民深入了解中国，成为实现民族复兴、实现中华之梦的重要内容。新世纪新时期中国的经济、政治和文化与世界发展一体化的大环境、大趋势，也急切需要博大精深的传统文化提供思想资源与智力支撑，所有这些都为经学复兴与创新发展提供了良好机遇。

一、“诂经之说”与“学凡六变”

中国经学是最具民族特色的学术文化表现形式，更是中国传统文化的动态知识体系和古代文化信息库。应当指出，“经学”概念实际上有广义、狭义之分。广义经学，可以泛指研究各种经典学说要义及经典文本著作的学问；而狭义经学则往往专指研究、注解和诠释儒家经典文本著作的学问，比如汉代郑玄《三礼注》与《毛诗传笺》、唐代孔颖达《五经注疏》、宋代朱熹《诗集传》之类都是狭义经学代表性著作。本文关于经学的讨论即立足于儒家经典的研究、注解与诠释。

现代学界一般以研究儒家经典的文字传世文本为依据，认为中国经学始于汉代，特别是始于汉武帝“推明孔氏”、倡扬儒术之后。其实，从发生学角度讲，中国经学从元典生成之日起即已开始了其波澜壮阔的文化生命之旅。而中国传统经学至少从孔子杏坛讲学即已开始显露端倪。且不说孔子对于经典的整理，仅从《论语》中的文字记载来看，就有很多讨论儒家经典的内容，诸如大家耳熟能详的“不学诗，无以言”、“不学礼，无以立”、“诗可以兴、可以观、可以群，可以怨，迩之事父，远之事君，多识于鸟兽草木之名”之类的结论性表达，无一不是建立在深入研究、深刻思考和深切体验的基础上。

就目前传世的经学研究著述看，传统经学着眼于“教化”，“因事以寓教”，旨在化育人文，培养人才，影响社会，教化百姓。经学家们立足于建立、阐释和丰富儒家“内圣外王”、“淑世济世”的思想体系，构筑“格物、致知、诚意、正心、修身、齐家、治国、平天下”的个体理论修养和社会实践路径，实现“安邦治国”的理想，所谓“圣人觉世牖民，大抵因事以寓教。《诗》寓于风谣，《礼》寓于节文，《尚书》《春秋》寓于史，而《易》则寓于卜筮。”但在经学发展衍化的过程中，经学家们的学术成果一方面体现为繁琐细碎的字词注解和章句诠释，一方面表现出内容解读偏离真实原意而多有牵强附会，以至《四库全书总目提要·经部总叙》称其“诂经之说而已”。当然，“诂经”依据基本史实和文化现象而自成风貌，含纳着浓厚的书卷气和学问味，但“诂经”只是“经学”内容的一部分，或者说是传统“经学”的主体部分，而绝对不是“经学”的全部。我们不能、也不可以忽略“诂经”现象内含的巨量文化信息和人才培养与文化传承的重大作用。而“诂经”著述更是不容轻觑的重要历史文化成果，仅《四库全书》与《续修四库全书总目提要》就收录经学著作三千六百余部、三万二千多卷，其中保存了大量珍贵的文化史料，蕴藏着丰富深刻的学术思想，这是人类共同拥有的巨大智力资源和精神财富。而这仅仅是经学著作的一部分。

清代学人纪昀等在《四库全书总目提要·经部总叙》中，曾回顾和总结经学发展的历史，并提出“学凡六变”说。《总叙》认为经学起于汉代，而“自汉京以后垂二千年，儒者沿波，学凡六变”，既经过了六大发展变化阶段，而每个时期都各有创造发明，也各有偏颇弊病。《总叙》指出，经学首变于汉代，经学家们“专门授受，递禀师承，非惟诂训相传，莫敢同异，即篇章字句，亦恪守所闻，其学笃实谨严，及其弊也‘拘’。”“笃实谨严”的学风是这一时期的突出特点，而其弊端在于拘泥于“师承”，不敢突破师门局限而博采众家之长，即所谓“莫敢同异”，学术视野不开阔，影响了经学研究更好水平的发挥。

此后再变于魏晋王弼、王肃而延宕至北宋前期孙复、刘敞。此即所谓“王弼、王肃稍持异议，流风所扇，或信或疑，越孔（颖达）、贾（公彦）、啖（助）、赵（匡）以及北宋孙复、刘敞等，各自论说，不相统摄，及其弊也‘杂’。”这一阶段由魏晋而越唐入宋，跨时长而流派多，经学家们各自标旌树帜，而弊端在于“疑古惑经”，竞相发挥己意，各家独自树立，“不相统摄”，造成了博广杂乱的局面。经学三变于北宋中期程颢、程颐至南宋中期朱熹。这是一个思想大解放、理论大提升的非常时期，“洛、闽继起，道学大昌，摆落汉唐，独研义理，凡经师旧说，俱排斥以为不足信，其学务别是非，及其弊也‘悍’”。这一阶段实际上是经学大发展、理论大突破的阶段，经学家们以“独研义理”为特色，创新理论，形成宋代“理学”，而其弊端在于部分经学家时有率意攻驳经文或擅自删改元典的现象。

经学四变于宋末明初。这一阶段的突出特点是“学脉旁分，攀缘日众，驱除异己，务定一尊，自宋末以逮明初，其学见异不迁，及其弊也‘党’”。“学脉旁分”与“务定一尊”的竞争态势促进了经学的繁荣，但同时也出现了一些为维护自家门户声誉而庇护和回避其短的不良学术倾向，如《论语集注》误引包咸夏瑚商琏之说，而张存中《四书通证》即阙此一条以讳其误，王柏删《国风》三十二篇，许谦疑之而吴师道反以为非，都是典型的例子。

经学五变于明代正德、嘉靖以后。其时学人“主持太过，势有所偏，才辨聪明，激而横决，自明正德、嘉靖以后，其学各抒心得，及其弊也‘肆’”。这与当时“独抒性灵，不拘格套”的文化思潮相一致，此一时期的突出特点是“各抒心得”，而由此出现的弊病就是过度的随意性，如王守仁之末派皆以狂禅解经，游离本意甚远。经学六变于清初。其时经学家们“空谈臆断，考证必疏，于是博雅之儒引古义以抵其隙，国初诸家，其学征实不诬，及其弊也‘琐’”。“考证必疏”与“征实不诬”是第六阶段的突出特征，而弊端在于细碎、繁琐与冗长，如一字音训动辄辨析标注文字数百言之多。

可以看出，《四库全书总目提要·经部总叙》的作者是立足经学发展变化的实际情形并参酌了历史时代划分的界限，对这六个时期的变化分别进行宏观审视和概括分析，在此基础上提出了自己的看法。他们认为，由汉至清两千多年的经学发展，“汉学”与“宋学”两家成就最为突出，且各有特点，不能轻予轩轾，所谓“要其归宿，则不过汉学、宋学两家互为胜负。夫汉学具有根柢，讲学者以浅陋轻之，不足服汉儒也。宋学具有精微，读书者以空疏薄之，亦不足服宋儒也。”《四库全书总目提要·经部总叙》作者认为，“经者非他，即天下之公理而已”，因此主张“消融门户之见而各取所长，则私心去而公理出，公理出而经义明矣。”此说甚是。

“学凡六变”总结的经学发展演变轨迹与伴随出现的六大弊端，其科学性和严谨性暂且不论，却从另外一个独特的视角说明中国传统“经学”，实际上是一个开放性很强的动态知识体系和综合性很强的文化谱系，是一门“究天人之际、通古今之变”、“致广大而尽精微”的“大学问”。这一文化谱系和知识体系，既跨学科、跨领域，哲学、历史，文学、文字，天文、地理，农、林、工、医，几乎无所不包，专业性要求很高，综合性特点鲜明。同时，中国传统“经学”又是具有很强实践性和深刻社会性的“大学问”，体现着普遍的生活日用引导性和个体行为的指导性，普及化元素很浓。因此，“经学”又是一个最能反映中国古代文化发展实际、最能体现鲜明民族特色的历史概念，影响大、流传广、地位高，中国古代文化发展史上传统的图书分类采用“经、史、子、集”四分法，而“经”冠诸首。

二、“经学发轫”与“经典定型”

中国传统“经学”的形成，实际上是一个文化发展和学术创新的历史过程。从素材凝练到元典生成，再由元典演进为“经”，进而由“经”发展成专门的学问“经学”，这是一个极其漫长的孕育、诞生、传播、检验、认知和不断丰富发展的历史进程。上面所述纪昀等四库馆臣总结概括的“学凡六变”，乃是“经”已成“学”之后的事情，其实在此之前还有经学的“发轫期”与元典的“定型期”。

先说经书元典的“定型期”。“经”之“元典”定型，这是经学形成的根本基础和重要标志。“经学”乃是研究阐发儒家经典而形成的专门学问，所以前人一般认为“经学”形成于公元前六世纪至公元前五世纪的儒家创始人孔子时期。的确，很多文献史料的文字记载，给予这种观点以有力支持。司马迁《史记·孔子世家》中就有十多处记载孔子整理、研究、撰述与教授“六经”的相关内容。如“孔子不仕，退而修《诗》《书》《礼》《乐》，弟子弥众，至自远方，莫不受业焉”；“孔子之时，周室微而《礼》《乐》废、《诗》《书》缺。追迹三代之礼，序《书传》，上纪唐、虞之际，下至秦缪，编次其事。”孔子本人也有“吾自卫反鲁，然后《乐》正，《雅》《颂》各得其所”的说法。至于《春秋》之作，则有“吾道不行矣，吾何以自见于后世哉？乃因史记作《春秋》”的文字记述。如此等等。清末著名学者皮锡瑞在其《经学历史》一书中认为，“经学”肇始于孔子对《书》《诗》《礼》《乐》《易》《春秋》“六经”编订和整理，这种观点颇具代表性。然而，对于“六经”的整理和编订，更精准的表述应当是“经”之“元典定型”，这是“经学”形成的一个重要表现和基础环节。

再说经学之“发轫期”。如果说经书元典定型是经学形成的主要标志，那么经书元典定型之前的孕育酝酿，都可以看作是经学的“发轫期”。众所周知，学术研究的一个重要规则就是“考镜源流”，既要知“流”，更要知“源”。照此规则可以推知，“经学”实际上包括着“经”与“经学”两个层面，而且是两个虽然紧密相联但本质与内涵都根本不同的概念。“经”是“元典”，即上面所言“六经”之著作；而“经学”理应既包括“元典”及产生，又包括对“元典”的研究、注疏以及相关领域的考察。因此，“经学”的范围与内容，实际上包括着“经”之元典的产生及其相关内容，换言之，“经学”发轫于“经”的产生，最早可以追溯到《诗》《书》《礼》《乐》《易》《春秋》记载和描述的事件发生时期，而其形成则在孔子时期，其后绵延发展创新数千年，成中华文化发展之大观。

经书元典定型，实际上也是一个不断调整变化的历史过程。其初次定型于孔子编订的“六经”。其后，伴随时代变迁与王朝更替，“经”之元典的界定、数量与内容也不断变化，由六经而五经、七经、九经、十二经，最后至十三经凝定。

孔子对六经的编订已如上述。而目前见到的传世典籍中，最早使用“六经”一词的是《庄子》，其《外篇·天运》云：

> 孔子谓老聃曰：“丘治《诗》《书》《礼》《乐》《易》《春秋》六经，自以为久矣，孰知其故矣，以奸者七十二君，论先王之道而明周、召之迹，一君无所钩用。甚矣！夫人之难说也？道之难明邪？”老子曰：“幸矣，子之不遇治世之君！夫六经，先王之陈迹也，岂其所以迹哉！今子之所言，犹迹也。夫迹，履之所出，而迹岂履哉！”

由此我们至少可以推知三点：一是“六经”概念实际上创自孔子，老子只是复述而已；二是孔子自称“丘治”“六经”，则“六经”确为孔子编定；三是“六经”“论先王之道而明周、召之迹”，意在于“用”，但当时“一君无所钩用”的局面让孔子十分尴尬而疑惑不解。

至西汉初年，“六经”之《乐》经失传而遂有“五经”之说。汉武帝从维护国家长期统治需要又“推明孔氏”，“表章《六经》”，由此把儒家学说推向中华文化的核心与正统，而“经学”也自然地成为中华文化最重要的代表。迨至东汉，在“五经”基础上增加《孝经》与《论语》，遂成“七经”。皮锡瑞认为“经学盛于汉”，这是其中的一个重要依据。魏晋时期玄学兴而经学淡。唐代儒、释、道三家并用，而经学进一步深化。唐人先是参考沿用汉代郑玄《三礼注》，将《礼》折为《仪礼》《周礼》与《礼记》，而将《春秋》折做《左传》《公羊传》与《谷梁传》，共成“九经”；唐文宗开成年间，将《周易》《尚书》《诗经》《周礼》《仪礼》《礼记》《春秋左传》《春秋公羊传》《春秋谷梁传》《孝经》《论语》《尔雅》等12种儒家经书并刻于石，史称“开成十二经”。宋代则将《孟子》升格为经，与“开成石经”合做《十三经》。至此儒家经典“十三经”最后凝定。经书之元典的变化调整及其内含的文化背景，自然也是经学研究不可忽视的重要内容。

三、文化集成与族群智慧

如上所述，中国传统“经学”是一个开放性很强的动态知识体系和综合性很强的文化信息库。在中华传统文化中，儒、释、道三家学说是互济互补的三大支柱，而儒家学说是历史最为久远的本土文化，也是中国古代数千年封建社会中的主流文化。从某种角度说，经学是中华民族传统文化的基石与轴心，是民族智慧的重要载体和民族精神的集中体现，特色鲜明，成果丰富，世界影响深广。

以“经”名书，旨在突出强调其深厚的思想意义与巨大的文化价值，突出强调其在社会生活中的行为指导性，而这在人们的思想观念中早已是约定俗成。称“易”“书”“诗”为“易经”、“书经”、“诗经”，又有“五经”、“六经”、“七经”、“九经”、“十二经”、“十三经”之说，这正如人们称“圣经”、“佛经”一样，充满敬重、神圣和玄秘。那么，人们为什么选定“经”字来表达而不用其他呢？其实，这与中国农耕文化人们基本生活常识的认知有着密不可分的直接关系。

“经”，其本义与“纬”相对，是古代织布时预先在织布机上纵向安放的织线，是纬线交织时的依附支撑，也是织成布帛的基础。汉代许慎《说文解字》训为“织也”，清代段玉裁《说文解字注》进一步释为“纵线”。而人们根据“经”在布帛生产中的重要支撑作用，赋予引申义，用来比喻重要书籍、重要典籍，不仅增强了形象性和生动性，丰富了其内涵，而且将人类历史实践的物质生产与精神生产联系起来，耐人寻味。由此可知，“经”者，既是“经线”之“经”、“经纬”之“经”，又是“经典”之“经”、“圣经”之“经”，强调的是书籍本身内容的重要性。而研究“经”书的“经学”，不仅发展为专门的学问，而且对推动文化的发展、社会的进步和人类的文明发挥着积极作用。

的确，“经学”著作蕴藏了丰富而深刻的思想，也保存了大量珍贵的史料，不仅成为儒家学说的核心载体，而且也是中华民族人类胸怀与人文品格的集中体现。经学的形成、发展与影响，是中华民族对人类文化发展和人类文明进步作出的重大贡献。它既是中华民族历史实践和社会生活的智慧结晶，是中国传统文化的重要代表，又是全世界人民共同拥有的精神财富和弥足珍贵的思想资源。经学对维护中华民族数千年相对稳定的持续发展发挥了重要作用，使中华民族成为人类发展历史长河中五大文明古国唯一持续至今不曾间断者。可以预见，以中国传统“经学”为代表的中华文化，其重要的思想观念，如以人为本、天人合一、天下为公、公平正义、尊道贵德之类以及其蕴含的人类意识、家国情怀、和谐秩序、个体修养等等，在今后相当长的历史时期内，将继续对人类健康发展和文明推进产生积极影响。这是由经学的思想内容、思维方式、自身特点和价值取向所决定的。

中国传统经学发展史，从某种意义上说，就是一部中华民族思想意识和价值观念不断创新发展的学术演变史、文化发展史和人文教育史。中国古代特别是中国封建社会的发展历史证明，一方面大的历史环境和综合条件影响着经学的发展态势，另一方面，经学的发展变化又往往成为决定文化发展、社会发展和文明发展的重要因素，从先秦的“百家争鸣”到汉代的“推明孔氏”、“表章《六经》”，从唐朝“三教互补”的融合到赵宋“程朱理学”的盛行，从明代的“阳明心学”到清代的“乾嘉朴学”，都是典型的案例与标志。

20 世纪前期的上海交通大学老校长、著名国学大师唐文治先生曾经指出：“吾国十三经，如日月之丽天、江河之行地，万古不磨，所谓国宝是也。”又说："通经者，非徒通其句读也，当论世而知其通，得经之意焉耳。"在文化成为国家综合实力重要方面的当今时代，深入研究传统经学，继承和弘扬经学创造的文化精神，是建设新文化、创造新理论和增强国家文化软实力的必然要求。

四、"有根、有用、有效"

任何一门学问的产生都有其历史的必然性，而其发展与成长情形，除了必要的外部条件和社会环境之外，主要的则是由其内部机制的生命力来决定。中国传统经学之所以成为中国古代的主流文化而盛行数千年之久，迄今依然显示着旺盛的文化生命力，主要是因为经学"有根、有用、有效"，在经世致用、人文传承、勇于创新、弘扬正气、树立学风、铸造民族精神等许多方面都有着出色表现。

一是"有根"。"根"即根源，是文化产品获得鲜活生命力的基础。经学元典之产生根源于历史实践，根源于社会生活，根源于宇宙自然。儒家以"入世"著称，以人为本，关注现实，关心社会，关切民生，儒家经典也都具有这样的特色。《十三经》既不同于以形象思维为主要特征的文学作品，又不同于以抽象逻辑为主要表现方式的哲学著作，而是记言、记行、记事、记物的"记实"文字。其思想内容无不植根于历史史实和现实生活实践，所以庄子认为"夫六经，先王之陈迹也"。被誉为"群经之首"的《周易》"人更三圣，世历三古"，而伏羲画卦，"仰则观象于天，俯则观法于地。观鸟兽之文与地之宜，近取诸身，远取诸物，于是始作八卦，以通神明之德，以类万物之情。"中国古代第一部文章总集《尚书》乃"人君辞诰之典，右史记言之策。古之王者事总万机，发号出令，义非一揆：或设教以驭下，或展礼以事上，或宣威以肃震曜，或敷和而散风雨，得之则百度惟贞，失之则千里斯谬。枢机之发，荣辱之主，丝纶之动，不可不慎。所以辞不苟出，君举必书，欲其昭法诫，慎言行也。其泉源所渐，基于出震之君；黼藻斯彰，郁乎如云之后。勋、华揖让而典、谟起，汤、武革命而誓、诰兴。”由此可知，《书》的内容和来源不仅源于生活和实践，而且都是历史史实的真实记录。汉代班固曾考察并分析《论语》成书说：“《论语》者，孔子应答弟子、时人，及弟子相与言而接闻于夫子之语也。当时弟子各有所记，夫子既卒，门人相与辑而论纂，故谓之《论语》。”至于《三礼》《孟子》《春秋》等，其产生渊源与内容背景之“根”更是无需赘言。

二是“有用”。“经世致用”是中华文化的优秀传统，也是中国古代志士仁人追求的人生目标。文化学术，“有用则盛，无用则衰”。中国传统经学之所以能够成为古代主流文化而数千年不衰，关键正在于其巨大的“有用”性。“经学”元典大都旨在“垂型万世”，经邦治国，立德树人，化育百姓，淳朴民俗，推进文明。《四库全书总目提要·经部·易类一·序》称“《易》道广大，无所不包，旁及天文、地理、乐律、兵法、韵学、算术以逮方外之炉火，皆可援《易》以为说”。《尚书正义》之作“庶对扬于圣范，冀有益于童稚”，而《诗经》之《关雎》“先王以是经夫妇，成孝敬，厚人伦，美教化，移风俗”，“所以风天下而正夫妇也。故用之乡人焉，用之邦国焉。”至“《尔雅》者，先儒授教之术，后进索隐之方，诚传注之滥觞，为经籍之枢要者也。”《四库全书总目提要·集部总叙》称“夫学者研理于经，可以正天下之是非；征事于史，可以明古今之成败”，是亦着眼于“用”。可知儒家经典皆“有用”“大用”之书。司马迁《史记·孔子世家》记载了孔子作《春秋》的故事：

子曰：“弗乎弗乎，君子病没世而名不称焉。吾道不行矣，吾何以自见于后世哉?”乃因史记作《春秋》，上至隐公，下讫哀公十四年，十二公。据鲁，亲周，故殷，运之三代。约其文辞而指博。故吴楚之君自称王，而春秋贬之曰“子”；践土之会实召周天子，而《春秋》讳之曰“天王狩于河阳”：推此类以绳当世。贬损之义，后有王者举而开之。《春秋》之义行，则天下乱臣贼子惧焉。

由这段文字我们可以看到，孔子作《春秋》至少有两个目的：一是要让儒家推行的“仁礼”之道“名实相符”；二是要通过“贬损之义”来“以绳当世”。而其效果则是“春秋之义行，则天下乱臣贼子惧焉”，显然是达到了设想的初衷。关于经学的“有用”性，宋代张载概括得最精彩、最精辟，即“为天地立心，为生民立命，为往圣继绝学，为万世开太平”，冯友兰先生称此为“横渠四句”。当然，“用”又有形式之别、大小之异、层次之分。

三是“有效”。“有效”主要是指经学产生的积极影响和发挥的重要作用。经学的“有效”可以在意识形态领域和社会生活方面得到验证。经学有三个突出鲜明的特点值得注意：一是经学“主干”元典一直都是作为全国通用教材而存在，不论是在“以吏为师”时期还是在“私学”兴起之后，都是如此，不仅以多种材质载体制作教材课本，而且刻成“石经”颁于学府；不仅讲授传习，而且密切关联仕途科举。二是经学一直是以学术研究的形式在不断地深化、细化，不断地拓展、创新，不断地系统化和理论化，不仅成就了历代一批一批的经学大师、文化名家，而且留下了汗牛充栋的著述成果。三是由于经学内容源于社会生活，具有很强的实践性，经学的发展也始终呈现出理论与实践密切结合的特点，指导着人们的思想和行为，提升了全民族的文明素质。这三大特点反映在中国古代不同的历史时期重点虽有差异，而在学术发展、文化传承、社会风气、制度文明等方面，在人的观念意识、风操节守、思想品格、综合素质等方面，则都显示出巨大影响力。特别是经学在人才培养、文化建设和创新理论方面表现出持久强大的生命力，在维护社会秩序、维护封建统治方面表现出非同寻常、无可替代的作用。所有这些都充分展现出经学内蕴的巨大能量和“有效”性。

五、经学传承与开拓创新

中国传统经学创造了人类文明发展史上最富民族特色的文化传承模式。“经学”的发展兴盛，体现着中华民族对前代历史和民族文化的高度尊重、高度珍视和自觉传承，体现着中华民族尊重历史、尊重知识、尊重人才一以贯之的优良传统。历代经学家们一方面表现出不畏艰难、刻苦严谨的治学精神和敢于探索、勇于创新的气魄胆识，一方面表现出“斯文自任”的历史使命意识、责任担当精神和文化自觉、文明自信的创新能力。所有这些都给我们以深刻的当代启示。

在20世纪人类遭受战争磨难和遭遇各种文化思潮碰撞之时，中国经学发展虽然遭遇重大挫折，但是依然以各种形态和方式在全世界顽强倔强地发展，不仅中国涌现出一批卓有影响的经学家，而且在世界各地涌现出很多中国经学的专家学者和学术成果。特别是地下考古重大材料的新发现，如银雀山汉墓竹简（1972）、马王堆汉墓简帛（1972—1974）、郭店楚简（1993）、清华大学藏战国竹简（2008）之类，也为经学研究的深入提供了支撑。至于世界诺贝尔奖获得者“人类要生存下去，就必须回到二十五个世纪以前，去汲取孔子的智慧”的建议，则是中国经学影响的又一典型例证。

进入新世纪以来，伴随中国经济的迅速崛起和国家综合实力的不断提升，中国传统经学的研究呈现令人欣喜的新态势。一方面是国家重视程度越来越高，政策支持力度越来越大，一方面是研究队伍迅速成长，研究方法和成果形式丰富多彩，世界影响越来越深广。比如，山东大学与中华书局共同策划组织的《〈十三经注疏〉汇校》引起学界的高度关注，其第一项成果《尚书注疏汇校》完成后，也获得专家好评；由“国学网”、首都师范大学电子文献研究所联合北京师范大学易学文化研究院共同组织的《中华易学全书》编纂工程，将点校整理《四库全书》所收易学典籍183种，1839卷，3 500余万字，分为64册，另有2 000余幅易学图，学界高度期待。国家社会科学基金近20年来还资助支持了一大批经学研究的重大项目、重点项目和相关课题，如《易经研究》《诗经研究》《尚书研究》等等。此外也有一批经学研究的重要成果入选国家社会科学优秀成果文库，如《周易经传研究》《两汉〈尚书〉学研究》等等。

目前经学研究呈现着令人欣喜的新态势。比如，经学研究文献资料搜集的全球化、最新考古材料使用的科学化、研究方法的现代化、高新科技手段的信息化，等等，这些都大大提高了经学研究的水平、质量和效率。尤其是国家对中华优秀传统文化积极思想资源研究发掘的引导支持，使“国学热”持续升温，成规模的大型古籍整理与研究成为国家文化建设的基础工程，世界学习了解中国古代文化的需求和期待也越来越强烈。在这种大的时代背景下，经学研究正在发生变化，传统经学的概念、内涵与范围已经不断被突破，诸如《道德经》已经成为《圣经》之后全世界外译版本最多的中国典籍，《孙子兵法》之类的“武经”、《黄帝内经》之类的“医经”也都成为人们倾注更大热情的热点，这说明21世纪的“新经学”正在悄悄酝酿中。

人类的发展与民族的振兴需要学界做出更大的成绩、更多的贡献。我们理应自觉地以前贤圣哲为榜样，自觉继承和大力弘扬中国传统经学的治学精神、创新勇气和历史担当。为建设中华民族优秀文化传承体系建设、社会主义核心价值体系和中国特色社会主义新文化，为推进中国文化与世界文化的交流、交融与创新，贡献力量和智慧。特别是要有创建当代“新经学”的勇气和胆量。中国传统经学虽然走过了数千年的历程，创造了属于他们那个时代的辉煌，但同时也给后人留下了巨大的发展空间。时代的进步和高新科学技术的发明，为我们提供了研究手段的极大便利，同时也为理论创新提出了更高的要求。树立人类意识、强化国家观念，立足现实、着眼长远，发扬光大前人创建汉学、宋学、朴学的精神，创造属于当今时代的经学研究新话语、新理论、新体系，已经成为学人义不容辞的历史责任。

刘勰《文心雕龙·宗经》篇称“经也者，恒久之至道，不刊之鸿教也。”指出“经”蕴含着人类社会与宇宙万物发展变化的永久性规律，是开发人类智慧、提高民族素质和推进社会文明不可磨灭的文化信仰与永久性教材。中国传统经学从“经”的孕育到“经学”形成，历经数千年传承演进，“以人为本”“天人合一”“尊道贵德”的三大理念，始终是贯穿经学发展的核心、重心与轴心，体现出深刻厚重的人文精神，彰显着恢宏强大的文化生命力、思想影响力与民族凝聚力，成为引领人类和平发展的思想库。孔子“己所不欲，勿施于人”的格言，已经成为当代国际关系的基本准则与世界和平正义群体的“座右铭”。

创造人类21世纪的“新经学”，既要创新性弘扬中华文化优秀传统，汲取前贤创造的优秀成果，更要结合时代发展需要，突破“经学”即“儒学”的历史局限，既要保持以人文精神为根本的民族特色，更要强化“人类命运共同体”思想意识。立足于从传统文化中深入发掘具有人类普遍意义的思想资源，在完善和重构经学框架、话语体系、理论体系和传播体系诸方面下功夫。“新经学”应彰显“大文化”气魄，开辟新境界。传统经学知识认知的综合性、整体性极强，没有学科区分，只有“道”“器”之别，“文史哲艺”不分家，“理工农医”为一体，不仅呈现着“人”为灵魂、“天地人”交融的“大文化”景象，而且呈现着人性化、生活化和社会化鲜明的实践性。欧阳修称赞王弼经解“推天地之理以明人事之始终，而不失其正”；苏轼认为“圣人之道，自本而观之，则皆出于人情”；朱熹提出“复求圣人之意，以明夫性命道德之归”；无不立足于“致广大而尽精微”的人文“大文化”。“新经学”更应避免“书斋化”，融入现实实践中。将新成果用听得懂、记得住、生活化、易实践的方式与生动活泼的形式，向世界广泛传播。既重塑古老文明中华民族新形象，又寻求世界人民知识认知、观念认知与价值认知的共同点，引导人类的和平发展、文明发展与健康发展。

七、出版《神话九章》

《神话九章》是我受聘人文学院以来的第一部原创性专著，全书着眼于中华民族远古的创世神话，着力于文献考证、内容诠释与诗歌书写，而落脚于民族特色与文化精神的深入发掘，是一本融学术研究与大众普及于一体、充满学术研究元素的通俗性著作。

2018年10月，国家新闻出版总署中国新闻出版研究院与上海理工大学共同主办“互联网＋内容供给创新与文化创意产业高峰论坛”，我应邀在开幕式上作“中国神话与中华文化”主旨演讲。2019年初夏，曾任复旦大学出版社总编的孙晶博士来电话，约写“九说中国”系列丛书创世神话篇。二十年前，孙晶博士即是拙著《传承与创新》和《宋代文学论稿》的责编，约稿美意，盛情难却，故欣然承诺。当时尚在人文学院院长与神话研究院常务副院长任上，冗务繁多，断断续续撰写，一年之后，方粗成一帙。全书共九章，内容如下：

（一）盘古开天辟地：中华初民的“元宇宙”与“创世说”

（二）女娲抟土造人：“我从哪里来”的朴素哲思与纯真想象

（三）女娲炼石补天：中华民族的精神意志与生存能力

（四）曦和御日：中华初民的太阳崇拜与时空思维

（五）嫦娥奔月：中华初民的情感世界与月神塑造

（六）羿射九日：中华民族的英雄品格与宏伟气魄

（七）共工怒触不周山：“冲动”与“制怒”的情绪管理

（八）牛郎织女会天河：“爱情”与“真情”的心灵呼唤

（九）神话里的“神圣化”与“人性化”

这是迄今为止第一本专门梳理和重点介绍中华创世神话及其诗歌传播状况的小书。此书重点研究和整理了“盘古开天辟地”“女娲抟土造人”“女娲炼石补天”“曦和御日”“嫦娥奔月”“羿射九日”“共工怒触不周山”“牛郎织女会天河”等八大传说，并总结了“‘神话’的‘神圣化’与‘人性化’”规律。虽然是普及性读物，但针对以往中华创世神话故事传说与内涵理解混乱不堪的状况，不仅有意识地规范文献传说的逻辑性与严谨性，而且也就中华创世神话故事的理解，提出了作者的“一家言”。著作以尊重历史传说与文献记载为前提，不作发挥和想象，把丰富的空间留给读者去思考，重点突出其合理性、科学性与必然性，突出中国古代诗歌传播的深广性，充分发掘中华创世神话的民族特色，充分体现中华文化“以人为本”“天人合一”“尊道贵德”的三大核心理念。这对于深刻认识中华文化的源远流长，以及创造性转化与创新性发展，对于提高民族自豪感与文化自信心，对于探讨文化发展规律与人类文明发展轨迹，或许有着一定启发意义和参考价值。

2023 年 3 月，《神话九章》由上海文艺出版社出版。这本小书是上海文艺出版社精心策划并组织撰写出版的“九说中国”丛书之一种，也是上海市创世神话研究基地项目成果之一。

代表成果之十九：

神话研究的人类意识与人文精神①

上海交通大学神话学研究院 2019 年 4 月上旬举行首批学术专著成果发布会之后，又于圣诞节前夕的 12 月 21 日举行第二批学术专著成果发布会，密集的节奏，彰显着研究院学术团队勤奋刻苦的治学精神。粗略翻阅，感觉这次发布的 21 部新成果，不仅数量多、质量高、原创性强，而且跨学科、跨领域，视野开阔，内容丰富，既能给人浓厚的文化濡养和学术熏陶，又能给人深刻的思想启悟与方法引导。新成果至少呈现出三大特征。

一、人类意识与世界视野是这批新成果的重要特征

新成果具有鲜明的人类意识和开阔的世界视野。这些著作虽然着眼点不同，但是都以“比较神话学”的底色，多侧面地昭示了人类是一个密切关联不可分割的生命群体。

“人类命运共同体”是历史事实的客观存在和未来发展的必然呈现，也是马克思主义的理论基石和重大文化研究的着眼点与落脚处。这次发布的 21 部新著作，自策划之初就从人类发展的高度来设计，体现着高屋建瓴的学术胆

① 参见《人文论稿》，中国社会科学出版社 2022 年版。

识与气魄。神话研究必须具有人类意识，是由学科性质所决定。一方面，“神话学作为一门现代新学科，其诞生之际就被创始人麦克斯·缪勒命名为‘比较神话学’”，只有通过世界各国神话的对比研究才能发现潜在规律，彰显民族特色；一方面，西方文明背后游牧文化和东方文明背后农耕文化有着很大区别。特别是首席专家叶舒宪梳理清楚了人类由非洲到欧亚的迁徙路线，以及世界黄皮肤、白皮肤、黑皮肤三大人种族群的形成过程与密切联系，揭示了不同人种族群地域分布与文化差异的由来。从而自觉地以人类生存发展的历史事实为前提，既展示了人类命运共同体的客观真实性，又体现着神话学研究的学术站位与思想高度。

学术活动是人类文化创造的最高形态，而学术站位和思想高度决定着研究的历史价值与文化意义。这次发布的新成果，体现了从文学人类学角度来策划设计和组织实施“神话学文库”的初衷。研究团队把人类作为一个“命运共同体”，进行整体宏观的考察审视和具体层面的深入比较，呈现出中国神话与世界神话比较研究的架构与态势，时时让读者眼前一亮，具有很强的学术视觉冲击力。其中田兆元《神话叙事与社会发展研究》、刘惠萍《图像与神话：日月神话研究》、叶舒宪与李家宝主编的《中国神话学研究前沿》等 7 部中文原创性著作，固然以思考的深入和学风的严谨令人注目，而译著王倩《希腊神话的迈锡尼源头》、李琴《巴比伦与亚述神话》、刘志峰《韩国神话研究》等 14 部成果，不仅展示了人类各民族的神话创造和世界各国神话研究的前沿成果，而且显示出译者选择经典的专业眼光和开阔的世界视野。其中译著的原作者涉及 8 个国家，诸如印度的毗耶娑天人、美国的博里亚·萨克斯、荷兰的加里奇. G、德国的瓦尔特·伯克特、意大利的马里奥·利维拉尼等等。所有这些，既为读者的学习了解乃至深入研究提供了很大的方便，又显示着鲜明的人类意识和开阔的世界视野。

二、国家观念与理论构建是这批成果的又一重要特征

具有重大价值和文化意义的学术研究，往往既体现着人类意识与世界视野，又体现着国家观念与理论高度。众所周知，每个国家的文明都扎根于民族的沃土中，都有自己的本色和长处。神话是国家和民族的集体记忆，神话学研究立足本土文化、发掘民族特色、形成系统理论是题中应有之义。鲜明的国家观念与理论构建意识成为这批新成果的重要特色。

神话是人类文化创造的根、心灵表达的魂，也是生活理想的梦。而国家是凝聚人心、有序发展、促进文明的组织保障，也是文化创造、神话创造的历史环境。神话的实质是"以人为本"，是"人的神化"与"神的人化"融合创新的智慧结晶。从比较神话学视角研究中国神话，提炼中国特色、中国话语、中国理论，讲好中国故事，这既是中国文化走向世界、让世界了解中国的重要方面，又是世界文化交流的重要方式。在这批发布的新成果中，陈建宪《中国洪水再殖型神话研究：母题分析法的一个案例》的国家观念最有代表性。著者以搜集到的500多篇洪水神话文本为基础，进行整体模型的建构和母题内容的分析，对华夏神话的文化价值认识提供了前所未有的系统观照和案例分析。著者不仅指出了全世界洪水神话都着眼于"逃生"，唯独华夏神话立足于"治水"的特点，指出中国洪水神话重在颂扬治水英雄功绩与人民灾后重建的积极创造，而且由此深入思考其中的民族精神与思想理念。田兆元《神话叙事与社会发展研究》立足于中国神话，研究神话学给当代社会和经济发展所带来的资源意义与创新潜力，提出要立足中国神话的丰富遗产而思考文化创造的"基因编辑"。叶舒宪与李家宝主编的《中国神话学研究前沿》则着眼于中国当代神话研究的风貌，以论文集的形式汇编了当代神话学界中外知名专家关于神话学研究、神话学资源转化、新神话主义潮流、神话研究的理论与方法等方面的成果。

理论是文化的最高表现形式。一门新学科的形成，成熟的理论是重要标

志。神话学研究的重要任务和努力目标之一就是创新理论。这批新成果立足本土、借鉴国外，朝着构建中国特色神话学话语体系、理论体系、学术体系，乃至知识体系、教材体系迈出了重要一步。叶舒宪教授借鉴国外成说与光大前贤经验创造形成的“大小传统”和“四重证据法”，已为学界所熟知。《神话叙事与社会发展研究》从社会学角度深入研究中国神话学对社会发展及新经济发展的重大作用；《图像与神话：日月神话之研究》以中国汉代画像石艺术的神话学内容为研究对象，深入分析中国神话与美术史的关系；《心理学与神话》从心理学角度研究神话；这些著作的内容、角度与观点都让人耳目一新。而《神话的哲学思考》与《从前苏格拉底到柏拉图的神话和哲学》，则着眼于希腊神话与西方思想和西方哲学起源的有机联系，研究西方思想的根脉和发展流向，将神话研究提升到哲学研究、思想史研究的层面。《众神之战：印欧神话的社会编码》、《古代近东历史编撰学中的神话与政治》、《神话与历史：古希腊英雄故事的历史和文化内涵》（增订本）等著作，更是从历史学、政治学角度研究神话，探讨神话学与其他人文学科的辐射交融和影响。这些多角度、多层面、多侧面的神话学研究成果，无疑开始酝酿并在一定程度上呈现着神话学理论体系与话语体系的构架雏形。

三、立足当代与以人为本是这批新成果的第三个重要特征

神话是人类跨族群跨国界跨文化的重要文化资本与思想资源，也永远是人类文化创造的重要方面和心灵蕴藉的精神家园。以人为本、立足当代，关注现实、服务社会，才能实现研究成果意义最大化，实现中华优秀传统文化的创造性转化和创新性发展，为构筑中国精神、中国价值、中国力量作贡献。这批新成果含纳的学术价值、文化精神和现实意义不容轻觑。

毫无疑问，这批新成果不仅是当代文化建设特别是中国文化建设的重要呈现，而且是文化创意产业的重要学术支撑。每部著作都有独到的文化贡献，同时也都程度不同地包含和反映着人性与人文的光芒。诸如《心理学与神

话》、《神话与历史：古希腊英雄故事的历史和文化内涵》（增订本）、《神话叙事与社会发展研究》、《希腊神话与美索不达米亚：荷马颂歌与赫西俄德诗作中的类同和影响》等等，都体现着中华文化以人为本的重要思想理念，而张洪友《好莱坞神话学教父约瑟夫·坎贝尔研究》从借鉴国外经验的角度，研究和揭示现代发达国家文化创意产业的领军者好莱坞影片创作中的神话学影响，给人以典型案例的启发。至于《萨满之声：梦幻叙事概览》《魔杖与阴影：〈金枝〉及其在西方的影响研究》《神话动物园：神话、传说与文学中的动物》《图像与神话：日月神话研究》《熔炉与坩埚：炼金术的起源和结构》，以及《神圣的创造：神话的生物学踪迹》等等，都将为当代文化产业的发展和精神文明建设发挥作用。

总之，作为人类文明发展史上普遍存在的重要文化载体和特殊文学形态，神话的本质是“人的神化”，它既是对自然现象、社会现实或人类自身的时代认知与创造性诠释，又是对超常能力的敬畏好奇与理想期盼的诗意表达。世界不同民族神话题材内容的相同相近或相似，充分体现了人类心理智力和创造能力的相近性与差异性，充分体现着神话思维的普遍性与共同性。神话始终支持着人类文明的演进，支持着人类的创造性实践和创新型发展。神话在讲述神奇故事、讲述创世英雄的过程中，传达着深刻丰厚的人文内涵与民族精神，传达着人类文明发展的深刻启示。在高新科技迅猛发展的当今时代，人类依然生活在神话的世界里并将继续创造新的神话。神话研究将继续点亮人类的文化繁荣与文明发展。

第三节 学术平台与学科建设

学术研究是由社会众多群体参与和构成的动态系统工程，学术成果呈现只是其中的一个方面。在当代中国，学术研究的平台搭建与团队建设，是推动学术发展和提高研究效率的有效方式与重要条件。学术研究始以个体行为作基础，继以团队合作扩规模，又以社会传播见效果。因此，搭建学术平台与加强世界交流，是人文社会科学研究的常有方式，也是提高效率与质量的好办法，尤为高校学科建设所重视。由于多方面的历史原因，上海交通大学新人文学院学术研究亟待加强，根据学校发展目标与学院实际情况，学院拟发挥涵盖文、史、哲、艺等学科的组合优势，围绕文字、文献、文学、文化、文明五大层次，布局跨领域的综合性研究，运用已有学术研究基础，努力推出原创性、前沿性与前瞻性创新成果。

一、神话学研究院

2015 年 7 月，中文系叶舒宪教授带领的文学人类学研究团队，将玉石考古、神话研究与田野考察相结合，研究中华民族文明起源问题，提出中华文明 9 000 年的新观点，引起学界关注。中华文明探源，是事关中华民族文明历史和国家世界形象的重大学术问题，成立神话学研究院展开深入研究的想法，由此产生，并得到学校党委的大力支持。2017 年 4 月 15 日，文学人类学研究中心以“重述神话中国”为主题，召开全国第七届学术年会。会议认为，神话学研究将是 21 世纪人类文化寻根、人类命运共同体诠释的重点内容，将是今后学术研究与文化建设的热点与亮点。人文学院宣布将把神话学研究作为学科建设的重点和人才培养的抓手，打造世界一流学科品牌和国际学术研究重镇。学校主要领导同志对这项工作高度重视并给予超常规支持，亲自向上海市委有关领导汇报，并获批与上海市委宣传部、上海市社科联、上海市文联、上海市社科规划办共建“中华创世神话研究基地”，这是上海市特批成立的第一个市级文科创新中心和高端智库。

“中华创世神话上海论坛”在上海交通大学徐汇校区举行，“上海交通大学神话学研究院”“上海交通大学中华创世神话研究基地”在开幕式上同时揭牌。中华创世神话作为中华优秀传统文化的重要组成部分，有着生生不息的强大活力，蕴含着永恒的艺术魅力和民族文化智慧。成立神话学研究院，旨在对接实施国家文化战略，加大学科建设力度，协调校内外相关学科力量，努力成为国内和国际领先的一流学科。研究院的成立和创新基地的揭牌，标志着上海交通大学神话学研究进入新阶段。根据国家发展战略部署和学校“双一流”建设需要，研究院与创新基地设计的主要工作目标包括四个方面：一是建成世界神话学研究的学术重镇，二是建成国家级神话学研究的高端智库，三是建成神话学方面上海文化创意与文化传播的学术支撑基地，四是建成神话学世界一流学科、上海交大学派。而着力构建有中国底蕴、中国特色的神话学理论体系、话语体系和人才培养体系，形成人文学科建设的亮点和品牌，自然是重中之重。

2018 年 12 月 6 日，神话学研究院通过了学校组织的专家论证，被纳入高校首批“双一流”建设项目，获批交大“双一流”建设校级研究院。2019 年 4 月 7 日，神话学研究院、中华创世神话研究基地首届新成果发布会在上海交大召开，发布的四部系列专著——《玉石神话信仰与华夏精神》《文学人类学新论——学科交叉的两大转向》《四重证据法研究》《希腊神话历史探赜》，对根植中国人的文化心理重要问题做出了全新阐释，为中华文明的探源找到了“玉石信仰”的突破口，并从文学人类学层面，探索和初步创建起中国本土文化理论体系。这是研究院进行学科交叉研究的集中呈现，为中国文科学术进行范式转型、走向“创新主导”提供了尝试经验。

二、海外汉字文化研究中心

汉字文化研究是中华文化研究的首要内容，这不仅是文、史、哲、艺各学科必备的专业基础，而且也是理、工、农、医等各学科必须的文化基础。海外汉字研究更是具有世界意义的前沿性重大课题。海外汉字研究对于上海交大建设世界一流大学、开展世界学术交流的重要性不言而喻。新人文学院汉语言文字学学科带头人王平教授，以研究域外汉字的传播与应用、汉字发展史、传世字书数字化处理等享誉学界，担任过世界汉字学会中方秘书长，德国波恩大学、韩国釜山国立大学、美国爱荷华大学等客座教授。主持完成国际重大招标项目、国内国家、省部级多项重大项目二十余项。

2016 年初，王平教授作为高层次人才被引进到上海交通大学，即以首席专家承担的 2014 年度国家社会科学基金重大项目“韩国传世汉字字典文献集成”（14ZDB108）为依托，于 2016 年 10 月 30 日成立了上海交通大学海外汉字文化研究中心，并担任中心主任。该中心是海内外首个海外汉字传播与研究学术机构，研究范围广泛涉及：海外汉字实物资料整理研究，海外古代汉文教材、工具书及其他论著整理研究，海外汉字教学、研究、传播及应用。中心在王平教授带领下，追求务实、创意、协同、交叉、应用。在学科理论建树上，王平教授首次提出并界定“域外汉字学”术语的定义及范围，首创域外汉字研究新学科，首次提出以本国传世文献、出土文献与异域传世汉字文献相互印证的汉字研究“三重证法”，首次提出并界定“数据库汉字学”“东亚《玉篇学》”等概念。王平教授与世界汉字学术界有着深厚广泛的联系，由于她的努力和无私的奉献，上海交通大学海外汉字文化研究中心以入藏韩、日、越等国家的古代汉文字典与汉碑文献资料而闻名。

中心响应国家文化传承与发展战略，成立以来承担了国家级、省部级研究项目十余项。在国家社会科学基金重大项目“韩国传世汉字字典文献集成”及韩国学中央研究院国际招标项目的基础上，2022 年新获国家社科基金冷门绝学专项，是中心 2019 年获得上海市冷门绝学专项的又一成绩。上述两个冷门绝学专项，均是上海交通大学该基金领域的首个项目。以海外汉字文化研究中心为基础，成功申报并获批教育部国家语言文字推广基地（“综合研究类”）。研究成果多次获得基金资助及奖项。2016 年《中韩传统字书汇纂》获得国家出版基金资助。相关成果5次获得华东地区古籍优秀图书奖，其中，2022年出版的《韩国传世汉文辞书集成》获得特等奖。

国际化是研究中心的重要特色。以国际学术论坛和世界汉字学会为依托，由王平教授担任主编和副主编的国际学术期刊《世界汉字通报》（全英文版）及《汉字研究》（KCI）引发中外学界的高度关注。中心与日本、韩国、越南、美国、德国、法国等国家的高校及研究机构具有良好的课题合作关系，多年来广泛聘请海外专家担任客座教授，驻校开展工作坊。并通过国际合作和项目成果，发挥较高水平的国际影响力。重应用也是研究中心的工作亮点。将研究成果转化、落地，并服务社会、服务大众，是中心贯彻的目标之一。基于近二十年研究中国第一部楷书字典《玉篇》研究成果，王平教授创意设计了中国第一个以字典命名的博物馆："玉篇文化博物馆"。该馆之一的"玉篇体验馆"于2021年向社会全面开放。体验馆中的互动《玉篇》部首和百科魔墙，取得了国家版权局作品登记证书。着眼于后备人才培育，在校地合作中，多位博士生、硕士生参与相关项目建设，这一过程中，他们的专业素养和研究能力得到有效提升。业已产出多篇学位论文和期刊论文。人文学院也已经将顾野王文化研究院列为学生社会实践与专业实习基地目录。

中心以促进世界汉字学界人文交流与文明互鉴为己任，研究方向涉及汉字传播与应用、海外汉字学理论、海外汉字遗产、海外古辞书文献、中国古辞书传播、汉字教育国际推广等。王平教授带领她的研究团队不怕条件艰苦，克服重重困难，甚至长时间带病坚持工作，在取得一批又一批学术分量厚重研究成果的同时，也培养出一批优秀人才，为学科建设和提高学校学术声誉作出重要贡献。

三、太仓娄东文化研究院

江苏太仓是上海交大老校长唐文治的家乡。2015年恰好是唐文治诞辰一百五十周年，学校正在筹备明年的一百二十年校庆。学校将纪念唐文治诞辰一百五十周年作为校庆重大活动内容之一，与《光明日报》社共同主办这项活动，张杰校长作主旨报告，唐氏家族后裔与会，就弘扬唐文治治学思想进行了深入交流。当时新人文学院正在策划“校地合作”项目，明代文坛盟主王世贞家乡就在太仓，以中文系许建平教授主持的国家社科基金重大项目“《王世贞全集》整理与研究”为基础，学院牵头与太仓市委反复协商，达成成立“太仓娄东文化研究院”协议。

2015 年 11 月 14 日，上海交通大学主办的“王世贞与明清文化国际学术交流会”在太仓举行，来自国内外数十所知名高校及研究机构的近百名专家学者，共同探讨王世贞与明清文学、史学、艺术学的发展。开幕式上，上海交通大学与太仓市签约，共建“上海交通大学太仓娄东文化研究院”，人文学院院长与太仓市副市长在合作协议书上签字，上海交通大学党委常务副书记郭新立与太仓市委书记王剑锋出席仪式。由此，太仓娄东文化研究院正式成立，人文学院与太仓市委宣传部共同策划和组织文化研究，太仓市政府按照研究院出版学术成果数量（册）补贴出版费用，由市委宣传部对接出版单位。太仓是明清时期中国传统文化最为繁荣昌盛的地方，文化的各个领域名家辈出。太仓市委市府下力气落实中央“文化强国”部署，充分利用资源优势，与交大合作，借力交大，成立专门研究院，并将文化建设合作意向纳入政府“十三五”规划，保证工作开展的持续性，让文化资源活起来，变为智力资源，推进地方的文化建设和经济发展，这是一个很有思想、很有眼光的决策。此后，人文学院关于太仓文化以及王世贞研究的系列著作出版，都得到太仓市政府的资助。

四、经学研究中心与文学研究基地

成立“唐文治经学研究中心”。2015 年 9 月 5 日，中国经学第六届国际学术研讨会在上海交通大学召开。上海交大老校长唐文治曾指出：“《十三经》如日月之丽天、江河之行地，万古不磨，所谓国宝是也。”上海交通大学自创建之日起，即受益于经学，提出“以通达中国经史大义、厚植根柢为基础”，“以志操坚卓、器识深稳为旨归”，创始人盛宣怀以及张元济、沈曾植、唐文治、叶恭绰、蔡元培等，都是经学功底深厚的著名学者。新人文学院把经学研究作为重点建设学科，由虞万里教授领衔，成立了“唐文治经学研究中心”，并从整理唐文治自编国学教材《四书大义》着手开展工作。与此同时，学院配合学校筹备“纪念唐文治诞辰150周年研讨会”。2016年春，套装《四书大义（上、下）》出版，成为研究中心的第一批成果，也是赠送校庆贵宾的重要文化礼品。2015年12月10日，唐文治诞辰150周年暨唐文治学术思想国际研讨会隆重召开，由此正式拉开了上海交通大学120周年校庆的序幕。

成立“当代中国文学与文化研究基地”。当代的中国文学与文化是21世纪国家文化建设的重要方面，不但关系文化发展的正确方向与基本走势，而且关系如何满足人民日益增长的精神生活需求。2015年12月24日，新人文学院与中国作家协会联合共建的“当代中国文学与文化研究基地”成立仪式暨“首届当代中国文化论坛”在徐汇校区举行。上海交通大学党委常务副书记郭新立，中国作家协会副主席、书记处书记李敬泽，上海市作家协会党组书记、副主席汪澜，上海市作家协会党组副书记、秘书长马文运出席并讲话。中文系何言宏教授领衔并担任研究基地主任。基地的成立，体现了上海交通大学推动人文学科发展的志向和雄心，体现着学术研究密切关注当代现实与紧密结合社会实际，体现着思想引领意识与价值观念意识。基地试图以建成活跃的、富于学术思想和生产力的平台为目标，努力聚集全国文学评论力量，聚焦新世纪文学新问题新现象研究，焕发新的思想能量，出人才出成果，为中国当代文学的繁荣发展做出积极贡献。

五、世界反法西斯战争研究中心

“世界反法西斯战争研究中心”挂牌。2015年8月6日，“外国观察者眼中的中共抗战”研究成果发布会在徐汇校区举行。这项成果不但研究视角全新，而且文献材料弥足珍贵，常人难以见到，何况研究的结论客观公正，很有说服力，让人眼睛一亮，引起学界与国家有关方面的高度关注。研究成果的主持人是全国政协副主席吕正操将军的女儿、讲席教授吕彤邻。她于2013年加盟人文学院，展开了抗日战争史研究。吕彤邻教授领衔主持的国家社科基金重大课题“国际视野下的中国抗日战争”，通过综合研究西方人特别是美国人对中国抗日战争的看法，发掘海外中国抗日战争的史料，独具一格，影响甚大。为更有效地开展研究工作，吕彤邻教授依托国家社科基金重大课题，向上海市委宣传部申请成立“世界反法西斯战争研究中心”，并于2014年12月获批上海市社会科学创新研究基地，这是交大人文学院第一个省部级研究基地。但这个极其难得的学术资源一直处于搁置状态，未能充分发挥作用，直到新人文学院成立后策划组织召开“外国观察者眼中的中共抗战”研究成果发布会才有大进展。

新闻发布会之后，新人文学院与学校文科建设处共同推动研究中心的挂牌工作，于2015年9月17日正式挂牌，上海市委宣传部社科规划办主任李安芳教授、交大文科建设处处长叶必丰教授出席揭牌仪式并讲话。吕彤邻教授及其研究团队已经搜集到美国国家档案馆以及罗斯福及杜鲁门图书馆的三万多页有关美军观察组的历史文献；陆续出版了题为“美军观察组驻延安英文文献档案汇编”与其他十本影印文献丛书，以及翻译的“日本外务省涉华档案（1927—1940）”丛书，并培养出多名优秀人才。

六、世界和平研究院与儒学研究中心

新人文学院还积极推动由程兆奇教授领衔、与上海市共建的东京审判与世界和平研究院的工作开展；推动并促成了余治平教授领衔的儒学研究中心成立；运用南洋之声捐赠的专项基金组织策划并成功推出了国学大讲堂，邀请世界学术名家进行学术交流；等等。这些众多学术平台的建立与运行，不仅创造了有利于开展学术研究的优越条件，有效提高了学术成果的产出，而且也营造了大家努力从事学术研究的浓厚氛围，增强了学术研究的勇气信心，开启了学科建设的新气象。

第四节　开阔学术视野与加强世界交流

“学术乃天下之公器”，学术研究既要有专业方向的擅长，又要有思维的开阔视野，创建世界一流大学的目标与强化人文学科建设的要求，加强世界层面的学术交流必然是题内应有之义。参与国际学术交流与学术考察，策划与推动国际学术研究项目的合作，成为学术经历的重要组成部分。

一、剑桥大学之行与合作项目启动

比较文学是新人文学院准备加强建设的重点学科之一。2015 年 9 月中旬，学院组团出访剑桥大学，启动合作开展“观念的旅行”研究项目，并商讨研究计划的具体落实。“观念的旅行”项目着眼于人类文化的世界交流，从翻译学的角度研究不同国家、不同语言对同一文化现象、同一理论学说或同一文学作品理解、认知或翻译的不同表现，由此探讨人类文化发展的深层规律，试图从本体论、方法论与价值论三大方面建构翻译学的学术体系。

此行考察了剑桥大学与伦敦大学人文学科的相关学院，就人文方面的学术研究情况及其管理体制进行了深入交流，并举行了上海交通大学与英国剑桥大学合作研究课题“观念的旅行”项目启动仪式。剑桥大学尊重科学知识、尊重学术研究、尊重学术贡献的浓厚氛围和突出特点，给我们留下了极为深刻的印象，也引起大家长时间的沉思。他们学院最醒目、最重要的地方如会议室、大客厅、长走廊等，往往都悬挂着为本院作出突出学术贡献、具有深广学术影响的著名学者像，不仅让人肃然起敬，慨叹学院历史的悠久和敬畏学术的氛围，而且给人奋发向上、鼓舞激励的正能量。世界一流大学的背后是世界一流的学术大师，尊重知识、敬畏学术、景仰贡献是产生学术大师、建设世界一流大学的重要条件和文化生态。

二、德国 DFG 项目与欧洲中国传统文化研究院

2016 年 12 月 21 日，我在德国波恩大学以“宋代皇权政治的创新发展与制度建设”为题目作学术报告。报告是上海交通大学王平教授领衔与波恩大学合作开展的德国国家社会科学基金 DFG“全球优秀学者项目”之重要内容。

报告从引言、中国皇权政治的形成与嬗变、宋代皇权政治的创新与人文特色、宋代皇权政治的国力扩张、历史影响与当代启示五方面渐次展开。报告指出，皇权政治是人类文明发展的政体文化现象，也是人类秩序建设的重要成果。中华民族皇权政治滥觞于远古、酝酿至战国，至秦始皇脱颖而出。自汉魏至隋唐逐渐完善，两宋时期也有调整改革，元明清进入波峰期直至衰亡。宋朝借鉴前代经验与教训，进行周密严谨的设计与调整，形成系统、成熟和完备的皇权统治体系，充满浓厚的人文精神。宋代以“和平兵变”取得政权后，在突出和强化皇权政治核心的同时，创新管理体制机制和制度建设，收回兵权，分割事权，改革中枢机构，直接控制地方，实行高度集权，消除割据隐患。同时，改变官僚队伍构成，强化科举取士，以文治国，文武分权，相互制约，又设置台谏，加强监察，减少疏漏。北宋建国，先以军事扩张疆域版图，继以文化影响世界。宋代皇权政治的体系创新、文治模式、人文精神、民族特色，和平、稳定、发展的思想理念，以及强烈的文化意识，既对元明清有着直接影响，又对人类文明发展有着深刻启示。

2017 年初，“德国 DFG 世界优秀学者交流项目”完成后，王平教授又应德国鲁尔大学邀请，一起商量策划与上海交通大学人文学院开展学术合作事宜，拟在鲁尔大学建立“欧洲中国传统文化研究院”，共同申请欧洲科学基金项目，展开文化交流与学术研究。2017 年 5 月中旬，鲁尔大学东亚研究院史克礼副院长来交大磋商欧洲科学基金项目申请与具体合作协议内容，并形成文字稿。至 7 月上旬，双方签署构架性合作协议书，并约定于 7—9 月间在德国鲁尔大学举行揭牌仪式。由我担任中方院长，王平教授负责组织协调。这

是新人文学院在国外建立的第一家具有实质性合作意义的研究院，也是世界首家专门研究和传播中国传统文化的机构。

三、香港学术交流与台湾主旨演讲

2016 年 5 月 18 日，香港浸会大学主办的第四届“国际《尚书》学学术研讨会”召开，我应邀作“《尚书·尧典》‘黎民于变时雍’经解新说”主旨报告。报告从“雍”训为“和”与文脉断裂、“雍”字本义追寻与衍生诸义考绎、“雍”字训释的语境规定与内涵的诠释选择、“雍”训为“蔽”的事理契合与原始朴素的历法科技、“于变时雍”的时令本义与“雍和”内涵的社会认知、“雍”“庸”通用与“和”义嫁接、“黎民于变时雍”与中国上古农耕文明等七个方面逐层剖析，指出了前人的误读并提出了独到的新见解。报告认为，《尚书》既是弥足珍贵的中国古代第一部历史文献散文集，又是中华优秀传统文化经典的代表作。开篇《尧典》“黎民于变时雍”历代训诂释义与全篇结构厘分，都游离于元典本意之外而造成文脉断裂。报告采用“致广大而尽精微”的研究方法，深入考察和系统梳理相关历史文献，并充分运用文字学、训诂学和文学、历史、哲学乃至律历学等综合知识，从追寻“雍”字本义入手，并根据上下语境诠释内涵，得出“雍”训为“和”与“社会治理效果说”是历史诠释讹误的结论，同时报告突破千年成见，提出理应训“雍”为“蔽”的新观点。这种新释与农耕历法内涵有着紧密的关系，属于对全文思想内容、文化意义和中国上古农耕文明信息的正确认识与价值判断。新训不仅回归“黎民于变时雍”所涉及时令的本义，深刻发掘了“雍和”流行的社会认知与文字衍化的内在关联，而且从中华民族文化与人类文明发展的高度，揭示了《尧典》丰富深刻的中国上古农耕文明信息和不容轻觑的人类文化意义。山东大学《文史哲》2018 年第 6 期刊发了这篇报告。

2016 年 7 月 23 日，台湾大学主办的“第三届国际丝绸之路研讨会”隆重召开。我应邀以“丝路成果的历史总结：人类文明发展与世界共同体”为题目作主旨报告。报告从“化干戈为玉帛：推动人类文明和平发展”“世界共同体：人类文化的交流与创新”“经济全球化：中华民族的伟大贡献”“辉煌地球村：丝路精神的当代弘扬”“丝路文化的内涵、实质与特点”五个方面论述与分析。报告认为，古代丝绸之路策源于中国、绵延于世界，由陆地到海上，相继持续数千年，成为人类文明发展史上多民族、多区域共同参与的第一次世界一体化经贸大行动，也是全球众多族群文化的大交流和大创造。丝绸之路是人类命运共同体的生动展示和世界和平发展的历史实践，充满深刻丰厚的人文精神。丝绸之路开创了“化干戈为玉帛”以经贸全球化来推动人类文明和平发展的新模式，以“和”为魂，以友好、尊重、平等、包容的心态展开区域、民族间的交往、交流与交融。丝绸之路有力推进了世界文化的交流与创新，使不同区域不同民族创造的文化成果与文明成果实现共有共享共融，有效提高了人类整体素质和生存质量。报告指出，中华民族为古代丝绸之路的建设做出了重大贡献，并积累了和平发展的丰富经验，“和为贵”“天下为公”“以人为本”“海纳百川，有容乃大”的系列思想理念得到推广与实践。古代丝绸之路为目前及未来人类文明的和平发展与健康发展提供了有益借鉴，也为实现中华民族伟大复兴的中国梦提供了深刻启示。

代表成果之二十：

丝绸之路与人文精神①

——兼论人类命运共同体与世界和平发展

郑倩茹　杨庆存

“丝绸之路”这一生动形象而又极富诗意的文化概念，以“丝”为核心

① 参见《中国文化研究》2022年第3期（总第117期）。

标志、“路”为表现形式，其中既含纳着深刻的人类文明发展的思想内涵，又蕴藏着丰富的人类文化交流的实践经验。丝绸之路策源于中国，绵延拓展于世界，“陆地丝绸之路”“海上丝绸之路”交替或并行，前后持续数千年，形成人类历史上多民族、多区域共同参与的第一次世界一体化经贸实践，也是人类文明发展历史进程中第一次规模恢宏的物质文化大交流。“丝绸之路”兴于“丝”，成于“路”，这既是卓有胆识的世界经贸大拓展，又是人类不同区域族群文化的大融汇，同时，更是人类命运共同体的生动展示和人类文明健康发展的深刻探索，蕴含着深刻而丰厚的人文精神。

关于“丝绸之路”的历史成果，我们可以从不同角度、不同层面、不同时期来审视，诸如从人文科学、社会科学、自然科学等不同侧面考察和分析，或者从经济、政治、地理、历史、民族、宗教等不同方面探索和讨论，抑或从物质成果、思想成果、学术成果、文化成果等方面进行立体式的审视和发掘，由此深刻认识人类文明历史发展的动态过程、经验教训与内在规律，为今后发展之镜鉴，其重要性与必要性不言而喻。其实，从“丝绸之路”的酝酿和发轫时期起，人们就已经开始从众多形式、不同层面进行总结并不断产生阶段性成果的历程，这在古今中外的典籍文献与历史文化遗存中，都有不同程度的记载与反映，其内容之丰富、数量之巨大不难想象。但从文化层面进行宏观系统深入的专门研究不多，这里仅就我们的认识理解，撮其至大至要者简述如以下。

一、“化干戈为玉帛”的人文内涵

古代丝绸之路是以玉石和丝绸为重要代表性商品的国际贸易大通道。丝绸之路的最大成果不在于商贸本身，而在于开创了“化干戈为玉帛”以经贸全球化来推动人类文明和平发展的新模式。丝绸之路文化的精髓是人文之“和”，而中华文化的重要核心理念即“和为贵”，和衷共济，和气生财，家和而族兴，国和必强盛。和睦、和谐、和平，是人类文明的重要体现，也是丝绸之路追求的理想目标。古代丝绸之路文化的核心就是推进人类的和平发展，是“兼相爱，交相利”。丝绸之路以友好、平等、尊重、理解、包容与增进了解、加强沟通的心态，展开地域间、民族间的交往、交流与交融，有效避免了人类的野蛮残杀和抢掠，把人类发展引向积极、健康、文明、理智的正确道路上。

仅从“丝绸之路”的概念上看，其本身就充满深厚的人文情韵。众所周知，“丝绸之路”概念的发明与提出，始于德国地理学家李希霍芬(Richthofen) 19 世纪 70 年代的《中国——亲身旅行的成果和以之为根据的研究》一书。作者是以中国西汉时张骞（约公元前 164—公元前 114）奉命出使西域为起点，将此后 200 多年间不断开辟以丝绸贸易为主的交通要道命名为“丝绸之路”(die Seidenstrasse)，英文名为 The Silk Road。这条道路经过西域，把中国与阿姆河—锡尔河地区以及印度连接起来。后来李希霍芬的胞弟阿尔马特·赫尔曼（A. Herrmann）撰写《中国与叙利亚之间的古代丝绸之路》，直接将“丝绸之路”的概念用于书名中，影响不断扩大。“丝绸之路”不仅生动形象、亲切温和、易懂易记，而且代表人类进入文明发展的水平，体现着中华民族为人类文明做出的巨大贡献。

总结丝绸之路文化，必然考察其渊源。从历史文献记载和目前发掘的文化遗存看，张骞出使西域之前的若干个世纪，“丝绸之路”就早已存在，人们通过这条交通道路进行玉石、丝绸、香料等系列贵重货物的贸易，故“丝绸之路”又称“玉帛之路”“玉石之路”等。易华教授指出早在 20 世纪 60 年代，日本珠宝学家近山晶就提出中国古代存在一条与丝绸之路并行的玉石之路。而 20 世纪 70 年代在河南安阳“妇好墓”中出土的七百多件玉器，大多是新疆和田玉，成为有力的证明。1994 年，臧振明确提出“玉石之路”的概念，宣称这是丝绸之路的前身。

汉代以前，西玉东输在历史文献如《尚书》《竹书纪年》《史记》《山海经》《穆天子传》中都有所反映。《穆天子传》记载了穆王西行见西王母的故事：“吉日甲子，天子宾于西王母。乃执白圭玄璧，以见西王母。好献锦组百纯……天子于是取玉三乘，玉器服物，于是载玉万只。天子四日休群玉之山，乃命邢侯待攻玉者。”这说明至迟在西周中期的穆王时期，中原王朝已经开始与西域进行友好交流。春秋战国时期，和田玉成为西域进献之宝，故李斯《谏逐客书》中有“今陛下致昆山之玉，有随、和之宝，垂明月之珠，服太阿之剑，乘纤离之马”的精彩描述。王国维甚至坚信祖先来自西北，他在《咏史诗二十首》开篇即云“回首西陲势渺茫，东迁种族几星霜？何当踏破双芒屦，却向昆仑望故乡”。

丝绸之路是玉石之路的延续。这条古老而漫长的商路，连接着世界古代文明发祥地中国、印度、两河流域、埃及以及古希腊、罗马。有学者认为，“玉石之路”比“丝绸之路”要早两千多年，因为从全球范围看，比丝绸更早的国际贸易品是玉石。

“丝路”是以“丝绸”“道路”为物质代表与文化记忆的象征符号，其丰富而深厚的中华文化内涵必须从历史演变中去发明阐释。“丝绸之路”在语法学上虽然中心词是“路”，但是内涵的重心则在于“丝绸”。在博大精深的中华文化里，古代的“丝绸”因其自身固有的特点如稀缺、高贵、豪华、舒适、制作工艺复杂等等，成为权势符号的特殊物品，不能为一般人所享有，赋予丝绸诸多特殊内涵，比如代表政治身份、等级制度、礼仪约定，甚至作为货币，等等。由此，古代“丝绸”一度曾是政治身份的象征，其政治价值、制度价值远远大于经济价值、应用价值。

在中国古代，可以与丝绸并肩媲美的就是“玉”。“玉”是东方文化的象征与载体，“玉文化”更是中华文化的重要构成部分。中华民族是一个“玉崇拜”的民族，玉在中国至少可以追溯到八千年前的兴隆洼文化。学界认为，丝绸之路是玉石之路的接续。就玉石之路的起始点而言，从《山海经》的“昆仑玉山”和“群玉之山”，到《千字文》的“玉出昆冈”说背后，呈现出游动的昆仑与游动的玉门关现象。大量考古材料说明，华夏先民正是凭借精细琢磨的玉器、玉礼器来实现通神、通天的神话梦想，并建构出一套完整的玉的宗教崇拜和礼仪传统。今人根据田野调查和考古新发现的西部玉矿，可以重新认识华夏文明形成过程中“西玉东输”的复杂多线路情况。叶舒宪教授指出，不论是丝绸贸易之路，还是茶马古道、香料之路等，都是在有文字记载的文明史“小传统”中出现的。而新石器时代末期以来的文化、贸易通道更具备文明发生的动力意义。公元初年古罗马著名人物老普里尼（Pliny the Elder）有关罗马帝国与东方贸易支付大量黄金的记载，证明丝绸与黄金等价。《管子·轻重》中也有“先王……以珠玉为上币，以黄金为中币，以刀布为下币”的说法。这充分说明，在中国文化中比黄金和丝绸更贵重的是美玉，所谓黄金有价玉无价，玉崇拜成为中国文化精神的底色。

由此可知，玉石与丝绸，在远古时期是人类极为珍视的具有特定内涵的特殊物品。正因如此，我们在古代典籍文献中经常看到表示“玉石”与“丝绸”同等并列关系的一个词——“玉帛”。“帛”即“丝绸”，是战国时期以前的顶级丝织品，包括锦、绣、绫、罗、绢等，曾是中国古代长期使用的实物货币。《春秋左传·僖公十五年》称“上天降灾，使我两君匪以玉帛相见，而以兴戎”，此处以“玉帛”与“兴戎”对举，表示友好结盟与对立成仇两种情形。《左传·哀公七年》中有“禹合诸侯于涂山，执玉帛者万国”的记载，说明当时众多诸侯国和谐友好拥戴大禹的情况。而《论语·阳货》中也有“礼云礼云，玉帛云乎哉”之语，说明“礼”与“玉帛”的密切关系。《淮南子·原道训》记载了这样的故事：

> 昔者夏鲧作三仞之城，诸侯背之，海外有狡心。禹知天下之叛也，乃坏城平池，散财物，焚甲兵，施之以德，海外宾服，四夷纳职，合诸侯于涂山，执玉帛者万国。

这条材料与《左传·哀公七年》的记载相似，由“天下之叛”到“玉帛者万国”的巨大变化，其中“玉帛”的身份含义十分明确。总之，“玉帛”象征友好、和平、礼仪与文明。

与“玉帛”相反，“干戈”则以兵器指代战争。“干”与“戈”都是古代的常用武器，前者指盾牌，后者是类似长矛的进攻性武器。于是，“干戈”既是兵器的通称，又是战争的别名。《论语·季氏篇第十六》“今由与求也，相夫子，远人不服而不能来也，邦分崩离析而不能守也，而谋动干戈于邦内，吾恐季孙之忧，不在颛臾，而在萧墙之内也”。这里的“谋动干戈”，就是指策划战争。“化干戈为玉帛”，就是通过玉、帛的贸易交换，化解战争、避免战争而转变为和平、友好。稀者必争，贵者必藏。“玉”与“帛”的珍贵与稀缺，必将引起一些人的占有与争夺。丝绸之路的贸易形式，创造了平等交换、互通有无、各取所需的条件和环境，从而有效地减少甚至避免了战争的发生，使人类的发展进入一种相对有序的状态，把人类发展引向积极健康、文明进步的道路。“化干戈为玉帛”是中华民族“和为贵”思想观念的重要体现与具体措施，也是中华民族的优秀传统，代表着人类期待和平安定的普遍愿望与迫切要求。

总之，“玉石之路”是中华文明特有的文化资源，也是人类共同拥有的精神财富，其深厚的历史文化意蕴以及可探讨和可持久开发的文化价值不容低估。

二、“以人为本”与人类文化交流

有力地高效推进世界文化交流与创新，这是丝绸之路的又一重大贡献。丝绸之路使不同区域不同民族创造的文化成果与文明成果实现了共有共享共融，有效提高了人类整体的文明素质和生存质量。

“丝绸之路”实际上是以物质文明为载体，推动精神文明大发展的历史实践。丝绸之路的表象是商贸、经贸之路，在长达数千年的历史发展过程中，玉石、丝绸、茶叶、瓷器、金银、马匹等生活日用品的交换流通成为最主要的文化载体。而伴随商贸活动的同时，音乐、舞蹈、绘画、宗教文化、原始科技等也都广泛交流传播，极大地丰富了人们的日常生活，也满足了人们一定程度的精神需求，从而提高了人们的生活质量和水平，推进了社会的进步与人类的文明程度。但是，文化是多层面、多角度、多元素的，以上所述实际上只是一些文化的载体。其背后有着更为深层的内涵，即对人本身的关怀，包括对生命的珍惜，对生活质量的提高，体现着文化交流中以人为本、以民为本的文化精神，体现着人类文化的创新。季羡林先生曾说："世界上历史悠久、地域广阔、自成体系、影响深远的文化体系只有四个：中国、印度、希腊、伊斯兰，再没有第五个；而这四个文化体系汇流的地方只有一个，就是中国的敦煌和新疆地区，再没有第二个。"这实际上指出了世界四大文化体系通过丝绸之路在中国境内融合发展的奇特景观。

文化乃人类历史实践和社会生活的智慧结晶，是物质与精神存在的最高形态。人类在自身的发展过程中创造了文化，而文化又服务于人类的发展，二者是密不可分的统一整体。其中"人"是文化生成的第一要素，没有人的参与和创造，就不会有文化的生成。没有人类，文化也就不复存在。地域的广阔、族群的繁多和实践的丰富，使人类文化多姿多彩。与此同时，文化的共通性又将人类联结为可以相互交流沟通的整体。

中华民族上古时代就有"天人合一""天、地、人"三位一体的世界观和宇宙观，并形成了"天文、地文、人文"并立一统的学说理念，这显然是将人类视为一个不分区域、不分族群的整体。相对"天"和"地"来说，人类也是一个"共同体"，而且"命运"相关。《周易·贲卦》说"观乎天文以察时变，观乎人文以化成天下"，这里"天文"与"人文"对举，译成现代汉语当是"人类文化"，它包含了人类创造的所有文化，孙中山《民权初步自序》中"世运进化之时，人文发达之际"的"人文"正是此意。中国古代"以人为本"的理念，既是文化创造的基本原则，又是文化发展的终极目的。

人类的整体性决定了命运的一致性，而人类创造的一切文化，必然是人类共同拥有、共同分享、共同运用的精神财富和思想资源。由于人类历史实践和社会生活的丰富性，由于区域环境的差异性和族群习俗的独特性，人类文化呈现出多姿多彩的壮观景象。丝路文化就是人类在漫长的历史发展进程中多民族多区域共同创造的伟大奇迹。

伴随着古代丝绸之路人类经贸活动的展开，东西方的文化交流也不断扩大和深入。中华文化也随着丝绸一起传播到世界各地。中国的人文思想、社会制度、农耕技术，尤其是汉民族的儒家思想，包括汉字、儒家经典、律令、文学典籍以及农学、医学著作等，都得到欧亚族群和国家的欢迎、接受与青睐。特别是蔡伦发明的造纸术，广泛传入西域乃至欧洲各国。通过丝绸之路，欧洲商人和传教士来到中国，他们根据所见所闻和亲身感受写成各种形式的文字材料，通过丝绸之路传回欧洲，成为欧洲人全面了解中国的重要资料。马可·波罗（Marco Polo）口述整理而成的《马可·波罗游记》详细描述了他在中国的见闻与经历，欧洲地理学家根据其游历路线还编制成早期的世界地图；利玛窦（Matteo Ricci）的《利玛窦中国札记》、基歇尔（Athanasius Kircher）的《中国图说》更加详细地对中国进行了描述，激发了欧洲对中国的关注；柏应理（Philippe Couplet）的《中国贤哲孔子》则是西方对中国儒家思想的第一本解读著作。西域各国乐器、音乐、服装、舞蹈等传入中原，并与中原文化融合，二胡、琵琶、箜篌等，不仅成为中国音乐和戏曲的重要演奏乐器，而且对中国文学产生重大影响，诗词典籍中的经典名篇如《琵琶行》《箜篌引》都有精彩的描写和创新。而欧洲当时领先的数学、物理学、天文学、地理学、西洋绘画、武器制造技术等也进入中国。传教士汤若望旅居中国数十年，历经明清两朝并获封一品官职，他不仅翻译欧洲科学著作，而且主持督造火炮、修改中国历法、编撰中文科学书籍，为明清两朝的西学东渐做出了巨大贡献。而葡萄、核桃、胡萝卜、胡椒、胡豆、菠菜、黄瓜、石榴等等，这些域外水果蔬菜的传入，更是丰富了人们的饮食。据《唐会典》载，唐王朝曾与当时的三百多个国家和地区通使交往，每年取道丝绸之路前来长安的各国客人数以万计。

中西方文化交流创新最为典型的案例莫过于“西佛东渐”与佛学的中土化。佛教自两汉间通过陆上丝绸之路传入中国，至南北朝大行于世，并逐渐中土化，唐代杜牧“南朝四百八十寺，多少楼台烟雨中”诗句描写的情景，至今传颂不绝。佛教传入中国后慢慢地落地生根，与中国文化相融合，形成禅宗佛教。佛教对中国语言、文字、艺术、思想、政治等等方面都产生了深远广泛的影响。尤其对中国传统哲学、宋明理学的发展，注入新血液。佛教的韵律更给中国古代诗歌带来了四声平仄的变革，增加了音乐节奏的优美。唐太宗时高僧玄奘（602—664）前往印度取经历时十六年，其故事至今广为传颂，所著的《大唐西域记》记载了当时印度各国政治、社会、风土人情，现在依然是研究印度中世纪历史的珍贵资料。他取回的657部佛教经典，唐高宗特建大雁塔供收藏和译经之用。稍后，高僧义净（635—713）由海道去印度，也历时十六年，取回400部佛经，并撰写了《南海寄归内法传》《大唐西域求法高僧传》，介绍了当时南亚各国文化。

三、“赛里斯国”与经贸全球化

中华民族通过丝绸之路建设促进经济全球化，这是丝绸之路的第三大成果。

中华民族既是丝绸的发明创造者和最早生产者，又是丝绸之路的开创者和建设者，更是倡导人类命运共同体的积极实践者。中华先民以勤劳、智慧和善良，为丝绸之路建设和人类文明发展做出巨大贡献，并在这一过程中不断创新，保持活力，成为人类发展史上唯一文化不曾间断文明持续发展的国家。丝绸之路既是经济全球化的初步尝试，又是人类友好交流、实现共同发展的实践探索。

中华民族是人类历史上丝绸的最早发明者和生产者。《史记·五帝本纪》中称“黄帝居轩辕之丘，而娶于西陵之女，是为嫘祖”。而《通鉴外纪》中有“西陵氏劝蚕稼，亲蚕始此”。由此可知，上古传说中的黄帝之妻嫘祖发明并推广养蚕取丝。根据考古的发现推测，在距今五六千年前的新石器时期中期，中国便开始养蚕、取丝并生产丝绸了。查阅中国古代文献典籍，可以看到很多相关记载。《穆天子传》中有周穆王“作居范宫，以观桑者，乃饮于桑林”的记载；《尚书·禹贡》中称“兖州厥贡漆丝，厥篚织文；青州厥贡盐絺，海物惟错；徐州厥篚玄织缟；扬州厥篚织贝……”，可见古代中国生产丝绸的地域很广。至于甲骨文则有很多“丝”字及“丝”旁的字。中国是最早的丝绸生产者，很早就得到世界的认可。根据希腊地理学家斯特拉波（Strabo）的著作，大约在公元前3世纪时，西方人已经把中国称作“赛里斯国”（Seres）。这个称谓是由希腊语“塞尔”“赛里斯”衍生而来的——“塞尔”就是蚕的意思，“赛里斯”是蚕丝产地或贩卖丝绢人的意思。不少学者还认为，希腊语的“塞尔”和“赛里斯”，就是由汉语的“蚕”的发音转化来的。印度政治家、哲学家考底利耶（Kautilya）的《政事论》（又译《利论》）书中有cinapatta一词，意思就是“中国的成捆的丝”。另外，从梵文的许多字中也可以看出，古代印度人民对蚕丝的认识要比希腊人和罗马人准确得多，他们知道丝是虫子吐的，丝是蚕茧抽成的。这都可以说明原产自中国的丝绸在更早的时候就通过欧亚大陆交通输入西方。

“丝绸之路”因“丝绸”而起，而“丝绸”则是中华民族的独特创造，凝结着中华先民的勤劳和智慧，也是中华文化的重要载体和具体表现。正如有学者指出的那样，丝绸是中华文明的重要代表，与中国的礼仪制度、文化艺术、风土民俗、科学技术等方面有很多联系。帝王用丝绸彰显其权威，百官用丝绸标识其等级；文人写下咏叹丝绸的诗词，画家在丝绸制成的绢帛上泼墨挥洒；老百姓向各路蚕神祭祀，祈求蚕丝丰产，而朝廷则下达课劝蚕桑的政令，并以此来评价地方官的政绩。四大发明中有两项与丝绸有着直接的关系。“纸”的最初含义就是制作丝绵过程中的茸丝积淀物。印刷术的发明直接与丝绸上的凸版印花术有关，马王堆汉墓出土的印花丝织品已是大面积的多彩套印，比正式出现的唐代雕版印刷品要早近千年。因此可以说，丝绸上的凸纹版印花是后代雕版印刷术的鼻祖。此外，海上丝绸之路的发达也直接促进了指南针的出现和完善。丝绸是古代中国沿商路输出的代表性商品。当然，最早的丝绸织品只有帝王才能使用，其后由于丝绸业的快速发展，才逐渐成为对外贸易的高级物品。

根据历史文献记载，中国丝绸早在汉代以前就已经输出并闻名于世界。

《史记·货殖列传》中称："乌氏倮畜牧，及众，斥卖，求奇缯物，间献遗戎王。戎王什倍其偿，与之畜，畜至用谷量马牛。秦始皇今倮比封君，以时与列臣朝请。"乌氏倮因丝绸丝制品而成巨富，位同封君，列朝议事，由此可知中国丝绸的身价。另据美国《国家地理》杂志 1980 年 3 月号报道，德国考古学家在斯图加特的霍克杜夫村，发掘了一座公元前 500 年的古墓，发现墓中人身上有中国丝绸衣服的残片。另外，在克里米亚半岛的刻赤附近，也有中国丝绸出土，从同时出土的其他器物上的铭文看，是公元前 3 世纪的东西。这两处丝绸残片的出土，不仅证实斯特拉波等人对丝绸的记载是有根据的，而且这些实物表明，早在张骞通西域之前，丝绸就已运往西方了。

由于中国是农耕文明大国，农业技术发达，中国的养蚕、灌溉、农具制造、二十四节气历法等当时的先进技术，以及制丝、制铁、陶瓷、玻璃等手工生产技术通过古代丝绸之路向世界传播，中国的四大发明也通过丝绸之路传向西域各国，由此提升了西域乃至欧洲各国的技术水平和生产效率。古代丝绸之路还造就了一批贸易城市如：长安、洛阳、伊斯坦布尔、巴格达等城市作为古代丝绸之路的重要节点而成为当时的世界中心城市，沿途的安西四镇即敦煌、喀什、费尔干纳、撒马尔罕等城市也成为贸易中转站，泉州、广州、亚历山大港则是当时全球最为繁忙的港口。古代丝绸之路繁荣的贸易大大促进了这些城市的人口聚集和房屋建设，其中大多数在当今仍然是所在国家或地区的重要城市，充当区域性乃至全球性贸易中心。丝绸之路以大国文明为核心，既是古代世界最为重要的经济贸易之路，也是连接亚欧大陆的文化纽带，丝绸之路的商品贸易实践了经济全球化和世界一体化。而中华文化"天下为公""以人为本""和为贵"的系列思想理念也在这个过程中得到传播与实践。丝绸之路密切了世界各国的联系，也密切了人类族群间的关系，突出了人类生存交往、交流、交换的现实性，而淡化了国家、地区、族群的地理空间的局限性和思想意识的差异性，从而树立了人类同呼吸、共命运的整体意识，树立了人类物质交换、文化交流、相互依存、共同发展的平等意识。

四、"丝路文化"的当代启示

古代丝绸之路为人类文明的和平健康发展提供了有益借鉴，也为实现中华民族伟大复兴的中国梦提供了深刻启示。与20多个世纪以前的人类生存环境有着霄壤之别，当今世界由于高新科学技术的飞速发展和电子电讯信息化数字化的运用，特别是全球交通设施的根本性改变、世界经贸模式的根本性改变和人类交往方式的根本性改变，国家、民族、地区的物理空间和地理距离空前缩小，人类的物质交流、文化交流和思想交流，变得十分简洁、容易，广袤的宇宙世界已经变成了小小的"地球村"，人们再也不必经受如古代丝绸之路那样经年累月的长途跋涉之苦，现在"人们不出门、皆知天下事"，足不出户、悠闲地坐在电脑前、优雅地品味着咖啡，就可以尽情享受购物的快乐和交流的欢欣！世界一体化、人类命运共同体的特征更加鲜明、更加突出，"地球村"变得越来越辉煌。

然而，古代丝绸之路国际经贸形式的颠覆，并没有改变人类文明发展的根本性质，当今的人类世界，似乎比以往任何时代都更加需要物质的、文化的、思想的甚至情感的交流、交往、交汇和交融，更需要强化世界一体化、人类命运共同体、和平发展、文明进步的高度共识，更需要积极开展世界范围内的密切协作、互利互惠、合作共赢。古代丝绸之路开创的物质、文化等多方面交流的历史实践和有益探索，特别是友好、友谊、共赢的原则，和睦、和谐、和平的精神，依然是目前及未来人类文明发展的珍贵遵循。

我们可以将丝路文化的内涵与实质概括如下：一是其内涵最根本的是改善人类的生存、生活、生产条件，推进人类和平发展、文明发展、健康发展，推进不同国家和民族的思想沟通、观念沟通、感情交流、文化交流与融合创新。二是其实质体现为人类文明成果共有共享和人类智力开发的历史实践，是化干戈为玉帛的和平文化、和谐文化、合作文化，是多方共赢、推进文明发展的积极探索以及物质交流与文化交流的伟大实践。三是其特点表现为建设性、世界性、交流性，体现为多民族、多区域、多渠道、多层次、多侧面、全方位、跨世纪，表现为贴近人性、贴近生活、贴近现实以及平等、尊重、包容、理解、借鉴与学习。四是以经济贸易为主要形式和载体，开阔人类世界视野，提高人类对于世界的认识，促进科学技术的发展，展示人类文化的多样化。五是展示了人类巨大的开拓性、创造性和包容性，巨大的开拓精神、开放精神、合作潜力与坚忍不拔、不畏艰难的顽强毅力。六是增强了人类各民族之间的了解、友谊与合作，显示了地球一体化、人类命运共同体的特点，提高了人类生活的幸福指数和生存能力。七是为人类未来发展提供丰富的借鉴与启迪，比如激发活力与创造力、探索探奇探险、人类思维的形成与发展，以及如何处理民族关系、国家关系、地区关系、利益关系、人际关系等等。八是后世可能出现的资源掠夺、侵略战争之类，是利用丝绸之路的条件，走向历史反面，应当引以为戒。

2013 年 9 月 7 日，习近平主席在哈萨克斯坦纳扎尔巴耶夫大学发表题为《弘扬人民友谊　共创美好未来》的演讲，盛赞中哈传统友好，全面阐述中国对中亚国家睦邻友好合作政策，倡议用创新的合作模式，共同建设“丝绸之路经济带”，将其作为一项造福沿途各国人民的大事业。演讲指出，2 100 多年前，中国汉代的张骞两次出使中亚，开启了中国同中亚各国友好交往的大门，开辟出一条横贯东西、连接欧亚的丝绸之路。哈萨克斯坦是古代丝绸之路经过的地方，曾经为促进不同民族、不同文化相互交流和合作做出过重要贡献。千百年来，在这条古老的丝绸之路上，各国人民共同谱写出千古传颂的友好篇章。两千多年的交往历史证明，只要坚持团结互信、平等互利、包容互鉴、合作共赢，不同种族、不同信仰、不同文化背景的国家完全可以共享和平，共同发展。随着中国同欧亚国家关系的快速发展，古老的丝绸之路日益焕发出新的生机活力。这是充满正能量、激发创造力的道义之声，也是人类和平发展、文明发展的思想引领。

总而言之，古代丝绸之路是人类深入广泛认识和了解自身家族的开始，是经济全球化一体化的开始，是物质交流和文化交流的开始，是走出家门走出国门走向世界的开始，是人类和平友谊健康发展的开始。当人类迈入 21 世纪之后，古代丝绸之路创造的精神依然在延续，新世纪的丝绸之路建设已经开始，人类的发展将永远行进在新的“丝绸之路”上，继续展示人文精神的光芒！

四、荣休庆典与受聘收官

2023 年 6 月 6 日上午，学校与人文学院专门为我举办了荣休仪式庆典。学校党委常务副书记顾锋教授，人力资源处、文科建设处、人文学院领导班子，各系、中心主任以及部分师生代表参加。大家发言的真诚与热情让笔者深受感动，话语蕴含的深刻人文精神更是让人品味良久。

荣休仪式标志着我受聘上海交通大学阶段的学术研究圆满收官，开启了荣休生活的新阶段。十分荣幸的是，受聘上海交大成为笔者学术成果的丰收期。从 2015 年初春入职，到 2023 年盛夏荣休，出版学术专著《中国文化论稿》《黄庭坚研究》《神话九章》等十多部；发表《人文思想与人类生存》《古籍善本与中华文明》《世界文化多样化与人类命运共同体》等三十多篇学术论文；在清华大学、台湾大学、香港浸会大学、德国波恩大学等作学术演讲等。与此同时，参与策划搭建十多个学术研究平台、获批中国文学博士点与历史、哲学硕士点，并荣获教育部与上海市多个学术奖项，为学科建设作了力所能及的事情。

第四章　学术格局与研究之道

回顾自曲阜师范学院毕业留校任教至上海交通大学荣休仪式庆典，走过了曲阜启蒙、复旦读博、北京拓展、交大收官等四十多年的学术之路。这是一个不断学习和锻炼成长的过程，也是一个不断经受考验和增强能力的过程。四十多年的学术之路，自然会有一些值得深思总结的切身感悟与理性认识，包括诸多遗憾与教训。

第一节　点面结合的学术格局

反思大学毕业之后四十多年的工作经历，其实学术研究始终是笔者完成职责任务和努力扎实前行的重要支撑，成为努力奋斗的具体目标，有了源源不断的精神动力，而取得的成果也留下了学术道路上的串串足迹。翻检这些成果可以发现，整体上呈现着明显的个性特点：即立足于中国文学，着眼于华夏文化，散文为主，诗词相辅，着力于宋代，落脚于创新，以作品分析为基础，在文学现象、作家流派等层面展开深入考察与探索，成为一直坚持的研究原则。由是，形成宋代散文研究、黄庭坚研究、古代诗词研究、传统文化研究四个重点领域，而以散文为核心、诗歌为重点、传统文化贯穿始终的整体学术格局。

一、散文研究与黄庭坚研究

散文研究。散文是人类表达思想与情感的普遍方式，也是世界文学艺术的重要门类。在博大精深的中华传统文化中，散文更是蕴含思想智慧与艺术精髓的基本载体，有“经国之大业，不朽之盛事”的美誉。中国古代散文一直是我深入思考与着力研究的重点，专著《宋代散文研究》及其后来相继印行的修订版、增订版与《中国古代散文探奥》，是较为集中且具有代表性的原创性成果。这些成果选择新角度、新层面或运用新材料、新方法，提出了系列具有一定学术价值或文化意义的新见解、新观点、新结论。诸如，细密考论“散文”文体概念在中国的出现，以丰富翔实的文献史料为依据，提出“散文”概念产生于中国12世纪中叶，由周必大、朱熹、吕祖谦等人提出，驳正了学界流传的“源于西方”说或“始于罗大经”说，也推翻了“中国向无‘散文’一词”的错误观点；运用逻辑推理和历史实证的方法，提出了“散文的出现并不晚于诗歌”的新结论，矫正了中外学界普遍流行“散文的出现晚于诗歌”说；立足于中国古代散文发生、发展和演变的历史实际，界定

“散文”概念的内涵、外延、性质与特点，并由此提出判断散文作品的基本原则与可操作性标准，从文化发展与文学理论层面，提出中国古代散文的研究范围与音乐标界的分野模式，将音乐属性作为区分诗歌、散文的重要标志，从而增强了散文研究的科学性与规范性；针对学界长期以来骈文与赋的研究各自独立、无所归属的状况，明确提出中国古代骈文与赋因为没有适配音乐的要求而均属散文研究范畴，为重新审视肇始于南北朝且长达千年之久的“骈散之争”开辟了新思路，也为深入认识唐宋古文运动发展与宋代散文创作鼎盛提供了新视角；立足于宏观层面研究中国古代散文发展的历史轨辙与阶段厘分，审视宋代散文，深入研究宋代散文多元并存与整合驱动的创作机制、群体式创作与流派型衍传的发展模式、崇文重文的社会环境以及创作主体的知识结构与群体意识等方面的重要特征，由此提出宋代是散文创作的鼎盛期；等等。其中部分阶段性成果以单篇论文形式发表在《中国社会科学》《文学评论》《文学遗产》等期刊上，在学界产生一定影响。

黄庭坚研究。黄庭坚是宋代文化发展史上颇具典型意义且影响深广的大家巨擘，不仅文学创作、书法艺术卓然名家，而且精于儒、深于禅、通于老庄，哲学、史学均卓有建树。黄庭坚研究是笔者走向学术殿堂的起步点，也是深入考察宋代文学与宋代文化的切入点。围绕黄庭坚研究，先后发表了一批论文。诸如发表在《中华文史论丛》第五十六辑上的《黄庭坚宗族世系新考》详细梳理和全面考察相关文献资料，厘正了黄庭坚家族世系自宋代以来就存在的多种讹误，指出黄庭坚为黄氏七世孙，而非古代文献记载或现代学人考证的五世说、六世说。发表在《齐鲁学刊》1990 年第 4 期的《黄庭坚“点铁成金”“夺胎换骨”说新论》与第 5 期的《论黄庭坚词的创作及特征》，前者通过详细梳理和全面考察黄庭坚“点铁成金”“夺胎换骨”的渊源流变与深广影响，着力研究这一理论的基本内涵、学术意义及其在中国传统文化中酝酿、发展与演化的文学基础，提出其核心宗旨与最终目的是强调以继承为基础的文化创新；后者指出黄庭坚以诗名世，其词也展示了一个“清新婉丽”的艺术新境界，一方面创作出一批缠绵婉约的“随俗”篇，在恢复和发扬民间恋词传统艺术风格的基础上创造了新境界，具有较高的美学价值，一方面又以开创江西诗派的气魄和精神创作了一批新人耳目的“反俗”词，题材广泛，意境奇特，格调高雅，成为北宋词坛独具一格的璀璨明珠而对后世有着深广影响。专著《黄庭坚研究》是代表性成果，也是21世纪初从宋代文化与文学层面，全面、系统、深入研究黄庭坚及其文化贡献的原创性学术专著。

二、古代诗词与传统文化研究

古代诗词研究。中国古代诗词是中华文化的艺术精华，不仅具有深刻丰富的思想内涵与五彩缤纷的艺术创造，而且在中华民族文学发展史、文化发展史与文明发展史上，发挥了不容轻觑的重大作用。诗歌既是中华优秀传统文化的基本载体，又是中国古代培养人才、评价人才和选拔人才的普遍途径，既是中国古代治国理政和价值实现的重要手段，又是实践“文以载道”“以文化人”“人文化成”诸多文化理念的重要方式。诗“言志”说，“兴、观、群、怨”说，《毛诗序》“正得失，动天地，感鬼神，莫近于诗。先王以是经夫妇，成孝敬，厚人伦，美教化，移风俗”说，如此等等，都反映着诗歌历代发挥的重大作用。中华民族是一个热爱诗歌、擅长诗歌的多民族大家庭，至少五千年的历史实践和智慧创造，酝酿并产生了汗牛充栋、浩如烟海的诗歌作品，使中国成为世界上无与伦比的诗歌大国与诗歌王国。古代诗词是我学术研究的重要方面，学术启蒙就是由传统诗歌作品的分析起步，到作家研究、流派研究，逐渐扩展开来，先后发表过《“易安体”新论》《敦煌恋情词述论》《中国古代诗词的境界与品鉴》等一批论文，相继出版了《晁氏琴趣外篇　晁叔用词（校注）》《诗词品鉴》《宋词经典品读》《唐诗经典品读》等多部著作，而具有代表性的成果是中华书局2024年版《诗国与诗魂》。著作以中国古代传统的诗歌理论为引领，以经典作品为核心，展开分析与讨论，突出中国汉语诗词的民族特色，呈现中华文化的博大精深，既体现思想性、理论性和系统性，又反映学理性、艺术性与趣味性，尤其是纠正了以往学界作品分析的诸多讹误与曲解。著作突破了以往诗词分析重意象而轻逻辑的局限，从方法论层面着力发掘诗词作品在结构、内容方面的内在逻辑与外在意象糅合一体的特点，探讨诗歌创作过程中形象思维与逻辑思维并行并重的艺术规律，深刻认识经典作品的思想价值与艺术创新。

传统文化研究。文化是民族的灵魂。传统文化是新文化建设与实现民族复兴的根本。深刻认识和深入发掘中国传统文化的宝贵资源，一直是笔者学术研究的重中之重。除前面谈到的散文研究、古代诗词研究、黄庭坚研究之外，古代文化的其他方面也有涉及，成为深入了解和考察古代文化的重要方面。诸如《孔子"和"文化思想及现代启示》《人文思想与人类生存》《华夏民族理想人格的基石》《社会科学思想与华夏文明传统》《社会科学乃立国治国之根本》等一批论文，《传承与创新》《宋代文学论稿》《社会科学论稿》《中国文化论稿》《人文论稿》《神话九章》等多部学术著作，都是从传统文化层面展开研究的成果。

《传承与创新》上编是综论性、考证性论文，中编是研究古代散文或诗歌的论文，下编是研究中国古代戏剧、小说或词曲的论文。论文大都从文学发展、文化发展或文明发展的角度研究中国古代的作品、作家、流派、文化思潮和文化现象，重在探讨其发生、发展和创新的规律。《宋代文学论稿》设置二十五个专题，涉及宋代的散文演变、诗词创新、小说批评和文化建设诸多方面。著作侧重于文学流派、文化思潮和文化现象，多层次、多角度深入探讨宋代文学研究中部分不为关注的问题或普遍熟悉的热点问题，探讨宋代文学创新求变、繁荣发展的特点规律，探讨时代精神、文学发展与社会实践的紧密关系。

《社会科学论稿》以国家社科基金项目的研究规划和过程管理为轴心，深入探讨社会科学的概念、性质、内涵和作用，梳理揭橥华夏文明民族特色与优良学术传统，提出当今社会科学发展繁荣的建议与思路，深入思考改进完善国家社会科学研究规划制定、指南发布、专家评审、项目管理、成果鉴定和宣传转化等环节的科学方法。同时对国家社科基金项目的宗旨、目标和要求进行了全面系统、深入细致的阐释，以大量的生动案例和深切的工作体会，说明了组织申报国家社科基金项目在选题、论证和开展研究等方面必须注意的诸多问题。《中国文化论稿》侧重典籍文本的解读和思想内容的分析，发掘可资当代镜鉴的思想资源与文化资源；或侧重分析前辈学者的治学境界与思想方法以及当代学术研究的成功经验，探讨促进文化繁荣发展的方法与途径；或以著述中的序跋来散谈学习体会与思想领悟。

《人文论稿》以“人文”为核心，紧紧围绕人文内涵、人文思想、人文精神来思考，注重人类意识与文化规律的探讨，注重中华文化的创新性传承与创造性发展，注重创新人才人文素质的培养。著作选择具体问题并根据实际情况，分别从不同角度、不同层面研究或诠释“人文”内涵、学术价值和文化意义，提出系列学术新见解、新理念或新认识。著作围绕人文理论和人类文化展开研究，深入探讨人文与中华民族伟大复兴、与人类和平健康发展的密切关系。著作认为，人文以人为本，其根本性质是文化精神，具有鲜明的思想性、实践性和意识形态性。人文是民族精神的重要载体，也是塑造思想品格、培养创新人才、传承民族精神、引导人类健康发展的重要基石。著作提出了“人文战略”新概念。指出人文战略是实现民族伟大复兴和引领世界和平发展的必然要求，也是中国参与全球竞争、实现和平崛起和实施大国外交战略的重要组成部分。人文战略是深入发掘和充分运用中华民族优秀文化资源以及人类文明成果，实施和实现国家发展重大战略目标，积极引领世界和平发展的思想设计与谋略策划。

《神话九章》专门梳理和重点介绍中华创世神话及其诗歌传播状况。著作重点研究和整理了“盘古开天辟地”“女娲抟土造人”“女娲炼石补天”“曦和御日”“嫦娥奔月”“羿射九日”“共工怒触不周山”“牛郎织女会天河”等八大传说，并总结了“‘神话’的‘神圣化’与‘人性化’”规律。著作融学术研究与大众普及于一体，针对以往中华创世神话故事传说与内涵理解混乱的状况，不仅有意识地规范文献传说的逻辑性与严谨性，而且也就中华创世神话故事的理解，提出自己的“一家言”。著作以尊重历史传说与文献记载为前提，不作发挥和想象，把丰富的空间留给读者去思考，重点突出其合理性、科学性与必然性，突出中国古代诗歌传播的深广性，充分发掘中华创世神话的民族特色，充分体现中华文化“以人为本”“天人合一”“尊道贵德”的三大核心理念。这对于深刻认识中华文化的源远流长，以及创造性转化与创新性发展，对于提高民族自豪感与文化自信心，对探讨文化发展规律与人类文明发展轨迹，都有启发意义和参考价值。

第二节　格局建构与执着追求

学术研究的兴趣、执着程度与思考深度，往往是决定学术成果多寡与学术水平高低的重要因素。回忆走过的学术道路，坚定执着的学术追求与循序渐进的格局建构，是能够有所收获的重要基础。在治学实践中自觉提升学术素养，经历了一个漫长的过程，基本上走着一条结合工作、以勤补拙并围绕教学开展科研、通过科研提升教学的路子，并由此不断积累知识、开阔视野与提高学术素质，形成一批成果。整体上看，这些成果从题目选择到角度切入，从思想内容到学术价值，都呈现着由小而大、逐渐拓展的特点。从小题目、小切入、小文章做起，层层推进，逐步提升，在作品研究、作家研究、专题研究三个层次上下功夫，努力朝着功底扎实、守正创新、科学严谨的目标，向“致广大而尽精微”的学术境界迈进。

一、作品研究读懂文本元典

长期的学术研究经历让我认识到，作品研究是文学研究的基本功，任何文学研究都必须以作品研究为前提、为基础，对作品的正确理解和科学诠释是第一步。正如前面第一章中谈到的那样，20 世纪 80 年代留校任教后，曾围绕承担的教学任务而致力于作品研究，发表的成果大都是具体作品的分析解读。诸如《李白〈梦游天姥吟留别〉的构思与创新》《〈西厢记〉艺术成就的多维审视》《村桥原树似吾乡——读王禹偁〈村行〉诗》《欧阳修〈采桑子·轻舟短棹〉》《巧笔绘夜景　妙境传佳情——辛弃疾〈西江月·夜行黄沙道中〉》《十一月四日风雨大作——陆游诗解析》《元曲三题》乃至《宋词作品鉴赏的宏观把握》等等，都是担任助教与讲师期间发表的作品研究成果。这些作品研究，重在发掘作品本义和艺术创新，虽然很难有深刻的思想性，也谈不上什么重要学术价值，均属基础性的学术训练，却在这个过程中培养了学术研究所需要的周密细致思维力与准确严谨表述度。而教学的需要，敦促着保持这种细读原典和撰写讲稿的习惯，《诗词品鉴》《唐诗经典品读》《宋词经典品读》《北宋散文选注》《南宋散文选注》等，都是作品研究已有成果的结集。即便是在刘乃昌先生指导下共同完成第一本专著《晁氏琴趣外篇·晁叔用词》校注，也是对每篇作品字句和创作立意作反复细致研究后形成的文字。这种训练对于培养学术研究“尽精微”的素质无疑具有积极意义。以文学作品的正确理解和科学诠释为基础，才能保证作家研究与规律探讨的客观性。前面多有提及，此处不再列举案例。

二、作家研究寻找突破口

作家研究是文学研究的重点层面，也是文学现象研究、文学思潮研究乃至文学史研究的支柱内容。《孟子·万章下》提出的“知人论世”说，固然是作家研究的经典理论和不二法门，但是通过作品来研究作家的思想主张、创新特色、艺术贡献等等，依然是最基本的内容和最重要的方式。作家研究可以从不同角度考察、从多种视角切入、从各个层面展开。发表于《齐鲁学刊》1989 年 4 期的《张寿卿及其杂剧〈红梨花〉》，就是考证作者其人并分析作品艺术创造，从而弥补了教材上的空缺内容；发表于《理论学刊》1990 年 6 期的《“易安体”新论》也是通过全面考察李清照的词作来研究作家文学创作的个性化特点。

宋代作家研究是我用功的重点。宋代文学大家、文化名家几乎都是属于全才、通才、天才型的，有着多方面的卓越建树，而文学史教材往往只讲某一方面的成就或贡献。这样不仅不利于全面了解和准确把握作家的历史贡献，而且也不利于探讨文学的发展规律。即如被清代王士禛称为“济南二安”的宋代词坛“婉约派”代表李清照与“豪放派”代表辛弃疾，诗、词、文皆为一代名家，而其散文向无专门研究，发表在《文学评论》1994 年 1 期的《易安散文的多维审视》与发表在《文学遗产》1992 年 4 期的《论辛稼轩散文》，都是授课内容的展开与补充。

李清照传世散文既“抒写性情，广寓识见”又“含纳丰富，意蕴深厚”，结构“灵活变化，跌宕多姿”，语言“典赡博雅，精秀清婉”。《金石录后序》通过介绍成书经过，叙述婚后“三十四年之间”的“忧患得失”，倾吐了对丈夫刻骨铭心的深切怀念和国破家亡的悲愤沉痛之情。《词论》介绍词在唐代的兴盛发展、五代时期的南唐衍化、北宋名家的出现及诸家创作得失，乃至歌词与诗文的区别及音律要求等等，俨然一部词学简史。辛弃疾散文曾是南宋学子的教材范本，而历代未予深入研究。论文从稼轩散文的“立意与境界”“针对性现实性与社会性”“结构与层次”“语言与节奏”等四个方面进行了分析考察。由此指出，辛弃疾散文呈现着四大特点：一是境界高，“立意宏伟，气势雄壮，高节操，高品格”；二是内容“率多抚时感事”，具有“强烈性的现实性和广泛的社会性”；三是艺术结构“法度谨严，节制有序，变化出奇，不主故常”；四是语言“雅健雄厚，凝练精警，生动形象，文采斐然，具有优美的节奏和旋律”。

如前所述，在作家研究层面用力较勤且成果较多的是黄庭坚研究。相继在中华书局《文史》、上海古籍出版社《中华文史论丛》、《齐鲁学刊》等刊物发表了《黄庭坚“点铁成金”“夺胎换骨”说新论》《“随俗”与“反俗”》《黄庭坚宗族世系新考》《苏轼与黄庭坚行谊考》《苏黄友谊与宋代文化建设》《苏轼与黄庭坚交游考述》等系列论文，成为专著《黄庭坚与宋代文化》的基本内容。前面第二章第一节已经有过介绍，不再重复。

三、专题研究立足于宋代

专题研究是针对确定的文学领域或设定的内容主题进行深入研究。包括目标设计、资料收集、问题整理、考察分析、深入思考、成果表达等等。文学的专题研究由于目标明确、问题集中，专业方向鲜明，规律探索清晰，也能体现研究专长与学术优势。专题研究也分不同规模、不同类型和不同层次，例如《论宋元小说批评的开拓与发展》就属一次性专题研究，没有相关的系列成果。上面谈到的黄庭坚研究，由于围绕黄庭坚展开了系列研究，形成相关的一批成果，既是作家研究，又是专题研究。在某一领域持续长久地展开研究形成的系列成果，往往呈现出全面、系统与深入的特点，会产生规模效应，成为这一领域或某个方面的“专家”。

宋代散文专题是我长期坚持研究的重点，前面已多次谈及。20 世纪 80 年代讲授“中国古代散文发展史”，发现相关著作有很多必须交代的基本问题，都模糊不清，甚至有一些明显的错误也被相互转述。学界对什么是散文、中国古代散文的基本性质、文化定位、文学形态以及散文范畴、散文概念内涵与外延的界定、散文时代特点与发展演变，中国散文对世界文化发展、人类文明进步的影响等等，学界研究很少涉及。特别是中国古代散文鼎盛时期的宋代，只停留在几位名家与不多的经典名作研究上，没有较为系统的研究，更没有研究专著。由此，笔者将其作为专题研究的重中之重，进行资料搜集和缜密思考，攻读博士又将宋代散文研究作为学位论文题目，逐渐形成系列专题性与原创性的研究成果，得到学界关注与认可。

刊发于《中国社会科学》1997 年第 1 期的《散文发生与散文概念新论》，论证了散文的产生并不晚于诗，考绎辨析并立体描述了散文概念的生成轨迹，指出散文概念诞生于公元 12 世纪中叶的中国，由南宋前期的著名学者和文章家周必大、朱熹、吕祖谦诸人率先提出并使用，纠正了当时教材中的错误说法。刊发《文学遗产》1997 年 6 期的《古代散文的研究范围与音乐标界的分野模式》，提出从中国古代文章的具体实际出发，兼顾文体的时代特点和变化性，确定古代散文研究范围和文本的基本原则，从梳理散文范畴与文本确定的讨论情况开始，由诗、文的原生属性与二者区别入手，提出以有无配乐性的标界分野模式，且认为骈文与赋均可纳入散文研究范围。发表在《中国社会科学》1995 年 6 期的《宋代散文体裁样式的开拓与创新》，通过多种数据统计和大量例证分析，论述了宋代散文中具有重要开拓性体式的发展创新、渊源流变，并分别揭示了其美学特征和文化意蕴。发表于《文学遗产》1995 年 2 期的《论北宋前期散文的流派与发展》从散文流派的角度展开梳理和研究，考察绎理北宋前期散文发展的状况和态势，探寻演进轨迹，纠正了诸多此前相关著述的讹误，对重新认识这一时期散文发展的特征及重要意义提出新看法。中国古代散文专题研究的系列成果，成为博士学位论文《宋代散文研究》的重要内容。

总之，作品研究、作家研究与专题研究三个层次构成文学研究相辅相成的整体。

第三节　“致广大而尽精微”范式

黄庭坚《论作诗文》有“作文字须摹古人，百工之技亦无有不法而成者”的至理名言，文学创作是这样，学术研究也不例外。

四十多年的学术研究经历，让我体会到“学术”与“学问”密不可分，学术研究始于“学”、起于“思”而成于“行”，其中也包括研究方法。读书学习排在第一位，多读则博闻广识积而为学，多思则容易发现问题而刨根问底，多写则勤练敏“行”出成果指导实践，逐渐形成“博学之，审问之，慎思之，明辨之，笃行之”的思维模式。学术研究层面的读书大都呈现选择性与针对性特点，经典著作最受关注。中国古代早期的人文经典著作虽然表现形态各异，但几乎都是“学术”研究的智慧结晶，而共同特点是全都呈现出“致广大而尽精微”的境界，成为后世学术研究学习的典范。“致广大而尽精微”可以说是学术研究的至高境界。

“致广大而尽精微”语出《中庸》第二十七章“修身”：“君子尊德性而道问学，致广大而尽精微，极高明而道中庸，温故而知新，敦厚以崇礼。”这段话是讲君子“修身”的基本原则和方法要求，讲怎么样“做人、做事、做学问”。而“致广大而尽精微”一句，本意是说做人要有理想抱负，不能目光短浅，所谓“志存高远”，但又必须扎扎实实从小事做起，从细微言行入手，不能好高骛远。正如朱熹著名的“理一分殊”论指出的普遍规律一样，《中庸·修身》“君子”的做人境界与方法，同做学问、从事学术研究有着诸多相近处。将“致广大而尽精微”移植来描述学术研究的理想境界和基本方法，很贴切，也很到位。“致广大”，就要努力做到立意高、视野广、见解深刻、意义重大；“尽精微”，就要考虑周严缜密、系统全面，扎实有据、科学严谨、精细入微。这里的“广大”与“精微”，既相反相成，又相辅相成，其思想内容与研究方法有机地融合一体。“广”与“大”，既有思想内容的广博深刻，又有学术价值意义的厚重和学术眼界的开阔；“精”与“微”，既有理论见解的精辟和学术功底的扎实，又有治学态度的严谨和细致。可以说，这是学术研究的理想境界，也是学术研究必须遵循的重要原则。

一、古代“致广大而尽精微”的经典案例

“致广大而尽精微”既是从事学术研究工作必须秉持和遵循的理性原则，又是所有学术经典成果呈现的共同特点，不论是社会科学、人文科学，还是自然科学，无不如是。古代人文学科方面的经典学术著作更富于典型性。

1.“群经之首”《周易》与“万经之王”《道德经》

被誉为“群经之首”的儒家经典《周易》，其实是一部综合研究宇宙自然、人类社会、物质精神等万事万物相互关联、发展变化的学术巨著，蕴含着宇宙一体、天人合一、事物关联、发展变化的哲学理念，正如《系辞》所称“其道甚大，百物不废”，故有“大道之源”美誉。司马迁《史记》之《日者列传》说“伏羲画八卦”，《报任少卿书》称“文王拘而演《周易》”，《孔子世家》谓“孔子晚而喜《易》，序《彖》《系》《象》《说卦》《文言》”，班固《汉书·艺文志》以“人更三圣，世历三古”来概括，说明这是一部凝结着集体智慧的研究成果。《周易·系辞下》说：“古者包牺氏之王天下也，仰则观象于天，俯则观法于地，观鸟兽之文与地之宜，近取诸身，远取诸物，于是始作八卦，以通神明之德，以类万物之情。”由描述初创时的细节，可以推知细心“精微”的程度。《四库全书总目提要》曾将易学渊源流变分为两派：象数学派和义理学派。其中“象数学派”最能体现“精微”，而“象”与“数”又各有其用。《系辞》称“八卦以象告，爻象以情言”，“圣人设卦、观象、系辞焉而明吉凶”，“立象以尽意，设卦以尽情”。这些都说明了“象”的重要作用。“数”则主要用于占筮定卦，应用《周易》的相关理论通过数字计算来进行占卜和预测。《系辞》称“极数知来之谓占”，“极其数，遂定天下之象”。“象”与“数”的结合，就形成了内在的逻辑和推断。汉代郑玄等人以“象、数”解易，创立卦气学说；宋代“象”“数”含义不断扩展，形成了包

含天文、历法，乐律、道教、养生在内的“象数学”体系，此可窥见其内容之“广大”。数千年来，《周易》这部“致广大而尽精微”的经典著作，不仅深刻影响着中华民族政治、经济、文化的发展，而且在世界范围内产生了广泛深远的影响，成为中华民族思想智慧的杰出代表。

如果说《周易》是包罗万象而“其道甚大，百物不废”的学术经典巨著，那么有“万经之王”美誉的《道德经》，则是着眼于人类社会与侧重于人的一部“致广大而尽精微”之学术经典巨著。司马迁《史记·报任少卿书》引司马谈《论六家之要旨》称道家“因阴阳之顺，采儒墨之善，撮名法之要，与时迁移，应物变化，立俗施事，无所不宜，指约而易操，事少而功多”。由此高度评价《道德经》“广大”与“精微”融合一体的突出特点。《道德经》以“尊道而贵德”为核心，全书虽然表面呈语录散论形态，但是内在逻辑与针对性系统性很强，每章只讲结论性的观点、主张和见解，大都是历史经验的深刻总结和高度概括，既具有很强的理论性和引导性，又具有鲜明的实践性和启发性。从讨论“有物混成先天地生”的“道”、到讨论“万物莫不尊道而贵德”，从讨论“治大国若烹小鲜”“以正治国，以奇用兵”到讨论“信言不美，美言不信”，都是在讲述宇宙自然、社会人生，讲述安邦治国、修身养性，被誉为“内圣外王”之学。老子似乎用惊人的洞察力看透个体的人和整体人类的最终命运。《道德经》的博大深广、辩证精微令人叹为观止！

2.“东方圣经”《论语》与“兵学圣典”《孙子兵法》

被誉为“东方圣经”的《论语》，内容多是孔子关于人类社会重要问题的思考与思想，而这些思想全以深刻的学术研究为支撑。孔子生活的时代，正如《孟子·滕文公下》所描述“世衰道微，邪说暴行有作”，诸侯征伐，社会动荡，人类相互残杀，道德沦丧，《史记·太史公自序》称“弑君三十六，亡国五十二，诸侯奔走不得保其社稷者，不可胜数”。前代创造的人类文明惨遭破坏，人们的生命和安全没有了保障，人类生存受到严重威胁。孔子思考的重心和焦点，就是如何改变这种混乱状况，建立安定、和平、有序的社会。毫无疑问，这是一个关系人类生存和文明发展的根本问题。孔子终生致力于此，无论是入仕为官还是“待价而沽”，无论是周游列国还是教书授徒，也无论是“序《书》传”还是“作《春秋》”，都是潜心于学术，围绕“秩序”全力建构儒家“崇文尚礼”的思想体系，显示出高瞻远瞩的思想境界和开阔远大的学术视野。

孔子儒学思想体系中最为人称道且具人类普遍意义的“和”文化思想，就是以“人”为根本、以现实生活为基础，创立了以“仁”与“礼”为主体、“中庸之道”为实现方法的“和”文化思想体系，堪称“致广大而精微”的典范。孔子看到了“仁”与“和”的内在联系以及由此形成的巨大社会能量，认为“仁”既体现着一种社会公德，又承载着社会成员的责任感，是实现“和”的重要途径，因此提出“仁者爱人”的著名论断。同时，孔子又认为，“礼者，君之大柄也”，“治上安民，莫善于礼”（《礼记·经解》）。“礼”作为引导人与社会达成和谐的重要手段，其精髓在于使国家政治和社会生活规范有序。由此，孔子将政治伦理秩序归纳概括为“君君、臣臣、父父、子子”，作为全体社会成员躬行实践社会责任与道德伦理的基准。实践“仁”与“礼”，要防止“过犹不及”。于是，孔子把“中庸之道”作为恰当把握运用的重要方法，在“仁者爱人”方面规制和处理人的各种极端欲望和情感，在“礼”治方面设计和安排合理的制度以防止矛盾与冲突。这种以最高理念“和”为统领的思想架构，是孔子在浓缩数千年中华文化精华的基础上，进行思想创新的伟大成果，其深厚的人性底蕴决定着旺盛长久的文化生命力。孔子还提出，“仁”的践行可以从对至亲的“孝悌”开始，“礼”的规制也要尊重源远流长的人类习俗。孔子创造的“和”文化思想博大精深而又平实可行，可以充分感受其思想境界的“广大”与具体实践的“精微”。《论语》记言记事和人物对话为主，既有丰富的情趣理趣和鲜活的人物形象，又有精警凝练的格言警句，不但“易知易行”，而且有自然平易的亲切感与亲近感。

与《论语》不同，《孙子兵法》是专门的军事学学术专著，在军事领域思想理论和实践运用方面展现其“广大”与“精微”，切入点和聚焦点十分明确，针对性和目的性也很明确。作者立足于国家层面，着眼于“为国为民”

的高度来思考。《始计篇》“兵者，国之大事”、《谋攻篇》“将者，国之辅也”等，都是从国家“存亡”“安危”与“强弱”的高度谈兵论战。“攻其无备，出其不意”“知彼知己者百战不殆”体现着深刻的理论性。《行军篇》“众树动者，来也；众草多障者，疑也；鸟起者，伏也；兽骇者，覆也；尘高而锐者，车来也”，“辞卑而益备者，进也；辞强而近趋者，退也；轻车先出居其侧者，陈也；无约而请和者，谋也；奔走而陈兵车者，期也；半进半退者，诱也；杖而立者，饥也；汲而先饮者，渴也；见利而不进者，劳也；鸟集者，虚也”，观察之细致与判断之精准，令人拍案叫绝。

先秦经典呈现出“致广大而尽精微”的学术境界，创造了中华民族优秀的学术传统，为后世树立了可供效仿的典范。

二、弘扬“致广大而尽精微”的学术传统

由上面谈到的先秦经典可知，“致广大而尽精微”的学术境界，既包含着为国为民的深刻思想，又包含着周密严谨的研究方法，为当代学术研究提供着深刻启示。哲学社会科学研究创造性弘扬与创新性发展“致广大而尽精微”的优秀学术传统，至少应当把握以下八条基本原则。

1. 突出问题导向

问题导向是科学研究的基石。有问题才需要研究，找出深层的原因，提出解决的办法。而问题的重要程度直接决定研究的意义和价值。如果说解决问题不容易，那么，发现问题则更难。因为发现和预见真正有研究意义的问题，是学者具有深厚学术功底和敏锐学术眼光的重要体现。因此，从研究选题开始就要突出问题导向，力争把能体现国家意志或反映专业领域前沿的重大理论和实际问题作为首选的研究对象。由此确保研究的意义与价值最大化。学术研究就是针对具体问题，运用大量材料，展开深入分析，提出自己的观点，最后找到解决问题的办法，把“大济苍生”“有补于世”“经世淑世”变为现实。

2. 树立人类意识

具有人类普遍意义是学术研究的至高境界。学术研究的最大价值和最高境界，莫过于推动人类文明发展。回顾人类历史上广泛传播的经典学术成果，均为世界人民普遍认同并具有典型人类意义。比如，《周易》的“厚德载物”说，老子的“尊道贵德”说，孔子的“仁者爱人”说等，都富有人类整体意识和普遍意义。马克思恩格斯的《资本论》，之所以在世界广泛传播，成为中国共产党的指导思想，是因为其研究具有指导人类文明发展的普遍意义，探索和揭示了人类发展的根本规律，典型地呈现着“致广大而尽精微”的学术境界。中国倡导的“人类命运共同体”概念，也是从人类整体高度来看问题，强调当今世界经济一体化、各国发展紧密相联的现实状态，体现着鲜明突出的人类意识和时代特点。学术研究必须有这样的意识和高度，才能学术价值与文化意义最大化。对人类发展规律的探索研究，对人类亲情、爱情、友情之类的情感研究，“天人关系”的研究，社会道德与个人修养的研究，社会秩序的研究，国家、地区关系的研究，国际争端与地区矛盾及重大事件的处理，语言文字的交流创新研究，等等，都应具有强烈鲜明的人类意识。

3. 强化国家观念

强化国家观念就是从国家发展全局需要的角度，开展学术研究和理论探索，把个人的学术优势同国家的需要紧密结合起来，既要密切关注和深入研究国家发展中急需解决的重大现实问题，又要密切关注和深入研究学科建设中的重大理论问题，切实有利于综合国力的提升，切实有利于推动国家经济社会的发展。真正树立为推动国家发展着想的思想境界和高度，这也是对华夏先民优秀学术传统精神的创造性回归和创新性发展。21世纪学界为服务于国家发展战略而建立的众多智库，实际上就是国家观念的鲜明表现。“斯文自任”是中国历代学人的优秀传统，体现着强烈的历史使命感和社会责任感，在新的历史时期，继续发扬光大，确实树立“国家兴亡，匹夫有责”的国家意识、大局意识和责任意识，是历史发展的必然。近些年关于全面建成小康社会、全面深化改革、全面依法治国、全面从严治党的“四个全面”战略布局，关于引领发展行动的创新、协调、绿色、开放、共享“五大理念”，关于建设创新型国家、文化强国、教育强国、创新传统文化、“一带一路”等等，都是体现国家观念的重要切入点。

4. 开阔世界视野

人类命运共同体，决定了学术研究不能局限在一国一地，而应放眼世界。特别是随着经济全球化程度的日益提高，世界范围内经济、政治、文化的交流、交融与交锋更加频繁，因此，任何重大问题的研究都需要放在世界范围内来审视、来分析。充分借鉴和共享全世界的文明成果，具备开阔宽广的学术视野，是体现研究广度和思考深度、避免片面性和局限性、发现规律性和增强科学性的重要途径。中国文化的世界传播研究，中国儒家学说在世界的传播，佛教在世界的传播，人文精神在世界不同国家、不同地区的表现形态，世界不同民族的思想观念和生活习俗，不同民族文化之间的区别与差异，诸如此类的研究，都必须放到世界层面来考察。

5. 具备前瞻眼光

前瞻眼光实质上是学术眼光和理论胆识的具体表现，反映着立足长远发展的战略性思维。因此，研究课题的选择必须全面了解和科学把握研究对象的当前态势及发展趋势，增强研究的超前性和预见性。即便是基础理论方面的研究，也必须判断其研究的潜在空间、潜在意义和发展趋势。北京大学人口所 20 世纪后期曾根据国家人口普查数据，专门研究中国人口老龄化问题，为国家制定和出台相关政策措施做准备，从人口资源、医疗保障等方面提出一系列建议对策，得到国家高层与决策部门的高度重视。中国人民大学在 20 世纪末就从国家人力资源的角度深入研究当时的人口结构，由此提出国家计划生育政策的修改调整建议，为国家制定新政策提供科学依据。20 世纪末部分学者关于弘扬中华优秀传统文化、关于人民币国际结算提前布局、关于国家反分裂法、关于南海问题等等方面的研究，都充分体现出前瞻眼光，为国家相关政策的制定出台提供了重要参考。人文的跨学科研究、人文与科技的结合研究，也都体现出一定的前瞻性。

6. 重视规律探索

探索规律、认识规律、把握规律、运用规律是哲学社会科学研究的重要任务之一。越是接近事物发展的内在规律，越是能够有效的推动事物的健康发展，越能具有长久的学术生命力和文化影响力。也只有重视规律的探索，才能体现研究的深度，体现研究成果的科学性和客观性。

7. 升华理论层次

理论是人类文化的最高表现形态，理论来源于实践又指导实践，哲学社会科学研究是丰富和发展理论的重要渠道。因此，学术研究应当避免停留在就事论事、停留在现象分析层面，力求深入剖析、高度概括，进行总结和归纳。应当从更高层次上去认识研究的问题，从理论层面和文化层面去把握研究对象的性质和意义，从而增强科学性，显示研究的历史高度和思想深度。理论是文化的最高表现形态，也是社会科学研究最终的归宿和体现，即便是应用研究也必须有理论的支撑。

8. 切实严谨学风

严谨学风是学术研究的必然要求，也是增强科学性、提高权威性的重要手段。以科学、认真、严肃、负责的治学态度来开展学术研究，做到观点鲜明、思考缜密、论据充分，言必有据、有证必引、无征不信，做到厚积薄发，重调查、重事实、重数据，增强科学性、可信性、严谨性，做到扎扎实实，杜绝抄袭，应当是研究工作者的底线。

第四节　学术研究的感悟与体会

学术研究尤其是人文学科学术研究的最终成果首先是以文字文本形式呈现给世人，不仅学术研究过程的本身需要具备良好的学养根底，而且成果的表达也需要具备良好的艺术技巧，由此可知从事学术研究者必须具备较好的基本素质。

一、学术研究的基本素质

学术研究是学术素养、智慧水平与综合能力的体现，不仅要有较为丰富的知识积累和较为开阔的学术视野，而且还要选“好题目”，找“好角度”，大量搜集材料，经过细致梳理与深入思考，才能进入写作阶段。论文也不是想写就能“写出来”的，而是“水到渠成”、“磨”出来的居多。这是一个复杂持久的艰难过程，是一个不断学习、磨炼和提升的过程。从事学术研究必须自觉地努力培养和不断提高专业素养，以“多读、多想、多写”为手段，建立成为优秀学者的意志、勇气与信心。

关于研究者的素质。古今中外卓有建树的杰出思想家都是学术研究的高手，都以坚实的学术研究为支撑。中国古代先贤总结、归纳、概括和提炼出“德、才、学、识、胆”五大元素，用来考察和评价人才，或评论文章的质量和水平。“文如其人”说，具有广泛的代表性。勤奋、敏锐、坚毅、执着、投入，固然是学术研究者必备的素质，学术成果也必然反映研究者的学养素质与综合能力，成为人品人格、思想境界与创新魄力的载体。

“德”是从事学术研究最为重要的素养。“德”既是学术研究者的品德、格局与境界，也是研究成果的积极价值、社会意义与正能量。中华民族有“尊道而贵德”的优秀文化传统，《大学》开篇即言“大学之道，在明明德，在亲民，在止于至善”，强调的就是培养人才以德为先；诸葛亮《诫子书》说“非学无以广才，非志无以成学”，就是强调“学”与“才”的关系和个体如何“成学”“成才”；明代著名思想家李贽《二十分识》认为“才、胆实由识而济，天下唯‘识’最难”，强调的就是独立见解、远见卓识之难得与可贵；而清代叶燮《原诗》“人无才则心思不出，无胆则笔墨畏缩，无识则不能取舍，无力则不能自持一家”，在强调“才、胆、识、力”重要性的同时，特别突出了“胆”即勇于表达、敢于发表的重要性。章学诚《文史通义·答沈枫墀》“记性积而成学，作性扩而成才，悟性达而为识”，“考订主于学，辞章主于才，义理主于识”，指出“记性”“作性”“悟性”和“考订”“辞章”“义理”之于“学”“才”“识”的关系，也给人颇多启发。总之，立德以做人，广学以成才，多思以生识，创新以见胆，可以说是治学研究者必备的素养。

学术研究必备的又一基本素质是定力、毅力与能力。学术研究不仅要坐得住、学得进、想得深、看得远，而且要有耐心、恒心与敬畏心，不怕吃苦，敢于拼搏，乐于奉献，更要勤于学习，敏于思考，善于表达。明确研究目标，长期坚持不懈，全身心投入，乃至甘坐冷板凳，要有“衣带渐宽终不悔”的充分思想准备。

学术研究还必须正确处理“专、精、博”的关系。老子《道德经》称“知者不博，博者不知”，指出聪明的人不会泛泛地追求知识“广博”，而会拥有自己独到的“精深”专长，由此成为某个领域或某个方面的“专家”，为众人所敬佩；那些表面上看来知识面很广但并无专擅特长的人，其实都不是聪明的做法。老子在这里重点强调的是，学者要有自己独精专擅的特长和贡献，成为某个领域无可替代的专家。李清照《打马图经序》谓“慧则通，通则无所不达；专则精，精则无所不妙”，则进一步阐明了“慧、通、达”与“专、精、妙”之间相辅相成的辩证关系，强调以“慧、通、达”为手段，实现“专、精、妙”的目标。学术研究特别是人文社科研究，尤其如此，既要有广博的知识面，又要有独到的专精点。

苏轼《题西林壁》：“横看成岭侧成峰，远近高低各不同。不识庐山真面目，只缘身在此山中。”表面描述的是从不同角度和不同高度，欣赏庐山优美形象的感受，而内含的则是具有深刻规律性和普遍性的方法论，启示人们观察事物必须跳出局外，才能视野开阔、全面把握，不至拘于一隅。学术研究也不可能例外。陆游《示子遹》“我初学诗日，但欲工藻绘；中年始少悟，渐若窥宏大”，将自己“初学诗”“工藻绘”，到“中年始”“窥宏大”的经历和体会，告诉了儿子，并谆谆告诫儿子“汝果欲学诗，工夫在诗外”。学写诗歌尚且如此，学术研究又何尝不是这样！由此我们可以悟到学术研究“工夫在诗外”的含义，即好的学术研究要善于从社会现实和历史发展进程中寻找研究课题。

二、学术成果文本呈现

学术研究成果是作者学养素质与综合能力的具体呈现，优秀的学术成果在内容上必然是“正能量、建设性、有价值”的成果，是“经世致用”“有补于世”“厚德载物”的成果。研究者必须精心考虑与细心推敲各个方面，确保科学严谨与周密规范。我认为，“求真、求实、求新、求善、求美”应当是学术研究的基本遵循。这五方面是辩证统一、不可分割的整体，五者统一才能臻于完美，确保科学严谨，确保正能量。“有物、有序、有理、有用、有效”是中华民族传统文化的优良学风，也是学术研究成果的必然要求。

中国古代先贤曾就学术成果的文本呈现展开过长达数千年的讨论。《周易》“有物、有序、旨远、辞文、善变”的五大原则，是从文章内容、逻辑层次、主题宗旨、语言表达与行文布局五个方面提出的要求。孔子“言之无文，行而不远”的名言，在指出文字表达重要性的同时，强调要有文采。刘勰《文心雕龙·总术》“才之能通，必须晓术”，指出必须掌握好的方法才能充分发挥和运用自己的聪明才智与知识积累，创造出优秀成果。杜甫《奉赠韦左丞文二十二韵》说“读书破万卷，下笔如有神”，强调学术研究必须有深厚的知识积累和扎实的基本功底。黄庭坚《论作诗文》称“词意高胜，要从学问中来”，强调多读书、多积累，而《寄晁元忠十首其五》提出“文章本心术，万古无辙迹”，强调“文无定法”的独创性和敢于创新的勇气。金代王若虚

《文辨》提出“定体则无，大体须有”的原则，元代郝经《陵川文集·答友人论文法书》也有“文有大法无定法”的见解，鼓励学者不要为小的表现形式所束缚。清代王夫之《读通鉴论·汉光武》称“天下有定理而无定法”，章学诚《文史通义·古文十弊》认为“文成法立，未尝有定格也”。这些观点，都不约而同地说出了一个基本规律，学术研究“有定理”“无定法”，有大的基本遵循原则，而无固定的具体方法，这样既避免了千篇一律，又倡导了勇于创新。从《周易》到《尚书》，从欧阳修《归田录》“马上、枕上、厕上”读书思考的专注与投入，到毛泽东“多读、多写、多想、多问”的实践性总结与倡导，都是在讨论文本的最佳表达。具体来说，文本呈现应当把握好“三点一线”：“三点”就是论文的“着眼点”“着力点”“落脚点”，“一线”就是贯穿全篇的主线即论文的轴心线。“着眼点”是明确目标、选好角度、抓住关键，拟定醒目易懂的好题目；着力点是围绕中心、布局结构、逐层展开，突出研究的重点与重心，不能偏离主题；落脚点是对应问题、提出建议、指导实践，实现解决问题的最终目标。

学术成果的文本呈现尤其应当力求体现“新、高、重、广、深”五大特点，力求表达到位、周密严谨，不留遗憾。

“新”即创新。这是学术研究的生命和灵魂。学术研究没有创新就没有意义。国家一直强调创新意识，强调理论创新、制度创新、观念创新，提出了建设创新型国家，培养创新型人才，提出哲学社会科学研究要创新观点、创新体系、创新方法。这些都是学术研究的发展方向。学术研究尤其看重开创性、开拓性、原创性，看重填补空白。基础研究力求提出新学说、新理论，力求有重大推进、重大突破；应用研究力求在解决国家经济建设和社会发展重大现实问题方面，提出符合实际、富有创见、具备可操作性的新思路、新对策，为国家重大决策提供科学依据。“新”也可以体现在新领域、新角度、新思路、新材料、新观点、新方法、新表述等方面。

“高”就是学术站位高，成果价值高，要有思想高度，体现学术境界。学术研究着眼于人类文明，立足于国家发展，体现全局性、战略性，体现前瞻性、前沿性，努力做到立意高、起点高、境界高、品位高。应体现面向世界、面向未来、面向现代化的要求，研究成果力求具有重大学术价值或文化意义。北京师范大学著名语言学家俞敏先生承担的国家社科基金项目“汉藏语音同源字谱稿”，结项成果仅有三万多字，俞先生选择了六百个汉字同藏语进行语音对比研究，得出汉族、藏族两支祖先同源的结论，说明汉族和藏族在数千年前是一个老祖宗。成果从人类语言学角度，进行了很专业、很认真、很细致、很深入的实证研究，科学严谨，扎实有据，深刻揭示出汉藏语言内含的同质规律，具有重要的学术价值与文化意义，对打击当时国际国内猖狂的“藏独”“疆独”分裂势力，提供了坚强有力的学术支撑，不仅以“优秀”等级结项，上报国家高层领导参考，而且在新中国首次哲学社会科学优秀成果评奖中荣获论文一等奖。十年后，美国 DNA 科学试验室以最先进的技术手段进行测试，结果与俞敏先生的研究结论完全一致。

“重”就是有厚重的学术分量，理论意义大、应用价值高，或具有重要决策参考价值，或开辟新领域、提出新理论、构建新体系、建设新学科；或具有战略意义、普遍意义、典型意义或国家意义。比如北京大学黄楠森教授主编的《马克思主义哲学史（全九册）》、中国人民大学苗力田教授主编的《亚里士多德全集（全十册）》都是填补空白的学术巨著，《亚里士多德全集》是第一个中译本全集，在世界上来说，也是文章收集最全面的。北京师范大学白寿彝教授历时二十年结撰的《中国通史（12 卷本）》共二十二册，得到中央领导的高度赞扬。山东社会科学院路遇研究员主持的国家社会科学基金项目最终成果两卷本学术专著《中国人口通史》运用历史唯物主义的观点和方法研究中国人口发展历史的全过程，重在考证人口数据，揭示历史人口发展规律，挖掘出大量鲜为人知的中国古代历史人口数据资料，探讨、归纳、提炼和概括了中国古代人口发展的特点和规律，并提出了中国当代人口发展应当采取的新对策，受到中央高层领导的高度关注。这些都是比较典型的例子。

“广”就是学术视野广，知识面广。近些年倡导新文科建设、跨学科研究，提倡交叉学科研究和边缘学科研究。随着经济发展全球化的到来，文化发展和学术研究也向全球化迈进。广博的知识和广阔的视野，是增强创新、增强竞争力的前提和基础。中西对比、古今对比，吸收国内外优秀的研究成果，都是非常有效的方法。20 世纪末“三星堆文化”研究，有学者从考古和历史角度进行研究，也有学者以此为基础，提升到中华文明起源的高度，放到世界文化、人类文明的层面上进行分析对比研究，提出长江文明和黄河文明多元发展、并行发展的观点，而且与神秘消失的玛雅文化进行对比研究，显示出开阔的学术视野，曾得到学界点赞。

“深”就是思考深、挖掘深、见解深。应用研究上升到理论层面，基础研究探讨规律、总结规律、触及规律。1962 年，美国杰出生物学家雷切尔·卡森出版的《寂静的春天》，通过描述使用农药给人类带来危害的严峻现实，预见可能出现的生态危机。1972 年，英国经济学家巴巴拉·沃德在瑞典首都斯德哥尔摩第一次人类环境大会上，作了题为“我们只有一个地球”的报告，以经济学家的敏锐，深入研究经济发展过程中生态环境造成的巨大破坏，提出不能只顾局部的经济发展而破坏了地球。1987 年，挪威前首相布伦特兰夫人在研究报告《我们共同的未来》里，率先提出“可持续发展”的概念，提出既要满足当代人的各项需要，又要保护生态环境，不对后代人的生存和发展构成危害的主张。以上三篇关注人类社会如何健康发展的社会科学文献，都充分体现出思考的深刻性和思想的深刻性，具有划时代的意义。

学术研究是个体投入、群体合作与社会效应密切关联的社会行为。研究成果离不开师长前辈指导、同学朋友切磋和学界多方支持，真正高水平的成果必然具有益于社会文明发展的正能量。同时，学术研究也是一个不断深化认识、丰富精神和提高生命品位的历史过程，创造性转化和创新性发展中华优秀传统文化，努力建设新时代的新文化，自强不息，厚德载物，光大“以人为本”“济世致用”“天下为公”“尊道贵德”“人文化成”的学术理念，努力开拓学术研究新境界，乃是提升学养和奉献社会的重要渠道。

附录一：

求是求真与守正创新[①]

——杨庆存治学论

摘　要　自20世纪70年代末至今40多年的时间里，杨庆存从最初的讲授文学史，到硕士、博士的继续深造，再到国家社科发展规划制定和基金项目的管理工作，最后又回归到教学一线，主持跨学科的文化项目，可谓转益多师的学术历程；在宋代散文研究、黄庭坚研究、古代诗词研究、传统文化研究四个领域成果丰厚、颇多心得。学术研究是人类社会实践的高端文化活动，也是人类文化的最高表现形态，需要定力、毅力与能力，必须正确处理“专、精、博”的关系，必须遵循内在规律，学术研究也是个体投入、群体合作与社会效应密切关联的社会行为。

关键词　学术历程；古代散文；学术格局；守正创新

求是求真与守正创新，应是学术研究的基本遵循。作为人类文化的重要形态，学术研究既是认识事物本质、促进社会文明和提升个体素养的方式，又是开阔视野、探索规律与指导实践的学习过程。志向兴趣与学术经历的不同，形成生机勃勃与五彩缤纷的学术世界。回顾以往我所走过的学术道路，一直着眼于传承中华优秀传统文化，且紧密围绕工作职责，结合时代发展，不断深入思考，在相继发表阶段性成果的同时，也逐渐形成个人的粗浅认识与体会。

---

① 参见《艺术广角》2023年第4期。

一、转益多师的学术历程

20世纪70年代末，我于曲阜师范学院（今曲阜师范大学）中文系毕业留校，担任刘乃昌教授[1]的助手，并负责讲授中国古代文学史宋元部分。乃昌先生当时已经是著名的宋代文学专家，以研究苏轼而享誉学界，出版了《苏轼文学论集》等多部著作。先生待人亲切和善、温润如玉，而学力深厚，颇具大家风范，深受学人爱戴。乃昌师言传身教，一边让我参与他所承担的科研项目，一边悉心指导我补修本科学业，还让我在承担教学任务的同时，与招收的首届硕士研究生一起听课，共同学习。

乃昌师指导我从精读黄庭坚全集入手，研究宋代文学。我反复研读清代缉香堂刊本《山谷全书》，并结合教学任务，细阅各种版本的文学史著作，发现黄庭坚本集中的思想主张、创作实绩与文化影响，远非当代部分文学史家介绍的“教人剽窃”那样简单，很多重要问题被误解，亟须深入研究与重新认识。1981年，我与乃昌师合作发表了《黄山谷的文艺思想和诗歌艺术》[2]，指出黄庭坚文学创作与思想理论的核心是倡导“创新”，而非“教人剽窃”，其诗歌创作不仅内容丰富深刻，而且呈现出“自成一家”的艺术风格。这是我在走向学术殿堂过程中发表的第一篇论文。此后又相继独立发表了《黄庭坚“点铁成金”“夺胎换骨”说新论》《“随俗”与“反俗”——论黄庭坚词的创作及特征》《苏轼与黄庭坚行谊考》等一批文章，且以此为基础，申请并获批山东省教委重点课题“黄庭坚研究”。时值刘乃昌师承担国家“六五”规划

---

① 刘乃昌（1930—2015）先生后来调入山东大学担任博导，编著《辛弃疾论丛》《苏轼选集》《苏轼文学论集》《姜夔诗词选注》等学术著作十多部。兼任中国李清照辛弃疾学会会长。

② 刘乃昌、杨庆存：《黄山谷的文艺思想和诗歌艺术》，《齐鲁学刊》1981年第1期。

重大攻关项目《宋代文学史》（上、下）[1] 任务，我有幸参与并承担撰写了“黄庭坚与江西诗派”（上、下）、“北宋后期其他诗人”三章；此后还与乃昌师共同完成了国家古籍整理项目《晁氏琴趣外篇·晁叔用词校注》[2]，并荣获山东省第七次哲学社会科学研究优秀成果二等奖。

乃昌师令人敬佩的精神品格、深厚扎实的学术功底与细致缜密、科学严谨的治学态度，深深影响着我，成为带我走进学术殿堂的领路人。当时，刘乃昌先生还经常邀请中国社科院、北京大学等单位的著名学者如胡念贻、邓绍基、谭家健、陈贻焮等先生到曲阜讲学，创造当面指导与请教的机会。1982年仲夏，乃昌师还亲自带领我和研究生杨树增、刘银光等赴南京访学，得到南京大学钱南扬、吴新雷与南京师范大学唐圭璋和曹济平诸位先生的热情指导。

1984年，我考入教育部在山东大学举办的全国首届宋元明清文学助教进修班，攻读硕士课程。在此以前，程千帆先生曾应邀在山东大学集中系统地讲授“校雠学”，学校安排我与罗青老师赴济南旁听，且与程先生同住招待所，程老嘱我将课堂讲授全程录音并整理成文字稿。近一个月的时间，山东大学浓厚的学术氛围给我留下深刻的印象，让我十分艳羡。考入助教班后，系统的专业课程学习，让我进一步开阔了学术视野：袁世硕“文学史方法论”、王绍曾“版本目录校雠学”、朱德才“宋词研究”、孟广来“戏剧研究”等，教授们深入生动的讲授，让我获益良多。其间，我还参与了《元曲百科辞典》[3] 编撰，完成了《略论宋元小说批评的开拓与发展》《张寿卿及其杂剧〈红梨花〉》等多篇论文。

1986年评为讲师后，我除了继续讲授宋元文学史外，又承担了讲授“中

---

① 该项目即是由中国社会科学院文学研究所牵头撰写的十四卷本《中国文学史》，《宋代文学史》由南京师范大学孙望、常国武教授领衔，曲阜师范大学刘乃昌教授负责上册北宋卷的撰写、统稿与定稿，人民文学出版社1996年9月出版，2023年重版。

② 刘乃昌、杨庆存：《晁氏琴趣外篇·晁叔用词校注》，上海古籍出版社，1991年版。

③ 袁世硕主编：《元曲百科辞典》，山东教育出版社，1989年版。

国古代散文发展史”与选修课“宋词研究”的任务。宋词研究是以分析作品、作家、流派与词学理论为主，系统讲授宋词发展的盛况与原因，尤其是文化环境与氛围，引起同学们的兴趣。而散文史课当时不但没有教材，而且可资参考的著作也极少。在自撰教案时，我注意从古代典籍中精心搜集和梳理相关文献资料，认真考察古代散文发生、发展和演变轨迹，深入探讨其规律性特征，同时留意古代散文的理论与特点、学界研究的现状与热点。古代散文的发生、概念、范畴、分期等，这些急需解决且必须讲清楚的学术问题，都是备课过程中的发现。在《文学评论》《文学遗产》发表的《易安散文的多维审视》《论辛稼轩散文》，即是尝试散文研究的成果。在 1990 年江西上饶召开的“纪念辛弃疾诞辰 850 周年学术讨论会”上，《论辛稼轩散文》得到邓广铭、叶嘉莹、袁行霈、王水照等著名学者的关注、肯定和鼓励，坚定了我继续深入研究宋代散文的决心与信心。曲阜师范大学与山东大学，成为我学术研究经历的重要起步点，聂建军、谷汉民、戴胜兰、黄清源、李志霄、马国雄、李永庄、王怀让、张忍让等教授，都给予我很多指导与帮助。

1993 年考入复旦大学，师从王水照先生攻读博士学位。水照师以人格魅力与多方面的学术建树享誉海内外，散文研究影响深广。我选择《宋代散文研究》为博士论文题目，在先生耳提面命、悉心指导下，展开深入思考与研究，形成 26 万字的成果。学位论文得到顾易生、袁行霈、陈尚君、葛晓音、徐培均、蒋哲伦、马兴荣等著名学者的充分肯定，答辩委员会认为“论文对中国古代散文的创作和概念的起源所作的考辨，以音乐性为标界确立散文研究的范围，以体派衍传为宋代散文的演进模式，以及对宋代散文诸文体的拓进与创新所做的总结，都具有较高的学术参考价值”，“在学术界具有填补空白、拓展领域的意义”。[①] 发表在《中国社会科学》的《散文发生与散文概念新论》（中文、英文）、《宋代散文体裁样式的开拓与创新》，发表在《文学遗

① 《杨庆存博士论文答辩委员会结论》，杨庆存、郑倩茹：《宋代散文研究（增订版）》，人民文学出版社，2022 年版，第 534 页。

产》的《论北宋前期散文的流派与发展》《古代散文的研究范围与音乐标界的分野模式》，发表在《中华文史论丛》的《黄庭坚宗族世系新考》等，都是读博时的成果。此间还参与了水照师策划设计的《宋代文学通论》[1] 撰写和教育部重大项目"历代文话"[2] 编纂，完成了《全唐文》[3] 第九册的校点任务。读博成为我学术成长的催熟期，尤其是水照先生的学术境界、学术气魄和高瞻远瞩的精神风格，给了我潜移默化的深刻影响。

1996 年仲夏博士毕业后，入职国家哲学社会科学规划办公室，参与国家社科发展规划制定和基金项目管理。这是一个汇集全国文科头部精英的学术大平台，也是为国家建设提供决策咨询的庞大智囊团，更是国家同专家思想交流的桥梁与纽带。这一工作平台，让我有机会向各学科全国最著名的专家请教学术研究的诸多问题，任继愈、季羡林、袁行霈、汤一介、黄枬森、裘锡圭、李学勤、傅璇琮、厉以宁、魏礼群、张岂之、王家福、黄长著等诸多名家，都曾给予我具体指导、支持与帮助。我一方面发挥专业优势，结合岗位职责和国家需求开展学术研究，从遵循学术发展规律角度提出一系列制度建设建议，一方面围绕实施国家发展战略进行深入思考，形成一批学术成果。诸如编撰《哲学社会科学各学科研究状况与发展趋势》（1997）；策划并参与组织首次优秀成果评奖，编撰《首届国家社科基金项目优秀成果评奖获奖成果简介》（2000）；相继在《社会科学战线》《浙江社会科学》《求是》《中国翻译》上发表《社会科学乃立国治国之根本——关于江泽民三次社会科学讲话的思考》《社会科学思想与华夏文明传统》《关于繁荣哲学社会科学的几个问题》《中国文化"走出去"的起步与探索——国家社科基金"中华学术外译项目"浅谈》等文章；出版专著《社会科学论稿》（2013）等。还在《北京大学学报》《清华大学学报》《新华文摘》上分别发表了《孔子"和"文化思想及现代启示》《创新古典文献研究的思考》《中国古代诗词的境界与品鉴》几篇

---

① 王水照：《宋代文学通论》，河南大学出版社，1997 年版。

② 王水照编：《历代文话》，复旦大学出版社，2008 年版。

③《全唐文》，香港成诚出版社，1997 年版。

文章，出版了《黄庭坚与宋代文化》(2002)、《传承与创新——中国古代文化研究》(2003)、《宋代散文研究》(2011) 等著作，与傅璇琮共同主编了《中国历代散文选》。

2015 年春受聘于上海交通大学，回归科研教学第一线。一方面为人文学院研究生开设“宋代散文研究”课、为全校本科生开设“诗国与诗魂”通识核心课，一方面主持“跨学科文化项目”，相继发表了《“中国梦”的文化“根”与民族“魂”——习近平〈在哲学社会科学工作座谈会上的讲话〉学习体会》《论苏轼的人文史观：“功与天地并”》等一批论文，出版《中国文化论稿》(2015)、《中国古代文学研究》(2016)、《人文论稿》(2022)、《中国古代散文探奥》(2023)、《神话九章》(2023) 等专著，还荣获教育部第七届高等学校优秀成果著作一等奖。作为新人文学院首任院长，我与同事们坚持以“文字、文献、文学、文化、文明”为轴心，搭建学术平台，推进学科建设，壮大师资队伍，获批中国语言文学一级学科博士点、哲学与历史两个硕士点，入选“2022 中国高贡献学者”。

二、点面结合的学术格局

回顾以往的学术历程，宋代散文研究、黄庭坚研究、古代诗词研究、传统文化研究，是我一直关注和思考的四个重点领域，形成散文与诗歌为重心、点与面相互配合的学术格局，下面略作分述。

1. 宋代散文研究

散文是人类表达思想与情感的普遍方式，也是世界文学艺术的重要门类。在博大精深的中华传统文化中，散文更是蕴含思想智慧与艺术精髓的基本载体。中国古代散文一直是我深入思考与着力研究的重点，专著《宋代散文研究》(修订版、增订版) 与《中国古代散文探奥》，是最为集中和最具代表性的原创性成果。这些成果选择新角度、新层面或运用新材料、新方法，提出了自己的新见解、新观点或新结论，其中具备重要学术意义的观点有以下诸方面。

一是对“散文”文体概念在中国的出现作了细密考论，提出“散文”概念产生于中国12世纪中叶，由周必大、朱熹、吕祖谦等人提出，驳正了学界流传的“源于西方”说或“始于罗大经”说，也推翻了“中国向无‘散文’一词”的错误观点。

二是运用逻辑推理和历史实证的方法，以丰富翔实的历史文献典籍为依据，提出了“散文的出现并不晚于诗歌”的新结论，矫正了中外学界普遍流行的“散文的出现晚于诗歌”说。

三是立足于中国古代散文发生、发展和演变的历史实际，界定“散文”概念的内涵、外延、性质与特点，并由此提出界定散文作品的基本原则与可操作性标准。首次从文化发展与文学理论层面，提出中国古代散文的研究范围与音乐标界的分野模式，将音乐属性作为区分诗歌、散文的重要标志，从而增强了散文研究的科学性与规范性。

四是针对学界长期以来骈文与赋的研究各自独立、无所归属的状况，明确提出中国古代骈文与赋均属散文研究范畴。不仅为重新审视肇始于南北朝且长达千年之久的“骈散之争”开辟了新思路，而且为深入认识唐宋古文运动发展与宋代散文创作鼎盛提供了新思路。

五是立足于宏观层面研究中国古代散文发展的历史轨辙与阶段厘分，审视宋代散文，深入研究宋代散文多元并存与整合驱动的创作机制、群体式创作与流派型衍传的发展模式、崇文重文的社会环境以及创作主体的知识结构与群体意识等方面的重要特征，由此提出宋代是散文创作的鼎盛期。

六是从散文流派衍传的角度与层面，采用纵横交叉、有论有考、“点、线、面”结合的方法，梳理宋文演变的脉理轨迹，提出诸如宋代散文发展“五期说”；北宋前期散文发展骈、散两派并峙，五代派“沿溯燕许”华实并重，复古派“宗经尊韩”垂教尚散；西昆派“崇尚骈丽”，古文派力涤排偶；认为骈、散两派互济互补、相辅相成，乃是一个枝头上的两朵花，表现形式有区别，而理论主张却有很多共同点等一系列新观点。

七是首次系统、全面、深入地分析了黄庭坚、李清照、辛弃疾三位宋诗或宋词代表作家的散文创作，指出他们不仅是诗坛词坛创宗开派的领袖人物，而且也都是散文圣手，创作出了思想内容与艺术表现都臻于完美的名篇。由此弥补了学界关于宋代作家研究与文学史研究的不足和缺憾。

八是提出体裁样式开拓创新促进了宋代散文繁荣兴盛。认为“记”体散文的勃兴与新领域的开拓、书序的美学变化与长足发展、题跋的创制及其趣韵风神、文赋的脱颖与文艺散文的诞生、诗话与随笔的创造及日记范式的确立等，都是典型例证。而宋代散文家强烈的文体创新意识、综合创新能力与强烈的群体观念、鲜明的历史意识，成为散文鼎盛的重要原因。

著作中的部分章节曾以单篇论文形式发表在《中国社会科学》《文学评论》《文学遗产》等期刊上，得到学界关注，《宋代散文研究》（修订版）还获得教育部第七届高校哲社优秀成果一等奖。

2. 黄庭坚研究

黄庭坚是宋代文化发展史上颇具典型意义且影响深广的大家巨擘，不仅文学创作、书法艺术卓然，而且精于儒、深于禅、通于老庄，哲学、史学均卓有建树。黄庭坚研究是我走向学术殿堂的起步点，也是我深入考察宋代文学与宋代文化的切入点。专著《黄庭坚研究》是代表性成果，也是21世纪初从宋代文化与文学层面，全面、系统、深入研究黄庭坚及其文化贡献的原创性学术专著。

著作将黄庭坚作为剖析宋代文化的典型，并着眼于人才成长、文化建设和规律探索，从家学、生平、交游、思想、创作、影响等方面，系统考察和深入分析黄庭坚的文化实绩和创造历程。著作通过详细梳理和全面考察相关文献资料，厘正了黄庭坚的家族世系，指出黄庭坚为黄氏七世孙，而非五世或六世，纠正了自宋代以来就存在的多种讹误；通过详细梳理和全面考察黄庭坚“点铁成金”“夺胎换骨”的渊源流变与深广影响，着力研究这一理论的基本内涵、学术意义及其在中国传统文化中酝酿、发展与演化的文学基础，提出其核心宗旨与最终目的是强调以继承为基础的文化创新。著作详细梳理和全面考察黄庭坚家学渊源及其对黄庭坚的影响，特别是其父亲黄庶的诗歌创作风格及其对黄庭坚的直接影响；系统梳理和全面考察了黄庭坚与苏轼的友谊交往史实以及对推动宋代文化发展产生的巨大影响。著作还详细梳理和系统考察了黄庭坚的散文创作、人文内涵与艺术特色。其他如深入考察和细致分析黄庭坚诗歌创作的章法、句法和字法；立体式、多侧面地系统考察黄庭坚词的创作风貌及其艺术贡献；深入考察分析江西诗派“一祖三宗”中陈与义、陈师道的诗歌创作与艺术贡献；等等。其中不少成果发表在20世纪八九十年代的学术期刊上，当时均属前沿性研究成果。

著作认为，宋代文化是中国古代文化发展史上的又一巅峰，作为“不践前人旧行迹，独惊斯世擅风流”（宋·张耒《读黄鲁直诗》）的一代文化巨匠，黄庭坚与“出新意于法度之中，寄妙理于豪放之外”（宋·苏轼《书吴道子画后》）的苏轼一样，同是宋代文化的创造巨匠和典型代表。时代培养和造就了黄庭坚这位文化巨擘，而黄庭坚的文化实绩也反映了他的特定时代。著作认为，黄庭坚在诗歌、辞赋、散文、书法、史学、理学、释道哲学诸方面的精深造诣和突出成就，有其深厚的历史渊源与文化渊源，有其雄厚的社会基础与人文基础，并给人以极其丰富而深刻的历史启示。

著作认为，黄庭坚立足于文化以人为本、以人为核心，以继承为前提和基础，积极倡导文化创新，并创造了优异的文化实绩。他在为宋代文化、为中国古代文化乃至为人类文化提供丰富文化实绩的同时，更为重要的是创造了一种新文化模式，一种文化思维、文化创造、文化方法的新模式。从整体上讲，黄庭坚创造的文化是一种与通俗文化、平民文化有所不同的文人文化、士族文化，其突出特点就是文化信息含量大，创新程度高，历史积淀厚，品位高雅，蕴含丰富。可以说，黄庭坚的重要代表作品是宋代文化中的“象牙塔”，是宋代文化发达的必然产物。这方面最有创造性的典型代表除了书法成就之外，就是黄庭坚的诗歌创作、艺术理论和书信题跋。

著作认为，黄庭坚现象告诉我们，社会实践的丰富多彩决定了文化创造的多种多样；艺术创作个体的特殊性决定了艺术创作的差异性；文化创新、文化建设必须依靠群体和社会的共同努力才能取得成功；作为社会进步和文明发展的文化成果与艺术创造的表现形式，应该是多样化、多层化的，雅俗共赏固然是人们向往的艺术佳境，而“阳春白雪”与“下里巴人”同样难能可贵。

著作认为，黄庭坚的文化实践和理论创造告诉世人至少六方面的经验：其一，创新是艺术生命的基础，创新是文化发展的前提，创新是传之久远的关键；有创新才能有艺术生命，才能有文化发展，才能传之于后世。其二，创新必先继承，发展必先接受，传之于后世必先立足于现实，反映时代新特点。其三，艺术创新与个体的文化素养、创新意识、生活阅历、审美情趣、时代精神、社会环境和文化氛围等多方面因素密切关联。其四，勤于学，敏于思，笃于行，虚怀若谷，刻苦奋发，广闻博识，善于借鉴，深厚学养，是个体艺术创新的必要条件。其五，艺术创新的整体水平和创新程度，决定着艺术生命的长短和影响的深广程度。其六，艺术创新成就的认可度，既受时代文化发展水平和接受个体学养的限制，又受创作主体道德品行与人格魅力的影响。

3. 古代诗词研究

中国古代诗词是中华文化的艺术精华，不仅具有深刻丰富的思想内涵与五彩缤纷的艺术创造，而且在中华民族文学发展史、文化发展史与文明发展史上，发挥了不容轻觑的重大作用。中国古代诗词成为我学术研究的重要方面，先后发表过《中国古代诗词的境界与品鉴》《敦煌恋情词述论》《“易安体”新论》《杜牧〈清明〉诗的“诗眼”》《试论重阳诗词与人文精神》等一批论文，相继出版了《晁氏琴趣外篇　晁叔用词校注》《诗词品鉴》《宋词经典品读》《唐诗经典品读》等多部著作，而最具代表性的成果是中华书局最新出版的《诗国与诗魂》①。

《诗国与诗魂》除导论“中国传统诗词的艺术魅力”外，分为“人文精神与民族特色”“言志与风骨”“结构与逻辑”“抒情与底蕴”“意境再创造”“新意与妙理”“至情与至境”“婉约与绮丽”“格物与致知”“授之以鱼与授之以渔”等18章。著作以中国古代诗歌发展的历史实际为典型案例，从诗歌理论、创作实践、文化底蕴、美学特征、艺术境界、创新亮点与深刻影响等不同角度或层面，探讨诗歌“言志”抒情的基本规律与“以人为本”的文化本质，发掘经典作家作品爱国爱民的思想内涵与“厚德载物”的民族精神，讨论令人耳目一新的艺术境界。著作突破了以往诗词分析重意象而轻逻辑的局限，从方法论层面着力发掘诗词作品在结构、内容方面的内在逻辑与外在意象糅合一体的特点，探讨诗歌创作过程中形象思维与逻辑思维并行并重的艺术规律，深刻认识经典作品的思想价值与艺术创新，以提升读者人文素养和综合创新能力为目的，发挥诗歌潜移默化的作用。

著作以中国古代传统的诗歌理论为引领，以经典作品为核心，展开分析与讨论，突出中国汉语诗词的民族特色，呈现中华文化的博大精深，既体现思想性、理论性和系统性，又反映学理性、知识性、艺术性与趣味性，尤其是纠正了以往学界作品分析的诸多讹误与曲解。著作注重知识广度、思想深度、理论高度与科学精度，注重学术性、前沿性、普及性的有机结合，注重方法示范与规律探讨，努力将学术研究成果与大众知识普及融为一体。

著作对中国古代诸多经典诗词名篇如《诗经·秦风·无衣》（岂曰无衣）、李白《梦游天姥吟留别》、杜牧《清明》、温庭筠《菩萨蛮·小山重叠金明灭》、苏轼《念奴娇·赤壁怀古》、辛弃疾《破阵子·醉里挑灯看剑》等篇的本义诠释与艺术分析，都提出了迥然不同于前人的新见解与新看法。

4. 传统文化研究

文化是民族的灵魂。传统文化是新文化建设与实现民族复兴的根本。深

---

① 杨庆存、郑倩茹：《诗国与诗魂》，中华书局，2024年版。

刻认识和深入发掘中国传统文化的宝贵资源，一直是我学术研究的重点领域。发表过《华夏民族理想人格的基石——孔子仁学整体系统的重新审视》《华夏文明的构建与古代政治的经纬——孔子礼学思想体系的重新审视》《孔子“和”文化思想及现代启示》《人文思想与人类生存》《社会科学思想与华夏文明传统》《社会科学乃立国治国之根本——关于江泽民三次社会科学讲话的思考》《弘扬传统文化的价值理想》《中国经学的守正创新与人文精神》等一批论文，出版了《传承与创新——中国古代文化研究》《宋代文学论稿》《社会科学论稿》《中国文化论稿》《人文论稿》《神话九章》等多部著作。

《传承与创新——中国古代文化研究》是研讨中国古代文化的论文集。上编是综论性、考证性论文，中编是研究古代散文或诗歌的论文，下编是研究中国古代戏剧、小说或词曲的论文。论文大都从文学发展、文化发展或文明发展的角度研究中国古代的作品、作家、流派、文化思潮和文化现象，重在探讨其发生、发展和创新的规律。《宋代文学论稿》设置25个专题，涉及宋代的散文演变、诗词创新、小说批评和文化建设诸多方面。著作侧重于文学流派、文化思潮和文化现象，多层次、多角度深入探讨宋代文学研究中部分不被关注的问题或普遍熟悉的热点问题，探讨宋代文学创新求变、繁荣发展的特点与规律，探讨时代精神、文学发展与社会实践的紧密关系。

《社会科学论稿》以国家社科基金项目的研究规划和过程管理为轴心，深入探讨社会科学的概念、性质、内涵和作用，梳理揭橥华夏文明民族特色与优良学术传统，提出当今社会科学发展繁荣的建议与思路，深入思考改进完善国家社会科学研究规划制定、指南发布、专家评审、项目管理、成果鉴定和宣传转化等环节的科学方法。同时对国家社科基金项目的宗旨、目标和要求进行了全面系统、深入细致的阐释，以大量的生动案例和深切的工作体会，说明了组织申报国家社科基金项目在选题、论证和开展研究等方面必须注意的诸多问题。

《中国文化论稿》或侧重典籍文本的解读和思想内容的分析，发掘可资当代镜鉴的思想资源与文化资源；或侧重分析前辈学者的治学境界与思想方法以及当代学术研究的成功经验，探讨促进文化繁荣发展的方法与途径；或以著述序跋散谈学习体会与思想领悟。

《人文论稿》以“人文”为核心，紧紧围绕人文内涵、人文思想、人文精神来思考，注重人类意识与文化规律的探讨，注重中华文化的创新性传承与创造性发展，注重创新人才人文素质的培养。著作选择具体问题并根据实际情况，分别从不同角度、不同层面研究或诠释“人文”内涵、学术价值和文化意义，提出系列学术新见解、新理念或新认识。著作围绕人文理论和人类文化展开研究，深入探讨人文与中华民族伟大复兴、与人类和平健康发展的密切关系。著作认为，人文以人为本，其根本性质是文化精神，具有鲜明的思想性、实践性和意识形态性。人文是民族精神的重要载体，也是塑造思想品格、培养创新人才、传承民族精神、引导人类健康发展的重要基石。著作提出了“人文战略”新概念。指出人文战略是实现民族伟大复兴和引领世界和平发展的必然要求，也是中国参与全球竞争、实现和平崛起和实施大国外交战略的重要组成部分。人文战略是深入发掘和充分运用中华优秀传统文化资源以及人类文明成果，实施和实现国家发展重大战略目标，积极引领世界和平发展的思想设计与谋略策划。

《神话九章》专门梳理和重点介绍中华创世神话及其诗歌传播状况。著作重点研究和整理了“盘古开天辟地”“女娲抟土造人”“女娲炼石补天”“曦和御日”“嫦娥奔月”“羿射九日”“共工怒触不周山”“牛郎织女会天河”等八大传说，并总结了“‘神话’的‘神圣化’与‘人性化’”规律。著作融学术研究与大众普及于一体，针对以往中华创世神话故事传说与内涵理解混乱不堪的状况，不仅有意识地规范文献传说的逻辑性与严谨性，而且就中华创世神话故事的理解，提出自己的“一家言”。著作以尊重历史传说与文献记载为前提，不作发挥和想象，把丰富的空间留给读者去思考，重点突出其合理性、科学性与必然性，突出中国古代诗歌传播的深广性，充分发掘中华创世神话的民族特色，充分体现中华文化“以人为本”“天人合一”“尊道贵德”的三大核心理念。这对于深刻认识中华文化的源远流长，以及创造性转化与创新性发展，对于提高民族自豪感与文化自信心，对于探讨文化发展规律与人类文明发展轨迹，都有启发意义和参考价值。

三、守正创新的学术遵循

学术研究的经历，让我逐渐形成一些粗浅的认识与体会。

首先，学术研究是人类社会实践的高端文化活动，也是人类文化的最高表现形态。“学术”以“学”为前提，“学”既是认知的积累又是思考的新见；“术”既是思想又是方法，既有理论性又有实践性。学术研究者需要“德、学、才、识、胆”兼备，遵循“求真、求是、求新、求善、求美”与“有物、有序、有理、有用、有效”的原则，力求出思想、出理论、出效益，力求有新意、有发现，有益于促进社会健康发展。

其次，学术研究需要定力、毅力与能力。不仅要坐得住、学得进、想得深、看得远，而且要有耐心、恒心与敬畏心，不怕吃苦，敢于拼搏，乐于奉献，更要勤于学习，敏于思考，善于表达。明确研究目标，长期坚持不懈，全身心投入，乃至甘坐冷板凳，要有“衣带渐宽终不悔”的充分思想准备。研究成果是作者学养素质与综合能力的具体呈现，必须精心考虑与细心推敲各个方面，确保科学严谨与规范，力求不留遗憾。

再次，学术研究必须正确处理“专、精、博”的关系。老子《道德经》称“知者不博，博者不知”，指出聪明的人不会泛泛地追求知识“广博”，而会拥有自己独到的“精深”专长，由此成为某个领域或某个方面的“专家”，为众人所敬佩；那些表面上看来知识面很广但并无专擅特长的人，其实都不是聪明的做法。老子在这里重点强调的是，学者要有自己独精专擅的特长和贡献，成为某个领域无可替代的专家。李清照《打马图经序》谓“慧则通，通则无所不达；专则精，精则无所不妙”，则进一步阐明了“慧、通、达”与“专、精、妙”之间相辅相成的辩证关系，强调以“慧、通、达”为手段，实现“专、精、妙”的目标。学术研究特别是人文社科研究，尤其如此，既要有广博的知识面，又要有独到的专精点。

最后，学术研究必须自觉遵循内在规律。一要突出问题导向。发现有研究意义的问题，是学术功底和思想敏锐的体现，分析问题、解决问题，反映学术能力与水平。二要树立人类意识。具有人类普遍意义是学术研究的至高境界。三要强化国家观念。着眼于国家事业发展全局需要，开展理论研究和学术探索。四要开阔世界视野。伴随经济全球化与人类命运共同体程度的日益提高，任何重大问题的研究都应放在世界范围内来审视，充分借鉴和共享全世界的文明成果。五要重视探讨规律，升华理论层次。应从理论层面和文化层面把握研究对象的性质与意义，体现历史高度和思想深度。六要切实严谨学风。这是增强科学性，提高权威性的重要手段。

总之，学术研究是个体投入、群体合作与社会效应密切关联的社会行为。研究成果离不开师长指导、学友切磋和学界支持，真正高水平的成果必然具有益于社会文明发展的正能量。同时，学术研究是一个不断深化认识、丰富精神和提高生命品位的历史过程，创造性转化和创新性发展中华优秀传统文化，自强不息，厚德载物，光大“以人为本”“济世致用”“天下为公”“尊道贵德”的学术理念，努力开拓学术研究新境界，乃是提升学养和奉献社会的重要渠道。

附录二：

杨庆存著作一览

1.《元曲百科词典》（袁世硕主编）
山东教育出版社　1989 年 4 月版

2.《金元明清词鉴赏辞典》（王步高主编）
南京大学出版社　1989 年 4 月版

3.《黄庭坚诗词赏析集》（朱安群主编）
巴蜀书社　1990 年 6 月版

4.《唐宋诗词评析辞典》（吴熊和主编）
浙江人民出版社　1990 年 11 月版

5.《晁氏琴趣外篇　晁叔用词》校注（与刘乃昌师合著）
上海古籍出版社　1991 年 2 月版

6.《中外散文诗鉴赏大观》（陶文鹏主编）
漓江出版社　1992 年 4 月版

7.《中国文学名篇鉴赏辞典》（萧涤非、刘乃昌主编）
山东大学出版社　1992 年 9 月版

8.《唐宋诗词》（上下，朱德才、杨燕主编）
山东文艺出版社　1992 年 10 月版

9.《宋代文学史》（上下，孙望、常国武主编）
人民文学出版社　1996 年 9 月版

10.《全唐文校点（第九册）》（王水照主持）
香港成诚出版社　1997 年 1 月版

11.《哲学社会科学研究现状与发展趋势》（编撰）

学习出版社　1997 年 4 月版

12.《宋词艺术技巧词典》（宋绪连、钟振振主编）

吉林文史出版社　1998 年 1 月版

13.《宋代文学通论》（王水照主编）

河南大学出版社　1999 年 6 月版

14.《国家社科基金项目优秀成果评奖获奖成果简介》（编撰）

中国社会科学出版社　2000 年 3 月版

15.《黄庭坚与宋代文化》（宋代研究丛书）

河南大学出版社　2002 年 8 月版

16.《宋代散文研究》（中国古典文学丛书）

人民文学出版社　2002 年 9 月版

17.《传承与创新》

复旦大学出版社　2003 年 6 月版

18.《中国古代文学通论》（傅璇琮、刘扬忠主编）

辽宁人民出版社　2005 年 5 月版

19.《宋代文学论稿》

复旦大学出版社　2007 年 3 月版

20.《历代文话》（王水照主编）

复旦大学出版社　2008 年 1 月版

21.《诗词品鉴》

中国人民大学出版社　2010 年 4 月版

22.《宋代散文研究（修订本）》

人民文学出版社　2011 年 3 月版

23.《宋词经典品读》

蓝天出版社　2013 年 1 月版

24.《唐诗经典品读》（与唐雪凝合著）

蓝天出版社 2013 年 1 月版

25.《北宋散文选注》（与杨静合著）

北京联合出版公司 2013 年 8 月版

26.《南宋散文选注》（与张玉璞合著）

北京联合出版公司 2013 年 8 月版

27.《中国历代文选》（主编）

北京联合出版公司 2013 年 8 月版

28.《社会科学论稿》

人民出版社 2013 年 9 月版

29.《中国文化论稿》

中国社会科学出版社 2015 年 5 月版

30.《中国古代文学研究》

中华书局 2016 年 6 月版

31.《长三角·娄东文化研究文库》（总编）

上海三联书店 2016 年 6 月版

32.《宋代散文研究》（日文版，后藤裕也译）

日本·白帝社 2016 年 8 月版

33.《黄庭坚研究》

光明日报出版社 2019 年 7 月版

34.《北宋文选》（线装）

台湾崇贤馆文创有限公司 2019 年 10 月版

35.《中国散文与“文以载道”》（合著）

广东人民出版社 2020 年 3 月版

36.《深度认识中国文化的理论与方法》（与顾锋主编）

复旦大学出版社 2020 年 12 月版

37.《宋代文学通论（增订本）》（王水照主编）

复旦大学出版社 2022 年 7 月版

38.《宋代散文研究（增订本）》（与郑倩茹合著）

人民文学出版社　2022 年 9 月版

39.《人文论稿》

中国社会科学出版社　2022 年 10 月版

40.《中国古代散文探奥》

商务印书馆　2022 年 11 月版

41.《学术思想与研究方法》（合著）

上海交通大学出版社　2023 年 1 月版

42.《神话九章》

上海文艺出版社　2023 年 3 月版

43.《蚕丝绸文化研究（2022）》（金佩华主编）

浙江大学出版社　2023 年 7 月版

后 记

2023年临近中秋，上海交通大学出版社黄强强与张呈瑞一起莅临寒舍探访并约稿，为出版社策划设计的“七十述学”丛书撰写一部自己治学经历与感悟体会的书。这是继我6月荣休庆典之后的又一次令人感动的尊重、关怀与信任。丛书设计充满人文温度与文化内涵，于是欣然接受。呈瑞同志热情建议以“学术之道”为书名，体现了着眼于“学术”而落脚于“道”的基本思路。书稿即循此思路设计整体结构，以时为序，回顾求学治学经历、回忆成果形成过程并总结认识与感悟。

记得2018年3月5日《上海交大报》登载了郑倩茹与李欣玮合撰的长篇报道《教学催生科研　科研提升教学——记上海交通大学首届“科研成果奖”一等奖获得者杨庆存教授》，这是以采访方式首次刊发我回忆学术研究经历的文章。此后2021年第2期《东岳论丛》刊发由郑倩茹执笔与我合写的《论苏轼的人文史观：“功与天地并”》，期刊封二“当代学林”介绍了学术研究概况；2022年6月商务印书馆出版“上海交大·全球人文学术前沿丛书”，拙著《中国古代散文探奥》忝列其中且按体例要求撰写了自序《我的学术之路》，《光明日报·博览群书》2022年11期刊载；2023年8月辽宁《艺术广角·名家治学谈》刊发了约稿《求是求真与守正创新》，并编发在同年10月9日其“微信公众平台”上。以上虽然都有回顾学术历程的内容，但均属片段，简短零碎。上海交通大学出版社盛情约稿，成为详细梳理和认真思考的动力。学界前辈的奖掖提携和热情鼓励，不断坚定前行的信心，学术研究成为我生活中的重要内容与精神动力。

值此书稿付梓之际，感谢上海交通大学出版社的抬爱与信任，感谢黄强强同志思想性与专业性兼具的指导意见和修改建议。张呈瑞同志积极热情、周到细致与敬业投入的工作精神令人钦佩！上海市超级博士后郑倩茹同志在学业任务十分繁重的情况下，依照拟定的纲目不仅执笔撰写了第二章的三、四节与第三章的二、三、四节共五节的初稿，选入四篇代表性成果，而且承担了搜集补齐相关资料、编排全书、核校重要引文的烦琐事务，确保了按时交稿。

人文学科的学术研究，大都以适合于学者个体展开的方式推进，虽然不无共同处而各有各的特点。我走过的学术路和偏于一隅的认识与感悟，只是个体回忆，欠妥或讹误处，敬祈方家批评指正。

杨庆存

2023 年 11 月 18 日拟于上海

2024 年 3 月 3 日修订于奉贤